Johannes Mario Simmel, geboren 1924 in Wien, wurde 1948 durch seinen ersten Roman »Mich wundert, daß ich so fröhlich bin« bekannt. Mit seinen brillant erzählten, zeit- und gesellschaftskritisch engagierten Romanen – sie sind in 26 Sprachen übersetzt und haben eine Auflage von weit über 65 Millionen erreicht – hat sich Simmel international einen Namen gemacht. Nicht minder erfolgreich sind seine Kinderbücher. Fast alle seine Romane wurden verfilmt.

Von Johannes Mario Simmel sind außerdem erschienen:

»Bis zur bitteren Neige« (Band 118)
»Liebe ist nur ein Wort« (Band 145, 3149)
»Lieb Vaterland magst ruhig sein« (Band 209)
»Alle Menschen werden Brüder« (Band 262)
»Und Jimmy ging zum Regenbogen« (Band 397, 3146)
»Der Stoff, aus dem die Träume sind« (Band 437)
»Die Antwort kennt nur der Wind« (Band 481)
»Niemand ist eine Insel« (Band 553, 3150)
»Ein Autobus, groß wie die Welt« (Band 643)
»Meine Mutter darf es nie erfahren« (Band 649)
»Hurra – wir leben noch!« (Band 728)
»Zweiundzwanzig Zentimeter Zärtlichkeit« (Band 819)
»Wir heißen euch hoffen« (Band 1058, 3148)
»Die Erde bleibt noch lange jung« (Band 1158)
»Bitte laßt die Blumen leben« (Band 1393, 3147)
»Die im Dunkeln sieht man nicht« (Band 1570)
»Es muß nicht immer Kaviar sein / Liebe ist nur ein Wort« (Band 1731)
»Doch mit den Clowns kamen die Tränen« (Band 2957)

Vollständige Taschenbuchausgabe Januar 1991
Droemersche Verlagsanstalt Th. Knaur Nachf., München

Druck und Bindung brodard & taupin
Printed in France 5 4 3 2 1
ISBN 3-426-03145-0

Johannes Mario Simmel:
Es muß nicht immer Kaviar sein

Die tolldreisten Abenteuer und auserlesenen
Kochrezepte des Geheimagenten wider Willen
Thomas Lieven

Knaur®

1

«Wir Deutschen, liebe Kitty, können ein Wirtschaftswunder machen, aber keinen Salat», sagte Thomas Lieven zu dem schwarzhaarigen Mädchen mit den angenehmen Formen.
«Jawohl, gnädiger Herr», sagte Kitty. Sie sagte es ein wenig atemlos, denn sie war fürchterlich verliebt in ihren charmanten Arbeitgeber. Und mit verliebten Augen sah sie Thomas Lieven an, der bei ihr in der Küche stand.
Über seinem Smoking – nachtblau, mit schmalem Revers – trug Thomas Lieven eine Küchenschürze. In der Hand hielt er eine Serviette. In der Serviette befanden sich die zarten Blätter von zwei bildschönen Salatköpfen.
Was für ein Mann, dachte das Mädchen Kitty, und ihre Augen glänzten. Kittys Verliebtheit rührte nicht zuletzt daher, daß ihr Arbeitgeber, Herr über eine Villa mit vielen Zimmern, sich so selbstverständlich in ihrem Reich, der Küche, zu bewegen verstand.
«Salat richtig anzurichten, ist eine fast schon verlorene Kunst», sagte Thomas Lieven. «In Mitteldeutschland wird er süß zubereitet und schmeckt wie verdorbener Kuchen, in Süddeutschland sauer wie Kaninchenfutter, und in Norddeutschland benutzen die Hausfrauen sogar Salatöl. O heiliger Lukullus! Türschlösser sollte man behandeln mit diesem Öl, aber nicht Salat!»
«Jawohl, gnädiger Herr», sagte Kitty, immer noch atemlos. In der Ferne begannen Kirchenglocken zu läuten. Es war 19 Uhr am 11. April 1957.
Der 11. April 1957 schien ein Tag zu sein wie jeder andere. Nicht so für Thomas Lieven! Denn an diesem Tag wähnte er, mit einer wüsten, gesetzesfeindlichen Vergangenheit abschließen zu können.
An diesem 11. April 1957 bewohnte Thomas Lieven, kurz vorher 48 Jahre alt geworden, eine gemietete Villa im vornehmsten Teil der Cecilien-Allee zu Düsseldorf. Er besaß ein ansehnliches Guthaben bei der «Rhein-Main-Bank» und einen Luxus-Sportwagen deutscher Fabrikation, der 32 000 DM gekostet hatte.
Thomas Lieven war ein außerordentlich guterhaltener Endvierziger. Schlank, groß und braungebrannt, besaß er kluge, leicht melancholische Augen und einen sensiblen Mund im schmalen Gesicht. Das schwarze Haar war kurzgeschnitten, graumeliert an den Schläfen.

Thomas Lieven war nicht verheiratet. Seine Nachbarn kannten ihn als stillen, vornehmen Menschen. Sie hielten ihn für einen soliden bundesdeutschen Geschäftsmann, wenngleich sie ein wenig unmutig darüber waren, daß sich so wenig Konkretes über ihn erfahren ließ ...

«Meine liebe Kitty», sagte Thomas Lieven, «Sie sind hübsch, Sie sind jung, zweifellos werden Sie noch eine Menge lernen müssen. Wollen Sie von mir etwas lernen?»

«Mit Freuden», hauchte Kitty, diesmal *sehr* atemlos.

«Gut, ich werde Ihnen das Rezept verraten, wie man Kopfsalat schmackhaft macht. Was haben wir bisher getan?»

Kitty knickste. «Vor zwei Stunden haben wir zwei mittelgroße Salatköpfe gewässert, gnädiger Herr. Dann haben wir die harten Stiele entfernt und nur die zarten Blätter ausgesucht ...»

«Was haben wir mit den zarten Blättern gemacht?» forschte er weiter.

«Wir haben sie in eine Serviette getan und die Serviette mit den vier Zipfeln zusammengeknotet. Dann haben Sie, gnädiger Herr, die Serviette geschlenkert ...»

«Geschleudert, liebe Kitty, geschleudert, um den letzten Tropfen Flüssigkeit herauszuholen. Es ist von größter Wichtigkeit, daß die Blätter vollkommen trocken sind. Doch wollen wir jetzt unsere Aufmerksamkeit der Zubereitung einer Salatsauce zuwenden. Reichen Sie mir bitte eine Glasschüssel und ein Salatbesteck!»

Als Kitty zufällig die lange, schlanke Hand ihres Arbeitgebers berührte, durchlief sie ein süßer Schauer.

Was für ein Mann, dachte sie ...

Was für ein Mann – das hatten auch unzählige Menschen gedacht, die Thomas Lieven in den vergangenen Jahren kennenlernten. Von welcher Art diese Menschen waren, mag daraus hervorgehen, was Thomas Lieven liebte und was er haßte.

Thomas Lieven liebte:

Schöne Frauen, elegante Kleidung, antike Möbel, schnelle Wagen, gute Bücher, kultiviertes Essen und gesunden Menschenverstand.

Thomas Lieven haßte:

Uniformen, Politiker, Krieg, Unvernunft, Waffengewalt und Lüge, schlechte Manieren und Grobheit.

Es hatte eine Zeit gegeben, da war Thomas Lieven das Urbild eines ordentlichen Bürgers, abhold jeder Intrige, zugeneigt einem Leben voll Sicherheit, Ruhe und Bequemlichkeit. Gerade einen solchen Menschen aber riß ein seltsames Geschick – von dem ausführlich noch zu erzählen sein wird – aus seiner sanften Bahn.

Der ordentliche Bürger Thomas Lieven sah sich gezwungen, in ebenso gewaltigen wie grotesken Aktionen die folgenden Organisationen übers Ohr zu hauen: die Deutsche Abwehr und die Gestapo, den britischen «Secret Service», das französische «Deuxième Bureau», das amerikanische «Federal Bureau of Investigation» und den Sowjetischen Staatssicherheitsdienst.
Der ordentliche Bürger Thomas Lieven sah sich gezwungen, in fünf Kriegs- und zwölf Nachkriegsjahren sechzehn falsche Pässe von neun Ländern zu benutzen.
Im Krieg stiftete Thomas Lieven maßlose Verwirrung in den deutschen wie in den alliierten Hauptquartieren. Er fühlte sich keineswegs wohl dabei.
Nach dem Krieg wiederum hatte er – wie wir wohl alle – für kurze Zeit das Gefühl, daß der Wahnsinn, in dem und von dem er gelebt hatte, zu Ende sei.
Irrtum!

Die Herren im Dunkeln ließen Thomas Lieven nicht mehr los. Aber dafür rächte er sich an seinen Peinigern. Er nahm von den Reichen der Besatzungszeit, von den Hyänen der Währungsreform, von den Neureichen des Wirtschaftswunders.
Es gab keinen Eisernen Vorhang für Thomas Lieven. Er handelte und wandelte in Ost und West. Die Behörden zitterten vor ihm.
Abgeordnete verschiedener Landtage und Parlamentarier in Bonn zittern noch heute, denn Thomas Lieven lebt, und er weiß eine Menge über Spielbanken, Baugeschäfte und Aufträge der neuen deutschen Bundeswehr ...
Er heißt natürlich nicht Thomas Lieven.
Man wird uns unter den gegebenen Umständen verzeihen, daß wir seinen Namen ebenso geändert haben wie seine Adresse. Aber die Geschichte dieses einstmals friedlichen Bürgers, dessen Leidenschaft auch heute noch das Kochen ist, und der wider Willen zu einem der größten Abenteurer unserer Zeit wurde, diese Geschichte ist wahr.
Wir beginnen sie am Abend des 11. April 1957, in jenem historischen Moment, da Thomas Lieven über die Zubereitung von Kopfsalat doziert.
Kehren wir also wieder in die Küche seiner Villa zurück!
«Salat darf nie mit Metall in Berührung kommen», sagte Thomas Lieven.
Kitty blickte wie hypnotisiert auf die schlanken Hände ihres

Arbeitgebers, und sie hörte seinem Vortrag mit immer neuen Schauern zu.
«Zur Sauce», sagte Thomas Lieven, «nehme man eine Messerspitze Pfeffer, eine Messerspitze Salz, einen Teelöffel scharfen Senf. Dazu ein hartes Ei, kleingeschnitzelt. Viel Petersilie. Noch mehr Schnittlauch. Vier Eßlöffel original-italienisches Olivenöl. Kitty, das Öl bitte!»
Errötend reichte Kitty das Gewünschte.
«Vier Löffel davon, wie gesagt. Und nun noch ein Viertelliter Sahne, saure oder süße, das ist eine Geschmacksfrage, ich nehme saure ...»
In diesem Augenblick ging die Küchentür auf, und ein Riese trat ein. Er trug schwarz-grau gestreifte Hosen, eine blau-weiß gestreifte Hausjacke, ein weißes Hemd und eine weiße Schleife. Bürstenhaar zierte den Schädel. Wäre ihm eine Glatze eigen gewesen, dann hätte er wie eine zu groß geratene Zweitausgabe von Yul Brynner gewirkt.
«Was gibt es, Bastian?» fragte Thomas Lieven.
Mit einer leicht scheppernden, französisch akzentuierten Stimme erwiderte der Diener: «Herr Direktor Schallenberg ist eingetroffen.»
«Pünktlich auf die Minute», sagte Thomas. «Mit dem Mann wird sich arbeiten lassen.»
Er band die Schürze ab. «Essen also in zehn Minuten. Bastian wird servieren. Sie, liebes Kind, haben Ausgang.»
Während Thomas Lieven sich im schwarzgekachelten Badezimmer die Hände wusch, bürstete Bastian noch einmal über die Smokingjacke.
«Wie sieht der Herr Direktor denn aus?» fragte Thomas Lieven.
«Das übliche», antwortete der Riese. «Fett und solide. Stiernacken und Kugelbauch. Ordentliche Provinz.»
«Klingt nicht unsympathisch.»
«Zwei Schmisse hat er auch.»
«Ich nehme alles zurück.» Thomas schlüpfte in die Smokingjacke. Dabei fiel ihm etwas auf. Mißbilligend sprach er: «Bastian, du bist schon wieder an den Kognak gegangen!»
«Nur ein Schlückchen. Ich war ein bißchen aufgeregt.»
«Laß das! Wenn etwas Menschliches passiert, brauche ich deinen klaren Kopf. Du kannst den Herrn Direktor nicht zusammenschlagen, wenn du blau bist.»
«Den Dicken nehme ich noch im Delirium tremens auf mich!»
«Ruhe! Die Sache mit dem Klingelzeichen ist dir klar?»

Menu · 11. April 1957

Lady-Curzon-Suppe
Paprika-Huhn · Kopfsalat «Clara» · Reis
Gespickte Äpfel mit Weinschaumsauce · Toast mit Käse

Dieses Abendessen brachte 717 850 Schweizerfranken ein

Suppe: Lady Curzon war die Frau des englischen Vizekönigs Lord Curzon. Ihr Mann schrieb politische Bücher. Sie verfaßte Kochrezepte. Für ihre Schildkröten-Suppe empfiehlt die Lady die Vorderfüße der schmackhaften Tiere. Sie enthalten das beste Fleisch. Zum Würzen nehme man: Dragon und Thymian, Ingwer, Muskat, Nelken sowie Curry. Ein Glas Sherry gehört in die Suppe, in der möglichst noch Schildkröten-Eier, Würstchen aus den Därmen und eine Farce von den Innereien des Tieres schwimmen sollen. Wem dies jedoch zu umständlich erscheint, der kaufe sich im Laden eine Büchse fertiger Schildkröten-Suppe, vergesse allerdings nicht, einen kräftigen Schluck Sherry und einen Tassenkopf Sahne hineinzugießen.

Paprika-Huhn: Man brate ein zartes Huhn auf die übliche Weise in Butter, lasse es aber nicht zu braun werden, teile es dann je nach Größe in 4 oder 6 Teile und stelle sie warm. – Man lasse eine sehr fein gehackte Zwiebel und einen Teelöffel Paprika in der Bratbutter dünsten, dann mit wenig Wasser oder Fleischbrühe aufkochen, füge reichlich dicke saure Sahne, die mit etwas Maizena verrührt wurde, hinzu, schmecke mit Salz und eventuell noch Paprika ab. Um die rote Farbe zu verstärken, gibt man etwas Tomatenmark in die Sauce, das aber keinesfalls vorschmecken darf. – Man lege die Hühnerstücke in die Sauce, lasse sie einige Minuten darin ziehen.

Reis: Fast immer «klebt» der Reis wie ein Brei. Dabei ist es so einfach, Reis körnig zu machen. Man beachte: Der Reis soll – nachdem er gut gewaschen ist – in beliebiger Menge Wasser 10–15 Minuten kochen. Nun kommt er in ein Sieb und wird darin unter kaltem Wasser gespült. Das ist der Trick, um das klebrige Reismehl zu entfernen! Kurz vor dem Anrichten wärme man den Reis in demselben Sieb über kochendem Wasser, nur durch den Wasserdampf. Erst in der tischfertigen Schüssel kommt dann etwas Butter, Salz oder auch je nach Geschmack Curry, Safran oder Pfeffer darüber.

Gespickte Äpfel mit Weinschaumsauce: Gleichmäßig große, mürbe Äpfel schälen, in einem vanillierten Zuckersirup langsam gar ziehen lassen, ohne daß sie zerfallen, aus der Sauce heben und in einem Sieb abtropfen lassen. In der Zwischenzeit Mandeln abziehen, in Streifen schneiden, auf ein Backblech ausbreiten und im heißen Backofen rösten. Die gut abgetropften Äpfel werden nun mit Likör, Rum oder Kognak getränkt und mit den Mandelstiften gespickt. Man richtet sie auf einer Platte an und reicht dazu die Weinschaumsauce: Zwei Eidotter werden mit 100 g Zucker schaumig gerührt, 20 g Mais- oder Stärkepulver mit 1/2 Tasse Wasser glattgerührt, 1/4 Liter Weißwein dazugegeben und zusammen mit der schaumiggerührten Eiermasse unter Rühren auf kleiner Flamme dickgekocht. Die zwei Eiweiß zu steifem Schnee schlagen, unter die Masse ziehen, eventuell mit Rum, Arrak, Kognak usw. abschmecken.

Toast mit Käse: Man bestreiche Weißbrot-Scheibchen in der Mitte dick mit Butter. Eine Scheibe Käse – nur Emmentaler oder Edamer ist geeignet – wird daraufgelegt. Die Schnittchen werden auf einem Kuchenblech in gut angewärmter Röhre 5 Minuten gebacken, bis sie goldgelb sind. Ganz heiß servieren.

«Jawohl.»
«Wiederhole.»
«Einmal klingeln: Ich bringe den nächsten Gang. Zweimal klingeln: Ich bringe die Fotokopien. Dreimal klingeln: Ich komme mit dem Sandsack.»
«Ich wäre dir dankbar», sagte Thomas Lieven, an seinen Nägeln feilend, «wenn du das nicht durcheinanderbringen wolltest.»

2

«Ausgezeichnet, die Suppe», sagte Direktor Schallenberg. Er lehnte sich zurück und betupfte mit der Damastserviette seine schmalen Lippen.
«Lady Curzon», sagte Thomas und klingelte einmal, indem er auf eine Taste unter der Tischplatte drückte.
«Lady was?»
«Curzon – so heißt die Suppe. Schildkröte mit Sherry und Sahne.»
«Ach so, natürlich!»
Die Flammen der Kerzen, die auf dem Tisch standen, flackerten plötzlich. Geräuschlos war Bastian eingetreten und servierte das Paprika-Huhn.
Die Flammen beruhigten sich. Ihr warmes, gelbes Licht fiel auf den dunkelblauen Teppich, den breiten altflämischen Tisch, die bequemen Holzstühle mit den Bastlehnen, die große altflämische Anrichte.
Das Hühnchen entzückte Direktor Schallenberg aufs neue. «Delikat, einfach delikat. Wirklich charmant von Ihnen, mich einzuladen, Herr Lieven! Wo Sie mich doch eigentlich nur geschäftlich sprechen wollen ...»
«Alles bespricht sich besser bei einem guten Essen, Herr Direktor. Nehmen Sie noch Reis, er steht vor Ihnen.»
«Danke. Nun sagen Sie schon, Herr Lieven, um was für ein Geschäft handelt es sich?»
«Noch etwas Salat?»
«Nein, danke. Schießen Sie doch endlich los!»
«Na schön», sagte Thomas. «Herr Direktor, Sie haben eine große Papierfabrik.»
«So ist es, ja. Zweihundert Angestellte. Alles aus den Trümmern wieder aufgebaut.»
«Eine stolze Leistung. Zum Wohlsein ...» Thomas Lieven hob sein Glas.
«Komme nach.»

«Herr Direktor, wie ich weiß, stellen Sie besonders hochwertiges Wasserzeichen-Papier her.»
«Jawohl.»
«Unter anderem liefern Sie das Wasserzeichen-Papier für die neuen Aktien, welche die ‹Deutschen Stahlunion-Werke› gerade auf den Markt bringen.»
«Richtig. Aktien der DESU. Kann Ihnen sagen, diese Scherereien, diese dauernden Kontrollen! Damit meine Leute ja nicht auf die Idee kommen, ein paar Aktien selber zu drucken, hahaha!»
«Hahaha. Herr Direktor, ich möchte bei Ihnen fünfzig Großbogen dieses Wasserzeichen-Papiers bestellen.»
«Sie wollen ... was?»
«Fünfzig Großbogen bestellen. Als Firmen-Chef dürfte es Ihnen kaum Schwierigkeiten bereiten, die Kontrollen zu umgehen.»
«Aber um Himmels willen, was wollen Sie denn mit den Bogen?»
«Aktien der DESU-Werke drucken natürlich. Was haben Sie gedacht?»
Direktor Schallenberg legte seine Serviette zusammen, blickte nicht ohne Bedauern auf seinen noch halb vollen Teller und äußerte: «Ich fürchte, ich muß jetzt gehen.»
«Aber keineswegs. Es gibt noch Äpfel in Weinschaumsauce und Toast mit Käse.»
Der Direktor stand auf. «Mein Herr, ich werde vergessen, daß ich jemals hier gewesen bin.»
«Ich bezweifle, daß Sie das jemals vergessen werden», sagte Thomas und häufte noch etwas Reis auf seinen Teller. «Warum stehen Sie eigentlich, Herr Wehrwirtschaftsführer? Setzen Sie sich doch.»
Schallenbergs Gesicht lief dunkelrot an. Er sagte leise: «Was war das?»
«Sie sollen sich setzen. Ihr Huhn wird kalt.»
«Sagten Sie Wehrwirtschaftsführer?»
«Sagte ich. Das waren Sie doch. Auch wenn Sie diesen Titel 1945 vergaßen. In Ihrem Fragebogen beispielsweise. Wozu auch noch daran erinnern? Damals hatten Sie sich gerade neue Papiere und einen neuen Namen besorgt. Als Wehrwirtschaftsführer hießen Sie Mack.»
«Sie sind ja wahnsinnig!»
«In keiner Weise. Sie waren Wehrwirtschaftsführer im Warthegau. Sie stehen noch immer auf einer Auslieferungsliste der polnischen Regierung. Unter Mack natürlich, nicht unter Schallenberg.»
Direktor Schallenberg sank auf seinen altflämischen Bastsessel,

fuhr sich mit der Damastserviette über die Stirn und äußerte kraftlos: «Ich weiß wirklich nicht, warum ich mir das anhöre.»
Thomas Lieven seufzte. «Sehen Sie, Herr Direktor, auch ich habe eine bewegte Vergangenheit hinter mir. Ich will mich von ihr lösen. Darum brauche ich Ihr Papier. Es nachzumachen, dauert zu lange. Zuverlässige Drucker dagegen habe ich ... Ist Ihnen nicht gut? Nanu ... Nehmen Sie einen Schluck Champagner, das belebt ... Ja, sehen Sie, Herr Direktor, damals, als der Krieg zu Ende war, hatte ich Zugang zu allen geheimen Dossiers. Zu jener Zeit waren Sie gerade in Miesbach untergetaucht ...»
«Lüge!»
«Entschuldigen Sie, ich meinte Rosenheim. Auf dem Lindenhof.»
Diesmal hob Direktor Schallenberg nur schlaff die Hand.
«Ich wußte, daß Sie sich dort versteckten. Hätte Sie verhaften lassen können, in meiner damaligen Position. Ich dachte mir: Was hast du schon davon? Man wird ihn einsperren, man wird ihn ausliefern. Na und –?» Mit Appetit aß Thomas ein Stück Hühnerbein. «Jedoch, sagte ich mir, wenn du ihn hübsch in Ruhe läßt, dann wird der Herr in ein paar Jahren wieder oben schwimmen. Die Sorte geht nicht unter, die schwimmt immer wieder oben ...»
«Unverschämtheit!» krächzte es aus dem Bastsessel.
«... und dann kann er dir viel nützlicher sein. Sagte ich mir damals, handelte danach, und siehe, es war wohlgetan.»
Mühsam rappelte sich Schallenberg hoch. «Ich gehe jetzt direkt zur Polizei und erstatte Anzeige.»
«Nebenan steht ein Telefon.» Unter dem Tisch drückte Thomas zweimal auf die Klingeltaste.
Wieder flackerten die Kerzenflammen, als der Diener Bastian geräuschlos eintrat. Er trug ein Silbertablett, darauf lagen mehrere Fotokopien.
«Ich bitte, sich zu bedienen», sagte Thomas. «Die Kopien zeigen unter anderem Herrn Direktor in Uniform, verschiedene Erlasse des Herrn Direktors aus den Jahren 1941 bis 1944 und eine Empfangsbestätigung des sogenannten NS-Reichsschatzmeisters über den Erhalt von Reichsmark einhunderttausend als Spende für SA und SS.»
Direktor Schallenberg setzte sich wieder.
«Sie können abservieren, Bastian. Der Herr Direktor ist fertig.»
«Sehr wohl, gnädiger Herr.»
Nachdem Bastian verschwunden war, sagte Thomas: «Im übrigen sind Sie mit fünfzigtausend bei der Sache dabei. Genügt Ihnen das?»

«Ich lasse mich doch nicht erpressen!»
«Haben Sie sich nicht auch am letzten Wahlkampf mit hohen Spenden beteiligt, Herr Direktor? Wie heißt doch gleich das deutsche Nachrichtenmagazin, das sich für derlei interessiert?»
«Sie sind komplett wahnsinnig! Sie wollen falsche Aktien drukken? Ins Zuchthaus werden Sie kommen! Und ich mit! Ich bin erledigt, wenn ich Ihnen das Papier gebe!»
«Ich komme nicht ins Zuchthaus. Und Sie sind nur erledigt, wenn Sie mir das Papier *nicht* geben, Herr Direktor.» Thomas drückte einmal auf den Klingelknopf. «Passen Sie auf, wie gut Ihnen die gespickten Äpfel schmecken werden.»
«Ich esse doch keinen Bissen mehr bei Ihnen, Sie Erpresser!»
«Wann kann ich also mit dem Papier rechnen, Herr Direktor?»
«Niemals!» schrie Schallenberg in maßlosem Zorn. «Niemals bekommen Sie von mir auch nur einen einzigen Bogen!»

3

Es war beinahe Mitternacht. Mit seinem Diener Bastian saß Thomas Lieven vor einem flackernden Kaminfeuer in der großen Bibliothek. Rot und golden, blau, weiß, gelb und grün leuchteten Hunderte von Bücherrücken aus dem Halbdunkel. Ein Plattenspieler lief. Leise erklang das Klavierkonzert Nummer zwei von Rachmaninoff.
Thomas Lieven trug immer noch den makellosen Smoking. Bastian hatte den Hemdkragen geöffnet und seine Beine auf einen Stuhl gelegt, allerdings nicht ohne vorher, mit einem Seitenblick auf seinen Herrn, eine Zeitung untergeschoben zu haben.
«Direktor Schallenberg liefert das Papier in einer Woche», sagte Thomas Lieven. «Wie lange brauchen deine Freunde zum Drukken?»
«Etwa zehn Tage», antwortete Bastian. Er hob ein bauchiges Schwenkglas mit Kognak zum Mund.
«Dann werde ich am ersten Mai – schönes Datum, Tag der Arbeit – nach Zürich fahren», sagte Thomas. Er überreichte Bastian eine Aktie und eine Liste. «Hier ist eine Vorlage für den Druck, und auf der Liste stehen die laufenden Nummern, die ich auf den Aktien sehen möchte.»
«Wenn ich bloß wüßte, was du vorhast», brummte der Igelkopf bewundernd.
Nur wenn Bastian sich absolut allein mit seinem Herrn wußte, benutzte er das vertrauliche «Du», denn er kannte Thomas seit

siebzehn Jahren, und er war früher einmal alles andere als ein Diener gewesen.
Bastian hing an Thomas seit jener Zeit, da er mit ihm im Quartier einer Marseiller Gangster-Chefin bekannt geworden war. Außerdem hatte er einige gefährliche Abenteuer mit Thomas bestanden. So etwas bindet.
«Tommy, willst du mir nicht sagen, was du planst?»
«Es handelt sich, lieber Bastian, im Grunde um etwas sehr Legales und Schönes: um die Erwerbung von Vertrauen. Mein Aktienschwindel wird ein eleganter Aktienschwindel sein. Es wird – Holz anfassen – überhaupt niemand merken, daß es ein Schwindel gewesen ist. Alle werden verdienen. Alle werden zufrieden sein.»
Thomas Lieven lächelte verträumt und holte eine goldene Repetieruhr hervor. Sie stammte von seinem Vater. Durch alle Fährnisse des Lebens hatte Thomas diese flache Uhr mit dem Sprungdeckel begleitet, auf tollkühnen Fluchten und Jagden war sie dabei gewesen. Immer wieder war es Thomas Lieven gelungen, sie zu verstecken, zu beschützen oder wiederzuerobern. Er ließ den Deckel aufspringen. Silberhell kündigte ein eingebautes Schlagwerk die Zeit.
Traurig sagte Bastian: «Ich kriege es nicht in meinen Schädel. Eine Aktie ist ein Anteilschein an einem großen Unternehmen. Auf fällige Aktien-Coupons erhält man in bestimmten Abständen eine bestimmte Dividende ausbezahlt, einen entsprechenden Teil des Gewinnes, den das Unternehmen erzielt hat.»
«Ja und, mein Kleiner?»
«Himmel noch mal, aber die Coupons deiner gefälschten Aktien kannst du doch bei keiner Bank der Welt vorlegen! Die Nummern, die darauf stehen, stehen doch auch auf den echten Aktien, die irgend jemand besitzt. Der Schwindel muß doch sofort auffliegen.»
Thomas erhob sich. «Coupons werde ich natürlich auch niemals vorlegen.»
«Aber wo ist dann der Trick?»
«Laß dich überraschen», sagte Thomas, trat zu einem Wandsafe und öffnete das Kombinationsschloß. Eine schwere Stahltüre schwang zur Seite. Im Safe lagen Bargeld, ein paar Goldbarren mit Bleikern (und einer kurzweiligen Geschichte) und drei Schachteln mit gefaßten und ungefaßten Edelsteinen. Im Vordergrund lag ein Häufchen Pässe.
Versonnen sprach Thomas: «Ich werde zur Sicherheit doch lieber unter einem andern Namen in die Schweiz reisen. Laß uns mal

sehen, was haben wir denn noch an deutschen Pässen?» Lächelnd las er die Namen: «Mein Gott, wieviel Erinnerungen hängen daran –: Jakob Hausér ... Peter Scheuner ... Ludwig Freiherr von Trendelenburg ... Wilfried Ott ...»
«Als Trendelenburg hast du die Cadillacs nach Rio verschoben. Den Freiherrn würde ich ein bißchen ausruhen lassen. Auch den Hausér. Den suchen sie immer noch in Frankreich», sagte Bastian versonnen.

4

«Nehmen Sie Platz, Herr Ott. Womit können wir Ihnen dienen?» fragte der Leiter der Effektenabteilung und ließ die schlichte Visitenkarte «Wilfried Ott, Industrieller, Düsseldorf» sinken. Der Leiter der Effektenabteilung hieß Jules Vermont. Sein Büro lag im ersten Stock der «Schweizer Zentralbank» in Zürich.
Thomas Lieven, der sich gerade Wilfried Ott nannte, fragte: «Sie sind Franzose, Monsieur?»
«Mütterlicherseits.»
«Dann lassen Sie uns französisch sprechen», schlug Thomas, alias Wilfried, vor, indem er diese Sprache bereits akzentfrei benutzte. Die Sonne ging auf im Gesicht Jules Vermonts.
«Kann ich bei Ihrer Bank wohl ein Nummern-Depot eröffnen?»
«Selbstverständlich, Monsieur.»
«Ich habe gerade ein paar neue Aktien der Deutschen Stahlunion erworben. Die möchte ich gerne hier in der Schweiz lassen. Wie gesagt, auf einem Nummern-Depot, nicht unter meinem Namen ...»
«Ich verstehe. Die böse deutsche Steuer, wie?» Vermont zwinkerte mit einem Auge.
Daß Ausländer Vermögenswerte deponierten, war ihm nichts Neues. Insgesamt 150 Milliarden Franken, die Ausländern gehörten, ruhten 1957 in der Schweiz.
«Damit ich es nicht vergesse», sagte Thomas Lieven, «lassen Sie doch bitte die Coupons für 1958 und 1959 abschneiden. Da ich nicht weiß, wann ich wieder nach Zürich komme, werde ich diese Coupons bei mir behalten und zur gegebenen Zeit selbst einlösen. Das erspart Ihnen die Arbeit.» Er dachte: und mir erspart es das Zuchthaus ...
Wenig später war alles vorbei. In Thomas Lievens Brusttasche ruhte eine Depot-Bestätigung der «Schweizer Zentralbank» darüber, daß ein Herr Wilfried Ott, Industrieller aus Düsseldorf in

Westdeutschland, neue Aktien der DESU-Werke im Nominalwert von einer Million D-Mark hinterlegt habe.
In seinem Sportwagen, der selbst in Zürich stark beachtet wurde, fuhr er zurück in sein Hotel «Baur au Lac». Hier liebten ihn die Angestellten alle. In allen Hotels der Welt, die er besuchte, liebten ihn alle Angestellten. Das hing mit seinem sonnigen Wesen, seiner demokratischen Gesinnung und seinen Trinkgeldern zusammen.
Er fuhr mit dem Lift in sein Appartement hinauf. Hier ging er zunächst ins Badezimmer und spülte die abgeschnittenen Coupons für 1958 und 1959 fort, auf daß kein Unfug damit angestiftet werden konnte! Der Salon besaß einen Balkon. Thomas setzte sich unter ein buntes Sonnensegel, blickte zufrieden hinaus zu den kleinen Schiffen, die auf dem glitzernden Wasser des Zürichsees schwammen, und überlegte eine Weile. Dann verfaßte er mit einem goldenen Bleistift auf einem Briefbogen des Hotels diese Annonce:

DEUTSCHER INDUSTRIELLER
sucht gegen hohe Verzinsung und erstklassige Sicherheit zweijährige Beteiligung in der Schweiz. Nur *wirklich* seriöse Angebote mit Banknachweis finden Berücksichtigung.

Diese Anzeige erschien zwei Tage später an auffallender Stelle im Anzeigenteil der «Neuen Zürcher Zeitung». Es war eine Chiffre angegeben. In drei Tagen liefen unter dieser Chiffre 46 Briefe ein.

Bei strahlendschönem Wetter auf seinem Balkon sitzend, sortierte Thomas die Angebote gewissenhaft.
Sie ließen sich in vier Gruppen einteilen:
17 Briefe hatten Immobilienbüros, Antiquitätengeschäfte, Juweliere und Autoverkäufer zum Absender, die zwar kein Geld, dafür ihre Objekte anpriesen.
10 Briefe stammten von Herren, die zwar kein Geld hatten, jedoch ihre Vermittlung zu anderen Herren anboten, die angeblich über solches verfügten.
11 Briefe, teils mit, teils ohne Fotos, stammten von Damen, die zwar kein Geld, jedoch teils mit, teils ohne Charme, sich selbst anboten.
Und 8 Briefe schließlich stammten von Menschen, die Geld offerierten.

Die 38 Briefe der ersten drei Gruppen zerriß Thomas Lieven in kleine Stücke. Von den verbleibenden Offerten erregten zwei wegen ihrer absoluten Gegensätzlichkeit das besondere Interesse Thomas Lievens.
Der eine Brief war mit einer nicht sehr guten Maschine auf nicht sehr gutes Papier geschrieben worden – in nicht sehr gutem Deutsch. Der Absender bot «... gegen eine Verzinsung, wo für mich interessant ist, Beträge bis zu Schweizerfranken 1 000 000». Unterzeichnet war die Offerte: «Pierre Muerrli, Häusermakler.»
Der andere Brief war in kleiner, zierlicher Schrift mit der Hand geschrieben. Der gelbliche Bogen aus feinstem Bütten trug in der Mitte des oberen Randes eine kleine goldene Krone mit fünf Zacken.
Der Text lautete:

Château Montenac, 8. Mai 1957

Sehr geehrter Herr!
In Zusammenhang mit Ihrer Annonce in der Neuen Zürcher Zeitung bitte ich – nach telefonischer Anmeldung – um Ihren Besuch.
H. de Couville

Sinnend legte Thomas die so ungleichen Bogen nebeneinander, sinnend betrachtete er sie. Sinnend holte er aus der Westentasche die goldene Repetieruhr und ließ die silberhellen Schläge ertönen – eins, zwei, drei ... und noch zwei Schläge: halb vier Uhr.
Pierre Muerrli, überlegte Thomas, war gewiß ein sehr reicher Mann, wenn auch ein sehr geiziger. Er kaufte schlechtes Papier und schrieb auf einer alten Maschine.
Dieser H. de Couville schrieb zwar mit der Hand, aber auf bestes Papier. Ob er ein Graf war? Ein Baron?
Mal sehen ...

Das Château Montenac lag in einem mächtigen Park auf dem Südhang des Zürichberges. In Serpentinen führte ein breiter Kiesweg zu dem kleinen, kaisergelb gestrichenen Palais mit den grünen Fensterläden empor. Thomas parkte seinen Wagen vor einer mächtigen Auffahrt.
Ein ungemein hochmütiger Diener stand plötzlich vor ihm: «Monsieur Ott? Ich bitte, mir zu folgen.» Er führte ihn ins Haus, durch mehrere prunkvolle Räume und zuletzt in ein prunkvolles Arbeitszimmer.
Hinter einem zierlichen Schreibtisch erhob sich hier eine schlanke,

elegante junge Frau von etwa 28 Jahren. In weichen Wellen fiel ihr kastanienbraunes Haar bis fast auf die Schultern. Hellrosa glänzte der große Mund. Schräggeschnitten waren die braunen Augen, hochgestellt die Backenknochen. Lange, seidige Wimpern besaß die Dame, samtweiche, goldgetönte Haut.
Thomas verspürte einen Stich. Damen mit schrägen Augen und hohen Backenknochen hatten in seinem Leben Verheerungen angerichtet. Dieser Typ, dachte er, beträgt sich immer gleich. Abweisend. Kühl. Überheblich. Aber wenn man ihn dann näher kennenlernt – dann gibt's kein Halten mehr!
Die junge Dame sah ihn ernst an: «Guten Tag, Herr Ott. Wir haben miteinander telefoniert. Bitte, nehmen Sie Platz.»
Sie setzte sich und kreuzte die Beine. Das Kleid glitt etwas zurück. Auch noch lange, schöne Beine! dachte Thomas.
«Herr Ott, Sie suchen eine Beteiligung. Sie sprachen von erstklassigen Sicherheiten. Darf ich wissen, worum es sich dabei handelt?»
Das geht denn doch ein bißchen weit, dachte Thomas. Kühl sagte er: «Ich denke, damit muß ich Sie nicht belästigen. Wenn Sie freundlicherweise Herrn de Couville sagen möchten, daß ich da bin. Er hat mir geschrieben.»
«Ich habe Ihnen geschrieben. Ich heiße Hélène de Couville. Ich erledige alle Geldgeschäfte für meinen Onkel», erklärte die junge Dame überkühl. «Also, Herr Ott, was nennen Sie eine erstklassige Sicherheit?»
Thomas neigte lächelnd den Kopf: «Neu aufgelegte Aktien der DESU-Werke, hinterlegt in einem Depot der ‹Schweizer Zentralbank›. Nominalwert: eine Million. Börsenkurs der Altaktien: zwohundertsiebzehn ...»
«Welche Verzinsung bieten Sie?»
«Acht Prozent.»
«Und an welche Summe denken Sie?»
Herrgott, diese kühlen Augen, dachte er, und sagte: «Siebenhundertfünfzigtausend Schweizerfranken.»
«Bitte?»
Zu seinem Erstaunen sah Thomas Lieven, daß Hélène de Couville plötzlich nervös wurde. Die Zungenspitze glitt über die hellroten Lippen. Die Wimpern flatterten ein wenig. «Ist das nicht eine – hm, etwas hohe Summe, Herr Ott?»
«Wieso bitte? Bei *dem* Börsenwert der Aktien?»
«Gewiß ... ja ... aber ...» Sie stand auf. «Es tut mir leid, ich glaube, da muß ich doch meinen Onkel holen. Verzeihen Sie, bitte, einen Augenblick.»

Er stand auf. Sie verschwand. Er setzte sich wieder. Er wartete, nach Auskunft seiner alten Repetieruhr, acht Minuten lang. Instinkt, gewonnen in vielen Jahren eines gesetzlosen Lebens, sagte ihm: Hier stimmt etwas nicht! Aber was?
Die Tür ging auf, Hélène kam zurück. Mit ihr erschien ein Mann, groß und hager, mit sonnverbranntem Gesicht und breiten Kiefern, mit kurzen, eisgrauen Haaren und weißem Nylonhemd unter einem Einreiher. Hélène stellte vor: «Baron Jacques de Couville, mein Onkel.»
Die Herren schüttelten einander die Hand. Immer mißtrauischer dachte Thomas: Eine Pfote wie ein Cowboy hat er. Und Kiefer, als würde er dauernd Gummi kauen. Und einen Akzent ... Wenn das ein Aristokrat französischer Abstammung ist, fresse ich einen Besen!
Er war jetzt entschlossen, kurzen Prozeß zu machen: «Baron, ich fürchte, ich habe Ihre bezaubernde Nichte erschreckt. Lassen Sie uns die ganze Sache vergessen. Es war mir eine Ehre, Sie kennenzulernen.»
«Moment mal, Monsieur Ott, seien Sie doch nicht so entsetzlich hastig. Setzen wir uns.» Auch der Baron war nervös. Er klingelte. «Wir wollen in Ruhe über die Geschichte reden. Bei ein paar Drinks.»
Als der hochmütige Diener die Drinks brachte, erwies sich der Whisky als Bourbon, nicht als Scotch.
Mehr und mehr mißfällt mir dieser Couville, dachte Thomas.
Der Baron nahm das Gespräch wieder auf. Er bekannte, daß er eigentlich nur an eine wesentlich geringere Beteiligung gedacht hätte: «... vielleicht hunderttausend?»
«Baron, wollen wir es doch lassen», sagte Thomas.
«Oder hundertfünfzigtausend ...»
«Wirklich, Baron, wirklich ...»
«Vielleicht auch zweihundert ...» Es klang fast flehend.
Plötzlich trat der hochmütige Diener ein und meldete, ein Ferngespräch sei da. Daraufhin verschwand der Baron mit seiner Nichte.
Thomas fing allmählich an, sich über diese Aristokratenfamilie zu amüsieren. Als nach beinahe zehn Minuten der Baron allein zurückkam, fahl im Gesicht und furchtbar schwitzend, tat ihm der arme Mann beinahe leid. Aber er verabschiedete sich abrupt.
In der Halle begegnete ihm Hélène. «Sie gehen schon, Monsieur Ott?»
«Ich habe Sie viel zu lange belästigt», sagte Thomas und küßte

ihre Hand. Da roch er ihr Parfüm und den Duft ihrer Haut und sagte: «Sie würden mich glücklich machen, wenn Sie heute abend mit mir dinieren wollten, im ‹Baur au Lac›, oder wo Sie befehlen. Bitte, kommen Sie.»
«Herr Ott», sagte Hélène, und es klang, als spräche eine Marmorstatue, «ich weiß nicht, wieviel Sie getrunken haben, aber ich führe es darauf zurück. Leben Sie wohl.»

5

So unergiebig sich das Gespräch mit dem Baron de Couville erwies, so glatt ließ sich gleich darauf das Geschäft mit dem Häusermakler Pierre Muerrli abwickeln. Ins Hotel zurückgekehrt, rief Thomas ihn an und erklärte kurz, was er wollte, nämlich gegen Sicherheit durch ein DESU-Aktien-Depot die Summe von 750 000 Franken.
«Mehr nicht?» fragte Pierre Muerrli in kehligem Schwizerdütsch.
«Nein, das genügt mir», sagte Thomas und dachte: Man soll nichts übertreiben.
Der Makler kam ins Hotel, ein rotgesichtiger, vierschrötiger Mensch. Ein Mensch mit Tempo!
Am nächsten Tag bereits wurde bei einem Notar dieser Vertrag aufgesetzt:

«Herr Wilfried Ott, Industrieller aus Düsseldorf, verpflichtet sich, eine Beteiligung von einer Dreiviertelmillion Franken mit acht Prozent zu verzinsen. Die Beteiligung soll spätestens am 9. Mai 1959, Mitternacht, zurückbezahlt werden.
Bis zu diesem Zeitpunkt verpflichtet sich Herr Pierre Muerrli, Häusermakler aus Zürich, das Aktiendepot, das ihm Herr Ott als Sicherheit übereignet hat, unberührt zu lassen.
Sollte jedoch die Beteiligung nicht bis zum vereinbarten Termin zurückbezahlt sein, so darf Herr Muerrli über die Wertpapiere frei verfügen.»

Den Vertrag in der Tasche, fuhren Thomas und Muerrli in die Zentralbank. Die Echtheit des Depotscheins wurde bestätigt.
In Pierre Muerrlis Maklerbüro fand sodann die Übergabe eines Barschecks über 717 850 Schweizerfranken statt, die Beteiligung abzüglich aller Spesen sowie der achtprozentigen Verzinsung für zwei Jahre.
717 850 Schweizerfranken hatte Thomas sich solcherart sozusagen

im Handumdrehen verschafft! Zwei Jahre lang konnte und wollte er nun mit diesem Kapital arbeiten; im Mai 1959, fristgerecht und korrekt, zurückzahlen; die falschen Aktien aus dem Depot holen, zerreißen und im Badezimmer fortspülen. Alle würden dann verdient haben, keiner würde dann geschädigt sein, mehr: keiner würde jemals merken, was da für ein Ding gedreht worden war. Tja, so einfach funktioniert so etwas, wenn so etwas funktioniert ...

Als Thomas Lieven, alias Wilfried Ott, Stunden später die Halle seines Hotels betrat, sah er Hélène de Couville in einem Sessel sitzen.

«Hallo, welche Freude!»

Unendlich langsam blickte Hélène von ihrer Modezeitschrift auf. Unendlich gelangweilt äußerte sie: «Oh, guten Tag.»

Sie trug ein braunes Pepitakleid an diesem kühlen Tag und eine Jacke aus kanadischem Naturnerz. Es gab keinen Mann in der Hotelhalle, der sich nicht immer wieder nach ihr umgeschaut hätte.

Thomas sagte: «Sie haben sich ein bißchen verspätet, aber ich bin sehr glücklich, daß Sie doch noch gekommen sind.»

«Herr Ott, nehmen Sie zur Kenntnis: Ich komme nicht zu Ihnen, sondern zu einer Freundin, die hier wohnt.»

Thomas sagte: «Wenn es heute nicht geht, dann vielleicht morgen vormittag zum Apéritif –?»

«Morgen verreise ich an die Riviera.»

Thomas schlug die Hände zusammen: «Ist das ein Zufall! Wissen Sie, daß ich morgen auch an die Riviera fahre? Ich hole Sie ab. Sagen wir um elf?»

«Ich werde selbstverständlich nicht mit Ihnen fahren. Da kommt meine Freundin.» Sie stand auf. «Leben Sie wohl – wenn Sie können.»

Am nächsten Vormittag, sieben Minuten nach elf, fuhr Hélène de Couville in einem kleinen Sportwagen aus dem Parktor des Château Montenac – und an Thomas vorbei. Er verneigte sich, sie sah zur Seite. Er setzte sich in seinen Wagen und fuhr ihr nach.

Bis Grenoble geschah nichts Berichtenswertes.

Knapp hinter Grenoble blieb Hélènes Wagen stehen. Sie stieg aus. Er hielt neben ihr.

«Etwas mit dem Motor», sagte sie.

Er untersuchte den Motor, konnte aber keinen Defekt finden.

Hélène war bereits in ein nahegelegenes Haus gegangen, um nach einem Mechaniker zu telefonieren. Der kam auch bald und er-

klärte, die Benzinpumpe wäre «völlig im Eimer»; der Wagen müsse abgeschleppt werden, die Reparatur dauere mindestens zwei Tage.
Thomas war davon überzeugt, daß der Mechaniker log, um eine teure Rechnung schreiben zu können, aber er war selig, auf einen Lügner gestoßen zu sein. Er lud Hélène ein, die Reise in seinem Wagen fortzusetzen.
«Sie sind sehr freundlich, Herr Ott», antwortete sie nach langem Zögern.
Ihr Gepäck wurde umgeladen. Der Lügner bekam von Thomas heimlich ein aristokratisches Trinkgeld.
Die nächsten 100 Kilometer sprach Hélène ein einziges Wort. Als Thomas einmal nieste, sagte sie «Wohlsein!»
Nach weiteren 100 Kilometern gab sie bekannt, daß sie in Monte Carlo mit ihrem Verlobten verabredet sei.
«Der Arme», sagte Thomas. «Er wird wenig von Ihnen haben.»
In Monte Carlo brachte er Hélène wunschgemäß in das «Hôtel de Paris». Hier lag eine Nachricht für sie. Ihr Verlobter war in Paris festgehalten, er konnte nicht kommen.
«Ich nehme sein Appartement», erklärte Thomas.
«Sehr wohl, Monsieur», sagte der Rezeptionschef und steckte die 5000-Francs-Note ein.
«Aber wenn mein Verlobter doch noch kommt ...»
«Dann soll er sehen, wo er bleibt», sagte Thomas, zog Hélène beiseite und flüsterte: «Das ist überhaupt kein Mann für Sie. Sehen Sie nicht, daß hier die Vorsehung am Werk ist?»
Da mußte die junge Dame plötzlich lachen.
Sie blieben zwei Tage in Monte Carlo, dann fuhren sie nach Cannes. Hier stiegen sie im «Hôtel Carlton» ab. Thomas machte sich ein paar schöne Tage. Er fuhr mit Hélène nach Nizza, St. Rafael, St. Maxim und St. Tropez. Er schwamm mit ihr im Meer. Er mietete ein Motorboot, fuhr Wasserski mit ihr. Er lag neben ihr am Strand.
Hélène lachte über dieselben Dinge wie er, dieselben Speisen schmeckten ihr, dieselben Bücher liebte sie, dieselben Bilder.
Als sie nach sieben herrlichen Tagen seine Geliebte wurde, stellte er fest, daß sie sich wirklich auf *jedem* Gebiet verstanden. Und dann geschah es: in der ersten Stunde des achten Tages ...
Mit feuchtschimmernden Augen lag Hélène de Couville auf dem Bett ihres Schlafzimmers. Thomas saß neben ihr. Sie rauchten beide. Er streichelte ihr Haar. Verwehte Musik klang in den Raum. Nur eine kleine Lampe brannte.

Hélène seufzte und rekelte sich: «Ach, Will, ich bin so glücklich ...» Sie nannte ihn Will. Wilfried erinnerte sie zu sehr an Richard Wagner, meinte sie.
«Auch ich, mein Herz, auch ich.»
«Wirklich?»
Da war er wieder, dieser seltsame, grübelnde Blick in ihren schrägen Augen, den Thomas sich nicht erklären konnte.
«Wirklich, chérie.»
Plötzlich warf sich Hélène herum, so daß er ihren wunderschönen, goldbraun getönten Rücken sah. Mit erschreckender Wildheit schluchzte sie in die Kissen: «Ich habe dich angelogen! Ich bin schlecht – ach, ich bin ja so schlecht!»
Er ließ sie eine Weile schluchzen, dann sagte er dezent: «Wenn es dein Verlobter ist ...»
Sie warf sich wieder auf den Rücken und rief: «Quatsch, Verlobter! Ich habe doch überhaupt keinen Verlobten! Oh, Thomas, Thomas!»
Er fühlte, wie eine Hand aus Eis seinen Rücken entlangstrich.
«Was hast du eben gesagt?»
«Ich habe überhaupt keinen Verlobten.»
«Nein, das meine ich nicht.» Er würgte ein bißchen. «Hast du eben Thomas gesagt?»
«Ja», schluchzte sie, und jetzt kullerten dicke Tränen über ihre Wangen zum Hals hinab und auf die Brust. «Ja, natürlich habe ich Thomas gesagt. So heißt du doch, mein geliebter, armer Thomas Lieven ... Ach, warum nur mußte ich dich treffen? In meinem ganzen Leben war ich nicht so verliebt ...» Neuerliches Aufbäumen, neuer Tränenstrom. «Und gerade dir muß ich das antun, gerade dir!»
«Antun? Was antun?»
«Ich arbeite für den amerikanischen Geheimdienst», jammerte Hélène verzweifelt.

Thomas merkte nicht, daß die Glut seiner Zigarette immer näher auf seine Fingerspitzen zukroch. Er schwieg lange.
Endlich seufzte er tief auf: «O Gott, fängt das denn schon wieder an?»
Tragisch stieß Hélène hervor: «Ich wollte es dir nicht sagen ... Ich dürfte es dir nicht sagen ... Die jagen mich davon – aber ich mußte dir die Wahrheit gestehen nach diesem Abend ... Ich wäre sonst erstickt ...»
«Mal langsam und von vorn», sagte Thomas, der allmählich seine

Fassung wiedergewann. «Du bist also eine amerikanische Agentin.»
«Ja.»
«Und dein Onkel?»
«Ist mein Vorgesetzter, Colonel Herrick.»
«Und das Château Montenac?»
«Gemietet. Unsere Leute in Deutschland meldeten, du würdest einen großen Coup planen. Dann kamst du nach Zürich. Als dein Inserat erschien, bekamen wir Vollmacht, dir eine Beteiligung bis zu hunderttausend Franken anzubieten ...»
«Warum denn das?»
«Da war doch irgendein Trick bei deiner Annonce. Wir kannten ihn nicht. Aber wir hätten ihn herausbekommen. Und dann hätten wir dich in der Hand gehabt. Der FBI will dich doch unter allen Umständen anheuern. Sie sind ganz verrückt nach dir!»
Sie weinte jetzt wieder. Thomas trocknete ihr die Tränen.
«Dann hast du 750 000 verlangt. Da haben wir ein Blitzgespräch mit Washington angemeldet! Was glaubst du, was die uns erzählt haben! 750 000! Ein Irrsinn! Das wollen sie nicht riskieren! Und da setzten sie dann mich an ...»
«Dich an», wiederholte er idiotisch.
«... und so unternahm ich diese Reise. Es war alles nur Theater. Der Mechaniker in Grenoble ...»
«O Gott, der auch. Und ich Trottel habe ihm noch ein Trinkgeld gegeben!»
«... der Verlobte, alles, Tommy. Und nun – und nun habe ich mich in dich verliebt, und ich weiß, wenn du *nicht* für uns arbeitest, dann lassen sie dich hochgehen!»
Thomas stand auf.
«Bleib bei mir!»
«Ich komme wieder, Liebling», sagte er abwesend. «Ich muß mir nur einiges überlegen – in aller Ruhe, wenn du gestattest. Denn das alles, weißt du, ist mir schon einmal passiert ...»
Er verließ die Schluchzende und ging durch den Salon in sein Schlafzimmer hinüber. Hier setzte er sich ans Fenster, sah lange in die Nacht hinaus.
Dann griff er nach dem Telefonhörer, wartete, bis sich die Zentrale meldete, und sagte: «Geben Sie mir den Küchenchef ... Das ist egal, wecken sie ihn ...»
Nach fünf Minuten klingelte sein Telefon. Thomas nahm ab: «Gaston? Hier spricht Ott. Ich habe gerade einen argen Schicksalsschlag erlitten. Ich brauche etwas Leichtes, Anregendes. Machen

Sie mir einen Tomaten-Cocktail und ein paar Sardinen-Croquetten ... Danke.»

Er legte den Hörer auf.

Es gibt also kein Entrinnen, dachte er. 1957 haben sie mich am Wickel, wie sie mich 1939 am Wickel hatten!

Durch die offene Balkontür sah Thomas Lieven hinaus auf die verlassene Corniche d'Or und empor zu den unnahbaren, unbeteiligten Sternen, die über dem Mittelmeer glänzten. Aus der samtigen Dunkelheit schienen sie plötzlich aufzutauchen, die Männer und Frauen seiner Vergangenheit, näher zu kommen, herabzusteigen: faszinierende Schönheiten, eiskalte Agentinnen, mächtige Konzernfürsten, gerissene Kaufleute, skrupellose Mörder, Bandenführer, Schlachtenlenker.

Da kam sein ganzes bisheriges Leben auf ihn zu, dieses wilde, abenteuerliche Leben, das sich nun vollends im Kreis gedreht hatte, seit jenem warmen Tag im Mai 1939, an dem alles begann ...

ERSTES BUCH

I. Kapitel

1

Am 24. Mai 1939, zwei Minuten vor 10 Uhr vormittags, hielt ein schwarzes Bentley-Kabriolett vor dem Haus Lombard Street Nr. 122 im Herzen von London.
Ein eleganter junger Herr stieg aus. Seine sonnengebräunte Haut, die saloppe Art, sich zu bewegen, die lustigen Wirbel seines dunklen Haares standen in merkwürdigem Gegensatz zu seiner pedantischen Kleidung. Schwarz-grau gestreifte Hosen mit messerscharfen Bügelfalten trug der Herr, eine zweireihige, kurze schwarze Jacke, eine schwarze Weste mit goldener Uhrkette, ein weißes Hemd mit hohem, steifem Kragen, eine perlgraue Krawatte.
Bevor er die Autotür zuwarf, griff der junge Herr noch einmal in den Wagen. Einen schwarzen, steifen Hut holte er hervor, einen Regenschirm und zwei Zeitungen, die «Times» und die auf rosa Papier gedruckte «Financial Times».
So passierte der dreißigjährige Thomas Lieven den Eingang des Gebäudes und eine Tafel aus schwarzem Marmor, die in Goldbuchstaben diese Inschrift trug:

MARLOCK & LIEVEN
DOMINION AGENCY

Thomas Lieven war der jüngste Privatbankier Londons – aber ein erfolgreicher. Solcherlei Blitzkarriere verdankte er seiner Intelligenz, seiner Fähigkeit, seriös zu wirken, und seiner Begabung, nebeneinander zwei vollkommen verschiedene Leben zu führen. Von äußerster Korrektheit war Thomas Lieven an der Börse. Abseits dieser heiligen Hallen aber war er einer der charmantesten Ladykiller. Niemand, am wenigsten die jeweils direkt Betroffenen, ahnten auch nur, daß er in ausgeruhten Perioden spielend bis zu vier Freundinnen gleichzeitig bewältigte, denn er war ebenso rüstig wie verschwiegen.
Thomas Lieven konnte steifer sein als der steifste Gentleman der City – aber einmal die Woche schwang er heimlich im lautesten Club von Soho das Tanzbein, und zweimal die Woche nahm er heimlich Jiu-Jitsu-Unterricht.

Thomas Lieven liebte das Leben, und das Leben schien ihn zu lieben. Alles fiel ihm in den Schoß, wenn er nur geschickt verbarg, wie jung er noch war ...
Robert E. Marlock, sein Seniorpartner, stand im Schalterraum der Bank, als Thomas Lieven hereinkam und würdevoll die Melone lüpfte.
Marlock war fünfzehn Jahre älter, groß und hager. Auf eine nicht eben sympathische Weise wichen seine wasserhellen Augen jedem, der sie betrachten wollte, aus.
«Hallo», sagte er und sah gewohnheitsmäßig an Thomas vorbei.
«Guten Morgen, Marlock», sagte Thomas ernst. «Guten Morgen, meine Herren!»
Die sechs Angestellten hinter ihren Schreibtischen grüßten ernst wie er.
Marlock stand neben einer Metallsäule, die eine gläserne Käseglocke trug. Darunter tickte ein kleiner Messingtelegraf, der auf schmalen, schier endlosen Papierstreifen die neuesten Börsenkurse mitteilte.
Thomas trat neben seinen Partner und sah sich die Notierungen an. Marlocks Hände zitterten ein wenig. Mißtrauischerweise hätte man sagen können, daß es typische Falschspielerhände waren. Doch Mißtrauen wohnte vorerst nicht in Thomas Lievens heiterer Seele.
Nervös fragte Marlock: «Wann fliegen Sie nach Brüssel?»
«Heute abend.»
«Höchste Zeit. Sehen Sie mal, wie die Werte rutschen! Folge von dem verfluchten Nazi-Stahlpakt! Schon Zeitungen gelesen, Lieven?»
«Gewiß», sagte Thomas. Er sagte gerne «gewiß»; es klang würdiger als «ja».
Die Zeitungen hatten am Morgen dieses 24. Mai 1939 den Abschluß eines Bündnisvertrages zwischen Deutschland und Italien gemeldet. Selbiges Bündnis wurde «Stahlpakt» genannt.
Durch den dunklen, altmodischen Schalterraum schritt Thomas in sein dunkles, altmodisches Privatbüro. Der hagere Marlock folgte ihm und ließ sich in einen der Lederfauteuils sinken, die vor dem hohen Schreibtisch standen.
Zunächst besprachen die beiden Herren, welche Papiere Thomas auf dem Kontinent aufkaufen und welche er abstoßen sollte. «Marlock & Lieven» besaßen eine Zweigstelle in Brüssel. Thomas Lieven war zudem noch an einer Privatbank in Paris beteiligt. Nachdem die Herren das Geschäftliche erledigt hatten, brach Robert E. Marlock mit jahrelangen Gewohnheiten: Er sah seinem

Juniorpartner offen in die Augen. «Hm, Lieven, ich habe da noch eine ganz private Bitte. Sie erinnern sich gewiß an Lucie ...»
Thomas erinnerte sich gut an Lucie. Das schöne blonde Mädchen aus Köln hatte jahrelang als Marlocks Freundin in London gelebt. Dann mußte etwas Schwerwiegendes vorgefallen sein – niemand wußte genau zu sagen, was –, denn von einem Tag zum andern war Lucie Brenner nach Deutschland zurückgekehrt.
«Scheußlich von mir, Sie damit zu belästigen, Lieven», klagte Marlock jetzt, dem Jüngeren, mit Anstrengung zwar, aber doch immer noch direkt, in die Augen blickend. «Ich dachte bloß, wenn Sie schon in Brüssel sind, könnten Sie vielleicht schnell den Sprung nach Köln hinüber machen und mit Lucie reden.»
«Nach Köln? Warum fahren Sie nicht selber? Sie sind doch auch Deutscher ...»
Marlock sprach: «Ich würde sehr gern nach Deutschland fahren, aber die internationale Lage ... Zudem, ich habe Lucie damals sehr verletzt, ich bin ganz ehrlich ...» – Marlock sagte gern und oft, daß er ganz ehrlich sei – «... ganz ehrlich, ja. Da war eine andere Frau. Lucie hatte jedes Recht, mich zu verlassen. Sagen Sie ihr, ich bitte sie um Verzeihung. Ich will alles gutmachen. Sie soll zurückkommen ...»
In seiner Stimme schwang nun jene Rührung, die in den Stimmen der Politiker schwingt, wenn sie von ihrer Sehnsucht nach Frieden sprechen.

2

Am Morgen des 26. Mai 1939 traf Thomas Lieven in Köln ein. Vom Dom-Hotel wehten große Hakenkreuzfahnen. Überall in der Stadt wehten Hakenkreuzfahnen. Der «Stahlpakt» wurde gefeiert. Thomas sah viele Uniformen. Auf den Teppichen der Hotelhalle knallten Stiefel aneinander wie Schüsse.
Im Zimmer stand ein Bild des «Führers» auf dem Schreibtisch. Thomas lehnte seinen Rückflugschein daran. Er nahm ein heißes Bad. Dann kleidete er sich um und rief Lucie Brenner an.
Als der Hörer am andern Ende der Leitung abgehoben wurde, ertönte ein verdächtiges Knacken, das Thomas Lieven jedoch entging. Dem Superagenten von 1940 war 1939 die Existenz von Abhörgeräten noch völlig unbekannt.
«Brenner!»
Da war sie wieder, die verrauchte, aufregend heisere Stimme, an die er sich noch so gut erinnerte.

«Fräulein Brenner, hier spricht Lieven. Thomas Lieven. Ich bin gerade in Köln angekommen und ...» Er unterbrach sich. Er hatte zwar nicht das neuerliche Knacken in der Leitung, wohl aber ihren unterdrückten Aufschrei wahrgenommen.
Charmant lächelnd fragte er: «War das ein Freudenschrei?»
«O Gott», hörte er sie sagen.
Knack, machte es wieder.
«Fräulein Brenner, Marlock bat mich, Sie zu besuchen ...»
«Der Schuft!»
«Aber nicht doch ...»
«Der elende Schuft!»
«Fräulein Brenner, so hören Sie doch! Marlock will Sie durch mich um Verzeihung bitten. Darf ich zu Ihnen kommen?»
«Nein!»
«Aber ich habe ihm versprochen ...»
«Verschwinden Sie, Herr Lieven! Mit dem nächsten Zug! Sie wissen ja nicht, was hier los ist!»
Knack, machte es in der Leitung, ohne daß Thomas Lieven darauf achtete.
«Nein, nein, Fräulein Brenner, *Sie* sind es, die nicht weiß, was los ist ...»
«Herr Lieven ...»
«Bleiben Sie daheim, ich bin in zehn Minuten bei Ihnen!» Er legte auf und zog am Knoten seiner Krawatte. Sportlicher Ehrgeiz hatte ihn gepackt.
Ein Taxi brachte Thomas – selbstverständlich mit steifem Hut und peinlich gerolltem Regenschirm – hinaus nach Lindenthal. Hier wohnte Lucie Brenner im zweiten Stock einer Villa am Beethoven-Park.
Er klingelte an der Wohnungstür. Von jenseits erklang dumpfes Geflüster. Mädchenstimme, Männerstimme. Thomas wunderte sich, aber nur ganz wenig. Denn Mißtrauen wohnte vorerst nicht in seiner heiteren Seele.
Die Tür ging auf. Lucie Brenner wurde sichtbar. Sie trug einen Morgenrock und anscheinend wenig darunter. Sie war außerordentlich erregt. Als sie Thomas erkannte, ächzte sie: «Wahnsinniger!»
Danach ging alles sehr schnell.
Zwei Männer wurden hinter Lucie sichtbar. Sie trugen Ledermäntel und sahen aus wie Schlächter. Der eine Schlächter stieß Lucie grob beiseite, der andere Schlächter packte Thomas am Revers.

Vergessen waren Selbstbeherrschung, Ruhe und Zurückhaltung! Mit beiden Händen packte Thomas die Schlächterfaust und drehte sich in einer tänzerisch anmutigen Bewegung. Plötzlich hing der Schlächter höchst verblüfft über Thomas Lievens rechter Hüfte. Eine kleine ruckartige Verbeugung vollführte unser Freund. Ein Gelenk knackte. Der Schlächter schrie gellend auf, flog sausend durch die Luft und landete krachend auf dem Dielenboden. Hier blieb er schmerzverkrümmt liegen. Mein Jiu-Jitsu-Unterricht macht sich bezahlt, dachte Thomas.
«Und nun zu Ihnen», sprach er, auf den zweiten Schlächter zutretend.
Die blonde Lucie begann zu kreischen. Der zweite Schlächter wich zurück und stotterte: «N-nicht d-doch, Herr. Machen Sie nicht solche Sachen ...» Er holte einen Revolver aus seinem Schulterhalfter hervor. «Ich warne Sie. Seien Sie vernünftig.»
Thomas blieb stehen. Nur ein Idiot kämpft unbewaffnet gegen einen Schlächter mit Revolver.
«Im Namen des Gesetzes», sagte der ängstliche Schlächter. «Sie sind verhaftet!»
«Verhaftet, von wem?»
«Von der Geheimen Staatspolizei.»
«Junge, Junge», sagte Thomas Lieven, «wenn ich das im Club erzähle!»
Thomas Lieven liebte seinen Londoner Club, und sein Club liebte ihn. Whisky-Gläser in der Hand, Pfeifen im Mund, vor dem flackernden Kaminfeuer sitzend, so hörten die Clubmitglieder jeden Donnerstagabend die tollen Geschichten an, die reihum erzählt wurden. Wenn ich diesmal zurückkomme, dachte Thomas, bringe ich eine Geschichte mit, die ist auch nicht schlecht.
Nein, die Geschichte war nicht schlecht, und sie sollte immer besser werden. Allerdings – wann sollte Thomas sie in seinem Club erzählen dürfen, wann seinen Club auch nur wiedersehen? Er war durchaus noch frohen Mutes, als er an diesem Maitag 1939 in einem Büro des «Sonderdezernat D» im Gestapo-Hauptquartier zu Köln saß. Das Ganze ist ja nur ein Mißverständnis, dachte er; in einer halben Stunde bin ich hier raus ...
Haffner hieß der Kommissar, der Thomas in Empfang nahm: ein dicker Mann mit schlauen Schweinsaugen. Ein sauberer Mann! Ohne Unterlaß reinigte er seine Fingernägel mit immer neuen Zahnstochern.
«Ich höre, Sie haben einen Kameraden zusammengeschlagen», sagte Haffner böse. «Das wird Ihnen noch verflucht leid tun, Lieven!»

«Immer noch *Herr* Lieven für Sie! Was wollen Sie von mir? Warum wurde ich verhaftet?»
«Devisenverbrechen», sagte Haffner. «Habe lange genug auf Sie gewartet.»
«Auf mich?»
«Oder auf Ihren Partner Marlock. Seit diese Lucie Brenner aus London zurückkam, ließ ich sie überwachen. Dachte mir: einmal taucht einer von euch frechen Hunden wieder auf. Na, und dann hopps!» Haffner schob einen Aktenordner über den Schreibtisch. «Am besten, ich zeige Ihnen, was gegen Sie an Material vorliegt. Dann werden Sie die vorlaute Schnauze halten.»
Nun bin ich aber wirklich neugierig, dachte Thomas. Er begann in dem umfangreichen Ordner zu blättern. Nach einer Weile mußte er lachen.
«Was finden Sie komisch?» fragte Haffner.
«Na, hören Sie mal, das ist doch ein tolles Ding!»
Aus den Dokumenten ging hervor, daß die Londoner Privatbank «Marlock & Lieven» dem Dritten Reich vor ein paar Jahren einen argen Streich gespielt hatte, und zwar unter Ausnutzung des Umstandes, daß an der Zürcher Börse deutsche Pfandbriefe auf Grund der politischen Situation seit langem nur noch zu einem Fünftel ihres Nominalwertes gehandelt wurden.
«Marlock & Lieven» – oder wer auch immer unter diesem Firmennamen operierte – hatten im Januar, Februar und März 1936 solche Pfandbriefe in Zürich mit illegal transferierten Reichsmarkbeträgen erworben. Danach war ein Schweizer Staatsbürger als Strohmann beauftragt worden, einige der in Deutschland wertlosen, in der übrigen Welt um so wertvolleren Gemälde der sogenannten «Entarteten Kunst» zu kaufen. Die Nazi-Behörden erlaubten die Ausfuhr der Gemälde sehr gern. Erstens wurden sie die «unerwünschte» Kunst los, und zweitens erhielten sie die für ihre Aufrüstung so notwendigen Devisen. Der Schweizer Strohmann mußte nämlich dreißig Prozent der Kaufsumme in Schweizerfranken bezahlen.
Die restlichen siebzig Prozent allerdings – das bemerkten die Nazis erst viel später – bezahlte der Strohmann mit den deutschen Pfandbriefen, die auf diese Weise die Heimat wiedersahen, in der sie ihren normalen Wert besaßen, also den fünffachen dessen, zu dem «Marlock & Lieven» sie in Zürich erworben hatten.
Während Thomas Lieven die Dokumente studierte, dachte er: *Ich* habe dieses tolle Ding nicht gedreht. Also kann es nur Marlock gewesen sein. Er muß gewußt haben, daß die Deutschen ihn

suchen, daß Lucie Brenner überwacht wird, daß man mich verhaften, daß man mir kein Wort glauben wird. Daß er mich damit los ist. Daß er die Bank damit für sich allein hat. O Gott. O lieber Gott im Himmel ...
«So», sagte Kommissar Haffner zufrieden, «jetzt steht die alte Schlabberschnauze endlich still, was?» Er nahm einen neuen Stocher und beschäftigte sich ein bißchen mit seinen Zähnen.
Verflucht, was mache ich bloß, überlegte Thomas. Ein Gedanke kam ihm. Kein sehr guter. Aber es kam kein besserer. «Darf ich mal telefonieren?»
Haffner kniff die Schweinsaugen schmal: «Wen wollen Sie denn sprechen?»
Jetzt nichts wie ran, dachte Thomas, es bleibt nur noch die Flucht nach vorn.
«Den Baron von Wiedel.»
«Nie gehört.»
Thomas brüllte plötzlich los: «Seine Exzellenz Bodo Baron von Wiedel, Gesandter zur besonderen Verwendung im Auswärtigen Amt! Noch nie gehört von dem Herrn, was?»
«Ich – ich ...»
«Nehmen Sie gefälligst den Zahnstocher aus dem Mund, wenn Sie mit mir reden!»
«Was – was wollen Sie denn von dem Herrn Baron?» stotterte Haffner. Seine Durchschnittskost waren verschüchterte Bürger. Mit Häftlingen, die brüllten und Bonzen kannten, fand er sich noch nicht zurecht.
Thomas tobte weiter: «Der Baron ist mein bester Freund!»
Thomas war dem viel älteren Wiedel 1929 in einer nicht schlagenden Studentenverbindung begegnet. Wiedel hatte Thomas in aristokratische Zirkel eingeführt. Thomas hatte die Wechsel gedeckt, die der Baron zuweilen platzen ließ. So waren sie einander menschlich nähergekommen bis zu dem Tag, an dem Wiedel in die Partei eintrat. Da hatte sich Thomas nach einem gewaltigen Krach von ihm gelöst.
Ob Wiedel ein gutes Gedächtnis hat? überlegte unser Freund nun, während er weiterschrie: «Wenn Sie mir nicht *augenblicklich* eine Verbindung herstellen, können Sie sich morgen einen anderen Posten suchen!»
Das Telefonfräulein hatte es auszubaden. Kommissar Haffner riß plötzlich den Hörer ans Ohr und brüllte seinerseits: «AA Berlin! Aber ein bißchen dalli, Sie Trampel!»
Phantastisch, absolut phantastisch, dachte Thomas, als er gleich

darauf die Stimme seines ehemaligen Bundesbruders vernahm: «Hier von Wiedel ...»
«Bodo, hier spricht Lieven! Thomas Lieven, erinnerst du dich noch an mich?»
Brüllendes Gelächter klang an sein Ohr: «Thomas! Mensch! Das ist ja eine Überraschung! Damals hast du mir eine weltanschauliche Standpauke gehalten, und heute bist du selber bei der Gestapo!»
Vor der Größe dieses Mißverständnisses mußte Thomas die Augen schließen. Die Stimme des Barons lärmte lustig weiter: «Komisch, Ribbentrop oder Schacht sagte mir neulich erst, du hättest eine Bank in England!»
«Habe ich auch. Bodo, hör mal ...»
«Ah, Außendienst, verstehe! Tarnung, wie? Ich lache mir ja 'n Ast! Haste also eingesehen, wie recht ich hatte, damals?»
«Bodo –»
«Wie weit haste es denn schon gebracht? Muß ich Kommissar sagen?»
«Bodo ...»
«Kriminalrat?»
«Himmel, hör doch mal zu! Ich arbeite nicht bei der Gestapo! Ich bin von ihr *verhaftet* worden!»
Danach blieb es eine Weile still in Berlin.
Haffner schmatzte zufrieden, klemmte den zweiten Hörer mit der Schulter ans Ohr und setzte die Säuberung seines linken Daumennagels fort.
«Bodo! Hast du mich nicht vestanden?»
«Doch, doch, leider. Was – was wirft man dir denn vor?»
Thomas sagte, was man ihm vorwarf.
«Tja, mein Alter, das ist aber bös. Ich kann mich da unmöglich einmischen. Wir leben in einem Rechtsstaat. Wenn du wirklich unschuldig bist, wird sich das herausstellen. Alles Gute. Heil Hitler!»
«Ihr bester Freund, was?» grunzte Haffner.

3

Sie nahmen ihm Hosenträger, Krawatte, Schuhsenkel, die Brieftasche und seine geliebte Repetieruhr fort und sperrten ihn in eine Einzelzelle. Hier verbrachte Thomas den Rest des Tages und die Nacht. Fieberhaft arbeiteten seine Gedanken. Es mußte einen Ausweg geben, mußte, mußte. Aber er fand ihn nicht ...
Am Morgen des 27. Mai holten sie Thomas Lieven wieder zum

Verhör. Als er in Haffners Zimmer kam, sah er, daß neben dem Kommissar ein Major der Wehrmacht stand, ein blasser, sorgenvoller Mensch. Haffner wirkte verärgert. Er schien eine Auseinandersetzung hinter sich zu haben.
«Das ist der Mann, Herr Major. Befehlsgemäß lasse ich Sie mit ihm allein», sagte der Gestapo-Mann und verschwand.
Der Offizier schüttelte Thomas die Hand: «Major Loos vom Wehrbezirkskommando Köln. Baron von Wiedel hat mich angerufen. Ich soll mich um Sie kümmern.»
«Kümmern?» – «Na, Sie sind doch völlig unschuldig. Ihr Partner hat Sie reingelegt, das ist mir klar.»
Aufatmend sagte Thomas: «Ich freue mich, daß Sie zu dieser Ansicht gekommen sind, Herr Major. Kann ich also gehen?»
«Wieso gehen? Sie kommen ins Zuchthaus!»
Thomas setzte sich. «Aber ich bin doch unschuldig!»
«Machen Sie das der Gestapo klar, Herr Lieven. Nein, nein, Ihr Partner hat sich schon alles richtig überlegt.»
«Hm», sagte Thomas. Er sah den Major an. Er dachte: Da kommt doch noch etwas ...
Es kam prompt: «Sehen Sie, Herr Lieven, *einen* Ausweg gibt es natürlich noch für Sie. Sie sind deutscher Staatsbürger. Sie kennen die Welt. Sie sind ein kultivierter Mensch. Sprechen fließend Englisch und Französisch. So etwas wird gesucht in diesen Tagen.»
«Gesucht von wem?»
«Von uns. Von mir. Ich bin Abwehroffizier, Herr Lieven. Ich kann Sie hier nur heraushauen, wenn Sie sich bereit erklären, für die militärische Abwehr zu arbeiten. Im übrigen – wir zahlen gut ...»

Major Fritz Loos war der erste Angehörige eines Geheimdienstes, den Thomas Lieven traf. Unzählige andere sollten folgen – Engländer, Franzosen, Polen, Spanier, Amerikaner und Russen.
Achtzehn Jahre nach dieser ersten Begegnung, am 18. Mai 1957, dachte Thomas Lieven in der nächtlichen Stille eines Luxus-Appartements zu Cannes: Im Grunde waren sich alle diese Leute unendlich ähnlich. Alle wirkten sie traurig, verbittert, enttäuscht. Alle waren sie wohl aus ihrer Bahn geworfen worden. Alle wirkten sie krank. Sie waren alle eher schüchtern und umgaben sich deshalb unablässig mit den lächerlichen Attributen ihrer Macht, ihres Geheimnisses, ihres Schreckens. Sie spielten alle ununterbrochen Theater, sie litten alle an einem tiefen Minderwertigkeitskomplex ...

Das alles wußte Thomas Lieven in einer schönen Mainacht des Jahres 1957. Am 27. Mai 1939 wußte er es noch nicht. Da war er einfach entzückt, als der Major Loos ihm den Vorschlag machte, für die Deutsche Abwehr zu arbeiten. Auf diese Weise komme ich erst einmal aus dem Dreck heraus, dachte er und wußte nicht, wie tief er schon mittendrin steckte ...

4

Als die Lufthansa-Maschine die niedere Wolkendecke durchbrach, die über London lagerte, gab der Passagier auf Platz Nr. 17 ein seltsames Geräusch von sich.
Die Stewardeß eilte zu ihm. «Geht es Ihnen nicht gut, mein Herr?» fragte sie teilnahmsvoll, dann sah sie, daß Nr. 17 lachte.
«Mir geht es ausgezeichnet», sagte Thomas Lieven. «Verzeihen Sie, ich mußte nur eben an etwas Komisches denken.»
Er hatte an das enttäuschte Gesicht des Asservaten-Verwalters im Gestapo-Hauptquartier Köln denken müssen, als dieser ihm seine Sachen zurückgab. Von der goldenen Repetieruhr hatte sich der Mann kaum trennen können.
Thomas nahm das geliebte Stück hervor und strich zärtlich über den zierlichen Deckel. Dabei entdeckte er noch etwas Druckerschwärze unter dem Nagel seines Zeigefingers. Er mußte wieder lachen bei dem Gedanken, daß es seine Fingerabdrücke nun in einer geheimen Kartei gab und sein Foto auf einem Personalbogen.
Ein Herr namens John Smythe (mit y und th) würde übermorgen in sein Haus kommen, um den Gasofen im Badezimmer nachzusehen. Herrn Smythe war unbedingter Gehorsam zu leisten, hatte Major Loos eindringlich gesagt.
Herr Smythe mit y und th wird sich wundern, dachte Thomas. Wenn er wirklich auftauchen sollte, dann werde ich ihn hinausfeuern!
Die Maschine verlor an Höhe. Mit Südwestkurs steuerte sie über die Themse auf den Flughafen Croydon zu.
Thomas verwahrte seine Uhr und rieb kurz die Hände. Er reckte sich wohlig. Aah – wieder in England! In Freiheit! In Sicherheit! Jetzt in den Bentley gesprungen! Ein heißes Bad! Dann einen Whisky! Eine Pfeife! Die Freunde im Club! Das große Erzählen ...
Tja, und dann natürlich Marlock.
So groß war Thomas Lievens Glück über diese Heimkehr, daß

schon sein halber Zorn verflog. Mußte er sich *wirklich* von Marlock trennen? Vielleicht gab es eine Erklärung, die man annehmen konnte. Vielleicht hatte Marlock Sorgen. Man mußte ihn auf jeden Fall erst einmal anhören ...
Sieben Minuten nach diesen Gedankengängen schritt unser Freund beschwingt über eine herangerollte Treppe aus der Maschine auf den regennassen Platz vor dem vierstöckigen Flughafengebäude herab. Unter seinem Regenschirm marschierte er pfeifend auf die Einwanderungshalle zu. Hier gab es zwischen Seilabsperrungen zwei Korridore. Über dem rechten stand: «British Subjects», über dem linken «Foreigners».
Immer noch pfeifend wandte Thomas sich nach links und trat an das hohe Stehpult des «Immigration Officer» heran.
Der Beamte, ein älterer Mensch mit nikotinverfärbtem Walroßschnurrbart, nahm den deutschen Reisepaß entgegen, den ihm Thomas mit einem freundlichen Lächeln reichte. Er blätterte darin, dann sah er auf. «Ich bedaure, Sie dürfen britischen Boden nicht mehr betreten.»
«Was soll das heißen?»
«Sie wurden heute ausgewiesen, Mr. Lieven. Bitte, folgen Sie mir, es warten zwei Herren auf Sie.» Und er ging schon voran ...
Die beiden Herren erhoben sich, als Thomas in das kleine Büro kam. Sie sahen aus wie besorgte Beamte, magenkrank und unausgeschlafen.
«Morris», sagte der eine.
«Lovejoy», sagte der andere.
An wen erinnern mich die beiden bloß? überlegte Thomas. Er kam nicht darauf. Er war jetzt verärgert, schwer verärgert. Er nahm sich sehr zusammen, um auch nur halbwegs höflich zu bleiben: «Meine Herren, was soll das bedeuten? Ich lebe seit sieben Jahren in diesem Land. Ich habe mir nichts zuschulden kommen lassen.»
Der Mann mit Namen Lovejoy hob eine Zeitung hoch und wies auf eine dreispaltige Überschrift:

LONDONER BANKIER IN KÖLN VERHAFTET!

«Na und? Das war vorgestern! Heute bin ich hier! Die Deutschen haben mich wieder freigelassen!»
«Und warum wohl?» fragte Morris. «Warum läßt die Gestapo wohl einen Mann frei, den sie eben erst verhaftet hat?»
«Meine Unschuld hat sich erwiesen.»

«Aha», sagte Lovejoy.
«Aha», sagte Morris. Die Herren sahen sich bedeutungsvoll an. Dann sagte Morris mit klassischer Überlegenheit: «Wir sind vom ‹Secret Service›, Mr. Lieven. Wir haben unsere Informationen aus Köln. Es ist völlig zwecklos, daß Sie uns belügen.»
Jetzt weiß ich, an wen ihr beide mich erinnert, dachte Thomas plötzlich. An den blassen Major Loos! Dasselbe Theater. Dieselben Allüren. Er sagte wütend: «Um so besser, wenn Sie vom ‹Secret Service› sind, meine Herren. Es wird Sie dann natürlich interessieren: die Gestapo hat mich nur freigelassen, weil ich mich bereit erklärte, für die Deutsche Abwehr zu arbeiten.»
«Mr. Lieven, für wie naiv halten Sie uns eigentlich?»
Thomas wurde ungeduldig: «Ich sage die reine Wahrheit. Die Deutsche Abwehr hat mich erpreßt. Ich fühle mich an mein Versprechen nicht gebunden. Ich will hier in Frieden leben!»
«Sie glauben doch wohl selber nicht, daß wir Sie nach diesem Geständnis noch ins Land lassen! Sie sind offiziell ausgewiesen, weil jeder Ausländer aus unserem Lande abgeschoben wird, wenn er mit dem Gesetz in Konflikt kommt.»
«Aber ich bin doch völlig unschuldig! Mein Partner hat mich betrogen! Lassen Sie mich wenigstens zu ihm! Dann werden Sie sehen, daß ich die Wahrheit spreche!»
Morris und Lovejoy sahen sich bedeutungsvoll an.
«Warum sehen Sie sich so bedeutungsvoll an, meine Herren?»
Lovejoy sagte: «Sie können nicht mit Ihrem Partner sprechen, Mr. Lieven.»
«Und warum nicht?»
«Weil Ihr Partner für sechs Wochen London verlassen hat», sagte Morris.
«Lo-Lo-London?» Thomas wurde blaß. «Verla-la-lassen?»
«Jawohl. Es heißt, er wäre nach Schottland gereist. Wohin genau weiß niemand.»
«Verflucht noch einmal, aber was soll ich denn jetzt machen?»
«Kehren Sie zurück in Ihr Vaterland.»
«Damit man mich einsperrt? Ich wurde doch nur in Freiheit gesetzt, um in England zu spionieren!»
Die beiden Herren sahen sich wieder an. Thomas wußte, daß noch etwas kommen würde. Es kam prompt.
Morris sprach kühl und sachlich: «Soweit ich sehen kann, gibt es überhaupt nur noch einen Ausweg für Sie, Mr. Lieven: Arbeiten Sie für uns!» Du lieber Himmel, dachte Thomas Lieven, wenn ich das im Club erzähle! Kein Mensch glaubt es mir.

«Spielen Sie mit uns gegen die Deutschen, und wir lassen Sie ins Land und helfen Ihnen gegen Marlock. Wir schützen Sie.»
«Wer schützt mich?»
«Der ‹Secret Service›.»
Thomas erlitt einen kleinen Lachkrampf. Dann wurde er ernst, zog an seiner Weste und an seiner Krawatte und richtete sich zu seiner ganzen Größe auf.
Der Augenblick der Verwirrung und Niedergeschlagenheit war vorübergegangen. Er wußte jetzt, daß er etwas für einen gewaltigen Jux gehalten hatte, das wahrscheinlich kein ganz so gewaltiger Jux war. Nun mußte er kämpfen. Er kämpfte gern. Ein Mann läßt sich nicht einfach sein Leben zerstören.
Thomas Lieven sagte: «Ich lehne Ihr Angebot ab, meine Herren, ich gehe nach Paris. Mit dem besten Anwalt Frankreichs werde ich einen Prozeß gegen meinen Partner führen – und gegen die britische Regierung.»
«Das würde ich nicht tun, Mr. Lieven.»
«Das werde ich doch tun.»
«Das wird Ihnen leid tun.»
«Das werden wir sehen. Ich weigere mich zu glauben, daß die ganze Welt ein Irrenhaus ist!» sagte Thomas Lieven.
Ein Jahr später weigerte er sich nicht mehr.
Und achtzehn Jahre später, als er des Nachts in einem Luxushotel zu Cannes sein Leben überdachte, war er überzeugt davon.
Die ganze Welt ein Irrenhaus – das schien ihm die einzige profunde Wahrheit zu sein, an die man sich in diesem Jahrhundert des Wahnsinns noch halten konnte. Und sollte!

5

Am 28. Mai 1939, kurz nach Mitternacht, gab ein eleganter, junger Herr in dem bei Feinschmeckern berühmten Lokal «Chez Pierre» am Place Graillon in Paris seine Bestellung auf: «Emile, wir nehmen ein wenig Hors d'oeuvre, dann eine Krebsschwanzsuppe, dann Lendenschnitten mit Champignons. Zum Nachtisch, wie wär's mit einer Coupe Jacques?»
Der alte, weißhaarige Oberkellner Emile betrachtete den Gast lächelnd und voll Sympathie. Er kannte Thomas Lieven seit vielen Jahren.
Neben dem jungen Herrn saß ein schönes Mädchen mit glänzendem schwarzem Haar und lustigen Puppenaugen in dem ovalen Gesicht. Mimi Chambert hieß die junge Dame.

«Wir haben Hunger, Emile! Wir waren im Theater. Shakespeare, mit Jean Louis Barrault ...»
«Dann würde ich statt des kalten Hors d'oeuvres warme Lachsbrötchen empfehlen, Monsieur. Shakespeare strengt an.»
Sie lachten, und der alte Maître d'hôtel verschwand in der Küche. Das Lokal war ein langer, dunkler Saal, altmodisch gehalten, aber sehr gemütlich. Weit weniger altmodisch zeigte sich die junge Dame.
Mimis weißes Seidenkleid war tief ausgeschnitten und seitlich eng gerafft. Zierlich und klein von Wuchs war die junge Schauspielerin – und stets gut aufgelegt, sogar schon morgens, unmittelbar nach dem Erwachen.
Thomas kannte sie seit zwei Jahren. Er lächelte Mimi an, holte tief Atem: «Ah, Paris! Die einzige Stadt, in der man noch leben kann, mon petit chou. Wir werden uns ein paar schöne Wochen machen ...»
«Ich bin ja so froh, daß du wieder vergnügt bist, chéri! Heute nacht warst du so unruhig ... Du hast in drei Sprachen durcheinandergeredet, ich habe nur das Französische verstanden ... Ist etwas los mit deinem Paß?»
«Wieso?»
«Du hast dauernd von Ausweisung gesprochen und von Aufenthaltserlaubnis ... Es sind jetzt so viele Deutsche in Paris, die Kummer mit ihren Pässen haben ...»
Er küßte gerührt ihre Fingerspitzen. «Mach dir keine Sorgen. Mir ist da eine dumme Geschichte passiert. Nichts wirklich Unangenehmes!» Er sprach mit ruhiger Überzeugung, er glaubte selbst an seine Worte: «Man hat mir Unrecht getan, verstehst du, mon chou? Ich bin betrogen worden. Das Unrecht besteht manchmal lange – ewig nie. Nun habe ich einen herrlichen Anwalt. Und die kleine Weile, die es dauert, bis man sich bei mir entschuldigt, will ich mich bei dir erholen ...»
Der Kellner trat heran. «Monsieur Lieven, da sind zwei Herren, die Sie sprechen wollen.»
Arglos sah Thomas auf. Beim Eingang standen, verlegen grüßend, zwei Männer in nicht ganz sauberen Trenchcoats.
Thomas erhob sich. «Ich bin gleich wieder da, ma petite.»
Er ging zum Eingang. «Meine Herren, was kann ich für Sie tun?»
Die beiden Männer in den zerdrückten Regenmänteln verneigten sich. Dann sprach der eine: «Monsieur, wir waren schon in der Wohnung von Mademoiselle Chambert. Wir sind Kriminalbeamte. Es tut uns leid, wir müssen Sie verhaften.»

«Was habe ich getan?» fragte Thomas leise. Eigentlich hatte er lachen wollen ...
«Sie werden alles erfahren.»
Der Alptraum geht also weiter, dachte Thomas. Er sagte freundlich: «Meine Herren, Sie sind Franzosen! Sie wissen, welche Sünde es ist, ein gutes Essen zu stören. Darf ich Sie bitten, mit meiner Verhaftung zu warten, bis ich gespeist habe?»
Die beiden Kriminalbeamten zögerten.
«Können wir unseren Chef anrufen?» fragte der eine.
Thomas erlaubte es ihm. Der Mann verschwand in einer Zelle und kehrte sehr schnell wieder zurück. «In Ordnung, Monsieur. Der Chef hat nur eine Bitte.»
«Nämlich welche?»
«Ob er nicht vielleicht herkommen und mit Ihnen essen kann. Er sagt, bei einem guten Essen bespricht sich alles leichter.»
«Schön, einverstanden. Aber wer ist, wenn ich fragen darf, Ihr Chef?»
Die beiden Beamten sagten es ihm.
Thomas ging zum Tisch zurück und winkte den alten Kellner herbei: «Emile, ich erwarte noch einen Gast. Bringen Sie bitte ein drittes Gedeck.»
«Wer kommt denn noch?» fragte Mimi lächelnd.
«Ein gewisser Oberst Siméon.»
«Oh», sagte Mimi. Ganz gegen ihre sonstige Gewohnheit sagte sie nur dieses eine Wort.
Oberst Jules Siméon erwies sich als ein sympathischer Herr. Mit seinem gepflegten Schnurrbart, der römischen Nase und den geistreich-ironischen Augen erinnerte er an den Schauspieler Adolphe Menjou, wenn er auch größer als dieser war. Thomas begrüßte er voller Hochachtung, Mimi wie eine alte Bekannte, was unseren Freund ein wenig beunruhigte.
Siméons dunkelblauer Anzug stammte ohne Zweifel von einem erstklassigen Schneider, aber er glänzte schon ein wenig an den Ellenbogen und am Rücken. Der Oberst trug eine goldene Krawattennadel mit Perle und kleine goldene Manschettenknöpfe, doch die Absätze seiner Schuhe waren vertreten.
Zur Suppe und zur Vorspeise unterhielt man sich über Paris. Bei den Lendenschnitten wurde Oberst Siméon präzise: «Monsieur Lieven, ich bitte zu entschuldigen, daß wir Sie mitten in der Nacht und auch noch beim Essen stören. Herrlich knusprig, diese Pommes chips, finden Sie nicht auch? Ich habe einen Befehl von hoher Stelle erhalten. Wir suchen Sie schon den ganzen Tag.»

Menu · 28. Mai 1939

Krebsschwanzsuppe · Warme Lachsbrötchen
Lendenschnitten mit Champignons
Pommes chips · Coupe Jacques

Bei diesem Menu wurde Thomas Lieven Geheimagent

Krebsschwanzsuppe: Man koche zunächst eine gute Rindfleischbouillon. Dann nehme man für vier Personen ein Dutzend großer Krebse, die eine Viertelstunde in brausendem Wasser kochen müssen. Dann wird das Fleisch aus Scheren und Schwänzen gebrochen, sämtliche Schalen in einem Mörser nicht zu fein gestoßen und über dem Feuer mit 1/4 Pfund Butter so lange durchgerührt, bis diese zu steigen anfängt und rot wird. Nun lasse man darin einen Eßlöffel Mehl anziehen, gieße einen Liter Fleischbrühe hinzu und gebe das Ganze durch ein mit einem Mulltuch belegtes Haarsieb.
Kurz vor dem Anrichten lasse man die Suppe noch einmal aufkochen und tue die Krebsschwänze hinein.
Die Suppe darf nicht zu sämig sein, was überhaupt bei allen Gesellschaftssuppen vermieden werden sollte.

Warme Lachsbrötchen: Dünne Weißbrotscheiben durch Milch ziehen, mit einer passend zurechtgeschnittenen, in Milch ausgeweichten Scheibe Räucherlachs belegen und mit je einer durch Milch gezogenen Weißbrotscheibe bedecken. Auf der oberen Seite mit geriebenem Käse bestreuen, mit Butterflöckchen belegen, auf einem gefetteten Blech im Backofen überbacken.

Lendenschnitten mit Champignons: Die Lendenschnitten in heißem Fett auf beiden Seiten kurz braten und folgendes Champignongericht darübergeben: Eine Zwiebel in Butter dünsten, in 1/4 Liter Weißwein zum Kochen bringen, 3 Eigelb, 1 Eßlöffel Butter, Saft von 1/2 Zitrone, Salz und Pfeffer hineinrühren. Man gieße weiter Wein hinzu und schlage die Masse auf dem Feuer im Wasserbad, bis sie dick wird. Separat dämpfe man Champignons und Schalotten (junge Zwiebeln) in Butter und 1 Glas Weißwein. Inzwischen bereite man eine Schwitze aus 1 Teelöffel Butter, 1 Eßlöffel Mehl, 1/2 Liter Brühe, der man die Champignons und die Sauce zufügt und alles nochmals aufkochen läßt.

Coupe Jacques: Eine Portion Vanille-Eis bedeckt man mit Schlagsahne. Darüber gibt man Fruchtsalat (frischen oder aus Büchsen), der vorher eine halbe Stunde in Maraschino gezogen hat. Man lege eine Schicht Erdbeer-Eis darüber und garniere den Eisbecher mit Schlagsahne und kandierten Kirschen.

Von ferne glaubte Thomas auf einmal die Stimme Jean Louis Barraults zu vernehmen, der heute abend in Shakespeares Stück den Dritten Richard gespielt hatte. Undeutlich hörte er einen Vers. Aber er verstand ihn noch nicht.
«So», sagte er. «Ja, herrliche Pommes chips, Oberst. Den Trick versteht man hier. Das zweimalige Ölbad, das ist es. Ach ja, die französische Küche ...»

Thomas legte eine Hand auf Mimis Arm. Der Oberst lächelte. Mehr und mehr gefällt mir dieser Oberst, dachte Thomas.
Der Oberst sagte: «Sie sind aber nicht nur der guten Küche wegen in Paris. Auch wir haben unsere Leute in Köln und in London. Wir wissen, was Sie bei dem verehrten Major Loos – hat er es immer noch mit der Galle? – erlebt haben ...»
Wieder glaubte Thomas, die Stimme Jean Louis Barraults zu hören, wieder wähnte er, einen Vers des unsterblichen Shakespeare zu vernehmen, aber er konnte ihn noch immer nicht verstehen.
Und warum lächelt Mimi? Warum lächelt sie so süß?
«Monsieur Lieven», sagte der Oberst, «ich versichere Sie meiner Sympathie. Sie lieben Frankreich. Sie lieben seine Küche. Aber ich habe meine Befehle. Ich muß Sie ausweisen, Monsieur Lieven; Sie sind zu gefährlich für mein armes, bedrohtes Land. Wir werden Sie zur Grenze bringen, noch heute nacht. Und niemals wieder sollen Sie Frankreich betreten ...»
Thomas begann zu lachen.
Mimi sah ihn an. Und zum erstenmal, seit er sie kannte, lachte sie nicht sofort mit. Da hörte auch er wieder auf mit seinem Gelächter.
«... es sei denn», sagte der Oberst und häufte eine neue Portion Champignons auf seinen Teller, «es sei denn, Monsieur Lieven, Sie lassen sich umdrehen und arbeiten für uns, für das ‹Deuxième Bureau›.»
Thomas richtete sich auf. So betrunken, dachte er, bin ich noch nicht! Er sagte leise: «Sie machen mir das Angebot, für den französischen Geheimdienst zu arbeiten, in Anwesenheit von Mademoiselle Chambert?»
«Aber warum denn nicht, mon chéri?» sagte Mimi zärtlich und gab Thomas einen Kuß auf die Wange. «Ich bin doch auch bei dem Verein!»
«Du bist ...» Thomas verschluckte sich.
«Klein, klein nur – aber doch. Ich verdiene mir ein bißchen was nebenbei. Böse?»
«Mademoiselle Chambert ist die charmanteste Patriotin, die ich kenne», verkündete der Oberst.
Da wurde plötzlich die Stimme, die Thomas Lieven seit langem quälte, die Stimme des Schauspielers Jean Louis Barrault, in seinen Ohren deutlich, und Thomas verstand jetzt die Worte, diese Worte König Richards des Dritten:

«Und darum, weil ich nicht als ein Verliebter
kann kürzen diese feinberedten Tage,
bin ich gewillt, ein Bösewicht zu werden ...»

«Monsieur Lieven», forschte der Oberst, das Rotweinglas in der Hand, «wollen Sie für uns arbeiten?»

Thomas sah Mimi an, die süße, zärtliche Mimi. Er sah Oberst Siméon an, den Mann mit Lebensart. Er sah das gute Essen an.

Es gibt also keinen anderen Weg für mich, dachte Thomas Lieven. Ich habe mir ein falsches Bild von dieser Welt gemacht. Ich muß mein Leben ändern, und das gleich, wenn ich nicht untergehen will in diesem Strom des Wahnsinns!

Mimis Stimme klang an sein Ohr: «Ah, chéri, sei doch nett und komm zu uns. Wir werden ein so schönes Leben haben!»

Siméons Stimme klang an sein Ohr: «Monsieur, haben Sie sich entschieden?»

Die Stimme des Schauspielers Jean Louis Barrault dröhnte:
«... bin ich gewillt, ein Bösewicht zu werden ...»

«Ich bin gewillt», sprach Thomas Lieven sanft.

6

Zuerst die Deutsche Abwehr. Dann der «Secret Service». Jetzt das «Deuxième Bureau». Alles innerhalb von 96 Stunden. Vor vier Tagen, dachte Thomas, habe ich noch in London gelebt, ein geachteter Bürger, ein erfolgreicher Privatbankier. Wer nimmt mir so etwas ab? Wer wird mir all das glauben in meinem Club?

Thomas Lieven fuhr sich mit seiner schmalen, feingliedrigen Hand durch das kurzgeschnittene schwarze Haar und sagte: «Meine Situation scheint hoffnungslos, aber nicht ernst. Angenehm gesättigt, sitze ich auf dem Trümmerhaufen meiner bürgerlichen Existenz. Voilà, ein historischer Augenblick. Emile!» Der alte Oberkellner eilte herbei. «Wir haben Grund zu feiern. Champagner, bitte!» Zärtlich küßte Mimi ihren Freund. «Ist er nicht süß?» fragte sie den Oberst.

«Monsieur, ich verneige mich vor Ihrer Haltung», sagte Siméon. «Ich bin glücklich darüber, daß Sie sich bereit erklären, für uns zu arbeiten.»

«Ich erkläre mich nicht bereit, es bleibt mir nichts anderes übrig.»

«Das ist dasselbe.»

«Natürlich können Sie nur so lange auf mich rechnen, wie mein Prozeß läuft. Wenn ich den gewonnen habe, will ich wieder in London leben. Ist das klar?»

«Vollkommen klar, Monsieur», sagte Oberst Siméon und lächelte, als wäre er ein Hellseher und wüßte bereits, daß Thomas Lieven seinen Prozeß einen Weltkrieg später noch immer nicht gewonnen haben und daß er niemals mehr in London leben würde.
«Im übrigen», sagte Thomas, «ist mir völlig schleierhaft, auf welchem Gebiet ich für Sie von Wert sein könnte.»
«Sie sind Bankier.»
«Na und?»
Siméon zwinkerte. «Madame hat mir erzählt, wie tüchtig Sie sind!»
«Aber Mimi», sagte Thomas zu der kleinen Schauspielerin mit dem glänzenden, schwarzen Haar und den lustigen Augen, «das war sehr indiskret von dir!»
«Madame hat es für die nationale Sache getan. Sie ist eine bezaubernde Persönlichkeit.»
«Ich nehme an, Sie können das gut beurteilen, Herr Oberst!»
Darauf sprachen Mimi und Siméon gleichzeitig: «Als Offizier gebe ich Ihnen mein Ehrenwort.» – «Aber chéri, das war doch lang vor deiner Zeit.»
Dann brachen beide ab und lachten. Mimi schmiegte sich an Thomas. Sie war wirklich verliebt in diesen Mann, der so seriös wirken und dabei so unseriös sein konnte, der aussah wie der Urtyp aller britischen Gentleman-Bankiers und dabei liebenswerter und einfallsreicher war als alle Herren, die Mimi kannte. – Und sie kannte eine ganze Menge.
«Lange vor meiner Zeit», sagte Thomas Lieven. «Aha. Soso. Nun schön ... Herr Oberst, nach Ihren Worten zu schließen, darf ich mich also als Finanzberater des französischen Geheimdienstes betrachten?»
«Ganz recht, Monsieur. Man wird Ihnen besondere Aufgaben übertragen.»
«Lassen Sie mich», sagte Thomas, «bevor der Champagner kommt, rasch noch ein paar aufrichtige Worte verlieren. Trotz meiner relativen Jugend habe ich bereits gewisse Prinzipien. Sollten Sie diese unvereinbar mit meiner neuen Tätigkeit finden, dann bitte ich Sie, mich doch lieber auszuweisen.»
«Voilà, Ihre Prinzipien, Monsieur?»
«Ich weigere mich, eine Uniform zu tragen, Herr Oberst. Sie werden das vielleicht unverständlich finden, aber ich schieße nicht auf Menschen. Ich erschrecke niemanden, ich verhafte niemanden, ich quäle niemanden.»
«Aber ich bitte Sie, Monsieur, für solche Kleinigkeiten sind Sie uns doch viel zu schade!»

«Ich schädige und beraube auch niemanden – es sei denn innerhalb der erlaubten Grenzen meines Berufes. Aber auch dann nur, wenn ich mich davon überzeugt habe, daß der Betreffende es verdient.»
«Monsieur, seien Sie ohne Sorge, Sie werden Ihren Prinzipien treu bleiben können. Es ist allein ihr Gehirn, auf das wir reflektieren.»
Emile kam mit dem Champagner.
Sie tranken, dann sagte der Oberst: «Ich muß allerdings darauf bestehen, daß Sie an einem Ausbildungskurs für Geheimagenten teilnehmen. Das verlangt unsere Betriebsordnung! Es gibt da viele raffinierte Tricks, von denen Sie noch nichts wissen. Ich will sehen, daß Sie schnellstens in eines unserer Speziallager kommen.»
«Aber nicht mehr heute nacht, Jules», sagte Mimi und strich zärtlich über Thomas Lievens Hand. «Für heute nacht weiß er genug ...»

Am frühen Morgen des 30. Mai 1939 holten zwei Herren Thomas Lieven bei seiner Freundin ab. Die Herren trugen billige Konfektionsanzüge mit ausgebeulten Hosen. Es waren unterbezahlte Unteragenten.
Thomas trug einen einreihigen, schwarzgrauen Anzug mit Pepitamuster, weißes Hemd, schwarze Krawatte, schwarzen Hut, schwarze Schuhe und natürlich seine geliebte Repetieruhr. Er nahm einen kleinen Koffer mit.
Die ernsten Herren verfrachteten Thomas in einen Lastwagen. Als er ins Freie sehen wollte, stellte er fest, daß die Zeltplanen über der Ladefläche festgezurrt und dicht geschlossen waren.
Nach fünf Stunden tat ihm jeder Knochen weh. Als der Laster endlich hielt und die Herren ihn aussteigen ließen, sah Thomas sich in einer außerordentlich tristen Gegend. Ein hügeliges Gelände voller Steinbrocken war von hohen Stacheldrahtzäunen umgeben. Im Hintergrund, vor einem düsteren Wäldchen, erblickte Thomas ein verwittertes, graues Gebäude. Am Eingangstor stand ein schwerbewaffneter Soldat.
Die beiden schlechtgekleideten Herren gingen zu dem feindselig blickenden Posten hinüber und wiesen eine Unzahl von Ausweisen vor, die der Soldat ernst studierte. Indessen kam ein alter Bauer mit einem Wägelchen voll Holz des Weges.
«Hast du's noch weit, mein Alter?» fragte ihn Thomas.
«Der Teufel soll's holen. Sind noch gut drei Kilometer bis Saint Nicolas!»

«Wo ist denn das?»

«Na, da unten. Direkt vor Nancy.»

«Aha», sagte Thomas Lieven.

Seine beiden Begleiter kehrten zurück. Der eine erklärte ihm: «Sie müssen entschuldigen, daß wir Sie im Lastwagen eingeschlossen haben. Strenger Befehl. Sie hätten sonst vielleicht die Gegend erkannt. Und Sie dürfen keinesfalls wissen, wo Sie sich befinden.»

«Aha», sagte Thomas.

Das alte Gebäude war eingerichtet wie ein drittklassiges Hotel. Ziemlich popelig, dachte Thomas Lieven. Viel Geld scheinen die Herrschaften nicht zu haben. Hoffentlich gibt's keine Wanzen. In Situationen kommt man!

An dem neuen Kursus nahmen außer Thomas noch siebenundzwanzig andere Agenten teil, hauptsächlich Franzosen, aber auch zwei Österreicher, fünf Deutsche, ein Pole und ein Engländer.

Der Leiter des Kurses war ein hagerer, blasser Mann von ungesunder Gesichtsfarbe, so geheimnisvoll und bedrückt, so überheblich und unsicher wie sein deutscher Kollege Major Loos, den Thomas in Köln kennengelernt hatte.

«Meine Herren», sagte dieser Mensch zu der versammelten Agentenschar, «ich bin Jupiter. Für die Dauer des Kurses wird sich jeder von Ihnen einen falschen Namen zulegen. Sie haben eine halbe Stunde Zeit, dazu einen passenden falschen Lebenslauf zu ersinnen. Diese erfundene Identität müssen Sie von nun an unter allen Umständen verteidigen. Ich und meine Kollegen werden alles tun, um Ihnen zu beweisen, daß Sie nicht der sind, für den Sie sich ausgeben. Suchen Sie sich also eine Persönlichkeit zusammen, die Sie auch gegen unsere Angriffe verteidigen können.»

Thomas entschloß sich zu dem prosaischen Namen Adolf Meier. Er investierte niemals Phantasie in aussichtslose Unternehmen.

Am Nachmittag erhielt er einen grauen Drillichanzug. Auf der Brust war der falsche Name eingestickt. Die anderen Schüler trugen die gleiche Arbeitskleidung.

Das Essen war schlecht. Das Zimmer, das man Thomas zuwies, war scheußlich, das Bettzeug klamm. Vor dem Einschlafen ließ unser Freund immer wieder wehmütig seine geliebte Repetieruhr schlagen, schloß dazu die Augen und stellte sich vor, er läge in seinem schönen Bett in London. Um drei Uhr morgens wurde er durch wüstes Gebrüll aus dem Schlaf gerissen.

«Lieven! Lieven! Melden Sie sich endlich, Lieven.»

Schweißgebadet fuhr Thomas hoch und ächzte: «Hier!»

Im nächsten Moment bekam er zwei schallende Ohrfeigen. Vor

dem Bett stand Jupiter, grinste dämonisch und sagte: «Ich dachte, Sie heißen Meier, Herr Lieven! Wenn Ihnen das in der Praxis passiert, sind Sie ein toter Mann. Gute Nacht. Schlafen Sie gut weiter.»

Thomas schlief nicht gut weiter. Er dachte darüber nach, wie er um neuerliche Ohrfeigen herumkommen konnte. Er fand es bald heraus. In den folgenden Nächten konnte Jupiter brüllen, so wüst er wollte. Stets wurde Thomas langsam wach, kam zu sich und beharrte sodann auf seiner falschen Identität: «Was wollen Sie von mir? Ich heiße Adolf Meier!»

Jupiter zeigte sich begeistert: «Eine phantastische Selbstbeherrschung haben Sie!»

Er wußte nicht, daß Thomas jetzt nachts nur genügend Watte in den Ohren hatte ...

Die Schüler lernten mit Gift, Sprengstoff, Maschinenpistolen und Revolvern umgehen. Von zehn Schüssen, die Thomas abgab, saßen zu seiner Verblüffung acht im absoluten Zentrum der Scheibe. Er sagte benommen: «Zufall. Ich kann überhaupt nicht schießen.»

Jupiter lachte glucksend: «Können nicht schießen, Meier? Ein Naturtalent sind Sie!»

Von den nächsten zehn Schüssen saßen sogar neun im Zentrum, und Thomas meinte erschüttert: «Der Mensch ist sich selbst ein Rätsel!»

Diese Erkenntnis ließ ihn in der folgenden Nacht nicht schlafen. Er dachte: Was ist mit mir los? Ein Mann, der so wie ich aus seiner Bahn geschleudert wird, müßte doch eigentlich verzweifelt sein, saufen, mit Gott hadern, Selbstmord begehen. Also wirklich! Bin ich verzweifelt, saufe ich, verkomme ich, hadere ich, denke ich an Freitod?

Mitnichten.

Mir selber kann ich die furchtbare Wahrheit eingestehen: Das ganze Abenteuer beginnt mich zu unterhalten, macht mir Spaß, amüsiert mich. Ich bin noch jung. Ich habe keine Familie. Wer erlebt schon so etwas Verrücktes?

Französischer Geheimdienst. Das heißt, ich arbeite gegen mein Land, gegen Deutschland. Moment mal! Gegen Deutschland – oder gegen die Gestapo?

Na also.

Aber daß ich auch schießen kann ... Nicht zu fassen! Ich weiß schon, warum mich das alles eher amüsiert als erschüttert: weil ich einen so überseriösen Beruf ausgeübt habe. Da mußte ich mich dauernd verstellen. Anscheinend kommt das hier alles meinem

wahren Wesen viel mehr entgegen. Pfui Teufel, habe ich einen Charakter!
Er lernte morsen. Er lernte im Geheim-Code schreiben und einen Geheim-Code dechiffrieren. Zu diesem Zweck verteilte Jupiter zerblätterte Exemplare des Romans «Der Graf von Monte Christo».
Er erklärte: «Das System ist denkbar einfach. In der Praxis tragen Sie so ein Buch bei sich. Nun erhalten Sie eine Code-Meldung. Sie nennt zuerst drei Zahlen, die immer wechseln. Die erste Zahl nennt die Seite des Romans, die Sie zu benützen haben, die zweite Zahl die Zeile auf der Seite, die dritte den Buchstaben auf der Zeile. Dieser Buchstabe ist Ihr Ausgangspunkt. Von ihm aus beginnen Sie nach den angegebenen Code-Ziffern die anderen Buchstaben auszuzählen ...»
Jupiter verteilte Zettel. Darauf standen verschlüsselte Botschaften.
Die halbe Klasse entschlüsselte sie richtig, die halbe Klasse versagte, darunter Thomas Lieven. Seine Bemühungen um den Klartext sahen so aus: «Twmxdtrrre illd m ionteff ...»
«Noch einmal», sagte Jupiter.
Sie versuchten es noch einmal mit dem gleichen 50:50-Resultat.
«Und wenn wir es die Nacht durch üben», sagte Jupiter.
Sie übten es die Nacht durch.
Im Morgengrauen kamen sie darauf, daß an die Schüler aus Versehen zwei verschiedene Auflagen des Romans verteilt worden waren, nämlich die zweite und die vierte. Die Ausgaben unterschieden sich durch einige Kürzungen in der vierten. Die Kürzungen hatten eine gelinde Seitenverschiebung mit sich gebracht ...
«So etwas», sagte Jupiter bleich, aber fanatisch, «ist natürlich in der Praxis ausgeschlossen.»
«Natürlich», sagte Thomas Lieven.

7

Dann veranstaltete Jupiter ein großes Fest, bei dem es sehr viel zu trinken gab. Ein glutäugiger, langwimperiger Schüler namens Hänschen Nolle – er hatte eine Haut wie Milch und Blut – betrank sich übermäßig. Am nächsten Tag wurde er vom Kursus ausgeschlossen. Mit ihm verließen der Engländer und ein Österreicher das Lager. Es hatte sich im Lauf der Nacht ergeben, daß sie nicht würdig waren, Geheimagenten zu sein ...
In der vierten Woche wurde die Klasse in einen unwirtlichen

Wald geleitet. Hier verblieben die Herren mit ihrem Lehrer acht Tage.
Sie schliefen auf dem harten Boden, waren den Unbilden der Witterung ausgesetzt und lernten, da der Proviant geplantermaßen nach drei Tagen ausging, sich von Beeren, Rinden, Blättern und eklem Getier zu ernähren. Thomas Lieven lernte es nicht, denn er hatte Ähnliches vorausgesehen und etliche Konserven in die Schule eingeschmuggelt. Am vierten Tage genoß er noch belgische Gänseleberpastete. Zu einem Zeitpunkt, da sich die anderen Schüler bereits um das Viertel einer Waldmaus prügelten, bewahrte er darum eine stoische Ruhe, die ihm das Lob Jupiters einbrachte: «Nehmen Sie sich ein Beispiel an Herrn Meier, meine Herren. Ich kann nur sagen: Voilà, un homme!»
In der sechsten Woche führte Jupiter die Klasse zu einem tiefen Abgrund. Man stand auf einem schroffen Felsen und blickte in eine fürchterliche Tiefe, deren Grund von einem gazeartigen Gewebe verdeckt wurde.
«Runterspringen!» schrie Jupiter. Schaudernd drängten die Schüler zurück – bis auf Thomas. Seine Kollegen beiseitestoßend, rannte er los, schrie Hurra und sprang in die Tiefe. Er hatte sich blitzschnell überlegt, daß der französische Staat wohl kaum viel Geld für seine körperliche und geistige Ertüchtigung ausgeben würde mit dem Endziel, ihn zum Selbstmord zu treiben. In der Tat gab es unter dem reißenden Gazestreifen denn auch mehrere elastische Gummibahnen, die seinen Sturz behutsam auffingen. Jupiter versicherte ekstatisch: «Sie sind mein bester Mann, Meier! Von Ihnen wird noch einmal die Welt sprechen!»
Womit er recht behalten sollte.
Einen einzigen Tadel seines Lehrers holte sich Thomas, und zwar, als Jupiter das Schreiben mit unsichtbaren Tinten lehrte, wozu man nicht mehr benötigt als eine Feder, Zwiebelsaft und ein rohes Ei. Da fragte Thomas wissensdurstig: «Bitte sehr, an wen wendet man sich in einem Gestapo-Gefängnis am besten, wenn man Zwiebeln, Federn und rohe Eier benötigt?»
Den Abschluß des Kurses bildete das «Große Verhör». Zu mitternächtlicher Stunde wurden die Schüler brutal aus dem Schlaf gerissen und vor ein Deutsches Abwehr-Tribunal geschleppt. Dasselbe setzte sich aus den Lehrern des Kurses unter Vorsitz von Jupiter zusammen. Die den Schülern inzwischen wohlbekannten Instruktoren saßen in deutschen Uniformen hinter einem langen Tisch. Jupiter spielte einen Oberst. Die verkleideten Lehrer brüllten die Schüler an, ließen sie in grelle Scheinwerfer blicken

und verweigerten ihnen eine Nacht lang Speise und Trank, was nicht schlimm war, denn alle hatten ein umfangreiches Abendessen hinter sich.
Mit Thomas ging Jupiter besonders streng zu Gericht. Er gab ihm ein paar Ohrfeigen, ließ ihn mit dem Gesicht zur Wand ausharren und drückte ihm einen kühlen Pistolenlauf ins Genick.
«Gestehen Sie!» schrie er ihn an. «Sie sind ein französischer Spion!»
«Ich habe nichts zu sagen», antwortete Thomas heldenhaft. Also legten sie ihm Daumenschrauben an und drehten sie zu. Sobald Thomas den ersten leichten Schmerz verspürte, äußerte er: «Aua!» Und sofort wurden die Schrauben wieder gelockert. Gegen sechs Uhr morgens verurteilten sie ihn wegen Spionage zum Tode.
Jupiter forderte ihn ein letztes Mal auf, militärische Geheimnisse zu verraten, dann würde man ihm das Leben schenken.
Thomas spie dem Vorsitzenden vor die Füße und rief: «Lieber in den Tod!»
Also führten sie ihn wunschgemäß hinaus in einen schmutzigen Hof und stellten ihn im Morgengrauen an eine kalte Mauer und erschossen ihn ohne militärische Ehren, dafür aber nur mit Platzpatronen. Dann gingen sie alle frühstücken.
Thomas Lieven – fast ist es unnötig, dies besonders zu betonen – bestand den Kursus mit Auszeichnung. Jupiter hatte Tränen in den Augen, als er ihm ein entsprechendes Dekret und einen französischen Paß auf den Namen «Jean Leblanc» überreichte. «Glück auf, Kamerad! Ich bin stolz auf Sie!»
«Sagen Sie, Jupiter, wenn Sie mich jetzt so ziehen lassen, überkommt Sie da nicht Angst, ich könnte einmal in die Hände der Deutschen fallen und alles verraten, was ich hier gelernt habe?»
Lächelnd antwortete Jupiter: «Da gäbe es wenig zu verraten, alter Freund. Die Ausbildungsmethoden der Geheimdienste in aller Welt sind einander ähnlich! Sie stehen alle auf der gleichen Höhe. Sie bedienen sich alle der letzten medizinischen, psychologischen und technischen Erkenntnisse!»

Am 16. Juli 1939 kehrte Thomas Lieven nach Paris zurück und wurde von einer Mimi in Empfang genommen, die sich betrug, als wäre sie ihm tatsächlich sechs Wochen lang treu gewesen.
Am 1. August erhielt Thomas Lieven durch Vermittlung von Oberst Siméon eine komfortable Wohnung am Square du Bois de Boulogne. Von hier konnte er mit dem Wagen in fünfzehn Minuten seine Bank auf den Champs-Elysées erreichen.

Am 20. August bat Thomas Lieven den Oberst um Verständnis dafür, daß er nach allen Anstrengungen trotz der angespannten Weltlage mit Mimi zur Erholung nach Chantilly fahren wolle, dem Zentrum des Pferdesports und Ausflugsort der Pariser.
Am 30. August verkündete Polen die Generalmobilmachung.
Am Nachmittag des nächsten Tages machten Thomas und Mimi einen Spaziergang zu den Teichen von Commelle und dem Schloß der Königin Blanche.
Als sie gegen Abend in die Stadt zurückkehrten, sahen sie die Sonne blutrot im Westen versinken. An verträumten Villen der Jahrhundertwende vorbei schritten sie, Arm in Arm, über abgetretenes Kopfsteinpflaster, zu ihrem «Hôtel du Parc» in der Avenue du Maréchal Joffre.
Als sie die Halle betraten, winkte der Portier: «Voranmeldung aus Belfort, Monsieur Lieven!»
Wenig später hörte Thomas die Stimme von Oberst Siméon: «Lieven, sind Sie endlich da?» Der Oberst sprach deutsch und sagte gleich, warum: «Ich kann nicht riskieren, daß jemand in Ihrem Hotel mich versteht. Hören Sie zu, Lieven, es geht los.»
«Krieg?»
«Ja.»
«Wann?»
«In den nächsten achtundvierzig Stunden. Sie müssen morgen mit dem ersten Zug nach Belfort kommen. Melden Sie sich im ‹Hôtel du Tonneau d'Or›. Der Portier wird Bescheid wissen. Es handelt sich ...»
In diesem Augenblick wurde die Verbindung unterbrochen.
Thomas schlug auf die Gabel. «Hallo! Hallo!»
Eine strenge Frauenstimme meldete sich. «Monsieur Lieven, Sie wurden getrennt. Sie haben in einer fremden Sprache gesprochen.»
«Ist das verboten?»
«Jawohl. Seit heute um 18 Uhr. Ferngespräche dürfen nur noch in französischer Sprache geführt werden.»
Die Stimme verstummte. Die Leitung war tot.
Als Thomas Lieven aus der Zelle trat, gab ihm der Portier einen seltsamen Blick. Es fiel Thomas nicht besonders auf. Er erinnerte sich erst wieder an den Blick, als es um fünf Uhr morgens an seinem Hotelzimmer klopfte ...
Mimi schlief, zusammengerollt wie eine kleine Katze. Er hatte es nicht über das Herz gebracht, ihr noch am Abend zu sagen, was er wußte. Draußen war es schon hell, in den alten Bäumen sangen viele Vögel.

Es pochte wieder, recht heftig diesmal. Das können doch unmöglich schon die Deutschen sein, dachte Thomas und beschloß, nicht zu reagieren.
Eine Stimme erklang: «Monsieur Lieven, öffnen Sie. Wenn Sie nicht öffnen, werden wir die Türe eintreten.»
«Wer ist da?»
«Polizei.»
Seufzend erhob sich Thomas. Mimi erwachte mit einem kleinen Schrei. «Was ist, chéri?»
«Ich nehme an, ich werde wieder mal verhaftet», sagte er. Die Vermutung erwies sich als richtig. Vor der Tür stand ein Gendarmerie-Offizier mit zwei Land-Gendarmen. «Ziehen Sie sich an und kommen Sie mit.»
«Warum?»
«Sie sind ein deutscher Spion.»
«Was bringt Sie zu dieser Annahme?»
«Sie haben gestern ein verdächtiges Telefongespräch geführt. Die Überwachung hat uns benachrichtigt. Der Portier hat Sie beobachtet. Versuchen Sie also nicht zu leugnen.»
Thomas sagte zu dem Gendarmerie-Offizier: «Schicken Sie mal Ihre Leute raus, ich muß Ihnen etwas mitteilen.»
Die Polizisten verschwanden.
Thomas zeigte den Ausweis und den Paß, die er von Jupiter erhalten hatte. Er sagte dazu: «Ich arbeite nämlich für den französischen Geheimdienst.»
«Etwas Besseres fällt Ihnen nicht ein? Noch dazu mit so lächerlich schlecht gefälschten Papieren! Los, ziehen Sie sich an!»

8

Als Thomas Lieven am späten Nachmittag des 31. August 1939 in der ehemaligen Festung Belfort an der Savoureuse eintraf, fuhr er mit einem Taxi durch die kleine Altstadt, am Place de la République und am Denkmal der «Drei Belagerungen» vorbei, sofort in «Hôtel du Tonneau d'Or». Er war korrekt gekleidet wie immer. An der Weste glänzte die goldene Kette der alten Repetieruhr.
Oberst Siméon wartete in der Hotelhalle auf ihn. Er trug nun eine Uniform und sah trotzdem noch ebenso sympathisch aus wie in Zivil.
«Mein armer Lieven, es tut mir ja so leid, was die idiotische Gendarmerie Ihnen angetan hat! Als Mimi mich endlich am Telefon erreichte, habe ich die Verantwortlichen entsprechend zu-

sammengebrüllt. Doch jetzt kommen Sie, General Effel wartet schon. Wir dürfen keine Zeit verlieren. Mein Freund, Ihre Feuertaufe steht bevor.»

Eine Viertelstunde später saß Thomas Lieven im Arbeitszimmer des Generals im Gebäude des Französischen Generalstabs.

Alle vier Wände des spartanisch eingerichteten Büros wurden verdeckt durch Generalstabskarten von Frankreich und Deutschland. Weißhaarig, groß und schlank schritt Louis Effel vor Thomas Lieven auf und ab, die Hände auf dem Rücken. Thomas hatte an einem Kartentisch Platz genommen. Siméon saß neben ihm.

Sonor ertönte des Generals Stimme: «Monsieur Lieven, Oberst Siméon hat mir über Sie berichtet. Ich weiß, daß ich einen unserer Besten vor mir habe.»

Der General blieb beim Fenster stehen und blickte hinab in das liebliche Tal zwischen den Vogesen und dem Juragebirge. «Dies ist nicht die Zeit, sich etwas vorzumachen. Herr Hitler hat also den Krieg begonnen. In wenigen Stunden geht unsere Kriegserklärung an ihn hinaus. Aber ...» Der General drehte sich um. «Frankreich, Herr Lieven, ist nicht vorbereitet auf diesen Krieg. Wir vom Geheimdienst schon überhaupt nicht ... Es handelt sich um ein Problem aus Ihrer Berufssphäre. Sprechen Sie es aus, Oberst.»

Siméon schluckte, dann sagte er: «Wir sind nämlich fast pleite, alter Freund!»

«Pleite?»

Der General nickte nachdrücklich. «Jawohl, mein Herr. Mittellos beinahe. Angewiesen auf lächerliche Zuwendungen des Kriegsministers. Unfähig, im großen zu operieren, wie das jetzt nötig wäre. Geknebelt. Aktionsunfähig.»

«Das ist aber bös», sagte Thomas Lieven, während ihn eine fürchterliche Lust zu lachen anflog. «Entschuldigen Sie, aber wenn ein Staat kein Geld hat, dann soll er sich vielleicht lieber keinen Geheimdienst leisten!»

«Unser Staat hätte genug Geld gehabt, um sich auf einen Angriff Deutschlands vorzubereiten. Leider, Monsieur, gibt es Kreise in Frankreich, die, selbstsüchtig und egoistisch, zusätzliche Steuern ablehnen und nur raffen und schieben und sich sogar in dieser Situation noch am Elend unseres Vaterlandes bereichern.» Der General richtete sich hoch auf: «Ich weiß, daß ich mich in dreizehnter Stunde an Sie wende. Ich weiß, daß ich schier Unmögliches verlange. Dennoch frage ich: Glauben Sie, daß es einen Weg gibt, uns schnellstens – schnellstens, sage ich – mit großen – großen, sage ich – Geldbeträgen zu versorgen, damit wir arbeiten können?»

«Das muß ich mir überlegen, Herr General. Aber nicht hier.» Thomas sah die kriegerischen Karten an. «Hier fällt mir nichts Gescheites ein.» Sein Gesicht erhellte sich. «Wenn es den Herren angenehm ist, werde ich mich jetzt verabschieden und im Hotel ein kleines Abendessen vorbereiten, bei dem wir alles Weitere besprechen können.»

Louis Effel sagte entgeistert: «Sie wollen jetzt kochen gehen?»

«Wenn Sie gestatten, Herr General. In der Küche kommen mir immer die besten Gedanken.»

Das denkwürdige Mahl fand sodann am Abend des 31. August 1939 im Extrazimmer des ersten Hauses am Platz statt.

«Einmalig», sagte der General nach dem Hauptgang und wischte sich mit der Serviette über den Mund.

«Phantastisch», sagte der Oberst.

«Das Beste von allem war die Schneckensuppe. So gut habe ich sie noch nie gegessen!» sagte der General.

«Ein kleiner Tip», sagte Thomas, «nehmen Sie nur große Schnekken in grauen Häusern, Herr General! Die Häuser müssen aber geschlossen sein.»

Kellner brachten den Nachtisch. Thomas erhob sich. «Danke, das mache ich selber.» Er entzündete einen kleinen Spirituskocher und verkündete: «Es gibt Zitronenschaum-Creme und dazu eine flambierte Delikatesse.»

Einer Schale entnahm er eingemachte Kirschen, legte sie in eine kleine Kupferpfanne und erhitzte sie auf der Spiritusflamme. Sodann überschüttete er die Kirschen mit französischem Kognak und einer wasserhellen Flüssigkeit. Alle schauten gebannt zu. Oberst Siméon erhob sich halb.

«Was ist das?» fragte der General, auf die wasserhelle Flüssigkeit deutend.

«Hochprozentiger Alkohol, chemisch rein aus der Apotheke. Das brauchen wir, damit das Ganze brennt!» Mit einer geschickten Bewegung brachte Thomas die Flamme an die Kirschen heran. Zischend und sprühend schoß eine bläuliche Flamme empor, zuckte, flackerte, erlosch. Elegant verteilte unser Freund die heißen Früchte auf die Creme.

«Und nun», sagte er, «zu unserem Problem. Ich denke, es gibt eine Lösung.»

Des Generals Löffelchen klirrte. «Mein Gott, sprechen Sie!»

«Herr General, Sie beklagten am Nachmittag – wirklich gut, die

Menu · 31. August 1939

Schneckensuppe
Sauerkraut mit Fasan und Austern
Zitronenschaum-Creme mit flambierten Kirschen

Dieses Menu warf die Geldpolitik Frankreichs um

Schneckensuppe: Reinigung der Schnecken: Man koche sie 1 Stunde in Salzwasser, ziehe sie mit einer Gabel aus dem Häuschen, nehme das schwarze Häutchen fort, bestreue sie mit einer Handvoll Salz, damit der Schleim sich löst, wasche sie drei- bis viermal durch und drücke sie gut aus, daß kein Wasser darin bleibt. – Nun nehme man etwa 40 derart gereinigte Schnecken, koche sie in Fleischbrühe weich, nehme sie heraus, hacke 2 Teile davon ganz fein, dämpfe sie in Butter, gieße so viel Fleischbrühe darüber, wie zur Suppe nötig ist, lasse sie mit etwas Muskatnuß mehrmals aufkochen, rühre mit drei Eidottern ab und richte die Suppe mit gerösteten Weißbrotschnitten und dem Rest der ganzen Schnecken an.

Sauerkraut, Fasan, Austern: Der Fasan wird wie zum Braten präpariert. Dann drücke man zwei Pfund Sauerkraut leicht aus und gebe es in eine Kasserolle. Nun kommt halb Weißwein und halb Wasser darüber, bis das Kraut bedeckt ist. Ein Stück Schweinespeck und eine geriebene Zwiebel kommen dazu. Nun muß das Kraut eine Stunde kochen; alsdann lege man den Fasan hinein und lasse ihn eine Stunde schmoren. Wenn er weich ist, nehme man ihn heraus und binde das Sauerkraut mit etwas Béchamel-Sauce. – Die Austern befreie man von den Bärten, trockne sie mit einem Tuche ab und bestreue sie einzeln mit Salz und Pfeffer, wälze sie in Mehl, paniere sie mit Ei und Semmelbrösel, backe sie in klarer Butter rasch hellbraun. – Der Fasan wird in Stücke geschnitten, in der Mitte der Platte angerichtet und mit einem Kranz Sauerkraut und einem Kranz Austern umgeben.

Zitronenschaum-Creme: Für vier Personen nehme man vier Zitronen, schneide sie in dicke Scheiben und koche sie mit Zucker auf. Dieser Extrakt wird mit etwas Mondamin gebunden und, wenn er erkaltet ist, durch ein Sieb passiert. Unter die Masse werden fünf steifgeschlagene Eiweiß gezogen und alles in Sektgläser gefüllt. – Dann nehme man eingemachte Kirschen, erhitze sie, übergieße sie mit Kirschwasser oder Kognak. Man zünde die Kirschen im Alkohol an und gebe sie nach dem Abbrennen auf die Zitronencreme.

Kirschen, nicht? – das Verhalten gewisser Kreise, die sich selbst am Elend Frankreichs noch bereichern wollen. Ich kann Sie beruhigen: Solche Cliquen gibt es in jedem Land. Die Herren wollen verdienen. Wie, das ist ihnen egal. Wenn etwas schiefgeht, nehmen sie ihr Geld und flüchten. Die kleinen Leute bleiben zurück.» Thomas aß einen Löffel Creme. «Vielleicht eine Spur zu sauer. Nein? Wohl eine Geschmacksfrage. Tja, meine Herren, ich denke, wir werden den französischen Geheimdienst auf Kosten dieser selbstsüchtigen, vaterlandslosen Gesellen sanieren.»

«Aber wie denn nur? Was brauchen Sie dazu?»
«Einen amerikanischen Diplomatenpaß, einen belgischen Paß und eine schnelle Reaktion des Herrn Finanzministers», sagte Thomas Lieven bescheiden. Er sagte dies am Abend des 31. August 1939.

Am 10. September 1939 wurde durch Presse und Rundfunk folgende Verordnung bekanntgegeben:

PRESIDENCE DU CONSEIL

Décret prohibant ou réglementant en temps de guerre l'exportation des capitaux, les opérations de change et le commerce de l'or ...

In der Übersetzung:
Dekret, das in Kriegszeit die Ausfuhr von Kapitalien, alle Wechsel-Transaktionen (Devisenaustausch) und den Goldhandel verbietet oder reglementiert.

Artikel 1
Die Ausfuhr von Kapitalien ist – gleich welcher Form – untersagt, mit Ausnahme der Genehmigung des Finanzministers.

Artikel 2
Alle genehmigten Devisen-Operationen müssen ausnahmslos über die Banque de France getätigt werden oder über ein anderes, durch den Finanzminister dazu berechtigtes Bank-Institut ...

Es folgten weitere Bestimmungen über Gold und Devisen, zum Schluß die Androhung drakonischer Strafen für den Fall einer Übertretung dieser Verordnung.
Unterzeichnet war das Dekret von:

Albert Lebrun, Präsident
Edouard Daladier, Ministerpräsident
Paul Marchendeau, Siegelverwahrer
Georges Bonnet, Außenminister
Albert Sarraut, Innenminister
Paul Reynaud, Finanzminister
Fernand Gentin, Minister für Handel
Raymond Patenotre, Minister für Ökonomie
Georges Mandel, Minister für die Kolonien
Jules Julien, Minister für Post und Telefon

9

Mit dem fahrplanmäßigen Schnellzug, der um 8 Uhr 35 Paris verließ, fuhr am 12. September 1939 ein junger amerikanischer Diplomat nach Brüssel. Er war wie ein englischer Privatbankier gekleidet und trug einen großen schwarzen Schweinslederkoffer bei sich.

Die Kontrollen an der französisch-belgischen Grenze waren sehr streng. Die Beamten auf beiden Seiten identifizierten den soignierten jungen Herrn an Hand seines Diplomatenpasses, der sich wie eine Ziehharmonika öffnen ließ, als William S. Murphy, offiziellen Kurier der amerikanischen Botschaft in Paris. Sein Gepäck wurde nicht kontrolliert.

In Brüssel angekommen, stieg der amerikanische Kurier, der in Wirklichkeit Deutscher war und Thomas Lieven hieß, im «Hôtel Royal» ab. Bei der Rezeption legte er einen belgischen Paß vor, der auf den Namen Armand Deeken lautete.

Im Laufe des nächsten Tages kaufte Deeken alias Murphy alias Lieven für drei Millionen französische Francs in Brüssel Dollars ein. Die drei Millionen holte er aus dem schwarzen Schweinslederkoffer heraus, die Dollars legte er in ihn hinein.

Die drei Millionen Francs Grundkapital stammten aus Thomas Lievens eigener kleiner Bank. Er hatte sich gezwungen gesehen, sie dem «Deuxième Bureau» vorzuschießen ...

Durch die politischen Ereignisse war der internationale Wert des Franc um zwanzig Prozent gefallen. In Frankreich versuchten Privatleute vor allem Dollars zu kaufen, in panischer Furcht vor einer weiteren Abwertung des Franc. Die Kurse für Dollars waren deshalb in wenigen Stunden zu astronomischen Höhen emporgeschnellt.

Nicht so in Brüssel. Hier konnte man Dollars zu einem wesentlich billigeren Kurs erwerben, denn die Belgier waren von der französischen Kriegsangst nicht ergriffen. Sie glaubten fest: «Wir bleiben neutral; unter gar keinen Umständen überfallen uns die Deutschen noch einmal.»

Infolge der schnellen Entschließung der französischen Regierung, die Ausfuhr von Kapitalien zu verbieten, gab es im Ausland auch keine Überschwemmung mit Francs. Und darum behielt der Franc – genau wie Thomas erwartet hatte – trotz allem einen einigermaßen festen Wert. Dieser feste Wert war sozusagen die Achse der ganzen Operation ...

Mit einem Koffer voller Dollars fuhr Thomas Lieven als William

S. Murphy nach Paris zurück. Innerhalb weniger Stunden wurden ihm die kostbaren Devisen aus den Händen gerissen, und zwar von jenen reichen Leuten, die so schnell wie möglich ihr Vaterland im Stich lassen und ihre Vermögen in Sicherheit bringen wollten. Doppelt und dreifach ließ Thomas Lieven sie für ihre schnöde Denkart zahlen.

An seiner ersten Reise hatte er für sich selber 600 000 Francs verdient. Nun fuhr William S. Murphy mit fünf Millionen Francs im Kuriergepäck nach Brüssel zurück. Der Vorgang wiederholte sich. Die Verdienstspanne stieg. Eine Woche später pendelten vier Herren mit Diplomatenpässen zwischen Paris und Brüssel sowie zwischen Paris und Zürich. Sie führten Francs aus und Dollars ein. Zwei Wochen später waren es acht Herren.

Die Oberleitung der Aktion behielt Thomas Lieven. Durch seine Verbindung sorgte er dafür, daß es in Brüssel und Zürich genügend «Nachschub» gab. Das Unternehmen brachte nun schon Gewinne von Millionen Francs.

In die tristen Augen der französischen Geheimdienst-Offiziere trat ein feuchter Hoffnungsschimmer, ein Ausdruck noch ungläubiger Dankbarkeit, als Thomas Lieven immer größere Beträge überwies. Zwischen dem 12. September 1939 und dem 10. Mai 1940, dem Tag des deutschen Überfalls auf Belgien, betrug Thomas Lievens Umsatz 80 Millionen Francs. Da er Spesen und Verdienstspanne mit insgesamt 10 Prozent berechnete und diesen Gewinn in Dollars anlegte, blieben ihm 27 730 Dollar. Pannen gab es keine, nur einen kleinen Zwischenfall ...

Am 2. Januar 1940 kehrte Thomas Lieven, zum wievielten Male wußte er selbst nicht mehr, mit dem Abendzug aus Brüssel nach Paris zurück. In Feignies, der Grenzstation, hielt der Zug länger als sonst. In leichter Unruhe wollte Thomas gerade nach dem Grund der Verzögerung forschen, als sich die Abteiltür öffnete und der Chef der französischen Grenzpolizei, ein großer Mann, den Thomas schon oft gesehen hatte, den Kopf hereinsteckte.

Er sprach sehr sachlich: «Monsieur, Sie sollten besser aussteigen, mit mir eine Flasche Wein trinken und den nächsten Zug nehmen.»

«Und warum sollte ich das wohl?»

«Dieser Zug wartet auf den amerikanischen Botschafter in Paris. Seine Exzellenz hatte in der Gegend einen leichten Autounfall, bei dem sein Wagen beschädigt wurde. Es ist das Nebenabteil für ihn reserviert worden. Er kommt in Begleitung von drei Herren aus der Botschaft ... Sie sehen, Monsieur, Sie sollten *wirklich* lieber den nächsten Zug nehmen. Erlauben Sie, daß ich Ihren schweren Koffer trage ...»

«Woher wußten Sie?» fragte Thomas Lieven fünf Minuten später.

Der große Polizist winkte ab: «Sie werden uns doch jedesmal von Oberst Siméon avisiert und besonders ans Herz gelegt!»

Thomas öffnete seine Brieftasche. «Was darf ich Ihnen anbieten?»

«Ah nein, Monsieur! Das war ein Freundschaftsdienst! Dafür verlange ich nichts! Aber vielleicht ... Wir sind hier sechzehn Mann, und in letzter Zeit gibt es kaum noch Kaffee und Zigaretten ...»

«Das nächste Mal, wenn ich nach Brüssel fahre ...»

«Moment, Monsieur, das ist nicht so einfach! Wir müssen achtgeben, daß die Bullen vom Zoll die Sachen nicht erwischen. Wenn Sie das nächste Mal kommen, aber nur, wenn Sie den Nachtschnellzug benützen, dann stellen Sie sich bitte auf die Plattform des Erstklaß-Wagens. Die vordere Plattform. Halten Sie das Paket bereit. Einer meiner Leute wird aufspringen ...»

So geschah es von nun an zwei- bis dreimal wöchentlich. In ganz Frankreich gab es keine so gut versorgte Grenzpolizeistation wie die in Feignies. «Kleine Leute, gute Leute», sagte Thomas Lieven ...

10

General Effel bot ihm einen Orden an, aber Thomas lehnte ab: «Ich bin überzeugter Zivilist, Herr General. Ich mag diese Sachen nicht.»

«Dann wünschen Sie sich etwas, Monsieur Lieven!»

«Wenn ich vielleicht eine gewisse Menge französischer Paßformulare haben könnte, Herr General. Und die entsprechenden Stempel. Es leben jetzt so viele Deutsche in Paris, die untertauchen müssen, wenn die Nazis kommen. Sie haben kein Geld, um zu fliehen. Ich möchte den armen Hunden gerne helfen.»

Einen Augenblick schwieg der General. Dann sagte er: «Auch wenn es schwerfällt, Monsieur, ich achte Ihren Wunsch und werde ihn erfüllen.»

Nun kamen viele Menschen zu Besuch in Thomas Lievens schöne Wohnung am Square du Bois de Boulogne. Er nahm kein Geld von ihnen. Sie erhielten die falschen Pässe umsonst. Voraussetzung war lediglich, daß sie von den Nazis tatsächlich Gefängnis oder Tod zu erwarten hatten.

Thomas nannte das «Konsulat spielen». Er spielte gern Konsulat,

er hatte den Reichen ein Vermögen abgenommen, nun half er den Armen ein wenig.
Im übrigen ließen sich die Deutschen Zeit. «Drôle de guerre», nannten die Franzosen diesen seltsamen Krieg.
Thomas Lieven reiste noch immer nach Brüssel und Zürich. Im März 1940 kam er einmal einen Tag früher als vorgesehen heim. Seit langem lebte Mimi nun schon bei ihm. Sie wußte immer genau die Stunde seiner Rückkehr. Diesmal hatte er vergessen, sie von seinem früheren Eintreffen zu benachrichtigen.
Ich will die Kleine überraschen, überlegte Thomas. Er überraschte sie tatsächlich – in den Armen des charmanten Oberst Jules Siméon.
«Monsieur», sagte der Oberst, mit den vielen Knöpfen seiner Uniform beschäftigt, «ich nehme alle Schuld auf mich. Ich habe Mimi verführt. Ich habe Ihr Vertrauen getäuscht, Monsieur. Das ist durch nichts zu entschuldigen. Bestimmen Sie die Art der Waffe.»
«Machen Sie, daß Sie aus meiner Wohnung kommen, und lassen Sie sich hier nie mehr sehen!»
Siméon bekam eine Gesichtsfarbe von der Intensität einer Erdbeere, biß sich auf die Lippen und ging.
Schüchtern sagte Mimi: «Du warst aber *sehr* grob!»
«Du liebst ihn, was?»
«Ich liebe euch beide. Er ist so tapfer und romantisch, und du, du bist so gescheit und lustig!»
«Ach, Mimi, was mache ich nur mit dir?» sagte Thomas niedergeschlagen und setzte sich auf den Bettrand. Es war ihm plötzlich zu Bewußtsein gekommen, daß er Mimi sehr gern hatte ...
Am 10. Mai brach die deutsche Offensive los. Die Belgier hatten sich getäuscht; sie wurden zum zweitenmal überfallen.
Die Deutschen setzten 190 Divisionen ein. Diesen standen gegenüber: 12 holländische Divisionen, 23 belgische, 10 britische, 78 französische und 1 polnische. Insgesamt 850 alliierte Flugzeuge, zum Teil alter Bauart, hatten gegenüber 4500 deutschen Maschinen zu kämpfen.
Der Zusammenbruch kam mit atemberaubender Schnelligkeit. Panik brach aus. Zehn Millionen Franzosen machten sich auf eine elende Wanderschaft.
In Paris löste Thomas Lieven in Ruhe seinen Haushalt auf. Er stellte die letzten falschen Pässe für Landsleute aus, als er schon das dumpfe Grollen der Kanonen hören konnte.
Er bündelte seine Francs, Dollars und Pfunde ordentlich, ban-

derolierte sie und verwahrte sie in einem Koffer mit doppelter Wandung. Mimi half ihm dabei. Sie sah schlecht aus in diesen Tagen. Thomas war freundlich, aber kühl. Er hatte den Oberst noch nicht verwunden.

Äußerlich gab er sich guten Mutes: «Letzten Meldungen zufolge kommen die Deutschen von Norden nach Osten. Wir werden also noch eine Kleinigkeit zu uns nehmen und dann Paris in südwestlicher Richtung verlassen. Benzin haben wir genug. Wir fahren über Le Mans. Dann hinunter nach Bordeaux und ...» Er unterbrach sich und sagte: «Du weinst?»

Mimi schluchzte: «Du nimmst mich mit?»

«Nun ja, natürlich. Ich kann dich doch nicht hier zurücklassen.»

«Aber ich habe dich doch betrogen ...»

«Mein Kind», sagte er mit Würde, «um mich zu betrügen, hättest du dich schon mit Winston Churchill abgeben müssen!»

«Ach, Thomas – du bist wundervoll! Und – und verzeihst du auch ihm?»

«Leichter als dir. Daß er dich liebt, kann ich verstehen.»

«Thomas ...» – «Ja?»

«Er ist im Garten.»

Thomas fuhr auf: «Was fällt ihm ein?»

«Er ist so verzweifelt. Er weiß nicht, was er tun soll. Er kam von einer Dienstreise; niemand von seinen Leuten ist mehr da. Jetzt ist er ganz allein, ohne Wagen, ohne Benzin ...»

«Woher weißt du das?»

«Er – er hat es mir erzählt ... Er kam vor einer Stunde ... Ich habe ihm gesagt, ich werde mit dir reden ...»

«Es ist ja nicht zu fassen», sagte Thomas. Dann begann er zu lachen, bis ihm die Tränen in die Augen traten.

11

Am Nachmittag des 13. Juni 1940 fuhr ein schwerer, schwarzer Chrysler in südwestlicher Richtung durch den Pariser Vorort Saint-Cloud. Er kam nur langsam voran, denn mit ihm, in gleicher Richtung, ratterten und polterten unzählige andere Fahrzeuge – Flüchtlingskolonnen aus Paris.

Am rechten Kotflügel des schwarzen Chryslers leuchtete ein Stander der Vereinigten Staaten von Amerika. Das gesamte Dach des Wagens wurde von einem mittelgroßen Sternenbanner verdeckt. Schilder glänzten auf den Stoßstangen. Darauf leuchteten, blank poliert, die Buchstaben CD.

Am Volant des Wagens saß Thomas Lieven. Mimi Chambert saß neben ihm. Im Fond, zwischen Hutschachteln und Koffern, saß Oberst Jules Siméon. Er trug jetzt wieder seinen einstmals eleganten, leicht abgestoßenen blauen Anzug, die goldenen Manschettenknöpfe und die goldene Krawattennadel. Siméon betrachtete Thomas mit einem Gemisch von Dankbarkeit, Scham und großer Verlegenheit.
Thomas versuchte, die gespannte Atmosphäre durch ermutigende Reden zu entschärfen: «Unser guter Stern wird uns beschützen.» Er sah auf den Stander am Kühler. «Besser gesagt, unsere achtundvierzig guten Sterne!»
Dumpf sagte der Oberst im Fond: «Fliehen wie ein Feigling. Hier bleiben und kämpfen müßte man!»
«Jules», sagte Mimi freundlich, «der Krieg ist doch schon längst verloren. Wenn sie dich erwischen, stellen sie dich nur an die Wand.»
«Es wäre ehrenvoller», sagte der Oberst.
«Und dümmer», sagte Thomas. «Ich bin gespannt, wie dieser ganze Wahnsinn weitergeht. Ehrlich gespannt!»
«Wenn die Deutschen Sie erwischen, kommen Sie auch an die Mauer», meinte der Oberst.
«Die Deutschen», erklärte Thomas, während er in einen wenig befahrenen Seitenweg einbog und in einen kleinen Wald hineinfuhr, «haben den Ring um Paris zu drei Vierteln geschlossen. Das offene Viertel liegt etwa zwischen Versailles und Corbeil. Es ist das Viertel, in dem wir uns befinden.»
«Und wenn auch in diesem Viertel schon Deutsche sind?»
«Vertrauen Sie mir. Auf dieser unbedeutenden Seitenstraße und in diesem Viertel gibt es keine Deutschen. Nicht einen einzigen.»
Der Wald trat zurück und gab den Blick ins flache Land hinein frei. Über die unbedeutende Seitenstraße bewegte sich eine lange Kolonne von deutschen Panzerspähwagen mit aufgemalten Balkenkreuzen auf sie zu.
Mimi schrie.
Oberst Siméon stöhnte.
Thomas Lieven sagte: «Was machen denn die hier? Die müssen sich verirrt haben ...»
«Es ist alles verloren», sagte der Oberst wachsbleich.
«Fangen Sie nicht schon wieder an, Sie machen mich ganz nervös!»
Jules Siméon erklärte erstickt: «In meiner Aktentasche befinden sich geheime Dossiers und Listen mit Namen und Adressen sämtlicher französischer Agenten.»

Thomas schnappte nach Luft. «Sie sind wohl verrückt geworden? Wozu schleppen Sie das Zeug mit sich?»
Der Oberst schrie los: «Ich habe Befehl von General Effel, diese Listen unbedingt nach Toulouse zu bringen und dort einer bestimmten Persönlichkeit zu übergeben, koste es, was es wolle!»
«Hätten Sie das nicht früher sagen können?» brüllte ihn Thomas an.
«Wenn ich es früher gesagt hätte, hätten Sie mich mitgenommen?»
Thomas mußte lachen. «Da haben Sie auch recht!»
Eine Minute später trafen sie mit der deutschen Kolonne zusammen.
«Ich habe eine Pistole», flüsterte der Oberst, «solange ich lebe, kommt niemand an die Tasche heran.»
«Die paar Minuten werden die Herren gerne warten», sagte Thomas und stellte den Motor ab.
Staubige deutsche Landser kamen neugierig näher. Aus einem Kübelwagen stieg ein schlanker, blonder Oberleutnant. Er trat an den Chrysler heran, hob eine Hand an die Mütze und sagte: «Guten Tag. Darf ich um Ihre Papiere bitten?»
Mimi saß da wie gelähmt. Sie brachte kein Wort hervor. Die Landser umringten den Chrysler nun von allen Seiten.
«It's okay», sagte Thomas Lieven hochmütig. «We are Americans, see?»
«I can see the flags», sagte der blonde Oberleutnant in bestem Englisch. «And now I want to see your papers!»
«Here you are», sagte Thomas Lieven und überreichte ein Dokument.
Oberleutnant Fritz Egmont Zumbusch zog den amerikanischen Diplomatenpaß wie eine Ziehharmonika auseinander, betrachtete stirnrunzelnd das Papier, dann den eleganten jungen Herrn, der unendlich blasiert und gelangweilt am Steuer des schweren, schwarzen Wagens saß.
Der rotblonde Zumbusch sagte: «Your name is William S. Murphy?»
«Yes», antwortete der junge Herr, gähnte, hob aber wohlerzogen eine Hand vor den Mund.
Wenn man nicht William S. Murphy, sondern Thomas Lieven heißt, wenn man als Agent des französischen Geheimdienstes auf der schwarzen Liste des deutschen Geheimdienstes steht und aparterweise gerade mitten in einer Panzerspähwagen-Kolonne der Deutschen Wehrmacht gelandet ist, wenn man zudem eine kleine

französische Freundin und einen hohen Offizier des «Deuxième Bureau» in Zivil im Wagen hat, und wenn man schließlich weiß, daß dieser Offizier in einer schwarzen Ledertasche geheime Dossiers und Listen mit Namen und Adressen sämtlicher französischer Agenten mit sich führt – tja, dann tut man auch gut daran, scheinbar unendlich blasiert und gelangweilt zu sein!
Mit gepreßter Höflichkeit reichte Oberleutnant Zumbusch den Diplomatenpaß zurück. Immerhin waren die Vereinigten Staaten an diesem glutheißen 13. Juni 1940 noch neutral. Immerhin wollte Zumbusch, einundzwanzig Kilometer vor Paris, keinen Ärger. Aber er war unglücklich verheiratet und darum gern Soldat. So sagte er pflichtbewußt: «Den Paß der Dame, bitte!»
Die schwarzhaarige, hübsche Mimi verstand zwar nicht, aber erriet, was er wollte, öffnete ein Täschchen und produzierte das Verlangte. Den Landsern, die den Wagen umdrängten, schenkte sie ein Lächeln, das augenblicklich bewunderndes Volksgemurmel erzeugte.
«My secretary», erklärte Thomas dem Oberleutnant. Das geht ja prima, dachte er. Jetzt noch Siméon, dann haben wir es überstanden. Im nächsten Augenblick ereignete sich die Katastrophe.
Oberleutnant Zumbusch steckte den Kopf durch das Wagenfenster, um Mimi ihren Paß zurückzugeben. Danach wandte er sich an Siméon, der zwischen Hutschachteln und Koffern im Fond saß, die schwarze Ledertasche auf den Knien.
Vielleicht bewegte Zumbusch sich zu schnell, als er die Hand ausstreckte. Oberst Siméon fuhr vor der Teutonenhand, die auf ihn zukam, zurück und preßte die Tasche mit dem fanatischen Gesichtsausdruck eines christlichen Märtyrers an die Brust.
«Nanu», sagte Zumbusch, «was ist denn da drin? Zeigen Sie mal her!»
«Non, non, non!» rief der Oberst.
Thomas, der vermitteln wollte, hatte plötzlich den Zumbuschschen Ellenbogen im Mund. Ein Chrysler ist nun mal kein Rummelplatz.
Mimi begann zu kreischen. Zumbusch schlug sich den Schädel am Wagendach an und begann zu fluchen. Und als Thomas sich umdrehte, traf ihn der Ganghebel an einer empfindlichen Stelle. Am Knie.
Dieser Trottel von einem Helden, dachte Thomas Lieven grimmig. Dann sah er zu seinem unsagbaren Entsetzen eine französische Armeepistole in Siméons Hand und hörte ihn keuchen: «Ände fort oder isch schießen!»

«Sie Esel!» schrie Thomas. Er kegelte sich beinahe den Arm aus, als er Siméons Hand hochschlug. Donnernd löste sich ein Schuß. Die Kugel durchschlug das Wagendach.

Thomas riß Siméon die Waffe aus der Hand und sagte französisch und grimmig: «Mit Ihnen hat man aber auch *nur* Ärger!»

Oberleutnant Zumbusch riß den Wagenschlag auf und brüllte Thomas an: «Raus!»

Verbindlich lächelnd stieg Thomas ins Freie. Der Oberleutnant hielt jetzt auch eine Pistole in der Hand. Reglos standen die Panzerjäger im Kreis, Waffen im Anschlag. Still, sehr still war es auf einmal.

Thomas schleuderte Siméons Waffe in ein Kornfeld, dann blickte er mit hochgezogenen Brauen in die Mündungen von fünfzehn Pistolen.

Jetzt hilft alles nichts mehr, dachte Thomas; ich muß an unseren nationalen Autoritätskomplex appellieren. Also holte er tief Luft und brüllte Zumbusch an: «Dieser Herr und die Dame sein unter meine Schutz! Mein Wagen trägt Fahne der United States.»

«Rauskommen oder es knallt!» rief Zumbusch den zivilen Oberst Siméon an, der bleich im Fond saß.

«Sie bleiben drin!» schrie Thomas. Es fiel ihm nichts Besseres ein: «Dieser Wagen sein exterritorial! Wer in diese Wagen sitzt, sitzt auf die Boden von Amerika!»

«Das ist mir schnuppe ...»

«Okay, okay, Sie wollen also provozieren eine internationale Zwischenfall! Wegen eine solche Zwischenfall sind wir eingetreten in die erste Weltkrieg!»

«Ich provoziere überhaupt nichts! Ich tue nur meine Pflicht! Der Mann kann ein französischer Agent sein!»

«Glauben Sie, er würde benehmen sich dann so verrückt?»

«Die Tasche, los, ich will wissen, was in dieser Tasche ist!»

«Das sein Diplomatengepäck, international geschützt! Ich werde beschweren mich bei Ihre Vorgesetzten!»

«Das können Sie gleich tun!»

«Was soll das heißen?»

«Sie kommen mit!»

«Wohin?»

«Zu unserem Korps-Gefechtsstand. Daß hier etwas faul ist, das sieht doch ein Blinder! Setzen Sie sich ans Steuer. Drehen Sie den Wagen um. Beim ersten Fluchtversuch wird geschossen. Und nicht auf die Reifen», sagte Oberleutnant Zumbusch. Er sagte es sehr leise.

2. Kapitel

1

Während er melancholisch seufzte, blickte Thomas Lieven sich in dem rot-weiß-golden dekorierten Schlafzimmer um. Das Schlafzimmer gehörte zum Appartement 107. Das Appartement 107 war eines der vier luxuriösesten des Hotels «Georges V». Das Hotel «Georges V» war eines der vier luxuriösesten von Paris. Auf seinem Dach wehte seit Stunden die Reichskriegsflagge mit dem Hakenkreuz. An seinem Portal rasselten seit Stunden schwere Panzer vorbei. In seinem Hof stand ein schwarzer Chrysler. Und im Schlafzimmer des Appartements 107 saßen Thomas Lieven, Mimi Chambert und Oberst Jules Siméon.
Sie hatten vierundzwanzig völlig irrsinnige Stunden hinter sich. Einen Panzerspähwagen vor, einen Panzerspähwagen hinter ihrem schwarzen Chrysler, waren sie dem Korps-Gefechtsstand nachgejagt. Über Funk hatte der rotblonde Oberleutnant Zumbusch seinen General zu erreichen versucht. Aber der deutsche Vormarsch ging so schnell vor sich, daß es anscheinend überhaupt kein festes Hauptquartier mehr gab. Erst seit Paris kampflos besetzt worden war, schien auch der General zur Ruhe gekommen zu sein: im Hotel «Georges V».
Auf dem Gang trampelten schwere Landserstiefel vorbei. In der Hotelhalle lagen Kisten, Maschinenpistolen und Telefonkabel herum. Leitungen wurden gelegt. Es herrschte gewaltiger Wirrwarr.
Vor einer Viertelstunde hatte Oberleutnant Zumbusch seine drei Gefangenen in das Schlafzimmer des Appartements 107 geführt. Danach war er verschwunden. Ohne Zweifel erstattete er seinem General Bericht. Die schwarze Ledertasche lag nun auf Thomas Lievens Knien; er hatte sie an sich genommen, als er den Wagen abschloß. Er fand, daß sie bei ihm immer noch besser aufgehoben war.
Durch die hohe, kunstvoll verzierte Tür zum Salon erklang plötzlich zorniges Gebrüll. Die Tür flog auf. Ein baumlanger Offizier stand in ihrem Rahmen und sagte: «Herr General von Felseneck läßt bitten, Mr. Murphy.»
Noch gelte ich also als amerikanischer Diplomat, dachte Thomas Lieven. Wohlan denn ...
Langsam erhob er sich, die Ledertasche unter dem Arm. An dem Adjutanten vorbei schritt er mit würdiger Miene in den Salon.

Menu ·15. Juni 1940

Eintopf auf verschiedene Art

Beim Eintopf «eroberte» Thomas Lieven einen deutschen General

Kartoffel-Gulasch: Man nehme Fett und Zwiebeln, die man glasig dünsten lasse; dabei müssen sie gut gesalzen und mit Paprika gewürzt werden. Alsdann schneide man kleingewürfeltes Rindfleisch hinein. Kurz bevor das Fleisch weich wird, schneide man kleingewürfelte Kartoffeln dazu. Man beachte: Es müssen ebensoviel Pfund Zwiebeln sein wie Fleisch! Außerdem gebe man ganz zum Schluß Majoran und kleingehackte süß-saure Gurken in den Topf.

Risi-Bisi: Fertig gekochter Reis wird mit grünen Erbsen (entweder aus Konserve oder frische – dann separat bereits vorgekocht) vermengt. Unter kurzem Umrühren werden nun bei kleiner Flamme Butter oder Fett dazugetan und entweder Fleisch- oder Bratenreste oder Frankfurter Würstchen – natürlich kleingeschnitten – hineingemengt. Nach Belieben würzen, am besten mit Curry, und bei Tisch mit etwas Parmesankäse bestreuen.

Irish-Stew: Unter diesem Namen gibt es verschiedene Rezepte, Hammelfleisch und Weißkohl zu einem feinen Eintopf zu bereiten. Eine der besten Arten ist das mecklenburgische Rezept: Das Hammelfleisch wird in viereckige Stückchen gehauen, gesalzen und 1 bis 1½ Stunden gekocht. Darauf werden die Kohlköpfe von den äußeren Blättern und dem Stengel befreit, in vier Teile geschnitten, ¼ Stunde in kochendem Wasser abgekocht und dann stark in einem Tuch ausgedrückt. Dann belege man einen großen Topf mit dünnen Speckscheiben, gebe darauf eine Lage Weißkohl, die runde Seite muß immer nach oben zeigen, darauf einige Stückchen Fleisch, feingeschnittene Zwiebeln, Kerbel, Salz und Pfeffer sowie ein wenig Nelken. Dann kommt immer wieder abwechselnd eine Lage Kohl, eine Lage Fleisch mit obigen Gewürzen. Die Schlußlage oben im Topf muß Kohl sein. Anschließend fülle man die vom Bodensatz abgegossene Hammel-Fleischbrühe hinzu und lasse das Ganze etwa eine Stunde einkochen. Beim Anrichten wird das Gericht auf eine Schüssel gestürzt.

General Erich von Felseneck war ein untersetzter Mann mit kurzgeschnittenem, eisgrauem Haar und goldgefaßter Brille.

Thomas sah einen kleinen Tisch, auf welchem vor Besteck und Geschirr des Hotels zwei Blechgefäße standen. Der General war offensichtlich bei einer hastigen Mahlzeit gestört worden. Diesen Umstand nahm Thomas zum Vorwand, internationale Höflichkeit zu beweisen: «General, ich bedauere tief, zu stören Ihre Essen.»

«An mir ist es», sagte General von Felseneck, Thomas die Hand schüttelnd, «eine Entschuldigung auszusprechen, Mr. Murphy.»

Thomas fühlte sich plötzlich schwindlig, als der General ihm jetzt den falschen Diplomatenpaß und die falschen Pässe Mimis und

Siméons zurückgab. «Ihre Papiere sind in Ordnung. Verzeihen Sie die Aktion des Oberleutnants. Er wurde durch das Verhalten Ihres Reisegefährten begreiflicherweise mißtrauisch. Aber er hat ohne Zweifel seine Befugnisse überschritten.»
«General, so etwas kann vorkommen ...», murmelte Thomas.
«So etwas *hat* nicht vorzukommen, Mr. Murphy! Die deutsche Wehrmacht ist korrekt. Wir respektieren diplomatische Gepflogenheiten. Wir sind keine Raubritter!»
«Certainly not ...»
«Mr. Murphy, ich bin ganz ehrlich. Hatte erst vorige Woche furchtbaren Ärger. Wäre fast bis zum Führer gegangen. Haben da doch ein paar Übereifrige bei Amiens zwei Herren von der schwedischen Militärmission festgenommen und durchsucht. Gräßlicher Krach! Mußte mich persönlich entschuldigen. War mir vielleicht eine Warnung. So was passiert mir nicht zum zweitenmal. Haben Sie schon gegessen, Mr. Murphy?»
«N-nein ...»
«Darf ich Sie vor Ihrer Abfahrt einladen? Schlichte Kriegerkost. Die Hotelküche funktioniert noch nicht. Und bei ‹Prunier› wird heute wohl noch geschlossen sein, hahaha!»
«Hahaha!»
«Also dann – kleiner Schlag aus deutscher Gulaschkanone?»
«Wenn ich nicht störe?»
«Ist mir doch eine Freude! Kogge, noch ein Gedeck! Den Herrschaften drüben lassen Sie auch was bringen ...»
«Jawohl, Herr General!»
Fünf Minuten später ...
«Bißchen eintönig, der Fraß, was Mr. Murphy?»
«Oh no, entsprechend die Umstände es schmecken delikat ...», sagte Thomas Lieven, der allmählich seine Fassung wiederfand.
«Ich weiß nicht, was das ist; die Kerle können keinen Eintopf machen!» ärgerte sich der General.
«General», sagte Thomas Lieven sanft, «ich möchte mich gerne revanchieren für Ihre Freundlichkeit und Ihnen geben eine kleine Tip ...»
«Donnerwetter, Mr. Murphy, Sie sprechen phantastisch Deutsch!» Das ist ein lebensgefährliches Kompliment, dachte Thomas und ließ rapide in seinen Sprachkenntnissen nach: «Thank you, General. Meine Kinderfräulein sein gewesen eine mecklenburgische Amme. Ihre speciality waren mecklenburgische Eintöpfe ...»
«Interessant, was, Kogge?» sagte der General zu seinem Adjutanten.

«Jawohl, Herr General!»
«Sehr zu Unrecht», dozierte Thomas Lieven und gab sorgsam auf amerikanischen Akzent acht, «sein die Eintopf geraten in Verruf. Gerne will ich erklären, wie man herstellt eine original mecklenburgische Eintopf. Aber auch Kartoffelgulasch läßt sich machen als Delikatesse!» Thomas senkte die Stimme: «Zuvor eine Frage, die mich bewegt schon seit langer Zeit. Herr General, stimmt es, daß man beimengt der deutschen Soldatenkost – hm – *Soda*?»
«Das ist ein Gerücht, das sich hartnäckig behauptet. Ich kann dazu nichts sagen, ich weiß es nicht. Immerhin sind die Leute oft monatelang unterwegs, fern ihren Frauen, fern ... Ich brauche nicht weiterzusprechen.»
«Keinesfalls, Herr General! Wie dem auch immer sei: Auf jeden Fall werden helfen Zwiebeln.»
«Zwiebeln?»
«Das A und O beim Kartoffelgulasch, Herr General: Zwiebeln! In Frankreich, weiß Gott, es gibt genug davon! Der Trick ist ganz einfach: Man nehme ebensoviel Pfund Zwiebeln wie Rindfleisch, Majoran, kleingehackte, süß-saure Gurken und ...»
«Einen Moment bitte, Mr. Murphy! Kogge, schreiben Sie mit, ich will das dem Generalquartiermeister zukommen lassen!»
«Jawohl, Herr General!»
«Also», sagte Thomas Lieven, «man lasse glasig dünsten in Fett Zwiebeln, salze gut und würze mit Paprika ...» Er diktierte, bis es klopfte und eine Ordonnanz erschien. Geflüster zwischen der Ordonnanz und dem General – dann verschwanden beide.
Thomas diktierte sein Eintopfrezept weiter.
Nach zwei Minuten kehrte der General zurück.
Er sprach leise und eisig: «Ich habe den Oberleutnant Zumbusch vorhin angerüffelt. Das ließ ihm keine Ruhe. Er hat mit der amerikanischen Botschaft telefoniert. Ein gewisser Mr. Murphy ist dort völlig unbekannt. Haben Sie dafür eine Erklärung, Mr. Murphy?»

2

Vor dem Hotel rollten noch immer schwere Panzer und Militärfahrzeuge vorbei. Das Rasseln ihrer Ketten und das Brummen ihrer Motoren klang überlaut in Thomas Lievens Ohren.
Es geschah in einer Reflexbewegung, daß er seine Repetieruhr zog und das Schlagwerk tönen ließ: zwölf Schläge und zwei. Reglos verharrte der General. Thomas überlegte in wahnsinniger

Schnelligkeit, während die silbernen Schläge tönten. Es hilft nichts, dachte er, ich muß das Äußerste riskieren ...
«Nun gut. Es bleibt mir nichts anderes übrig. Obwohl ich damit gegen strengsten Befehl handle ... Ich bitte Herrn General um eine Unterredung unter vier Augen.» Er sprach jetzt akzentfreies Deutsch.
«Hören Sie mal, Mr. Murphy, oder wie Sie heißen, ich warne Sie! So ein Standgericht tritt schnell zusammen.»
«Fünf Minuten unter vier Augen, Herr General!» Thomas Lieven bemühte sich, bedeutungsvoll auszusehen.
Der General überlegte lange. Dann entließ er seinen Adjutanten mit einer Kopfbewegung.
Kaum hatte dieser den Salon verlassen, legte Thomas los wie ein Maschinengewehr: «Herr General, ich mache Sie hiermit zum Geheimnisträger. Wenn ich gegangen bin, werden Sie augenblicklich vergessen, daß Sie mir je begegnet sind ...»
«Haben Sie den Verstand verloren?»
«... ich eröffne Ihnen eine ‹Geheime Führungssache›. Sie geben mir Ihr Wort als Offizier, daß kein Wort darüber Ihren Mund verläßt ...»
«Eine solche Unverschämtheit ist mir ja noch nie ...»
«... Ich hatte strikten Befehl von Admiral Canaris ...»
«Ca-Canaris?»
«... Canaris persönlich, unbedingt auf meiner Identität als amerikanischer Diplomat zu beharren. Die Umstände zwingen mich nun dazu, Ihnen die Wahrheit zu sagen. Bitte sehr.» Mit einer weiten Bewegung knöpfte Thomas Lieven seine Weste auf und entnahm einer Innentasche einen Ausweis. «Lesen Sie, Herr General!»
Felseneck las.
Das Dokument, das er in der Hand hielt, war ein echter Ausweis der deutschen Abwehr, ausgestellt von einem gewissen Major Fritz Loos, Abwehroffizier beim Wehrbezirkskommando Köln. Thomas hatte den Ausweis aufbewahrt in der Überzeugung, daß er ihn noch einmal brauchen würde ...
Der General sagte entgeistert: «Sie ... Sie sind bei der Abwehr?»
«Wie Sie sehen!» Thomas war jetzt in Fahrt. «Wenn Herr General Zweifel an meinen Worten hegen, ersuche ich, augenblicklich ein Führungs-Blitzgespräch nach Köln anzumelden!» – Wenn er telefoniert, bin ich erledigt. Wenn er nicht telefoniert, bin ich gerettet – ging ihm durch den Kopf.
«Aber Sie müssen doch verstehen ...»
Es scheint, ich bin gerettet, dachte Thomas und schrie: «Wissen

Sie, wer die beiden Leute sind, die da nebenan warten? Wichtigste französische Geheimnisträger! Bereit, für uns zu arbeiten!» Er schlug auf die schwarze Tasche. «Hierin befinden sich Dossiers und Listen mit den Namen aller Angehörigen des ‹Deuxième Bureau›. Verstehen Sie jetzt vielleicht, was auf dem Spiel steht?»
General von Felseneck war erschüttert. Nervös trommelte er auf die Tischplatte. Thomas Lieven dachte: Dossiers, Listen, Namen von Agenten. Wenn meine Landsleute, die Deutschen, diese Listen bekommen, dann werden sie die französischen Agenten töten. Blut, viel Blut wird fließen. Aber wenn sie sie *nicht* bekommen? Dann werden diese französischen Agenten alles tun, um Deutsche umzubringen. Mir gefällt weder das eine noch das andere. Ich hasse Gewalt und Krieg. Also muß ich mir sehr genau überlegen, was mit dieser schwarzen Tasche geschehen soll. *Später* werde ich mir das überlegen. Jetzt muß ich erst einmal raus hier ...
Der General stotterte: «Trotzdem – trotzdem verstehe ich das nicht. Wenn die Leute für uns arbeiten wollen, warum dann diese Geheimnistuerei?»
«Herr General, begreifen Sie denn *wirklich* nicht? Die französische Abwehr jagt hinter uns her! Jede Minute kann ein Anschlag erfolgen! Darum hatte der Admiral die Idee, die beiden Herrschaften unter dem diplomatischen Schutz einer neutralen Macht zu transportieren und in einem Schloß vor Bordeaux zu verstecken, bis ein Waffenstillstand geschlossen ist!» Thomas lachte bitter auf. «Wir haben leider die Möglichkeit nicht einkalkuliert, daß ein pflichtbewußter deutscher Oberleutnant uns einen Strich durch die Rechnung machen könnte!» Er nickte ernst. «Zeit ist verlorengegangen, kostbarste Zeit! Herr General, wenn die beiden Leute den Franzosen in die Hände fallen, dann sind die Folgen – die *internationalen* Folgen – unabsehbar ... Und nun melden Sie schon endlich Köln an!»
«Aber ich *glaube* Ihnen doch!»
«Sie glauben mir? Wie gütig! Dann gestatten Sie wenigstens, daß *ich* Köln anrufe und diese Panne melde!»
«Hören Sie, ich hatte gerade solchen Ärger. Muß das denn sein?»
«Was heißt: muß das sein? Wie soll das weitergehen? Wenn ich mich jetzt endlich entfernen darf, dann riskiere ich doch, daß wir an der nächsten Straßenecke von einem Ihrer übereifrigen Herren wieder verhaftet werden!»
Der General stöhnte: «Ich gebe Ihnen einen Passierschein ... Sie werden nicht mehr angehalten werden – nie mehr ...»
«Na schön», sagte Thomas. «Noch eines, Herr General: Machen

Sie dem Oberleutnant Zumbusch keine Vorwürfe mehr. Er hat nur seine Pflicht getan. Stellen Sie sich vor, ich wäre ein französischer Agent, und er hätte mich passieren lassen ...»

3

Als der schwarze Chrysler mit dem Sternenbanner über dem Dach aus dem Hof des Hotels «Georges V» glitt, salutierten zwei deutsche Posten. Thomas Lieven, alias William S. Murphy, legte eine Hand an den Homburg und erwiderte ihre Aufmerksamkeit höflich.

Danach war Thomas weniger höflich. Er hielt Jules Siméon eine gewaltige Standpauke. Dieser nahm sie widerspruchslos hin.

Nach einer Unterbrechung von fast 46 Stunden erreichten sie wieder ihre geplante Fluchtstrecke. Thomas fragte: «Wer soll eigentlich die schwarze Tasche bekommen?»

«Major Débras.»

«Wer ist das?»

«Der zweitwichtigste Mann im ‹Deuxième Bureau›. Er wird die Papiere nach England oder Afrika bringen.»

Und dann, dachte Thomas besorgt, und dann? Ach, wäre die Welt schön, wenn es keine Geheimdienste gäbe!

«Der Major sitzt in Toulouse?»

«Ich habe keine Ahnung, wo er sich jetzt aufhält», antwortete der Oberst. «Es ist unbestimmt, wann er eintrifft – und wie. Ich habe Befehl, unseren Briefkasten in Toulouse aufzusuchen.»

«Was für einen Briefkasten?» fragte Mimi.

«Briefkasten nennt man einen Menschen, der Nachrichten empfängt oder weitergibt.»

«Aha.»

«Der Mann ist absolut zuverlässig. Gérard Perrier heißt er, ein Garagenbesitzer ...»

Auf den mit Flüchtlingen und Truppen verstopften Straßen waren sie viele Tage unterwegs. Der Passierschein, den Thomas von General von Felseneck erhalten hatte, wirkte Wunder. Die deutschen Kontrollen bewiesen exemplarische Höflichkeit! Zuletzt fuhr Thomas sogar mit Wehrmachtsbenzin. Ein Hauptmann in Tours hatte ihm fünf Kanister zur Verfügung gestellt.

Vor Toulouse hielt Thomas an und nahm an seinem Wagen gewisse Veränderungen vor: Er schraubte die CD-Schilder ab und entfernte den amerikanischen Stander und die Fahne auf dem Dach. Diese Utensilien verwahrte er für eventuellen späteren

Gebrauch im Kofferraum, aus dem er zwei französische Kennzeichentafeln holte.
«Ich bitte euch, daran zu denken, daß ich von jetzt an nicht mehr Murphy, sondern Jean Leblanc heiße», sagte er zu Mimi und Siméon. Auf diesen Namen war der falsche Paß ausgestellt, den ihm sein Lehrer Jupiter in der Spionenschule bei Nancy gegeben hatte ...
Toulouse war eine Stadt von 250 000 Einwohnern – im Frieden. Nun hausten über eine Million Menschen in ihr. Die Stadt glich einem einzigen hektisch-tragischen Rummelplatz. Riesige Gruppen von Flüchtlingen kampierten im Freien, unter den alten Bäumen der Plätze an der Rue des Changes und in Saint-Sernin. Thomas sah Autos mit Kennzeichen aus ganz Frankreich – und aus halb Europa. Er erblickte einen städtischen Autobus der Pariser Verkehrsbetriebe, der als Fahrtziel noch immer «Arc de Triomphe» angab, und einen Lieferwagen mit der Aufschrift: «Sodawasser- und Kracherlfabrik Alois Schildhammer & Söhne, Wien XIX, Krottenbachstraße 32.»
Während der Oberst seinen «Briefkasten» aufsuchte, bemühten sich Mimi und Thomas, Zimmer aufzutreiben.
Sie versuchten es in Hotels, Pensionen und Fremdenheimen. Sie versuchten es überall. Es gab kein einziges freies Zimmer in Toulouse. In den Hotels lebten Familien in Hallen, Speisesälen, Bars und Waschräumen. Die Zimmer waren zwei- und dreifach überbelegt.
Mit schmerzenden Füßen trafen Mimi und Thomas nach Stunden wieder am Standplatz ihres Wagens ein. Der Oberst saß auf dem Trittbrett des Chrysler. Er sah verstört aus. Die schwarze Tasche hielt er unter dem Arm.
«Was ist passiert?» fragte Thomas. «Haben Sie die Garage nicht gefunden?»
«Doch», sagte Siméon müde. «Aber Monsieur Perrier nicht mehr. Der Mann ist tot. Es lebt nur noch eine Halbschwester von ihm, Jeanne Perrier. Sie wohnt in der Rue des Bergères 16.»
«Fahren wir hin», sagte Thomas. «Vielleicht hat sich Major Débras bei ihr gemeldet.»
Die Rue des Bergères lag in der Altstadt, die sich mit ihren engen Kopfsteinstraßen und -gassen und malerischen Häusern seit dem 18. Jahrhundert kaum verändert hatte. Kinder kreischten, Radios spielten, und über die Straßen waren Stricke gespannt, von denen bunte Wäsche flatterte.
In der Rue des Bergères mit ihren Bistros, winzigen Restaurants

und kleinen Bars gab es sehr viele hübsche Mädchen. Sie waren ein wenig zu grell geschminkt und ein wenig zu offenherzig angezogen, und sie trippelten hin und her, als ob sie auf etwas Bestimmtes warten würden.
Das Haus Nummer 16 erwies sich als kleines, altmodisches Hotel mit einem verwitterten Restaurant zur ebenen Erde. Über dem Eingang hing eine Messingtafel in Form einer weiblichen Silhouette, und darauf stand:

CHEZ JEANNE

In einer engen, dunklen Loge fanden sie einen Portier mit brillantinefunkelndem Haar. Eine steile Treppe führte in den ersten Stock des Hotels empor. Der Portier sagte, Madame würde sogleich erscheinen. Wenn die Herrschaften vielleicht inzwischen im Salon Platz nehmen wollten ...
Im Salon gab es Kronleuchter, Plüsch und Pleureusen, Topfpflanzen, die verstaubt aussahen, ein Grammophon und einen großen Spiegel, der eine ganze Wand bedeckte. Es roch nach Parfüm und Puder und kaltem Zigarettenrauch.
Ein wenig beklommen sagte Mimi: «O Gott, glaubst du, das ist hier ein ...»
«Mhm», sagte Thomas.
Puritanisch gequält sagte der Oberst: «Wir gehen ja gleich wieder!»
Eine hübsche Frau von fünfunddreißig Jahren kam herein. Sie trug kurzgeschnittenes, löwenfarbenes Haar und war raffiniert geschminkt. Sie sah energisch aus, eine Frau, die das Leben kannte und die es – per saldo – sehr komisch fand. Die Dame hatte Formen, welche sofort das Interesse Thomas Lievens fanden.
Die Stimme der Dame klang ein wenig heiser: «Willkommen, die Herrschaften. Oh, zu dritt! Reizend. Ich bin Jeanne Perrier. Darf ich Ihnen ein paar von meinen kleinen Freundinnen vorstellen?»
Sie klatschte in die Hände.
Eine rotseidene Tapetentür öffnete sich, und drei junge Mädchen kamen herein, unter ihnen eine Mulattin. Sie waren alle drei hübsch und alle drei nackt. Lächelnd marschierten sie zu dem großen Spiegel und drehten sich im Kreise. Die interessante Dame mit dem löwenfarbenen Haar sprach indessen: «Darf ich bekannt machen? Von links nach rechts: Sonja, Bébé, Jeanette ...»
«Madame», unterbrach der Oberst schwach.
«... Jeanette kommt aus Sansibar, sie hat ...»

«Madame», unterbrach der Oberst stärker.
«Monsieur?»
«Hier herrscht ein Mißverständnis. Wir wollen Sie allein sprechen, Madame!» Der Oberst stand auf, trat zu Jeanne Perrier und fragte leise: «Was sagte die Ameise zur Grille?»
Jeanne Perriers Augen verengten sich, als sie leise antwortete: «Tanze nur, tanze, im Winter wirst du bitterlichen Hunger leiden.» Danach klatschte sie wieder in die Hände und sagte zu den Hübschen: «Ihr könnt gehen!» Die drei verschwanden kichernd.
«Sie müssen entschuldigen, ich hatte keine Ahnung ...» Jeanne lachte und sah Thomas an. Er schien ihr zu gefallen. Mimi hatte plötzlich eine ärgerliche Falte auf der Stirn. Jeanne sagte: «Zwei Tage vor seinem Tod weihte mein Bruder mich ein. Er nannte mir auch die Erkennungssätze.» Sie wandte sich an Siméon. «Sie sind also der Herr, der die Tasche bringt. Aber der Herr, der die Tasche holen soll, hat noch nichts von sich hören lassen.»
«Dann muß ich auf ihn warten. Es kann noch eine Weile dauern, bis er kommt. Seine Situation ist sehr gefährlich.»
Thomas dachte: Und sie wird noch gefährlicher werden, wenn der Herr auftaucht. Denn er soll die schwarze Tasche nicht bekommen. Siméon hat sie jetzt. Er wird sie nicht behalten. Ich werde dafür sorgen. Ich werde verhindern, daß neues Unheil geschieht, daß noch mehr Blut fließt ... Ihr hättet mich in Ruhe lassen sollen, ihr alle! Nun ist es zu spät, nun spiele ich mit – aber auf meine Weise!
Er sagte zu Jeanne: «Madame, Sie wissen, Toulouse ist überfüllt. Könnten Sie uns nicht zwei Zimmer vermieten?»
«Hier?» Mimi fuhr auf.
«Mein Kind, es ist die einzige Möglichkeit, die ich sehen kann ...»
Thomas schenkte Jeanne ein werbendes Lächeln: «Bitte, Madame!»
«Ich vermiete meine Zimmer eigentlich nur stundenweise ...»
«Madame, erlauben Sie, daß ich Ihrem Herzen einen ganz zarten patriotischen Stoß versetze?» erkundigte sich Thomas.
Jeanne seufzte verträumt. «Ein charmanter Mieter – also gut.»

4

Der Major Débras ließ auf sich warten. Eine Woche verstrich, eine zweite – er tauchte nicht auf. Wie schön, dachte Thomas, alias Jean, wenn er überhaupt nie mehr auftauchen würde!
Er begann, sich im «Chez Jeanne» häuslich einzurichten. Wann immer es seine Zeit erlaubte, ging er der appetitlichen Hotelbesitzerin mit dem löwenfarbenen Haar zur Hand.

«Mein Koch ist mir davongelaufen, Jean», klagte Jeanne ihrem deutschstämmigen Mieter, den sie für einen waschechten Pariser hielt und schon am zweiten Tag seiner Anwesenheit mit seinem hübschen Vornamen ansprach. «Und die Lebensmittel werden immer knapper. Was glauben Sie, was ich verdienen könnte, wenn das Restaurant funktionieren würde ...»
«Jeanne», antwortete Thomas, der seine Gastgeberin schon am zweiten Tag mit ihrem hübschen Vornamen ansprach, «ein Vorschlag zur Güte: Ich koche, ich organisiere die Lebensmittel. Und den Verdienst teilen wir halbe-halbe. Einverstanden?»
«Sind Sie immer so stürmisch?»
«Stört Sie das?»
«Im Gegenteil, Jean, im Gegenteil! Ich brenne darauf, noch andere Ihrer verborgenen Talente kennenzulernen ...»
Bei dem Versuch, Jeannes Speiselokal wieder in Schwung zu bringen, bewies Oberst Siméon übrigens doch noch seine Eignung für den Geheimdienst. Nach einer Abwesenheit von zwei Tagen berichtete er Thomas und Mimi stolz: «Die beiden Mechaniker wollten mir nichts sagen, aber ich habe in der Garage herumgestöbert und dabei alle möglichen Hinweise gefunden. Einen Schlüssel. Eine Landkarte. Aufzeichnungen. Voilà! Der alte Perrier hat sich ein Benzinlager angelegt!»
«Donnerwetter! Wo?»
«Im Wald vor Villefranche-de-Laragais. Fünfzig Kilometer von hier. In einem Erdbunker. Mindestens hundert Kanister. Ich komme gerade von dort.»
Mimi sprang auf und gab Siméon einen langen, ostentativen Kuß ...
Jetzt bekomme ich mein Fett für Jeanne, dachte Thomas und sagte anerkennend: «Ich gratuliere, Herr Oberst!»
«Ach», antwortete Siméon, als er wieder sprechen konnte, bescheiden und liebenswert, «wissen Sie, mein Freund, ich bin ja so froh, daß ich endlich etwas Vernünftiges fertiggebracht habe!» – Wollte Gott, alle Geheimagenten wären so einsichtig, dachte Thomas.
Also holten sie das Benzin aus dem Wald. Thomas stellte den schwarzen Chrysler in der Garage unter und kaufte für ein paar seiner 27 730 Dollars einen kleinen Peugeot. Der verbrauchte weniger Treibstoff.
Bald war Thomas auf den holprigen Landstraßen um Toulouse eine bekannte Erscheinung. Alle Bauern grüßten ihn, grinsten und hielten den Mund. Zum einen zahlte Thomas immer gute Preise, zum andern verschaffte er Mangelware aus der Stadt ...

Thomas briet, buk und kochte, daß es eine Lust war. Jeanne assistierte ihm dabei. In der Küche war es heiß. Bekleidungsmäßig schützte Jeanne sich vor der Hitze so radikal es eben noch anging. Es war eine glückliche Partnerschaft: Sie bewunderte ihn, er bewunderte sie. Mimi machte lange Spaziergänge mit Siméon.

Das Restaurant war nun täglich bis zum letzten Platz besetzt. Es kamen fast nur männliche Gäste, Flüchtlinge aus all den Ländern, mit denen Hitler sich bislang beschäftigt hatte. So war Thomas Lievens Küche sehr abwechslungsreich. Die Flüchtlinge zeigten sich entzückt. Nicht zuletzt über die wirklich humanen Preise.

Noch entzückter waren die Mädchen des Hauses. Der junge, charmante Koch riß sie alle hin mit seiner Eleganz und Frechheit, seiner Liebenswürdigkeit und Klugheit. Stets fühlten sie sich von ihm als Damen behandelt, denn er trat keiner zu nahe.

Bald schon amtierte Thomas denn als Beichtvater, Geldverleiher, Ratgeber in juristischen und medizinischen Fragen und als nimmermüder Zuhörer, wenn sich ihm die innersten Kammern weiblicher Herzen öffneten.

Jeanette hatte ein Baby auf dem Lande. Die Bauernfamilie stellte immer unverschämtere Forderungen. Thomas brachte sie davon ab.

Sonja stand eine Erbschaft zu, die ein schurkischer Advokat ihr nicht aushändigte. Thomas brachte ihn dazu.

Bébé hatte einen brutalen Freund, der sie dauernd betrog und dauernd verdrosch. Mit einem zarten Hinweis auf gewisse polizeiliche Verordnungen und mit einem harten Jiu-Jitsu-Griff brachte Thomas ihn dazu, sich anständig zu betragen.

Alfonse hieß dieser Freund. Er sollte Thomas noch einmal viel Kummer bereiten ...

Unter den Stammgästen des Restaurants befand sich ein Bankier namens Walter Lindner. Erst war er vor Hitler aus Wien geflohen, dann aus Paris.

Lindner war von seiner Frau auf der Flucht getrennt worden und wartete nun, daß sie wieder auftauchte. Sie hatten Toulouse als Treffpunkt ausgemacht.

Walter Lindner entwickelte eine große Sympathie für Thomas. Als er erfuhr, daß dieser auch Bankier war, machte er ihm folgendes Angebot: «Kommen Sie mit mir nach Südamerika. Sobald meine Frau eintrifft, gehe ich hinüber. Ich habe Vermögen drüben. Werden Sie mein Partner ...» Und er wies einen Bankauszug der «Rio de la Plata Bank» vor. Der Auszug war neueren Datums

und bestätigte Lindner ein Guthaben von über einer Million Dollars. Das war der Augenblick, in welchem Thomas Lieven, allem bisher Erlebten zum Trotz, noch einmal Mut faßte und an die Vernunft der Menschen und an eine lichte Zukunft glaubte.
Er wollte die Affäre mit der «schwarzen Tasche» noch würdig erledigen, so gut er konnte. Weder die Deutsche Abwehr noch der französische Geheimdienst sollten die Dossiers bekommen.
Aber dann nichts wie raus aus dem kriegslüsternen, verrotteten, alten Europa! Fort in eine neue Welt! Wieder Bankier sein, ein solider Bürger, ein ziviler Mensch! Ach, welche Sehnsucht empfand er danach!
Unerfüllt sollte diese Sehnsucht bleiben. Bald schon sollte Thomas von der Gewissenspein befreit werden, für die Franzosen gegen die Deutschen gearbeitet zu haben. Bald schon sollte er für die Deutschen gegen die Franzosen arbeiten. Und dann wieder für die Franzosen. Und gegen die Engländer. Und für die Engländer. Und für alle drei. Und gegen alle drei. Der Wahnsinn hatte eben erst begonnen. Der gute Mensch in Thomas Lieven, der den Frieden liebte und die Gewalt haßte, wußte nur noch nicht, was ihm bevorstand ...
Der Juni ging vorbei, der Juli. Nun saßen sie schon fast zwei Monate in Toulouse. An einem heißen Morgen hielten Siméon, Jeanne und Thomas einen kleinen Kriegsrat ab.
Siméon zeigte sich ein wenig aufgeregt, aber das fiel Thomas erst sozusagen im nachhinein auf. Der Oberst erklärte ihm: «Wir müssen unseren Aktionsradius erweitern, mein Freund. Madame hat eine neue Adresse für Sie.» Er neigte sich über die Landkarte. «Sehen Sie mal, hier, ungefähr 150 Kilometer nordwestlich von Toulouse, im Tal der Dordogne, in der Nähe von Sarlat.»
«Da liegt ein kleines Schloß», erklärte Jeanne, nervös rauchend – auch das kam Thomas erst später in den Sinn –, «am Rande des Ortes Castelnau-Fayrac. ‹Les Milandes› heißt es. Die Leute dort haben auch eine Farm, einen Haufen Schweine und Kühe, alles ...»
Drei Stunden später holperte der kleine Peugeot über staubige Landstraßen immer noch westwärts. An den Ufern der Dordogne wurde die Gegend romantisch, und romantisch sah auch das Schloß «Les Milandes» aus – ein weißes, hohes Gemäuer aus dem 15. Jahrhundert, mit zwei großen und zwei kleineren Wachttürmen, den ganzen Höhenzug beherrschend, umgeben von einem alten Park, an den sich Wiesen und Felder schlossen.
Thomas ließ den Wagen bei der offenen Einfahrt zum Park stehen und rief ein paarmal laut. Niemand antwortete.

Er erreichte einen großen, kiesbestreuten Vorplatz. Ein gewaltiges, altes Eichentor stand angelehnt. Eine Freitreppe führte hinauf.
«Hallo!» rief Thomas wieder.
Dann hörte er ein schrilles, hohes Lachen, das ihn zusammenfahren ließ, denn es war kein Menschenlachen.
Im nächsten Augenblick schoß ein kleines braunes Äffchen durch den Türspalt, hüpfte schrill keckernd die Stufen herunter und turnte an Thomas Lieven empor. Ehe er sich von seinem Schreck erholt hatte, saß der Affe bereits auf seiner linken Schulter und gab ihm, dauernd keckernd, Küsse.
Eine Frauenstimme erklang: «Glou-Glou! Glou-Glou, wo bist du? Was stellst du schon wieder an?»
Das Eichentor öffnete sich. Eine blendend schöne, dunkelhäutige Frau stand im Rahmen. Sie trug enge weiße Hosen und eine überhängende weiße Bluse. An den schmalen Handgelenken klirrten goldene Armbänder. Ihr schwarzes Haar war in der Mitte gescheitelt und lag eng an.
Thomas holte Atem, denn er kannte diese Frau, und er verehrte sie seit Jahren. Er fand keine Worte. Auf alles war er gefaßt gewesen, nur darauf nicht, inmitten einer verrückten Zeit, inmitten eines von Krieg und Niederlage zerrütteten Frankreichs plötzlich einem Idol der ganzen Welt, der perfekten Verkörperung exotischer Schönheit überhaupt gegenüberzustehen: der berühmten Negertänzerin Josephine Baker.
Mit einem wundervoll leisen Lächeln sagte sie: «Guten Tag, Monsieur, entschuldigen Sie die stürmische Begrüßung. Sie scheinen Glou-Glou zu gefallen.»
«Madame ... Sie sind ... Sie haben ... Sie wohnen hier?»
«Zur Miete, ja. Was kann ich für Sie tun?»
«Mein Name ist Jean Leblanc. Ich glaube, ich kam ursprünglich hierher, um Lebensmittel zu kaufen ... Bei Ihrem Anblick, Madame, kann ich mich nicht mehr genau daran erinnern», sagte Thomas. Dann ging er die Freitreppe hinauf und küßte, den kleinen Affen noch auf der Schulter, Josephine Baker mit einer tiefen Verneigung die Hand. «Es ist auch vollkommen unwichtig, warum ich kam. Ich bin glücklich, vor Ihnen zu stehen, vor einer der größten Künstlerinnen unserer Zeit.»
«Sie sind nett, Monsieur Leblanc.»
«Ich besitze alle Ihre Platten! ‹J'ai deux amours› habe ich dreimal! Ich war in so vielen Ihrer Revuen ...» Voll Verehrung sah Thomas Lieven die «Schwarze Venus» an. Er wußte, daß sie als Tochter eines spanischen Kaufmanns und einer Negerin in der

amerikanischen Stadt St. Louis geboren worden war. Er wußte, daß sie ihre sagenhafte Karriere bettelarm begonnen hatte. Weltberühmt war Josephine Baker in Paris geworden, wo sie das Publikum zur Raserei brachte, als sie, mit einem Bananenkranz und sonst gar nichts bekleidet, ekstatische Tänze zeigte.
«Kommen Sie vielleicht aus Paris, Monsieur?»
«Ja, ich bin geflüchtet ...»
«Sie müssen mir alles erzählen. Ich liebe Paris so. Ist das Ihr Wagen da vorne beim Tor?»
«Ja.»
«Sie sind allein gekommen?»
«Gewiß, warum?»
«Ich frage nur. Bitte, Monsieur Leblanc, folgen Sie mir ...»
Das Schloß war mit antiken Möbeln eingerichtet. Thomas stellte fest, daß es eine ganze Menagerie beherbergte. Außer dem Affenweibchen «Glou-Glou» lernte er noch kennen: den äußerst seriösen Löwenaffen «Mica», den winzigen, blitzschnellen «Gugusse» mit dem gesträubten Schnurrbart, eine enorme dänische Dogge namens «Bonzo», die faule Pythonschlange «Agathe», die sich vor dem kalten Kamin in der Halle aalte, den Papagei «Hannibal» und zwei kleine Mäuse, die Josephine Baker ihm als «Fräulein Haarwickel» und «Fräulein Fragezeichen» vorstellte.
Alle diese Tiere lebten in größter Eintracht miteinander. «Bonzo» lag auf dem Teppich und ließ sich buchstäblich von «Fräulein Fragezeichen» auf der großen Nase herumtanzen. «Mica» und «Hannibal» spielten Fußball mit einer kleinen Kugel aus Silberpapier. «Eine glückliche Welt», sagte Thomas.
«Die Tiere verstehen es, in Frieden zu leben», sagte Josephine Baker.
«Die Menschen leider nicht.»
«Auch die Menschen werden es einmal verstehen», sagte die Tänzerin. «Doch jetzt erzählen Sie von Paris!»
Thomas Lieven erzählte. Er war so fasziniert von dieser Begegnung, daß er vollkommen die Zeit vergaß. Zuletzt blickte er schuldbewußt auf seine goldene Repetieruhr. «Sechs Uhr, um Gottes willen!»
«Der Nachmittag war reizend. Wollen Sie nicht noch bleiben und mit mir essen? Ich habe allerdings nur wenig im Hause, ich war nicht auf Besuch vorbereitet. Auch mein Mädchen ist nicht da ...»
Thomas strahlte jungenhaft: «Wenn ich noch bleiben *darf*? Aber dann müssen Sie erlauben, daß ich koche! Man kann auch aus wenigem delikate Dinge kochen!»

«Das stimmt», sagte Josephine Baker. «Es muß nicht immer Kaviar sein.»
Die Küche war groß und altmodisch eingerichtet. In Hemdsärmeln handwerkte Thomas Lieven mit Feuereifer. Draußen versank die Sonne hinter der Hügelkette des Flusses, die Schatten wurden länger, der Abend kam.
Lächelnd sah Josephine Baker zu. Am meisten interessierten sie die pikanten Eier, die Thomas herstellte.
«Madame, es handelt sich um eine eigene Komposition! Ihnen zu Ehren taufe ich sie hiermit: Eier ‹Josephine›!»
«Vielen Dank. Ich werde Sie jetzt allein lassen und mich umziehen. Bis gleich also ...» Josephine Baker verschwand. Bester Laune kochte Thomas weiter. Was für eine Frau, dachte er ...
Als Thomas seine Arbeit beendet hatte, wusch er sich im Badezimmer die Hände und ging ins Speisezimmer. Hier brannten je zwölf Kerzen in zwei Leuchtern. Josephine Baker trug ein hautenges, grünes Kleid. Sie stand neben einem großen, kräftigen Mann in einem dunklen Anzug. Das Gesicht des Mannes war von der Sonne verbrannt, sein kurzes Haar war an den Schläfen ergraut. Der Mann hatte gute Augen und einen guten Mund. Josephine Baker hielt seine Hand fest, als sie sagte: «Monsieur Leblanc, verzeihen Sie mir diese Überraschung, aber ich muß sehr vorsichtig sein.» Sie sah den Mann mit den grauen Schläfen voll Liebe an. «Maurice, ich möchte dich mit einem Freund bekannt machen.»
Der Mann im dunklen Anzug hielt Thomas die Hand hin. «Ich freue mich aufrichtig, Sie endlich kennenzulernen, Thomas Lieven. Ich habe schon viel von Ihnen gehört!»
Als so unerwartet sein echter Name fiel, erstarrte Thomas. Was für ein Wahnsinn, dachte er, nun bin ich also doch noch in die Falle gegangen!
«Oh», rief Josephine Baker, «wie dumm von mir, Sie kennen Maurice ja noch nicht! Dies ist Maurice Débras, Herr Lieven, Major Débras vom ‹Deuxième Bureau›!»

5

Ach, verdammt noch mal, dachte Thomas Lieven, komme ich denn niemals mehr aus diesem Teufelskreis heraus? Adieu, süßer Abend zu zweit!
«Major Débras ist mein Freund», gab Josephine bekannt.
«Ein glücklicher Mensch», sagte Thomas verstimmt. Er sah den

Major an: «In Toulouse wartet Oberst Siméon seit Wochen auf Sie!»
«Ich bin erst gestern hier angekommen. Ich habe eine schwierige Flucht hinter mir, Monsieur Lieven.»
Josephine sagte: «Maurice kann sich in Toulouse nicht sehen lassen. Sein Gesicht ist zu bekannt. In der Stadt wimmelt es von deutschen Agenten und von französischen Spitzeln.»
«Madame», sagte Thomas, «Sie überschütten mich mit frohen Nachrichten.»
Bewegt sprach der Major: «Ich weiß, was Sie damit sagen wollen, Monsieur Lieven. Wenige haben sich für die Sache Frankreichs in größere Gefahr begeben als Sie. Wenn ich nach London komme, werde ich General de Gaulle zu berichten wissen, mit welcher Tollkühnheit Sie vor einem deutschen General die schwarze Tasche verteidigt haben!»
Die schwarze Tasche ...
Seit Tagen konnte Thomas Lieven ihretwegen nicht mehr ordentlich schlafen!
«Die Tasche liegt in Toulouse bei Oberst Siméon.»
«Nein», sagte Débras freundlich, «die Tasche liegt unter dem Werkzeug im Kofferraum Ihres Wagens.»
«Meines –»
«Ihres kleinen Peugeots, der beim Parktor steht. Kommen Sie, Herr Lieven, lassen Sie uns vor dem Essen noch schnell hingehen und sie holen ...»
Sie haben mich hereingelegt, dachte Thomas Lieven wütend. Siméon und Mimi und Jeanne haben mich hereingelegt. Was mache ich jetzt? Es ist wahr, ich wollte nicht, daß der deutsche Geheimdienst die Tasche bekommt. Aber ich will auch nicht, daß der französische sie bekommt. Es würde doch nur Blut fließen, französisches oder deutsches ... Ich will überhaupt nicht, daß Blut fließt ... Ich war ein friedlicher Mensch. Ihr habt mich zum Geheimagenten gemacht. Hättet ihr mich in Ruhe gelassen ... Nun seht zu, was ihr davon habt!
Diesen Gedankengängen hing Thomas Lieven nach, während er, zur Linken von Josephine Baker und gegenüber dem Major Débras, bei Tisch saß und lustlos in den delikaten Wurst-Nestern herumstocherte, die er selber zubereitet hatte.
Die schwarze Tasche lag nun auf einer antiken Anrichte beim Fenster. Sie hatte sich tatsächlich im Kofferraum seines Wagens befunden.
Mit Appetit essend, erklärte Débras, wie sie dorthin gekommen

Improvisiertes Menu · 19. August 1940

Wurst-Nester
Eier «Josephine»
Schweden-Früchte

Thomas Lievens Eierspeise verzauberte die «Schwarze Venus»

Wurst-Nester: Man nehme eine Wurstsorte, die sich in breite, feste Scheiben teilen läßt, schneide sie in ein Zentimeter dicke Scheiben, ohne die Haut zu entfernen. In einer Pfanne mache man Fett heiß, gebe die Wurstscheiben hinein und lasse sie kurz so warm werden, daß sie sich zu einem «Nest» wölben. Dann nehme man die Scheiben rasch vom Feuer auf eine Schüssel zum Anrichten, fülle einige Nester mit Apfelcreme (geriebener Meerrettich und geriebene Äpfel, ein Schuß Weinessig und Salz), andere Nester mit einer Farce aus gedünsteten Zwiebeln, Tomaten und Kräutern sowie Petersilie, Schnittlauch und Olivenöl. Dazu esse man kräftiges Bauernbrot.

Eier «Josephine»: Man bereite zunächst eine weiße Sauce aus 110 Gramm Butter, 50 Gramm Mehl und 1/4 Liter Milch, in die man später 2 Eidotter quirlt. Wichtig dabei ist, daß man zuerst die Butter zerläßt, dann Mehl zugibt; es muß aber so zerrührt werden, daß beides hell bleibt, und die Milch kommt unter ständigem Rühren hinzu. Die Sauce muß dicklich sein, und die Eidotter gebe man erst hinein, wenn die Sauce vom Feuer genommen. Etwas Muskat erhöht den Wohlgeschmack.
Diese – auch für andere Gerichte geeignete – weiße Sauce vervollständige man in diesem Fall mit feinzerhacktem Schinken und Parmesankäse. Dann gebe man «verlorene Eier» hinein, daß sie gut von der Sauce bedeckt sind, streue noch einmal Parmesankäse und Butterflocken darüber und lasse alles in der Form 5 Minuten überbacken.
Kleiner Trick für «verlorene Eier»: Ein richtiges «verlorenes Ei» muß nur eben pflaumenweich sein und trotzdem ohne Schale halten. Um das zu erreichen, lasse man die Eier aus der Schale vorsichtig in kochendes Essigwasser gleiten. Nach guten drei Minuten hole man sie am besten mit Hilfe eines Siebes heraus, tue sie in kaltes Wasser und tupfe sie – nach völliger Abkühlung – vorsichtig mit einem Tuch ab.
Für den Einkauf der immer wieder erwähnten Muskatnuß sollte man wissen, daß die guten Nüsse rund, schwer und ölhaltig sein sollen, sie dürfen beim Reiben nicht bröckeln. Verhältnismäßig leichte sind meist ohne Aroma und oft wurmstichig. Der leichte mehlige Überzug auf der Nuß stammt vom Kalkwasser, in das die Nüsse vor dem Versand gelegt werden, um sie vor Insektenfraß zu schützen.

Schwedenfrüchte: Eine Büchse gemischtes Kompott, gut im Eisschrank gekühlt, mit etwas Rum abgespritzt und mit viel flüssiger Sahne übergossen. Im Notfall kann man auch Büchsensahne verwenden.

---

war: «Ich telefonierte gestern mit Siméon, Monsieur Lieven. Ich sagte ihm: ‹Wie erhalte ich die schwarze Tasche?› Er sagte: ‹Sie können nicht nach Toulouse kommen, man wird Sie erkennen. Aber dieser phantastische Lieven, dieser ganz außerordentliche

Mensch, fährt seit Wochen kreuz und quer durch die Gegend und kauft Lebensmittel ein. Niemand wird sich wundern, ihn zu sehen. Er kann die Tasche überbringen.›» Débras schnupperte: «Großartig, diese Füllung, was ist das?»
«Gedünstete Zwiebeln, Tomaten und Kräuter. Wozu die Heimlichtuerei, Major? Siméon hätte mich informieren müssen.»
«Ich habe es so angeordnet. Ich kannte Sie doch nicht ...»
«Bitte noch ein paar Nester, Monsieur Lieven!» Josephine schenkte Thomas ein strahlendes Lächeln. «Es war schon besser so. Sie sehen, die Tasche hat ihr Ziel wohlbehalten erreicht.»
«Ja, das sehe ich», sagte Thomas. Er sah sie an, die blödsinnige Tasche mit den blödsinnigen Listen, die Hunderten noch das Leben kosten konnte. Da stand sie. Den Deutschen mühsam entrissen. Bei den Franzosen gelandet.
Schade, dachte Thomas. Ohne Politik, ohne Geheimdienste, Gewalt und Tod hätte das ein so hübscher Abend werden können!
Eine Strophe aus der «Dreigroschenoper» fiel ihm ein:

Denn leider sind auf diesem Sterne eben
die Mittel kärglich und die Menschen roh.
Wer möchte nicht in Fried und Eintracht leben?
Doch die Verhältnisse, die sind nicht so ...

Nein, dachte Thomas, die Verhältnisse, sie waren nicht so. Und darum dachte er von nun an zu jedem Satz, den er sprach, Gedanken, die mit den Sätzen nicht das geringste zu tun hatten ...
Thomas Lieven sagte: «Nun serviere ich eine Spezialität, die ich Madame zu Ehren ‹Eier Josephine› genannt habe.» Und er dachte dabei: Die Tasche darf nicht bei Débras bleiben. Er ist mir sympathisch. Josephine ist mir sympathisch. Ich will ihnen nicht schaden. Aber ich kann, ich darf, ich mag ihnen auch nicht nützen!
Der Major zeigte sich von Thomas Lievens Eiern entzückt: «Delikat, Monsieur; Sie sind wirklich ein großer Mann!»
Josephine fragte: «Ist da Muskat dabei?»
Thomas Lieven sagte: «Eine Spur, Madame. Das wichtigste ist, daß man zuerst die Butter zerläßt und dann das Mehl verrührt, aber so, daß beide hell bleiben.»
Thomas Lieven dachte: Ich verstehe Josephine, ich verstehe Débras. Ihr Land ist in Gefahr, wir haben sie überfallen, sie wollen sich verteidigen, sie wollen sich wehren gegen Hitler. Aber *ich*, ich will nicht blutige Hände bekommen!
Thomas sagte: «Erst nach dem Mehl füge man unter Rühren Milch zu, bis die Sauce dick wird.»

Thomas dachte: Da haben sie mir in dieser idiotischen Spionenschule bei Nancy doch mal ein Buch in die Hand gedrückt. Zum Chiffrieren. Dem Helden jenes Romans ging es eigentlich genauso wie mir. Wie hieß der gleich? Ach ja, der Graf von Monte Christo ...
Mit Engelszungen sprach Thomas Lieven: «Sie wollen nach England, Major Débras. Welchen Weg werden Sie nehmen?»
«Über Madrid und Lissabon.»
«Ist das nicht sehr gefährlich?»
«Ich habe noch einen falschen Paß.»
«Trotzdem. Wie Madame sagte, es wimmelt hier von Spitzeln. Wenn man die Tasche bei Ihnen findet ...»
«Ich muß es riskieren. Siméon wird in Paris gebraucht, er soll zurück. Ich habe niemanden.»
«Doch!»
«Wen?»
«Mich!»
«Sie?»
Der Teufel soll alle Geheimdienste der Welt holen, dachte Thomas und antwortete mit Feuer: «Jawohl, mich. Es ist mir ein unerträglicher Gedanke, daß die Deutschen die Tasche bekommen!» – Es ist mir genauso unerträglich, zu denken, daß ihr sie habt! – «Sie kennen mich jetzt, Sie wissen, daß ich zuverlässig bin.» – Wenn ihr wüßtet, wie unzuverlässig ich bin! – «Außerdem macht es mir Spaß. Sportlicher Ehrgeiz hat mich gepackt!» – Ach, könnte ich doch nur wieder ein friedlicher Bürger sein!
Von seinen Eiern aufblickend, sagte Josephine: «Monsieur Lieven hat recht, Maurice. Du bist für die Deutschen und ihre Spitzel dasselbe wie das rote Tuch für den Stier.»
«Natürlich, chérie! Aber wie sollen wir die Tasche vor der Deutschen Abwehr in Sicherheit bringen?»
Vor der Deutschen Abwehr und vor allen andern Diensten, dachte Thomas und sagte: «Ich habe in Toulouse einen Bankier namens Lindner getroffen. Der wartet nur noch auf seine Frau, dann geht er nach Südamerika. Er hat mir angeboten, sein Partner zu werden. Wir werden über Lissabon auswandern.»
Josephine sagte zu Débras: «In Lissabon könntet ihr euch treffen.»
Débras fragte: «Und warum wollen Sie das alles tun?»
Aus Überzeugung, dachte Thomas Lieven und antwortete: «Aus Überzeugung.»
Sinnend sprach Débras: «Ich wäre Ihnen zu unendlichem Dank

verpflichtet ...» Abwarten, abwarten, dachte Thomas. «Außerdem bietet uns diese zweifache Reise noch besondere Möglichkeiten.» – Mir bestimmt, dachte Thomas. – «Ich werde die Aufmerksamkeit der Verfolger auf mich ziehen. Damit sind Sie und die schwarze Tasche geschützt.» – Ganz recht, dachte Thomas. – «Also klar, ich fahre mit der Bahn über Madrid. Sie, Monsieur Lieven, werden mit Ihrem Transit-Visum in Marseille noch ein Flugzeug bekommen ...»

Thomas dachte: Ihr seid so nett mit eurem Mut und euren Plänen. Hoffentlich werdet ihr mir später nicht böse sein. Aber kann ein anständiger Mensch in meiner Lage anders handeln? Ich will nun mal nicht, daß französische Agenten sterben. Aber ich will auch nicht, daß deutsche Landser sterben! Es gibt nicht *nur* Nazis in meinem Land!

Thomas sagte: «Es ist eine reine Frage der Vernunft, Monsieur Débras. Sie sind ein von allen Hunden gehetzter Mann. Ich bin für die Deutsche Abwehr noch immer ein unbeschriebenes Blatt ...»

6

Ein seltsames Spiel des unergründlichen Zufalls wollte es, daß etwa zur gleichen Zeit an diesem Abend der General Otto von Stülpnagel, Militärbefehlshaber in Frankreich, im «Hôtel Majestic», dem deutschen Stabsquartier zu Paris, sein Sektglas hob, um mit zwei Herren anzustoßen. Einer dieser Herren war der Chef der Deutschen Abwehr, Admiral Wilhelm Canaris, der andere war der kleine, grauhaarige Panzerkorps-General Erich von Felseneck.

Silberhell klangen die Kristallgläser. Vor einem goßen Gemälde Napoleons I. prosteten die Herren einander zu. Bunt leuchteten Uniformen aller Waffengattungen. Ordensspangen blitzten.

General von Stülpnagel sagte: «Auf die Leistung der unbekannten, unsichtbaren Helden Ihrer Organisation, Herr Canaris!»

«Auf die ungleich größere Ihrer Soldaten, meine Herren!»

General von Felseneck hatte schon ein bißchen viel getrunken, er lachte verschmitzt: «Seien Sie nicht so bescheiden, Admiral! Ihr Kerle wart schon verflucht gerissen!» Er amüsierte sich. «Darf Ihnen das leider nicht erzählen, Stülpnagel. Wurde nämlich zum Geheimnisträger gemacht. Aber: er hat schon ein Köpfchen, unser Canaris!»

Sie tranken.

Die Generäle Kleist und Reichenau traten heran und entführten den Kollegen Stülpnagel.
Canaris betrachtete den General von Felseneck mit plötzlichem Interesse. Er offerierte Zigarren und erkundigte sich beiläufig: «Wovon sprachen Sie eben, Herr von Felseneck?»
Felseneck kicherte: «Bin Geheimnisträger, Herr Canaris! Aus mir bekommen Sie kein Wort heraus!»
«Wer hat Ihnen denn dieses absolute Schweigen auferlegt?» wollte der Admiral wissen.
«Einer Ihrer Leute – toller Junge, also wirklich, Hut ab!»
Canaris lächelte, aber seine Augen blieben ernst. «Nun erzählen Sie schon! Ich möchte doch wissen, welcher unserer kleinen Tricks solchen Eindruck auf Sie gemacht hat!»
«Na schön. Wäre ja auch zu dämlich, wenn man mit *Ihnen* nicht darüber reden dürfte! Also, ich sage nur: die schwarze Tasche!»
«Aha!» Canaris nickte freundlich. «Jaja, die schwarze Tasche!»
«Das war vielleicht ein Kerl, Herr Canaris! Wie der vor mir als amerikanischer Diplomat auftrat! Die Sicherheit! Die Ruhe, nachdem ihn einer meiner Leute verhaftet hatte!» Von Felseneck lachte herzlich: «Bringt zwei französische Spione *und* die gesamten Dossiers des ‹Deuxième Bureau› für uns in Sicherheit und nimmt sich noch die Zeit, mir zu erklären, wie man Kartoffelgulasch kocht! Immer wieder muß ich an den Jungen denken. Wollte wahrhaftig, ich hätte so etwas in meinem Stab!»
«Ja», sagte Canaris, «es gibt schon ein paar fixe Knaben in der Branche. Ich erinnere mich an die Geschichte ...» Er hatte natürlich keine Ahnung von der Geschichte. Aber sein Instinkt sagte ihm: Hier mußte etwas Fürchterliches passiert sein! Gespielt harmlos überlegte er: «Warten Sie mal, wie hieß der Mann doch gleich –?»
«Lieven, Thomas Lieven! Leitstelle WBK Köln. Er zeigte mir zuletzt seinen Ausweis. Thomas Lieven! Werde den Namen nie vergessen!»
«Lieven, natürlich. Das ist auch ein Name, den man sich merken muß!» Canaris winkte eine Ordonnanz heran und nahm zwei Gläser voll Champagner von einem schweren Silbertablett. «Kommen Sie, lieber General, trinken wir noch einen Schluck. Setzen wir uns in diesen Alkoven. Erzählen Sie mir mehr von Ihrer Begegnung mit Freund Lieven. Ich bin gern stolz auf meine Leute ...»

7

Unbarmherzig schrillte das Telefon. Schweißgebadet fuhr Major Fritz Loos in seinem Bett hoch. Immer diese Aufregungen, dachte er schlaftrunken. Sauberuf, den ich habe!
Endlich fand er den Schalter der Nachttischlampe, endlich hatte er den Hörer am Ohr. Er krächzte: «Loos!»
In der Leitung knisterte und krachte es: «Führungsblitzgespräch aus Paris. Verbinde mit Herrn Admiral Canaris ...»
Bei dem letzten Wort zuckte ein stechender Schmerz durch des Majors Leib. Die Galle, dachte er bitter. Na fein. Also das auch noch.
Dann hörte er eine bekannte Stimme: «Major Loos?»
«Herr Admiral?»
«Hören Sie mal, da ist eine ungeheure Schweinerei passiert ...»
«Schweinerei, Herr Admiral?»
«Kennen Sie einen gewissen Thomas Lieven?»
Der Hörer entglitt der Hand des Majors und fiel auf die Bettdecke. Die Membrane quakte. Aufgeregt nahm Major Loos den Hörer wieder ans Ohr und stammelte: «Jawohl, Herr Admiral, kenne den – den Namen ...»
«Sie kennen also den Kerl? Haben Sie ihm einen Abwehrausweis gegeben?»
«Jawohl, Herr Admiral!»
«Warum?»
«Er ... Lieven wurde von mir angeworben, Herr Admiral. Aber es – es hat nicht funktioniert ... Er ist verschwunden. Ich habe mir bereits Sorgen gemacht ...»
«Mit Recht, Major Loos, mit Recht! Nehmen Sie den nächsten Zug, das nächste Flugzeug. Ich erwarte Sie im ‹Hôtel Lutetia›! Sobald wie möglich, verstanden?»
Das «Hôtel Lutetia» am Boulevard Raspail war das Hauptquartier der militärischen Abwehr Paris.
«Jawohl, Herr Admiral», sagte Major Loos ergeben. «Ich komme, so schnell ich kann. Was – wenn ich Herrn Admiral fragen darf – was hat der Kerl denn angestellt?»
Canaris sagte, was der Kerl angestellt hatte. Major Loos wurde bleich und bleicher. Zuletzt schloß er die Augen. Nein, nein, nein, das ist doch nicht möglich! Und ich bin an allem schuld ...
Die Stimme aus Paris dröhnte wie eine der Posaunen von Jericho: «... Der Mann besitzt Listen mit den Namen, Adressen und Erkennungszeichen aller französischen Agenten! Wissen Sie, was das

bedeutet? Der Mann ist lebenswichtig und lebensgefährlich für uns! Wir müssen ihn kriegen, koste es, was es wolle!»

«Jawohl, Herr Admiral, ich nehme meine fähigsten Leute ...»

Kriegerisch richtete sich Major Loos im Bett auf. Das Nachthemd verwischte die eindrucksvolle Pose. «Wir kriegen die Listen. Wir machen den Mann unschädlich. Und wenn ich ihn persönlich niederknallen muß ...»

«Sie sind wohl wahnsinnig geworden, Major Loos!» sagte die Stimme aus Paris sehr leise. «Den Mann will ich lebend haben! Der ist viel zu gut zum Erschießen!»

8

20. August 1940, 02 Uhr 15:

– achtung SSG – – achtung SSG – – dringlichkeit römisch eins – von chef abwehr – an alle dienststellen geheime feldpolizei frankreich – – gesucht wird deutscher staatsangehöriger thomas lieven – 30 jahre alt – schlank – schmales gesicht – dunkle augen – kurzgeschnittenes, schwarzes haar – elegant zivil gekleidet – spricht fließend deutsch, englisch, französisch – besitzt echten ausweis der deutschen abwehr, ausgestellt von major fritz loos wbk köln – echten reisepaß deutsches reich nr 5 4 3 2 3 1 1 serie c – falschen amerikanischen diplomatenpaß auf den namen william s. murphy – gesuchter verließ paris am 15. juni 1940 in schwarzem chrysler mit CD-zeichen und amerikanischer flagge auf dem dach – besaß passierschein, ausgestellt von general erich von felseneck – reiste in begleitung einer jungen französin und eines franzosen – gesuchter im besitz wichtigster feinddokumente – fahndung sofort aufnehmen – informationen und fehlanzeigen sofort melden an major loos, leiter sondergruppe z, hauptquartier GFP paris – bei verhaftung lievens nur in äußerstem notfalle von waffe gebrauch machen – ende –

Während dieses Fahndungsschreiben die Geheime Feldpolizei und viele Wehrmachtsangehörige aufschreckte – zum Beispiel jenen Hauptmann, der am 16. Juni in Tours einem gewissen Murphy fünf Kanister deutsches Wehrmachtsbenzin zur Verfügung gestellt hatte –, kletterte der so nachdrücklich gesuchte Thomas Lieven in der Rue des Bergères zu Toulouse vergnügt aus seinem kleinen Peugeot. Zufrieden klemmte er eine schwarze Tasche unter den Arm und warf den Wagenschlag zu.

Im «Chez Jeanne» schliefen die fröhlichen Mädchen bereits. Das kleine Restaurant war geschlossen. Nur in dem altmodischen Salon mit dem Riesenspiegel und den roten Plüschmöbeln brannte noch Licht. Hier warteten Mimi, Siméon und die aufregende Besitzerin des Etablissements mit dem löwenfarbenen Haar auf Thomas.

Als er eintrat, wurden Seufzer der Erleichterung laut. Jeanne gab bekannt: «Wir haben uns solche Sorgen gemacht!»

«Ja, wirklich?» sagte Thomas. «Auch schon, als ihr mich losschicktet?»

«Das geschah auf Befehl!» rief Siméon. «Ich verstehe im übrigen überhaupt nichts mehr! Wieso haben *Sie* die Tasche?»

Thomas nahm eine Flasche Remy Martin zur Hand, die auf dem Tisch stand, und goß einen ordentlichen Schluck in ein Schwenkglas.

«Ich trinke auf unser aller Zukunft», sagte er. «Die Zeit der Trennung ist gekommen, ihr Lieben. Ich habe Major Débras davon überzeugt, daß es besser ist, wenn *ich* die Dokumente nach Lissabon bringe. Sie, Herr Oberst, kehren nach Paris zurück und melden sich dort bei Lotosblume vier – wer immer das ist.»

«Das bedeutet Untergrund», sagte der Oberst bedeutungsschwer.

«Viel Spaß dabei», sagte Thomas. Er sah die hübsche Hotelbesitzerin an. «Und auch Ihnen viel Spaß, Jeanne, möge Ihr Etablissement blühen und gedeihen.»

«Ich werde Sie sehr vermissen», sagte Jeanne traurig. Thomas küßte ihre Hand. «Scheiden tut immer weh», sagte er.

Mimi, die immer fröhliche, immer unbeschwerte, kleine Mimi Chambert, begann plötzlich fürchterlich zu weinen. Sie würgte und schluchzte und stöhnte und rief mit hoher, verlorener Stimme: «Es ist ja zu dumm ... Verzeiht mir – ich will gar nicht weinen ...»

Stunden später, als sie an Thomas Lievens Seite lag – draußen wurde es schon hell, es regnete –, da hörte Thomas den Regen und Mimis Stimme: «... Ich habe es mir überlegt, wieder und wieder. Ich habe mich herumgequält damit ...»

«Ich verstehe schon», sagte er dezent. «Du denkst an Siméon, nicht wahr?»

Plötzlich lag sie an seiner Brust. Ihre Tränen tropften auf seine Lippen, und sie waren heiß und schmeckten salzig: «Ach, chéri, ich habe dich lieb, wirklich *furchtbar* lieb ... Aber gerade die letzten Wochen in – in diesem Haus haben mir gezeigt, daß du kein Mann zum Heiraten bist ...»

«Wenn du Jeanne meinst ...», begann er, aber sie unterbrach ihn: «Nicht nur Jeanne, überhaupt! Du bist ein Mann für Frauen – aber für alle, nicht für eine. Du kannst nicht treu sein ...»
«Ich könnte es versuchen, Mimi.»
«Nicht so treu wie Jules! Er ist so viel weniger klug als du! Aber er ist viel romantischer, viel idealistischer.»
«Mon petit chou, du mußt dich doch nicht dafür entschuldigen! Ich habe schon lange darauf gewartet. Ihr beide seid Franzosen. Ihr liebt euer Land, eure Heimat. Ich – ich habe vorläufig keine mehr. Darum will ich fort. Und ihr wollt hierbleiben ...»
«Und du kannst mir verzeihen?»
«Es gibt nichts zu verzeihen.»
Sie schmiegte sich an ihn. «Ach, bitte, bitte, sei nicht so nett, chéri, ich muß sonst gleich wieder weinen ... Ach wie schrecklich, daß man nicht zwei Männer heiraten darf!»
Thomas lächelte, dann bewegte er den Kopf. Die schwarze Tasche drückte ihn, sie lag unter seinem Kopfkissen. Thomas war entschlossen, sie nicht mehr aus der Hand zu geben bis zu seinem Abflug. Das, was er vorhatte, konnte er in Toulouse nicht erledigen, dazu fehlte ihm die Zeit. Aber in Lissabon wollte er dann dafür sorgen, daß die Tasche kein Unheil mehr anrichtete.
«Danke, chéri –», hörte er Mimi schläfrig flüstern. «Ich danke dir.»
«Wofür?»
«Ach, für alles ...» Sie wollte ihm danken, sie mußte ihm noch einmal danken, das fühlte sie ganz stark! Danken für seine Fröhlichkeit und seine Großzügigkeit, für die kurzen Stunden des Glücks, der schimmernden Lichter, der vornehmen Hotels, der Schlafwagenabteile, der Bars mit ihrer leisen Musik und der teuren Restaurants mit ihrem wunderbaren Essen.
Und so dankte Mimi Thomas noch einmal in dieser trüben Morgenstunde, während draußen der Regen auf das schwarze Katzenkopfpflaster der Rue des Bergères trommelte, und sie beendeten ihre Affäre so, wie sie sie begonnen hatten und wie alle Liebenden ihre Affäre beenden sollten: in Liebe.

9

Daß er von Wehrmacht und Abwehr des Großdeutschen Reiches wie eine Stecknadel gesucht wurde, wußte Thomas Lieven nicht. Darum war er zwei Tage später jeder Freude aufgeschlossen, als der Emigrant Walter Lindner, hochrot im Gesicht und völlig

außer Atem, in die Küche von Jeannes Restaurant gestürzt kam. Thomas kochte gerade Zwiebelsuppe.
Lindner ließ sich auf einen Hocker fallen, warf ein Gurkenglas um und rief: «Meine Frau – meine Frau ... Ich habe meine Frau gefunden!»
«Wo? Wie?»
«Hier in Toulouse!» Lindner lachte und weinte zugleich; es schien sich um eine gute Ehe zu handeln. «Ich gehe in das kleine Café am Place du Capitole und will mich gerade zu den Schachspielern aus Brünn setzen – da sagt eine Frauenstimme hinter mir: ‹Entschuldigen Sie, kennen Sie vielleicht einen Herrn Lindner?› Und im nächsten Moment schreit sie: ‹Walter!› Und ich habe sie in den Armen!»
Lindner vollführte mit Thomas einen kleinen Freudentanz, bei welchem das Ende einer Salatschüssel zu beklagen war.
«Sprung auf, marsch, marsch – zum Konsulat!» rief Lindner. «Jetzt können wir fahren, Herr Lieven. Ach Gott, wie freue ich mich auf unser neues Leben!» Und ich erst, dachte Thomas.
Dann stürzten sich die künftigen Partner einer noch zu gründenden südamerikanischen Bank in ihre Reisevorbereitungen. Kein Grenzland Frankreichs gab zu dieser Zeit Einreisevisen. Das Feinste und Beste, was man erhalten konnte, war ein Durchreisevisum. Dieses wiederum hatte ein Übersee-Einreisevisum zur Voraussetzung.
Nachdem Walter Lindner dem argentinischen Konsul in Marseille den Nachweis erbracht hatte, daß er auf der «Rio de la Plata Bank» ein Guthaben von einer Million Dollar besaß, erhielt er sofort ein Visum für sich und seine Frau. Lindner erklärte, Monsieur Jean Leblanc als seinen Partner nach Buenos Aires bringen zu wollen. Darauf gab man auch diesem Monsieur Jean Leblanc ein echtes Einreisevisum in den falschen Paß, den er dereinst auf der Spionenschule bei Nancy von dem Mann erhalten hatte, der sich Jupiter nannte. Am 26. August bekamen die drei dann auch die portugiesischen Durchreisevisen. Der Abfahrt stand nichts mehr im Wege.
Für das, was er noch vorhatte, stellte Thomas Lieven nun einen genauen Zeitplan auf. Von der Einhaltung dieses Planes hing eine Menge ab – unter anderem sein Leben. Nachdem er noch einmal mit Major Débras in «Les Milandes» telefoniert hatte, sah dieser Terminkalender so aus:
28. August: Abfahrt von Thomas Lieven und Ehepaar Lindner nach Marseille.
29. August: Abfahrt von Major Débras per Zug über Perpignan, Barcelona und Madrid nach Lissabon.

30. August: Abreise von Thomas Lieven und Ehepaar Lindner von Marseille via Flugzeug nach Lissabon.
10. September: Abreise von Thomas Lieven und Ehepaar Lindner von Lissabon an Bord des portugiesischen Passagierdampfers «General Carmona» nach Buenos Aires.
Vom 3. September an waren Major Débras und Thomas Lieven allabendlich ab 22 Uhr im Spielkasino von Estoril verabredet zwecks Übergabe der ominösen schwarzen Tasche. Zwischen dem 30. August und dem 3. September hoffte Thomas, genügend Zeit zu finden, um an ihrem Inhalt gewisse Veränderungen vorzunehmen ...

Mit einem gewinnenden Lächeln betrat am Vormittag des 29. August ein elegant gekleideter junger Herr das Büro der privaten amerikanischen Charter-Gesellschaft «Rainbow Airways» in der Rue de Rome in Marseille. Seinen Homburg lüftend, trat er an den Buchungsschalter und sprach in fließendem Französisch: «Guten Morgen, Monsieur, mein Name ist Leblanc. Ich hole die Flugkarten nach Lissabon für das Ehepaar Lindner und mich.»

«Einen Moment bitte.» Der Angestellte blätterte in seinen Listen. «Ja, hier. Morgen, 15 Uhr 45 ...» Er begann die Tickets auszuschreiben.

Vor dem Büro hielt ein kleiner Autobus. Zwei Piloten und eine Stewardeß kamen herein. Ihrem Gespräch entnahm Thomas, daß sie eben gelandet waren und daß sie morgen um 15 Uhr 45 nach Lissabon fliegen würden. Da kam ihm die Erleuchtung.

Die höchstens 25jährige Stewardeß schminkte sich. Sie besaß die Formen einer Rennjacht, schräge Augen, hohe Backenknochen, goldbraunen Teint und wundervolles, kastanienbraunes Haar, das ihr in einer weichen Welle in die schöne Stirn fiel. Sie wirkte kühl und scheu. Ein Rehlein ... Thomas kannte die Gattung. Er wußte genau, was er da vor sich hatte. Wenn so ein wandelnder Eiszapfen zu schmelzen begann, gab es kein Halten mehr.

Dreißig gemütvolle Sekunden widmete Thomas Lieven noch der Erinnerung an seinen Abschied von Mimi, Siméon, Jeanne und ihren Damen in der Rue des Bergères. Alle hatte sie ihn geküßt, auch der Oberst: «Es lebe die Freiheit, mein Kamerad!» Und Jeanne hatte bitterlich losgeschluchzt, als das Taxi anfuhr. Ach, das war mal eine schöne, rührende Familienszene gewesen!

Die dreißig Sekunden waren um. Je nun, dachte Thomas, doch die Verhältnisse, sie sind nicht so!

Das Rehlein schminkte sich noch immer. Das Rehlein ließ den Lippenstift fallen.

Ich handle aus edlen Motiven, bestätigte sich Thomas Lieven zum Zweck der ethischen Untermauerung dessen, was er vorhatte. Dann hob er den Lippenstift auf und reichte ihn dem scheuen Reh mit den braunen Augen, in denen goldene Funken leuchteten.
«Vielen Dank», sprach das Rehlein.
«Können wir gehen?» erkundigte sich Thomas.
«Was soll das heißen?»
«Oder haben Sie hier noch zu tun? Ich warte gern. Ich denke, wir gehen zuerst ins ‹Grand Hotel›, da wohne ich, und nehmen einen Apéritif. Essen werden wir dann wohl am besten bei ‹Guido› in der Rue de la Paix. Und nach dem Essen wollen wir baden.»
«Erlauben Sie mal ...»
«Nicht baden? Bitte, bleiben wir im Hotel und ruhen wir uns aus.»
«So etwas habe ich noch nicht erlebt!»
«Mein Fräulein, ich will mir alle Mühe geben, zu erreichen, daß Sie das morgen auch noch sagen!» Thomas zog die geliebte Repetieruhr aus der Westentasche und ließ sie schlagen. Elf Schläge und zwei erklangen glockenrein und mild.
«Halb zwölf. Ich sehe, ich mache Sie nervös. Es ist mir bewußt, daß ich eine sehr starke Wirkung auf Frauen ausübe. Voilà, ich warte auf Sie in der Bar des ‹Grand Hôtels›. Sagen wir zwölf?»
Das Rehlein warf den Kopf zurück und stelzte davon. Die hohen Absätze hämmerten empört auf dem Steinboden.
Thomas ging ins «Grand Hôtel», setzte sich in die Bar und bestellte Whisky. Das Rehlein kam drei Minuten nach zwölf. Es brachte einen Badeanzug mit.

10

Neben dem rundlichen Ehepaar Lindner marschierte Thomas Lieven – grauer Flanellanzug, weißes Hemd, blaue Krawatte, schwarze Schuhe, Homburg, Regenschirm – in der Gruppe der anderen Passagiere über das Rollfeld auf die wartende Maschine zu. Er sah zufrieden, wenn auch übernächtigt aus.
Auf der Höhe der herangerollten Treppe, im Eingang zur Kabine, stand Mabel Hastings, die Stewardeß. Sie sah zufrieden, wenn auch übernächtigt aus.
«Hallo», sagte Thomas, als er die Treppe emporkam.
«Hallo», sagte Mabel. Die goldenen Funken in ihren schönen Augen glitzerten.
So etwas wie Thomas Lieven hatte sie tatsächlich noch nie erlebt. Nach dem Mittagessen bei «Guido» waren sie dann doch nicht

schwimmen gegangen, sondern hatten sich im Hotel – sie wohnten zufälligerweise im selben – ausgeruht.
Als er Mabel Hastings am Morgen des 30. August ihren Koffer packen half, erwies sie ihm, allerdings ohne es zu ahnen, noch einen weiteren Gefallen, der innig mit einer schwarzen Tasche zusammenhing ...
Die Maschine rollte am Flughafengebäude vorbei zum Start. Thomas sah aus dem Kabinenfenster auf den kurzgeschnittenen Rasen und eine große Schafherde hinaus, die friedlich graste. Schafe bringen Glück, dachte er. Dann sah er ein Auto, das vor dem Flughafengebäude hielt. Aus dem Wagen sprang ein Mann. Er trug einen blauen, zerdrückten Anzug und einen gelben, zerdrückten Regenmantel. Das Gesicht des Mannes glänzte vor Schweiß. Er winkte mit beiden Armen.
Thomas dachte mitleidig: Das ist aber Pech. Gleich wird die Maschine starten, und der arme Kerl hat das Nachsehen.
Tatsächlich ließ der Pilot die beiden Motoren eben noch einmal auf vollen Touren laufen – letzte Kontrolle vor dem Start.
Eine eisige Hand strich über Thomas Lievens Rücken: Der winkende Mann dort drüben am Flughafengebäude ... Das Gesicht – das kannte er doch – hatte er doch schon einmal gesehen ...
Und plötzlich wußte Thomas Lieven, wo er dieses Gesicht schon einmal gesehen hatte: im Gestapo-Hauptquartier zu Köln! Major Loos hieß der Mann da drüben, Offizier der Deutschen Abwehr! Kombiniere, dachte Thomas Lieven, sie sind hinter mir her. Ach, aber es scheint einen lieben Gott zu geben! Major Loos wird mit mir jetzt gleich zum zweitenmal das Nachsehen haben. Denn in den nächsten fünf Sekunden wird unsere Maschine starten, und dann ...
Die Maschine startete nicht. Das Gedröhne der voll laufenden Motoren verstummte. Auf flog die Tür zur Pilotenkabine. Die kühle Mabel Hastings erschien und sprach mit Samtstimme: «Meine Damen und Herren, es besteht kein Grund zur Beunruhigung. Wir wurden soeben über Funk davon verständigt, daß ein verspäteter Passagier eingetroffen ist, der unter allen Umständen unsere Maschine erreichen muß. Wir nehmen ihn auf und rollen in wenigen Minuten noch einmal zum Start.»
Wenig später kam Major Fritz Loos an Bord, entschuldigte sich in englischer Sprache bei den Passagieren für das Ungemach, das er ihnen bereitet hatte, und verneigte sich gemessen vor Thomas Lieven. Der sah durch ihn hindurch, als wäre der Major aus Glas ...

11

Lissabon! Schmaler Balkon der Freiheit und des Friedens in einem mehr und mehr von Krieg und Barbarei verwüsteten Europa.
Lissabon!
Phantastisches Paradies des Reichtums, der Fülle, Schönheit und Eleganz inmitten einer Welt voll Not und Elend.
Lissabon!
Eldorado der Geheimdienste, Schauplatz ungeheuerlicher und ungeheuer lächerlicher Intrigen.
Vom Augenblick seiner Landung an war Thomas Lieven bereits tief in sie verstrickt. Verfolgt und beäugt von dem erschöpften Major Loos – er war während des Fluges sogar eingeschlafen, mit offenem Mund, leise röchelnd –, wurde Thomas Lieven sogleich einer auffälligen genauen Zollkontrolle unterzogen. Bis auf die Haut entkleidete man ihn, durchwühlte sein Gepäck, stöberte in allen seinen Taschen. Der portugiesische Sicherheitsdienst schien einen kleinen Hinweis bekommen zu haben.
Aber seltsamerweise fanden sich weder sein beachtliches Dollarvermögen noch die gewisse schwarze Tasche in Thomas Lievens Besitz. Mit förmlicher Höflichkeit entließen ihn die Zöllner. Das Ehepaar Lindner war längst ins Hotel vorausgefahren.
Thomas marschierte zum Paßschalter. Major Loos marschierte hinterher. Thomas marschierte zu der Taxireihe am Flughafen. Major Loos marschierte hinterher. Noch immer war kein Wort zwischen ihnen gefallen.
Nun will ich dir ein bißchen Bewegung verschaffen, mein Alter, dachte Thomas, in ein Taxi springend. Auch Loos sprang. Zwei Taxis sausten los, dem Zentrum der Siebenhügelstadt entgegen. Von sechs herrlichen Urlaubswochen her kannte Thomas die imposante Hauptstadt Portugals recht gut.
Auf dem Praça Dom Pedro ließ er das Taxi halten und stieg wieder aus. Hinter ihm hielt das Taxi des Majors. Die Kaffeehäuser mit ihren Straßengärten rund um den großen Platz quollen über von Portugiesen und Emigranten, die leidenschaftlich miteinander debattierten. Im Vorübergehen hörte Thomas Lieven sämtliche Sprachen Europas.
Er ließ sich in dem Menschenstrudel ebenso treiben wie der Major, der sich verzweifelt bemühte, ihn nicht aus den Augen zu verlieren.
Jetzt, sagte Thomas in Gedanken zu dem Major, wollen wir ein bißchen laufen, mein Alter; Bewegung ist gut für die Gesundheit.

Und so marschierte Thomas denn eilig hinab zu den engen, winkeligen Straßen am Meer und wieder empor zu den steil ansteigenden Hauptverkehrsadern, benützte Durchgänge und Arkaden, bog unerwartet um Ecken, sorgte jedoch stets dafür, daß er dem Major nichts Übermenschliches zumutete. Dieser sollte ihn verfluchen – aber nicht verlieren.
Über eine Stunde trieb Thomas Lieven solcherlei Hasch-mich-Spiel, dann nahm er wieder ein Taxi und fuhr, gefolgt von dem Major, zu dem Fischerdorf Cascais in der Nähe des Luxusbadeortes Estoril hinaus. Hier kannte er ein elegantes Terrassenrestaurant.
Die Sonne versank blutrot im Meer, der Abend kam mit lauen Winden. Das kleine Fischerdorf in einer Bucht der Tejo-Mündung war der malerischste Ort in der Umgebung von Lissabon. Thomas Lieven freute sich darauf, ein Schauspiel zu genießen, das man hier allabendlich verfolgen konnte: die Heimkehr der Fischerflotte.
Vor dem Restaurant stieg er aus seinem Taxi. Hinter ihm bremste der alte, klapprige Wagen des Majors. Der deutsche Abwehroffizier kletterte, nach Luft schnappend, ins Freie. Er sah elend aus.
Thomas beschloß, das grausame Spiel zu beenden. Er ging auf Loos zu, lüpfte den Homburg und sprach freundlich wie zu einem verlorenen Kind: «Hier wollen wir uns erst einmal ein wenig ausruhen. Die letzten Tage waren gewiß sehr anstrengend für Sie.»
«Das kann man wohl sagen.» Der Major versuchte den Nimbus seines Berufes zu wahren. Er schnarrte: «Und wenn Sie bis ans Ende der Welt fahren, mir entkommen Sie nicht mehr, Lieven!»
«Nicht doch, mein Alterchen, nicht doch! Wir sind nicht mehr in Köln. Hier gilt ein deutscher Major nicht besonders viel, mein lieber Loos!»
Der Major in Zivil schluckte schwer. «Wenn Sie mich freundlicherweise Lehmann nennen wollten, Monsieur Leblanc.»
«Na also! Der Ton gefällt mir schon wesentlich besser. Nehmen Sie Platz, Herr Lehmann. Sehen Sie mal hinunter, ist das nicht wundervoll?»
In der Tiefe kehrte die Fischerflotte, ein Gewimmel von Booten mit lateinischen Segeln, einem gewaltigen Schmetterlingsgeschwader gleich, in die Tejo-Mündung heim. Wie vor tausend Jahren zogen die Schiffer ihre Boote über Holzrollen an Land, schreiend und singend. Frauen und Kinder halfen mit, und überall auf dem dunklen Strand wurden Feuer in kleinen Tonöfen entzündet.

Zum Strand hinabblickend, erkundigte sich Thomas: «Wie haben Sie mich eigentlich gefunden?»
«Wir konnten Ihre Spur bis Toulouse verfolgen. Alle Achtung übrigens! Die Damen bei Madame Jeanne haben sich hervorragend benommen. Weder mit Drohungen noch mit Versprechungen war etwas aus ihnen herauszubekommen.»
«Wer hat mich verraten?»
«Ein übles Subjekt ... Alfonse heißt er ... Dem müssen Sie einmal etwas angetan haben.»
«Der armen Bébé wegen, ja, ja.» Thomas erinnerte sich träumerisch. Er sah den Major offen an. «Portugal ist ein neutrales Land, Herr Lehmann. Ich möchte Sie warnen. Ich werde mich wehren.»
«Aber, lieber Herr Lieven ... pardon, Monsieur Leblanc, Sie leben unter vollkommen falschen Vorstellungen. Ich habe Auftrag von Admiral Canaris, Ihnen volle Straffreiheit zuzusichern, wenn Sie nach Deutschland zurückkehren. Und ich habe ferner den Auftrag, Ihnen die bewußte schwarze Tasche abzukaufen.»
«Oh.»
«Was verlangen Sie dafür?» Der Major neigte sich über den Tisch. «Ich *weiß*, daß Sie die Listen noch haben.»
Thomas senkte den Blick. Dann stand er auf und entschuldigte sich kurz. «Ich muß telefonieren.»
Er ging aber nicht zum Telefon des Restaurants. Unter den Umständen schien ihm das nicht sicher genug zu sein. Er wanderte ein paar Schritte die Straße entlang zu einer Fernsprechzelle und rief das Hotel «Palacio do Estoril-Parque» an. Er verlangte Miß Hastings. Die amerikanische Stewardeß meldete sich sofort. «Oh, Jean, wo bleibst du bloß? Ich habe solche Sehnsucht nach dir!»
«Es wird wohl spät werden, hm, hm. Eine geschäftliche Besprechung. Mabel, heute morgen, als ich dir in Marseille packen half, habe ich aus Versehen eine schwarze Ledertasche in deinen Koffer gelegt. Sei ein Schatz und trage sie hinunter zum Portier. Er soll sie in den Tresor legen.»
«Gerne, Darling ... Und bitte, bitte, sieh zu, daß es nicht *zu* spät wird. Ich muß doch morgen nach Dakar fliegen!»
Während er noch diese Worte vernahm, hatte Thomas Lieven plötzlich das untrügliche Gefühl, daß jemand vor der Zelle stand und lauschte. Er stieß die Tür jäh auf. Mit einem Aufschrei taumelte ein hagerer Mann zurück und hielt sich die schmerzende Stirn.
«O pardon», sagte Thomas Lieven. Dann hob er die Brauen und

lächelte gottergeben. Er kannte diesen Mann, der aussah wie ein naher Verwandter des Majors Loos. Auf dem Flughafen von London war Thomas ihm begegnet, damals im Mai 1939, als er ausgewiesen wurde. Ausgewiesen von diesem Mann.

3. Kapitel

1

Es ist so weit, dachte Thomas Lieven: Ich habe den Verstand verloren! Ich glaube in dem Mann, dem ich soeben eine portugiesische Telefonzellentür gegen den Schädel gerammt habe, Mr. Lovejoy vom «Secret Service» wiederzuerkennen. So etwas ist natürlich nur als ganz und gar verrückt zu bezeichnen. Denn dieser Mann kann nicht Lovejoy sein. Wie käme Lovejoy aus London wohl hierher an die Peripherie von Lissabon? Was hätte er wohl hier zu suchen?

Thomas beschloß, ein äußerstes Experiment zu wagen. Er überlegte: Ich werde dieses Phantom, diese Ausgeburt meiner anormalen Phantasie mit «Lovejoy» anreden. Dann wird sich sogleich herausstellen, ob ich wirklich verrückt geworden bin.

Thomas Lieven hob die Brauen und sagte: «Wie geht es Ihnen, Mister Lovejoy?»

«Schlechter als Ihnen, Mister Lieven», antwortete der Hagere darauf prompt. «Glauben Sie, das war ein Vergnügen, Ihnen durch ganz Lissabon nachzulaufen? Und jetzt auch noch die Tür!» Lovejoy wischte sich mit einem Taschentuch den Schweiß aus dem Nacken. Auf seiner Stirn wuchs langsam aber unaufhörlich eine Beule.

Also nicht ich bin irrsinnig, die Welt, in der ich lebe, ist es! Und der Irrsinn geht weiter! Und jetzt bekommt er anscheinend auch noch Methode, dachte Thomas. Er holte tief Luft, lehnte sich an die Telefonzelle und sagte: «Wie kommen Sie nach Lissabon, Mister Lovejoy?»

Der Vertreter großbritannischer Interessen verzog das Gesicht und meinte: «Ich wäre Ihnen dankbar, wenn Sie mich Ellington nennen würden. So heiße ich nämlich in Portugal.»

«Eine Hand wäscht die andere. Dann nennen Sie mich aber auch Leblanc. So heiße *ich* nämlich in Portugal. Im übrigen ist damit noch nicht meine Frage beantwortet.»

Der Mann, der sich gerade Ellington nannte, erkundigte sich aufgebracht: «Sie halten uns Leute vom Geheimdienst wohl immer noch für Idioten, was?»

Der Mann, der sich gerade Leblanc nannte, antwortete höflich: «Ich bitte herzlich, mir die Antwort auf diese Suggestivfrage zu erlassen.»

Der britische Agent trat dicht an ihn heran: «Glauben Sie, wir wissen nicht, daß Admiral Canaris persönlich hinter Ihnen her ist? Glauben Sie, wir hören in London die deutschen Funksendungen nicht ab?»

«Ich dachte, sie senden chiffriert?»

«Wir haben ihren Dechiffrier-Code.»

«Und die Deutschen haben euren», sagte Thomas, plötzlich unendlich erheitert. «Warum setzt ihr euch eigentlich nicht zusammen und spielt ‹Schwarzer Peter›?»

Grimmig sagte der Engländer: «Ich weiß, Sie sind ein Zyniker, ohne Herz. Ich weiß, Ihnen ist nichts heilig. Ich habe Sie sofort durchschaut – schon damals auf dem Flughafen in London. Sie sind ein Subjekt ohne Ehrgefühl, ohne Moral, ohne Verstand, ohne Charakter ...»

«Schmeichler!»

«Und darum habe ich sofort gesagt: Laßt *mich* mit dem Burschen verhandeln! Der versteht nur eine Sprache, die! –» Lovejoy rieb Daumen und Zeigefinger gegeneinander.

«Moment mal, immer hübsch der Reihe nach! Sagen Sie mir jetzt endlich, wie Sie hierher kommen!»

Lovejoy sagte es. Wenn man ihm glauben wollte – und das mußte man wohl –, dann hatte der britische Geheimdienst in der Tat alle Funksprüche abgehört, die mit der Fahndung des Majors Loos nach Thomas Lieven zusammenhingen. Die letzte Funkmeldung hatte die frohe Kunde gebracht, daß Loos dem Gesuchten nach Lissabon folgen würde.

«... nach Lissabon!» schloß Lovejoy seinen Bericht. «Ich flog sofort mit einer Kuriermaschine los. Ich kam zwei Stunden vor Ihnen an. Ich verfolgte sie vom Flughafen bis hierher. Sie und den anderen Herrn, der jetzt da drüben auf der Terrasse des Restaurants sitzt. Ich nehme an, das ist Major Loos.»

«Welcher Scharfsinn! Sie kennen den Major noch nicht persönlich?»

«Nein.»

«Mein Gott, dann kommen Sie doch mit hinüber in das Restaurant. Ich mache Sie miteinander bekannt. Wir essen zusammen, Muscheln natürlich, in Cascais *muß* man Muscheln essen ...»

«Hören Sie mit dem Quatsch auf! Wir wissen, daß Sie ein doppeltes Spiel treiben!»
«Aha.»
«Sie besitzen eine Tasche mit den Listen der wichtigsten französischen Agenten in Frankreich und Deutschland. Ich werde nicht zulassen, daß Sie diese Listen an den famosen Major Loos verschachern! Er wird Ihnen Geld bieten, gewiß, viel Geld ...»
«Ihr Wort in Gottes Ohr!»
«... aber ich biete ebensoviel, ich biete mehr!» Lovejoy lachte verächtlich auf. «Denn ich weiß, Sie interessiert *nur* Geld! Für Sie gibt es nicht Ehr und Glauben, nicht Gewissen und nicht Reue, keinen Idealismus, keine Anständigkeit ...»
«So», sagte Thomas Lieven gemessen, «jetzt reicht es, jetzt halten Sie aber schnell die Schnauze. Wer hinderte mich denn, nach England zurückzukehren und weiterzuleben wie ein friedlicher Bürger? Wer hat denn mitgeholfen, meine Existenz zu zerstören? Sie und Ihr dreimal verfluchter Geheimdienst. Glauben Sie, daß ich Sie sehr sympathisch finde, *Sir?»* Und er dachte: Jetzt sollt ihr aber was erleben, ihr verflixten Kerle. Alle miteinander!

«Entschuldigen Sie die Unterbrechung», sagte Thomas Lieven, als er drei Minuten später zu Major Loos zurückkehrte, den man für einen nahen Verwandten seines angelsächsischen Berufskollegen halten konnte.
«Haben einen Bekannten getroffen, was? Ich sah Sie drüben bei der Telefonzelle stehen.»
«Einen alten Bekannten, ach ja! Und einen Konkurrenten von Ihnen, Herr Lehmann.»
Auf der Terrasse des Restaurants brannten jetzt Dutzende von Windlichtern, und aus der Tiefe klang noch immer der kehlige, feierliche Gesang der Fischer. Sanfter Südwestwind blies von der Mündung des Tejo her, der in der Dämmerung die Farbe von rauchigem Perlmutter angenommen hatte.
Loos wiederholte nervös: «Konkurrenten?»
«Der Herr arbeitet für den ‹Secret Service›.»
Loos schlug auf den Tisch und rief unbeherrscht: «Sie verfluchter Hund!»
«Nicht doch», sagte Thomas rügend, «nicht doch, Lehmann. Wenn Sie sich nicht manierlich benehmen können, werde ich Sie allein lassen!»
Der Major nahm sich sehr zusammen: «Sie sind Deutscher. Ich appelliere an Ihr Vaterlandsgefühl ...»

«Lehmann, zum letztenmal: Sie sollen sich anständig benehmen!»
«Kommen Sie mit mir zurück in die Heimat. Sie haben mein Ehrenwort als Abwehroffizier: Es geschieht Ihnen nichts! Am Ehrenwort eines Abwehroffiziers soll man nicht drehen und deuteln ...»
«Sondern es am besten von vornherein nicht glauben», sagte Thomas sanft.
Der Major schluckte schwer. «Dann verkaufen Sie mir die schwarze Tasche. Ich biete dreitausend Dollars.»
«Der Herr aus London bietet jetzt schon das Doppelte.»
«Und wieviel wollen Sie?»
«Dämliche Frage. Soviel ich kriegen kann.»
«Sie sind ein Schuft ohne Charakter.»
«Ja, das hat Ihr Kollege auch eben konstatiert.»
Von einem Moment zum andern wechselte der Gesichtsausdruck des Majors. Er murmelte bewundernd: «Mensch, daß wir Sie nicht haben können ...»
«Wieviel, Lehmann, wieviel?»
«Ich darf ... Ich muß erst in Berlin rückfragen, neue Weisungen erbitten ...»
«Erbitten Sie, Lehmann. Erbitten Sie, und beeilen Sie sich. Mein Schiff läuft in ein paar Tagen aus.»
«Sagen Sie mir nur eines: Wie haben Sie die Tasche ins Land gebracht? Sie wurden doch von den portugiesischen Zollbeamten bis auf die Haut durchsucht!»
«Ich habe mich fremder Hilfe versichert.» Thomas Lieven dachte dankbar an sein scheues Rehlein. «Wissen Sie, Lehmann, für solche Tricks braucht man eine für Sie und Ihresgleichen unerschwingliche Kleinigkeit.»
«Nämlich was?»
«Nämlich Charme.»
«Sie hassen mich, ja?»
«Herr Lehmann, ich habe ein glückliches Leben geführt, ich war ein zufriedener Bürger. Sie und Ihre Kollegen aus England und Frankreich sind schuld daran, daß ich heute hier sitze. Soll ich Sie dafür lieben? Ich wollte mit euch nichts zu tun haben. Nun seht zu, wie ihr mit mir fertig werdet. Wo wohnen Sie?»
«In der Casa Senhora de Fatima.»
«Ich wohne im Hotel ‹Palacio do Estoril-Parque›. Der Herr aus London übrigens auch. Fragen Sie Ihren Chef, wieviel ihm die schwarze Tasche wert ist. Ihr Kollege fragte heute nacht seinen Chef ... So, und jetzt will ich endlich essen!»

2

Die Nacht blieb warm.
In einem offenen Taxi fuhr Thomas Lieven nach Lissabon zurück. Er sah, wie die mondbeschienenen Schaumkronen des Meeres sich an der Küste brachen, sah Luxusvillen am Rand der breiten Autostraße, sah dunkle Pinienwälder, Palmen und auf sanften Hügeln romantische Lokale, aus denen Frauenlachen und verwehte Tanzmusik zu ihm drangen.
Vorbei an dem Modebadeort Estoril fuhr er, vorüber an dem lichterfunkelnden Spielkasino und den beiden großen Hotels.
Europa versank in Schutt und Asche, mehr und mehr – aber hier lebte man noch wie im Paradies.
In einem vergifteten Paradies, dachte Thomas Lieven, einem tödlichen Garten Eden, angefüllt mit den Reptilien vieler Nationen, die einander bespitzelten und bedrohten. Hier in Portugals Hauptstadt war ihr Treffpunkt. Hier machten sie sich wichtig und trieben ihr Unwesen zu Scharen, die Herren der sogenannten «Fünften Kolonnen», diese Harlekine des Teufels ...
Im Herzen von Lissabon, auf dem prunkvollen Praça Dom Pedro, mit seinem schwarz-weißen Mosaikpflaster, stieg Thomas Lieven aus. Die Straßengärten der großen Kaffeehäuser, die den riesigen Platz säumten, waren noch immer voll besetzt von Einheimischen und Fremden.
Mit gewaltigen Schlägen verkündeten die Kirchturmuhren ringsum die elfte Nachtstunde. Indessen die Glocken noch hallten, sah Thomas zu seiner Verblüffung, wie Portugiesen und Flüchtlinge aus Österreich, Deutschland, Polen, Frankreich, Belgien, der Tschechoslowakei, Holland und Dänemark zu Hunderten von ihren Stühlen aufsprangen und zum unteren Ende des Praça Dom Pedro stürzten. Thomas ließ sich mitreißen in dem Meer von Menschenleibern.
Am Ende des Platzes befand sich ein gewaltiges Zeitungsgebäude. Unter dem Dach gab es ein Leuchtschriftband, über welches die letzten Nachrichten liefen. Tausende von Augen starrten gebannt zu der Lichtschrift empor, die für Unzählige gleichbedeutend war mit einer Entscheidung über Leben oder Tod.
Thomas las:
... (DNB): *Deutscher Reichsaußenminister von Ribbentrop und italienischer Außenminister Ciano klären im Wiener Schloß Belvedere durch deutsch-italienischen Schiedsspruch endgültig die Frage der neuen ungarisch-rumänischen Grenzziehung ...*

(United Press): Deutsche Luftwaffe setzt ihre massiven Angriffe auf die britische Insel fort – Schwere Schäden und Verluste an Menschenleben in Liverpool – London – Weybridge und Felixtown ...
(International News Service): Massiver Angriff italienischer schwerer Bomber auf Malta – Konzentrierte Angriffe auf britische Militärdepots in Nordafrika ...
Thomas Lieven drehte sich um und blickte in die Gesichter der Menge. Er sah nur wenig gleichgültige, aber unzählige gepeinigte, geängstigte, verfolgte und hoffnungslose Menschen.
Auf seinem Weg zum Hotel wurde Thomas Lieven viermal von schönen jungen Frauen angesprochen, einer Wienerin, einer Pragerin, einer Pariserin. Der Jüngsten, einem halben Kind, das aussah wie die Madonna, gab er Geld und wünschte ihr alles Gute. Sie sagte ihm, daß sie aus Spanien geflüchtet sei, vor Franco.
Betäubend dufteten die Blumen im Garten des sechsstöckigen Parque-Hotels. Auch die Halle glich einem exotischen Blütenmeer. Als sie Thomas Lieven durchschritt, folgten ihm Dutzende von aufmerksamen, lauernden, mißtrauischen und alarmierten Blikken.
Auch hier hörte er fast alle Sprachen Europas.
Aber hier saßen keine gepeinigten, geängstigten, hoffnungslosen Menschen. Hier saßen sie zu Haufen, Agenten und Agentinnen, die in Luxus und Wohlstand ihr ebenso gemeines wie idiotisches Handwerk betrieben – im Namen der jeweiligen Vaterländer.
Als Thomas sein Appartement betrat, schlangen sich weiche Arme um seinen Nacken, und er roch Mabel Hastings Parfüm. Die junge Stewardeß trug eine weiße Perlenkette und hochhackige Schuhe; sonst nichts.
«Ach, Jean, endlich – endlich ... Wie habe ich auf dich gewartet!»
Sie küßte ihn zärtlich, er erkundigte sich sachlich: «Wo ist die schwarze Tasche?»
«Deponiert im Hoteltresor – wie du mir aufgetragen hast ...»
«So ist es gut», sagte Thomas Lieven. «Dann wollen wir jetzt nur noch von der Liebe reden.»
Am nächsten Morgen um 8 Uhr 30 flog eine müde, aber heitere Mabel Hastings nach Dakar. Am nächsten Morgen um 10 Uhr machte sich Thomas Lieven, heiter und durchaus nicht müde, nach einem umfangreichen Frühstück daran, vor seiner Abreise aus Europa noch gründliche Rache an seinen Peinigern vom deutschen, englischen und französischen Geheimdienst zu nehmen ...
In der größten Buchhandlung der Stadt, in der Avenida da India,

suchte am Morgen des 31. August 1940 ein elegant gekleideter Herr nach Plänen von deutschen und französischen Städten. Tatsächlich fand er auch solche Pläne, unter anderem in einem Baedeker aus dem Jahre 1935. Danach wanderte Thomas Lieven zum Hauptpostamt. Seinem Charme und seiner Überredungskunst erlag eine ältere Beamtin. Eine Stunde lang standen ihm Telefonbücher von fünf deutschen und vierzehn französischen Städten zur Verfügung. Die Hauptpost der Weltstadt Lissabon besaß eine komplette Bibliothek aller europäischen Telefonverzeichnisse.
Aus diesen Telefonbüchern schrieb Thomas insgesamt 120 Namen und Adressen heraus. In der Rua Augusta kaufte er eine Schreibmaschine und Papier. Dann kehrte er in sein Hotel zurück, holte die schwarze Tasche aus dem Tresor und begab sich in sein angenehm kühles Appartement im ersten Stock, vor dessen Fenstern sich ein Park mit märchenhaften Pflanzen und Bäumen, Springbrunnen und bunten Papageien ausbreitete.
Um in einen möglichst ausgeglichenen Geisteszustand zu geraten, ließ er sich vom Etagenkellner rasch noch einen Tomaten-Cocktail kredenzen, dann machte er sich an die Arbeit.
Er öffnete die schwarze Tasche. Sie enthielt sein gesamtes Bargeldvermögen. Sie enthielt sechs engbeschriebene Listen sowie neue Konstruktionspläne von schweren Panzern, Flammenwerfern und einem Jagdbomber.
Am liebsten würde ich diesen verfluchten Dreck gleich ins Klo werfen, dachte Thomas, aber sicherlich weiß Major Débras von den Plänen und würde sie vermissen. Die Herren Lovejoy und Loos jedoch wissen nichts von ihrer Existenz, die wollen nur die Listen. Und Listen sollen sie haben ...
Er sah die sechs Schreibmaschinenbogen an. Sie nannten die Namen der Offiziere und zivilen Angehörigen des «Deuxième Bureau», von französischen Agenten in Deutschland, von Vertrauenspersonen in Deutschland und Frankreich – 117 Namen insgesamt.
Hinter den Namen standen die Adressen. Und hinter den Adressen standen jeweils zwei Sätze. Mit dem ersten war der Agent anzusprechen. Mit dem zweiten hatte der Agent zu antworten. Erst dann konnte man sicher sein, es mit ihm persönlich und keinem anderen zu tun zu haben.
Thomas Lieven las zum Beispiel: Willibald Lohr, Düsseldorf, Sedanstraße 34; 1. «Haben Sie vielleicht einen kleinen grauen Zwergpudel mit rotem Halsband gesehen?» 2. «Nein, aber in Lichtenbroich draußen wird noch Honig verkauft.»

Adolf Kunze-Wilke, Berlin-Grunewald, Bismarckallee 145; 1. «Sind das Ihre Tauben auf dem kupfernen Dach des Gartenhäuschens?» 2. «Lenken Sie nicht ab. Ihre Gaderobe ist nicht in Ordnung.»
Und so weiter.
Thomas schüttelte den Kopf und seufzte. Dann spannte er einen Bogen in die neue Schreibmaschine und entfaltete einen Stadtplan von Frankfurt am Main. Aus dem Münchner Telefonbuch hatte er unter anderen den Namen Friedrich Kesselhuth gewählt.
Diesen Namen tippte er nun, dann beugte er sich über den Stadtplan von Frankfurt.
Nehmen wir mal die Erlenstraße, dachte er. Die Erlenstraße lag an der Mainzer Landstraße. Es war eine kurze Straße. Thomas sah nach dem Kartenmaßstab - 1 : 16 000.
Wieviel Häuser können in der Erlenstraße stehen? überlegte Thomas. Dreißig. Vierzig. Aber niemals sechzig. Trotzdem. Sicher ist sicher.
Er tippte: Friedrich Kesselhuth, Frankfurt am Main, Erlenstraße 77. Und dahinter: 1.«Hat die kleine Verkäuferin bei Fechenheim eigentlich blonde oder schwarze Haare?» 2. «Sie müssen den Harzer Roller rasch essen, er verpestet die Luft.»
So, der nächste!
Einen Herrn Paul Giggenheimer aus Hamburg-Altona transportierte Thomas nach Düsseldorf in das Haus 51 der äußerst kurzen Rubensstraße. 1. «John Galsworthy wurde 66 Jahre alt.» 2. «Wir müssen unsere Kolonien wieder haben.»
Das wäre Nummer zwei, dachte Thomas Lieven. Jetzt brauche ich noch einhundertfünfzehn. Und den ganzen Mist muß ich dreimal tippen. Für Lovejoy. Für Loos. Für Débras. Ganz hübsche Arbeit. Wird aber auch gut bezahlt!
Er tippte weiter. Nach einer halben Stunde überfiel ihn plötzlich lähmende Niedergeschlagenheit. Er ging zum Fenster und sah in den Park hinab.
Verflucht noch mal, dachte er, so geht das ja überhaupt nicht!
Ich habe mir vorgenommen, die echten Listen aus der Welt zu schaffen, weil sie nur neues Unheil anrichten können, egal, wer sie bekommt, die Deutschen, die Engländer oder die Franzosen. Ich will nicht, daß durch diese Listen noch mehr Menschen sterben.
Andererseits will ich mich an all den Idioten rächen, die mein Leben zerstört haben. Aber räche ich mich so wirklich an ihnen? Verhindere ich so wirklich, daß neues Unheil angerichtet wird?
Wenn die Franzosen und die Engländer mit meinen gefälschten

Listen arbeiten wollen, werden sie feststellen, daß nichts stimmt. Das wäre gut so! Aber die Deutschen!

Nehmen wir an, es gibt einen Namensvetter des Münchners Friedrich Kesselhuth in Frankfurt, er hat nur einfach kein Telefon. Oder nehmen wir an, die Erlenstraße in Frankfurt ist inzwischen verlängert worden, es gibt dort jetzt wirklich ein Haus Nr. 77 – die Gestapo wird alle Männer namens Kesselhuth holen. Man wird sie quälen, einsperren, töten ...

Und das ist erst ein Name und eine Adresse. Und 116 andere stehen auf den Listen!

Vielleicht merken die Herren der drei Geheimdienste, daß ich sie hereingelegt habe und werfen die Listen fort. Vielleicht sind sie wenigstens *so* intelligent. Ach, nach allem, was ich bisher erlebt habe, darf ich mich *darauf* nicht verlassen!

Aber verflucht, am 3. September kommt Débras und will die Tasche haben. Was mache ich bloß?

Wie einfach ist es, Menschen zu verraten und zu töten. Und wie umständlich, wie mühevoll ist es doch, Menschen zu bewahren und zu beschützen vor Schmerz, Verfolgung und Tod ...

3

Das Telefon klingelte.

Thomas Lieven schrak aus seinen Gedanken auf und nahm den Hörer ans Ohr. Er schloß die Augen, als er die bekannte Stimme vernahm: «Hier Lehmann. Ich habe mit dem bewußten Herrn telefoniert. Also – 6000 Dollars.»

«Nein», sagte Thomas.

«Was, nein?» Panik klang auf in der Stimme des Majors aus Köln. «Haben Sie schon verkauft?»

«Nein.»

«Was dann?»

Bedrückt sah Thomas auf das Blatt, das in der Maschine steckte. «Ich stehe noch in Verhandlungen. Ich nehme Ihr Angebot zur Kenntnis. Rufen Sie morgen wieder an.» Er hängt ohne ein weiteres Wort ein.

Fritz Loos müßte ich einen von den Kerlen auf meinen Listen nennen, dachte er wütend. Dann packte er alle Papiere in die schwarze Mappe und trug sie hinunter zum Chefportier, der sie in den Hoteltresor einschloß. Thomas hatte vor, einen kleinen Spaziergang zu machen und nachzudenken. Es mußte eine Lösung für sein Problem geben, mußte, mußte ...

In der Halle saß der Agent Lovejoy. Er trug immer noch eine mächtige Beule auf der Stirn.
Lovejoy sprang auf und kam mit gierigen Augen heran. «Die Tasche, wie? Habe sie deutlich gesehen. Also was ist?»
«Ich stehe noch in Verhandlungen. Fragen Sie mich morgen.»
«Hören Sie, ich biete mehr als Ihr Nazi, ich biete auf alle Fälle mehr!»
«Ja, ja, schon gut», sagte Thomas Lieven und ließ ihn stehen. Tief in Gedanken trat er auf die sonnige Straße hinaus. Tief in Gedanken wanderte er durch die Stadt. In der Avenida da Liberdade wurde er aufgehalten. Unter den Palmen zog ein Leichenzug dahin. Polizisten sperrten den Verkehr. Ein bekannter Portugiese mußte da gestorben sein, denn Hunderte von schwarzgekleideten Männern und Frauen folgten ihm ergriffen auf seinem letzten Weg. Viele weinten. Passanten zogen den Hut. Es wurde laut gebetet, und es roch nach Weihrauch.
Hört! Aus dem Murmeln der Trauernden erklang heiseres Gelächter. Ein eleganter junger Herr war es, der da so ungeheuer taktlos störte.
«Schmutziger Ausländer», sagte eine alte Frau und spuckte vor ihm aus.
«Ja, Mütterchen, ja», sagte Thomas Lieven. Und dann eilte er, den Regenschirm geschultert, zum nahen Hauptbahnhof, so schnell er konnte.
In der Halle gab es einen großen Stand mit Zeitungen und Illustrierten aus der ganzen Welt. Churchill und Hitler, Göring und Roosevelt hingen hier friedlich nebeneinander, umrahmt von Pin-up-Girls, Freikörperkultur-Knaben und kriegerischen Schlagzeilen in vielen Sprachen.
«Zeitungen, bitte», sagte Thomas Lieven außer Atem zu dem runzeligen alten Verkäufer. «Alle französischen, alle deutschen.»
«Sind aber von vorgestern.»
«Macht nichts! Geben Sie mir, was Sie haben. Auch die von voriger Woche. Und von vorvoriger Woche.»
«Sind Sie betrunken?»
«Völlig nüchtern. Los, Papa!»
Der alte Mann zuckte die Schultern. Und dann verkaufte er seinen gesamten Bestand an alten Nummern des «Reichs», des «Völkischen Beobachters», der «Berliner Zeitung», der «Deutschen Allgemeinen Zeitung», der «Münchner Neuesten Nachrichten» und an alten Nummern von «Le Matin», «L'Oeuvre», «Le Petit Parisien», «Paris Soir» und neun französischen Provinzblättern.

Mit diesem Packen alter Zeitungen kehrte Thomas Lieven ins Hotel zurück und schloß sich in seinem Appartement ein. Und dann studierte er die alten, verstaubten Gazetten, aber immer nur die letzten Seiten, also immer nur jene Spalten, in denen – Todesanzeigen standen. Viele Leute starben täglich in Paris und Köln, in Toulouse und Berlin, in Le Havre und München. Den Toten konnte die Gestapo nichts mehr tun.
Thomas Lieven begann zu tippen. Die Arbeit ging ihm flott von der Hand. Denn nun konnte er mit gutem Gewissen sogar die richtigen Adressen verwenden ...

Am 2. September 1940 erwarb unser Freund in einem Lederwarengeschäft der Avenida Duarte Pacheco zwei schwarze Taschen. Am frühen Nachmittag erschien er mit einer dieser Taschen in den eleganten Räumen der Herrn Gomes dos Santos.
Herr dos Santos, einer der besten Schneider Lissabons, schüttelte ihm zum Empfang persönlich und treuherzig lachend die Hand. Gelächter verlieh ihm ein wohlhabendes Aussehen. Herr Santos hatte sehr viel Gold im Mund.
In einem Umkleidezimmer mit zart rosafarbenen Seidentapeten traf Thomas Lieven den Major Loos, der einen schicken, neuen Anzug aus dunklem Flanell trug.
«Gott sei Dank», sagte Loos erleichtert, als er Lievens ansichtig wurde.
Seit drei Tagen kostete dieser Mensch ihn ohne Ende seine Nerven. Immer wieder war er mit ihm zusammengetroffen in Bars, in Hotelhallen, am Badestrand. Immer wieder hatte dieser Mensch ihn hingehalten: «Ich kann mich noch nicht entscheiden. Ich muß noch einmal mit dem Engländer reden.»
Dasselbe Spiel hatte Thomas Lieven mit Lovejoy getrieben. Auch diesen hatte er immer wieder vertröstet und darauf hingewiesen, daß sein Konkurrent mehr bot, immer noch mehr. Auf diese Weise war bei beiden Herren zuletzt ein Angebot von je 10 000 Dollars zu erreichen gewesen. Thomas wollte es dabei bewenden lassen.
Den beiden Herren hatte er ernst erklärt: «Es muß bis zu Ihrer Abreise absolut geheim bleiben, daß ich *Ihnen* die Tasche verkauft habe, sond sind Sie ihres Lebens nicht sicher. Die Übergabe muß darum an einem unauffälligen Ort stattfinden.»
Loos hatte sich für einen Umkleideraum im Reich des Herrn dos Santos entschieden. Er erklärte Thomas: «Toller Kerl, der Schneider! Macht Ihnen in drei Tagen einen tadellosen Maßanzug aus

bestem englischem Stoff.» Er klopfte an seinen Ärmel: «Greifen Sie mal an!»
«Tatsächlich, ausgezeichnet.»
«Wir lassen alle hier arbeiten.»
«Wer ist alle?»
«Sämtliche Agenten, die in Lissabon wohnen.»
«Und dann nennen Sie das einen unauffälligen Ort?»
Loos zeigte sich begeistert von der eigenen Schlauheit: «Gerade! Verstehen Sie nicht? Keiner der lieben Herren Kollegen würde sich träumen lassen, daß ich dienstlich hier bin!»
«Aha.»
«Außerdem habe ich José hundert Escudos gegeben.»
«Wer ist José?»
«Der Zuschneider. Wir sind hier ungestört.»
«Haben Sie das Geld?»
«Selbstverständlich. In diesem Kuvert. Und die Listen?»
«In dieser Tasche.»
Danach sah sich der Major sechs Listen mit einhundertsiebzehn Adressen an und Thomas Lieven ein Kuvert mit zweihundert Fünfzig-Dollar-Noten. Beiden schien zu gefallen, was sie sahen.
Der Major schüttelte Thomas die Hand. «Meine Maschine geht in einer Stunde. Viel Glück, alter Schurke. Ich habe Sie richtig liebgewonnen. Vielleicht sehen wir uns wieder.»
«Hoffentlich nicht.»
«Na dann – Heil Schicki!» Loos hob den rechten Arm.
«Wie bitte?»
«So sagen die Herren von unserer Mission hier. Der Kerl soll doch mal Schicklgruber geheißen haben. Sind lauter prima Kameraden hier unten, wirklich. Sollten Sie näher kennenlernen.»
«Ach nein doch, danke.»
«Überhaupt keine Nazis!»
«Natürlich nicht», sagte Thomas Lieven. «Gute Reise, Herr Lehmann. Und grüßen Sie unbekannterweise den Herrn Admiral von mir.»

4

Im Hinblick auf die besondere politische Lage
Portugals zeigen wir keine Wochenschau
gab eine Tafel im Foyer des Lissaboner Filmtheaters «Odeon» bekannt.
Aber den deutschen Film «Feuertaufe» zeigte das «Odeon»!

In einer Loge traf Thomas Lieven während der Vier-Uhr-Vorstellung mit dem englischen Agenten Lovejoy zusammen. Während sich auf der Leinwand deutsche Stukas über Warschau hermachten, wechselten noch einmal eine schwarze Tasche und 10 000 Dollars den Besitzer. Während Bomben explodierten, Häuser in die Luft flogen und zackige Marschmusik erklang, brüllte Lovejoy, um den Schlachtenlärm zu übertönen, in Thomas Lievens Ohr: «Ich habe eigens dieses Kino ausgesucht. Hier können wir uns ruhig unterhalten, es versteht uns kein Mensch. Intelligent, was?»
«Sehr intelligent!»
«Der Nazi wird zerspringen!»
«Wann fliegen Sie nach London?»
«Noch heute abend.»
«Na, dann gute Reise.»
«Wie, bitte?»
«Ich sagte: Gute Reise!» schrie ihm Thomas ins Ohr.

Die echten Listen hatte er natürlich längst in kleine Stücke gerissen und im Badezimmer seines Appartements fortgespült. In der schwarzen Originaltasche, die im Tresor des Parque-Hotels ruhte, wartete die dritte Ausfertigung der falschen Listen mit den Namen von einhundertsiebzehn teuren Verblichenen auf den Major Maurice Débras.
Débras war in Madrid. Am 3. September wollte er in Lissabon eintreffen. Er hatte mit Thomas besprochen: «Vom 3. September an warten wir allabendlich ab 22 Uhr im Spielsaal von Estoril aufeinander.»
Jetzt also noch den Major erledigen, dachte Thomas Lieven, während er am Abend des 3. September mit der Schnellbahn nach Estoril hinausfuhr, und dann untergetaucht in einer kleinen Pension bis zum 10. September!
Am 10. September lief sein Schiff, die «General Carmona», aus. Es war besser, überlegte Thomas, wenn er bis dahin möglichst unsichtbar blieb. Denn es war anzunehmen, daß bis dahin zumindest die Herren in Berlin herausgefunden haben würden, was er ihnen angetan hatte.
Daß Débras etwas merkte, war ziemlich unwahrscheinlich. Der Major wollte sofort weiter nach Dakar. Thomas dachte: Irgendwann in naher Zukunft wird natürlich auch er sehr enttäuscht von mir sein. Der arme Kerl! Ich habe ihn so gern. Aber Hand aufs Herz, was hätte ich tun sollen? Sicherlich wäre er in meiner Lage

auf dieselbe Idee gekommen. Josephine ist eine Frau. Sie wird mich verstehen ...

5

«Mesdames, messieurs, faites vos jeux!»
Der Croupier warf die kleine weiße Kugel mit einer eleganten Bewegung in den langsam kreisenden Kessel. In verwirrender Gegenbewegung lief sie los.
Wie hypnotisiert verfolgte die Dame im roten Abendkleid ihren Lauf. Sie saß direkt neben dem Croupier. Ihre Hände zitterten über ein paar kleinen Türmen von Jetons. Sie war sehr bleich und sehr schön, vielleicht dreißig Jahre alt. Das schwarze Haar trug sie in der Mitte gescheitelt, es lag am Kopf an wie eine Kappe. Die Dame besaß einen aufreizend gewölbten Mund und leuchtende schwarze Augen. Sie sah beherrscht und aristokratisch aus. Und war völlig dem Roulett verfallen.
Thomas Lieven beobachtete sie seit einer Stunde. Er aß an der glitzernden Bar des riesigen Spielsaals und trank Whisky. Das Licht der Lüster fiel auf die kostbaren Bilder an den Wänden, auf weiß-goldene Riesenspiegel, dicke Teppiche, die Diener in Escarpins, die Herren im Smoking, die nackten Schultern der Frauen, das kreisende Rad, die laufende Kugel ...
Klick!
«Zero!» rief der Croupier neben der Dame in Rot. Sie hatte verloren. Sie verlor seit einer Stunde. Thomas beobachtete sie dabei. Die Dame verlor nicht nur ein Vermögen, sie verlor langsam auch ihre Haltung. Mit unsicheren Fingern zündete sie eine Zigarette an. Ihre Lider flatterten. Sie öffnete die golddurchwirkte Abendtasche. Holte Scheine hervor. Warf sie dem Croupier hin. Der wechselte sie in Spielmarken. Die Dame in Rot setzte wieder.
Es wurde an vielen Tischen gespielt, auch Chemin-de-fer. Es gab viele schöne Frauen im Saal. Thomas Lieven sah nur eine: die Dame in Rot. Diese Mischung von Haltung und Erregtheit, guten Manieren und Spielleidenschaft regten ihn auf – hatten ihn schon immer aufgeregt.
«27, rouge, impair et passe!» rief der Croupier.
Wieder hatte die Dame in Rot verloren. Thomas sah, daß der Mixer den Kopf schüttelte.
Auch der Mixer sah der Dame zu. «So etwas von Pech», sagte er mitleidig.
«Wer ist das?»

«Verrückte Spielerin. Was glauben Sie, was die schon verloren hat!»
«Wie heißt sie?»
«Estrella Rodrigues.»
«Verheiratet?»
«Verwitwet. Der Mann war Anwalt. Wir nennen sie Konsulin.»
«Warum?»
«Na, weil sie eine ist. Konsulin von irgend so einer Bananenrepublik.»
«Aha.»
«5, rouge, impair et manque!»
Wieder hatte die Konsulin verloren. Nur noch sieben einsame Jetons lagen vor ihr.
Thomas hörte sich plötzlich leise angesprochen: «Monsieur Leblanc?»
Er drehte sich langsam um. Ein kleiner, dicker Mann stand vor ihm. Der Kleine hatte ein rotes Gesicht, schwitzte und war sehr aufgeregt. Er sprach französisch: «Sie sind doch Monsieur Leblanc, nicht wahr?»
«Ja.»
«Folgen Sie mir auf die Toilette.»
«Warum?»
«Weil ich Ihnen etwas zu sagen habe.»
Verflucht, meine Listen ... Einer von den Geheimdienstbullen hat Lunte gerochen. Aber welcher? Lovejoy oder Loos? Thomas schüttelte den Kopf: «Sagen Sie es hier.»
Der Kleine flüsterte Thomas ins Ohr: «Major Débras hat Schwierigkeiten in Madrid. Sein Paß wurde ihm abgenommen. Er kann das Land nicht verlassen. Er bittet Sie, ihm schleunigst einen falschen Paß zukommen zu lassen.»
«Was für einen Paß?»
«Sie hatten doch in Paris einen Haufen!»
«Die habe ich alle verschenkt!»
Der Kleine schien das nicht zu hören. Er raunte eilig: «Ich habe gerade ein Kuvert in Ihre Tasche gesteckt. In dem Kuvert befinden sich Fotos von Débras und meine Adresse in Lissabon. Dahin bringen Sie den Paß.»
«Erst mal einen haben!»
Der Kleine sah sich nervös um. «Ich muß hier weg ... Tun Sie, was Sie können. Rufen Sie mich an.» Er eilte weg.
«Hören Sie doch –», rief Thomas. Der Kleine war verschwunden. Herrgott, man hat aber doch nur Ärger!

Was mache ich jetzt? So ein netter Kerl, dieser Débras! Ich muß ihn aus Gründen meiner Weltanschauung behumpsen, aber im Stich lassen – das kommt nicht in Frage! Wie helfe ich Débras aus Spanien heraus? Woher bekomme ich in der Geschwindigkeit einen falschen Paß für ihn?
Thomas Lievens Blick wanderte zu der Dame in Rot. Sie erhob sich gerade, verstört und bleich. Sie hatte anscheinend alles verloren. Plötzlich kam Thomas die Idee ...

Zehn Minuten später saß er mit der Konsulin Estrella Rodrigues am schönsten Tisch des vornehmen Casino-Restaurants. Eine kleine Damenkapelle arbeitete sich durch Verdi. Drei Kellner vollführten ein ästhetisches Ballett um Thomas Lievens Tisch. Sie servierten eben das Hauptgericht: Leber auf portugiesische Art.
«Ausgezeichnet, die Paprika-Sauce», lobte Thomas. «Wirklich, ganz ausgezeichnet. Finden Sie nicht, Madame?»
«Es schmeckt sehr gut.»
«Das verdanken wir dem Saft, Madame, dem Saft der Tomaten ... Ist etwas nicht in Ordnung?»
«Warum?»
«Sie haben mich eben so seltsam angesehen – so – so streng!»
Voller Würde erwiderte die Konsulin: «Monsieur, ich möchte nicht, daß Sie sich irgendeiner Art von Irrtümern hingeben. Es entspricht nicht meinem Wesen, mich von fremden Herren zum Essen einladen zu lassen.»
«Madame, es bedarf keines Wortes der Erklärung. Ein Gentleman weiß, wann er eine Dame vor sich hat. Vergessen wir nicht, daß ich es war, der Sie zu diesem kleinen abendlichen Imbiß nötigte, ja, der ihn Ihnen aufzwang!»
Die Konsulin seufzte und sah ihn plötzlich gar nicht mehr streng, sondern außerordentlich sentimental an. Wie lange der Herr Gemahl wohl schon tot ist, überlegte Thomas, indessen er sagte: «In Augenblicken großer Nervenspannung und Seelenpein sollte man immer etwas Kalorienreiches zu sich nehmen. Haben Sie – hm – sehr viel verloren?»
«Sehr, sehr viel!»
«Sie sollten nicht spielen, Madame. Noch ein paar Oliven? Eine Frau, die aussieht wie Sie, muß verlieren. Es ist nur gerecht.»
«Ach ...» Der schöne Ausschnitt der Konsulin verriet ihre innere Unruhe. «Sie spielen gar nicht, Monsieur Leblanc?»
«Roulett nicht, nein.»
«Glücklicher!»

Menu · 3. September 1940

Sardinen-Toast
Leber auf portugiesische Art
Melone in Champagner

Nach diesem Essen wurde die schöne Konsulin schwach

Sardinen-Toast: Feinste große Ölsardinen ohne Haut und Gräten werden in dem Öl, in dem sie eingelegt waren, kurz auf beiden Seiten gebraten.
Dann lege man sie auf frisch zubereiteten, heißen Toast, umlege sie mit Zitronenscheiben und serviere. Am Tisch beträufle man sie mit Zitronensaft und bestreue sie außerdem mit etwas Pfeffer.
Bei dieser Speise als Vorgericht reiche man pro Person höchstens zwei belegte Toast-Scheiben, denn diese Sardinen-Toasts sollen den Appetit natürlich nur anregen, nicht jedoch erschlagen ...

Leber auf portugiesische Art: Man wälze eine der Personenzahl entsprechende Anzahl Scheiben von Kalbs- oder Rindsleber in Mehl. Man beachte: gesalzen wird Leber immer erst nach dem Braten. Man schneide zwei große Zwiebeln klein. Man befreie ein Pfund Paprikaschoten von Stiel, Kernen und dem weißen Pelz, schneide sie dann in schmale, kurze Streifchen.
Dann zerquetsche man 1 Pfund enthäutete Tomaten und drücke den Saft heraus.
Sodann dünste man die Zwiebeln in einer halben Tasse Öl hellgelb, gebe die Paprikastreifchen und danach die zerquetschten Tomaten hinzu.
Ist der Paprika weich, füge man den ausgepreßten Tomatensaft bei und lasse ihn noch fünf Minuten mitkochen. Danach streiche man die Masse durch ein Sieb, gieße etwas Sahne hinzu und erhitze das Ganze noch einmal.
Mit Salz und scharfem Pfeffer würzen. Diese Sauce gieße man über die erst in letzter Minute gebratene Leber und garniere rundum mit dünnen Scheibchen von entkernten Oliven. Dazu reiche man trockenen Reis.

Melone in Champagner: Man köpfe eine schöne, reife Cantaloupmelone, benutze das geköpfte Stück als Deckel. Dann löse man das innere Fruchtfleisch heraus bis auf einen Rest von einem Zentimeter. Man entkerne dieses herausgelöste Fruchtfleisch, schneide es in mittelgroße Würfel und fülle es wieder in die Melone. Über diese Füllung gieße man einen herben Champagner – so viel, daß die Würfel gut bedeckt sind, aber nicht schwimmen.
Danach wird der «Deckel» aufgesetzt, die Melone kalt gestellt und eiskalt serviert.
Man kann diesen Nachtisch auf viele Arten variieren, etwa, indem man likörgetränkte Kirschen oder andere Früchte hinzufügt. Der Feinschmecker bevorzugt die oben beschriebene Art, weil dabei das natürliche Aroma der Melone am besten zur Geltung kommt.

«Ich bin Bankier. Ein Spiel, dessen Verlauf ich nicht mit meiner Intelligenz beeinflussen kann, langweilt mich.»
Die schwarze Estrella sagte, plötzlich wieder erschreckend streng und wild: «Ich hasse das Roulett! Ich hasse es, und ich hasse mich, wenn ich spiele!»
Thomas Lieven begann sich aufzuregen. Diese Person, einmal

sanft wie ein Lamm, dann übergangslos eine reißende Tigerin ... Du lieber Gott, wird das ein Theater werden ... Aber schööön –!
«Ich hasse zweierlei auf dieser Welt, Monsieur!»
«Das wäre?»
«Das Roulett und die Deutschen», zischte Estrella.
«Aha.»
«Sie sind Franzose, Monsieur. Ich weiß, daß Sie mich wenigstens in dem zweiten Punkt verstehen werden ...»
«Durchaus, Madame, durchaus. Hm! Warum hassen Sie die Deutschen eigentlich?»
«Mein erster Mann war Deutscher.»
«Ich verstehe.»
«Und Spielbankdirektor! Ich brauche nicht weiterzusprechen!»
Dieses Gespräch irrt ab, dachte Thomas Lieven und sagte darum: «Gewiß nicht. Etwas allerdings würde mir großen Spaß machen ...»
«Nämlich?»
«Ihr Spiel einen Abend lang zu finanzieren.»
«Mein Herr!»
«Wenn Sie gewinnen, teilen wir.»
«Das geht nicht – das ist ausgeschlossen – ich kenne Sie doch überhaupt nicht ...», begann die Konsulin.
Kleiner Zeitsprung. Zehn Minuten später: «Also meinetwegen – aber nur unter der Bedingung, daß wir wirklich teilen, wenn ich gewinne!»
«Selbstverständlich.»
Estrellas Augen begannen zu leuchten, unruhig ging ihr Atem, die Wangen röteten sich: «Wo bleibt denn der Nachtisch, ach, ich bin so aufgeregt, ich fühle ganz deutlich: jetzt werde ich gewinnen – was ich will, gewinnen ...»
Eine Stunde später hatte die temperamentvolle Dame, welche die Deutschen und das Roulett haßte, zwanzigtausend Escudos verloren, also fast dreitausend Mark. Einer Maria Magdalena ähnlich kam sie erschüttert zu Thomas, der an der Bar saß: «O Gott, ich schäme mich so.»
«Aber warum denn bloß?»
«Wie soll ich Ihnen das Geld zurückgeben? Ich – ich bin im Moment ganz knapp ...»
«Betrachten Sie es als Geschenk.»
«Unmöglich!» Jetzt sah sie wieder aus wie ein Engel der Rache, wie aus Marmor gemeißelt. «Wofür halten Sie mich! Es scheint, Sie haben sich in mir gründlich geirrt, mein Herr!»

6

Das Boudoir lag im Halbdunkel. Kleine Lämpchen mit roten Schirmen brannten. Auf einem Tischchen stand die Fotografie eines seriösen Herrn mit Zwicker und großer Nase. Der vor Jahresfrist verblichene Anwalt Pedro Rodrigues blickte, in Kleinformat und aus einem Silberrahmen, auf seine Witwe Estrella.
«Ach, Jean – Jean, ich bin so glücklich ...»
«Und ich, Estrella, und ich. Zigarette?»
«Laß mich an deiner ziehen ...»
Er ließ sie ziehen und sah gedankenvoll die schöne Frau an. Mitternacht war längst vorbei. In der großen Villa der Konsulin regte sich nichts mehr. Das Personal schlief.
Sie schmiegte sich an ihn und streichelte ihn.
«Estrella, Liebling ...»
«Ja, mein Herz?»
«Hast du sehr viele Schulden?»
«Wahnsinnig viele ... Auf dem Haus liegen Hypotheken ..., ich habe schon Schmuck versetzt. Ich hoffe doch immer, daß ich noch alles zurückgewinnen kann ...»
Thomas sah die Fotografie an: «Hat er dir viel hinterlassen?»
«Ein kleines Vermögen ... Dieses elende, dieses teuflische Roulett, wie ich es hasse!»
«Und die Deutschen.»
«Und die Deutschen, ja!»
«Sag mal, chérie, von welchem Land bist du eigentlich Konsulin?»
«Von Costarica. Warum?»
«Hast du schon einmal einen costaricanischen Paß ausgestellt?»
«Nein, nie ...»
«Aber doch sicherlich dein Mann?»
«Ja, der schon ... Weißt du, seit Kriegsbeginn ist überhaupt niemand mehr hergekommen. Ich glaube, es gibt gar keine Costaricaner mehr in Portugal.»
«Liebling, hm, aber gewiß gibt es doch noch ein paar Paßformulare im Hause?»
«Ich weiß es nicht ... Als Pedro starb, habe ich alle Formulare und Stempel in einen Koffer gepackt und auf den Boden getragen ... Warum interessiert dich das?»
«Estrella, Schätzchen, weil ich gerne einen Paß ausstellen würde.»
«Einen Paß?»
Im Vertrauen auf ihre finanzielle Misere sagte er sanft: «Oder auch mehrere.»

«Jean!» Sie war entsetzt. «Soll das ein Scherz sein?»
«Mein Ernst.»
«Was bist du bloß für ein Mensch?»
«Der Kern ist gut.»
«Aber – was sollten wir denn mit den Pässen anfangen?»
«Wir könnten sie verkaufen, schönes Kind. Hier gäbe es viele Käufer. Und sie würden viel bezahlen. Und mit dem Geld könntest du ... Ich brauche nicht weiterzusprechen ...»
«Oh!» Estrella holte tief Atem. Sie sah hinreißend aus, wenn sie tief Atem holte. Estrella schwieg. Estrella dachte nach – lange nach. Dann sprang sie auf und lief ins Badezimmer. Als sie zurückkam, brachte sie einen Bademantel mit.
«Zieh das an!»
«Wo willst du hin, Schätzchen?»
«Auf den Boden natürlich!» rief sie und stolperte auf hochhackigen Seidenpantoffeln bereits vor ihm her zur Tür.
Der Boden war groß und vollgeräumt. Es roch nach Holzwolle und Naphthalin. Estrella hielt eine Taschenlampe, während Thomas keuchend einen alten Holzkoffer unter einem zusammengerollten Riesenteppich hervorwuchtete. Er stieß sich den Schädel an einem Balken an und fluchte. Estrella kniete neben ihm nieder. Mit vereinten Kräften stemmten sie den knarrenden Deckel hoch. Formulare, Bücher, Stempel und Pässe lagen darin. Pässe zu Dutzenden! Mit fliegenden Fingern griff Estrella nach ihnen, blätterte darin, in diesem, in jenem, in fünf, in acht, in vierzehn Pässen. Die Pässe waren ohne Ausnahme alt und fleckig. Fotos fremder Menschen klebten in ihnen, zahllose Stempel bedeckten die Seiten. Lauter abgelaufene Pässe.
Abgelaufen ... Abgelaufen ... Ungültig ...
Tief enttäuscht richtete Estrella sich auf: «Kein einziger neuer Paß, lauter alte ... Mit denen können wir nichts anfangen ...»
«Im Gegenteil», sagte Thomas Lieven leise und gab ihr einen Kuß: «Alte, ungültige Pässe sind die besten!»
«Das verstehe ich nicht ...»
«Das wirst du gleich verstehen», versprach Thomas Lieven, alias Jean Leblanc, vergnügt. Er fühlte nicht den Eishauch seines Schicksals, das hinter ihn trat und sich hoch aufrichtete wie der Flaschengeist aus dem orientalischen Märchen, bereit, von neuem zuzuschlagen und ihn hineinzuschleudern in einen Strudel neuer Abenteuer und Gefahren.

7

Gemessenen Schrittes, einen Homburg auf dem Haupt, eine große Ledertasche in der Hand, bewegte sich gegen die Mittagsstunde des 4. September 1940 ein eleganter junger Herr von höchst vorteilhafter Erscheinung durch das Labyrinth der Alfama, der Altstadt von Lissabon.

In den winzigen krummen Gassen mit ihren verwitterten Rokokopalästen und buntgekachelten Bürgerhäusern spielten barfüßige Kinder, debattierten dunkelhäutige Männer, eilten Frauen zum Markt, Körbe voll Obst oder Fische auf dem Kopf. Schneeweiße Wäsche hing an unzähligen Leinen. Schwarze Eisengitter glänzten vor hohen maurischen Fenstern. Bizarr verkrüppelte Bäume wuchsen auf geborstenen Steintreppen. Und immer wieder öffneten sich die Mauern und gaben den Blick frei auf den nahen Fluß.

Der elegante junge Herr betrat einen Metzgerladen. Hier erwarb er ein ansehnliches Stück Kalbsfilet. Im Laden nebenan kaufte er eine Flasche Madeira, einige Flaschen Rotwein, Olivenöl, Mehl, Eier, Zucker und allerlei Gewürze. Auf dem in tausend Farben glühenden Marktplatz endlich erstand er ein Pfund Zwiebeln und zwei schöne Salatköpfe.

Vor der Marktfrau zog er den Hut und verneigte sich zum Abschied mit einem gewinnenden Lächeln.

Nun strebte er der engen, dunklen Rua do Poco des Negros entgegen, wo er den Hof eines halbverfallenen Hauses betrat.

Die sanitären Einrichtungen dieses Gemäuers boten sich ihm sogleich in Form vieler verwitterter Holzverschläge dar, die auf schmalen Balkonen standen. Ein Netz dazugehöriger Röhren zog sich an den Mauern dahin. Wie das Astwerk eines Ariernachweises, dachte Thomas Lieven.

Ein blinder Greis saß in einer sonnigen Ecke des Hofes, zupfte auf einer Gitarre und sang dazu mit dünner, hoher Stimme:

«Was mein Schicksal mir erkor,
läßt mich nie.
Einzig kenn' ich nur die Trauer,
denn für mich ist sie geboren,
ich für sie ...»

Thomas Lieven legte Geld in den Hut des Sängers und sprach ihn portugiesisch an:

«Diga-me, por favor, wo wohnt Reynaldo, der Maler?»

«Sie müssen den zweiten Eingang nehmen; Reynaldo wohnt ganz oben, unter dem Dach.»

«Muito obrigado», sagte Thomas Lieven, und wieder lüftete er höflich den Homburg, obwohl der Blinde das doch gar nicht sehen konnte.
Im Trepppenhaus des zweiten Eingangs war es dunkel. Je höher Thomas stieg, um so heller wurde es. Er hörte viele Stimmen. Es roch nach Olivenöl und Armut. Im obersten Stock gab es nur noch zwei Türen. Die eine führte zum Boden hinauf, an der anderen stand, mit großen roten Buchstaben hingeschmiert:

REYNALDO PEREIRA

Thomas klopfte. Es blieb still. Er klopfte lauter. Nichts rührte sich. Er drückte die Klinke herab. Die Tür öffnete sich knarrend. Durch einen dunklen Vorraum trat Thomas Lieven in ein großes Maleratelier. Hier war es sehr hell. Ein riesenhaftes Fenster ließ grelles Sonnenlicht über Dutzende von ziemlich wüsten Bildern fallen, auf einen Tisch, der überladen war mit Farben, Tuben, Pinseln und Flaschen, auf volle Aschenbecher und auf einen Mann von etwa fünfzig Jahren, der vollkommen angezogen auf einer Couch schlief.
Der Mann hatte dichtes schwarzes Haar. Dunkle Stoppeln bedeckten seine bleichen, eingefallenen Wangen. Er schnarchte laut und rhythmisch. Vor der Couch lag eine leere Kognakflasche.
«Pereira!» rief Thomas Lieven. Der Bärtige reagierte nicht. «Pereira, he!» Der Bärtige schnarchte laut auf und warf sich zur Seite.
«Na ja», brummte Thomas Lieven, «dann wollen wir uns mal ums Mittagessen kümmern ...»
Eine Stunde später erwachte der Maler Reynaldo Pereira. Drei Gründe gab es für sein Erwachen: Die Sonne schien ihm direkt ins Gesicht. In der Küche klapperte und rumorte es. Ein intensiver Geruch nach Zwiebelsuppe hatte sich verbreitet.
Mit belegter Stimme rief er: «Juanita?» Noch benommen erhob er sich, zog die Hosen hoch, stopfte das Hemd hinein und stolperte zur Küche. «Juanita, mein Herz, mein Leben, bist du zurückgekommen?»
Er öffnete die Küchentür. Ein Mann, den er noch nie gesehen hatte, stand, eine alte Schürze umgebunden, am Herd und kochte.
«Bom dia», sagte der Fremde und lächelte gewinnend. «Endlich ausgeschlafen?»
Der Maler begann plötzlich am ganzen Körper zu zittern, tastete zu einem Sessel und fiel schwer darauf. Er stöhnte. «Verfluchter Schnaps ... Es ist soweit, es geht los ...»

Menu · 4. September 1940

Überbackene Zwiebelsuppe
Kalbsmedaillons in Madeira-Sauce
Brennende Eierkuchen

Dieses Gericht bringt einen Paßfälscher in Höchstform

Überbackene Zwiebelsuppe: Man schneide reichlich Zwiebeln in dünne Ringe und lasse sie in Butter oder Öl hellbraun braten. Dann gieße man heißes Wasser – etwas mehr, als man Suppe wünscht – darüber und lasse es fünfzehn Minuten kochen, salze nach Geschmack. Man kann auch Fleischbrühe verwenden. Inzwischen schneide man dünne Weißbrotscheiben, die man auf die vom Feuer genommene Suppe legt und dick mit geriebenem Käse bestreut. Der Topf wird dann in den heißen Backofen gestellt, bis der Käse eine leicht bräunliche Schicht gebildet hat.
Hübscher ist es, wenn man für jede Person ein eigenes feuerfestes Schüsselchen benützen kann.

Kalbsmedaillons in Madeira-Sauce: Man schneide schöne dicke Scheiben vom Kalbsfilet, klopfe sie leicht und brate sie kurz auf beiden Seiten, so daß sie innen noch etwas rosa sind. Salzen darf man sie erst nach dem Braten. Vorher hat man eine halbe Zwiebel, fünf Mandeln und eine Handvoll Pilze feinblättrig geschnitten und mit Öl oder Butter leicht angebraten. Darauf gieße man ein großes Glas Madeira und lasse alles fünfzehn Minuten ganz schwach kochen, würze mit Salz und Pfeffer. Diese Sauce gebe man über die eben gebratenen Kalbsmedaillons und reiche Pommes frites und grünen Salat dazu.

Brennende Eierkuchen: Man backe ganz gewöhnliche, nicht zu dünne Eierkuchen, deren Größe dem Eßteller, auf dem sie serviert werden, entspricht, und bestreue sie dick mit Zucker. Bei Tisch gieße man einen ordentlichen Schuß guten Rums darüber und zünde ihn an. Dann rolle man den brennenden Eierkuchen und beträufle ihn mit Zitronensaft.

Thomas Lieven füllte ein Glas mit Rotwein, reichte es dem Erschütterten und legte ihm väterlich eine Hand auf die Schulter.
«Keine Aufregung, Reynaldo, es ist noch nicht das Delirium tremens – ich bin aus Fleisch und Blut. Jean Leblanc mein Name. Hier, trinken Sie ein Schlückchen, tun Sie was für Ihren armen Blutspiegel. Und dann wollen wir ordentlich essen.»
Der Maler trank, wischte sich die Lippen und ächzte: «Was machen Sie in meiner Küche?»
«Zwiebelsuppe überbacken, Kalbsmedaillons in Madeira-Sauce ...»
«Sind Sie wahnsinnig geworden?»
«... und zum Nachtisch habe ich an Eierkuchen gedacht. Ich weiß doch, daß Sie Hunger haben. Und Sie brauchen eine ruhige Hand.»
«Wozu?»

«Um nach dem Essen einen Paß für mich zu fälschen», sagte Thomas mild.
Reynaldo erhob sich und griff nach einer schweren Bratpfanne. «Raus, Spitzel, oder ich schlage dir den Schädel ein!»
«Nicht doch, nicht doch, hier ist ein Brief für Sie.» Thomas wischte die Hände an der Schürze ab, griff in die Brusttasche seiner Jacke und holte ein Kuvert heraus, das er Reynaldo reichte. Der riß es auf, zog einen Bogen hervor und starrte ihn an. Nach einer Weile sah er auf. «Woher kennen Sie Luis Tamiro?»
«Unsere Lebenswege haben sich gestern abend im Spielsaal von Estoril gekreuzt. Der kleine, dicke Luis brachte mir die Nachricht, daß ein alter Freund von mir in Madrid in Bedrängnis geraten sei. Man hat ihm seinen Paß weggenommen. Darum braucht er einen neuen. Und zwar schnell. Luis Tamiro meint, Sie wären der richtige Mann. Ein wirklicher Künstler. Erste Klasse. Jahrelange Erfahrung.»
Reynaldo schüttelte den Kopf. «Tut mir leid, kommt nicht mehr in Frage. Das habe ich auch Juanita gesagt. Juanita ist meine Frau, wissen Sie ...»
«... und hat Sie verlassen, weil es Ihnen dreckig geht. Luis hat mir alles erzählt. Weinen Sie ihr nicht nach. Eine Frau, die einen Mann im Stich läßt, wenn es ihm dreckig geht, ist nichts wert. Passen Sie auf, wie die zurückkommt, wenn Sie wieder Geld haben.»
«Geld, von wem?»
«Unter anderem von mir.»
Reynaldo strich seinen Bart und schüttelte den Kopf. Er sprach wie ein Lehrer zu einem idiotischen Kind. «Hören Sie zu: Wir haben Krieg. Einen Paß nachmachen können Sie nur, wenn Sie das Wasserzeichenpapier dazu haben. Das müssen Sie aber jeweils in dem Land klauen, für das der Paß bestimmt ist ...»
«Das weiß ich alles selber.»
«Dann werden Sie auch wissen, daß im Krieg so ein Papier nicht mehr reinkommt. Also kann man Pässe nicht mehr nachmachen. Also kann man sie nur noch fälschen. Und wie geschieht das?»
Die Madeira-Sauce kostend, antwortete Thomas: «Meist doch wohl so, daß man Menschen betrunken macht oder niederschlägt und ihnen dann ihren Paß fortnimmt, um ihn zu verändern.»
«Sehr richtig! Und sehen Sie, das mache ich nicht. Das ist bei mir nicht drin. Wenn ich nicht mehr ehrlich fälschen kann, dann überhaupt nicht. Ich bin Pazifist!»
«Genau wie ich. Sehen Sie mal zum Fensterbrett, da liegt ein Präsent für Sie.»

Reynaldo erhob sich und schwankte schwerfällig zum Fenster: «Was ist das?»
«Das sind vier abgelaufene, vollgestempelte Pässe von Costarica. Drei gehören Ihnen, wenn Sie den vierten für mich verändern.»
Der Fälscher nahm einen der Pässe zur Hand, holte tief Atem und sah Thomas mit scheuer Bewunderung an. «Wo haben Sie diese Pässe her?»
«Gefunden. Heute nacht.»
«Sie haben heute nacht vier costaricanische Pässe gefunden?»
«Nein.»
«Aha.»
«Ich habe heute nacht nicht vier costaricanische Pässe gefunden, sondern siebenundvierzig», sagte Thomas Lieven und holte dabei die überbackene Zwiebelsuppe aus dem Herd. «Das Essen ist fertig, Reynaldo.»
Und er dachte: Was für ein Glück, daß meine hübsche junge Konsulin so viel hübsche alte Pässe aufbewahrt hat!
Und er dachte: Jetzt bin ich also bei Herrn Pereira in der Rua do Poco des Negros gelandet. Jetzt werde ich also lernen, wie man fachgerechte Pässe fälscht. Ich – kürzlich noch der jüngste Privatbankier Londons. Ach du liebe Zeit, und ich kann und kann und kann das alles nicht im Club erzählen!

8

Aufgeschlagen lagen die vier Pässe auf dem großen Arbeitstisch beim Fenster. Sie zeigten Fotos von vier unterschiedlichen costaricanischen Staatsbürgern: einen dicken Alten, einen jüngeren Schlanken, einen mit Brille, einen mit Schnurrbart.
Neben den vier Pässen lagen die vier Fotos des Majors Débras vom französischen Geheimdienst, der in Madrid ungeduldig auf Hilfe wartete. Der kleine Luis Tamiro hatte die Fotos Thomas Lieven im Spielsaal von Estoril übergeben.
Das Mittagessen war vorüber. In seinem weißen Arbeitsmantel wirkte Reynaldo Pereira nun wie ein berühmter Chirurg, ein Sauerbruch der Paßfälschung, der sich konzentriert und nüchtern auf einen schwerwiegenden Eingriff vorbereitete.
Er sprach leise: «Sie kennen den Mann in Madrid persönlich. Sie wissen, wie er aussieht. Betrachten Sie die Fotos in den vier Pässen. Lesen Sie die Personenbeschreibung. Sagen Sie mir, welche am ehesten auf Ihren Freund paßt. Denn ich will natürlich den Paß nehmen, in dem ich am wenigsten verändern muß.»

«Das wäre dann wohl dieser hier.» Thomas wies auf den zweiten von links. Der zweite Paß von links lautete auf den Namen Rafaelo Puntareras.

Der Paß war am 8. Februar 1934 ausgestellt worden und hatte am 7. Februar 1939 seine Gültigkeit verloren. Er enthielt viele Visen und Grenzpolizeistempel; nur wenige Seiten waren noch frei. Darum hatte Kaufmann Puntareras den abgelaufenen Paß wohl auch nicht mehr verlängert, sondern sich bei dem inzwischen verschiedenen Konsul Pedro Rodrigues gleich einen neuen ausstellen lassen.

Thomas sagte: «Die Personenbeschreibung paßt auf meinen Freund, nur hat er braune Haare und blaue Augen.»

«Dann müssen wir die Haarfarbe und die Augenfarbe ändern, die Fotos austauschen, auf dem Foto Ihres Freundes den Stempel ergänzen, den Ablauftag und den Ausstellungstag des Passes korrigieren und in den Stempeln und Visen alle Daten richtigstellen, die dann zu früh liegen.»

«Der Name Puntareras?»

«Will sich Ihr Freund längere Zeit in Lissabon aufhalten?»

«Nein, er fliegt sofort weiter nach Dakar.»

«Dann kann der Name bleiben.»

«Aber er braucht doch ein Durchreisevisum für Lissabon und ein Einreisevisum für Dakar.»

«Na und? Ich habe einen ganzen Schrank voll Stempel. Größte Sammlung Europas wahrscheinlich. Nein, nein, das ist ein kleiner Fisch!»

«Was wäre denn ein großer gewesen?»

«Ein Paß, in dem man alles ändern muß und das Foto auch noch einen Prägestempel trägt. Also, dazu hätte ich glatt zwei Tage benötigt.»

«Und für Herrn Puntareras?»

«Sie müssen meine schlechte seelische Verfassung berücksichtigen, meine Unausgeglichenheit, mein Unglück in der Ehe – verdammt nochmal, aber in höchstens sieben Stunden kriege ich das Ding trotzdem hin!»

Entspannt und leise summend begann Reynaldo Pereira das Werk. Er nahm einen konischen Metalldorn, der in einem Holzgriff steckte, eine Art Schusterahle, und führte ihn von der Fotoseite her durch die erste Öse des Paßbildes so weit ein, daß er festsaß. Dann begann er vorsichtig, die Rückseite der Öse mit einem feinen Federmesser aufzubördeln.

Der Meister sprach: «Immer zuerst das Foto entfernen, damit nicht durch eine Ungeschicklichkeit beim Arbeiten der Gummistempel beschädigt wird.» Er erleichterte sich durch zartes Aufstoßen. «Wirklich phantastisch, Ihre Zwiebelsuppe!»
Thomas saß reglos beim Fenster. Er gab keine Antwort, um den Meister nicht seiner Konzentration zu berauben.
Zwei Ösen hielten Rafaelo Puntareras' Foto fest. Nach einer dreiviertel Stunde hatte der Meister sie beide aufgebördelt. Vorsichtig drehte er die Metallröhren mit der Ahle heraus.
Jetzt steckte er eine elektrische Heizplatte an, legte einen alten Buchdeckel darauf und den Paß auf diesen.
Der Meister sprach: «Zehn Minuten durchwärmen. Wir nennen das: den Paß zum Leben erwecken. Das Papier wird weicher, elastischer, ist aufnahmefähiger für Flüssigkeiten, läßt sich in jeder Beziehung leichter bearbeiten.»
Nach einer Zigarettenpause nahm sich Pereira den Paß wieder vor. Mit einer Pinzette faßte er eine Ecke von Herrn Puntareras' Konterfei, über der sich kein Stempel befand, und hob sie äußerst vorsichtig einen Millimeter hoch. Danach befeuchtete er einen feinen Pinsel mit dem stark riechenden Inhalt eines Fläschchens.
Der Meister sprach: «Als Pinsel verwende man nur feinste Dachs- oder Rotmarderhaarfabrikate, Größe Null.»
Er tupfte die Flüssigkeit zart zwischen Foto und Paßseite, das Bild dabei mit der Pinzette abspreizend. Das Klebemittel wurde gelöst. Nach fünf Minuten hob der Meister das Foto ab und trug es zu einem weit entfernten Bücherbord. «Damit ich es nicht versehentlich beschädige.»
Er kam zum Tisch zurück, schloß die Augen, lockerte die Finger, sammelte sich offensichtlich.
Der Meister sprach: «Um ein erstes Verhältnis zu meinem Paß zu bekommen, beginne ich mit einer ganz leichten Veränderung: Ich entferne einen Punkt.»
Er legte das Dokument unter eine große, feststehende Lupe. Einen neuen feinen Pinsel befeuchtete er mit einer wasserhellen Flüssigkeit.
Im gleichen Moment, in dem er einen Tintenpunkt im Schriftbild der Personenbeschreibung benetzte, drückte er auf den Startknopf einer Stoppuhr.
Er wartete, bis der Tintenpunkt beinahe ganz verblaßt war, dann saugte er die restliche Flüssigkeit blitzschnell mit der scharfgeschnittenen Kante eines Löschpapiers auf.
«Drei Sekunden. Nun haben wir einen Anhaltswert. Mit der Ver-

gleichszeit für einen Punkt können wir uns an einen Haarstrich wagen.»
Er entfernte alle Haarstriche auf der einen Seite, indem er sie wie viele Punkte abtupfte. Dann machte er sich an die dickeren Grundstriche, die er entfernte, indem er sie von beiden Seiten zur Mitte hin mit der geheimnisvollen Flüssigkeit bestrich. «In der Branche nennen wir das: zum Kern hin arbeiten.»
Nachdem er zwei Stunden lang «zum Kern hin» und nach der Punktmethode gebleicht hatte, waren alle unbrauchbaren Angaben verschwunden, auch die zu früh liegenden Daten in den Visen und Grenzpolizeistempeln und die Daten der Ausstellung und des Ablauftages.
Nun entspannte der Meister eine halbe Stunde lang. Er tanzte ein bißchen, um wieder locker zu werden.
Thomas kochte Kaffee. Bevor Pereira ihn trank, zerschlug er ein Ei und goß das Eiweiß auf einen flachen Teller: «Damit die Luft eine große Angriffsfläche hat. Wir sagen: es muß gestanden haben!»
Nach zehn Minuten füllte er sodann die Rillen und Täler, welche die Bleichmittel trotz aller Vorsicht in das Papier gefressen hatten, sorgfältig mit dem zähflüssigen, schnell trocknenden Eiweiß aus, damit wieder vollkommen ebene Flächen entstanden. Über diese stäubte er glanzloses Malerfixativ.
Nun holte er das herausgelöste Foto des Kaufmanns Puntareras wieder herbei, schlug es in hauchdünnes Seidenpapier ein und verklebte dieses auf der Fotorückseite, damit es nicht verrutschen konnte. Mit einem Achatstift zog er auf dem Seidenpapier die Konturen des Stempelteiles nach, der sich auf dem Foto befand.
Danach beschnitt er eines der vier Fotos des Majors Débras so, daß es um eine Winzigkeit größer war als das Bild Puntareras', und legte ein Stückchen Kohlepapier darüber, dessen Farbe genau der Stempelfarbe entsprach. Von dem alten Foto löste er das Seidenpapier ab, legte dieses über das Kohlepapier auf Débras' Foto und verklebte es wieder. Noch einmal zog er die gewonnenen Konturen mit dem Achatstift nach.
Vorsichtig löste er danach die Hüllen. Débras Bild trug nun den Stempel.
Schnell fixierte der Meister sein verwischbares Werk.
Mit einer scharfen Zange lochte er nun Débras' Foto an vorher genau festgelegten Stellen und befestigte es mit Gummiarabicum und zwei Schuhösen im Paß. Mit einer anderen Zange bördelte er die Ösen zu.

Danach beschriftete er mit Tusche alle Stellen neu, die er gelöscht hatte. Der Meister sprach: «Man verändert, wo es geht, die alten Zahlen natürlich in neue, ähnliche, also eine 3 in eine 8, eine 1 in eine 4 ...»
Nach sechseinhalb Stunden angestrengter Arbeit stempelte Pereira ein portugiesisches Durchreisevisum und ein Einreisevisum für Dakar in den Paß und füllte sie aus.
«Fertig!»
Thomas applaudierte begeistert. Der Meister verneigte sich mit Würde: «Stets gerne zu ähnlichen Diensten bereit.»
Thomas schüttelte ihm die Hand. «Ich werde nicht hier sein, um von Ihrer einmaligen Begabung weiterhin zu profitieren. Doch seien Sie guten Mutes, Reynaldo, ich schicke Ihnen eine hübsche Kundin. Ich bin sicher, Sie werden sich wundervoll miteinander verstehen ...»

9

Unter dem Dach des großen Zeitungsgebäudes auf dem Praça Dom Pedro IV. liefen die letzten Nachrichten über ein Leuchtschriftband. Blicke aus tausend Augenpaaren waren voll Spannung, voller Angst auf die flimmernden Buchstaben gerichtet. Portugiesen und Emigranten drängten sich auf dem schönen Platz mit seinem schwarz-weißen Mosaikpflaster, saßen in den Straßengärten der Cafés, die den Platz säumten, starrten zu dem Leuchtschriftband empor, lasen ...
(United Press): Madrid – Gerüchte über deutsch-spanische Geheimverhandlungen behaupten sich hartnäckig – Deutsche Wehrmacht fordert angeblich freien Durchmarsch, um Gibraltar angreifen und Mittelmeer schließen zu können – Franco entschlossen neutral zu bleiben – Britischer Botschafter warnt Spanien mit aller Entschiedenheit – Antibritische Demonstration in Barcelona und Sevilla ...
Zwei Männer saßen an einem Kaffeehaustisch am Straßenrand, Gläser mit Pernod vor sich. Der kleine, dicke Luis Tamiro blätterte in dem an diesem Nachmittag gefälschten Paß. Er brummte bewundernd: «Prima Arbeit, also wirklich!»
«Wann fliegt Ihre Maschine?»
«In zwei Stunden.»
«Grüßen Sie Débras von mir. Er soll machen, daß er herkommt. In fünf Tagen läuft mein Schiff aus.»
«Hoffentlich schafft er es bis dahin!»

«Was heißt das?» fragte Thomas Lieven.
Luis Tamiro zog sorgenvoll an seiner kleinen Brasilzigarre: «Die Spanier sind nach außen hin neutral. Aber sie lassen deutsche Agenten ganz hübsch arbeiten. Drei deutsche ‹Touristen› bewachen den Major in Madrid auf Schritt und Tritt, Tag und Nacht. Jeder immer acht Stunden lang. Er weiß es. Die Kerle sind nicht abzuschütteln. Löffler, Weise und Hart heißen sie. Wohnen im Palace-Hotel wie er.»
«Was ist der Witz der Sache?»
«Seit man dem Major seinen Paß weggenommen hat, darf er Madrid nicht verlassen. Die drei Deutschen wissen, wer er ist, sie können es nur noch nicht beweisen. Sie wollen rauskriegen, was er in Madrid macht. Außerdem: Sobald er die Stadt verläßt, ist das ein Grund für die spanische Polizei, ihn sofort einzusperren. Wenn er einmal in einem Gefängnis landet, kann man ihn ohne großes Aufsehen nach Deutschland entführen.»
«Er muß die drei also abschütteln.»
«Ja, aber wie? Die warten doch nur wie die Schießhunde auf den Moment, wo er zu flüchten versucht, um ihn hochgehen zu lassen!»
Thomas Lieven betrachtete den Kleinen neugierig: «Sagen Sie mal, Tamiro, was haben Sie eigentlich für einen Beruf?»
Der kleine Dicke seufzte, dann verzog er den Mund. «Mädchen für alles, was verboten ist. Menschenschmuggel. Waffenschmuggel. Schleichhandel. Alles für Geld. Ich war mal Juwelier in Madrid.»
«Na und?»
«Der Bürgerkrieg hat mich erledigt. Geschäft zerbombt. Ware geklaut. Dann habe ich auch noch politischen Ärger bekommen. Nein, nein, ich habe übergenug. Bei mir hat jetzt alles seinen festen Preis! Mir soll man den Buckel runterrutschen mit Idealismus.»
Leise fragte Thomas Lieven: «Kennen Sie in Madrid wohl noch ein paar Herren, die so denken wie Sie?»
«Einen ganzen Haufen!»
«Und Sie sagen, es hat alles seinen festen Preis?»
«Klar!»
Lächelnd sah Thomas zu dem flimmernden Leuchtschriftband auf. Sanft murmelte er: «Hören Sie mal, Luis, was würde – unter Freunden – wohl eine kleine, spontane Volkserhebung kosten?»
«Woran denken Sie?»
Thomas Lieven sagte ihm, woran er dachte.

«Aaaaaahhhhh!!!»

Mit einem Schrei fuhr die schwarzhaarige, vollschlanke Konsulin Estrella Rodrigues aus dem Schlaf empor, als Thomas Lieven zu später Stunde ihr Zimmer betrat. Bebend entzündete sie die kleinen Lämpchen mit den roten Schirmen hinter dem Bett. Eine Hand preßte sie ans Herz.

«O Gott, Jean, hast du mich erschreckt!»

«Verzeih, Liebling, es wurde spät – ich habe noch den Mann mit dem Paß auf den Weg gebracht ...» Er sank auf den Bettrand; sie warf sich in seine Arme.

«Küß mich ...» Sie preßte sich an ihn. «Daß du da bist! Daß du endlich da bist! Ich habe auf dich gewartet – stundenlang – ich habe gedacht, ich muß sterben – ich habe gedacht, ich muß vergehen ...»

«Vor Sehnsucht nach mir?» fragte er geschmeichelt.

«Das auch.»

«Bitte?»

«Ich habe den ganzen Abend gehofft, du kommst und schenkst mir noch ein wenig Geld, damit ich nach Estoril fahren kann!»

«Hr-rm!»

«Ich habe draußen angerufen! An allen Tischen kamen die Elf und ihre Nachbarn! Kannst du dir das vorstellen? Das sind doch meine Zahlen! Ein Vermögen hätte ich heute gewonnen!»

«Estrella, ich werde dich morgen mit einem ganz ausgezeichneten Fälscher zusammenbringen. Ihm kannst du deine Pässe in Kommission geben. Er ist bereit, mit dir halbe-halbe zu machen.»

«O Jean, wie wundervoll.» Thomas ging ins Badezimmer. Sie rief ihm zärtlich nach: «Weißt du, was ich vorhin geträumt habe?»

Aus dem Badezimmer forschte er: «Was?»

«Ich habe geträumt, du wärst ein Deutscher – und mein Geliebter! Ein Deutscher! Wo ich doch die Deutschen so hasse! Ich habe gedacht, ich vergehe; ich habe gedacht, ich sterbe ... Jean, kannst du mich verstehen?»

«Jedes Wort.»

«Warum sagst du dann nichts?»

Sie hörte ihn husten. «Ich habe vor Schreck ein halbes Glas Mundwasser geschluckt!»

Das amüsierte sie: «Ach, bist du goldig! Komm! Komm schnell zu deiner zärtlichen Estrella ...»

Später erwachte die hinreißend gebaute Deutschenhasserin davon,

daß Thomas Lieven im Schlaf schallend lachte. Sie schüttelte ihn nervös wach.
«Jean, Jean, was ist los?»
«Wie? Oh, ich hatte so einen komischen Traum.»
«Wovon?»
«Von einer kleinen, spontanen Volkserhebung», sagte er. Und lachte noch einmal.

11

Madrid, 5. September 1940.
Vertraulicher Bericht des Kommissars Filippo Aliados von der Geheimen Staatspolizei an seinen Vorgesetzten:

ÄUSSERST DRINGEND!
Heute um 14 Uhr 03 erhielt ich einen Anruf vom Diensthabenden des 14. Polizeirayons. Es wurde mir mitgeteilt, daß sich vor dem Gebäude der Britischen Botschaft in der Calle Fernando el Santo 16 etwa fünfzig Personen versammelt hätten, die gegen England demonstrierten.
Ich begab mich mit fünf Mann sofort zur Botschaft und stellte fest, daß es sich bei den Demonstranten um Angehörige der ärmeren Bevölkerungsschichten handelte. In Chören stießen diese Personen Schmährufe gegen England aus. Es wurden 4 (vier) Fensterscheiben eingeworfen und 3 (drei) Blumenkästen zur ebenen Erde abgerissen. Im Auftrage Seiner Exzellenz des Herrn Britischen Botschafters war der Herr Handelsattaché auf die Straße geeilt, um die Demonstranten zur Rede zu stellen.
Bei meinem Eintreffen teilte mir der Herr Britische Handelsattaché außerordentlich erregt mit: «Die Männer geben zu, daß sie von deutschen Agenten für diesen Aufruhr bezahlt wurden.»
Während der größte Teil der Demonstranten vor einer blitzschnell eingreifenden Abteilung der Polizei die Flucht ergriff, gelang es uns, drei Personen festzunehmen mit Namen: Luis Tamiro, Juan Mereira und Manuel Passos.
Die Festgenommenen wiederholten vor mir die Behauptung, sie wären von deutschen Agenten bezahlt worden. Sie nannten die Namen dieser Agenten: 1. Helmut Löffler 2. Thomas Weise 3. Jakob Hart. Alle drei wohnhaft im Palace-Hotel.
Der Herr Britische Handelsattaché bestand auf einer sofortigen Untersuchung und kündigte einen diplomatischen Protest seiner Regierung an.

Von meiner Dienststelle immer wieder angewiesen, auf strikteste Neutralität unseres Landes zu achten, begab ich mich darum sofort ins Palace-Hotel und nahm die oben genannten drei deutschen Touristen fest, die bei der Festnahme Widerstand leisteten und zuletzt gefesselt abgeführt werden mußten.
Die drei Deutschen bestritten beim Verhör empört, die Demonstranten finanziert zu haben. Eine Gegenüberstellung mit den drei Demonstranten verlief ergebnislos, woraufhin ich die Demonstranten entließ. Eine Anzeige wegen öffentlicher Ruhestörung läuft.
Unser Geheimdienst kennt die drei Deutschen. Es handelt sich bei ihnen tatsächlich um Agenten der Deutschen Abwehr, und ihnen ist eine Aktion wie die behauptete natürlich zuzutrauen.
Die drei Deutschen werden noch bei mir festgehalten. Ich bitte um schnellste Entscheidung darüber, was mit ihnen geschehen soll, denn der Herr Britische Handelsattaché erkundigt sich stündlich telefonisch nach meinen Maßnahmen.

gez.: Filippo Aliados, Kommissar.

12

Eine deutsche Faust schlug krachend auf einen deutschen Eichenholzschreibtisch. Der Schreibtisch stand im Zimmer eines Hauses am Tirpitz-Ufer in Berlin. Die Faust gehörte dem Admiral Canaris. Er stand hinter dem Schreibtisch. Vor dem Schreibtisch stand der gallenleidende Major Fritz Loos aus Köln.
Das Gesicht des Majors war sehr bleich. Das Gesicht des Admirals war sehr rot. Der Major war sehr still. Der Admiral war sehr laut:
«Jetzt reicht es mir aber, Herr Major! Drei unserer Leute aus Spanien ausgewiesen! Protest der Britischen Regierung! Die Feindpresse hat ihr Fressen. Und Ihr feiner Herr Lieven lacht sich in Lissabon einen Ast!»
«Herr Admiral, ich verstehe wirklich nicht, was dieser Kerl schon wieder damit zu tun hat!»
Canaris sagte bitter: «Während unsere Leute in Madrid stundenlang festgehalten wurden, verließ Major Débras das Land. Ohne Zweifel mit einem falschen Paß. Wohlbehalten traf er in Lissabon ein. Und wissen Sie, wen er im Speisesaal von Estoril öffentlich umarmte und auf die Wange küßte? Ihren Freund Lieven! Und wissen Sie, mit wem er danach ein gewaltiges Diner verzehrte? Mit Ihrem Freund Lieven!»
«Nein ... O Gott, nein ... Das kann nicht sein!»

«Es ist so. Unsere Leute haben die rührende Wiedersehens-Szene beobachtet. Was konnten sie tun? Nichts!»
Major Loos verspürte ein furchtbares Ziehen und Brennen im Leib. Natürlich meine Galle, dachte er verzweifelt. Dieser Hund, dieser elende Hund von einem Thomas Lieven! Warum habe ich ihn damals in Köln bloß aus dem Gestapo-Gefängnis geholt?
«Herr Major, wissen Sie, wie man Sie bereits nennt? Den ‹Pannen-Loos›!»
«Herr Admiral, pardon, das finde ich sehr ungerecht!»
«Ungerecht? Wenn Sie dem Kerl 10 000 Dollar für Listen mit den Namen der wichtigsten französischen Geheimagenten bezahlen – und wir feststellen dürfen, daß es sich um lauter Tote handelt? Sie hatten den Auftrag, den Mann mitzubringen!»
«Portugal ist ein neutrales Land, Herr Admiral ...»
«Das ist egal! Mir reicht es jetzt! Ich will diesen Herrn Lieven hier sehen! In diesem Zimmer! Und lebendig! Verstanden?»
«Jawohl, Herr Admiral.»

13

6. September 1940, 18 Uhr 47.
Die Funküberwachung des «Secret Service» meldet an ihren Chef M 15 London:
Seit 15 Uhr 15 äußerst lebhafter Funkverkehr zwischen Abwehr Berlin und Deutscher Gesandtschaft Lissabon. Verkehr wird nicht chiffriert, sondern offensichtlich in irreführendem Klartext geführt. Berliner Funksprüche sind gerichtet an deutschen Handelsattaché Lissabon, der aufgefordert wird, dafür zu sorgen, daß «Kaufmann Jonas» schnellstens heimkehrt. Ohne Zweifel großes Entführungsmanöver in Vorbereitung. «Kaufmann Jonas» muß eine Persönlichkeit sein, die für Abwehr Berlin von allergrößter Wichtigkeit ist ...

14

6. September 1940, 22 Uhr 30.
In der Casa Senhora de Fatima, dem komfortablen Haus des Nachrichtenchefs der Deutschen Gesandtschaft in Lissabon, findet eine Besprechung statt. Der Nachrichtenchef hat seine bezaubernde Freundin, die langbeinige, kastanienbraune Tänzerin Dolores, fortgeschickt. Bei Champagner sitzen zusammen: der Hausherr, der Marineattaché und der Luftwaffenattaché der Deutschen Ge-

sandtschaft. Die beiden letzteren haben ihre Freundinnen ebenfalls für den Abend beurlaubt. Der Chef des Nachrichtendienstes spricht: «Meine Herren, die Zeit drängt. Berlin will Lieven – und zwar schnell. Bitte um Vorschläge.»
Der Luftwaffenattaché spricht: «Ich schlage vor, den Mann zu betäuben und nach Madrid zu fliegen. Von dort mit Kuriermaschine nach Berlin.»
«Ich bin dagegen», sagte der Marineattaché. «Wir haben eben eine Panne in Madrid gehabt. Wir wissen, daß es auf dem Flughafen dort von englischen und amerikanischen Agenten nur so wimmelt. Wir wissen, daß dort jeder Passagier fotografiert wird. Wir können es uns nicht leisten, in Madrid schon wieder diplomatische Schwierigkeiten zu haben.»
«Ganz meine Meinung», sagte der Nachrichtenchef.
Der Marineattaché spricht: «Ich schlage darum Entführung im U-Boot vor, meine Herren! Ich empfehle, sofort Funkverbindung mit Blockadebruch-Werner in Madrid aufzunehmen. Blockadebruch-Werner arbeitet mit dem Befehlshaber der U-Boote zusammen und kann die Standorte aller Einheiten ohne weiteres feststellen. Er kann jederzeit und schnellstens ein Boot für ein bestimmtes Planquadrat außerhalb der portugiesischen Hoheitsgewässer anfordern.»
«Wie bekommen wir Kaufmann Jonas zu dem U-Boot hinaus?»
«Wir mieten einen Fischkutter.»
«Und wie bekommen wir ihn in den Fischkutter?»
«Da habe ich einen Vorschlag zu machen.» Der Marineattaché sagt, was er für einen Vorschlag zu machen hat.

15

Ein alter Mann ging durch das Flughafenrestaurant und versuchte, Trachtenpuppen zu verkaufen, große Puppen, kleine Puppen. Er hatte kein Glück. Es war schon beinahe Mitternacht an diesem 8. September 1940, und nur noch rund zwei Dutzend müder Passagiere warteten auf den Abflug ihrer Maschine.
Der alte Mann trat an einen Tisch beim Fenster. Hier saßen zwei Herren, die Whisky tranken.
«Trachtenpuppen – Zigeuner, Spanier, Portugiesen ...»
«Nein, danke», sagte Thomas Lieven.
«Noch echte Friedensware!»
«Trotzdem nein, danke», sagte Major Débras, der sich gerade Rafaelo Puntareras nannte.

Der alte Mann zog weiter. Draußen, auf der von Scheinwerfern angestrahlten Rollbahn, wurde die Maschine aufgetankt, die Débras von Lissabon nach Dakar bringen sollte.
Der Major sah Thomas Lieven sentimental an: «Ich werde nie vergessen, was Sie getan haben!»
«Sprechen Sie nicht davon!» sagte Thomas, und er dachte: Wenn du erst darauf kommst, daß ich die Agentenlisten deines Geheimdienstes gefälscht habe, dann wirst du es bestimmt nicht vergessen!
«Sie haben die Listen für mich gerettet – und Sie haben mich aus Madrid herausgeholt.»
Das ist richtig, dachte Thomas. Und deshalb wirst du mir vielleicht einmal doch meinen Betrug verzeihen. Er fragte: «Wo sind die Listen?»
Der Major blinzelte. «Ich bin Ihrem Beispiel gefolgt und habe mich mit unserer Stewardeß angefreundet. Sie hat die Listen in ihrem Gepäck.»
«Achtung, bitte», sagte eine Lautsprecherstimme, «Pan American World Airways bitten alle Passagiere ihres Fluges 324 nach Dakar, sich zur Paß- und Zollkontrolle zu begeben. Meine Damen und Herren, wir wünschen Ihnen einen angenehmen Flug.»
Débras trank sein Glas leer und erhob sich. «Es wird ernst, mein Freund. Nochmals Dank! Und auf Wiedersehen.»
«Bitte, richten Sie Madame Josephine Baker meine besten Grüße und Wünsche aus», sagte Thomas Lieven. «Und leben Sie wohl, Herr Major. Denn wiedersehen werden wir uns nie.»
«Wer weiß?»
Thomas schüttelte den Kopf. «Übermorgen läuft mein Schiff nach Südamerika aus. Ich komme nie mehr zurück nach Europa», sagte er und ließ es geschehen, daß der Major ihn noch einmal umarmte und auf die Wange küßte.
Etwas später sah er ihn über das Rollfeld auf die Maschine zugehen. Thomas winkte, und auch Débras winkte, bis er in der Kabine verschwand.
Thomas bestellte noch einen Whisky. Als die Maschine zum Start rollte, kam er sich plötzlich sehr einsam vor. Nach einiger Zeit bezahlte er, erhob sich und ging.
Auf dem Platz vor dem Flughafengebäude war es dunkel. Nur wenige Lampen brannten. Ein großer Wagen holte Thomas langsam ein und hielt. Der Chauffeur blickte aus dem Fenster. «Taxi, Senhor?»
Es war weit und breit kein Mensch zu sehen.

«Ja», sagte Thomas abwesend. Der Chauffeur stieg aus, öffnete den Schlag und verneigte sich.
In diesem Moment merkte Thomas Lieven, daß etwas faul, sehr faul mit diesem Taxi war. Er fuhr herum, aber es war schon zu spät.
Der Chauffeur trat ihm wuchtig in die Kniekehlen. Thomas stürzte in den Fond. Hier packten sogleich vier kräftige Hände zu und rissen ihn auf den Wagenboden. Der Schlag flog zu. Der Chauffeur ließ sich hinter das Steuer fallen und raste los.
Ein großer, nasser Lappen mit einer widerlich süßen Flüssigkeit wurde auf Thomas Lievens Gesicht gepreßt. Chloroform, dachte er. Würgend rang er nach Atem.
Überdeutlich hörte er eine Stimme mit Hamburger Akzent sagen: «Na, prima, prima. Und jetzt nix wie runter zum Hafen.»
Dann begann das Blut in Thomas Lievens Schläfen zu dröhnen; in seinen Ohren hallten Glocken, und er stürzte in eine Ohnmacht, tiefer, tiefer, wie hinab in einen dunklen Brunnen aus Samt.

16

Langsam kam unser Freund wieder zu sich. Sein Schädel dröhnte. Ihm war übel, ihm war kalt. Er dachte: Toten ist nicht übel, Tote haben nicht Kopfweh, Tote frieren nicht. Kombiniere: ich bin also noch am Leben. Vorsichtig öffnete Thomas das rechte Auge. Er lag im Bug eines unappetitlich riechenden Fischkutters, dessen Motor nervös tuckerte.
Am Steuer stand ein kleiner, verknitterter Portugiese mit Lederjacke und Schildmütze, eine erloschene Stummelpfeife zwischen den Zähnen. Hinter dem Schiffer tanzten die Lichter der Küste auf und nieder. Die See war rauh. Der Kutter schlingerte aufs offene Meer hinaus. Seufzend öffnete Thomas Lieven das linke Auge.
Auf der Bank neben ihm saßen zwei bullige Kerle. Beide trugen schwarze Ledermäntel und grimmige Mienen. Beide hielten schwere Revolver in den großen, häßlichen Händen.
Thomas Lieven richtete sich halb auf und sprach, mit Mühe zwar, aber fließend: «Einen schönen guten Abend, die Herren. Ich hatte vorhin am Flughafen keine Gelegenheit, Sie zu begrüßen. Daran sind Sie nicht ohne Schuld! Sie hätten mich nicht so schnell niederschlagen und chloroformieren dürfen.»
Der erste Kerl sprach mit Hamburger Akzent: «Ich warne Sie, Thomas Lieven. Beim geringsten Fluchtversuch knallt's!»

Der zweite Kerl sprach mit sächsischem Akzent: «Ihr Spiel ist aus, Herr Lieven. Jetzt geht es in die Heimat.»
Interessiert erkundigte sich Thomas: «Stammen Sie aus Dresden?»
«Aus Leipzig. Warum?»
«Pure Neugier. Nichts gegen diesen Kutter, meine Herren, aber in die Heimat ist es auf dem Seeweg noch ein hübsches Ende. Werden wir es schaffen?»
«Immer noch ein großes Maul», sagte der Hamburger. «Machen Sie sich keine Sorgen, Herr Lieven. Mit dem Kutter bringen wir Sie nur aus der Dreimeilenzone raus.»
«Ins Planquadrat 135 Z», sagte der Leipziger.
Thomas bemerkte, daß der Kutter ohne Positionslichter fuhr. Die See wurde immer unruhiger. Desgleichen Thomas. Aber er versuchte, es sich nicht anmerken zu lassen. «Und was, meine Herren, geschieht im Planquadrat 135 Z?»
«Dort taucht in einer Viertelstunde ein U-Boot auf. Geht alles wie am Schnürchen, Sie werden sehen. Ruckzuck.»
«Deutsche Organisation», meinte Thomas höflich.
Der kleine Steuermann sagte auf portugiesisch: «Wir haben die Hoheitsgewässer verlassen. Wo ist mein Geld?»
Der Leipziger stand auf, trat schwankend neben den Steuermann und gab ihm ein Kuvert. Der Schiffer klemmte das Steuer fest und zählte die Banknoten. Danach ging alles sehr schnell.
Thomas war der erste, der den großen Schatten auftauchen sah, denn er war der einzige, der zum Heck hinblickte. Plötzlich war der schwarze Schemen da, drohend schoß er aus der Nacht heran, direkt auf den schlingernden Kutter zu. Thomas wollte aufschreien, aber im letzten Augenblick biß er sich auf die Zunge. Nicht, dachte er. Nicht schreien. Still jetzt, still ...
Scheinwerfer flammten auf. Eine Schiffssirene heulte, einmal, zweimal, dreimal. Dann war der Schatten plötzlich eine Rennjacht, nah, ganz nah, lebensgefährlich nah. Der portugiesische Steuermann schrie wild auf und riß das Rad herum. Zu spät. Mit einem ekelhaften Knirschen rammte die Jacht das kleine Boot backbord im spitzen Winkel. Dem Herrn aus Hamburg flog der Revolver aus der Hand. Der Herr aus Leipzig stürzte.
Und dann war oben unten und unten oben, der Kutter kenterte, indessen sich der Bug der Jacht knirschend in seine Seite grub. Eine unsichtbare Riesenfaust riß Thomas empor und schleuderte ihn hinein in das schwarze, eiskalte Wasser.
Er hörte tobendes Stimmendurcheinander, Schreie, Flüche, Kommandorufe, und immer noch heulte die Sirene der Jacht.

Thomas schluckte Salzwasser, ging unter, kam wieder hoch, rang nach Luft und sah vom Deck der Jacht einen Rettungsring an einer Leine auf sich zufliegen. Klatschend traf der weiße Ring das Wasser. Thomas packte ihn. Im nächsten Moment bereits straffte sich die Leine, und er wurde zur Jacht hingezogen.
Blinzelnd starrte er die Buchstaben auf dem Ring an, der den Namen des Schiffes trug. Thomas las: BABY RUTH.
Herrgott, dachte er, wenn ich das im Club erzähle, werden sie sagen, ich lüge ...

17

«Whisky oder Rum?»
«Whisky, bitte.»
«Mit Eis und Soda?»
«Nur mit Eis, bitte. Und gießen Sie das Glas ruhig halb voll, ich bekomme so leicht Schnupfen», sagte Thomas Lieven. Eine Viertelstunde war vergangen, eine außerordentlich ereignisreiche Viertelstunde.
Vor fünfzehn Minuten noch Gefangener der Deutschen Abwehr, danach Schiffbrüchiger im Atlantik, saß Thomas nun in wärmende Decken gehüllt auf dem traumweichen Bett einer traumschönen Luxuskabine. Ein Herr, den er niemals zuvor gesehen hatte, stand vor einer Wandbar und bereitete ihm einen Drink. Thomas dachte leicht benommen: Wie es halt so geht im Leben ...
Der Herr brachte ihm den Whisky. Er hatte sich selbst auch einen ordentlichen eingegossen. Nun hob er lächelnd sein Glas: «Cheerio!»
«Cheerio», sagte Thomas und trank einen mächtigen Schluck. Jetzt bekomme ich endlich den widerlichen Chloroformgeschmack aus der Kehle, dachte er. Von draußen drang wüstes Gebrüll in die Kabine.
«Wer ist das?»
«Unser Steuermann und Ihrer. Eine Expertenkonversation über die Schuldfrage», erwiderte der fremde Herr, der einen tadellosen blauen Einreiher und eine intellektuelle Hornbrille trug. «Natürlich war Ihr Steuermann schuld. Man fährt nicht ohne Positionslichter. Noch etwas Eis?»
«Danke nein. Wo sind die beiden – meine Begleiter?»
«Unter Deck. Ich nehme an, daß Sie die beiden gerne dort wissen.»
Es hilft ja nichts, dachte Thomas. Was soll's, es wird das beste sein, wenn ich den Stier gleich bei den Hörnern packe. Er sagte

darum: «Ich danke Ihnen, Sie haben mich vor dem Tod bewahrt. Und ich denke dabei nicht an den Tod durch Ertrinken.»
«Prost, Kaufmann Jonas!»
«Bitte, wie?»
«Für uns sind Sie Kaufmann Jonas. Wir wissen noch nicht, wie Sie wirklich heißen.» Gott sei Dank, dachte Thomas. «Sie werden es mir sicherlich auch nicht sagen wollen ...»
«Sicherlich nicht!» – Was für ein Glück, daß ich alle meine Papiere im Safe der schönen Konsulin Estrella deponiert habe. Ich wurde doch die ganze Zeit das Gefühl nicht los, daß mir einmal so etwas zustoßen würde.
«Ich verstehe das vollkommen. Es ist mir klar, daß Sie erst an höchster Stelle sprechen können. Ein Mann wie Sie! Eine V.I.P.!»
«Bitte, eine was?»
«Eine Very Important Person!»
«Ich bin eine sehr wichtige Person?»
«Na, hören Sie mal, Kaufmann Jonas, wenn die Deutsche Abwehr versucht, Sie mit einem U-Boot aus Portugal herauszuholen! Sie können nicht ahnen, was sich Ihretwegen in den letzten achtundvierzig Stunden getan hat! Diese Vorbereitungen! Monströs! Abwehr Berlin! Abwehr Lissabon! U-Boot im Planquadrat 135 Z! So einen verrückten Funkverkehr hatten die Deutschen seit Monaten nicht mehr. Kaufmann Jonas ... Kaufmann Jonas ... Kaufmann Jonas muß unter allen Umständen nach Berlin gebracht werden ... Und da fragen Sie mich, ob Sie eine V.I.P. sind – köstlich! Was ist, Kaufmann Jonas?»
«Könnte ich – könnte ich wohl noch einen Whisky bekommen, bitte?»
Thomas Lieven bekam noch einen – einen großen. Der Herr mit der Hornbrille bereitete sich selber auch noch einen und überlegte dabei laut: «Für die 5000 Dollar kann Baby Ruth ruhig eine Pulle Whisky springen lassen!»
«Welches Baby, bitte? Was für 5000 Dollar?»
Der Bebrillte lachte: «Kaufmann Jonas, es ist Ihnen doch klar, daß Sie in mir einen Mann vom ‹Secret Service› vor sich haben?»
«Das ist mir klar, ja.»
«Nennen Sie mich Roger. So heiße ich natürlich nicht. Aber ein falscher Name ist so gut wie der andere – habe ich recht?»
Lieber Gott im Himmel, es geht schon wieder los, dachte Thomas Lieven! Aufpassen, ich muß jetzt aufpassen. Den Deutschen bin ich entkommen. Jetzt muß ich nur noch die Engländer loswerden. Ich muß Zeit gewinnen. Überlegen. Vorsichtig sein.

Er sagte: «Sie haben vollkommen recht, Mr. Roger. Ich wiederhole meine Frage: Was für 5000 Dollar? Welches ‹Baby Ruth›?»
«Kaufmann Jonas, als wir – und unter ‹wir› verstehe ich uns Boys von der britischen Abwehr in Lissabon – den hysterischen Funkverkehr der Deutschen konstatierten, da verständigten wir sofort M 15 in London ...» – «Wer ist M 15?»
«Der Chef unserer Gegenspionage.»
«Aha», sagte Thomas. Er trank einen Schluck und dachte: ein europäischer Kindergarten. Ein mörderischer europäischer Kindergarten. Ach, lieber Gott, werde ich froh sein, wenn ich diesen lächerlich lebensgefährlichen Kontinent hinter mir gelassen habe.
«Und M 15 funkte: Feuer frei!»
«Ich verstehe.»
«Wir reagierten blitzschnell ...»
«Na klar.»
«... diesen Kaufmann Jonas sollten die Nazis nicht bekommen! Hahaha! Nehmen Sie noch einen Whisky auf Baby Ruths Wohl!»
«Wollen Sie mir nicht endlich sagen, wer Baby Ruth ist?»
«Mrs. Ruth Woodhouse. 65 Jahre alt. Dreivierteltaub. Hat zwei Schlaganfälle und fünf Ehegatten überlebt.»
«Kompliment.»
«Kein Begriff für Sie: Woodhouse-Stahl? Woodhouse-Panzer? Woodhouse-Maschinengewehre? Eine der ältesten amerikanischen Rüstungsdynastien! Nie gehört?»
«Ich fürchte, nein.»
«Arge Bildungslücke, muß ich schon sagen.»
«Sie haben sie geschlossen. Danke.»
«Gern geschehen. Also, dieser Dame gehört die Jacht. Sie hält sich zur Zeit in Lissabon auf. Als wir die Sache mit dem U-Boot herausbekommen hatten, redeten wir mit ihr. Sie stellte uns sofort ihr Schiff zur Verfügung, für 5000 Dollar.» Der Mann, der sich Roger nannte, ging wieder zur Bar. «Es lief alles wie am Schnürchen, Kaufmann Jonas! Ruckzuck!»
Das habe ich heute abend schon einmal gehört, dachte Thomas Lieven und sagte höflich: «Britische Organisation.»
Roger brach in die Alkoholbestände der amerikanischen Rüstungsmillionärin ein wie ein reißender Wolf in eine Schafherde. Dabei amüsierte er sich: «Wir verfolgten jeden Ihrer Schritte, Kaufmann Jonas. Sie wurden dauernd überwacht! Ich lag hier auf der Lauer, im Planquadrat 135 Z. Ich erhielt den Funkspruch, daß die Deutschen Sie beim Flughafen überfallen und entführt hatten. Ich erhielt den Funkspruch, daß der Fischkutter klarmachte. Hahaha!»

«Und was geschieht jetzt?»
«Ruckzuck! Wie am Schnürchen geht das alles. Wir werden natürlich gegen den portugiesischen Steuermann Anzeige erstatten. Wegen grober Fahrlässigkeit. Er ist zweifellos an dem Unfall schuld! Wir haben bereits eine entsprechende Meldung gefunkt. Es wird bald ein Patrouillenboot hier aufkreuzen, das den Steuermann und Ihre beiden deutschen Freunde übernimmt.»
«Was geschieht mit ihnen?»
«Nichts. Sie haben schon erklärt, daß sie nur eine kleine Rundfahrt machen wollten.»
«Und was geschieht mit mir?»
«Ich habe Auftrag, Sie, gegebenenfalls unter Einsatz meines Lebens, sicher in die Villa des britischen Nachrichtenchefs in Portugal zu bringen. Oder wollen Sie lieber mit Ihren deutschen Freunden gehen?»
«Keinesfalls, Mr. Roger, keinesfalls», sagte Thomas Lieven und lächelte verzerrt, indessen er überlegte: Ist das noch Meerwasser auf meiner Stirn – oder schon wieder Angstschweiß?

18

Die Deutschen hatten Thomas Lieven mit einer uralten Limousine aus Lissabon entführt, die Briten brachten ihn in einem neuen Rolls-Royce nach Lissabon zurück. Noblesse oblige.
Er saß im Fond, in einen blauseidenen Morgenrock mit aufgestickten goldenen Drachen gehüllt, dazu passende Pantoffeln an den Füßen. Mehr an Garderobe hatte sich an Bord der «Baby Ruth» nicht auftreiben lassen. Thomas Lievens nasser Anzug und seine Wäsche lagen vorne beim Chauffeur.
Neben Thomas saß Roger, eine Maschinenpistole auf den Knien. Er sprach durch die Zähne: «Keine Furcht, Kaufmann Jonas, es geschieht Ihnen nichts. Die Wagenwände sind gepanzert, die Fenster aus kugelsicherem Glas. Man kann nicht hereinschießen.»
«Und wie, bitte, würden Sie dann unter Umständen hinausschießen?» fragte Thomas. Darauf blieb der britische Agent eine Antwort schuldig.
An dem schlafenden Luxusbadeort Estoril vorbei jagten sie ostwärts, in einen gloriosen Sonnenaufgang hinein. Perlmutterfarben leuchteten Himmel und Meer. Viele Schiffe lagen im Hafen. Heute ist der 9. September, dachte Thomas Lieven. Morgen läuft die «General Carmona» nach Südamerika aus. Werde ich sie erreichen, lieber Gott?

In einem Palmengarten stand die komfortable Villa des britischen Nachrichtenchefs. Sie war im maurischen Stil eingerichtet und gehörte einem Geldverleiher namens Alvarez, der noch zwei weitere, ähnliche Villen besaß. Die eine hatte er an den Nachrichtenchef der deutschen Gesandtschaft vermietet, die andere an den Nachrichtenchef der amerikanischen ...

CASA DO SUL stand in goldenen Lettern über dem Eingang zur Villa der Briten. Ein Butler in gestreifter Hose und grüner Samtweste hielt die schwere schmiedeeiserne Tür auf. Die weißen, buschigen Augenbrauen hatte er hochgezogen. Er verneigte sich stumm vor Thomas. Danach versperrte er die Tür und schritt vor den beiden Besuchern durch eine mächtige Halle, am Kamin, einer Freitreppe und den Ahnenporträts des Herrn Alvarez vorbei, der Bibliothek zu.

In dieser wartete vor einer bunten Bücherwand ein älterer Gentleman, der so wundervoll englisch aussah wie nur jene Herren, denen man auf den Seiten britischer Schneidermagazine begegnet. Seine gepflegte Eleganz, der untadelig sitzende dunkelgraue Flanellanzug, der gepflegte Kolonialoffiziersschnurrbart und die militärisch straffe Haltung dieses Gentlemans erregten Thomas Lievens ehrliche Bewunderung.

«Mission ausgeführt, Sir», sprach Roger zu ihm.

«Gut gemacht, Jack», sprach der Herr in Dunkelgrau, Thomas die Hand schüttelnd. «Guten Morgen, Kaufmann Jonas. Willkommen auf großbritannischem Boden. Ich habe Sie mit Ungeduld erwartet. Einen Whisky auf den Schrecken?»

«Ich trinke niemals vor dem Frühstück, Sir.»

«Ich verstehe. Mann von Prinzipien. Gefällt mir. Gefällt mir sehr.» Der Herr in Dunkelgrau wandte sich an Roger. «Gehen Sie hinauf zu Charley. Er soll Funkverbindung mit M 15 aufnehmen. Code Cicero. Meldung: Die Sonne geht im Westen auf.»

«Jawohl, Sir.» Roger verschwand. Der Herr in Dunkelgrau sagte zu Thomas: «Nennen Sie mich Shakespeare, Kaufmann Jonas.»

«Gerne, Mr. Shakespeare.» – Warum nicht? In Frankreich habe ich einmal einen Kollegen von dir Jupiter nennen müssen, dachte Thomas. Wenn euch so etwas Spaß macht ...

«Sie sind Franzose, Kaufmann Jonas, nicht wahr?»

«Eh – ja.»

«Dachte ich mir sofort! Habe einen Blick dafür. Untrügliche Menschenkenntnis! Vive la France, Monsieur!»

«Danke, Mr. Shakespeare.»

«Monsieur Jonas, wie heißen Sie wirklich?»

Wenn ich dir das sage, erreiche ich mein Schiff nie, dachte Thomas und erwiderte darum: «Es tut mir leid, aber meine Lage ist zu ernst. Ich muß meine wahre Identität verschweigen.»
«Monsieur, ich verbürge mich mit meiner Ehre dafür, daß wir Sie jederzeit sicher nach London bringen, wenn Sie sich bereit erklären, für mein Land zu arbeiten. Wir haben Sie aus den Klauen der Nazis gerettet, vergessen Sie das nicht!»
Das ist ein Leben, dachte Thomas.
Er sagte: «Ich bin erschöpft, Mr. Shakespeare. Ich – ich kann nicht mehr. Bevor ich mich für irgend etwas entscheide, muß ich schlafen.»
«Vollkommen klar, Monsieur. Ein Fremdenzimmer steht für Sie bereit. Betrachten Sie sich als mein Gast.»
Eine halbe Stunde später lag Thomas Lieven in einem bequemen, weichen Bett in einem stillen, gemütlichen Zimmer. Die Sonne war aufgegangen, im Park sangen viele Vögel. Goldene Lichtbahnen fielen durch das vergitterte Fenster. Die Tür war von außen versperrt. Englische Gastfreundschaft, dachte Thomas Lieven, in der ganzen Welt gerühmt. Es geht wirklich nichts über sie ...

19

«Achtung, die Zeit: Beim Gongschlag ist es acht Uhr! Guten Morgen, meine Damen und Herren. Von Radio Lissabon hören Sie die zweiten Frühnachrichten. London: Auch in der vergangenen Nacht setzten starke Bomberverbände der deutschen Luftwaffe ihre konzentrierten Angriffe auf die britische Hauptstadt fort ...»
Heftig atmend, die Hände aneinander reibend, eilte die vollschlanke, schwarzhaarige Konsulin Estrella Rodrigues in ihrem Schlafzimmer auf und ab. Sie sah erschöpft aus. Ihre aufreizend gewölbte Oberlippe zitterte.
Estrella war einem Nervenzusammenbruch nahe. Nicht eine Minute hatte sie in der vergangenen Nacht geschlafen, furchtbare Stunden lagen hinter ihr. Jean, ihr geliebter Jean, war nicht nach Hause gekommen. Sie wußte, daß er seinen geheimnisvollen Freund, diesen französischen Major, zum Flughafen gebracht hatte. Sie hatte mit dem Flughafen telefoniert. Aber dort wußte man nichts von einem Monsieur Jean Leblanc.
Vor ihrem geistigen Auge sah Estrella ihren Geliebten entführt, gefangen, gefoltert, in den Händen der Deutschen, tot! Estrellas Brust hob und senkte sich im Aufruhr ihrer Gefühle. Sie glaubte, zu sterben, zu vergehen ...

Plötzlich kam ihr zu Bewußtsein, daß noch immer das Radio lief. Sie blieb stehen; sie nahm zur Kenntnis, was die Sprecherstimme sagte:
«... rammte in den Morgenstunden des heutigen Tages die amerikanische Jacht ‹Baby Ruth› vor der Dreimeilenzone einen portugiesischen Fischkutter, welcher kenterte. Die Besatzung der Jacht nahm mehrere Schiffbrüchige an Bord. Zur gleichen Zeit orteten Einheiten unseres Küstenschutzes in der Nähe der Unfallstelle ein U-Boot, das sofort tauchte und die Flucht ergriff.
Captain Edward Marks, Kommandant der ‹Baby Ruth›, erstattete gegen den Steuermann des Fischkutters Anzeige wegen grober Gefährdung. Die drei Passagiere des Kutters, zwei Deutsche und ein Franzose ...»
Estrella schrie auf!
«... verweigerten jede Auskunft. Es liegt der Verdacht nahe, daß es sich bei dem Vorfall um ein vereiteltes Entführungsmanöver handelt, in welches mindestens zwei ausländische Geheimdienste verstrickt sind. Eine Untersuchung wurde eingeleitet. Die ‹Baby Ruth› darf bis auf weiteres nicht auslaufen. Sie gehört der amerikanischen Millionärin Ruth Woodhouse, die seit einiger Zeit im Hotel Aviz residiert. Sie hörten Nachrichten. Die Wetteraussichten für heute und morgen ...»
Die Konsulin erwachte aus ihrer Erstarrung. Sie knipste das Radio aus. In höchster Eile zog sie sich an. Jean ... Ihre Ahnung hatte sie nicht getrogen, es war etwas passiert, etwas Arges, etwas Grauenvolles ... Wie hieß diese Millionärin?
Woodhouse. Ruth Woodhouse. Hotel Aviz.

20

Die weißen, buschigen Augenbrauen hochgezogen, betrat der Butler die Bibliothek der luxuriösen «Casa do Sul». Sonor klang seine Stimme, als er dem Chef des britischen Nachrichtendienstes in Portugal meldete: «Senhora Rodrigues ist jetzt eingetroffen, Sir.»
Federnd erhob sich der Mann, der sich Shakespeare nannte. Federnd schritt er der schönen Konsulin entgegen, die nun ein hautenges, weißes Leinenkleid, handbemalt mit Blumen und Vögeln in leuchtenden Farben, ein wenig zu viel Make-up und den Ausdruck eines gehetzten, vollschlanken Edelwildes trug.
Shakespeare küßte ihr die Hand. Der Butler zog sich zurück.
Der Chef des britischen Nachrichtendienstes bot Estrella Platz an.

Außer Atem, heftig wogend, plumpste sie in einen kostbaren Sessel. Die Erregung verschlug ihr die Rede – ein seltenes Phänomen.
Mitfühlend sagte der Mann, dem es gefiel, sich des Namens von Englands größtem Poeten zu bedienen: «Ich habe vor einer halben Stunde mit Mrs. Woodhouse telefoniert. Ich weiß, daß Sie sie aufgesucht haben, Senhora ...»
Immer noch sprachlos, nickte Estrella.
«... Mrs. Woodhouse ist eine – hm – sehr gute Freundin von uns. Sie sagte mir, daß Sie in Sorge um einen – hm – sehr guten Freund leben?»
Estrella ahnte nicht, was sie mit ihren nächsten Worten anrichtete: «In Sorge um Jean, mein Gott, um meinen armen, unglücklichen Jean ...»
«Jean?»
«Jean Leblanc – ein Franzose. Er ist seit gestern verschwunden ... Ich bin schon halb wahnsinnig vor Angst. Können Sie mir helfen ... Wissen Sie etwas von ihm? Sagen Sie mir die Wahrheit, ich flehe Sie an!»
Shakespeare wiegte vielsagend den Kopf.
«Sie verbergen mir etwas!» sprudelte die Konsulin hervor. «Ich fühle es. Ich weiß es! Seien Sie barmherzig, Senhor, sprechen Sie! Ist mein armer Jean in die Hände der elenden Hunnen gefallen? Ist er tot?»
Shakespeare hob eine Hand, die schmal und edel war und weiß wie Milch: «Nicht doch, verehrteste Senhora, nicht doch. Ich glaube, ich habe gute Nachrichten für Sie ...»
«Wirklich, heilige Madonna von Bilbao, wirklich?»
«Wie es sich trifft, hm, hm. Kam vor ein paar Stunden ein Herr zu uns, der sehr wohl jener sein könnte, den Sie suchen ...»
«O Gott, o Gott, o Gott!»
«Der Butler weckt ihn eben. Er wird jeden Augenblick» – es klopfte – «da ist er schon. Herein!»
Die Tür ging auf. Der hochmütige Diener erschien. An ihm vorbei schritt Thomas Lieven in die Bibliothek, in Pantoffeln, mit nackten Beinen, in den orientalischen Morgenrock aus den Beständen der «Baby Ruth» gehüllt.
«Jean!»
Estrellas Schrei zerriß die Luft. Sie stürzte stolpernd über einen Teppich auf ihren Geliebten zu, warf sich an seine Brust, klammerte sich an den Erstarrten, herzte und küßte ihn atemlos und bekannte stammelnd: «O Jean, Jean – mein Einziger, mein Sü-

ßer ... Daß du nur lebst, daß du nur da bist, das macht mich zur glücklichsten Frau der Welt!»
Shakespeare verneigte sich mit einem verständnisinnigen Lächeln. «Ich lasse Sie mit der Senhora allein», erklärte er dezent. «Bis nachher, Monsieur Leblanc.»
Thomas Lieven schloß die Augen. Indessen ihn die Küsse Estrellas wie Hagelkörner trafen, dachte er verzweifelt: Aus! Schluß! Jetzt bin ich geliefert. Leb wohl, Freiheit! Leb wohl, «General Carmona». Leb wohl, schönes Südamerika ...

21

Funker Charley saß in einer Mansardenstube der «Casa do Sul», vor deren Fenster Palmenwedel im Morgenwind wogten. Funker Charley manikürte seine Nägel, als Shakespeare hereingestürzt kam.
«Los. An M 15. Ganz dringend: Echter Name von Kaufmann Jonas ist Jean Leblanc stop erbitten Weisung.»
Charley chiffrierte die Botschaft, schaltete den Sender ein und begann zu morsen.
Inzwischen hatte Shakespeare sich vor einem großen Lautsprecher niedergelassen und eine von sieben Tasten herabgedrückt, über der zu lesen stand:

MIKROPHON BIBLIOTHEK

Es knisterte und knackte. Dann hörte Shakespeare den folgenden Dialog zwischen Thomas und der schönen Estrella mit an:
«... aber wieso habe ich dich in Gefahr gebracht, Liebling? Wieso?»
«Du hättest nie herkommen dürfen!»
«Ich war doch halb wahnsinnig vor Angst und Sorge – ich habe gedacht, ich sterbe ...»
«Du hättest niemals meinen Namen nennen dürfen!»
(Mit schmalen Lippen lächelte Shakespeare.)
«Warum nicht? Warum nicht?»
«Weil meinen Namen niemand wissen darf!»
«Aber du bist doch Franzose! Ein Freund der Engländer – ein Verbündeter ...»
«Trotzdem. Sei jetzt still ...» Schritte erklangen.
«... es wird hier irgendwo doch ganz bestimmt so ein Dings geben ... Ah, da ist es ja schon, unter dem Tisch.»

Ein schrilles Pfeifen kam aus dem Lautsprecher, ein schreckliches Krachen, dann war die Verbindung tot.
Bewundernd sagte Shakespeare: «Gerissener Hund. Hat das Mikro entdeckt und abgerissen!» Wenige Minuten später sah er, daß der Funker mit fliegenden Fingern eine Botschaft aufnahm. «Schon Antwort von M 15?»
Charley nickte. Er dechiffrierte die Antwort aus London. Dabei wechselte sein gesundes Jungengesicht die Farbe. Erblassend sagte er: «Allmächtiger!»
«Was ist?» Shakespeare riß ihm den Zettel aus der Hand. Er las:
von M 15 an shakespeare lissabon – angeblicher jean leblanc heißt in wirklichkeit thomas lieven und ist deutscher abwehragent – hat uns gerade mit gefälschten listen des französischen geheimdienstes hereingelegt – halten sie diesen mann unter allen umständen fest – spezialagent fliegt sogleich mit kuriermaschine zu ihnen – seinen weisungen ist folge zu leisten – ende – ende –
Mit einem kräftigen Fluch schleuderte Shakespeare den Zettel zu Boden und stürzte aus der Mansarde. Er rannte die Treppe zur Bibliothek hinab, immer zwei Stufen auf einmal nehmend.
In der Halle bot sich ihm ein erschreckendes Bild. Die schwere Eingangstür stand ebenso offen wie die Bibliothekstür. Zwischen beiden lag eine reglose Gestalt mit dem Gesicht nach unten auf einem prächtigen Orientteppich – der vornehme Butler.
Shakespeare rannte in die Bibliothek. Sie war leer. Ein Duft von Parfüm hing noch in der Luft. Shakespeare rannte in den Park hinaus. Auf der Straße startete gerade aufheulend ein rotes Taxi. Shakespeare rannte in die Halle zurück. Der vornehme Butler war eben zu sich gekommen. Er saß auf dem Teppich, stöhnte und massierte seinen Hals.
«Wie war das möglich?»
«Der Mann ist ein Meister im Jiu-Jitsu, Sir. Ich sah ihn, als er mit der Dame aus der Bibliothek kam. Ich trat ihm entgegen, um ihn aufzuhalten. Danach ging alles blitzschnell. Ich flog zu Boden – mir schwanden die Sinne, Sir ...»

22

Das Telefon schrillte – schrillte – schrillte.
Immer noch in Pantoffeln und Morgenrock, kam Thomas Lieven in Estrellas Schlafzimmer geschliddert. Der Chauffeur des roten Taxis und zahlreiche Passanten hatten sich in der letzten Viertel-

Menu · 9. September 1940

Champignons auf Toast · Ungarisches Lecso
Frische Birnen mit Käse

Thomas Lieven kocht ungarisch. Dabei kommt ihm die rettende Idee

Champignons auf Toast: Man nehme feste, kleine Champignons, wasche sie, entferne etwaige Unreinheiten und schneide sie blättrig. Dann dünste man sie in Butter weich, salze und pfeffere sie leicht und häufe sie auf dünne Weißbrotschnitten, die man auf beiden Seiten in Butter gelb angebraten hat. Man beträufle sie mit Zitronensaft und streue etwas feingehackte Petersilie darüber und gebe sie auf gut vorgewärmten Tellern zu Tisch.
Sehr fein ist es, mit den Pilzen etwas feingehackte Schalotte, dann süße oder saure Sahne mitzudünsten, die fertigen Schnitten mit geriebenem Käse zu bestreuen und im Ofen kurz zu überbacken.
Anmerkung: Thomas Lieven hat sich für die erste Art der Zubereitung entschieden, weil er vor dem etwas massiven Hauptgericht nur einen leichten Appetithappen reichen will.

Ungarisches Lecso: Man schneide ein halbes Pfund Zwiebeln auf Ringe, je hundert Gramm durchwachsenen Speck und derbe Knoblauchwurst auf kleine Würfel und ein Pfund Hammelfleisch in etwas größere Stücke. Man entkerne zwei Pfund grüne Paprikaschoten, schneide sie in fingerlange und -breite Streifen und häute ein Pfund Tomaten ab.
Man schmore Zwiebeln, Speck und Wurst zusammen an, gebe dann das Fleisch dazu, das auf allen Seiten angebraten wird. Dann füge man die Paprikastreifen dazu und etwas später die Tomaten. Das Gericht soll mit geschlossenem Deckel auf kleiner Flamme langsam dünsten, bis alles ganz weich ist. Eine halbe Stunde, bevor man es zu Tisch geben will, füge man einen halben Tassenkopf voll Reis hinzu, der nur dazu dienen soll, den Saft leicht zu binden. Verwendet man mehr Reis, so gibt es einen pappigen Brei. Man würze mit Salz und rotem Paprika. Zum Lecso reiche man geschnittenes Weißbrot.

Frische Birnen mit Käse: Man nehme reife, feste und doch saftige Birnen und reiche dazu einen nicht zu strengen vollfetten Käse. Am besten Gervais oder Bel Paese. Man schäle sich bei Tisch eine Birne, schneide sie auf mundgerechte Schnitze und verzehre jeden Schnitz zusammen mit einem Stückchen Käse. Diese Zusammenstellung von frischem Obst mit Käse ist ein besonders angenehmer und bekömmlicher Abschluß nach einem schweren und scharfen Essen

---

stunde über seine seltsame Bekleidung ebenso gewundert wie Estrellas Stubenmädchen, aber das war dem lebenslang mit größter Eleganz gekleideten Thomas egal. Ihm war jetzt alles egal! Er wußte: nun ging es um seinen Hals!
Er riß den Hörer hoch: «Hallo?»
Dann lächelte er erleichtert, denn er kannte die Stimme, die sich

meldete. Sie gehörte einem Freund, dem einzigen Freund, den er jetzt noch hatte.
«Leblanc, hier ist Lindner ...»
«Gott sei Dank, Lindner, ich wollte Sie auch gerade anrufen. Wo sind Sie?»
«Im Hotel. Hören Sie, Leblanc, ich versuche seit Stunden, Sie zu erreichen.»
«Jaja, schon gut. Ich hatte ein unangenehmes Erlebnis – *mehrere* unangenehme Erlebnisse ... Lindner, Sie müssen mir helfen ... Ich muß mich verstecken, bis unser Schiff geht ...»
«Leblanc!»
«... man darf mich nicht mehr sehen, ich ...»
«Leblanc! Lassen Sie mich endlich reden!»
«Bitte.»
«Unser Schiff geht nicht.»
Thomas sank auf das Bett der Konsulin, die hinter ihn getreten war und angstvoll ihre kleine Faust an den aufregenden Mund preßte. Thomas ächzte: «Was sagen Sie?»
«Unser Schiff geht nicht!»
Schweiß trat auf Thomas Lievens Stirn. «Was ist passiert?»
Die Stimme des Wiener Bankiers klang hysterisch: «Ich hatte schon seit Tagen ein böses Gefühl. Unsere Reederei betrug sich so eigenartig – ich habe es Ihnen verschwiegen, um Sie nicht zu beunruhigen. Heute morgen habe ich es erfahren ...»
«Was erfahren?»
«Unser Schiff ist von den Deutschen gekapert worden!»
Thomas schloß die Augen.

«Was ist – was ist ...?» rief die arme Konsulin bebend.
Thomas stöhnte in die Muschel: «Und – und ein anderes Schiff?»
«Unmöglich! Auf Monate hinaus alles ausgebucht! Wir dürfen uns nichts vormachen, Leblanc, wir sitzen in Lissabon fest – hallo – Leblanc, haben Sie mich verstanden?»
«Jedes Wort», sagte Thomas Lieven. «Sie hören von mir, Lindner. Leben Sie wohl – wenn Sie das unter den Umständen noch können.» Er legte auf und stützte den Kopf in die Hände. Plötzlich roch er wieder das Chloroform. Plötzlich war ihm wieder übel. Er fühlte sich schwindlig und zu Tode erschöpft.
Was jetzt?
Nun saß er in der Falle. Nun konnte er nicht mehr damit rechnen, ihnen zu entkommen, den Deutschen, den Engländern, den Franzosen – allen, die er hereingelegt hatte.

«Jean! Jean!» Die Stimme der schönen Konsulin drang an sein Ohr. Er blickte auf. Sie war neben ihm in die Knie gesunken, zitternd und schluchzend. «Sprich doch! Sag doch ein Wort! Erzähle deiner armen Estrella, was geschehen ist!»

Er sah sie schweigend an. Dann erhellte sich sein Gesicht, und seine Stimme klang sanft: «Schick das Mädchen fort, Liebling.»

«Das Mädchen ...»

«Ich will mit dir allein sein.»

«Aber das Mittagessen ...»

«Ich koche selber», sagte Thomas Lieven und stand auf wie ein Boxer, der, angeschlagen zwar, aber noch lange nicht k. o., zur nächsten Runde antritt. «Ich muß mir jetzt alles ganz genau überlegen. Und beim Kochen kommen mir die besten Gedanken.»

Er kochte ungarisches Lecso. Versunken schnitt er ein halbes Pfund Zwiebeln zu Ringen, sanft und still entkernte er zwei Pfund grüne Paprikaschoten.

Die Konsulin beobachtete ihn dabei. Sie war so nervös, daß sie andauernd an ihrem Armband drehte, einem äußerst kostbaren Schmuckstück aus schwerem Gold, das besetzt war mit lupenreinen Brillanten. Estrella rief kopfschüttelnd: «Deine Ruhe – deine Gelassenheit! Daß du jetzt kochen kannst ...»

Er lächelte verhalten. Sein Blick fiel auf das breite Armband, dessen Steine im Licht funkelten und glühten, weiß, blau, grün, gelb und rot. Er schnitt die Paprikaschoten zu fingerlangen Streifen.

«Warum sprichst du nicht, Jean?»

«Weil ich nachdenke, mein Herz.»

«Jean, willst du dich mir nicht anvertrauen? Willst du mir nicht die Wahrheit sagen? Warum fühlst du dich von allen Seiten bedroht? Warum hast du auch vor den Engländern Angst?»

Er begann, Tomaten zu häuten. «Die Wahrheit, mein Herz, ist so fürchterlich, daß ich sie nicht einmal dir anvertrauen kann.»

«Oh!» Ganz schnell drehte sie jetzt ihr Armband; es leuchtete und glühte wie Feuer. «Aber ich will dir doch helfen, ich will dich doch beschützen – vertraue mir, Jean. Ich tue alles für dich.»

«Alles? Wirklich alles?»

«Wirklich alles, mein Leben!»

Er ließ die Tomate sinken, die er in der Hand hielt. Sein Gesicht nahm einen Ausdruck inniger Zärtlichkeit und stiller Zuversicht an. «Nun gut», sprach Thomas Lieven freundlich, «dann wollen wir uns nach dem Mittagessen noch ein Stündchen ausruhen, und dann zeigst du mich an.»

Wen wundert es, daß diese Worte eine umwerfende Wirkung erzielten? Estrella, die Schöne, verstummte. Mit großen Augen und weit aufgerissenem Mund starrte sie Thomas Lieven an.
«Was hast du gesagt?» keuchte sie, als sie die Sprache wiedergefunden hatte. «Was soll ich tun? Dich anzeigen? Wo? Bei wem?»
«Bei der Polizei, mein Schatz.»
«Aber warum denn, um Himmels willen?»
«Weil ich dich bestohlen habe, Liebling», antwortete Thomas Lieven. «Wo ist denn bloß die Knoblauchwurst?»

ZWEITES BUCH

1. Kapitel

1

9. September 1940
Aus dem Tätigkeitsbericht des 17. Lissabonner Polizei-Reviers in der Avenida E. Duarte Pacheco:
15 Uhr 22: Anruf aus dem Hause 45 Rua Marques da Fronteira. Frauenstimme bittet dringend um Hilfe gegen Dieb. Die Sergeanten Alcantara und Branco mit Stationswagen losgeschickt.
16 Uhr 07: Sergeanten Alcantara und Branco kehren zurück und bringen mit:
a) Estrella Rodrigues, röm.-kath., verwitwet, geboren 27. 3. 1905, port. Staatsbürgerin, Konsulin von Costarica, wohnhaft 45 Rua Marques da Fronteira.
b) Jean Leblanc, protest., ledig, geb. 2. 1. 1910, franz. Staatsbürger, Bankier, zur Zeit ohne festen Wohnort (Flüchtling, portug. Durchreisevisum).
Estrella Rodrigues erklärt zur Sache: «Ich verlange die Festnahme des Jean Leblanc, der mich bestohlen hat. Ich kenne Leblanc seit zwei Wochen. Er hat mich häufig in meiner Villa besucht. Seit fünf Tagen vermisse ich ein schweres goldenes Armband (achtzehnkarätig, feingliedrig, 150 Gramm, mit kleinen und großen Brillanten), hergestellt von dem Juwelier Miguel da Foz in der Rua Alexandre Herculano. Kaufwert: etwa 180 000 Escudos. Ich

habe Leblanc den Diebstahl auf den Kopf zugesagt, und er hat ihn auch zugegeben. Ich habe ihm eine letzte Frist bis heute 12 Uhr mittag gesetzt, mir mein Eigentum wiederzugeben. Er hat dies nicht getan.»

Der Ausländer Jean Leblanc, zur Sache einvernommen: «Ich habe das Armband nicht gestohlen, sondern nur im Auftrag der Senhora Rodrigues an mich genommen, um es zu verkaufen. Ich habe es ihr längst zurückgegeben, weil ich keinen Käufer fand.»

FRAGE: «Die Senhora Rodrigues sagt, daß sie es nicht mehr besitzt. Können Sie es herbeiholen oder kennen Sie den Verwahrungsort des Armbands?»

ANTWORT: «Nein, denn die Senhora Rodrigues hat es versteckt, um mir zu schaden. Sie will, daß ich verhaftet werde.»

FRAGE: «Warum?»

ANTWORT: «Eifersucht.»

BEMERKUNG: Der Ausländer Leblanc macht bei der Vernehmung einen undurchsichtigen, unverschämten und arroganten Eindruck. Gelegentlich ergeht er sich in drohenden Andeutungen. Er beleidigt die Klägerin in ihrer weiblichen Würde und beschimpft den vernehmenden Kommissar in unflätiger Weise. Zuletzt spielt er den Irren, lacht, redet Unsinn und singt französische Spottlieder.

Sergeanten Alcantara und Branco erklären: «Bei der Festnahme hat der Ausländer Widerstand geleistet. Es mußten ihm Handschellen angelegt werden. Bei seinem Abtransport stellten wir fest, daß sich auf der Straße vor der Villa mehrere verdächtige Subjekte herumtrieben, die jede unserer Aktionen genau verfolgten.»

BEMERKUNG: Es ist anzunehmen, daß der Ausländer Leblanc in Beziehungen zur Unterwelt von Lissabon steht. Er wird festgenommen und über Nacht im Reviergefängnis eingesetzt. Morgen früh wird er mit dem Gefangenentransportwagen auf das Polizeipräsidium übergeführt und dem Dezernat Diebstahl zur Verfügung gestellt werden.

2

Es war beinahe sechs Uhr abends, als die schöne, wenn schon nicht sonderlich intelligente Konsulin und Deutschenhasserin Estrella Rodrigues, gleichermaßen erschöpft und erregt, in die Rua Marques da Fronteira zurückkehrte. Sie benutzte ein Taxi.

Heftig atmend, mit fiebrig glänzenden Augen und hektisch gerö-

teten Wangen saß sie im Fond. Es hat funktioniert, wie Jean es wünschte und voraussah. Aber, mein Gott, in was für Situationen bringt mich dieser wilde, wunderbare, rätselhafte Mensch ...
Sie haben ihn eingesperrt. Im Gefängnis ist er in Sicherheit vor seinen Verfolgern. Doch warum *wird* er verfolgt? Er hat es mir nicht gesagt, er hat mich geküßt und gebeten, Vertrauen zu ihm zu haben.
Ach, was bleibt mir noch anderes übrig? Ich liebe ihn doch so! Er ist ein tapferer Franzose. Weiß Gott, in welcher geheimen Mission er sich hier aufhält! Ja, vertrauen will ich ihm und alles tun, was er mir aufgetragen hat: das goldene Armband in dem Versteck im Keller lassen; jeden Tag zum Hafen fahren und versuchen, eine Schiffspassage für ihn zu buchen, und mit niemandem über ihn zu sprechen. Wenn es mir gelingt, eine Passage nach Südamerika zu buchen, dann will ich zum Untersuchungsrichter eilen, das Armband vorweisen, erklären, daß ich es nur verlegt hatte, und meine Anzeige zurückziehen ... Ach, wie furchtbar werden nun die Tage und Nächte ohne ihn sein, ohne Jean, meinen süßen Geliebten! –
Das Taxi hielt. Die Konsulin stieg aus und bezahlte den Chauffeur. Als sie auf den Eingang ihres Grundstücks zuschritt, trat hinter einer Palme ein blasser, verhärmter Mann hervor, der einen abgenützten Anzug mit Pfeffer-und-Salz-Musterung trug. Dieser Mensch zog seinen alten Hut vor Estrella und sprach sie in gebrochenem Portugiesisch an: «Senhora Rodrigues, ich muß Sie dringend um eine Unterredung bitten.»
«Nein, nein», rief die üppige Konsulin zurückweichend.
«Doch, doch», widersprach er, ihr folgend, die Stimme senkend, «es handelt sich um Jean Leblanc.»
«Wer sind Sie?»
«Mein Name», erwiderte er, «ist Walter Lewis. Ich komme aus London.» Daß er aus London kam, stimmte. Er war vor einer Stunde gelandet. Daß er Walter Lewis hieß, stimmte nicht. Er hieß Peter Lovejoy, und er war derselbe Lovejoy, der von seinem Chef M 15 losgeschickt worden war, um diesem elenden Burschen Thomas Lieven endlich das Handwerk zu legen ...
«Was wollen Sie von mir, Mr. Lewis?»
«Wissen, wo Monsieur Leblanc ist.» – «Was geht Sie das an?»
Der Mann, der sich gerade Lewis nannte, bemühte sich, Estrella mit Blicken aus glanzlosen, von schlechter Bezahlung und schlechter Ernährung melancholisch getrübten Augen zu bannen. «Er hat mich betrogen, er hat mein Land betrogen. Er ist ein Schuft ...»

«Schweigen Sie!»
«... ein Subjekt ohne Ehrgefühl, ohne Moral, ohne Charakter ...»
«Verschwinden Sie, oder ich schreie um Hilfe!»
«Wie können Sie einem Deutschen helfen? Wollen Sie, daß Hitler den Krieg gewinnt?»
«Hit ...» Das Wort blieb der enragierten, nicht eben vom Glück verfolgten Roulettspielerin im schwanenweißen Halse stecken.
«Was haben Sie gesagt?»
«Wie können Sie einem Deutschen helfen?»
«Ein Deutscher? Nein! Nein!» Mit beiden Händen, schwanenweiß, griff die Konsulin sich nach dem Kopf. «Sie lügen!»
«Ich lüge nicht! Thomas Lieven heißt der elende Faschist!»
Indessen sie von heftigem Schwindelgefühl heimgesucht wurde, überlegte Estrella: Jean ein Deutscher? Unmöglich. Unvorstellbar. Nach allem, was ich mit ihm erlebt habe. Dieser Charme. Diese Zärtlichkeit. Dieses ... Nein, er *muß* ein Franzose sein!
Estrella stöhnte: «Unmöglich!»
«Er hat Sie betrogen, Senhora, wie er mich betrogen hat, wie er uns alle betrogen hat. Ihr Jean Leblanc ist ein deutscher Agent!»
«Entsetzlich!»
«Dieses Reptil muß unschädlich gemacht werden, Senhora!»
Die Konsulin warf den schönen Kopf zurück, der schöne Körper straffte sich. «Folgen Sie mir ins Haus, Mr. Lewis. Zeigen Sie mir Ihre Beweise! Ich will Tatsachen sehen, nackte, harte Tatsachen! Wenn Sie mir diese liefern, dann ...»
«Dann, Senhora, dann?»
«Dann will ich Rache nehmen! Kein Deutscher soll über Estrella Rodrigues lachen! Keiner, nie!»

3

«Manha» – so lautete das Wort, das Thomas Lieven in den Wochen seiner Haft am häufigsten hören sollte. *«Manha»*, zu deutsch: morgen ... «Morgen», versprachen die Wärter, «morgen», versprach der Untersuchungsrichter, «morgen», trösteten sich die Gefangenen, die seit Monaten darauf warteten, daß etwas, irgend etwas mit ihnen geschehen würde.
Nichts geschah. Aber vielleicht geschah morgen etwas! Wärter, Untersuchungsrichter und Gefangene zuckten fatalistisch die Schultern, lächelten vielsagend und bemühten ein Sprichwort, das als Leitsatz über dem gesamten südländischen Strafvollzug stehen

konnte: *«Eh-eh, ate a manha!»* In sinngemäßer Übersetzung etwa: «Morgen ist morgen, und morgen – ach, du lieber Gott, was kann bis dahin alles passieren, also lassen wir uns überraschen!»
Nach seiner Verhaftung landete Thomas Lieven zunächst im Untersuchungsgefängnis der Kriminalpolizei auf dem «Torel», einem der sieben Hügel, auf denen Lissabon errichtet ist. Der «Torel» erwies sich als ganz arg überfüllt.
Nach wenigen Tagen wurde Thomas Lieven darum in den «Aljube» überstellt, einen mittelalterlichen fünfstöckigen Palast im ältesten Teil der Stadt. Über dem Portal befand sich das Wappen des Erzbischofs Dom Miguel de Castro, der, wie alle Gebildeten wissen, von 1568 bis 1625 in unserm Jammertal geweilt und den scheußlichen alten Kasten als Gefängnis für solche Geistliche etabliert hatte, die sich strafbare Handlungen zuschulden kommen ließen. Es muß, überlegte Thomas Lieven bei seiner Einlieferung, einen hohen Prozentsatz an Strafwürdigen unter dem portugiesischen Klerus des 16. Jahrhunderts gegeben haben, denn der «Aljube» war ein Riesengefängnis!
Hier deponierte jetzt die Polizei ihre Gefangenen, darunter viele unerwünschte Ausländer. Aber es gab auch mindestens ebensoviel Herren, die schlicht gegen völlig unpolitische Paragraphen des portugiesischen Strafgesetzbuches verstoßen hatten. Sie saßen zum Teil in Untersuchungshaft, zum Teil, bereits verurteilt, in Sammelzellen, Einzelzellen und sogenannten «Zellen für begüterte Häftlinge».
Letztere befanden sich in den obersten Stockwerken und waren am komfortabelsten eingerichtet. Alle Fenster blickten auf den Hof. Angrenzend betrieb ein gewisser Herr Teodoro dos Repos eine Koffer- und Taschenfabrikation, was mit gewissen unangenehmen Gerüchen verbunden war, unter denen die unbegüterten Häftlinge in den tieferen Stockwerken, besonders bei heißem Wetter, sehr litten.
Da ließ es sich oben, bei den Begüterten, besser leben! Sie bezahlten ihre Zimmermiete pro Woche – wie in einem ordentlichen Hotel. Die Höhe der Miete wurde errechnet nach der Höhe der Kaution, die der Untersuchungsrichter gefordert hatte. Sie war gesalzen. Wie in einem ordentlichen Hotel wurde für die Begüterten jedoch auch nach besten Kräften gesorgt. Das Personal war bemüht, ihnen jeden Wunsch von den Augen abzulesen. Selbstverständlich gab es Zeitungen und Zigaretten, selbstverständlich konnten die Inhaftierten sich ihr Essen aus nahen, von den Wärtern empfohlenen Speiselokalen herbeibringen lassen.

Thomas, der in Erwartung derartig liebenswürdiger Sitten eine größere Menge Bargeld bei der Gefängnisverwaltung deponiert hatte, hielt es in der Frage der Mahlzeiten so: Jeden Morgen bestellte er Francesco, den dicken Koch, zu sich und sprach mit ihm genau den Küchenzettel des Tages durch. Danach schickte Francesco seinen Gehilfen einkaufen. Der Koch war von «Senhor Jean» hell begeistert: Immer neue Rezepte und kulinarische Tricks brachte der Herr aus Zelle 519 ihm bei.

Thomas Lieven fühlte sich glänzend. Den Aufenthalt im Gefängnis betrachtete er als kleinen, wohlverdienten Erholungsurlaub vor der Einschiffung nach Südamerika.

Daß er von Estrella nichts hörte, beunruhigte ihn nicht im geringsten. Gewiß war die Süße eifrig auf der Suche nach einer Schiffspassage ...

Eine Woche nach seiner Einlieferung erhielt Thomas Lieven einen Zellengenossen. Am Morgen des 21. September 1940 geleitete der freundliche, von Thomas überreichlich gespickte Wärter Juliao den Neuen in die Zelle.

Thomas fuhr auf seiner Pritsche hoch. Noch nie im Leben hatte er einen häßlicheren Menschen gesehen!

Der Neue sah aus wie weiland der Glöckner von Notre-Dame. Er war klein. Er hatte einen Buckel. Er hinkte. Er war völlig kahl. Er hatte ein leichenblasses Gesicht, dabei aber pralle Hamsterbacken, und er litt unter einem nervösen Zucken des Mundes.

«Bom dia», sagte der Bucklige grinsend.

«Bom dia», murmelte Thomas erstickt.

«Mein Name ist Alcoba. Lazarus Alcoba.» Der Neue hielt Thomas eine krallenförmige, schwarzbehaarte Hand hin.

Thomas schüttelte sie voller Schreck und Widerwillen. Er ahnte nicht, daß mit Lazarus Alcoba ein wahrer Freund in sein Leben getreten war – mit einem Herzen treu wie Gold.

Während er sich auf der zweiten Bettstatt wohnlich etablierte, sprach Lazarus Alcoba mit heiserer, eingerosteter Stimme: «Mich haben sie wegen Schmuggel am Wickel, die Schweine – aber diesmal können sie mir nichts nachweisen. Sie werden mich rauslassen müssen, irgendwann. Ich habe keine Eile ... *Eh-eh, ate a manha.*» Er grinste wieder.

«Ich bin auch völlig unschuldig hier», begann Thomas, aber Lazarus unterbrach ihn mit einer liebenswürdigen Handbewegung: «Ja, ja, du sollst ein Brillantarmband geklaut haben. Pure Verleumdung, wie? Tz, tz, tz – die bösen, bösen Menschen!»

«Woher wissen Sie ...»
«Ich weiß alles über dich, Kleiner! Kannst ruhig ‹du› zu mir sagen.» Der Bucklige kratzte sich ausgiebig. «Du bist Franzose. Du bist Bankier. Die Süße, die dich reingerissen hat, ist die Konsulin Estrella Rodrigues. Du kochst gern ...»
«Woher weißt du das?»
«Kleiner, ich habe mir dich doch ausgesucht!»
«Ausgesucht?»
Lazarus strahlte, sein scheußliches Gesicht wurde doppelt so breit dabei: «Klar! Den interessantesten Mann im Kasten. Man will ja schließlich im Knast auch etwas geistige Anregung haben, oder?» Er neigte sich vertraulich vor und tippte auf Thomas Lievens Knie: «Kleiner Hinweis für die Zukunft, Jean: Wenn sie dich wieder eindrehen, dann melde dich sofort beim Hauptwachmeister. Das mache ich jedesmal so!»
«Warum?»
«Ich melde mich sofort bei dem faulen Schwein von Hauptwachtmeister zur Führung der Rapportbücher. Auf diese Weise habe ich Einblick in sämtliche Akten. Bereits nach wenigen Tagen besitze ich intime Kenntnisse über alle meine Mitgefangenen. Ich kann mir also den nettesten Zellenkumpel aussuchen.»
Thomas begann, Gefallen an dem Buckligen zu finden. Er offerierte Zigaretten. «Und warum hast du dir gerade mich ausgesucht?»
«Du bist ein feiner Pinkel, Anfänger zwar leider noch, aber dafür mit guten Manieren. Kann man was lernen. Bankier. Kannst mir ein paar Börsentips geben. Kochst gern. Kann man auch was lernen. Weißt du, man lernt nichts im Leben umsonst ...»
«Ja», sagte Thomas versonnen, «das stimmt.» Und er dachte: Was habe ich schon alles gelernt, seit mich das Schicksal aus meiner friedensvollen Bahn stieß! Wer weiß, was mir noch bevorsteht. Weit, weit hinaus in ein ungewisses Nebelmeer sind meine Sicherheit und bürgerliche Existenz, mein Club in London und meine schöne Wohnung in Mayfair geglitten ...
«Vorschlag», sagte Lazarus. «Wir schmeißen uns zusammen. Du bringst mir alles bei, was du weißt – und ich bringe dir alles bei, was ich weiß. Wie klingt das?»
«Das klingt prima», sagte Thomas entzückt. «Was willst du zu Mittag essen, Lazarus?»
«Ich hätte schon einen Wunsch, aber ich weiß nicht, ob du das kennst ... Der dämliche Küchenbulle kennt es sicher nicht.»
«Na, sag schon!»

Menu · 21. September 1940

Schwäbische Leberspätzle-Suppe
Westfälischer gefüllter Rippenspeer
Kastanien mit Schlagsahne auf badische Art

Hausmannskost: die beste Stärkung vor dreisten Tricks

Schwäbische Leberspätzle-Suppe: Man rühre 60 g Butter schaumig, vermenge sie mit 200 g geschabter Rindsleber, 3 Eiern, einer eingeweichten und ausgedrückten Semmel, 50 g Semmelbröseln, 5 g Majoran, Salz und Pfeffer. Man drücke die Masse durch ein Spätzlesieb in siedendes Wasser und lasse die Spätzle 10 bis 15 Minuten kochen, bis sie oben schwimmen. Man nehme sie mit einem Schaumlöffel heraus, lasse sie abtropfen und gebe sie in einer kräftigen Fleischbrühe zu Tisch.

Westfälischer gefüllter Rippenspeer: Man lasse sich am besten gleich vom Metzger aus einem schönen großen Stück frischen Schweinerücken alle Knochen und Rippen lösen. Man schneide frische Äpfel in Schnitze, vermische sie mit guten Backpflaumen, die man vorher leicht gedämpft hat, gebe ganz wenig geriebene Zitronenschale, einen Schuß Rum und etwas Semmelbrösel darunter. Dies Masse fülle man in das ausgebeinte, gesalzene und gepfefferte Fleisch und nähe es rundherum zusammen.
Man brate den Rippenspeer erst auf allen Seiten schön braun an, lasse ihn dann im Bratofen fertigschmoren. Dazu reiche man Kartoffelpüree.

Kastanien mit Schlagsahne auf badische Art: Man schneide schöne, feste Kastanien auf der runden Seite kreuzweise ein und lasse sie kurz im Bratofen rösten, damit man die harte Schale entfernen kann. Dann lege man sie in kochendes Wasser, bis sich die innere Haut leicht abziehen läßt.
Danach koche man die Kastanien in gesüßter Milch, der ein Stückchen Vanille-Schote zugegeben wurde, bis sie weich, aber nicht verkocht sind. Man drehe sie nun durch den Wolf, und zwar nach Möglichkeit gleich auf die Schale, in der sie serviert werden, damit die lockere Schichtung erhalten bleibt. Man umspritze den Kastanienreis mit Schlagsahne, garniere mit eingemachten Kirschen, die leicht mit Kognak parfümiert werden.

«Verstehst du, ich habe so ziemlich in allen Ländern Europas gearbeitet. Ich bin verfressen, ich gebe es zu. Am liebsten französische Küche. Aber nichts gegen die deutsche! Da habe ich mal in Münster einigen Herren die Taschen geleert und vorher einen gefüllten Rippenspeer gegessen, einen Rippenspeer, sage ich dir also, von dem träume ich heute noch manchmal!» Er verdrehte die Augen und schmatzte. «Wenn's weiter nichts ist», sagte Thomas Lieven sanft.
«Du kennst das Rezept?»
«Ich habe auch mal in Deutschland gearbeitet», erwiderte Thomas und klopfte an die Zellentür. «Also gefüllten Rippenspeer, na

schön. Machen wir uns heute mal einen deutschen Tag. Vorher, würde ich dann sagen, schwäbische Leberspätzle-Suppe und nachher – hm – Kastanien mit Schlagsahne ...»
Der freundliche Wärter namens Juliao steckte den Kopf herein. «Schick mir den Küchenchef», sagte Thomas und drückte Juliao einen Hundert-Escudo-Schein in die Hand. «Ich will mit ihm das Menu für heute zusammenstellen.»

4

«Na, wie schmeckt's? So gut wie damals in Münster?» fragte Thomas Lieven vier Stunden später. An einem sorgfältig gedeckten Tisch saß er in seiner Zelle dem Buckligen gegenüber. Der wischte sich den Mund und stöhnte vor Entzücken: «Besser, mein Kleiner, besser! Nach so einem Rippenspeer traue ich mir zu, sogar dem verehrten Herrn Ministerpräsidenten Salazar die Brieftasche zu ziehen!»
«Einen Schuß mehr Rum hätte der Koch dazugeben sollen.»
«Die Kerle saufen immer alles selber», sagte Lazarus. «Damit ich mich gleich für dieses Essen revanchiere, mein Kleiner, will ich dir einen ersten Hinweis geben.»
«Das ist nett von dir, Lazarus. Noch ein bißchen Püree?»
«Ja, bitte. Schau mal, wir sind begütert, wir haben Penunze. Da ist es kein Kunststück, gutes Essen zu kriegen. Aber was machst du, wenn sie dich einlochen, und du bist pleite? Das wichtigste in der Haft ist die gute Ernährung. Du bekommst sie, wenn du zuckerkrank bist.»
«Aber wie werde ich zuckerkrank?»
«Das will ich dir gerade verraten», erklärte Lazarus mit vollen Hamsterbacken. «Du meldest dich zunächst mal dauernd zur Visite beim Anstaltsarzt. Dir ist einfach dauernd schlecht. In einem glücklichen Moment klaust du dem Doktor eine Injektionsspritze. Dann freundest du dich mit dem Koch an. Gerade dir wird das nie schwerfallen. Den Koch bittest du um etwas Essig. Du willst dein Essen würzen, sagst du. Und dann verlangst du noch ein bißchen Zucker. Für deinen Kaffee.»
«Ich verstehe.» Thomas klopfte. Der Wärter erschien. «Man kann abservieren», sagte Thomas. «Bitte den Nachtisch.»
Lazarus wartete, bis Juliao mit dem Geschirr verschwunden war, dann fuhr er fort: «Essig und Wasser mischst du im Verhältnis eins zu zwei und sättigst die Lösung mit Zucker. Dann spritzt du dir zwei Kubikzentimeter in den Oberschenkel.»
«Intramuskulär?»

«Ja. Aber langsam, um Gottes willen ganz langsam, sonst gibt's eine hübsche Phlegmone!»
«Verstehe.»
«Die Injektion machst du dir eineinhalb Stunden bevor du zum Arzt bestellt bist. In dieser Zeit mußt du dir dein kleines Geschäft verkneifen. Klar?»
«Klar.»
Wächter Juliao brachte den Nachtisch, bekam sein Teil ab und verschwand zufrieden.
Bei Kastanien mit Schlagsahne schloß Lazarus: «Dem Arzt klagst du über grenzenlosen Durst in der Nacht. Sofort entsteht der Verdacht, du könntest Blutzucker haben. Er bittet dich um eine Urinprobe. Du gibst sie ihm bereitwillig. Die Untersuchung zeigt: Tatsächlich schwerer Zucker. Entsprechend gute Ernährung – Gebratenes, Butter, Milch und Weißbrot – ist der Lohn der kleinen Mühe ...»
Solches erfuhr Thomas Lieven am ersten Tag seiner Bekanntschaft mit Lazarus, dem Buckligen. In den folgenden Tagen und Wochen erfuhr er mehr. Einen regelrechten Kursus des Verbrechens und des Zuchthauslebens machte er mit. Mathematisch exakt registrierte sein Gehirn jeden Tip, jedes Rezept, das er erhielt.
Zum Beispiel: Wie bekomme ich schnell hohes Fieber, damit ich aufs Revier gebracht werde, von wo sich leichter entfliehen läßt?
Antwort:
Man nehme ordinäre Kernseife und schabe sie zu feinen Flocken. Eine Stunde vor der Visite schlucke man drei Teelöffel davon. Heftige Kopfschmerzen werden auftreten, Fieber bis zu 41 Grad wird innerhalb von einer Stunde die Folge sein, allerdings auch nur eine Stunde lang anhalten. Für längere Fieberperioden schlucke man Seifenkügelchen.
Oder: Wie simuliere ich Gelbsucht?
Man nehme einen Teelöffel Ruß und zwei Teelöffel Zucker, mische und setze mit Essig an. Lasse über Nacht stehen und trinke das Gemisch am nächsten Morgen auf nüchternen Magen. Nach ein bis zwei Tagen treten Gelbsuchtsymptome auf.
Lazarus sagte: «Wir leben in kriegerischen Zeiten, weißt du, Jean. Vielleicht willst du dich einmal auch vor dem Heldentod zurückziehen. Muß ich weitersprechen?»
«Keineswegs», sagte Thomas Lieven.
Es waren glückliche Wochen. Lazarus lernte perfekt kochen, Thomas lernte perfekt Krankheiten simulieren, die internationale

Ganovensprache und Dutzende von Tricks wie die «Weiße Weste», die «Leihgabe», den «Autokauf», die «Schirmmasche», den «Brillantenerwerb», den «Schadenersatz», den «Maßanzug», die «Intelligenzflucht», den «Abschleppdienst» und viele andere. Er hatte das Gefühl – mein Gott, wie tief war er bereits gesunken! –, daß er alle diese Tricks noch einmal gut gebrauchen könnte. Sein Gefühl sollte sich hundertprozentig bewahrheiten!
Thomas und Lazarus, Lernende und Lehrende zugleich, lebten in Frieden und Eintracht bis zum Morgen jenes grauenvollen, jenes entsetzlichen 5. November 1940 ...

Am Morgen des 5. November 1940 wurde Thomas Lieven – nach langer Zeit wieder einmal – dem Untersuchungsrichter vorgeführt. Dieser Herr hieß Eduardo Baixa, war stets ganz in Schwarz gekleidet und trug einen Zwicker an einem schwarzen Seidenband. Untersuchungsrichter Baixa war ein gebildeter Mensch. Stets sprach er französisch mit Thomas. So auch heute: «Also, was ist los mit Ihnen, Monsieur, wollen Sie endlich gestehen?»
«Ich habe nichts zu gestehen. Ich bin unschuldig.»
Baixa putzte seinen Zwicker: «Tja, dann werden Sie wohl noch lange, lange in Aljube bleiben, Monsieur. Ihre Beschreibung haben wir inzwischen an alle Polizeistellen Portugals weitergegeben. Wir müssen abwarten.»
«Was abwarten?»
«Nun, die Antworten all dieser Stellen. Wir wissen ja nicht, welche Verbrechen Sie in unserem Land noch begangen haben.»
«Ich habe überhaupt keine Verbrechen begangen! Ich bin unschuldig!»
«Nun ja, gewiß, natürlich ... Aber trotzdem, Monsieur Leblanc. Wir müssen es abwarten. Zudem sind Sie Ausländer ...» Baixa blätterte in einem Akt. «Eine seltsame Dame, hm, das muß ich sagen.»
«Wer, bitte?»
«Die Klägerin Senhora Rodrigues.»
Thomas Lieven verspürte plötzlich ein unheimliches Kribbeln entlang der Wirbelsäule. Er fragte mit trockenem Mund: «Wieso seltsam, Herr Untersuchungsrichter?»
«Sie kommt nicht.»
«Das verstehe ich nicht.»
«Ich habe sie vorgeladen. Aber sie kommt nicht.»
«O Gott», sagte Thomas, «es wird ihr doch nichts zugestoßen sein!» Das fehlte mir noch, dachte er.

Wieder in der Zelle, ließ er sofort Francesco, den dicken Koch, rufen.
Strahlend meldete der sich zur Stelle. «Was soll es heute sein, Senhor Jean?»
Thomas schüttelte den Kopf. «Nix kochen. Du mußt mir einen Gefallen tun. Kannst du für eine Stunde aus der Küche weg?»
«Klar.»
«Laß dir in der Gefängnisverwaltung Geld aus meinem Guthaben geben. Kauf zwanzig rote Rosen, nimm ein Taxi und fahr zu der Adresse, die ich dir aufgeschrieben habe. Da wohnt eine Senhora Estrella Rodrigues. Ich bin in großer Sorge um sie. Vielleicht ist sie krank. Erkundige dich, frage, ob du helfen kannst!»
«Ist gut, Senhor Jean!» Der dicke Koch verschwand.
Eine gute Stunde später kehrte Francesco zurück. Er machte einen beklommenen Eindruck. Als er mit einem herrlichen Strauß von zwanzig blutroten Rosen in die Zelle trat, wußte Thomas sogleich, daß etwas Fürchterliches passiert war.
«Die Senhora Rodrigues ist fort», sagte der Koch.
Thomas plumpste auf seine Bettstatt.
«Was heißt fort?» forschte Lazarus.
«Heißt was es heißt, Trottel», gab der Koch zurück. «Fort. Weg. Abgereist. Verschwunden. Nicht mehr da.»
«Seit wann?» fragte Thomas.
«Seit fünf Tagen, Senhor Jean.» Der Koch betrachtete Thomas mitleidig. «Die Dame scheint auch nicht wiederkommen zu wollen, wenigstens, hm, nicht so bald.»
«Warum glaubt du das?»
«Sie hat alle Kleider mitgenommen, ihren Schmuck, ihr Bargeld.»
«Sie hatte doch überhaupt keines!»
«Der Safe stand offen ...»
«Der Safe?» Thomas schwankte. «Wie bist du an den Safe herangekommen?»
«Das Stubenmädchen führte mich durchs ganze Haus. Niedliches Mischblut, also wirklich, meine Herren! Erste Klasse! Solche Augen!» Der Koch vollführte eine entsprechende Bewegung vor der Brust.
«Das ist Carmen», murmelte Thomas.
«Carmen, ja. Ich gehe heute abend mit ihr ins Kino. Sie führte mich ins Ankleidezimmer – alle Schränke leer – ins Schlafzimmer – der Safe leer ...»
Thomas ächzte: «Ganz leer?»
«Ganz leer, ja. Ein niedliches, schwarzes Seidenhöschen hing über

der offenen Stahltür – das war alles. O Gott, ist Ihnen nicht gut, Senhor Jean? Wasser ... Trinken Sie einen Schluck Wasser.»
«Hinlegen, ruhig auf den Rücken legen», riet Lazarus.
Tatsächlich sank Thomas auf sein Lager zurück. Er lallte: «In dem Safe lag mein Geld, alles, was ich besitze, mein ganzes Vermögen ...»
«Weiber. Immer der Ärger mit den Weibern», brummte Lazarus ergrimmt. «*Und* kein Mittagessen!»
«Aber warum?» flüsterte Thomas. «Warum bloß? Ich habe ihr doch nichts getan ... Was sagt Carmen? Weiß sie, wo die Senhora ist?»
«Carmen sagt, sie ist nach Costarica geflogen.»
«Allmächtiger Vater», stöhnte Thomas.
«Carmen sagt, die Villa soll verkauft werden.»
Thomas brüllte plötzlich los wie wahnsinnig: «Fummle mir nicht dauernd mit den verfluchten Rosen vor der Nase herum!» Er nahm sich zusammen. «Entschuldige, Lazarus. Reine Nervensache. Und – und keine Nachricht für mich? Kein Brief? Nichts?»
«Doch, Senhor.» Der Koch holte zwei Kuverts aus der Tasche. Der erste Brief stammte von Thomas' Freund, dem Wiener Bankier Walter Lindner:

Lissabon, 29. Oktober 1940

Lieber Herr Leblanc!
Ich schreibe diese Zeilen in größter Eile und tiefster Unruhe. Es ist jetzt 11 Uhr. In zwei Stunden geht mein Schiff, ich muß an Bord. Und noch immer kein Lebenszeichen von Ihnen! Mein Gott, wo stecken Sie bloß? Sind Sie noch am Leben?
Ich weiß nur, was Ihre unglückliche Freundin, die Konsulin, mir erzählte: daß Sie am 9. September, nach dem Telefongespräch mit mir, fortgegangen und niemals wiedergekommen sind.
Arme Estrella Rodrigues! Hier haben Sie einen Menschen, der Sie von ganzem Herzen liebt. Wie hat sie sich um Sie gegrämt, wie hat diese Frau um Sie gebangt! Täglich war ich mit ihr zusammen, seit es mir gelang, für uns eine Schiffspassage nach Südamerika zu buchen. Von Tag zu Tag hofften wir, eine Spur von Ihnen zu finden – umsonst.
Diese Zeilen schreibe ich in der Villa Ihrer schönen, verzweifelten Freundin. Weinend steht sie neben mir. Auch heute – am letzten Tag – kein Lebenszeichen. Ich schreibe diese Zeilen immer noch in der Hoffnung, daß Sie wenigstens noch leben und eines Tages hierher, in dieses Haus, zu dieser Sie so innig liebenden Frau zu-

rückkehren können. Wenn der Himmel das gibt, dann werden Sie meinen Brief vorfinden.
Ich werde für Sie beten. Immer noch auf ein Wiedersehen hofft Ihr sehr ergebener Walter Lindner.

Das war der erste Brief.
Thomas ließ ihn zu Boden fallen. Er rang nach Luft. Sein Schädel schmerzte plötzlich zum Zerspringen.
Warum hat Estrella meinem Freund nicht gesagt, wo ich bin? Warum ist sie nicht hergekommen und hat mich rausgeholt, wie es besprochen war? Warum hat sie das getan? Warum, warum?
Darauf gab der zweite Brief Antwort.

Lissabon, 1. November 1940

Elender Schuft!
Nun hat Dein Freund Lindner das Land verlassen. Nun gibt es niemand mehr, der Dir helfen könnte. Nun will ich meine Rache vollenden.
Du siehst mich nie wieder. In wenigen Stunden bringt mich ein Flugzeug nach Costarica.
Dein Freund hat Dir einen Brief geschrieben. Ich lege meinen daneben. Eines Tages wird der Untersuchungsrichter nach mir forschen. Dann wirst Du beide Briefe erhalten.
Für den Fall, daß der Untersuchungsrichter, was sehr wahrscheinlich ist, die beiden Briefe vorher liest, erkläre ich noch einmal: Du hast mich bestohlen, Du Lump!
Und ich erkläre auch (gewiß interessiert es Sie, Herr Untersuchungsrichter!), warum ich Dich nun für immer verlasse: weil ich erfahren habe, daß Du Deutscher bist, ein deutscher Geheimagent, ein gemeiner, gewisserloser, skrupelloser, geldgieriger, zynischer deutscher Schuft! Oh, wie ich Dich hasse, Du Hund! E.

5

«Oh, wie ich dich immer noch liebe, du Hund!» stöhnte die leidenschaftliche, vollschlanke Estrella Rodrigues.
Zur gleichen Zeit, da Thomas Lieven in seiner Zelle im «Aljube» zu Lissabon, ein Gefühl arktischer Kälte in der Magengrube, ihren Abschiedsbrief las, saß die schwarzhaarige, hinreißend gebaute Konsulin auf der anderen Seite der Erdkugel im Salon des teuersten Appartements im teuersten Hotel von San José, der Hauptstadt der Republik Costarica.

Estrellas Augen waren gerötet. Mit einem Fächer verschaffte sie sich Kühlung. Ihr Herz pochte unruhig, ihr Atem ging unruhig. Jean, Jean, ohne Unterlaß muß ich an dich denken, du elender Hund, der Thomas Lieven heißt, du elender Lügner, der mich betrogen hat ... Mein Gott, und ich liebe dich so!
Die Konsulin, konfrontiert mit diesem tragischen Sachverhalt, stürzte einen doppelten costaricanischen Kognak todesmutig in die schöne Kehle. Schaudernd schloß sie sodann die Augen, schaudernd erinnerte sie sich der jüngsten Vergangenheit.
Noch einmal sah sie den englischen Agenten vor sich stehen, der ihr die Wahrheit erzählt hatte, die Wahrheit über Thomas Lieven. Und Estrella sah sich selber, nachdem der Engländer sie verlassen hatte. Sich selber: eine vernichtete, zerschmetterte, zusammengebrochene Frau ...
Zusammengebrochen hatte Estrella Rodrigues sich am Abend des 9. September 1940 zu dem großen Safe in ihrem Schlafzimmer geschleppt. Weinend hatte sie das Kombinationsschloß eingestellt. Bebend die schwere Tür geöffnet. Da lag das Barvermögen dieses Schuftes vor ihr. Reichsmark, Escudos, Dollars. Beinah tränenblind machte die Verratene, tief unglücklich, Inventur.
An diesem Abend erlebten die Besucher der Spielbank Estoril eine echte Sensation!
Mit einem Kapital von rund 20 000 Dollar erschien Estrella Rodrigues, schöner denn je, bleicher denn je, dekolletierter denn je. Sie, den Angestellten und Croupiers als notorische Verliererin bekannt, sie, von Croupiers und Angestellten nachgerade schon bemitleidet, gewann an diesem Abend, gewann, gewann!
Sie spielte wie im Trance mit Thomas Lievens Geld. Sie spielte nur mit Maximum-Einsätzen. Sie spielte die 11. Die 11 kam dreimal nacheinander. Sie spielte die 29 en plein et chevaux. Es kam die 29. Sie spielte das mittlere Dutzend Rot, impair et passe und die 23 en plein et chevaux, alles Maximum. Es kam die 23! Estrella spielte. Estrella gewann, sie konnte setzen, was sie wollte.
Tränen traten in ihre schönen Augen. Neugierig betrachteten Herren im Smoking und Damen mit kostbarsten Nerzstolen diese seltsame Gewinnerin, die bei jedem Gewinn aufschluchzte.
Von den anderen Tischen des Saales mit seinen funkelnden Lüstern, weißgoldenen Riesenspiegeln und kostbaren Gemälden erhoben sich Spieler. Von allen Seiten kamen sie herbei, drängten sich aneinander und starrten die schöne Frau im roten Abendkleid an, die gewann und gewann und dabei immer verzweifelter wurde.

«Sie sind zu schön. Sie haben zuviel Glück in der Liebe! Es wäre ungerecht, wenn Sie auch noch Glück im Spiel hätten!» Diese Worte Thomas Lievens, gesprochen am Abend ihrer Bekanntschaft, brannten wie Feuer in Estrellas Gedächtnis. Zuviel Glück in der Liebe, darum hatte sie immer verloren, und nun – und nun ...

«27, rouge, impair et passe!»

Aufschrei der Menge.

Aufschluchzen Estrellas. Denn sie hatte wieder gewonnen, so viel, wie sich auf einen Schlag im Spielsaal von Estoril mit 27, rouge, impair et passe überhaupt gewinnen ließ.

«Ich – kann – nicht – mehr», ächzte die Schöne. Zwei Diener in Escarpins waren vonnöten, um sie an die Bar zu begleiten. Zwei weitere Diener mit Holzkästchen waren vonnöten, um die Jetongebirge, die sie erspielt hatte, zur Kasse zu schleppen, wo man sie einwechselte. Die Umrechnung ergab einen Betrag im Wert von 82 724 Dollar und 26 Cent. Sage noch einer, unrecht Gut gedeihe nicht! –

Estrella ließ sich einen Scheck geben. In ihrer golddurchwirkten Abendtasche fand sie noch einen 10 000-Escudo-Jeton. Von der Bar warf sie ihn über die Köpfe der Spieler hinweg auf das grüne Tuch eines Tisches. Der Jeton fiel auf Rot. Estrella rief schluchzend: «Für die verratenen Lieben!»

Es kam Rot ...

Es kam Rot, erinnerte sich Estrella Rodrigues, mit tränenfeuchten Augen am 5. November 1940 im Salon des teuersten Appartements im teuersten Hotel von San José. In San José war es halb zehn Uhr morgens costaricanischer Zeit. In Lissabon war es halb ein Uhr mittags portugiesischer Zeit. In Lissabon trank Thomas Lieven auf seinen furchtbaren Schrecken hin einen ersten doppelten Kognak. In San José trank die schöne Konsulin schon den zweiten Doppelten des Tages. Den ersten hatte sie gleich nach dem Frühstück gekippt.

Sie kippte in den letzten Tagen immer öfter, immer früher, immer lieber. Sie litt unter einem schrecklichen Herzflattern. Sie mußte einfach trinken!

Denn wenn sie nicht trank, konnte sie die Erinnerung an Jean, den süßen einmaligen, wunderbaren Jean – diesen Hund, diesen Barbaren! – überhaupt nicht mehr ertragen. Mit Kognak ging es noch einigermaßen. Nun war sie reich, nun hatte sie keine Sorgen mehr. Niemals würde sie ihren Geliebten wiedersehen. Die Schmach, sich ihm hingegeben zu haben, war abgewaschen.

Mit zitternden Fingern holte Estrella aus ihrer Krokodillederertasche einen goldenen Flakon hervor und schraubte ihn auf. Mit zitternden Fingern füllte sie von neuem ihr Glas. Und indessen neue Tränen zu fließen begannen, rief sie in den prunkvollen, leeren Salon hinein: «Niemals, niemals werde ich diesen Mann vergessen!»

6

«Niemals», sagte Thomas Lieven, «niemals werde ich diese Frau vergessen!»
Perlmutterfarben sank die Abenddämmerung herab auf Lissabon. Wie ein gereizter Tiger lief Thomas Lieven in der Zelle hin und her.
Er hatte Lazarus reinen Wein eingeschenkt. Lazarus wußte nun, wie Thomas in Wahrheit hieß, was er angestellt hatte, was ihm bevorstand, wenn ihn der deutsche oder der britische oder der französische Geheimdienst erwischte.
Eine Zigarette rauchend, betrachtete der Bucklige seinen Freund besorgt und sprach: «Entsetzlich, so eine Hysterikerin! Und dazu weiß man bei so einer Person nie, was ihr noch alles einfällt!»
Thomas hielt vorübergehend in seinem munteren Gelaufe inne. «Das ist es ja! Morgen schreibt die Dame vielleicht einen Brief an den Polizeipräfekten und schiebt mir einen unaufgeklärten Mord in die Schuhe!»
«Oder mehrere.»
«Bitte, was?»
«Oder mehrere unaufgeklärte Morde.»
«Ach so, ja. Nein, nein, meine Lage ist vollkommen verzweifelt! Das verfluchte Armband hat sie natürlich auch mitgenommen! Es wird sich nie mehr finden! Ich kann hier sitzen, bis ich verschimmle.»
«Ja», sagte Lazarus, «und darum mußt du schnellstens raus hier.»
«Raus hier?»
«Bevor sie dir noch mehr antut.»
«Lazarus, das hier ist ein Gefängnis!»
«Na, wenn schon!»
«Mit Gittern und Mauern und schweren Eisentüren! Mit Richtern und Wächtern und Bluthunden!»
«Stimmt. Ganz so leicht, wie du reingekommen bist, wird es darum für dich nicht sein, wieder rauszukommen.»
Thomas setzte sich auf die Bettkante. «Aber gibt es einen Weg?»

«Klar gibt es einen Weg. Wir müssen uns eben ein bißchen anstrengen. Du sagst, du hast Fälschen gelernt?»
«Und wie!»
«Hm. Eine Druckerei haben wir im Keller. Die stellt alle Vordrucke für die Gerichte her. Den richtigen Stempel werden wir auftreiben. Tja, es hängt alles nur von dir ab, Kleiner.»
«Von mir? Wieso?»
«Du wirst dich verändern müssen.»
«In welcher Richtung?»
Lazarus lächelte melancholisch. «In meine Richtung. Du mußt kleiner werden. Du mußt hinken. Du mußt einen Buckel kriegen. Du mußt Hamsterbacken kriegen. Mit dem Mund mußt du zucken. Und natürlich mußt du einen völlig kahlen Schädel haben. Habe ich dich erschreckt, Kleiner?»
«Ga-gar nicht», log Thomas Lieven tapfer. «Was tu-tut man nicht alles für seine Freiheit?»
«Sie ist des Lebens höchstes Gut», erklärte Lazarus. «Nun hör mal genau zu, was ich dir erzähle.»
Er erzählte.
Und Thomas Lieven hörte genau zu.
«Man kommt natürlich immer leichter ins Gefängnis rein als raus», sagte der bucklige Lazarus Alcoba. «Aber *so* schwer ist es auch nicht, wieder rauszukommen!»
«Das freut mich aber!»
«Es ist ein Glück, daß wir in Portugal und nicht in deinem Vaterland sitzen. Bei dir daheim ginge der Trick nicht, da ist alles gut geordnet.»
«So, so. Deutsche Gefängnisse sind die besten der Welt, was?»
«Ich war doch selbst zweimal in Moabit!» Lazarus schlug sich aufs Knie. «Ich sage dir, da können die Portugiesen einfach nicht mit! Sie sind viel zu gemütlich; es fehlt der preußische Pflichterfüllungsgeist, die deutsche Disziplin!»
«Ja, das stimmt.»
Der Bucklige klopfte an die Zellentür. Sogleich erschien der freundliche, von Thomas überreichlich gespickte Wärter Juliao – wie der Etagenkellner in einem guten Hotel.
«Ruf mal den Koch herauf, mein Alter», sagte Lazarus zu ihm. Juliao verschwand mit Verneigungen. Lazarus meinte zu Thomas: «Mit der Küche fängt deine Flucht nämlich an ...»
Etwas später sagte der Bucklige zu Francesco, dem fetten Koch: «Hör mal zu, wir haben doch unten im Keller eine Druckerei, nicht wahr?»

«Ja. Sie druckt alles, was die Justiz an Formularen braucht.»
«Auch Entlassungsbefehle der Staatsanwaltschaft?»
«Sicherlich.»
«Kennst du einen von den Häftlingen, die da unten drucken?»
«Nein, warum?»
«Wir brauchen so einen Entlassungsbefehl.»
«Ich kann ja mal rumhören», sagte der Koch.
«Na, dann hör mal rum», sagte jetzt Thomas Lieven. «Für den Betreffenden, der uns den kleinen Gefallen tut, ist eine Woche gutes Essen drin.»
Zwei Tage später meldete sich der Koch: «Da wäre einer, aber der will einen ganzen Monat gutes Fressen dafür.»
«Kommt nicht in Frage», sagte Lazarus kalt. «Zwei Wochen. Mehr nicht.»
«Muß ich erst fragen», sagte der Koch.
Als er verschwunden war, sagte Thomas zu dem Buckligen: «Sei doch nicht so geizig! Es ist schließlich mein Geld.»
«Prinzipsache», erwiderte der Bucklige. «Du darfst nicht die Preise verderben. Im übrigen: Es stimmt doch hoffentlich, was du mir erzählt hast, daß du einen Stempel fälschen kannst?»
«Den Stempel, den ich nicht fälschen kann, gibt's nicht. Ich bin beim besten Fälscher des Landes in die Lehre gegangen», erwiderte Thomas und dachte: Ungeheuerlich, wie tief ein Mensch sinken kann – ich bin sogar noch stolz darauf!
Am nächsten Tag kam der Koch und meldete, der Drucker wäre einverstanden.
«Wo ist der Vordruck?»
«Der Drucker sagt, er will erst die zwei Wochen lang das Fressen.»
«Vertrauen gegen Vertrauen», knurrte Lazarus. «Entweder wir kriegen das Formular sofort, oder er soll das Geschäft vergessen.»
Eine Stunde später hatten sie den Vordruck.
Seit seiner Einlieferung meldete Lazarus sich täglich beim Hauptwachtmeister des Gefängnisses zur Führung der Rapportbücher und zur Erledigung des Geschäftsverkehrs. Täglich tippte er Dutzende von Briefen auf der Schreibmaschine. Der Hauptwachtmeister las seine Zeitung und kümmerte sich nicht weiter um ihn. In aller Ruhe konnte der Bucklige also einen Entlassungsbefehl für sich selber ausfüllen. Er tippte seinen Namen, seine Personaldaten und die Nummer seines Aktes. Als Datum setzte er den 15. November 1940 ein, obwohl man erst den 8. November schrieb. Eine gute Woche brauchten Lazarus und Thomas noch

für das, was sie vorhatten. Einen Tag würde außerdem der Brief für den Instanzenweg im Gefängnis brauchen. – Thomas konnte also, wenn alles gutging, am 16. November entlassen werden. Der 16. war ein Samstag, und am Samstag hatte der freundliche Wärter Juliao immer seinen freien Tag, und ... Aber wir müssen der Reihe nach erzählen!

Den Entlassungsbefehl zierte Lazarus zuletzt noch mit der Unterschrift des Oberstaatsanwalts, welche er an Hand eines Briefes, der im Büro angeheftet war, leicht kopieren konnte.

In die Zelle zurückgekehrt, sagte er zu Thomas: «Warst du auch fleißig?»

«Ich habe den ganzen Nachmittag geübt.»

Es war besprochen, daß sich Thomas an Stelle von Lazarus melden sollte, sobald der gefälschte Entlassungsbefehl die Gefängniskanzlei erreichte und der «Häftling Alcoba» aufgerufen wurde. Dazu war es nötig, daß Thomas sich äußerlich soweit wie irgend möglich in diesen verwandelte – eine schwere Aufgabe, wenn man bedenkt, daß Lazarus Alcoba einen Buckel und fast keine Haare mehr auf dem Schädel hatte, daß er Hamsterbacken besaß, kleiner als Thomas war und an einem nervösen Mundzucken litt. Der Bucklige bestand deshalb darauf, daß Thomas täglich übte ...

Thomas stopfte sich nun Brotkugeln zwischen Wangen und Zahnfleisch, wodurch er tatsächlich Hamsterbacken bekam. Dann begann er, nervös mit dem Mund zu zucken. Behindert durch das Brot, versuchte er, die Stimme des Buckligen nachzuahmen.

«Nicht so nuscheln, Kleiner! Und was ist denn das für ein Zucken? Du zuckst ja viel zu weit oben!» Lazarus griff sich an den Mund. «Hier unten zucke ich! Tiefer, Junge, tiefer!»

«Tiefer geht's nicht!» Thomas zuckte, was er konnte. «Die verfluchten Brotkugeln stören!»

«Ohne Brot keine Hamsterbacken! Gib dir nur Mühe, es geht schon tiefer!» Thomas wischte sich den Schweiß von der Stirn. «Das ist aber auch ein Pech mit deinem Maul.»

«Kann nicht jeder so schön sein wie du. Das ist überhaupt erst der Anfang! Warte mal, bis ich dir die Haare absenge.»

«Absenge?»

«Klar! Glaubst du, die geben uns hier Rasiermesser und Schere?»

«Das halte ich nie durch», stöhnte Thomas.

«Quatsch nicht, übe lieber. Mach dich kleiner. Zieh meinen Mantel an, damit du siehst, wie weit du die Knie einknicken mußt. Nimm das Kissen. Mach einen anständigen Buckel damit! Und stör mich nicht, ich muß jetzt mal im Hause rumfragen.»

«Wonach?»
«Wer einen Brief vom Oberstaatsanwalt besitzt. Mit einem Stempel darauf. Damit du ihn nachmachen kannst.»
Während Thomas Lieven den alten Mantel des Buckligen anzog und mit eingeknickten Knien durch die Zelle humpelte, begann Lazarus mit einem Schuh an eine Wand zu klopfen. Er wendete dabei das einfachste aller Klopfalphabete an: a = dreimal, b = zweimal, c = einmal, sodann: d = sechsmal, e = fünfmal, f = viermal, sodann: g = neunmal, h = achtmal, i = siebenmal. Und so weiter.
Lazarus klopfte seine Anfrage hinaus, dann wartete er auf Antwort und sah Thomas zu, der zuckte, nuschelte und das Gehen mit eingeknickten Knien übte.
Nach einer Stunde begann der Zellennachbar zu klopfen. Lazarus lauschte und nickte.
Dann sagte er: «Im dritten Stock sitzt ein Häftling namens Maravilha. Der hat sich den Ablehnungsbescheid der Oberstaatsanwaltschaft auf seinen Antrag auf Haftentlassung aufgehoben. Zum Andenken. Da ist ein Stempel drauf.»
«Na also. Biete ihm eine Woche gutes Essen dafür», nuschelte Thomas, heftig mit dem Mund zuckend.

7

Der November des Jahres 1940 war sehr warm. Man konnte noch im Atlantik schwimmen oder am Strand von Estoril in der Sonne liegen – nach den portugiesischen Vorschriften allerdings nur außerordentlich sittsam bekleidet. Bei den Herren verlangte die Polizei einen kompletten Badeanzug, und bei den Damen waren die Behörden noch strenger.
Am 9. November gegen zwölf Uhr mittags mietete ein säuerlich blickender Herr mit Säbelbeinen bei einem Bootsverleiher am Strand eine sogenannte «Gaivola», einen altmodischen Wassertreter, der aus zwei Holzkufen, einer Art Liegestuhl mit Pedalen dazwischen, und einem Schaufelrad bestand. Sodann radelte er mit eigener Kraft aufs offene Meer hinaus.
Der Herr von etwa fünfzig Jahren trug einen braunen Badeanzug und einen Strohhut. Nach einer Viertelstunde Fahrt sichtete er eine zweite «Gaivola», die weit draußen, mutterseelenallein im milden Seegang des Atlantiks, schaukelte. Auf sie hielt er nun Kurs. Nach einer weiteren Viertelstunde war er nahe genug herangekommen, um den Herrn im Stuhl des zweiten Wassertreters zu

erkennen, der aussah wie ein naher Verwandter von ihm: verbittert und überarbeitet.
Der zweite Herr trug einen schwarzen Badeanzug und rief ihm zu: «Gott sei Dank, ich hatte schon Angst, Sie würden nicht kommen!»
Der Herr im braunen Badeanzug glitt längsseits: «Sie deuteten am Telefon an, es ginge um meine Existenz – also kam ich natürlich.»
Der Schwarze sagte: «Haben Sie keine Sorge, Major Loos, hier draußen kann uns niemand hören. Hier gibt es keine Mikrophone. – Geniale Idee von mir, was?»
Der Braune musterte ihn unfreundlich: «Genial, ja. Was wollen Sie von mir, Mr. Lovejoy?»
Der Agent des britischen Geheimdienstes seufzte: «Ihnen einen Vorschlag zur Güte machen, Major. Es handelt sich um diesen Thomas Lieven ...»
«Dachte ich es mir doch!» Der deutsche Abwehroffizier nickte grimmig.
Lovejoy sagte verbissen: «Sie sind hinter ihm her. Sie hat er reingelegt. Mich hat er reingelegt ... Wir sind Feinde, gut und schön. Wir haben uns zu hassen. Und trotzdem, Major, lassen Sie uns in diesem Fall zusammenarbeiten.»
«Zusammenarbeiten?»
«Major, wir stehen im gleichen Beruf. Ich appelliere an Ihre Kollegialität. Es geht doch wohl zu weit, nicht wahr, daß sich in unserem Metier plötzlich ein blutiger Laie mausert, ein frecher Außenseiter, der die Preise verdirbt und uns lächerlich macht und so tut, als wären wir Idioten!»
Der Major aus Köln sagte dumpf: «Wegen dieses Kerls stehe ich vor dem Hinauswurf!»
«Und ich?» grollte Lovejoy. «Entweder bringe ich ihn nach London – oder sie stecken mich zum Küstenschutz! Wissen Sie, was das heißt? Ich habe eine Frau und zwei Kinder, Major. Sie wahrscheinlich auch.»
«Meine Frau hat sich scheiden lassen.»
«Es ist ja nicht viel, was man verdient, aber wollen wir uns von einem solchen Kerl die Existenz vernichten lassen?»
«Hätte ich ihn damals in Köln nur der Gestapo überlassen! Jetzt ist er verschwunden.»
«Nein, verschwunden nicht.»
«Was?»
«Er sitzt im Gefängnis.»

«Aber ...»
«Ich erkläre Ihnen alles. Er wird nicht ewig drinbleiben. Ich habe jemanden in der Verwaltung bestochen, der meldet mir sofort, wenn er rauskommt.» Lovejoy warf die Arme empor. «Aber was passiert dann? Dann geht das Theater zwischen Ihnen und mir doch nur wieder von neuem los mit Jacht und U-Boot, Chloroform und Revolver! Major, Major, ich bin ganz ehrlich: Ich halte das einfach nicht mehr aus!»
«Denken Sie, meiner Galle macht so etwas Freude?»
«Darum mein Vorschlag: Wir arbeiten zusammen. Wenn er rauskommt, stößt ihm was zu. Ich habe da einen Mann an der Hand, na, Sie wissen ja, für die Dreckarbeit. Dann kann ich nach Hause melden, ihr Deutschen habt ihn umgelegt – und Sie können Ihrem Admiral erzählen, wir Engländer waren es. Sie müssen nicht an die Front, ich muß nicht zum Küstenschutz. Ist das etwa kein Vorschlag?»
«Es klingt zu schön, um wahr zu sein ...» Der Major seufzte abgrundtief. Plötzlich sagte er tonlos: «Haie!»
«Nein!!!»
«Da vorn.» Loos erstarrte. Durch das blaue Wasser kamen zwei steil aufgerichtete Schwanzflossen direkt auf sie zugeschossen. Dann drei. Dann fünf.
«Wir sind verloren», sagte Lovejoy.
«Ruhig Blut. Den toten Mann markieren!» befahl der Major. Das erste Tier hatte sie erreicht, glitt unter die beiden Wassertreter und hob sie spielerisch hoch. Die «Gaivolas» hopsten durch die Luft, klatschten aufs Meer und schwankten wüst. Dann schoß ein neues Tier heran und hob sie wieder hoch.
Der Major flog ins Wasser. Er ging unter, kam hoch und legte sich sofort stocksteif auf den Rücken. Ein Riesenvieh glitt an ihm vorbei, ohne ihn zu beachten, das Maul weit aufgerissen. Der Major, in Zoologie bewandert, machte eine beruhigende Feststellung.
Dann hörte er einen fürchterlichen Schrei und sah, wie sein britischer Kollege durch die Luft gewirbelt wurde und neben ihm landete.
«Lovejoy, hören Sie doch, das sind keine Haie – das sind Delphine!»
«De-De-De ...»
«Ja. Wir sind in ein Rudel geraten ... Delphine tun Menschen nichts, sie spielen nur mit ihnen.»
Das taten sie wirklich. Immer wieder umkreisten und umschwam-

men sie die beiden Herren, gelegentlich sprangen sie, Wasserfontänen hochreißend, auch über sie hinweg.
Die feindlichen Agenten klammerten sich nun an eine Kufe von Lovejoys umgestürzter «Gaivola». Sie versuchten, sie zur Küste hinzustoßen. Lovejoy keuchte. «Ich kriege keine Luft ... Was sagten Sie eben – Loos?»
Ein Riesendelphin hatte sich gerade steil hinter dem Major erhoben, sprang elegant über ihn hinweg und deckte ihn mit einer kleinen Sintflut zu. Der Major spie eine Menge Meerwasser aus, dann schrie er Lovejoy ins Ohr: «Ich sagte: Am liebsten würde ich den Lumpen eigenhändig über den Haufen schießen, wenn er rauskommt!»

8

In Portugal werden nur wenig Kartoffeln gegessen. Trotzdem trieb Francesco, der Gefängniskoch, besonders schöne auf, als sich die begüterten Häftlinge Leblanc und Alcoba für das Mittagsmahl des 15. November Pellkartoffeln bestellten.
Wie man ihm befohlen hatte, kochte Francesco die Kartoffeln in der Schale halbgar und brachte sie sodann, ganz heiß noch, in den fünften Stock empor, wo er sie den Herren Leblanc und Alcoba mit in Essig und Öl eingelegten portugiesischen Sardinen servierte. Wärter Juliao schnitt auf Wunsch der begüterten Häftlinge die nicht ganz weichen Kartoffeln mit einem scharfen Messer in zwei Hälften.
Allein geblieben, ließen beide Herren das Essen stehen. Thomas hatte zu tun. Auf ein Tischchen beim Fenster legte er nebeneinander: den Entlassungsbefehl, den Lazarus mit der Maschine ausgefüllt hatte, und den Brief, in welchem die Oberstaatsanwaltschaft den Antrag des Häftlings Maravilha auf Haftentlassung ablehnte. Dieser Brief trug den Stempel der Oberstaatsanwaltschaft.
In Erinnerung an die wertvollen Lehren des Malers und Paßfälschers Reynaldo Pereira machte Thomas sich an die Arbeit, wobei er den buckligen Lazarus zum interessierten Zuschauer hatte.
Thomas nahm die noch heiße Hälfte einer Kartoffel und drückte die Schnittfläche auf den Stempel der Oberstaatsanwaltschaft. Nach einer Viertelstunde hob er die Kartoffelhälfte ab. Die Schnittfläche zeigte, seitenverkehrt, den Abdruck des Stempels.
«Nun kommt der Haupttrick», sagte Thomas. Die Macht der

Gewohnheit brachte es mit sich, daß er es nuschelnd sagte. Er zuckte auch ein bißchen mit den Mundwinkeln dabei. Das ließ sich seit zwei Tagen nicht mehr ganz nach seinem Belieben abstellen. Man zuckt und nuschelt nicht ungestraft eine Woche lang von früh bis spät. «Gib mal die Kerze her, Lazarus!»
Aus seiner Matratze holte der Bucklige eine Kerze und Streichhölzer hervor, die er im Büro des Hauptwachtmeisters gestohlen hatte. Beides gedachte er auch noch bei der Entfernung von Thomas Haaren in Anwendung zu bringen.
Lazarus zündete die Kerze an. Thomas biß vorsichtig ein Stück von der Unterseite der Kartoffelhälfte ab. Danach hielt er das angebissene Ende über die Kerzenflamme, um die Kartoffel neuerlich zu erhitzen.
«Der Fachmann nennt das: eine Glocke machen», erläuterte er dem ehrfürchtigen Lazarus. – Herrgott, ob ich das alles wohl jemals noch in meinem Club erzählen werde? – «Die Kartoffel erhitzt sich. Du siehst, wie der Abdruck wieder feucht wird. Man sagt: Er kommt zum Leben. Noch ein paar Sekunden, und nun ...» Elegant stülpte Thomas die «Glocke» mit dem feuchten, heißen Stempelabdruck auf den Entlassungsbefehl, dorthin, wo der Stempel zu sitzen hatte. Unter leisem Druck ließ er die Kartoffel eine Viertelstunde lang erkalten. Dann hob er sie ab. Ein genaues Abbild des Originalstempels saß auf dem Entlassungsbefehl.
«Phantastisch!» sagte Lazarus.
«Jetzt wollen wir aber schnell essen», sagte Thomas. «Den Rest können wir nachher erledigen.»
Der Rest sah dann so aus: Am Vormittag hatte Lazarus im Büro des Hauptwachtmeisters viele eben eingegangene Briefe der Oberstaatsanwaltschaft geöffnet. Er öffnete jeden Tag derartige Kuverts. An diesem Vormittag hatte er sich bemüht, einen schlecht verklebten Umschlag besonders sorgfältig zu öffnen. Das war ihm gelungen. Er hatte den Umschlag mitgenommen und eine Tube Klebstoff dazu.
Nach dem Essen faltete Thomas den nun vollständigen Entlassungsbefehl für Lazarus Alcoba sorgfältig zusammen, steckte ihn in das grüne Kuvert, das den Poststempel des Vortages trug, und klebte es sorgfältig wieder zu. Und am Nachmittag legte Lazarus das Kuvert dem Hauptwachtmeister dann unter die Nachmittagspost ...

«Jetzt geht es um die Wurst», sagte der Bucklige an diesem Abend zu Thomas Lieven. «Der Hauptwachtmeister hat meinen Entlassungsbefehl aus dem Verwaltungsbüro schon rüber zur Entlassungsstelle geschickt. Dort werden sie morgen früh ordnungsgemäß einen Entlassungsschein ausstellen, und dann werden sie mich meiner Erfahrung nach so gegen elf Uhr aus der Zelle holen. Das heißt: Dein Haar muß heute nacht runter.»

Das Absengen dauerte eine knappe halbe Stunde – allerdings war es die schlimmste halbe Stunde in Thomas Lievens Leben. Mit gebeugtem Kopf saß er vor Lazarus, der an ihm tat, was man tut, wenn man gerupftes Geflügel absengt. In der rechten Hand hielt er die Kerze, deren Flamme Thomas Lievens Haarsträhne ganz nahe der Wurzel abfraß. In der linken Hand hielt Lazarus einen feuchten Lappen. Mit ihm betupfte er immer wieder blitzschnell den Schädel, damit der Haut nichts passierte. Manchmal tupfte er trotzdem nicht blitzschnell genug ...

Thomas stöhnte vor Schmerz. «Paß doch auf, Idiot, verfluchter!»

Darauf antwortete Lazarus mit dem Hinweis auf ein altes portugiesisches Sprichwort: «Wer Freiheit will, muß leiden, das läßt sich nicht vermeiden!»

Endlich war die Tortur vorüber.

«Wie sehe ich aus?» fragte Thomas erschöpft.

«Wenn du dir Brot in die Backen stopfst und hübsch zuckst, wie mir aus dem Gesicht geschnitten», antwortete Lazarus stolz.

Sie schliefen beide außerordentlich schlecht in dieser Nacht.

Am nächsten Morgen brachte ein fremder Wärter das Frühstück, denn es war Samstag, der 16., und am Samstag hatte, wir sagten es schon, der freundliche Juliao immer seinen freien Tag. Das war Lazarus natürlich schon klar gewesen, als er auf dem Entlassungsbefehl das Datum einsetzte. Der Bucklige nahm dem fremden Wärter das Frühstück in der Tür ab. Thomas Lieven schnarchte noch auf seiner Pritsche, die Decke über den Kopf gezogen.

Nach dem Frühstück schluckte Lazarus drei weiße Pillen und legte sich auf Thomas Lievens Pritsche. Thomas zog den kurzen Mantel des Buckligen an und veranstaltete zwischen acht und zehn noch einmal eine private Generalprobe. Danach behielt er die Brotkugeln endgültig in den Backen und das dicke Kissen zwischen Rücken und Hemd. Er hatte es festgebunden, damit der Buckel nicht verrutschte. Gottergeben zuckte er vor sich hin ...

Um elf kam der fremde Wärter wieder. Lazarus schlief, die Decke über dem Kopf. Der fremde Wärter hielt einen Entlassungsschein in der Hand: «Lazarus Alcoba!»

Mit durchgeknickten Knien erhob sich Thomas und zwinkerte den Wärter zuckend an. «Zu Befehl», nuschelte er.
Der Wärter musterte ihn aufmerksam. Thomas brach der Schweiß aus.
«Sie sind Lazarus Alcoba?»
«Jawohl!»
«Was ist denn mit dem andern los, der pennt ja immer noch!»
«Hat eine schlechte Nacht gehabt», gab Thomas undeutlich bekannt. «Was wollen Sie denn von mir, Herr Wachtmeister?»
«Sie werden entlassen.»
Thomas griff sich ans Herz, stöhnte und sank aufs Bett. Er spielte den Überwältigten. «Ich habe immer gewußt, daß die Gerechtigkeit siegt», nuschelte er.
«Quatschen Sie nicht, kommen Sie mit. Los!» Der Wärter zog ihn hoch – zu hoch beinahe. Thomas sackte wieder in die Knie. – Verflucht, tut das weh! Na, es dauert ja nicht lange. – Er folgte dem fremden Wärter durch weite Korridore in den Verwaltungstrakt des Gefängnisses. Schwere Eisengitter wurden vor ihm auf- und nach ihm wieder zugeschlossen. – Das Zucken ist nicht so schlimm, das geht jetzt schon fast von selber. Aber diese durchgeknickten Knie ... Wenn ich nur keinen Krampf bekomme, wenn ich nur nicht hinschlage ...
Treppen hinauf, Treppen hinab – das halte ich nie durch. Nie!
Wieder Korridore. Der fremde Wärter musterte ihn: «Ist Ihnen heiß, Alcoba? Sie schwitzen ja so. Ziehen Sie den Mantel aus!»
«Nein. Nein, danke. Es – es ist nur die Aufregung ... Im Gegenteil – ich – ich friere ...»
Dann erreichten sie das Entlassungsbüro. Hier gab es eine Holzbarriere, die den Raum teilte. Hinter der Barriere arbeiteten drei Beamte. Vor der Barriere standen noch zwei andere Häftlinge, die entlassen werden sollten. Zweierlei sah Thomas sogleich: daß die Beamten faule Hunde waren, und daß es vor der Barriere keine Sessel gab. Das kann ja gut werden, dachte er schwach. Eine Uhr an der Wand zeigte die Zeit: zehn Minuten nach elf.
Fünf Minuten vor zwölf waren die Beamten mit den beiden Häftlingen immer noch nicht fertig. Vor Thomas Lievens Augen drehten sich bereits feurige Räder; er glaubte jeden Moment ohnmächtig zu werden, so wahnsinnig schmerzten die Knie, und nicht nur die Knie, auch die Waden, die Schenkel, die Knöchel, die Hüften. Unauffällig stützte er sich mit einem Ellbogen auf die Barriere, dann mit beiden. O Himmel, welche Erleichterung, welch süße Wonne ...

«He! Sie da!» kläffte der kleinste Beamte los. «Nehmen Sie gefälligst die Arme von der Barriere! Können Sie die paar Minuten nicht vielleicht noch ordentlich stehen? Faules Gesindel!»
Demütig zuckend, sagte Thomas: «Verzeihung, die Herren.» Und nahm die Arme von der Barriere. Im nächsten Moment fiel er einfach um. Er konnte nicht mehr. Verzweifelt dachte er: Nicht ohnmächtig werden. Nur nicht ohnmächtig werden. Sonst ziehen sie mir den Mantel aus. Und sehen, was los ist. Mit meinen Beinen, mit meinem Buckel ...
Er wurde nicht ohnmächtig, und jetzt, da feststand, daß der arme Häftling infolge der Aufregung einen Schwächeanfall erlitten hatte, bekam er sogar einen Stuhl. Kaum saß er, dachte er: Das hätte ich früher haben können, ich Idiot!
Um halb ein Uhr machten zwei Beamte Mittagspause. Der dritte kümmerte sich endlich um Thomas. Er spannte ein Formular in eine Maschine. Er sprach mild: «Reine Formalität. Ich muß noch einmal Ihre Personalbeschreibung aufnehmen. Damit keine Verwechslung vorkommt.»
Ja, da müßt ihr verflucht aufpassen, dachte Thomas. Seit er sitzen durfte, fühlte er sich wieder ausgezeichnet. Er leierte die Daten seines Freundes herunter, die er auswendig gelernt hatte? «Alcoba Lazarus, ledig, römisch-katholisch, geboren in Lissabon am 12. April 1905 ...»
«Zuletzt wohnhaft?»
«Rua Pampulha 51.»
Der Beamte verglich die Angaben mit den Angaben eines zweiten Formulares und tippte weiter: «Haar ergraut, schütter. – Sie sind aber früh kahl geworden!»
«Mein schweres Schicksal.»
«Hrm! Augen schwarz. Größe? Stehen Sie auf!»
Thomas stand auf und knickte die Knie ein. Der Beamte musterte ihn. «Besondere Kennzeichen?»
«Buckel und dann im Gesicht ...»
«Ja, ja, schon gut. Hrm! Setzen Sie sich wieder.»
Der Beamte tippte und schrieb. Dann führte er Thomas in einen anschließenden Raum und übergab ihn dem Asservatenverwalter. Als Untersuchungsgefangener hatte er seinen Anzug, seine Wäsche und seine geliebte goldene Repetieruhr behalten dürfen. Nun erhielt er den Paß und die Personalpapiere seines Freundes, erhielt Lazarus' Geld, Taschenmesser und Wäscheköfferchen.
«Empfang quittieren», sagte der Asservatenverwalter. Thomas unterschrieb ungelenk: «Alcoba Lazarus.»

Mein letztes Geld und mein schöner falscher französischer Geheimdienstpaß auf den Namen Jean Leblanc sind also beim Teufel, dachte er wehmütig. Mein Freund, der Maler, muß mir rasch einen neuen machen.
Hatte Thomas gehofft, um 14 Uhr 15 endlich, endlich die gräßliche Anstrengung überstanden zu haben, so erwies sich das als Irrtum. Man führte ihn durch endlose Gänge zum Anstaltsgeistlichen. Dieser, ein älterer Herr, sprach sehr innig zu Thomas und war tief gerührt, als der Entlassene plötzlich – offensichtlich erschüttert – bat, die Ermahnungen des Geistlichen kniend anhören zu dürfen ...
Schwankend, mehr taumelnd als gehend, schleppte sich Thomas Lieven zehn Minuten vor drei Uhr portugiesischer Zeit am 16. November 1940 endlich über den Gefängnishof, in dem es nach der Gerblohe des anschließenden Lederwarenbetriebes stank, zum Tor. Zum letztenmal mußte er hier seine Entlassungspapiere vorweisen. Er zuckte schreckenerregend mit dem Mund, und sein Buckel stach schief durch das dünne Mäntelchen.
«Mach's gut, Alter», sagte der Mann, der die schwere Eisentür aufschloß. Durch sie schwankte Thomas Lieven in eine mehr als ungewisse Freiheit hinaus. Er schaffte es noch bis um die nächste Straßenecke. Dann fiel er noch einmal um und kroch auf allen vieren in ein Haustor, setzte sich auf eine Treppe und begann vor Wut und Erschöpfung zu heulen. Sein Paß war weg. Sein Geld war weg. Sein Besitz war weg. Sein Schiff war weg.

9

Noch am gleichen Tag wurde die Flucht des Häftlings Jean Leblanc entdeckt. In seiner Zelle fand der Wärter nur den Häftling Lazarus Alcoba vor, und zwar in einem bleischweren Dämmerschlaf.
Ein sofort herbeigerufener Arzt konstatierte, daß Alcoba nicht simulierte, sondern von schwersten Schlafmitteln betäubt war. Die Diagnose stimmte, nur hatte Lazarus sich selber betäubt, und zwar mit drei Pillen, die er dem Anstaltsarzt anläßlich einer Krankenvisite entwendet hatte ...
Mit Hilfe von Spritzen und schwarzem Kaffee gelang es, den Häftling halbwegs wach zu bekommen und zu vernehmen. Daß es Alcoba und kein anderer war, den man vor sich hatte, erwies sich, als man den kleinen Mann auszog: An seinem Buckel war nicht zu rütteln!

Menu · 16. November 1940

Mosaikbrot
Gefüllte Tomaten

Kalte Küche für heiße Wut

Mosaikbrot: Man köpfe ein Kaviarbrot oder französisches Weißbrot an beiden Enden, hole mit einer Gabel die ganze Krume heraus, ohne die Rinde zu verletzen.
Man braucht zur Füllung 125 g Butter, 100 g Schinken, 100 g gekochte Rinderzunge, ein hartgekochtes Eigelb, 75 g Käse, einen halben Teelöffel Kapern, 25 g Pistazien, etwas Sardellen, Senf, Salz und Pfeffer.
Man verrühre die Butter, zerdrücke das Eigelb, hacke die Pistazien und Kapern, schneide alles andere in kleine Würfel und mische alles leicht mit den Gewürzen. Dann drücke man die Masse fest in das ausgehöhlte Brot, das einige Stunden sehr kalt gestellt werden muß, bevor man es in dünne Scheiben schneidet, die auf einer Platte angerichtet werden. Damit die Platte noch bunter aussieht, garniere man das aufgeschnittene Mosaikbrot mit gefüllten Tomaten.

Gefüllte Tomaten: Man höhle schöne, feste Tomaten aus, bestreue sie innen mit geriebenem Käse und setze in jede ein quer durchschnittenes halbes hartes Ei mit der Schnittfläche nach oben. Man bestreue es mit Salz und Rosenpaprika sowie mit reichlich sehr fein gewiegter Petersilie und Schnittlauch.

Alcoba sagte aus: «Dieser verdammte Leblanc muß mir was ins Frühstück gegeben haben. Der Kaffee schmeckte so bitter. Ich bekam Kopfschmerzen und Schwindel – und dann war ich weg. Ich habe ihm erzählt, daß ich heute entlassen werden sollte. Das wußte ich nämlich vom Hauptwachtmeister, für den ich arbeite.»
Der Tageswärter, mit Alcoba konfrontiert, rief ihm zu: «Aber ich habe doch noch heute morgen mit Ihnen gesprochen, als ich das Frühstück brachte! Und später habe ich Sie doch aus der Zelle geholt!»
Darauf antwortete Lazarus Alcoba mit einer Logik, welche die vernehmenden Beamten bezwang: «Wenn Sie mich heute morgen aus der Zelle geholt hätten, säße ich jetzt nicht mehr hier.»
Es wurde den untersuchenden Herren klar, daß Jean Leblanc als Lazarus Alcoba geflüchtet war. Immer streng logisch, dabei heftig gähnend und noch sehr benommen, konstatierte Alcoba: «Der Entlassungsbefehl lautete aber auf *mich*. Also müssen Sie mich schleunigst entlassen.» – «Nun, hm, das natürlich – aber immerhin, solange die Untersuchung ...»

«Hören Sie mal zu: Entweder ich werde morgen früh entlassen, oder ich teile dem Herrn Oberstaatsanwalt mit, was hier für feine Zustände herrschen!» rief Alcoba.
«Pereira! He, Pereira!» rief Thomas Lieven zur gleichen Zeit. Er klopfte an die Wohnungstür seines Freundes, des Fälschers. Aber es kam keine Antwort.
Entweder ist er wieder besoffen, oder er ist nicht zu Hause, überlegte Thomas, nach seinem Schwächeanfall einigermaßen wiederhergestellt. Dann fiel ihm ein, daß der verkommene Maler seine Wohnung niemals abschloß. Er drückte die Klinke herunter, die Tür ging auf. Durch den dunklen Vorraum schritt Thomas Lieven in das große Atelier, dessen riesenhaftes Fenster letztes Tageslicht hereinließ. Immer noch standen und lagen die gleichen scheußlichen Bilder herum, die Wohnung war so unaufgeräumt wie früher. Volle Aschenbecher, Tuben, Pinsel, Federn, Paletten beunruhigten das Auge durch eine Vielzahl von Farben.
Thomas sah in die Küche. Er fand seinen bärtigen Freund auch dort nicht. Also nicht zu Hause und woanders besoffen?
Das war natürlich dumm. Wie lange pflegte Pereira sich zu betrinken? Eine Nacht? Zwei Tage? Drei? Nach den Erfahrungen, die Thomas mit ihm gemacht hatte, mußte man mit dem Schlimmsten rechnen. Gut Rausch braucht sein Weil'.
Ich muß auf Pereira warten, überlegte Thomas. Meine Flucht ist vielleicht schon entdeckt; ich darf mich nicht auf der Straße zeigen. Dann hielt er sich eine Hand an den Magen. Nanu! Er verspürte Hunger; der Augenblick der allertiefsten Depression schien vorbei zu sein. Er lachte ein bißchen über sich selber. Dabei bemerkte er, daß er immer noch mit dem Mund zuckte. Auch die Knie taten ihm immer noch weh. Nicht daran denken, nur nicht daran denken.
Erst mal sehen, was Pereira in der Küche hatte. Weißbrot, Tomaten, Eier, Käse, Schinken und Zunge, Pistazien, Kapern, Paprika, Pfeffer, Sardellen.
Die bunten Farben regten Thomas an. Ich werde Mosaikbrot und gefüllte Tomaten machen. Auch gleich für Pereira. Er wird etwas Kräftiges brauchen, wenn er heimkommt ...
Thomas begann zu kochen. Als er die Pistazien und Kapern zerhackte, schlug er plötzlich mit dem Messer auf das Brett wie ein Wahnsinniger. Er mußte an Estrella denken. Diese Bestie. Diese Hexe. Diese Teufelin. Thomas köpfte Pistazien – in Gedanken köpfte er Estrella.
Der rote Paprika brachte ihn noch mehr in Rage. Die ganze Welt

hat sich verschworen gegen mich! Alle sind meine Feinde! Was habe ich getan? Ein anständiger Mensch war ich, ein ordentlicher Bürger. Und jetzt ...
Pfeffer dazu! Ordentlich Pfeffer. Brennen soll er wie die Wut in mir!
Ihr Hunde, ihr verfluchten, vom Geheimdienst. Wie weit habt ihr mich gebracht? Im Gefängnis war ich. Aus dem Gefängnis bin ich ausgebrochen. Dokumente fälschen kann ich, mit Gift und Revolver umgehen, mit Sprengstoff und unsichtbarer Tinte. Schießen, morsen, Jiu-Jitsu, boxen, ringen, rennen, springen, Mikrophone einbauen, Gelbsucht, Fieber, Blutzucker simulieren kann ich. Sind das Kenntnisse, auf die ein Privatbankier stolz sein darf?
Kein Mitleid mehr mit irgend etwas oder irgend jemandem. Jetzt ist Schluß! Jetzt habe ich den Kanal voll! Jetzt sollt ihr etwas erleben! Alle! Die ganze Welt!
Jetzt werde ich euch anfallen wie ein hungriger Wolf mit meinen kriminellen Kenntnissen. Jetzt werde *ich* fälschen, simulieren, morsen, Mikrophone einbauen. Jetzt werde *ich* euch bedrohen und betrügen, so wie ihr mich betrogen und bedroht habt. Jetzt fängt *mein* Krieg an. Ein Ein-Mann-Krieg ist das – gegen euch alle. Und es wird keinen Waffenstillstand geben, keine Pakte, keine Bündnisse – mit niemandem.
Und noch mehr Pfeffer. Und noch mehr Paprika. Und Salz dazu. Und zusammengeschlagen die Masse zu einem formlosen Klumpen – so wie ich euch gerne zusammenschlagen würde, euch Hunde ...
Draußen ging die Wohnungstür.
Das wird Pereira sein, dachte Thomas, aus seinen maßlosen Vorstellungen aufschreckend, und rief: «Kommen Sie weiter! Ich bin in der Küche!»
Im nächsten Moment trat ein Mensch in den Rahmen der offenen Küchentür. Aber es war nicht der bärtige, versoffene Maler Reynaldo Pereira. Es war überhaupt kein Mann. Es war eine Frau.

10

Sie trug einen roten Ledermantel, rote Schuhe und eine rote Kappe, unter der schwarzblaues Haar hervorquoll. Der Mund der jungen Frau war groß und rot, die Augen waren groß und schwarz. Die Haut des Gesichtes war sehr weiß. Sie hatte die Hände in den Manteltaschen und sah Thomas Lieven scharf an. Ihre Stimme klang metallen und ein wenig ordinär: «'n Abend, Pereira. Sie kennen mich nicht.»

«Ich ...», begann Thomas, aber sie unterbrach ihn mit einer herrischen Kopfbewegung, die das schöne lange Haar fliegen ließ: «Seien Sie ruhig, ich bin nicht von der Polente. Im Gegenteil.»
Sie hält mich für Reynaldo Pereira, dachte Thomas. Klar!
Er stotterte: «Wer – wer hat Ihnen die Adresse gegeben?»
Die Frau in Rot musterte ihn mit einem zusammengekniffenen Auge. «Was ist denn los mit Ihnen? Nerven? Koks? Schnaps?»
«Bitte, wieso?»
«Was führen Sie denn mit Ihrem Gesicht auf? Können Sie den Mund nicht ruhighalten? Sie zucken ja dauernd!»
«Das geht vorbei. Habe ich – habe ich manchmal am Abend. Ich frage Sie: Wer hat Ihnen die Adresse gegeben?»
Die Frau in Rot kam dicht an ihn heran. Sie roch ausgezeichnet. Und sie war sehr schön. Mit leiser Stimme sagte sie: «Die Adresse habe ich von einem gewissen Monsieur Débras.»
Major Maurice Débras vom französischen Geheimdienst, dachte Thomas Lieven betäubt. Das auch noch. Der dritte, den ich hereingelegt habe. Natürlich, das mußte ja kommen. Nun sind sie zu dritt hinter mir her. Franzosen, Engländer, Deutsche. Jetzt kann es sich nur noch um Stunden handeln, und ich bin ein toter Mann ...
Aus weiter Ferne schien die Frau in Rot ihre nächste Frage zu stellen; Thomas sah sie plötzlich nur noch undeutlich und schemenhaft. Ihre nächste Frage bestätigte seine schlimmsten Befürchtungen.
«Kennen Sie einen gewissen Jean Leblanc?»
Zunächst klapperte Thomas sehr laut mit Pfannen und Besteck, bevor er undeutlich murmelte: «Jean Leblanc? Nie gehört!»
«Quatschen Sie nicht kariert, Pereira, klar kennen Sie den Mann!»
Die schöne Bestie setzte sich auf einen Küchenhocker und kreuzte die langen, schlanken Beine. «Machen Sie sich nicht gleich in die Hosen!»
Wie dieses Weib mit mir umgeht, dachte Thomas. Unwürdig, absolut unwürdig ist meine Situation. Womit verdiene ich das alles? Ich, jüngster Privatbankier von London. Ich, Mitglied eines der exklusivsten Londoner Clubs. Ich, ein Mann von bester Erziehung, von anständigen Ehrbegriffen, von Lebensart ... Da stehe ich in einer dreckigen, portugiesischen Küche und muß mir von einem zum Fressen hübschen Weib sagen lassen, ich soll mir nicht in die Hosen machen. Na, die kann jetzt mal was erleben!
Der wohlerzogene Thomas Lieven konterte: «Nun halte aber schnell die Luft an, Puppe, und hau ab, sonst gibt es Ärger!»

Im nächsten Augenblick änderte sich die Situation. Schritte ertönten, und schon stand ein bärtiger Mann mit fleckigen Kordsamthosen und einem ausgebeulten schwarzen Pullover in der Küche. Der Mann war außerordentlich betrunken. Trotzdem erhellte sich sein breites Säufergesicht sogleich zu einem erfreuten Grinsen, als er Thomas erblickte, und er grunzte: «Willkommen in meiner elenden Behausung! Aber, meu amigo, was haben sie bloß mit deinen Haaren gemacht?»
Reynaldo, der Maler, war heimgekehrt ...

Plötzlich sprachen die drei Menschen in der kleinen Küche gleichzeitig. Die Frau in Rot sprang auf, starrte Thomas an und rief: «Was, Sie sind gar nicht Pereira?»
«Natürlich ist er nicht Pereira», rief der besoffene Maler. «Was haben *Sie* denn getrunken? *Ich* bin Pereira! Das ist ...»
«Maul halten!»
«... mein alter Freund Leblanc!»
«Oh!»
«Und wer – hicks – schöne Dame, sind Sie?»
«Ich heiße Chantal Tessier», sagte die junge Frau, ohne den Blick von Thomas zu nehmen. Ein hungriger Ausdruck trat in ihr Katzengesicht. Langsam sagte sie: «Monsieur Jean Leblanc persönlich? Was für ein glücklicher Zufall!»
«Was wollen Sie von mir?»
«Sie haben Ihrem Freund Débras doch mal einen falschen Paß besorgt. Débras sagte zu mir: Wenn du selber mal einen falschen Paß brauchst, geh zu Reynaldo Pereira in die Rua do Poco des Negros und berufe dich auf Jean Leblanc ...»
«Sagte Ihr Freund Débras?»
«Sagte mein Freund Débras.»
«Sonst sagte er nichts?»
«Nur, daß Sie ein feiner Kerl sind, der ihm das Leben gerettet hat.»
Thomas dachte: Also alles nur halb so schlimm! Freundlich sagte er: «Wollen Sie nicht mit uns essen? Darf ich Ihnen aus dem Mantel helfen, Mademoiselle Tessier?»
«Für Sie: Chantal!» Das Katzengesicht lächelte und entblößte dabei ein kräftiges Raubtiergebiß. Chantal Tessier war selbstbewußt, sie war gerissen, sie war bestimmt eiskalt. Aber sie schien es nicht gewohnt zu sein, daß Männer ihr aus dem Mantel halfen.
Das Raubtier trug einen engen schwarzen Rock und eine weiße Seidenbluse. Donnerwetter, dachte Thomas, so eine Figur! Dieses

Mädchen bekommt bestimmt keine nassen Schuhe, wenn es regnet ...
Der Augenblick der Gefahr war vorüber. Thomas konnte wieder er selber sein. Gut erzogen und ritterlich gegen Damen. Gegen jede Art von Damen!
Sie setzten sich neben den betrunkenen Maler, der bereits zu essen begonnen hatte. Er aß mit den Fingern und sprach mit vollem Mund: «Wenn ich so malen könnte, wie Sie kochen können, dann wäre der alte Goya ein Hund gegen mich!» Er erleichterte sich durch zartes Aufstoßen. «Sind da Pi-Pistazien drin?»
«Und Kapern, ja. Halten Sie sich doch die Hand vor! Sie brauchen also einen Paß, Chantal?»
«Nein.» Ihre Augen schwammen jetzt ein bißchen. Und ihr linker Nasenflügel zitterte. Das war eine Angewohnheit von ihr.
«Ich brauche nicht *einen* Paß, ich brauche *sieben.*»
«Darf ich mal was bemerken?» erkundigte sich der unrasierte Maler mit vollem Mund.
Ärgerlich sagte Thomas: «Schlucken Sie runter, bevor Sie sprechen. Und unterbrechen Sie nicht dauernd. Sehen Sie lieber zu, daß Sie ein *bißchen* nüchtern werden.» Und zu der schönen Katze: «Für wen brauchen Sie die sieben Pässe, Chantal?»
«Für zwei deutsche, zwei französische und drei ungarische Herren.»
«Sie besitzen, wie es scheint, einen sehr internationalen Bekanntenkreis.»
Chantal lachte: «Kein Wunder bei meinem Beruf als – Fremdenführerin!»
«Wohin führen Sie denn Ihre Fremden?»
«Von Frankreich durch Spanien nach Portugal. Ganz einträgliches Geschäft.»
«Und wie oft gehen Sie auf Reisen?»
«Einmal im Monat. Es sind immer größere Gesellschaften. Mit falschen Pässen. Oder gar keinen, je nachdem ...»
«Weil wir gerade von Pässen reden», begann der Maler wieder, aber Thomas winkte ihn zur Ruhe.
Chantal berichtete: «Ich gebe mich nur mit reichen Leuten ab. Ich bin teuer. Es ist aber auch noch nie einer hochgegangen bei mir. Ich kenne jeden Zentimeter Grenze! Ich kenne jeden Grenzbeamten! Na ja, und mit dem letzten Schub habe ich eben sieben Herren mitgebracht, die brauchen neue Pässe.» Sie stieß den Maler an. «Kannst dir eine goldene Nase verdienen, mein Alter.»
«Ich brauche auch einen Paß», sagte Thomas.

«O heilige Jungfrau», sagte der Bärtige. «Wo ich doch keine Pässe mehr habe!»
Thomas sagte aufgebracht: «Von den siebenundvierzig alten Pässen, die ich Ihnen brachte ...»
«Wann brachte? Vor sechs Wochen! Was glauben Sie, wie es bei mir zuging? In vierzehn Tagen war alles weg! Es tut mir wirklich leid – aber ich habe keinen mehr da! Keinen einzigen! Das wollte ich Ihnen schon die ganze Zeit erklären!»

11

Rings um den Largo de Chiado, einem verträumten Platz mit uralten Bäumen, lagen die «Pasteleria Marques», die kleinen Damen-Cafés, berühmt für ihre süßen Leckereien. In einer Nische der Konditorei «Caravela» saßen am Abend dieses 16. November 1940 zwei Herren. Der eine trank Whisky, der andere aß Eis mit Schlagsahne. Der Whiskytrinker war der britische Agent Peter Lovejoy. Der Eis-Esser, ein dicker, gutmütiger Riese mit fröhlichen Schweinsäugelchen in einem rosigen Babygesicht, hieß Luis Guzmao.
Peter Lovejoy und Luis Guzmao kannten einander seit zwei Jahren, sie hatten schon ein paarmal erfolgreich zusammengearbeitet ...
«Also, es ist soweit», sagte Lovejoy. «Ich habe Nachricht, daß er heute aus dem Gefängnis geflohen ist.»
«Da müssen wir uns beeilen, damit wir ihn noch in Lissabon erwischen», sagte Guzmao. Er löffelte und schmatzte. Er liebte Eis mit Schlagsahne. Er bekam nie genug davon.
«Eben», sagte Lovejoy gedämpft. «Wie wollen Sie die Sache erledigen?»
«Pistole mit Schalldämpfer, denke ich. Was ist mit dem Geld? Haben Sie es mitgebracht?»
«Ja. Sie bekommen fünftausend Escudos jetzt und fünftausend, wenn Sie ... also hinterher.»
Lovejoy trank einen großen Schluck Whisky und dachte verärgert: Fünftausend Escudos hat er mir gegeben, mit Geld will er sich an der Sache beteiligen, der feine Herr Major Loos – aber vor der Besprechung mit diesem Guzmao hat er sich gedrückt, dazu war er *zu* fein!
Lovejoy spülte seinen Ärger über den zart besaiteten Deutschen mit einem weiteren Schluck Whisky hinab. Dann sagte er: «Jetzt hören Sie gut zu, Guzmao: Leblanc ist in Gestalt und Maske eines

gewissen Lazarus Alcoba geflohen. Dieser Alcoba ist bucklig, klein, fast kahl.» Lovejoy beschrieb Alcoba so genau, wie seine Vertrauensperson im Gefängnis ihn beschrieben hatte. Dann sagte er: «Leblanc weiß, daß die Engländer und die Deutschen hinter ihm her sind. Er wird sich also bestimmt verstecken.» – «Wo?»
«Er hat da einen Freund, einen versoffenen Maler in der Altstadt, Rua do Poco des Negros 16. Ich wette, dorthin wird er jetzt laufen. Entweder er spielt weiter den Buckligen – aus Angst vor uns, oder er verwandelt sich wieder in Jean Leblanc – aus Angst vor der Polizei.»
«Wie sieht Jean Leblanc aus?»
Lovejoy beschrieb auch Thomas Lieven genau.
«Und der echte Bucklige?»
«Der sitzt noch! Machen Sie sich keine Sorgen. Wenn Sie in der Rua do Poco des Negros 16 einen Buckligen erwischen, der fast keine Haare mehr auf dem Kopf hat und auf den Namen ‹Leblanc› reagiert, dann brauchen Sie keine weiteren Fragen mehr zu stellen ...»

Wenige Minuten nach acht Uhr früh, am 17. November 1940, wurde der elfmal vorbestrafte Lazarus Alcoba, ledig, geboren in Lissabon am 12. April 1905, dem Direktor des Gefängnisses «Aljube» vorgeführt. Der Direktor, ein großer, hagerer Mann, sagte zu ihm: «Es wird mir berichtet, daß Sie gestern abend verschiedene wilde Drohungen ausgestoßen haben, Alcoba.»
Der Mund des kleinen Mannes mit dem Buckel zuckte auch beim Sprechen: «Herr Direktor, ich habe mich nur verteidigt, als es hieß, ich könnte nicht entlassen werden, weil ich mit der Flucht dieses Jean Leblanc was zu tun hätte.»
«Ich bin davon überzeugt, daß Sie damit zu tun haben, Alcoba. Sie sollen die Absicht geäußert haben, sich an den Herrn Oberstaatsanwalt zu wenden.»
«Herr Direktor, ich werde mich natürlich nur dann an den Herrn Oberstaatsanwalt wenden, wenn ich nicht sofort entlassen werde. *Ich* kann doch schließlich nichts dafür, daß dieser Leblanc unter meinem Namen geflohen ist!»
«Hören Sie zu, Alcoba, wir entlassen Sie heute ...»
Alcoba grinste breit. «Na also.»
«... aber nicht etwa, weil wir Angst vor Ihnen haben, sondern weil tatsächlich ein Befehl dazu vorliegt. Sie werden sich täglich auf Ihrem Polizeirevier melden und Lissabon nicht verlassen.»
«Nein, Herr Direktor.»

«Grinsen Sie nicht so dämlich, Alcoba! Ihnen ist nicht zu helfen. Ich bin sicher, Sie werden bald wieder bei uns landen. Am besten blieben Sie gleich bei uns. Ein Mann wie Sie ist hinter Gittern besser aufgehoben.»

12

In den winzigen, krummen Gassen der Altstadt mit ihren verwitterten Rokoko-Palästen und buntgekachelten Bürgerhäusern lag die Stille der mittäglichen Siesta-Stunde.
Schneeweiße Wäsche hing an unzähligen Leinen. Verkrüppelte Bäume wuchsen auf geborstenen Steintreppen, und immer wieder öffneten sich die Mauern und gaben den Blick frei zum nahen Fluß.
Zum Fluß hinab sah auch Thomas Lieven. Er stand an dem großen Fenster im Atelier seines trunksüchtigen Freundes. Chantal Tessier stand neben ihm. Sie war noch einmal in die Rua do Poco des Negros gekommen, um Abschied zu nehmen. Sie mußte zurück nach Marseille. Und sie drängte Thomas, mit ihr zu fahren. Seltsam unruhig war Chantal, ihr linker Nasenflügel zitterte wieder. Sie legte eine Hand auf Thomas Lievens Arm. «Kommen Sie mit mir, werden Sie mein Partner. Ich hätte einige Geschäfte für Sie, nicht etwa Fremdenführung. Hier sind Sie aktionsunfähig. In Marseille aber – mein Gott, wir könnten meinen Laden ganz groß aufziehen!»
Thomas schüttelte den Kopf und sah hinaus auf das Wasser des Tejo. Das Wasser floß zum Atlantik hin, langsam und träge. Und da unten, an der Mündung in den Atlantik, lagen mancherlei Schiffe, bereit auszulaufen zu fernen Häfen, bereit, die Verfolgten, Gedemütigten und Geängstigten in ferne, freie Länder zu bringen. Da unten ankerten die Schiffe für Menschen mit Pässen, mit Einreisegenehmigungen, mit Geld.
Thomas hatte keinen Paß mehr. Er hatte keine Einreisegenehmigung. Er hatte kein Geld. Den Anzug, den er auf dem Leib trug, hatte er noch, sonst nichts.»
Todmüde fühlte er sich plötzlich. In einem Teufelskreis drehte sich sein Leben, es gab kein Entrinnen. «Ihr Angebot ehrt mich, Chantal. Sie sind eine schöne Frau. Sie sind gewiß auch ein wunderbarer Kamerad.» Er sah sie an und lächelte, und die Frau, die aussah wie eine Raubkatze, errötete wie ein verliebtes Schulmädchen. Sie stampfte unwillig mit dem Fuß auf und murmelte: «Lassen Sie den dämlichen Quatsch ...»
Thomas sagte trotzdem: «Sicherlich haben Sie ein gutes Herz.

Aber sehen Sie, ich war einmal Bankier. Ich möchte wieder Bankier werden!»
Vor einem Tisch, der vollgeräumt war mit Farben, Tuben, Pinseln, vollen Aschenbechern und Flaschen, saß Reynaldo Pereira. Er war jetzt nüchtern und malte an einem ziemlich wüsten Bild. Er sagte: «Jean, es ist viel dran an dem, was Chantal vorschlägt. Mit ihr kommen Sie sicher nach Marseille. Und in Marseille kriegen Sie leichter einen falschen Paß als hier, wo die Polizei Sie sucht. Von Ihren anderen Freunden gar nicht zu reden.»
«Herrgott, aber ich *komme* doch aus Marseille! Soll denn *alles* umsonst gewesen sein?»
Chantal sprach brutal und aggressiv: «Sie sind ein sentimentaler Trottel, wenn Sie nicht sehen, was los ist. Sie haben Pech gehabt. Na schön! Wir haben alle einmal Pech im Leben! Aber als erstes brauchen Sie jetzt wieder Pinke-Pinke und 'ne anständige Fleppe.»
Hätte ich in unserer Zelle nicht Alcobas Privatunterricht genossen, ich wüßte nicht, was die Dame meint, dachte Thomas. Traurig sagte er: «Mit Pereiras Hilfe werde ich auch in Lissabon einen neuen Paß finden. Und was das Geld anbelangt, so habe ich einen Freund in Südamerika, dem werde ich schreiben. Nein, nein, laßt nur, ich schaffe es schon noch, ich ...»
Den Satz sprach er nicht mehr zu Ende, denn in diesem Augenblick zerriß das dumpfe Blaffen von Schüssen die mittägliche Stille. Chantal schrie leise auf. Im Hochfahren warf Pereira einen Farbtopf um. Sie starrten einander entsetzt an. Drei Sekunden verstrichen ...
Dann klangen aus der Tiefe alarmierte Männerstimmen empor, dann kreischten Frauen, heulten Kinder.
Thomas stürzte in die Küche und riß das Fenster auf. Er sah hinab in den alten Hof. Männer, Frauen, Kinder rannten da unten zusammen, umringten eine Gestalt, die auf dem schmutzigen Katzenkopfpflaster lag, qualvoll verkrümmt, bucklig und klein.

13

«Lazarus, Lazarus, hörst du mich?»
Thomas kniete neben dem kleinen Mann auf dem Pflaster, hinter ihm drängten und stießen fremde Menschen. Blut sickerte unaufhörlich aus Alcobas Wunden. Mehrere Kugeln hatten ihn getroffen, in der Brust, im Bauch. Er lag jetzt reglos, die Augen waren geschlossen. Jetzt zuckte der nervöse Mund nicht mehr.
«Lazarus ...», stöhnte Thomas Lieven.

Da öffnete der kleine Bucklige die Augen. Getrübt schon waren die Pupillen, aber trotzdem erkannte Lazarus noch den Mann, der sich über ihn neigte. Er ächzte: «Hau ab, Jean, hau schnell ab, das hat dir gegolten ...» Ein Schwall Blut quoll aus seinem Mund.
«Nicht sprechen, Lazarus», flehte Thomas seinen Freund an. Aber der Bucklige flüsterte: «Der Kerl hat Leblanc gerufen, bevor ... Er hat mich für dich gehalten ...»
Thomas schossen Tränen in die Augen, Tränen der Wut und der Trauer. «Nicht reden, Lazarus ... Es kommt gleich ein Arzt ... Sie werden dich operieren ...»
«Es – es ist zu spät ...» Der Bucklige sah Thomas an, und plötzlich grinste er – listig und verschmitzt und stieß mühsam hervor: «Schade, Kleiner ... Wir hätten noch ein paar schicke Dinger drehen können ...» Dann war das Grinsen weggewischt. Die Augen brachen.
Als Thomas Lieven sich von seinem toten Freund erhob, wichen die Menschen vor ihm zurück und ließen ihn schweigend aus ihrer Mitte treten. Denn sie sahen, daß er weinte.
Durch einen Tränenschleier erblickte Thomas Chantal und Pereira, die abseits von der aufgeregten Menge standen. Schwankend ging er zu ihnen. Er stolperte und wäre gestürzt, wenn der Maler ihn nicht aufgefangen hätte.
Von der Straße her kamen zwei Polizisten und ein Arzt in den Hof gelaufen. Indessen der Arzt den Toten untersuchte, redeten sämtliche Anwesenden auf die Polizisten ein. Immer mehr Neugierige strömten zusammen, schrilles Stimmengewirr erfüllte den alten Hof.
Thomas wischte sich die Augen und sah Chantal an. Er wußte: Wenn er jetzt nicht augenblicklich handelte, war es zu spät. Im Bruchteil einer Sekunde, im Heben und Senken der Lider, entschied er sein Schicksal ...
Zwei Minuten später hatten die Polizisten den Schilderungen der aufgeregten Augenzeugen entnommen, daß ein fremder Mann sich um den Sterbenden bemüht und mit ihm als letzter gesprochen hatte.
«Wo ist der Mann?»
«Da rübergegangen!» rief eine alte Frau. Sie wies mit einem knochigen Finger zum Eingang des Hinterhauses. Dort stand Pereira, der Maler. Er stand jetzt allein.
«Sie da, he!» rief ein Polizist. «Wo ist der Mann, der mit dem Sterbenden gesprochen hat?»
«Keine Ahnung», sagte Pereira.

Gleichzeitig drückte der Arzt dem Erschossenen die Augen zu. Im Tode strahlte das häßliche Gesicht des Lazarus Alcoba eine große Würde aus.

14

In den Pyrenäen war es kalt. Schneidender Ostwind tobte über dem kargen, roterdigen Kettengebirge, welches das spanische Aragonien vom südlichen Frankreich trennt.

In der Morgendämmerung des 23. November 1940 bewegten sich zwei einsame Wanderer in nördlicher Richtung auf den Paß von Roncesvalles zu, eine junge Frau und ein junger Mann. Sie trugen beide Bergschuhe, Filzhüte und gefütterte Windjacken. Beide schleppten schwere Rucksäcke. Die Frau ging zuerst. Der Mann folgte ihr durch dichten Wald und Unterholz bergauf.

Nie zuvor in seinem Leben hatte Thomas Lieven schwere Bergschuhe an den Füßen gehabt, nie in seinem Leben hatte er eine gefütterte Windjacke getragen. Er war auch noch nie auf schwierigen und gefährlichen Pfaden im Gebirge herumgeklettert. Traumhaft und unwirklich wie alles in den letzten fünf Tagen erschien ihm auch diese Morgenstunde mit ihren Nebeln und grauen Schatten, in welcher er hinter Chantal Tessier auf die Staatsgrenze Frankreichs zustapfte, mit wundgelaufenen Fersen und Blasen an den Fußsohlen.

Eine großartige Person war diese Chantal Tessier, ein wirklicher Kamerad – das hatte er in jenen fünf Tagen erfahren. Sie kannte Portugal und Spanien tatsächlich wie ihre Tasche, sie kannte die Zollbeamten, die Polizeistreifen in den Zügen, sie kannte Bauern, die einen Fremden übernachten ließen und ihm zu essen gaben, ohne Fragen zu stellen.

Die Hose, die er trug, die Schuhe, die Windjacke, der Hut, das alles stammte von Chantal, sie hatte es für ihn gekauft. Und auch das Geld in seinen Taschen stammte von ihr. Sie hatte es ihm gegeben – «vorgestreckt», wie sie es nannte.

Von Lissabon waren sie mit der Bahn bis hinauf nach Valencia gefahren. Es hatte zwei Kontrollen gegeben. Beiden war Thomas mit Hilfe von Chantal entronnen. Nachts waren sie über die Grenze nach Spanien gegangen. Über Vigo, Leôn und Burgos waren sie weitergefahren. In Spanien gab es viel mehr Kontrollen und viel mehr Polizei. Trotzdem war alles gut gegangen – dank Chantal ...

Nun kam die letzte Grenze, dann waren sie in Frankreich. Die

Riemen des Rucksacks schnitten Thomas Lieven in die Schultern, jeder Knochen seines Körpers tat ihm weh. Er war müde zum Umfallen. Leicht und wirr wanderten seine Gedanken, während er Chantal folgte.
Der arme Lazarus Alcoba ... Wer hat ihn erschossen? Wer hat ihn erschießen lassen? Die Engländer? Die Deutschen? Wird man den Mörder jemals finden? Wird ein neuer Mörder mich finden? Wie lange habe ich noch zu leben? Ich, der ich hier durch einen dämmrigen Wald schleiche wie ein Schmuggler, wie ein Verbrecher ... Wahnsinn, Wahnsinn, das alles, ein Alptraum, unwirklich und grotesk, ein Fiebertraum und doch blutige Wahrheit ...
Der Weg wurde jetzt flacher, der Wald trat zurück, sie erreichten eine Lichtung. Hier stand eine verwitterte Futterhütte. Hinter der offenbar unermüdbaren Chantal her schleppte Thomas sich eben an dem großen, überdachten Heustadel vorüber, als, schnell nacheinander, in nächster Nähe drei Schüsse fielen.
Blitzschnell fuhr Chantal herum, blitzschnell war sie neben Thomas. Ihr Atem traf ihn im Gesicht: «Hier rein!»
Sie riß ihn mit sich unter das Dach der Hütte, und sie fielen in das Heu. Keuchend sahen sie sich an.
Wieder donnerte ein Schuß, und noch einer. Dann hörten sie, vom Wind hereingeweht, eine Männerstimme, die aber nicht zu verstehen war.
«Ruhig», flüsterte Chantal. «Ganz ruhig liegenbleiben. Das können Grenzer sein.»
Es kann auch jemand anderer sein, dachte Thomas bitter. Und es *wird* wohl auch jemand anderer sein! Die Herren in Lissabon werden nicht sehr lange gebraucht haben, um festzustellen, daß ihnen ein bedauerlicher Irrtum unterlaufen ist. Ein gutzumachender Irrtum ...
Thomas fühlte Chantal neben sich. Sie lag ganz ruhig, aber Thomas spürte die Spannung, die Anstrengung, mit der sie sich zur Ruhe zwang.
In diesem Moment war sein Entschluß gefaßt. Er durfte nicht *noch* ein Menschenleben gefährden! Der Tod des armen Lazarus, das wußte er, würde ihn belasten bis zum eigenen Ende.
Schluß jetzt, dachte Thomas Lieven. Ich spiele nicht mehr mit. Besser ein Ende mit Schrecken als dieser Schrecken ohne Ende. Sucht mich nicht länger, ihr mörderischen Idioten. Verfolgt mich nicht länger, ihr idiotischen Mörder. Ich ergebe mich, aber laßt Unschuldige aus diesem dreckigen Spiel ...
Schnell streifte er die Riemen des Rucksacks ab und erhob sich.

Chantal fuhr hoch. In ihrem weißen Gesicht brannten die Augen, sie zischte: «Bleib liegen, Wahnsinniger ...» Mit aller Kraft wollte sie ihn niederziehen.
«Tut mir leid, Chantal», murmelte Thomas und wendete einen Jiu-Jitsu-Griff an, von dem er wußte, daß Chantal durch ihn für einige Sekunden die Besinnung verlieren würde. Mit einem Ächzen sank die junge Frau zurück.
Thomas trat ins Freie.

Da kamen sie, zwei Mann, Gewehre in den Händen. Da kamen sie über die Lichtung auf ihn zu, über totes Gras, durch Nebelschwaden, da kamen sie.
Er ging ihnen entgegen. Mit einem unsinnigen Gefühl des Triumphs dachte er: Wenigstens könnt ihr mich nicht «auf der Flucht» in den Rücken schießen.
Jetzt hatten die beiden ihn erblickt, sie hoben die Gewehre. Noch einen Schritt machte Thomas. Und noch einen.
Die Männer ließen ihre Gewehre wieder sinken. Sie kamen rasch näher. Thomas hatte sie noch nie im Leben gesehen. Sie trugen beide Kordsamthosen, Hüte, Windjacken und Bergschuhe wie er. Sie waren beide untersetzt und eher klein. Der eine hatte einen Schnurrbart, der andere trug eine Brille.
Nun waren sie herangekommen. Nun blieben sie stehen. Der mit der Brille zog den Hut und sagte höflich auf spanisch: «Guten Morgen.»
«Haben Sie ihn vielleicht gesehen?» fragte der mit dem Schnurrbart.
Um Thomas begann sich alles zu drehen, Männer, Lichtung, Wiese, Bäume, alles. Er fragte tonlos: «Wen?»
«Den Hirsch», sagte der mit der Brille.
«Ich habe ihn getroffen», sagte der mit dem Schnurrbart. «Ich weiß es genau, daß ich ihn getroffen habe. Ich sah ihn zusammenbrechen. Dann schleppte er sich fort.»
«Er muß hier in der Nähe sein», sagte sein Freund.
«Ich habe nichts gesehen», sagte Thomas in seinem schlechten Spanisch.
«Oh, Ausländer ...! Vermutlich auf der Flucht von drüben», sagte der mit der Brille.
Thomas konnte nur nicken.
Die beiden Spanier wechselten einen Blick. «Wir werden vergessen, daß wir Sie gesehen haben», sagte der mit dem Schnurrbart. «Guten Morgen und – gute Reise.» Sie zogen beide die Hüte.

Auch Thomas zog seinen Hut. Die Jäger gingen weiter und verschwanden im Wald.
Thomas atmete eine Weile tief, dann ging er zu der Futterhütte zurück. Chantal saß im Heu und rieb sich stöhnend den Hals. Er war rot unterlaufen.
Thomas setzte sich neben sie und sagte: «Verzeihen Sie das vorhin, aber ich wollte nicht ... Sie sollten nicht ...» Er kam ins Stottern und endete hilflos: «Es waren nur Jäger.»
Plötzlich schlang Chantal die Arme um Thomas und preßte sich wild an ihn. Sie sanken zurück.
Über Thomas gebeugt, flüsterte Chantal: «Du hast mich schützen wollen, du wolltest mich nicht in Gefahr bringen, du hast an mich gedacht ...» Ihre Hände strichen zärtlich über sein Gesicht. «Das hat noch nie ein Mann getan – kein Mann in meinem Leben ...»
«Was?»
«An mich gedacht», flüsterte Chantal.
In der Süße ihrer gewalttätigen Küsse versanken für Thomas alles Elend und alle Angst, dunkle Vergangenheit und dunkle Zukunft ...

15

Im Jahre 1942 umstellten sechstausend Mann deutscher Truppen das alte Hafenviertel von Marseille und zwangen die Bewohner – etwa zwanzigtausend Menschen –, innerhalb von zwei Stunden ihre Wohnstätten zu verlassen, wobei sie höchstens 30 Kilogramm Gepäck mitnehmen durften. Es wurden über dreitausend Kriminelle verhaftet. Das gesamte alte Hafenviertel wurde gesprengt. Solcherart verschwand die farbenprächtigste Brutstätte des Lasters in Europa, der gefährlichste Ausgangspunkt verbrecherischer Unternehmen.
In den Jahren 1940/41 jedoch erlebte das alte Hafenviertel gerade seine größte Blütezeit. In den düsteren Häusern hinter dem Rathaus wohnten Angehörige sämtlicher Nationen: Flüchtlinge, Schwarzhändler, gesuchte Mörder, Fälscher, politische Verschwörer, Legionen leichter Mädchen.
Die Polizei war machtlos und vermied es überhaupt so lange wie irgend möglich, im «Alten Viertel» zu erscheinen. Herrscher in diesem dunklen Reich waren die Chefs mehrerer Banden, die einander unerbittlich und erbarmungslos bekriegten. Mitglieder dieser Banden waren Franzosen, Nordafrikaner, Armenier, viele Korsen und Spanier.

Die Banden-Chefs waren stadtbekannt. Sie bewegten sich stets nur in Begleitung ihrer Leibwachen durch die schmalen, bunten Gassen. Zwei, drei Herren schritten rechts, zwei, drei Herren links von ihrem Boß im Gänsemarsch dahin, die rechte Hand in der Tasche, mit dem Zeigefinger am Abzug des Revolvers.
Staatlicherseits wurden Beamte der «Contrôle économique», der «Wirtschaftskontrolle», eingesetzt, deren Aufgabe es war, den blühenden Schleichhandel zu bekämpfen. Doch diese Kommissare erwiesen sich zum größten Teil als bestechlich und zu einem weiteren Teil als feige. Nach Einbruch der Dunkelheit wagten sie sich nicht mehr auf die Straße. Dann aber begann der Tanz der Käseräder, die von einem Haus ins andere rollten, und der Fleischstücke, die aus geheimen Schlächtereien in die Restaurants geschafft wurden.
Aus dunklen Quellen stammten denn auch die schöne, junge Lammkeule, die Butter, die grünen Böhnchen und alle anderen Zutaten, mit welchen Thomas Lieven am Abend des 25. November 1940 in Chantal Tessiers Küche ein wohlschmeckendes Essen bereitete.
Chantal wohnte in der Rue Chevalier à la Rose. Wenn man sich aus dem Fenster neigte, konnte man das schmutzige Wasser des rechteckigen «Alten Hafens» sehen und die bunten Lichter der zahllosen Cafés, die ihn umgaben.
Die Größe, aber auch die Einrichtung von Chantals Wohnung hatten Thomas überrascht. Vieles war barbarisch, so etwa die Zusammenstellung kostspieliger supermoderner Beleuchtungskörper mit echten antiken Möbeln. Ohne Zweifel war Chantal völlig verwildert aufgewachsen, unverbildet und von keiner Kultur beleckt.
An diesem Abend trug sie ein raffiniertes, eng anliegendes, hochgeschlossenes Kleid aus bestickter China-Seide, darüber aber aparterweise einen schweren, handbreiten Ledergürtel. Sie zeigte überhaupt eine Vorliebe für Rohleder und dessen Geruch.
Thomas unterdrückte höflich jede Kritik an Chantals geschmacklichen Verirrungen. Er trug – zum erstenmal in seinem Leben – einen fremden Anzug, der ihm allerdings wie angegossen paßte.
Chantal hatte gleich nach der Ankunft einen großen Schrank geöffnet, der gefüllt war mit Herrenhemden, Herrenwäsche, Krawatten und Anzügen. Sie hatte gesagt: «Nimm, was du brauchst. Pierre war so groß wie du.» Widerstrebend hatte Thomas genommen, was er brauchte, und er brauchte eigentlich alles, um sich sauber anzuziehen, denn er selbst besaß nichts mehr.

Menu · 25. November 1940

Moules Marinière
Gebratene Lammkeule mit
Haricots Verts und Pommes Dauphine
Früchte in Caramel

Mit einer Lammkeule löste Thomas Lieven eine Frauenzunge ...

Moules Marinière: Man nehme frische Miesmuscheln, wasche und bürste sie sehr gründlich und gebe sie dann in einen Kessel in wenig kochende Flüssigkeit, halb Wasser, halb Weißwein. Man lasse sie mit geschlossenem Deckel unter öfterem Durchrütteln kochen, bis die Muscheln sich geöffnet haben, schütte sie dann auf ein Sieb und löse das Fleisch der geöffneten Muscheln aus den Schalen. – Man hat inzwischen aus Butter und Mehl eine weiße Sauce gemacht, die man mit dem durch ein frisches Sieb gegebenen Muschelsud aufgießt und sehr gut durchkochen läßt. Man gebe noch etwas Weißwein hinzu, würze mit Salz, Pfeffer und etwas Zitronensaft und ziehe die Sauce mit Eigelb ab. – Man gebe nun das Muschelfleich und feingehackte Petersilie in die Sauce und lasse zusammen durchziehen, ohne daß es noch einmal zum Kochen kommt.

Gebratene Lammkeule mit Zutaten: Man nehme eine schöne, junge Lammkeule, mache am Knochenansatz einen kleinen Einschnitt in das Fleisch und stecke eine Knoblauchzehe hinein. – Man begieße die Keule in der Pfanne mit reichlich brauner Butter, brate sie auf dem Herd auf allen Seiten gut an und salze und pfeffere sie erst danach. Man stelle sie dann in den Bratofen und brate sie bei guter Hitze unter fleißigem Begießen fertig.
Man nehme frische grüne Böhnchen, putze sie und koche sie in wenig Wasser weich. Verwendet man Konserven, so schütte man sie auf ein Sieb, lasse das Wasser gut ablaufen und übergieße sie dann mit kochendem Wasser. Dadurch verlieren sie jeglichen Büchsengeschmack. Man gebe die gut abgetropften «Haricots» in zerlassene Butter und lasse sie darin heiß werden. Man bestreue sie beim Anrichten mit etwas feinem Salz. Man drücke gekochte Salzkartoffeln durch den Quetscher, verarbeite sie mit ganzen Eiern zu einem feinen Teig, würze mit einer Spur von Muskat. Man forme daraus kleine Bällchen und backe sie in sehr heißem, steigendem Fett, bis sie sich aufplustern und eine schöne braune Farbe annehmen.

Früchte in Caramel: Man nehme Streuzucker und lasse ihn in einer Kasserolle unter ständigem Rühren zerschmelzen und hellgelb werden. Man lösche mit Wasser ab und lasse den hellen Caramel gut durchkochen. – Man nehme geschälte geviertelte Pfirsiche und Birnen sowie frische Weinbeeren und lasse sie in dem Caramel weichdünsten. Man fülle das erkaltete Kompott in Schalengläser, verziere es mit Schlagsahne-Tupfen und bestreue es mit gehackten Mandeln.

Als er mehr von Pierre wissen wollte, hatte Chantal unwillig gesagt: «Frag nicht soviel. Eine Liebe von mir. Wir sind auseinander. Seit einem Jahr. Er kommt nicht mehr wieder ...»
Überhaupt – Chantal hatte sich in den vergangenen Stunden sehr

kühl verhalten. So, als ob es jene wilde Stunde an der Grenze nie gegeben hätte. Auch jetzt, während des Abendessens, saß sie schweigsam da, von schweren Gedanken überschattet. Während sie die Muscheln verzehrte, sah sie Thomas immer wieder an. Bei der schönen jungen Lammkeule begann ihr linker Nasenflügel wieder zu zittern. Als Thomas ihr die Früchte in Caramel servierte, schlug eine Turmuhr in der Nähe zehnmal.

Chantal vergrub plötzlich das Gesicht in beiden Händen und begann vor sich hinzumurmeln.

«Was ist los, chérie?» erkundigte sich Thomas, in seinen Früchten rührend.

Sie sah auf. Der Nasenflügel zitterte noch immer, aber sonst war das schöne Gesicht zu einer Maske erstarrt. Sie sprach jetzt ganz ruhig und sehr klar: «Zehn Uhr.»

«Ja, und?»

«Jetzt stehen sie unten im Hausflur. Wenn ich das Grammophon anstelle und ‹J'ai deux amours› spiele, werden sie heraufkommen.»

Thomas legte das Silberlöffelchen fort und forschte: «Wer wird heraufkommen?»

«Oberst Siméon und seine Leute.»

«Oberst Siméon?» wiederholte er schwach.

Nur ihr Nasenflügel zitterte. «Vom ‹Deuxième Bureau›, ja. Ich habe dich verraten, Jean. Ich bin das allergemeinste Stück Dreck von der Welt.» Dann war es eine Weile still im Raum.

Endlich sagte Thomas: «Möchtest du vielleicht noch einen Pfirsich?»

«Jean! Sei nicht so! Ich *ertrage* das nicht! Warum brüllst du nicht? Warum haust du mir nicht eine in die Fresse?»

«Chantal», sagte er und fühlte, wie eine ungeheure Müdigkeit ihn überflutete, «Chantal, warum hast du das getan?»

«Die Behörden hier haben mich am Wickel. – Sehr böse Sache, die noch mit Pierre zusammenhängt. Schwerer Betrug und so ... Da taucht plötzlich dieser Oberst, dieser Siméon auf und sagt: ‹Wenn Sie uns Leblanc bringen, kann man die Sache regeln!› Was hättest du an meiner Stelle getan, Jean? Ich kannte dich doch nicht!»

Thomas dachte: So ist das Leben. So geht das weiter, immer weiter. Einer jagt den andern. Einer verrät den andern. Einer tötet den andern, um selber nicht getötet zu werden.

Er sagte leise: «Was will Siméon von mir?»

«Er hat seine Anweisungen ... Du hast die Leute mit irgendwelchen Listen hereingelegt – stimmt das?»

«Ja, das stimmt», sagte er.

Sie stand auf und trat vor ihn und legte ihm eine Hand auf die Schulter: «Ich möchte weinen. Aber es kommen keine Tränen. Schlag mich. Bring mich um. Tu etwas, Jean! Sieh mich nicht so an.»
Thomas saß ganz still und dachte nach. Dann fragte er leise: «Welches Lied sollst du spielen?»
«J'ai deux amours», antwortete sie.
Plötzlich erhellte ein seltsames Lächeln sein bleiches Gesicht. – Er stand auf. Chantal wich vor ihm zurück. Aber er berührte sie nicht. Er ging in das Nebenzimmer. Hier stand ein Grammophon. Er lächelte wiederum, als er die Aufschrift auf der Platte sah. Er schaltete den Apparat ein. Er setzte die Nadel in die erste Rille. Musik erklang. Und Josephine Bakers Stimme sang «J'ai deux amours», das Lied von den zwei Lieben ...
Nun kamen draußen Schritte näher. Noch näher. Ganz nahe. Chantal stand dicht vor Thomas. Fauchend drang ihr Atem durch die geöffneten Lippen, das Raubtiergebiß glitzerte feucht. Hastig hob und senkte sich die Brust unter der dünnen grünen Seide des enganliegenden chinesischen Kleides.
Sie zischte: «Hau ab, noch ist Zeit ... Unterm Schlafzimmerfenster gibt's ein flaches Dach ...»
Thomas schüttelte lächelnd den Kopf. Chantal wurde wütend.
«Idiot! Die machen ein Sieb aus dir! In zehn Minuten bist du eine Wasserleiche im Alten Hafen!»
«Es wäre aufmerksam von dir gewesen, wenn du dir das etwas früher überlegt hättest, mein Herz», sagte Thomas freundlich.
Sie holte wild aus, als wollte sie ihn schlagen, und keuchte: «Quatsch doch nicht so dämlich, ausgerechnet jetzt ...»
Aber gleich darauf begann sie zu schluchzen.
Es klopfte.
«Mach auf», sagte er hart. Chantal preßte eine Faust an den Mund und rührte sich nicht. Es klopfte wieder, diesmal stürmischer. Josephine Baker sang immer noch.
Eine Männerstimme, die Thomas kannte, rief: «Öffnen Sie, oder wir schießen das Türschloß heraus!»
«Guter, alter Siméon», murmelte Thomas, «immer noch der gleiche Hitzkopf!» Er ließ die bebende Chantal stehen und ging ins Vorzimmer.
Jetzt erzitterte die Wohnungstür unter Faustschlägen. Eine Sicherheitskette war vorgelegt. Thomas drückte die Klinke herab. Die Tür flog auf, so weit die Stahlkette es zuließ. Ein Schuh schob sich in den Spalt, desgleichen eine Pistole.

Thomas trat auf den Schuh, so fest er konnte, und stieß den Lauf der Waffe zurück. «Wenn ich Sie bitten dürfte, diese beiden Gegenstände noch einmal zurückzunehmen, Herr Oberst», sprach er dazu.

«Das könnte Ihnen so passen!» schrie Siméon von jenseits der Tür. «Wenn Sie nicht sofort öffnen, knallt es!»

«Dann wird es wohl knallen müssen», meinte Thomas sanft. «Denn solange Sie Hand und Fuß in der Tür haben, kann ich die Sicherheitskette nicht entfernen.»

Nach einigem Zögern entsprach der Oberst Thomas Lievens Begehren. Schuh und Waffe verschwanden. Thomas öffnete. Im nächsten Moment hatte er den Pistolenlauf im Magen, und der heroische Jules Siméon stand dicht vor ihm, die Schnurrbarthaare gesträubt, den edlen Kopf mit der Römernase zurückgeworfen.

Thomas dachte: Er ist auch in den letzten Monaten nicht zu Geld gekommen, der Arme; er trägt immer noch diesen alten, abgeschabten Trenchcoat.

Thomas sagte: «Welche Freude, Herr Oberst. Wie geht es Ihnen? Und was macht unsere schöne Mimi?»

Beinahe lippenlos vor Verachtung sprach der Oberst: «Ihr Spiel ist aus, Sie schmutziger Verräter!»

«Würde es Ihnen etwas ausmachen, mir den Pistolenlauf woanders hinzudrücken. Beispielsweise an die Brust? Wissen Sie, ich habe soeben gegessen.»

«In einer halben Stunde werden Sie keine Verdauungssorgen mehr haben, Sie Schwein», antwortete Siméon voll Feuer.

Ein zweiter Mann betrat die Diele, groß, elegant, mit grauen Schläfen und klugen Augen, den Mantelkragen aufgestellt, die Hände in den Taschen, eine Zigarette im Mundwinkel – Maurice Débras.

«Guten Abend», sagte Thomas. «Ich ahnte, daß Sie in der Nähe sein würden, als Chantal mir den Namen der Schallplatte nannte. Wie geht es, Major Débras?»

Siméon zischte: «*Oberst* Débras!»

Débras selber antwortete nicht. Er bewegte nur kurz und herrisch den Kopf zur Tür.

Im nächsten Moment ließ ein wütender Schrei sie alle herumfahren. Geduckt wie eine Tigerkatze vor dem Sprung stand Chantal in der Wohnzimmertür, einen gekrümmten malaiischen Dolch in der Rechten. In wilder Wut fauchte sie: «Raus! oder ich bring euch um, alle beide. Laßt Jean in Ruhe! –»

Erschrocken wich Siméon zwei Schritte zurück.
Thomas dachte: Ein ganz so vertrottelter Held wie damals bei der Eroberung von Paris bist du Gott sei Dank doch nicht mehr! Dann sagte er scharf: «Laß den Quatsch, Chantal. Du hattest dem Herrn Oberst doch schließlich versprochen, mich zu verraten.»
Noch mehr krümmte Chantal sich zusammen, noch heiserer flüsterte sie: «Das ist mir ganz egal ... Ich hab' mich benommen comme une salope – aber ich kann alles noch gutmachen ...»
«Einen feuchten Kehricht kannst du!» sagte Thomas. «Sie sperren dich doch nur ein, du dummes Luder!»
«Sollen sie mich einsperren ... Mir ist alles egal – ich habe noch nie einen Menschen verraten. Geh hinter mich, Jean, schnell, renn ins Schlafzimmer ...»
Jetzt stand sie dicht vor ihm. Thomas seufzte und schüttelte den Kopf. Dann schoß sein rechter Fuß hoch. Der Schuh traf Chantals rechtes Handgelenk. Sie schrie vor Schmerz. Der Dolch flog fort und blieb federnd im Türpfosten stecken.
Thomas nahm Hut und Mantel, riß den Dolch aus dem Holz und reichte ihn Débras. «Sie können nicht ahnen, wie peinlich es mir ist, eine Frau anzugreifen», sagte er. «Aber bei Mademoiselle Tessier scheint Brutalität unumgänglich zu sein ... Wollen wir gehen?» Stumm nickte Débras. Siméon stieß Thomas vor sich her auf den Flur hinaus.

16

Die Tür fiel ins Schloß. Chantal war allein. Ein Krampf begann sie zu schütteln. Kraftlos fiel sie auf den Teppich. Dort wälzte sie sich schluchzend und schreiend hin und her. Endlich erhob sie sich und taumelte ins Wohnzimmer. Die Platte war abgelaufen, rhythmisch schlug die Nadel. Chantal riß das Grammophon hoch und schleuderte es gegen die Wand, wo es krachend barst.
Sie fand keinen Schlaf in dieser Nacht, der schlimmsten ihres Lebens. Hin und her wälzte sie sich in ihrem Bett, ruhelos, schuldbewußt, verzweifelt. Sie hatte ihren Geliebten verraten. Sie war schuld an seinem Tod. Denn es war ihr klar, daß Siméon und Débras ihn nun töten würden.
In der Morgendämmerung fiel sie in einen wirren Schlummer.
Der kräftige, falsche Gesang einer Männerstimme weckte sie auf. Mit schmerzendem Kopf und Gliedern aus Blei fuhr sie hoch.
Deutlich zu vernehmen war die Männerstimme: «J'ai deux amours ...»

Wahnsinnig, ich bin wahnsinnig geworden, dachte sie entsetzt. Ich höre seine Stimme – die Stimme eines Toten – o Gott, ich habe den Verstand verloren ...

«Jean!» schrie sie.

Keine Antwort.

Taumelnd stand sie auf. Im Nachthemd rannte sie aus dem Schlafzimmer. Weg – weg hier ...

Jäh hielt sie an. Die Tür zum Badezimmer stand offen. Und in der Wanne saß Thomas Lieven.

Chantal schloß die Augen. Chantal öffnete die Augen wieder. Thomas saß noch immer in der Wanne. Chantal stöhnte: «Jean ...»

«Guten Morgen, du Bestie», sagte er.

Mehr fallend als gehend, schleppte sie sich zu ihm und sank auf den Wannenrand. Sie lallte: «Wie – was – machst du hier?»

«Ich versuche, meinen Rücken abzuseifen. Wenn du das freundlicherweise für mich erledigen wolltest.»

«Aber – aber – aber ...»

«Wie bitte?»

«Aber sie haben dich doch erschossen ... Du bist doch tot ...»

«Wenn ich tot wäre, würde ich mir nicht mehr den Rücken abseifen; was ist das für ein Unsinn», sagte er rügend. «Wirklich, Chantal, du mußt dich ein bißchen zusammennehmen. Du lebst nicht im Irrenhaus und nicht im Dschungel. Nicht mehr.»

Er hielt ihr ein Stück Seife hin. Sie packte es und schmiß es ins Wasser. Dazu schrie sie gellend: «Sag mir jetzt augenblicklich, was passiert ist!»

Gefährlich leise entgegnete Thomas: «Hol die Seife raus. Auf der Stelle. Nachher bekommst du sowieso deine Prügel. Weiß Gott, Chantal, ich habe bisher noch keine Frau geschlagen. Aber bei dir werde ich meinen heiligsten Prinzipien untreu. Wasch mir den Rücken, vorwärts, wird's bald?»

Chantal griff ins Wasser, nahm die Seife und tat, was er verlangte. Dabei betrachtete sie ihn mit scheuer Bewunderung.

«Langsam komme ich darauf, wie man dich behandeln muß», sagte er grimmig.

«Was ist passiert, Jean?» fragte sie heiser. «Erzähl es mir ...»

«Es heißt: *bitte*, erzähl es mir.»

«Bitte, Jean, bitte ...»

«Schon besser», grunzte er, sich wohlig windend. «Höher. Weiter links. Fester. Also, nachdem die beiden mich hier rausgeschleppt hatten, fuhren sie mich rüber zum Hafen ...»

17

Zum Hafen fuhren Siméon und Débras mit Thomas Lieven. Eisiger Wind pfiff durch die engen Gassen des «Alten Viertels». Hunde heulten den Vollmond an. Es war kein Mensch mehr zu sehen.
Débras saß am Steuer des klapprigen Ford, Siméon saß im Fond, neben Thomas, immer noch die Pistole in der Hand. Es wurde nicht gesprochen.
Der Wagen erreichte den «Alten Hafen». In den Schwarzhändler-Cafés am Quai du Port brannte noch Licht. Bei der «Intendance Sanitaire» bog Débras nach rechts in den Quai de la Tourette ein und jagte an der ehrwürdigen Kathedrale vorbei in nördlicher Richtung bis zur Place de la Joliette. Den schwarzen riesenhaften «Gare Maritime» umfuhr er auf dem verlassenen Boulevard de Dunkerque, dann waren sie wieder am Wasser, diesmal am «Bassin de la Gare Maritime». Der Ford holperte über Eisenbahnschienen und -schwellen und hielt zuletzt an der finsteren Mole A.
«Raus!» sagte Siméon.
Thomas Lieven stieg folgsam aus. Schneidend traf ihn der Herbststurm. Es stank nach Fischen. Die wenigen Lampen der Mole tanzten wild auf und nieder. Irgendwo heulte eine Schiffssirene. Nun hatte auch Débras plötzlich eine schwere Pistole in der Hand. Er machte eine Bewegung mit dem vorgestreckten Arm.
Thomas setzte sich gottergeben in Bewegung und marschierte auf die verlassene Mole hinaus. Immer noch stand ein Lächeln in seinem Gesicht, aber allmählich wurde es starr.
Wasser glänzte im Licht des fahlen Mondes, auf den kleinen Wellen tanzten weiße Gischtkronen. Es roch immer stärker nach Fischen. Thomas trottete weiter. Hinter sich hörte er Siméon stolpern und fluchen. Thomas dachte: Schrecklich, schrecklich, dabei hat er gewiß den Finger am Abzug. Hoffentlich stolpert er nicht noch einmal. Wie leicht kann da das größte Unglück geschehen ...
Immer noch hatte der Oberst Débras kein Wort gesprochen, kein einziges Wort. Weit, weit entfernt von jeder atmenden Brust, von jeder Menschenseele waren sie nun.
Wer hier ins Wasser fällt, bleibt lange, lange unentdeckt, dachte Thomas. Besonders, wenn er ein paar Kugeln im Bauch hat. Nun nahm die Mole doch noch ein Ende. Plötzlich war es da: ein Streifen Beton und dahinter das Wasser, das schwarze Wasser.
«Stehenbleiben», sagte Siméon.

Thomas blieb stehen.
Nun sprach Débras zum erstenmal: «Umdrehen.»
Thomas drehte sich um. Er sah Débras und Siméon an, er hörte die Kirchturmuhren von Marseille die Dreiviertelstunde schlagen, von weit her, verweht und dünn. Und im nächsten Moment hörte er Siméons Stimme, besorgt und eifrig: «Schon dreiviertel elf, Chef. Wir müssen uns beeilen. Um elf sollen wir doch mit ihm bei Madame sein!»
Thomas holte Atem, sein starres Lächeln wurde wieder leicht, und er hustete diskret, als er den einen Oberst zum anderen Oberst sagen hörte: «Sie Vollidiot!»
Lächelnd sprach Thomas zu Débras: «Seien Sie ihm nicht böse; er hat Ihnen die Tour vermasselt. Na ja! Mich hat er vor einem deutschen Oberleutnant auch einmal in schreckliche Verlegenheit gebracht ... Trotzdem ist er ein guter Kerl!» Und damit klopfte er dem furchtbar verlegenen Siméon auf die Schulter.
Débras steckte seine Waffe ein und sah zur Seite, denn er mußte grinsen, und er wollte nicht, daß Thomas oder Siméon das sahen.
Thomas fuhr fort: «Außerdem, meine Herren, habe ich mir gleich gedacht, daß Sie mich nur furchtbar erschrecken und wahrscheinlich wieder dazu kriegen wollen, für Sie zu arbeiten.»
«Wie kamen Sie zu dieser Ansicht?» stotterte Siméon.
«Als ich Josephine Bakers Platte hörte, ahnte ich, daß Monsieur Débras in der Nähe war. Und ich sagte mir: Wenn der Major – Pardon, Oberst, gratuliere übrigens zur Beförderung – also, wenn Sie extra aus Casablanca hierherkommen, dann doch bestimmt nicht bloß, um meinem unrühmlichen Ende beizuwohnen. Stimmt's?»
Débras wandte sich um und nickte. Er sagte: «Sie dreimal verflixter Boche!»
«Wollen wir also diese ungastliche Stätte verlassen. Der Geruch hier peinigt mich. Zudem dürfen wir Madame wirklich nicht warten lassen. Und ich möchte auch gerne noch am Bahnhof vorbeifahren.»
«Wieso Bahnhof?» fragte Siméon mit stierem Blick.
«Dort gibt es eine Blumenhandlung, die nachts offen hat», belehrte ihn Thomas freundlich. «Ich muß noch ein paar Orchideen kaufen ...»

Josephine Baker erschien Thomas Lieven so schön wie noch nie. Sie empfing ihn im Salon ihres Appartements im «Hôtel de Noailles» an der Cannebière, der Hauptstraße von Marseille.

Das blauschwarze Haar trug Josephine zu einer glänzenden Krone hochgesteckt, riesige weiße Ringe hingen in den Ohren. Samtig glänzte die dunkle Haut. Das Regenbogenfeuer eines großen Ringes mit einer Rose aus Brillanten stach Thomas Lieven in die Augen, als er der Frau, die er verehrte, die Hand küßte.
Ernst nahm sie den Cellophankarton mit den drei rosaroten Orchideen in Empfang. Ernst sagte sie: «Ich danke Ihnen, Herr Lieven. Nehmen Sie Platz. Maurice, willst du bitte den Champagner öffnen?»
Sie waren zu dritt, denn Débras hatte den Oberst Siméon in einem Anfall von Ungeduld in sein Quartier geschickt.
Thomas Lieven sah sich im Salon um. Es gab einen großen Spiegel und einen Flügel, auf dem Noten zu Haufen lagen. Thomas erblickte auch ein Plakat:

Opernhaus Marseille
JOSEPHINE BAKER
in DIE KREOLIN
Oper in drei Akten von JAQUES OFFENBACH
Premiere: 24. Dezember 1940

Oberst Débras füllte Kristallgläser. Er sagte: «Trinken wir auf die Frau, der Sie Ihr Leben verdanken, Herr Lieven!»
Thomas verneigte sich tief vor Josephine: «Ich habe immer gehofft, daß Sie meine Handlungsweise verstehen würden, Madame. Sie sind eine Frau. Gewiß hassen Sie Gewalttat und Krieg, Blutvergießen und Mord noch mehr als ich.»
«Gewiß», sagte die schöne Frau. «Aber ich liebe auch mein Land. Sie haben uns großen Schaden zugefügt, indem Sie die echten Listen vernichteten.»
«Madame», antwortete Thomas, «hätte ich Ihrem Land nicht noch größeren Schaden zufügen können, wenn ich die Listen nicht vernichtet und den Deutschen übergeben hätte?»
Débras mischte sich ein: «Das stimmt, kein Wort mehr darüber. Schließlich haben Sie mir aus Madrid herausgeholfen. Sie sind eben ein Grenzfall, Lieven. Aber das schwöre ich Ihnen: Wenn Sie uns noch einmal hereinlegen, gibt es keinen Champagner mehr, wie sehr Josephine auch Ihre Handlungsweise verstehen mag. Das nächste Mal kommen Sie nicht von der Mole zurück!»
«Hören Sie, Débras, ich habe Sie gern! Wirklich, aufrichtig. Ich habe auch Frankreich gern. Aber ich schwöre Ihnen schon jetzt: Wenn Sie mich zwingen, wieder für Sie zu arbeiten, dann werde

ich Sie wieder hereinlegen, denn ich will keinem Land schaden – auch nicht meinem.»
Leise fragte Josephine: «Und der Gestapo?»
«Bitte?»
«Hätten Sie auch Bedenken, der Gestapo zu schaden?»
«Dies zu tun, Madame, wäre mir ein spezieller Hochgenuß.»
Oberst Débras hob eine Hand: «Sie wissen, daß wir zur Zeit mit englischer Unterstützung im besetzten und unbesetzten Frankreich einen neuen Geheimdienst und eine Widerstandsbewegung aufbauen.»
«Das weiß ich, ja.»
«Von seinen neuen Vorgesetzten in Paris erhielt Oberst Siméon den Auftrag, Sie nach Marseille zu locken und umzulegen. Er sprach aber erst mit Josephine über Sie. Josephine benachrichtigte mich und bat mich einzugreifen ...»
«Madame», sagte Thomas mit einer Verneigung, «darf ich Ihnen noch etwas Champagner nachgießen?»
«Lieven, ich muß zurück nach Casablanca. Josephine folgt mir in den nächsten Wochen. Wir haben gewisse Befehle von London erhalten. Siméon bleibt dann allein hier zurück. Was halten Sie von Siméon?» Artig antwortete Thomas: «Da müßte ich lügen.»
Débras seufzte: «Siméon ist ein herzensguter Mensch. Ein glühender Patriot.»
«Ein heroischer Soldat!» assistierte Thomas.
«Ein mutiger Draufgänger!» assistierte Josephine.
«Ja, ja, ja», sagte Débras, «aber etwas fehlt ihm eben leider. Wir wissen alle, was ihm fehlt, ich brauche es nicht auszusprechen.»
Thomas nickte bedauernd.
«Mut beweist man nicht mit der Faust allein», sagte Josephine. «Man braucht auch den Kopf dazu. Sie, Herr Lieven, und Oberst Siméon, oder der Kopf und die Faust: das wäre ein Team!»
«Allein wird er seiner Aufgabe niemals gewachsen sein», sagte Débras.
«Welcher Aufgabe?»
Débras biß sich auf die Lippen. «Die Lage ist ernst, Lieven. Ich will meine Landsleute nicht besser machen, als sie sind. Es gibt auch bei uns Schweine.»
«Schweine gibt's überall», sagte Thomas.
«Unsere französischen Schweine – im besetzten und unbesetzten Gebiet – arbeiten mit den Nazis zusammen. Sie verraten unsere Leute. Sie verkaufen ihr Land. Französische Schweine im Sold der Gestapo. Ich sagte Gestapo, Herr Lieven ...»

«Hab's gehört», sagte Thomas.
«Sie sind Deutscher. Sie können mit Deutschen umgehen. Und Sie können auch jederzeit den geborenen Franzosen spielen.»
«O Gott, geht es also schon wieder los –!»
«Diese Menschen verraten ihr Land nicht nur, sie rauben es auch aus», sagte Débras. «Sehen Sie, vor wenigen Tagen erst sind zum Beispiel zwei Männer aus Paris heruntergekommen – Gold- und Devisenaufkäufer.»
«Franzosen?»
«Franzosen, die im Auftrag der Gestapo arbeiten!»
«Wie heißen sie?»
«Jacques Bergier heißt der eine Verräter, Paul de Lesseps der andere.»
Thomas Lieven schaute lange nachdenklich vor sich hin ... Dann sagte er: «Gut, Débras, ich werde Ihnen helfen, Ihre beiden Verräter zu finden. Versprechen Sie aber, daß Sie mich danach laufenlassen?»
«Wo wollen Sie hin?»
«Das wissen Sie doch. Nach Südamerika. Dort wartet ein Freund auf mich, der Bankier Lindner. Ich habe kein Geld mehr, aber er hat genug ...»
«Herr Lieven ...»
«... er hat eine Million Dollar. Wenn ich von Ihnen einen neuen Paß bekomme, bekomme ich auf seine Gutsage auch ein Visum ...»
«Herr Lieven, so hören Sie ...»
«... und wenn ich das Visum habe, bekomme ich auch ein Schiff ...»
Thomas brach ab. «Was haben Sie?»
«Es tut mir leid, Herr Lieven, es tut mir wirklich leid, aber ich fürchte, Sie werden Ihren Freund Lindner nicht wiedersehen.»
«Was soll das heißen? Erzählen Sie mir alles, verschweigen Sie mir nichts. Ich komme mir schon langsam vor wie der selige Hiob. Was ist mit meinem Freund Lindner?»
«Er ist tot», sagte Débras.
«Tot?» wiederholte Thomas. Sein Gesicht wechselte die Farbe und wurde grau. Walter Lindner tot. Meine letzte Hoffnung. Mein letzter Freund. Meine letzte Chance, diesen Kontinent des Wahnsinns zu verlassen ...
«Sie saßen im Gefängnis, Sie können es nicht wissen», sagte Débras. «Lindners Schiff lief am 3. November 1940 im Gebiet vor den Bermudas auf eine Treibmine. Es sank innerhalb von zwanzig

Minuten. Es gab nur ein paar Überlebende. Lindner und seine Frau waren nicht darunter ...»

Thomas Lieven saß zusammengesunken da. Er drehte sein Sektglas hin und her.

«Wenn Sie das Schiff erreicht hätten, wären Sie vermutlich jetzt auch tot», meinte Débras.

«Ja», sagte Thomas Lieven, «das ist allerdings ein ungemein tröstlicher Gedanke.»

18

In den ersten Morgenstunden des 26. November 1940 kehrte ein stiller, in sich gekehrter Thomas Lieven aus dem «Hôtel de Noailles» in das «Alte Viertel» von Marseille und daselbst in eine Wohnung im zweiten Stock des Hauses in der Rue Chevalier à la Rose zurück. Er hatte in Gesellschaft von Josephine Baker und Oberst Débras noch viel getrunken und viel besprochen, was in nächster Zukunft geschehen sollte.

Einige Sekunden lang war er der Versuchung nahe, die in ihrem zerwühlten Bett schlafende Chantal mit einer Tracht Prügel zu wecken. Dann aber beschloß er, zunächst ein heißes Bad zu nehmen. In diesem fand ihn – seines Gesanges wegen – schließlich seine schöne Freundin.

Indessen Chantal schrubbte und rieb, erzählte er ihr ein wenig von seiner wundersamen Rettung – nicht sehr viel, nur das Nötigste, denn er hatte nun eben nicht mehr unbeschränktes Vertrauen zu ihr.

Abschließend sagte er: «Sie haben mich laufenlassen, weil sie mich brauchen. Ich soll ein Ding für sie drehen. Und für das Ding brauche ich wiederum dich. Auf dieser Basis, denke ich, könnte eine Versöhnung zwischen uns zustande kommen.»

Chantals eben noch demütige Augen begannen zu leuchten: «Du kannst mir vergeben?»

«Ich muß wohl, weil ich dich brauche –.»

«Es ist mir egal, ob du mußt, wenn du es nur tust», flüsterte sie und küßte ihn. «Ich tue auch alles für dich. Was willst du haben?»

«Ein paar Barren Gold.»

«B ... B ... Gold? Wieviel?»

«Na, so vielleicht im Wert von fünf oder zehn Millionen Francs.»

«Echte Barren?»

«Solche mit Bleikernen natürlich.»

«Wenn's weiter nichts ist.»

«Du ausgekochtes Stück», sagte er. «Du elendes Luder, durch dich bin ich wieder in diese Geschichte reingekommen. Schrubb nicht so fest!»
Sie schrubbte noch fester. Sie rief: «Ach, ich bin ja so froh, daß sie dich nicht umgelegt haben, mein Süßer!»
«Du sollst mit dem Schrubben aufhören!»
Sie lachte kehlig und fing an, ihn zu kitzeln.
«Hör auf, oder ich zieh' dir die Hosen stramm!»
«Das wird dir schwerfallen, ich habe keine an!»
«Na warte!» Er packte sie, sie kreischte auf, Wasser spritzte hoch, und dann lag sie auf ihm, im warmen, seifigen Wasser der Wanne, und schrie und kreischte und lachte und spuckte und wurde still in seinen Armen.
Plötzlich mußte er an den armen Lazarus Alcoba denken, an den armen Walter Lindner und seine Frau, an die Passagiere des gesunkenen Schiffes, an die Matrosen, an die armen Soldaten in den Schützengräben, an alle armen Menschen überhaupt. Wie kurz sie lebten. Wie schwer sie es hatten. Wie böse ihr Ende war. Und wie wenig Glück es gab auf dieser Welt.

19

Am Mittwoch, dem 4. Dezember 1940, trafen sich in einem Extrazimmer des «Hôtel Bristol» an der Cannebière drei Herren zu einem vegetarischen Mittagessen, welches einer von ihnen mit der Umsicht des gewiegten Feinschmeckers zusammengestellt und bei seiner Entstehung in der Hotelküche sorgsam überwacht hatte.
Die drei Herren hießen: Jacques Bergier, Paul de Lesseps und Pierre Hunebelle.
Paul de Lesseps war ein verschlossener, hagerer Typ mit scharfen Gesichtszügen, etwa 37 Jahre alt.
Jacques Bergier war älter, rosiger, dicker, etwas zu elegant gekleidet, mit gezierten Bewegungen, hoher Stimme und kleinen, trippelnden Schritten. Er trug eine dunkelrote Samtweste zu seinem dunkelblauen Anzug und war ein bißchen aufdringlich parfümiert.
Pierre Hunebelle schließlich, der Herr, der sich um das Mittagsmahl gekümmert hatte, sah aus wie unserem Helden Thomas Lieven aus dem Gesicht geschnitten – und das ist kein Wunder, denn um Thomas Lieven handelte es sich auch, er hieß nur jetzt Hunebelle und nicht mehr Leblanc. Dem geneigten Leser wird einleuch-

ten, weshalb. Thomas hatte einen neuen falschen Paß des französischen Geheimdienstes in der Tasche ...

Es war das erste Zusammentreffen der Herren Bergier und de Lesseps mit Monsieur Hunebelle, und besonders Bergier betrachtete den reizenden jungen Mann mit steigendem Wohlgefallen. Seine sentimentalen Mädchenaugen ruhten ohne Unterlaß auf ihm. Thomas hatte die beiden zu diesem Essen eingeladen, nachdem er sich bei Rechtsanwalt Bergier als Geschäftspartner angemeldet hatte.

«Vielleicht reden wir bei einem guten Essen darüber», war sein Vorschlag gewesen.

«Mit Freuden, Monsieur Hunebelle – aber bitte unter keinen Umständen Fleisch», hatte der ästhetische Bergier mit hoher Stimme geantwortet.

«Sie sind Vegetarier?»

«Hundertprozentig. Ich rauche auch nicht. Und ich trinke nicht.»

Und viel mit Damen scheinst du dich auch nicht abzugeben, mein Kleiner, hatte Thomas gedacht. Nur für die Gestapo mußt du arbeiten, du saubere Seele ...

Über der Vorspeise – Sellerie auf Genfer Art – kamen die Herren miteinander ins Gespräch. Bergier, der Gepflegte, sagte: «Wundervoll, Monsieur Hunebelle, einfach wundervoll. Die Scheiben zerschmelzen auf der Zunge.»

«So muß es auch sein», antwortete Thomas ernst. «Man nehme stets schöne, aber nicht zu große Sellerieknollen.»

«Nicht zu große, aha», sagte Bergier und verzehrte Thomas mit den Augen.

«Man wasche und bürste sie gut und koche sie sodann in Salzwasser weich – aber nicht zu weich.»

«Aber nicht zu weich», echote der Rechtsanwalt, dessen Parfüm Thomas in die Nase stieg. «Sie müssen mir das Rezept aufschreiben, Monsieur.» Er trug vier Ringe mit bunten Steinen an den wohlmanikürten Fingern, und immer schwermütiger ruhte sein Blick auf Thomas Lieven.

Das ist ein klarer Fall, überlegte unser Freund indessen, mit dem werde ich leichtes Spiel haben. Mehr aufpassen muß ich auf Lesseps.

Lesseps fragte denn auch übergangslos: «Und womit können wir Ihnen dienen, Monsieur?»

«Meine Herren, Marseille ist eine kleine Stadt. Es hat sich herumgesprochen, daß Sie aus Paris heruntergekommen sind, um hier gewisse Geschäfte abzuschließen.»

Menu · 4. Dezember 1940

Sellerie auf Genfer Art
Pilzschnitzel
Poire Belle Hélène

Ein seltsames Schnitzel bringt viele Millionen Francs ...

Sellerie auf Genfer Art: Man nehme mittlere Sellerieknollen, wasche und bürste sie kräftig und koche sie dann in Salzwasser nicht zu weich. Man schäle sie und schneide sie in dünne Scheiben. Man gebe in eine tiefe Porzellanschüssel etwas frische Butter, darauf eine Lage Sellerieschelben, die man mit geriebenem Emmentaler und Butterflöckchen bestreut, darauf wieder Sellerie und so fort. Man gebe obenauf wieder Käse und Butter, bedecke die Schüssel dann mit einem Deckel und stelle sie auf einen mit leise kochendem Wasser gefüllten Topf, auf dem die Speise mindestens eine Stunde gut durchziehen muß. Man bringe sie in derselben Schüssel zu Tisch, ohne sie umzurühren.

Pilzschnitzel: Man nehme ein Pfund frische Pfifferlinge, putze sie gut, vierteile sie. Man würfle zwei große Zwiebeln und hacke reichlich Petersilie fein. dünste Zwiebeln, Petersilie und Pilze in Butter in einer Pfanne, bis die Pilze zu braten beginnen wollen. Nun füge man zwei eingeweichte, sehr gut ausgedrückte Semmeln ohne Rinde hinzu und lasse sie kurz mitschmoren. Man drehe dann die ganze Masse fein durch einen Wolf, lasse zum Schluß eine trockene Kartoffel durchlaufen. – Man verrühre die Masse sehr gründlich, füge, wenn sie genügend abgekühlt ist, ein Ei hinzu. Man gebe etwas Semmelbrösel nur dann hinein, falls sie zu weich geworden sein sollte. – Man würze sehr pikant mit etwas Sardellenpaste und ein paar Tropfen Sojawürze oder einem der anderen Extrakte, die nicht aus Fleisch, sondern aus Hefe hergestellt werden. Man salze und pfeffere erst zum Schluß. – Man forme aus der Masse nicht zu flache Schnitzel, wälze sie nacheinander in Mehl, zerklopftem Ei und Semmelbrösel, brate sie in Butter schön goldbraun. – Man verziere sie mit Zitronenscheiben, die man mit einigen Kapern belegt.

Poire Belle Hélène: Man nehme nicht zu kleine Eisbecher oder Kompottschalen, gebe eine Kugel Vanille-Eis hinein, die man mit einer oder zwei Hälften von eingemachten Birnen zudeckt. Man ziehe eine dicke, sehr heiße Schokoladen-Sauce darüber und serviere sofort. – Zur Zubereitung der Schokoladen-Sauce nehme man 100 g feiner, bitterer Schokolade und lasse sie mit etwas Wasser in einem Topf, den man in einen größeren Topf mit kochendem Wasser gestellt hat, zerschmelzen. Man soll sie keinesfalls reiben oder raffeln. Man gebe so viel Milch oder Sahne zu dem Schokoladenbrei, bis eine dickliche Sauce entsteht.

In diesem Moment brachte ein alter Kellner das Hauptgericht, und Thomas sprach nicht weiter. Auf die Platten blickend, rief der Anwalt wehleidig: «Aber ich habe doch ausdrücklich gebeten: kein Fleisch!»
Lesseps schnitt ihm das Wort ab: «Was für Geschäfte, Monsieur Hunebelle?»

«Nun – hm, Devisen und Gold. Man sagt, Sie interessieren sich dafür.»
Lesseps und Bergier sahen sich an. Es blieb eine ganze Weile still im Extrazimmer. Zuletzt äußerte Lesseps – 1947 wurde er wegen Kollaboration von der französischen Regierung angeklagt und verurteilt – mit kaltem Ton: «Sagt man, wie?»
«Sagt man, ja. Nehmen Sie Sojawürze, Monsieur Bergier?»
«Mein Freund», antwortete der Anwalt und blickte Thomas tief in die Augen, «ich bin gerührt. Was ich für Fleisch hielt, ist tatsächlich kein Fleisch und schmeckt doch *formidable.* Um was handelt es sich eigentlich?»
Ärgerlich sagte Lesseps: «Monsieur Hunebelle, Sie sprechen von Geld und Devisen. Und wenn wir uns wirklich dafür interessieren würden?»
Zu Bergier gewandt, sagte Thomas: «Es handelt sich um ein Pilzschnitzel. Delikat, nicht wahr?» Und zu Lesseps: «Ich hätte Gold zu verkaufen.»
«Sie haben Gold?» fragte Lesseps gedehnt.
«Jawohl.»
«Woher?»
«Das ist doch wohl nicht interessant», meinte Thomas hochmütig. «Ich interessiere mich ja auch nicht dafür, in wessen Namen Sie es kaufen wollen.»
Lesseps sah ihn mit Haifischaugen an: «Wieviel Gold können Sie uns geben?»
«Das kommt darauf an, wieviel Sie haben wollen.»
«Ich glaube kaum», meinte Lesseps, «daß Sie so viel haben.»
Plötzlich gab der seidenweiche Anwalt kichernd bekannt: «Wir kaufen nämlich bis zu zweihundert Millionen ein!» Donnerwetter, dachte Thomas Lieven, da fängt ja ein Riesending an!

20

Donnerwetter, dachte auch der alte Kellner, der jenseits der Extrazimmertür lauschte, da fängt ja ein Riesending an! Mit der Zunge schnalzend, schritt er in die kleine Bar des Hotels, die zu dieser Stunde fast leer war. An der Theke saß ein vierschrötiger Mann mit Bürstenhaar und trank Pernod.
«He, Bastian», sagte der Kellner zu ihm.
Der Mann sah auf. Er hatte kleine Augen wie ein Elefant und große Hände wie ein Möbelpacker. «Worüber reden sie?» fragte er.

Der Kellner erzählte ihm, worüber die Herren im Extrazimmer redeten. Der Mann, der Bastian Fabre hieß, pfiff durch die Zähne. «Zweihundert Millionen! Allmächtiger Vater!» Er drückte dem Kellner Geld in die Hand. «Hör weiter zu. Merk dir jedes Wort. Ich komme zurück.»
«Ist gut, Bastian», sagte der alte Kellner.
Bastian – er trug eine Lederjacke, eine Baskenmütze und graue Hosen – verließ die Bar, schwang sich auf ein altes Fahrrad und radelte am «Alten Hafen» entlang zum Quai des Belges hinauf. Hier standen die beiden berühmtesten Cafés der Stadt, das «Cintra» und das «Le Brûleur de Loup». In beiden wurden illegale Transaktionen aller Art beschlossen. Das «Cintra» war moderner und hatte die bessere Kundschaft: reiche griechische Händler, Türken, Holländer und Ägypter.
Bastian begab sich in das altmodischere, kleinere «Le Brûleur de Loup». Hier, in dem dunkel getäfelten Raum, dessen große Spiegel matt und beschlagen das graue Licht der Straße reflektierten, saßen fast nur Einheimische. Zu dieser Mittagsstunde tranken die meisten ihren «Pastis», einen süßen Apéritif, der 1939 noch zwei Francs gekostet hatte und jetzt zehn – eine Quelle ständiger Erbitterung für alle Patrioten.
Weinhändler, Fälscher, Schmuggler, Emigranten und Schieber saßen im «Brûleur de Loup». Bastian kannte viele von ihnen; er grüßte und wurde gegrüßt. Am Ende des Lokals gab es eine Tür, an deren Klinke eine Tafel mit der Aufschrift hing: GESCHLOSSENE GESELLSCHAFT. Der Riese klopfte viermal lang, zweimal kurz. Daraufhin wurde die Tür geöffnet, und Bastian trat in den Raum. Hier brannte elektrisches Licht, denn es gab kein Fenster. Zum Schneiden dick hingen Tabakschwaden in der Luft. Um einen langen Tisch saßen fünfzehn Männer und eine einzige Frau. Die Männer sahen verwegen aus, bärtig zum Teil, zum Teil mit eingeschlagenen Nasen und Narben. Es gab Afrikaner, Armenier und Korsen unter ihnen.
Die Frau saß an der Spitze des Tisches. Sie trug eine rote Kappe, unter der blauschwarzes Haar hervorquoll. Sie hatte lange Hosen an und eine Jacke aus Rohleder. Einem neutralen Betrachter der seltsamen Tafelrunde wurde auf den ersten Blick klar, daß Chantal Tessier die Herrin, die absolute Herrin dieser Ganovenbande war, eine einsame Wölfin, eine Königin ohne Gnade.
«Warum kommst du erst jetzt?» schnauzte sie sofort Bastian an, der sie mit bettelnden Augen betrachtete. «Wir warten seit einer halben Stunde auf dich!»

«Die drei haben sich Zeit gelassen... Der Anwalt kam zu spät ...»
Mit scharfer Stimme unterbrach ihn Chantal. «Willst du dir nicht endlich mal 'ne andere Kappe anschaffen? Zum Kotzen ist das mit euch! Muß denn jeder sehen, daß ihr aus dem Keller kommt?»
«Entschuldige, Chantal», sagte Bastian gutmütig und verbarg verlegen seine speckige Kappe. Dann berichtete er, was er vom Kellner des «Hôtel Bristol» gehört hatte. Als er die zweihundert Millionen erwähnte, brandete eine Welle der Erregung durch den Raum. Ein paar Herren pfiffen, einer schlug auf den Tisch, alle sprachen durcheinander.
Die eisige Stimme Chantals übertönte sie alle: «Wollen die Herren vielleicht gütigst ihre Fressen halten!»
Es wurde still.
«Hier redet nur, wer gefragt ist, verstanden?» Chantal lehnte sich zurück. Sie befahl: «Zigarette.» Zwei Ganoven beeilten sich, sie zu bedienen.
Chantal stieß eine Rauchwolke aus. «Jetzt hört mal alle genau zu. Jetzt will ich euch erklären, was zu tun ist.»
Chantal Tessier, Bandenchefin und Liebhaberin von Rohleder, erklärte es. Und alle hörten ihr genau zu ...

21

Man schrieb Donnerstag, den 5. Dezember 1940. Es war schon sehr kalt in Marseille. Zwei Herren standen in einem Haushaltwarengeschäft in der Rue de Rome.
Der eine Herr sagte: «Ich möchte vier Kuchen-Kastenformen.»
«Und Sie?» fragte die Verkäuferin den anderen Herrn.
Der andere Herr sagte: «Ich möchte drei Kuchen-Kastenformen, schönes Kind, wenn's recht ist.»
Der eine Herr, ein muskulöser Riese mit rötlichem Bürstenhaar, nannte sich Bastian Fabre und hieß auch so.
Der andere Herr war elegant gekleidet und gut erzogen. Er nannte sich gerade Pierre Hunebelle, aber er hieß nicht so. Er hatte sich bis vor kurzem Jean Leblanc genannt und hieß in Wahrheit Thomas Lieven.
Die beiden Herren erwarben zu einem kriegsbedingt überhöhten Preis sieben Eisenblechformen. Die Absicht, Kuchen darin zu backen, schien ihnen jedoch fernzuliegen. Anschließend kauften sie nämlich nicht etwa Butter, Zucker, Safran und Mehl, sondern gemeinsam bei einem Trödler in der kurzen Rue Mazagran neun

Kilogramm Blei, eine große Tafel feuerfeste Schamotte sowie eine handliche Stahlflasche voll Propangas.
Danach wandten sie ihre Schritte dem «Alten Viertel» zu. Sie sprachen kaum miteinander, denn sie hatten sich eben kennengelernt.
Thomas Lieven dachte: Jetzt gehe ich also mit diesem Orang-Utan falsche Goldbarren herstellen; ein ungeheuerlicher Gedanke –! Das Allerschlimmste aber: ich bin richtig neugierig, wie man so etwas fachmännisch macht!
Was Thomas nicht begriff, war Chantals Betragen. Als er ihr nämlich von den beiden Aufklärern erzählt hatte, da meinte sie zunächst: «Na prima, prima, Süßer. Meine Organisation steht dir zur Verfügung. Fünfzehn erstklassige Spezialisten. Wir legen die beiden Gestapo-Schweine rein *und* deinen Oberst Siméon und verscheuern die Listen an den, der am meisten bezahlt!»
«Nein, nicht den Oberst. Ich habe versprochen, ihm zu helfen.»
«Du hast ja einen Vogel! Deutscher Idealismus, was? Zum Heulen. Bitte, dann dreh dir das Ding aber auch alleine! Stell dir selber dein Gold her, Mensch; von meinen Leuten hilft dir keiner!»
Tja, so war die Lage vor drei Tagen gewesen. Mittlerweile schien Chantal sich jedoch alles grundsätzlich anders überlegt zu haben. Sie war so zärtlich und leidenschaftlich wie noch nie. In einer der wenigen stillen Minuten der vergangenen Nacht hatte sie in Thomas Lievens Armen zugegeben: «Du hast ganz recht, du mußt dein Versprechen halten ...» Kuß. «Ach, ich liebe dich ja noch viel mehr für deine Anständigkeit ...» Zwei Küsse. «Du kannst auch Bastian haben ... Du kannst alle meine Leute haben ...»
An der Seite des riesigen Bastian Fabre, der einen Handkarren mit den gekauften Utensilien schob, ging Thomas nun durch die winkeligen, schmutzigen Gassen des «Alten Viertels» und dachte: Kann ich Chantal, diesem Biest, trauen? Hat sie mich nicht schon einmal belogen und betrogen? Sie hat etwas vor. Aber was?
Darauf hätte Bastian Fabre erschöpfend antworten können. An der Seite des schlanken, eleganten Thomas Lieven den Karren durch die winkeligen, schmutzigen Gassen des «Alten Viertels» schiebend, überlegte Bastian: Gefällt mir gar nicht, der junge Herr. Wohnt bei Chantal. Völlig klar, was da los ist. Haben schon manche Herren bei Chantal gewohnt. Aber bei diesem Pierre Hunebelle, da muß es tiefer sitzen. Bei dem geht die Chefin mehr aus sich heraus als je. Verdammt noch mal!
Bastian erinnerte sich der Worte, die Chantal auf der Betriebsver-

sammlung ihrer Bande im Café «Le Brûleur de Loup» über den jungen Herrn verloren hatte: «Genialer Kopf. Keiner von euch Hornochsen kann ihm das Wasser reichen.»
«Na, na», hatte Bastian zu bemerken gewagt.
Wie eine Rakete war Chantal auf ihn losgeschossen: *«Ta gueule!* Du wirst von heute an alles tun, was er dir aufträgt!»
«Also, Moment mal, Chantal ...»
«Maul halten! Das ist eine *Order*, verstanden? Du wirst mit ihm zu Boule gehen und die falschen Goldbarren herstellen! Und ihr andern, ihr werdet sofort einen ständigen Überwachungsdienst einrichten. Ich muß wissen, was er macht, bei Tag und bei Nacht!»
«Bei Nacht solltest du es doch am besten wissen.»
«Noch ein Wort, und ich klebe dir eine! Das ist meine Liebe, kapiert? Der Junge ist nur zu anständig. Wenn er jetzt mit den beiden Gestapo-Schweinen verhandelt, müssen *wir* für ihn denken. Er weiß nicht, was für ihn gut ist ...»
Also hatte Chantal gesprochen.
Neben Thomas durch das «Alte Viertel» trottend, dachte Bastian ergrimmt: Ich habe das Gefühl, der Junge weiß ganz *genau*, was für ihn gut ist.
Also dachte Bastian. Aber er sagte nicht, was er dachte. Sondern er sagte: «Wir sind da.» Und blieb stehen vor dem Haus 14 in der Rue d'Aubagne. Rechts vom Eingang gab es eine alte, abgesplitterte Emailtafel mit der Inschrift:

DR. RENÉ BOULE
ZAHNARZT
9-12 und 15-18 Uhr

Sie betraten das Haus und klingelten an einer Tür. Die Tür ging auf.
«Da seid ihr ja endlich», sagte Dr. René Boule. Er war der kleinste Mann, den Thomas Lieven in seinem Leben gesehen hatte, und der zierlichste. Er trug einen weißen Mantel und einen goldgefaßten Zwicker und ein funkelndes, einmalig schönes falsches Gebiß. «Kommt rein, Jungs.» Der Doktor hängte eine Tafel an den Türknauf, darauf stand:

HEUTE KEINE SPRECHSTUNDE!

Dann schloß er die Tür und ging durch einen Ordinationsraum mit Drehsessel und blitzenden Geräten voraus in ein Laboratorium, das neben einer kleinen Küche lag. Daselbst machte Bastian die Herren flüchtig miteinander bekannt. Er erklärte Thomas: «Der Doktor arbeitet ständig für uns. Steht bei der Chefin im Exklusiv-Vertrag.»

«Ja, aber nur für falsches Gold. Wenn ihr Brüder was mit den Zähnen habt, geht ihr woanders hin», brummte der Kleine und betrachtete Thomas. «Komisch, daß wir uns noch nie gesehen haben. Sie sind neu bei der Bande?»

Thomas nickte.

«Kommt gerade aus dem Knast», erläuterte Bastian gemütvoll. «Die Chefin hat 'n Affen an ihm gefressen. Die Arbeit geht auf ihre private Rechnung.»

«In Ordnung. Habt ihr die Formen mitgebracht? Fein, fein. Kann ich gleich sieben Barren auf einmal machen und brauche nicht jedesmal zu warten, bis der Dreck auskühlt.» Dr. Boule packte die Kuchenformen aus und stellte sie nebeneinander. «Die Länge stimmt», meinte er. «Ihr wollt doch Kilo-Barren, wie? Dachte ich mir.» Er wandte sich an Thomas. «Wenn es Sie interessiert, können Sie zusehen, junger Mann. Man weiß nie, wozu man so etwas noch braucht.»

«Da haben Sie recht», sagte Thomas und hob, sich selber anklagend, die Augen zum Himmel.

Bastian brummte: «Ich habe das schon hundertmal gesehen, ich werde mal gehen und uns was zu fressen holen.»

«Aber bitte etwas Kräftiges», sagte der Zahnarzt, «die Schmelzerei strengt an.»

«Zahlt alles die Chefin. Was soll's denn sein?»

Der kleine Mann schmatzte: «Henri unten im Haus hat ein paar schicke Enten vom Land reinbekommen, die verschiebt er schwarz, bevor der Kerl von der ‹Contrôle économique› sie erwischt. Süße, kleine Enten. Wenig Fett und zarte Knochen. Wiegt eine höchstens drei Pfund.»

«Na, dann will ich mal gehen und uns zwei unter den Nagel reißen», meinte Bastian und verschwand.

Dr. René Boule sprach: «Die Schwierigkeit bei der Herstellung von falschen Goldbarren liegt darin, daß Gold und Blei sehr verschiedene Schmelzpunkte und sehr verschiedene spezifische Gewichte haben. Blei schmilzt schon bei 327 Grad Celsius, Gold erst bei 1063 Grad. Eine so hohe Temperatur würden die Kuchenformen nicht aushalten. Wir müssen sie daher mit Schamotte auslegen.»

Der kleine Mann maß die Formen genau aus, dann zeichnete er

Böden und Seitenwände der Kuchenwannen auf die Schamotteplatte, raspelte die Linien mit einer Feile an und brach die Stücke mühelos heraus. Während er arbeitete, dozierte er: «Nun werden wir uns aus Gips ziegelsteinähnliche Formen herstellen, die gerade so groß sind, daß sie in die mit Schamotte ausgekleideten Kuchenformen passen und dabei an allen Seiten noch drei Millimeter Zwischenraum lassen. Auf der Grundfläche werden wir, solange der Gips noch weich ist, vier Füßchen anbringen, indem wir Streichhölzer in die Masse drücken. Die Hölzchen stehen dann auf der unteren Schamottefläche auf, so daß auch hier Gips von der Schamotte drei Millimeter entfernt bleibt ... Wollen Sie sich nicht Notizen machen?»

«Ich habe ein gutes Gedächtnis.»

«So? Na schön ... Wenn die Gipsziegel in der Schamotte-Auslegung ruhen, können wir darangehen, Gold in einem Tiegel zu schmelzen.»

«Wie erreichen Sie die hohe Temperatur?»

«Mit Hilfe eines Schneidbrenners und der Propangasflasche, die Sie mitgebracht haben, junger Mann.»

«Und was für Gold verwenden Sie?»

«Zweiundzwanzigkarätiges selbstverständlich.»

«Wo bekommt man das?»

«In jeder Scheideanstalt. Ich sammle Bruchgold, und dann tausche ich das Zeug gegen zweiundzwanzigkarätiges um. Wenn das Gold geschmolzen ist, gießen wir die Räume zwischen Schamotteplatten und Gips damit aus und lassen es auf natürlichem Wege erkalten. Nicht etwa mit Wasser abschrecken. – Sie sollten sich *doch* Notizen machen. – Zuletzt hebe ich den Gipskern heraus und habe nun eine Wanne aus dünnem Goldblech vom Ausmaß eines Ein-Kilo-Goldbarrens. Und diese Form nun fülle ich mit Blei.»

«Moment mal», sagte Thomas, «aber Blei ist doch leichter als Gold.»

«Junger Mann, ein Kilo bleibt ein Kilo dem Gewicht nach. Nur das Volumen ändert sich. Und ich gestatte mir kleine Änderungen des Barrens in der Breite. Das ist bei Barren aus Scheideanstalten nicht weiter auffällig ...»

22

Bastian kam zurück. Er brachte zwei kleine, feste Enten und zwei Pfund Kastanien mit und begab sich in die Küche.

Thomas sah noch eine Weile dem begabten Zahnarzt zu, wie er

die Gipsziegel herstellte. Dann ging er in die Küche, um hier zuzusehen. Dabei erstarrte er vor Widerwillen. Von Goldbarrenfälschung verstand er nichts. Von Enten verstand er eine ganze Menge. Und was hier mit einer Ente geschah, empörte seinen Feinschmeckerstolz. Kopfschüttelnd trat er neben Bastian, der mit aufgekrempelten Ärmeln beim Fenster arbeitete. Er hatte ein Tier ausgenommen und rieb die Fleischteile nun innen und außen mit Salz ein.

«Was soll denn das?» fragte Thomas Lieven streng.

«Was heißt, was soll denn das?» knurrte Bastian gereizt. «Ich mache eine Ente. Paßt Ihnen was nicht?»

«Barbar.»

«Was haben Sie gesagt?» Der Riese schluckte.

«Ich habe Barbar gesagt. Ich nehme an, Sie wollen Ente vom Rost machen.»

«Allerdings!»

«Das eben nenne ich barbarisch.»

«Sieh mal an!» Bastian stemmte die Fäuste in die Hüften, vergaß Chantals Ermahnungen, lief vor Wut rot an und brüllte: «Was verstehen Sie denn vom Kochen, Sie kleiner Klugscheißer?»

«Ein wenig», antwortete Thomas fein. «Jedenfalls so viel, um sagen zu können, daß Sie hier ein Verbrechen begehen.»

«Ich war Schiffskoch. Und ich habe mein Leben lang Enten *nur* am Rost gemacht!»

«Dann haben Sie Ihr Leben lang ein Verbrechen begangen. Von anderen nicht zu reden.»

Im allerletzten Moment fielen Bastian die Ermahnungen Chantals ein. Er nahm sich wahnsinnig zusammen. Er legte beide Pfoten auf den Rücken, um zu verhindern, daß sie sich selbständig machten und etwas Unbedachtes taten. Seine Stimme klang gepreßt: «Und wie, hm, würden *Sie* eine Ente zubereiten, Monsieur Hunebelle?»

«Selbstverständlich nur auf chinesische Art ...»

«Ha!»

«... weil allein die Zubereitung mit Ananas und Gewürzen den feinen Entengeschmack unverfälscht erhält, ja, mehr noch, ihn erst richtig herausarbeitet und unterstreicht!»

«Lächerlich», sagte der Riese. «Vom Rost, das ist das einzig Senkrechte!»

«Weil Sie eben keine Eßkultur kennen», sagte Thomas. «Gentlemen bevorzugen chinesisch.»

«Hören Sie mal, Sie feiner Pinkel, wenn Sie damit sagen wol-

len ...», begann Bastian und wurde von dem kleinen Zahnarzt unterbrochen, der ihn am Ärmel zupfte.
«Was ist los, Bastian? Warum streiten? Wir haben doch zwei Enten! Versucht doch beides, Rost und chinesisch! Ich habe noch stundenlang zu tun.»
Bastian knurrte: «Du meinst ein Wettkochen?»
«Meine ich», sagte der Kleine und schmatzte wieder, «ich mache euch den Schiedsrichter!»
Bastian begann plötzlich zu grinsen. Er fragte Thomas: «Sind Sie einverstanden?»
«Selbstverständlich. Ich brauche allerdings gewisse Zutaten. Pilze, Tomaten. Ananas. Reis.»
Der Zahnarzt kicherte: «Gehen Sie runter zu Henri. Henri hat alles.» Er klatschte vergnügt in die Hände. «Jetzt wird's gemütlich! Ich bringe euch was bei! Ihr bringt mir was bei! An die Gewehre, Mitbürger!»

Danach entwickelte sich in Küche und Laboratorium des Dr. René Boule ein geschäftiges Treiben.
Während Bastian *seine* Ente mit Knoblauch abrieb, Kräuter hinzufügte und das Tierchen mit der Brust nach unten auf den Rost des Ofens legte, entbeinte Thomas Lieven das *seine*, zerhackte die Knochen und bereitete aus diesen und dem Entenklein eine kurze, kräftige Brühe. Während er darauf wartete, daß die Brühe kochte, ging er zu dem kleinen Künstler, der im Labor arbeitete, und sah ihm bei *seiner* Tätigkeit zu.
Dr. Boule hatte in sieben Kuchenformen mittlerweile sieben dünne Goldwannen hergestellt. Nun füllte er die erste von ihnen mit flüssigem Blei. Der Zahnarzt sprach: «Das Blei erkalten lassen. Jetzt nur noch eine Seite der Goldverkleidung offen. Man lege eine Schamotteplatte darauf, damit das Blei nicht wieder flüssig wird, wenn es mit dem flüssigen Gold in Berührung kommt. Diese letzte Schamotteplatte ist sehr wichtig. So vermeidet man Verfärbungen der Goldoberfläche, die jeden Fachmann mißtrauisch machen würden.»
Thomas wanderte in die Küche zurück, um nach seinem Süppchen zu sehen, schnitt das Entenfleisch in Stücke und wanderte zurück ins Labor, um nach seinen Barren zu sehen.
Dr. Boule hatte mittlerweile in einem Tiegel wieder Gold flüssig gemacht und goß dieses nun über die Schamotteplatte in die Kuchenform. Er sprach: «Man warte, bis die Schaumkronen verschwunden sind. Das Gold setzt sich von selber. Die Oberfläche

Menu · 5. Dezember 1940

Ente chinesisch mit gekochtem Reis
Ente vom Rost mit gedämpften Maronen
Götterspeise

Thomas Lievens Ente begründet eine sagenhafte Freundschaft

Ente mit Ananas chinesisch: Man bereite eine nicht zu fette Fleischente wie üblich vor und entbeine sie dann. Man koche aus den zerkleinerten Knochen und dem Entenklein eine kräftige, kurze Brühe. – Man schneide das Entenfleisch in Stücke, lasse sie in einer Kasserolle goldbraun anbraten und bestäube sie dann mit Mehl, das man mitrösten läßt, bis es gelb ist. Man gieße mit der Knochenbrühe auf, füge eine enthäutete frische Tomate, einige gehackte Pilze und vier Gramm Glutamat hinzu und lasse alles eine halbe Stunde auf kleiner Flamme schmoren. – Man schneide einige Ananas-Scheiben auf Achtel, mische sie unter das Fleisch und lasse alles noch eine Viertelstunde schmoren. – Man reiche dazu locker und körnig gekochten Reis.

Ente vom Rost: Man bereite eine junge, nicht zu fette Ente in der üblichen Art vor und reibe sie innen und außen mit Salz ein. Man kann sie je nach Geschmack auch innen mit Knoblauch einreiben und verschiedene Kräuter hineinlegen. – Man lege die Ente mit der Brust nach unten auf den Grill im Ofen und gebe etwas Wasser in die darunterstehende Grillpfanne. Man grille bei mittlerer Hitze, bepinsele die Ente häufig mit dem ausgebratenen Fett, das sich in der Pfanne sammelt. – Man rechne als Bratdauer, je nach Größe, eine bis höchstens anderthalb Stunden. Man drehe die Ente in den letzten 20 Minuten mit der Brust nach oben. – Man bepinsele die gut gebräunte Haut der fertig gebratenen Ente mit kaltem Wasser und gebe noch für fünf Minuten gute Hitze, wodurch die Haut noch krosser und mürber wird. – Zum Beigericht «Gedämpfte Maronen»: Man nehme soviel Maronen, wie man andernfalls Salzkartoffeln als Beilage benötigen würde, befreie sie von Schale und Haut und dämpfe sie in Salzwasser weich, achte darauf, daß sie nicht zerbröckeln. Man schwenke sie in Butter und gebe sie zu Tisch.

Götterspeise: Man nehme grobgeriebenes, sehr dunkles Brot – am besten Pumpernickel – belege damit den Boden einer großen Glasschüssel und feuchte mit etwas Kognak oder Kirschwasser an. Man gebe darauf eine Lage von gut abgetropften, eingemachten Sauerkirschen und darüber eine Lage Schlagsahne. Dann folgt wieder Brot und so fort, als letztes eine Lage Schlagsahne. – Man streue geriebene Schokolade darüber und verziere mit Kirschen. Man stelle die Speise kalt und lasse sie noch gut durchziehen.

---

muß einen kleinen erhöhten Rand haben – wie ein Stück Schmierseife. Nun, bevor das Metall erkaltet ist, schnell das Wichtigste: die Punze.»

«Bitte, die was?»

«Die Punze. Der Prägestempel, der die Echtheit und den Goldgehalt ausweist.» Dr. Boule schrie in die Küche. «Was für einen Stempel soll ich nehmen, Bastian?»

«Scheideanstalt von Lyon!» schrie der Riese zurück. Er bepinselte gerade sein Tierchen mit ausgebratenem Fett.
«Na schön», sagte Dr. Boule. «Ich habe nämlich eine ganze Sammlung von Punzen der verschiedensten Scheideanstalten und Banken.» Er zeigte sie Thomas. «Ich habe sie als Negativ in Linoleum geschnitten und die Linoleumstückchen auf Holzklötze geklebt. Nun passen Sie auf!»
Er nahm den entsprechenden Prägestempel und beschmierte das Linoleum mit Olivenöl. Sodann drückte er den Stempel in eine Ecke der noch weichen Goldoberfläche des ersten Barrens. Zischend verbrannte der Ölfilm. Blitzschnell hob Dr. Boule den Stempel wieder ab, bevor das heiße Metall das Linoleum zerstören konnte. Der Augenblick des Aufpressens hatte genügt. Der Barren trug jetzt den Stempel genau so, als wäre er hineingeschlagen worden. Der Zahnarzt sagte: «Die Unebenheiten, die Asche, die Schwitze – das alles lasse man am Barren. Echte Barren werden auch nicht gereinigt.»
«Und daß der Betrug entdeckt wird?»
«Praktisch ausgeschlossen.» Dr. Boule schüttelte den Kopf. «Der Bleikern ist jetzt auf allen Seiten von einer drei Millimeter dicken Goldschicht umgeben. Der Käufer prüft mit einem Ölstein und mit Salzsäure. Er kratzt mit dem Stein über eine Kante des Barrens und hat danach einen Goldstrich auf seinem Stein. Den betupft er jetzt nacheinander mit verschiedenen Säurekonzentrationen, die den verschiedenen Karatgehalten entsprechen. Wenn der Goldstrich stehenbleibt, handelt es sich um zweiundzwanzigkarätiges Gold. Na, und um solches handelt es sich doch wirklich!»
Plötzlich begann der Zahnarzt zu schnüffeln. «Liebe Himmelsmutter, riecht das gut! Ist das jetzt *Ihre* Ente oder *seine*?»
Das Essen nahmen die Herren eine Stunde später schweigend zu sich. Sie verspeisten zuerst die Ente vom Rost und danach die chinesische Ente. Nebenan kühlten die ersten drei Barren aus. Und still war es, andächtig still in Dr. René Boules kleinem Speisezimmer. Zuletzt wischte Bastian sich den Mund ab und sah den Zahnarzt mit zusammengekniffenen Augen an. «Also, los, René, welche war besser?»
Dr. Boule sah unglücklich von einem der Köche zum andern, von Thomas zu Bastian, von Bastian zu Thomas. Bastians Riesenpfoten öffneten und schlossen sich krampfhaft.
Der kleine Doktor stotterte: «Das kann man unmöglich in drei Worten sagen, lieber Bastian ... Auf der einen Seite ist deine Ente ... aber auf der anderen Seite natürlich ...»

«Ja-ja-ja», sagte Bastian. «Du hast die Hosen voll, daß ich dich verkloppe, was? Dann will ich also den Schiedsrichter spielen. Die chinesische war besser!» Er grinste und schlug Thomas auf den Rücken, daß der sich verschluckte. «Ich glaube, ich bin älter. Ich trage dir das Du-Wort an für deine Ente. Ich heiße Bastian.»
«Sag Pierre zu mir.»
«Ich war ja ein lebenslanger Trottel mit meiner Ente am Rost! Pierre, Junge, daß ich dich nicht früher getroffen habe! Weißt du noch so ein paar Rezepte?»
«Einige, ja», antwortete Thomas bescheiden.
Bastian strahlte. Plötzlich betrachtete er Thomas voller Sympathie und Hochachtung. Seine Verfressenheit hatte einen Sieg über seine Eifersucht davongetragen: «Pierre, weißt du, was ich glaube? Ich glaube, das ist der Beginn von einer prima Freundschaft!»
Bastian glaubte es zu Recht. 1957, in einer Villa an der Cecilien-Allee zu Düsseldorf, sollte diese Freundschaft noch so frisch und stark sein wie an diesem ersten Tag. In den siebzehn Jahren, die dazwischenlagen, sollten viele Mächtige unserer Erde gelernt haben, vor dieser Freundschaft zu zittern ...
«Deine Ente war aber auch nicht übel, Bastian», sagte Thomas. «Wirklich nicht. Ich habe übrigens noch Götterspeise gemacht. Bedient euch. Ich kann nicht mehr. Wenn ich noch einen Bissen esse, falle ich um und bin tot!»

A propos tot ...

Köln, 4. Dezember 1940

VON: ABWEHR KÖLN
AN: CHEF ABWEHR BERLIN
GEHEIM 135892/VC/LU

Aus Lissabon zurückgekehrt, gestatte ich mir ergebenst, Herrn Admiral den Tod des Doppelagenten und Verräters Thomas Lieven, alias Jean Leblanc, zu melden.
Derselbe wurde am 17. November 1940 um 9 Uhr 35 (Ortszeit) im Hof des Hauses Rua do Poco des Negros 16 erschossen.
Lieven trug zur Zeit seiner Ermordung die Kleidung und Maske eines gewissen Lazarus Alcoba, mit dem er im Gefängnis gesessen hatte.
Obwohl die portugiesischen Behörden verständlicherweise alles taten, um den Vorfall zu verschweigen und seine näheren Umstände in Dunkelheit zu hüllen, ist es mir doch gelungen, eindeutig festzustellen, daß Lieven von einem gekauften Berufsverbrecher

auf Anweisung des Britischen Geheimdienstes erschossen wurde. Wie Herr Admiral wissen, hat Lieven auch den Engländern gefälschte Listen mit Namen und Adressen französischer Agenten verkauft.
Ich bedaure, daß es mir nicht möglich war, Lieven befehlsgemäß lebend in unsere Hände zu bekommen. Andererseits bedeutet sein verdientes Ende eine Sorge weniger für unsere Dienstobliegenheiten.

Heil Hitler!
Fritz Loos,
Major und Kommando-Führer.

2. Kapitel

1

Am Nachmittag des 6. Dezember 1940 suchten die Herren Hunebelle und Fabre das «Hotel Bristol» und daselbst den rosigen, dicken Rechtsanwalt Jacques Bergier auf, der sie im Salon seines Appartements empfing. Der französische Aufkäufer im Dienste der Gestapo trug einen blauseidenen Morgenmantel, ein Seidentüchelchen in der Brusttasche, und roch nach einem erfrischenden Parfüm.
Er protestierte zuerst gegen die Anwesenheit Bastians: «Was soll das, Monsieur Hunebelle? Ich kenne diesen Herrn nicht! Ich will nur mit Ihnen zu tun haben!»
«Dieser Herr ist mein Freund. Ich führe eine ziemlich kostbare Ware bei mir, Monsieur Bergier. Ich fühle mich sicherer so!»
Der Anwalt gab nach. Gekränkt ruhten seine alten Mädchenaugen auf dem eleganten Thomas. Dann gab der Vegetarier, Nichtraucher und Frauenfeind Bergier bekannt: «Mein Freund de Lesseps ist leider nicht hier, wie unangenehm.»
Wie angenehm, dachte Thomas und fragte: «Wo ist er denn?»
«Nach Bandol gefahren.» Bergier spitzte sein rosiges Mündchen, als wollte er pfeifen. «Er kauft da in der Gegend noch einen sehr großen Posten Gold, verstehen Sie. Und Devisen.»
«Ich verstehe.» Thomas gab Bastian einen Wink, dieser schwang einen kleinen Koffer auf den Tisch und ließ die Schlösser aufschnappen. Sieben Goldbarren lagen darin.
Bergier untersuchte sie genau. Er las die Stempel. «Hm. Hm. Scheideanstalt von Lyon. Sehr schön.»

Thomas gab Bastian heimlich einen zweiten Wink, Bastian sagte: «Könnte ich mir mal die Hände waschen?»

«Das Badezimmer ist da drüben.»

Bastian ging ins Badezimmer, in welchem es eine Unmenge von Flaschen und Tiegeln gab. Ein gepflegter Herr war Monsieur Bergier! Bastian drehte einen Wasserhahn auf, dann trat er geräuschlos auf den Gang, zog den Zimmerschlüssel aus dem Schloß, nahm eine alte Blechschachtel voller Bienenwachs aus der Tasche, drückte den Schlüssel von beiden Seiten in das Wachs, steckte ihn wieder ins Schloß und die Schachtel wieder in die Tasche.

Im Salon war Bergier mittlerweile darangegangen, die Goldbarren zu untersuchen. Er verfuhr dabei genau so, wie der kleine Zahnarzt es vorausgesagt hatte: Er benutzte einen Ölstein und Salzsäure von verschiedener Konzentration.

«In Ordnung», sagte er nach Prüfung der sieben Barren. Dann sah er Thomas träumerisch an. «Was mache ich mit Ihnen?»

«Bitte?» Thomas atmete erleichtert auf, da Bastian gerade in den Salon zurückkam.

«Sehen Sie, ich muß meinen Auftraggebern über jeden einzelnen Kauf natürlich Buch legen. Wir – wir führen Listen über unsere Kunden ...»

Listen! Thomas Lievens Herz schlug schneller. Das waren die Listen, die er suchte! Die Listen mit den Namen und Adressen von Kollaborateuren im unbesetzten Frankreich, von Leuten, die ihr Land an die Gestapo und oft genug noch ihre Landsleute dazu verkauften.

Bergier sprach sehr sanft: «Wir zwingen natürlich niemanden, uns Angaben zu machen ... wie sollten wir auch!» Bergier lachte. «Aber wenn Sie in der Zukunft mit uns Geschäfte machen wollen, wäre es vielleicht doch zweckmäßig, daß ich mir gewisse Notizen ... selbstverständlich absolut vertraulich ...»

Absolut vertraulich vor der Gestapo, dachte Thomas, und er sagte: «Wie Sie wünschen. Ich hoffe, Ihnen noch ein paarmal Ware liefern zu können. Auch Devisen.»

«Entschuldigen Sie mich einen Moment», bat Bergier und verschwand mit weibisch gezierten Bewegungen im Schlafzimmer.

«Hast du den Abdruck?» fragte Thomas.

«Klar.» Bastian nickte. «Sag mal, ist der Kleine etwa ...»

«Du merkst aber auch alles», sagte Thomas.

Bergier kam zurück. Er trug eine Aktentasche mit vier Schlössern, die er umständlich aufsperrte. Dann holte er mehrere Listen hervor, auf denen viele Namen und Adressen standen. Er zückte eine

goldene Füllfeder. Thomas Lieven gab seinen falschen Namen und eine falsche Adresse an. Bergier notierte beides.
«Und nun das Geld», sagte Thomas.
Bergier lachte: «Keine Angst, es kommt schon. Darf ich Sie bitten, mir ins Schlafzimmer zu folgen ...»
Im Schlafzimmer nebenan standen drei riesige Schrankkoffer. Aus einem von ihnen zog der Anwalt eine schmale Schublade. Sie erwies sich bis zum Rand gefüllt mit gebündelten 1000- und 5000-Francs-Scheinen. Es war Thomas klar, daß die Herren Bergier und de Lesseps große Mengen an Bargeld mit sich führen mußten. Ohne Zweifel war auch in den anderen Schubladen der Koffer Geld. Und so beobachtete Thomas höchst gespannt, wo Bergier die Mappe mit den Listen verstaute ...
Für den Barren bezahlte Bergier 360 000 Francs, die im Wert etwa 18 000 Reichsmark entsprachen, für sieben Barren also insgesamt 2 520 000 Francs.
Während er die Geldbündel vor Thomas hinlegte, lächelte Bergier werbend und verheißungsvoll und suchte dessen Blick. Thomas aber zählte die Francs ...
Endlich sagte Bergier: «Wann sehen wir uns wieder, mein Freund?»
Erstaunt fragte Thomas: «Wieso? Fahren Sie nicht nach Paris zurück?»
«O nein, nur Lesseps. Er kommt morgen nachmittag mit dem Expreß um 15 Uhr 30 hier durch.»
«Durch?»
«Ja, er fährt mit der Ware aus Bandol nach Paris. Ich werde ihm Ihr Gold an den Waggon bringen. Aber nachher könnten wir doch zusammen speisen, wie wär's mein Freund?»

2

«15 Uhr 30, Bahnhof St. Charles», sagte Thomas eine Stunde später in der Bibliothek einer großen, alten Wohnung am Boulevard de la Corderie. Die Wohnung gehörte einem Mann namens Jacques Cousteau, der viele Jahre später als Tiefseeforscher und mit seinem Buch und seinem Film «Die schweigende Welt» berühmt werden sollte. Im Jahre 1940 war dieser ehemalige Major der Marine-Artillerie ein wichtiger Mann des eben wieder entstehenden französischen Geheimdienstes: ein junger, energiegeladener Mensch mit schwarzem Haar und schwarzen Augen, durchtrainiert und sportlich.

Cousteau saß in einem alten Lehnsessel vor einer in satten Farben schimmernden Bücherwand und rauchte eine alte Pfeife, die er – faute de mieux – mit wenig Tabak gefüllt hatte.
Oberst Siméon saß neben ihm. Erbarmungswürdig glänzten die Ellbogen und Knie seines schwarzen Anzugs. Wenn er die Beine übereinanderschlug, sah man, daß er ein Loch in der linken Schuhsohle hatte.
Lächerlicher, armer, erbarmungswürdiger französischer Geheimdienst, dachte Thomas. Ich, ein Außenseiter, zur Agententätigkeit gezwungen, bin momentan reicher als das ganze «Deuxième Bureau»!
Elegant und gepflegt stand er da, dieser Thomas Lieven, und neben ihm stand das Köfferchen, in dem die Goldbarren zu Monsieur Bergier gebracht worden waren. Jetzt lagen 2 520 000 Francs in dem Köfferchen ...
Thomas Lieven sagte: «Sie müssen sehr aufpassen, wenn der Expreß einläuft. Ich habe nachgesehen: Er hält nur acht Minuten.»
«Wir werden aufpassen», sagte Cousteau. «Keine Sorge, Monsieur Hunebelle.»
Siméon zupfte an seinem Menjou-Bärtchen und erkundigte sich mit hungrigen Augen: «Und Sie glauben, daß de Lesseps viel Ware bei sich hat?»
«Nach Bergiers Berichten eine Riesenmenge an Gold, Devisen und sonstigen Werten. Er hat tagelang im Süden eingekauft. Er *muß* viel bei sich haben, sonst würde er nicht nach Paris fahren. Bergier wird ihm meine sieben Barren übergeben. Ich glaube, es ist das beste, wenn Sie die beiden in dem Augenblick verhaften lassen ...»
«Alles schon vorbereitet. Wir haben Freunden bei der Polizei einen Wink gegeben», sagte Cousteau.
Siméon fragte Thomas: «Aber wie kommen Sie an die Listen heran?»
Lächelnd antwortete Thomas: «Zerbrechen Sie sich nicht Ihren Kopf, Siméon. – Sie könnten mir übrigens helfen. Ich brauche drei Hausdiener in Uniformen des ‹Hôtel Bristol›.»
Siméon sperrte Mund und Augen auf. Man sah, daß er angestrengt nachdachte. Bevor ihm aber etwas einfiel, sagte Cousteau: «Das wird sich machen lassen. Das Bristol läßt in der Großwäscherei Salomon arbeiten. Auch die Uniformen reinigen. Der zweite Direktor in der Wäscherei ist ein Mann von uns.»
«Na fein», sagte Thomas.

Er sah den mageren Siméon mit der durchlöcherten Schuhsohle und dem abgestoßenen Anzug an. Er sah Cousteau an, der sparsam an der abgekauten Pfeife sog und nur wenig Tabak im Beutel hatte. Er sah sein Köfferchen an. Und dann beging unser Freund eine rührende Handlung, die zeigte, daß er noch immer nicht gelernt hatte, nach den herzlosen Spielregeln einer herzlosen Welt zu leben, in die ein grausames Geschick ihn gestürzt hatte ...

3

Als Thomas Lieven eine halbe Stunde später das Haus am Boulevard de la Corderie verließ, sah er, saß sich aus einer Mauernische ein Schatten löste und ihm durch die diesige Dunkelheit folgte. Thomas bog um eine Straßenecke und blieb jäh stehen. Der Mann, der ihm folgte, rannte prompt in ihn hinein.
«Oh, pardon», sagte er höflich und zog einen alten, speckigen Hut. Thomas erkannte ihn. Es war einer von Chantals Leuten. Er murmelte etwas Unverständliches und schlurfte davon.
In ihrer Wohnung in der Rue Chevalier à la Rose überfiel Thomas Lievens schwarzhaarige, katzenhafte Geliebte ihren Freund mit stürmischen Umarmungen und Küssen. Sie hatte sich für ihn besonders schön gemacht. Kerzen brannten, Champagner stand im Eis. «Endlich, Chéri! Ich hatte schon solche Sehnsucht nach dir.»
«Ich war noch ...»
«Bei deinem Oberst, ich weiß, Bastian hat es mir erzählt.»
«Wo ist denn Bastian?»
«Seine Mutter ist plötzlich erkrankt, er mußte zu ihr fahren, er kommt morgen wieder.»
«Morgen, aha», sagte Thomas arglos und öffnete den kleinen Koffer, der noch immer recht voll, aber nicht mehr ganz so voll war wie zu Anbeginn, als Bergier ihn gefüllt hatte. Chantal pfiff erfreut durch die Zähne.
«Pfeif nicht zu früh, Chérie», sagte er. «Es fehlt eine halbe Million.»
«Was?»
«Ja. Ich habe sie Cousteau und Siméon geschenkt. Die Leute sind pleite. Zum Teufel, sie haben mir leid getan, weißt du ... Laß uns sagen, daß die halbe Million mein Anteil war. Hier, der ansehnliche Rest von zwei Millionen und zwanzigtausend Francs ist für dich und deine Mitarbeiter ...»
Chantal küßte ihn auf die Nasenspitze. Sie überwand seinen Anfall von Menschenliebe eigentlich mit verdächtiger Leichtigkeit:

«Mein Gentleman! Bist du süß ... Jetzt hast du gar nichts von der Chose!»
«Ich habe dich», sagte er freundlich. Und übergangslos: «Chantal, warum läßt du mich beschatten?»
«Beschatten? Ich? Dich?» Sie riß die Katzenaugen auf. «Chéri, was ist das für ein Unsinn?»
«Einer deiner Kerle ist direkt in mich hineingerannt.»
«Oh, sicher nur Zufall ... Mein Gott, warum bist du bloß so furchtbar mißtrauisch? Was soll ich denn noch tun, damit du mir endlich glaubst, daß ich dich liebe?»
«Einmal die Wahrheit sagen, du Luder. Aber ich weiß, das ist ein ganz und gar unerfüllbares Ansinnen», antwortete er.

Als der Paris-Expreß pünktlich um 15 Uhr 30 am 7. Dezember 1940 auf Gleis III in den Gare St. Charles einlief, sah ein Mann von 37 Jahren aus dem herabgelassenen Fenster eines Erstklaß-Abteils. Paul de Lesseps hatte ein mageres Gesicht mit scharfen Zügen, kalte Haifischaugen und aschblondes, schütteres Haar.
Suchend glitt sein Blick über den Bahnsteig. Dann sah er den rundlichen, auffällig gekleideten Anwalt Bergier, der neben einem kleinen Koffer stand.
Paul de Lesseps hob eine Hand.
Jacques Bergier hob eine Hand.
Der Zug hielt. Bergier eilte auf den Waggon seines Freundes zu. Danach ging alles sehr schnell. Ehe ein einziger Passagier aussteigen konnte, traten aus der Menge dreißig Kriminalbeamte in Zivil von beiden Seiten an die Waggons heran und hoben zwei lange Seile auf, die zu beiden Seiten der Schienen gelegen hatten. So konnte keine Tür des Zuges mehr geöffnet werden, wenn die Beamten es nicht wollten.
Ein Kriminalkommissar sprach Bergier an und verhaftete den kreidebleichen Anwalt unter dem dringenden Verdacht des Gold- und Devisenschmuggels. Den Koffer mit den sieben Goldbarren hielt Bergier noch in der Hand.
Indessen waren zwei weitere Beamte von beiden Enden in den Waggon gestürmt und nahmen Paul de Lesseps in seinem Abteil fest.
Zur gleichen Zeit schritten drei Hausdiener in der grünen Uniform ihres Standes durch einen Gang im vierten Stock des «Hôtel Bristol». Zwei von ihnen sahen aus wie Leute aus Chantal Tessiers Bande, der dritte sah aus wie Thomas Lieven. Die Uniformen paßten ihnen nicht besonders gut.

Ohne Schwierigkeit öffnete der Hausdiener, der aussah wie Thomas Lieven, die Tür eines bestimmten Appartements. Mit einer bei Angehörigen ihres Standes selten zu erlebenden Hurtigkeit holten die Herren drei riesige Koffer aus dem Schlafzimmer des Appartements, schleppten sie zum Personalaufzug, fuhren mit ihrer Last in den Hof hinab, wuchteten die Koffer in den Laderaum eines Lieferautos der Großwäscherei «Salomon» und fuhren ungehindert davon. Allerdings nicht zu der erwähnten Großwäscherei, sondern zu einem Haus in der Rue Chevalier à la Rose ...

Eine Stunde später betrat ein freudestrahlender Thomas Lieven, wieder normal gekleidet, die Wohnung von Jacques Cousteau am Boulevard de la Corderie. Cousteau und Siméon erwarteten ihn. Aus der Aktentasche des lieblichen Herrn Bergier zog Thomas jene Listen, auf denen Spitzel, Kollaborateure und Seelenverkäufer mit genauen Namen und Adressen angeführt waren. Er schwenkte die Blätter triumphierend durch die Luft. Unverständlicherweise rührten Cousteau und Siméon sich kaum.
Beunruhigt fragte Thomas: «Was ist denn los? Haben Sie die beiden?»
Cousteau nickte. «Im Präsidium.»
«Die sieben Barren?»
«Haben wir auch.»
«Na und?»
«Aber sonst haben wir nichts, Monsieur Hunebelle», sagte Cousteau langsam. Seine Augen ließen Thomas nicht mehr los. Auch Oberst Siméon musterte Thomas sehr seltsam.
«Was heißt das: sonst haben Sie nichts? Lesseps muß doch ein Vermögen an Gold, Devisen und sonstigen Wertsachen bei sich gehabt haben!»
«Ja, das sollte man glauben, nicht wahr?» Cousteau knabberte an seiner Unterlippe.
«Er hatte *nichts* bei sich?»
«Nicht ein Gramm Gold, Monsieur Hunebelle. Nicht einen Dollar, keine Pretiosen. Ist das nicht drollig?»
«Aber – aber – er wird es versteckt haben! Im Waggon oder sonstwo im Zug. Er wird mit Eisenbahnern zusammengearbeitet haben. Sie müssen den Zug untersuchen! Alle Passagiere!»
«Das haben wir getan. Wir haben sogar die Kohle aus dem Tender schaufeln lassen. Es kam nichts zum Vorschein.»
«Wo ist der Zug jetzt?»

«Weitergefahren, wir konnten ihn nicht länger aufhalten.»
Siméon und Cousteau bemerkten, daß Thomas plötzlich ingrimmig zu lächeln begann, den Kopf wiegte und lautlos die Lippen bewegte. Hätten Siméon und Cousteau sich aufs Lippenlesen verstanden, so hätten sie auch verstanden, was Thomas hauchte, nämlich: «So ein verdammtes Luder!»
Siméon verstand es nicht. Er reckte sich auf, blähte seine Brust und fragte düster, ironisch und drohend: «Na, Lieven – haben Sie vielleicht eine Idee, wo das Gold sein kann?»
«Ja», sagte Thomas Lieven langsam, «ich glaube, ich habe eine Idee.»

4

Brennendheiße Wut im Leibe, kämpfte Thomas Lieven mit zusammengepreßtem Kiefer und vorgeneigten Schultern gegen einen eiskalten Nordoststurm an, als er in der Dämmerstunde des 7. Dezember 1940 in die Rue de Paradis zu Marseille einbog.
Dieses Luder von einer Chantal!
Dieser Halunke von einem Bastian!
Der Sturm wurde immer ärger. Er orgelte und pfiff, stöhnte und dröhnte durch die Straßen – gerade das richtige Wetter für Thomas Lievens düstere Stimmung.
Neben der alten Börse erhob sich in der Rue de Paradis ein schmutziges, mehrstöckiges Haus. In diesem Haus befand sich im ersten Stock ein gastliches Etablissement, das sich «Chez Papa» nannte. «Chez Papa» gehörte einem Herrn, dessen Familiennamen kein Mensch kannte und den die ganze Stadt «Olive» nannte. Olive war rosig und fett wie die Schweine, die er schwarz schlachtete.
Dicke Rauchschwaden hingen in den Räumen von «Chez Papa», fluoreszierend schillerte das Licht der Lampen. Zu dieser frühen Abendstunde besprachen Olives Gäste bei einem Apéritif ihre Geschäfte und bereiteten sich seelisch auf ein Schwarzmarkt-Abendessen vor.
Eine Zigarette im Mundwinkel, lehnte Olive hinter der nassen Theke, als Thomas Lieven eintrat. Seine kleinen Augen blinzelten gutmütig: «Bonsoir, Monsieur. Was soll es sein? Ein kleiner Pastis?»
Es war Thomas Lieven zu Ohren gekommen, daß Olive seinen Schnaps selber herstellte, und zwar mit einem etwas unheimlichen Ausgangsprodukt, nämlich mit Spiritus aus dem Anatomischen Institut. Nichts gegen Spiritus! Aber angeblich wurde solcher ver-

wendet, der im Anatomischen Institut bereits zu Konservierungszwecken von Leichenteilen gedient hatte, bevor er gestohlen worden war. Es hieß, daß Olives «Pastis» bei einzelnen Konsumenten akute Anfälle von Irrsinn hervorgerufen hätte.
So sagte Thomas: «Geben Sie mir einen doppelten Kognak, aber echten!» Er bekam ihn.
«Hören Sie, Olive, ich muß mit Bastian sprechen.»
«Bastian? Kenne ich nicht.»
«Klar kennen Sie ihn. Er hat seine Wohnung hinter Ihrem Lokal. Ich weiß, daß man nur durch Ihre Kneipe zu ihm kommen kann. Ich weiß auch, daß er sich jeden Besucher durch Sie annoncieren läßt.»
Olive blies die Hamsterbacken auf, und seine Augen wurden plötzlich tückisch: «Bist wohl so ein kleiner Scheißer von der Polente, wie? Hau bloß ab, Junge, ich habe hier ein Dutzend Kameraden an der Hand, die dir die Fresse massieren, wenn ich bloß pfeife.»
«Ich bin nicht von der Polente», sagte Thomas und trank einen Schluck. Dann zog er seine geliebte Repetieruhr. Er hatte sie durch alle Fährnisse, ja sogar vor der costaricanischen Konsulin gerettet, hatte sie aus Portugal über Spanien glücklich nach Marseille gebracht. Er ließ sie schlagen.
Der Wirt schaute erstaunt zu. Dann fragte er: «Woher weißt du denn, daß er hier wohnt?»
«Von ihm selber. Los, sag ihm, sein lieber Freund Pierre will ihn sprechen. Und wenn er seinen lieben Freund Pierre nicht sofort empfängt, dann ist in fünf Minuten was los hier ...»

5

Mit ausgebreiteten Armen und einem strahlenden Lächeln kam Bastian Fabre auf Thomas Lieven zu. Jetzt standen sie sich gegenüber in dem engen Gang, der die Kneipenküche mit Bastians Wohnung verband. Mit seinen Riesenpfoten schlug er Thomas auf die Schulter. «Ist das aber eine Freude, mein Kleiner! Ich wollte dich gerade suchen gehen!»
«Nimm sofort deine Flossen weg, du Gauner», sagte Thomas böse. Er stieß Bastian zur Seite und ging in die Wohnung hinein.
Im Vorzimmer sah es ziemlich wüst aus. Autoreifen, Benzinkanister und Zigarettenkartons lagen herum. Im nächsten Zimmer gab es einen großen Tisch und darauf eine komplette elektrische Spielzeug-Eisenbahn mit gewundenen Schienen, Übergängen, Bergen, Tälern, Tunnels und Brücken.

Höhnisch fragte Thomas: «Hast du hier einen Kindergarten?»
«Das ist mein Hobby», sagte Bastian beleidigt. «Stütze dich bitte nicht auf das Kästchen, du machst den Transformator kaputt ... Sag mal, warum bist du bloß so wütend?»
«Das fragst du noch? Gestern bist du verschwunden. Heute ist Chantal verschwunden. Vor zwei Stunden hat die Polizei die beiden Gestapo-Aufkäufer verhaftet, Herrn Bergier und Herrn de Lesseps. Herr de Lesseps ist mit Gold, Schmuck, Münzen und Devisen in Bandol losgefahren. Aber in Marseille ist er ohne Devisen, Münzen, Schmuck und Gold angekommen. Die Polizei hat den ganzen Zug auf den Kopf gestellt, es kam nichts zutage.»
«Schau mal einer an, na so was!» Bastian grinste vor sich hin und drückte auf einen Knopf der Anlage. Einer der Züge setzte sich in Bewegung und raste auf einen Tunnel zu.
Thomas riß einen Stecker aus der Wanddose. Der Zug blieb stehen. Zwei Waggons lugten noch aus dem Tunnel hervor.
Bastian richtete sich auf, er sah jetzt aus wie ein gereizter Orang-Utan. «Gleich kriegst du eine aufs Zahnfleisch, Kleiner. Was willst du eigentlich?»
«Ich will wissen, wo Chantal ist! Ich will wissen, wo das Gold ist!»
«Na, nebenan natürlich. In meinem Schlafzimmer.»
«Wo?» Thomas schluckte schwer.
«Was hast denn du gedacht, Mensch? Daß sie mit dem Zeug abhaut? Sie wollte nur alles noch ein bißchen hübsch arrangieren, mit Kerzen und so, damit du eine besondere Freude hast.» Bastian hob die Stimme und rief: «Bist du soweit, Chantal?»
Eine Tür ging auf. Schöner denn je stand Chantal Tessier da. Enganliegende Hosen aus grünem, rauhem Leder trug sie, eine weiße Bluse, einen schwarzen Gürtel. Ihre Raubtierzähne leuchteten in einem strahlenden Lächeln.
«Tag, mein Süßer», sagte sie und nahm Thomas an der Hand. «Komm mit. Jetzt wird der kleine Junge beschert!»
Willenlos folgte Thomas ihr in das Nebenzimmer. Hier brannten fünf Kerzenstummel, die Chantal auf Untertassen befestigt hatte. Ihr weiches Licht erhellte das altmodische Schlafzimmer mit dem gewaltigen Doppelbett.
Als Thomas diese Ruhestatt näher besah, schluckte er mühsam und mit enger Kehle. Denn auf dem Bett lagen, gleißend und funkelnd im Licht: gut zwei Dutzend Goldbarren, unzählige Goldmünzen und Ringe, Ketten, Armbänder, moderne und antike, ein uraltes steingeschmücktes Kruzifix neben einer kleinen, goldeingelegten Ikone und daneben gebündelte Dollarnoten und Pfundnoten.

Thomas Lieven empfand ein Gefühl, als ob seine Beine sich in Gelee verwandelt hätten. In einem Anfall von Schwäche plumpste er auf einen alten Schaukelstuhl, der sich sogleich hurtig mit ihm in Bewegung setzte.
Bastian war neben Chantal getreten, rieb sich die Hände, stieß seine Chefin an und grunzte vor Freude: «Das hat hingehauen! Schau ihn dir an! Ganz käsig ist der Kleine!»
«Ein schöner Tag – für uns alle», sagte Chantal.
In seiner Benommenheit sah Thomas die beiden Gesichter vor sich wie weiße Bälle auf bewegtem Wasser. Auf und nieder tanzten sie. Er stemmte die Füße gegen den Boden. Der Stuhl hielt an. Deutlich sah er nun die Gesichter Chantals und Bastians: zwei selige Kindergesichter, ohne Falsch, ohne Verstellung, ohne Arglist.
Er stöhnte: «Also habe ich recht gehabt. Ihr habt das Zeug geklaut.»
Bastian wieherte und schlug sich auf den Bauch. «Für dich und für uns! Damit haben wir für den Winter ausgesorgt! Junge, Junge, das ist vielleicht ein Schluck aus der Pulle!»
Chantal eilte zu Thomas und gab ihm viele kleine, aber heiße Küsse. «Ach», rief sie, «wenn du wüßtest, wie süß du jetzt aussiehst! Zum Fressen! Ich bin ja ganz verrückt nach dir!» Sie setzte sich auf seine Knie, der Stuhl geriet wieder in Bewegung, und eine neue Woge der Schwäche flutete über Thomas hin.
Wie durch ein Meer von Watte drang Chantals Stimme an sein Ohr: «Ich habe den Jungens gesagt: Das Ding müssen wir alleine drehen, dazu ist mein Süßer zu moralisch, dazu hat er zu viele Skrupel! Wir wollen ihn gar nicht belasten damit. Wenn wir die Sore vor ihn hinknallen, wird er sich mit uns freuen!»
Kopfschüttelnd und immer noch schwach forschte Thomas: «Wie seid ihr an die Sore – hm – an das Zeug herangekommen?»
Darüber referierte Bastian: «Na, als ich gestern mit dir bei dem Schw ... bei dem komischen Bergier war, da sagte er doch, sein Kumpel Lesseps säße unten in Bandol mit 'ner Riesenladung. Ich also mit drei Kameraden nix wie runter nach Bandol! Habe da meine Freunde, verstehst du? Ich kriege raus, daß Lesseps mit ein paar Eisenbahnern muschelt. Hat Schiß vor Kontrollen. Will die Sore unter der Kohle von der Lokomotive verbuddeln, mit der er nach Paris fährt. Im Tender, kapiert?»
Bastian bemühte sich, einen heiseren Lachanfall unter Kontrolle zu bringen. Dann fuhr er fort: «Das haben wir ihn erst mal tun lassen. Dann haben wir ihm 'ne schnuckelige Puppe besorgt für

den Abend – der Gockel ist ja Gott sei Dank leichter zu bedienen als sein Freund Bergier. Na, und die Kleine hat ihn weisungsgemäß ordentlich auf Trab gebracht. So ordentlich, daß er am nächsten Morgen noch besoffen und knieweich an die Bahn kam!»
«Hach», sagte Chantal und fuhr mit ihren roten Krallenfingern leidenschaftlich durch Thomas Lievens Haar.
«Beneidenswert», kommentierte Bastian traurig diese Szene. Er nahm sich zusammen. «Na ja, und während Herr de Lesseps anderweitig beschäftigt war, spielte ich mit den Kameraden ein bißchen Eisenbahn. Mein Hobby, ich sagte es schon. Gibt so viele Kohlentender auf einem Bahnhof. Sieht einer wie der andere aus.»
«Ließ Lesseps seinen Tender denn nicht bewachen?»
«Doch. Von zwei Eisenbahnern.» Bastian hob die Hände und ließ sie fallen. «Er hat jedem von ihnen einen Goldbarren geschenkt. Da schenkten wir jedem von ihnen noch zwei – wir hatten es ja – und die Chose war geritzt ...»
«Die Macht des Goldes», sagte Chantal und biß Thomas ins linke Ohrläppchen.
«Chantal!»
«Ja, Süßer?»
«Steh mal auf», bat Thomas. Sie erhob sich verwirrt und trat neben Bastian. Der legte einen Arm um ihre Schulter. So standen sie reglos, zwei eben noch fröhliche, nun erschrockene Kinder. Und es funkelten die Barren, es glänzten die Münzen, es glitzerten Ketten, Ringe und Steine.
Auch Thomas stand auf. Maßlos traurig sagte er: «Mein Gott, das Herz tut mir weh, weil ich euch jetzt die Freude verderben, euch eure Überraschung kaputtmachen muß. Aber das geht natürlich nicht.»
«Was geht natürlich nicht?» fragte Bastian. Seine Stimme klang flach und trocken.
«Daß wir das Zeug behalten. Wir müssen es Cousteau und Siméon abliefern.»
«Wa-w-wahnsinnig.» Bastians Unterkiefer fiel herab. Er sah Chantal an wie ein ratloser Bernhardiner. «Er ist wahnsinnig geworden!»

6

Chantal stand da und rührte sich nicht. Nur ihr linker Nasenflügel zitterte ... Ruhig sagte Thomas: «Ich komme von Siméon und Cousteau. Ich habe mit den beiden eine klare Abmachung getroffen. Sie bekommen die Listen der Spitzel und Kollaborateure, dazu alles, was Bergier und Lesseps hier unten zusammengeraubt, erpreßt und geplündert haben. Wir erhalten das Geld in den drei Schrankkoffern, die wir aus Bergiers Schlafzimmer geholt haben. Das sind immerhin auch fast 68 Millionen.»

«68 Millionen Francs!» schrie Bastian auf und rang die Hände. «Francs! Francs! Wo der Scheinfranc täglich weiter runterrutscht!»

«Und dafür gibst du das hier her?» Ganz leise, fast flüsternd, sprach Chantal und wies auf das Bett. «Da liegen mindestens 150 Millionen an Wert, du Idiot!»

Thomas wurde wütend. «Es sind französische Werte! Werte, die Frankreich gehören, die Frankreich gestohlen worden sind. Das Geld in den Koffern ist Gestapo-Geld, das können wir beruhigt behalten. Aber das hier, der Schmuck, das Kruzifix, das Gold aus der Staatsbank ... Gott im Himmel, muß *ich* euch an eure patriotischen Pflichten erinnern, ich, ein Boche?»

Heiser sagte Bastian: «Das ist unsere Sore. *Wir* haben sie geklaut. Die Gestapo schaut in den Mond. Ich finde, wir haben genug fürs Vaterland getan!»

Bastian und Thomas stritten weiter. Sie regten sich immer mehr auf dabei. Chantal hingegen wurde immer ruhiger, gefährlich ruhig.

Die Arme in die Seiten gestemmt, die Daumen im Ledergürtel, so wippte sie mit dem rechten Schuh, und ihr linker Nasenflügel zitterte. Sehr leise fiel sie zuletzt Bastian ins Wort: «Reg dich nicht auf. Das ist deine Wohnung. Der kleine Idiot muß hier mal erst rauskommen – und Cousteau und Siméon rein.»

Thomas zuckte die Schultern und ging zur Tür. Mit einem Sprung stand Bastian vor ihm. Er hielt einen schweren Revolver in der Hand. «Wo willst du hin?»

«Chez Papa. Telefonieren.»

«Noch einen Schritt, und ich leg dich um.» Bastians Atem kam rasselnd. Klick, machte der Sicherungshebel der Waffe.

Thomas trat zwei Schritte vor. Nun berührte der Lauf des Revolvers seine Brust. Er machte noch zwei Schritte.

Bastian stöhnte und wich zwei Schritte zurück. «Kleiner – sei vernünftig ... Ich – ich leg dich wirklich um ...»

«Laß mich gehen, Bastian.» Thomas machte noch einen Schritt. Bastian stand nun mit dem Rücken gegen die Tür. Thomas griff nach der Klinke.

Bastian ächzte: «Warte doch! – Was werden die Schweine denn

machen mit der schönen Sore? Vertun und verschieben und verpulvern – Polizei – Staat – Geheimdienst – Vaterland ... Was denn, das sind doch alles nur Ganoven!»
Thomas drückte die Klinke herab; hinter Bastian schwang die Tür auf. Bastian war jetzt kreidebleich. Er starrte Chantal an und ächzte: «Chantal, tu doch was – hilf mir doch ... Ich – ich kann ihn doch nicht umlegen ...»
Thomas hörte ein Geräusch und drehte sich um. Chantal war auf den Rand des Bettes gesunken. Mit ihren kleinen Fäusten schlug sie auf die Barren, auf das Kruzifix, die Münzen.
Ganz hoch, gebrochen, kam ihre Stimme: «Laß ihn gehen, den Idioten, laß ihn gehen ...» Tränen liefen über ihr schönes Katzengesicht, sie weinte verzweifelt. Schluchzend sah sie zu Thomas auf. «Geh schon ... Ruf Siméon ... Er kann alles holen ... Oh, du Schuft, hätt' ich dich doch nie getroffen – und ich hab' mich so furchtbar gefreut ...»
«Chantal! –»
« ... ich wollte Schluß machen mit allem – wegziehen mit dir – weit weg, in die Schweiz. Ich hab' doch nur an *dich* gedacht ... Und jetzt ...»
«Chantal, Liebling –»
«Nenn mich nicht Liebling, du Scheißkerl!» schrie sie auf. Dann fiel sie kraftlos vorwärts. Ihre Stirn traf mit einem häßlichen Geräusch den Münzenberg. So blieb Chantal liegen. Sie weinte und weinte, als ob sie niemals mehr würde aufhören können.

7

«Ziehen Sie sich aus», sagte zu dieser Zeit der hübsche, junge Justizwachtmeister Louis Dupont. Er stand im Einlieferungsraum des Polizeigefängnisses in der Präfektur von Marseille. Zwei Gefangene waren eben zu ihm gebracht worden, der rosige, wohlgeflegte und wohlparfümierte Jacques Bergier und der jüngere, hagere Paul de Lesseps.
«*Was* sollen wir?» fragte Lesseps böse. Seine eiskalten Haifischaugen schlossen sich zu Schlitzen, die Lippen waren zwei blutleere Striche.
«Sie müssen sich ausziehen», sagte Dupont. «Ich will sehen, was Sie in den Kleidern haben. Und am Körper.»
Bergier kicherte: «Was glauben Sie denn, was wir am Körper haben, junger Freund?» Er trat vor und öffnete seine Weste. «Kommen Sie, durchsuchen Sie mich mal nach Waffen!» Er nahm

die Krawatte ab und knöpfte das Hemd auf. Dupont half ihm aus den Ärmeln.
Bergier kreischte: «Nicht doch, junger Freund, ich bin ja so kitzlig!»
«Schluß jetzt», sagte Paul de Lesseps.
«Eh?» Dupont drehte sich um.
«Ich habe jetzt genug. Rufen Sie den Gefängnisdirektor her. Augenblicklich.»
«Hören Sie mal, in dem Ton ...»
Paul de Lesseps' Stimme war fast nur noch ein Flüstern: «Maul halten. Können Sie lesen? Da!» Er hielt dem jungen Beamten einen Ausweis hin. Es war ein Ausweis in deutscher und französischer Sprache, und das Dokument besagte, daß Herr Paul de Lesseps im Auftrag des deutschen Reichssicherheitshauptamtes arbeitete.
«Ach, bei dieser Gelegenheit», sagte Bergier und holte mit gezierten Bewegungen aus seiner Gesäßtasche eine malvenfarbene Brieftasche hervor, die nach Juchten duftete. Derselben entnahm er ebenfalls einen Ausweis. Beide Dokumente waren ausgestellt von einem gewissen Walter Eicher, Sturmbannführer, SD Paris. Hochmütig sprach de Lesseps: «Der Herr Sturmbannführer ist von unserer Verhaftung *umgehend* in Kenntnis zu setzen. Wenn Sie das nicht *augenblicklich* in die Wege leiten, haben Sie sich alle Folgen selber zuzuschreiben.»
«Ich – ich verständige meinen Vorgesetzten», stotterte Louis Dupont. Seit er die Ausweise gesehen hatte, waren ihm die beiden Kerle noch widerlicher geworden. Marseille lag im unbesetzten Frankreich. Aber immerhin ... SD ... Gestapo ... Dupont wollte keinen Ärger. Er griff nach dem Telefonhörer.

8

– 7 dez 1940 – 17 uhr 39 – FS von präfektur marseille an kriminalpolizei paris – heute 15 uhr 30 bahnhof saint charles festgenommen 1) paul de lesseps und 2) jaques bergier – wegen gold- und devisenschmuggels – 1) zeigt deutschen SD-ausweis nr 456832 serie rot und 2) deutschen SD-ausweis nr 11165 serie blau – beide ausgestellt von SD-sturmbannführer walter eicher – bitte sofort feststellen ob verhaftete tatsächlich im auftrag des SD arbeiten – ende – ende –

9

«De Lesseps? Bergier?» Sturmbannführer Walter Eicher lehnte sich in seinem Schreibtischsessel zurück und lief rot an. Wütend brüllte er in den Telefonhörer, den er am Ohr hielt: «Jawohl, ich kenne die beiden! Jawohl, sie arbeiten für uns! Geben Sie nach Marseille durch, daß man die Herren festhalten soll. Wir kommen und holen sie ab.»
Der französische Beamte am anderen Ende der Leitung bedankte sich höflich für die Auskunft.
«Nichts zu danken. Heil Hitler!» Eicher knallte den Hörer in die Gabel und brüllte: «Winter!»
Aus dem Nebenzimmer kam sein Adjutant gestürzt. Die Herren gingen ihrer makabren Tätigkeit im vierten Stock einer pompösen Villa der Avenue Foch zu Paris nach. Der Mann, der Winter hieß, schnarrte: «Sturmbannführer?»
«De Lesseps und diese alte Tante, Bergier, sind in Marseille hochgegangen», fauchte der Mann, der Eicher hieß.
«Um Gottes willen, wieso?»
«Weiß ich noch nicht. Zum Verzweifeln ist das. Arbeiten wir hier eigentlich *nur* mit Idioten? Stellen Sie sich vor, wenn Canaris etwas davon erfährt! Das wäre doch ein Fressen für ihn! SD kauft das unbesetzte Frankreich aus!»
Das Reichssicherheitshauptamt und die Abwehrorganisation des Admirals Canaris haßten einander wie ein böser Hund eine böse Katze. Die Befürchtungen des Sturmbannführers Eicher bestanden zu Recht. Er knurrte: «Lassen Sie den schwarzen Mercedes nachsehen, Winter. Wir fahren nach Marseille runter.»
«Heute noch?»
«In einer Stunde, Mensch. Damit wir morgen früh da sind! Wir müssen die beiden Idioten rausholen, bevor sie quatschen!»
«Jawohl, Sturmbannführer!» brüllte Winter. Er schmiß die Tür hinter sich ins Schloß. Immer derselbe Ärger. Ein Scheißberuf ist das. Jetzt kann ich wieder der süßen Zouzou absagen. Zwölf Stunden mit dem Ollen im Wagen. Die Nacht um die Ohren. Zum Heulen.

Vierundzwanzig Stunden später hielt Chantal Tessier in Marseille im Hinterzimmer des Cafés «Brûleur de Loup» eine Betriebsversammlung ihrer Bande ab, bei der es, gelinde gesagt, stürmisch zuging.
Die französischen Schleichhändler und spanischen Paßfälscher, die

leichten Mädchen aus Korsika und die Verschwörer und Totschläger aus Marokko, die alle in den vorderen Lokalitäten ihren Geschäften nachgingen, blickten immer wieder mißbilligend zu der Tür im Hintergrund, an welcher eine Tafel mit der Aufschrift baumelte:

GESCHLOSSENE GESELLSCHAFT

Eine laute geschlossene Gesellschaft war das! Endlich öffnete sich die Tür, und die Kaffeehausgäste (per Saldo 500 Jahre Zuchthaus, kulant berechnet) sahen den ihnen allen wohlbekannten Bastian Fabre in eine Telefonzelle neben der Theke treten. Er machte einen verstörten Eindruck ...

Bastian wählte die Nummer des Restaurants «Chez Papa». Olive, der Wirt, meldete sich. Bastian wischte sich den Schweiß von der Stirn, zog nervös an seiner schwarzen Zigarre und sagte hastig: «Hier Bastian. Ist der Mann bei dir, der mich gestern nachmittag besucht hat?» Er hatte Thomas aufgefordert, den Ausgang der Sitzung in «Chez Papa» abzuwarten.

Olives Stimme klang überschattet: «Der ist da, ja. Spielt Poker mit meinen Gästen am Stammtisch. Gewinnt dauernd.»

«Ruf mir den Mann mal an den Apparat.» Bastian nahm einen tiefen Zug aus der Zigarre und öffnete die Zellentür, um den Rauch hinauszulassen. Dieser verdammte Pierre – er verdiente es einfach nicht, daß man sich um ihn Sorgen machte.

Vor vierundzwanzig Stunden erst hatte der Kerl diese Brüder vom Geheimdienst herbeigerufen, und die ganze schöne Sore war abgeholt worden. Gott sei Dank, nicht die *ganze* schöne Sore, dachte Bastian. Während Thomas ans Telefon gegangen war, hatte er mit Chantal schnell noch ein paar Pretiosen und eine erkleckliche Menge Goldmünzen beiseitegeräumt ... Aber was war das schon, verglichen mit dem millionenschweren Rest? Man durfte gar nicht daran denken ...

«Hallo, Bastian! Na, mein Alter, wie steht's?»

Bastian hörte voller Grimm, wie gleichmütig die Stimme dieses vertrottelten Kerls klang. Er sagte: «Pierre, ich bin dein Freund – trotz allem. Darum einen Rat: Verschwinde. Aber augenblicklich. Es ist keine Minute zu verlieren.»

«Nanu, warum denn?»

«Hier auf der Betriebsversammlung geht alles hinten hinaus. Chantal hat ihren Rücktritt angeboten.»

«Um Gottes willen!»

«Sie hat geweint ...»
«Ach, Bastian, wenn du wüßtest, wie peinlich mir das alles ist ...»
«Unterbrich mich nicht, Trottel. Sie hat gesagt, daß sie dich liebt – daß sie dich versteht ... Darauf ist ein großer Teil der Bande weich geworden ...»
«Ah, l'amour! Vive la France!»
«... aber nicht alle. Da ist eine Gruppe um den hinkenden François. Du kennst ihn doch, Pferdefuß nennen wir ihn ...»
Thomas kannte ihn nicht, er hatte aber von ihm gehört. «Pferdefuß» war das älteste Mitglied der Bande, er verdankte den Namen zu gleichen Teilen seinem Hinken, seiner Gewalttätigkeit und seinen Methoden bei der Eroberung eines weiblichen Wesens.
«... Pferdefuß ist dafür, dich umzulegen ...»
«Charmant.»
«... er hat nichts gegen dich, sagt er, aber dein Einfluß auf Chantal ist verheerend. Du weichst sie auf ...»
«Nana!»
«... du bist der Untergang unserer Bande. Um Chantal zu schützen, sagt er, muß man dich umlegen ... Pierre, hau ab! Mach, daß du wegkommst.»
«Im Gegenteil.»
«Was?»
«Hör mal genau zu, Bastian», sagte Thomas Lieven. Das tat sein Freund, kopfschüttelnd zuerst, zweifelnd sodann, einverstanden zuletzt. Er knurrte: «Na schön, wenn du dir das zutraust. Also dann in zwei Stunden. Aber alles auf deine Verantwortung!»
Er hängte auf und ging zurück in das verqualmte Hinterzimmer, in welchem der hinkende François, genannt Pferdefuß, gerade leidenschaftlich dafür plädierte, diesen Jean Leblanc oder Pierre Hunebelle, oder wie er auch immer heißen mochte, in ein besseres Jenseits zu befördern.
«... im Interesse von uns allen», sagte er eben und stieß dabei die Spitze eines ungemein dünnen, ungemein scharfen Klappmessers in die Tischplatte. Dann fuhr er Bastian an: «Wo warst du?»
«Ich habe mit Pierre telefoniert», antwortete dieser ungerührt. «Er lädt uns alle zum Essen ein. In zwei Stunden. In meiner Wohnung. Er meint, wir könnten dann alles in Ruhe besprechen.»
Chantal schrie auf. Plötzlich redeten alle durcheinander. «Ruhe!» brüllte der hinkende François. Es wurde still.
«Mut hat der Kerl», sagte François beeindruckt. Dann lächelte er böse. «Na schön, Kollegen, laßt uns hingehen ...»

«Meine Herren, ich begrüße Sie», sagte Thomas Lieven. Er küßte der bleichen Bandenchefin, die am Ende ihrer Nervenkraft angelangt war, die Hand.
Die fünfzehn Ganoven drängten in Bastians Wohnung, grinsend zum einen Teil, verbissen und drohend zum anderen. Sie erblickten eine festlich gedeckte Tafel. Mit Hilfe von Olive hatte Thomas sie errichtet – auf Bastians großem Eisenbahntisch. Die Berge, Täler, Brücken, Flüsse und Bahnhöfe hatte er entfernt, aber *ein* Schienenstrang lief auch noch auf dem weißen Tischtuch von einem Ende der Tafel zum andern, vorbei an Gläsern, Tellern und Bestecken.
«Wohlan», sprach Thomas händereibend. «Wenn ich die Herrschaften bitten dürfte, Platz zu nehmen. Chantal an der Tête, ich muß aus bestimmten Gründen am anderen Ende der Tafel sitzen. Bitte, meine Herren, machen Sie es sich gemütlich. Verschieben Sie Ihre Mordabsichten noch ein Weilchen.»
Miteinander flüsternd, murmelnd und noch sehr argwöhnisch setzten sich die Männer. Vor Chantals Platz stand eine Vase mit roten Treibhaus-Rosen. Thomas hatte an alles gedacht ...
Olive und zwei seiner Kellner servierten den ersten Gang, Käsesuppe. Thomas hatte sie in der Küche von «Chez Papa» zubereitet. Auch das Geschirr und das Besteck stammten aus der Kneipe. «Gesegnete Mahlzeit», wünschte Thomas. Er saß am Ende des Tisches. An seinem Platz standen geheimnisvolle Gegenstände. Niemand konnte sie erkennen, da Servietten darübergedeckt waren. Unter diesen Tuchhügeln endete der Schienenstrang.
Schweigsam verzehrten die Herren die Suppe. Immerhin: sie waren Franzosen, und sie wußten gutes Essen zu würdigen.
Chantal ließ Thomas nicht eine Sekunde aus den Augen. Eine ganze Gefühlsskala spiegelte sich in ihren Augen. Pferdefuß aß mit gesenktem Kopf, böse und stumm.
Dann gab es Kaninchenragout. Und dann schleppten Olive und seine Kellner mühsam eine Speise herein, die aussah wie eine überdimensionale Riesentorte. Diese wurde neben Thomas Lieven auf einen Extratisch gestellt.
Nun ergriff Thomas ein gewaltiges Messer. Während er es schärfte, sprach er: «Meine Herren! Ich erlaube mir, Ihnen jetzt eine Novität vorzusetzen, eine eigene Erfindung sozusagen. Es ist mir klar, daß Sie die verschiedensten Temperamente besitzen. Manche unter Ihnen sind sanftmütig und wollen mir vergeben,

Menu · 8. Dezember 1940

Käse-Suppe
Kaninchen-Ragout mit breiten Nudeln
Überraschungs-Pastete mit Champignon-Sauce

Ein groteskes Essen rettet Thomas Lievens Leben

Käse-Suppe: Man nehme reichlich geriebenen Parmesan-Käse, weiche ihn in Milch ein und verquirle ihn gründlich. – Man rühre den geriebenen Käse dann vorsichtig, weil er leicht gerinnt, in kochende Fleischbrühe ein, nehme die Suppe vom Feuer und ziehe sie mit Eigelb ab.

Kaninchen-Ragout: Man nehme ein großes, junges, gut abgehäutetes Kaninchen und zerhacke es in mittlere Portionsstücke. – Man zerlasse in einer Kasserolle 125 Gramm gewürfelten durchwachsenen Speck, lasse die Fleischstücke darin von allen Seiten anbraten, füge die Leber, einige kleine Schalotten und feingeschnittene Zwiebeln sowie eine zerdrückte Knoblauchzehe hinzu. – Man streue, sobald alles bräunt, etwas Mehl darüber, verrühre es gut und gieße allmählich mit einem halben Liter kochendem Wasser oder Fleischbrühe auf. Man würze mit Salz, Pfeffer, Gewürzkörnern, Wacholderbeeren und etwas Zitronenschale, gieße die Hälfte einer halben Flasche Rotwein hinzu. – Man lasse das Gericht auf kleiner Flamme schmoren, bis das Fleisch ganz weich ist, gebe dann den Rest des Rotweins hinzu und lasse noch kurz dämpfen. – Man reiche dazu breite Nudeln, die in Salzwasser gekocht und nach dem Abtropfen in Butter geschwenkt wurden.

Überraschungs-Pastete: Man nehme je ein entsprechend der Personenzahl großes Stück Kalbs-, Schweine- und Rinderfilet, die in ihrer Länge dem halben Durchmesser einer großen Tortenform entsprechen. Man häute das Fleisch gut ab und brate es dann in Butter auf allen Seiten leicht an, salze und pfeffere es. – Man lege Boden und Rand der Tortenform mit Blätterteig aus und ordne die abgekühlten Fleischstücke so an, daß ihre schmalen Enden in die Mitte kommen. – Man nehme die Verteilung des Fleisches so vor, daß möglichst je ein Drittel des Bodens mit einer Fleischsorte belegt ist. – Man markiere oben am Teigrand die Stelle, an der eine Fleischsorte aufhört und die andere anfängt, und übertrage diese Markierung gleich auf den daraufgelegten Blätterteigdeckel. Von diesen Stellen aus führe man eine Teigblättchen-Verzierung zur Mitte hin, so daß eine äußerliche Dreiteilung der Pastete entsteht. – Man schneide zudem aus dem Teig ein Schwein, ein Kalb und ein Rind aus und verziere damit die entsprechenden Drittel, so daß man weiß, welches Fleisch darunterliegt. – Man bestreiche die Pastete mit Eigelb und backe sie bei mittlerer Hitze, bis sie eine schöne goldgelbe Farbe hat. Man reiche dazu eine Champignon-Sauce, die folgendermaßen zubereitet wird: Man nehme einige feingehackte Schalotten, dünste sie in Butter leicht an, lasse dann reichlich blätterig geschnittene Champignons mitschmoren. Man streue etwas Mehl darüber, verrühre es gut und fülle dann mit Fleischbrühe auf. Man lasse auf kleiner Flamme dünsten, bis die Pilze weich sind, gebe dann Sahne an die Sauce, die hell geblieben sein muß, würze mit Salz, Pfeffer und etwas Zitronensaft und ziehe mit Eigelb ab. – Man kann nach Belieben noch einen Schuß Weißwein dazugeben.

andere sind Choleriker und wollen mich killen.» Er hob eine Hand. «Bitte, bitte. Über den Geschmack kann man nicht streiten. Aber eben weil man das nicht kann, habe ich mir erlaubt, ein Gericht herzustellen, das *jedem* Geschmack gerecht wird.» Er wies auf die Torte. «Voilà, die Überraschungspastete!»

Er wandte sich an Chantal: «Liebling, möchtest du Rinds-, Schweine- oder Kalbsfilet?»

«Ka ... Ka ... Kalbsfilet», krächzte Chantal. Sie räusperte sich energisch und sagte nun überlaut: «Kalbsfilet!»

«Bitte sehr, bitte gleich.» Thomas betrachtete die Torte scharf, drehte sie ein wenig, schnitt aus einem bestimmten Drittel eine schöne Scheibe Kalbsfilet, eingebacken in Pastetenteig, heraus und legte sie auf einen Teller.

Nun entfernte er die Servietten und enthüllte die Gegenstände neben sich: Bastians elektrische Spielzeuglokomotive und Kohlentender, angehängt ein großer Güterwagen, des weiteren ein Schaltpult zur Bedienung der elektrischen Bahn.

Thomas setzte den Teller mit dem Kalbsfilet auf den Güterwagen und schaltete den Strom ein. Summend fuhr die Lok los und zog Tender, Wagen und Teller über die ganze Tafel, vorbei an fünfzehn staunenden Ganoven. Vor Chantal hielt der Transport. Sie hob den Teller vom Wagen. Ein paar Männer lachten verblüfft, einer klatschte.

Thomas ließ die Lok mit dem leeren Wagen zurückrollen, indessen er gleichmütig fragte: «Der Herr zur Linken von Chantal wünscht?»

Ein wüster Geselle mit Augenklappe verzog den Mund zu einem mächtigen Grinsen und schrie: «Schwein!»

«Schwein, bitte sehr», sagte Thomas. Wieder fixierte er die Riesenpastete, drehte sie, schnitt aus einem anderen Drittel ein Stück Schweinefilet und beförderte es in der gleichen Weise.

Jetzt wurden die Männer munter. Der Einfall amüsierte sie. Sie redeten durcheinander. Einer schrie: «Mir Rind!»

«Aber gern», sagte Thomas und bediente ihn. Nun klatschten schon ein paar Männer.

Thomas sah Chantal an. Er kniff ein Auge zu. Da mußte sie wider Willen lächeln. Die Tafelrunde wurde immer lauter, immer ausgelassener. Durcheinander bestellten die Männer. Und immer wieder rollte die kleine Lokomotive über den Tisch.

Zuletzt saß nur noch François, der Pferdefuß, vor einem leeren Teller. Thomas wandte sich an ihn: «Und Sie, Monsieur?» fragte er, während er sein Tranchiermesser neuerlich schärfte.

François sah ihn lange brütend an. Dann erhob er sich langsam und griff in die Tasche. Chantal schrie auf, Bastian zog heimlich seine Pistole, als er sah, daß Pferdefuß plötzlich sein gefürchtetes Messer in der Hand hielt. Blitzend sprang die Klinge heraus. Lautlos machte Pferdefuß einen hinkenden Schritt auf Thomas zu. Noch einen. Und noch einen. Nun stand er vor ihm. Nun war es totenstill. So lange, wie man braucht, um bis zehn zu zählen, sah François dem ruhig stehenden Thomas Lieven in die Augen. Dann grinste er plötzlich und sagte: «Nehmen Sie mein Messer, das ist schärfer. Und geben Sie mir Schwein. Sie elender Hund!»

11

Am 8. Dezember 1940 erschienen Sturmbannführer Eicher und sein Adjutant Winter – zivil gekleidet natürlich – in Marseille und verlangten die Übergabe der Herren de Lesseps und Bergier. Sie brachten die beiden sofort nach Paris. Hier erst wurden die Einkäufer gründlich verhört.
Am 10. Dezember 1940 gab der SD Paris eine Fahndungsmeldung an alle seine Dienststellen heraus.
Am 13. Dezember geschah es dann in einem Zimmer des zweckentfremdeten Pariser Hotels «Lutetia», der Dienststelle der deutschen Abwehr:
Hauptmann Brenner von der Abteilung III las die Fahndungsmeldung des deutschen Konkurrenz-Unternehmens. Er las sie einmal flüchtig, stutzte und las sie ein zweites Mal – aufmerksamer.
Ein gewisser Pierre Hunebell wurde da gesucht; warum, umschrieb das Blatt vage mit «Verrat von SD-Leuten an französische Behörden».
Und Hauptmann Brenner las noch einmal: Pierre Hunebelle. Schmales Gesicht. Dunkle Augen. Schwarzes, kurzes Haar. Etwa 1,75 groß. Schlank. Im Besitz einer goldenen Repetieruhr, mit der er häufig spielt. Besondere Kennzeichen: kocht gerne.
Hm.
Kocht gerne.
Hm!!!
Hauptmann Brenner rieb sich die Stirn. Da war doch mal ... Da gab's doch mal ... Da war doch mal ein General aufs Kreuz gelegt worden von einem Herrn, der gerne kochte. Bei der Eroberung von Paris war das gewesen. Es gab einen Akt darüber ...
Akt darüber – Akt darüber ...

Eine Stunde später hatte Hauptmann Brenner im Archiv gefunden, was er suchte. Ein dünner Akt war das. Aber die Erinnerung hatte den Hauptmann nicht getrogen. Da stand es: Thomas Lieven, alias Jean Leblanc. Etwa 1,75 groß. Schmales Gesicht. Dunkle Augen. Dunkles Haar. Besitzt eine altmodische goldene Repetieruhr. Besondere Kennzeichen: leidenschaftlicher Koch.
Jagdfieber erwachte in Hauptmann Brenner. Er hatte seine privaten Verbindungen zum SD. Er horchte drei Tage lang herum, dann wußte er, warum der Sturmbannführer Eicher so erbittert hinter Herrn Hunebelle, alias Leblanc, alias Lieven, her war. Grinsend verfaßte Brenner eine Meldung an seinen höchsten Vorgesetzten.
Admiral Wilhelm Canaris las den Bericht des Hauptmanns Brenner in seinem Berliner Büro am Tirpitz-Ufer mit einem immer stärker werdenden Schmunzeln. Die Heiterkeit, die schon seinen Mann in Paris ergriffen hatte, erfaßte auch ihn. Schau mal an, das Reichssicherheitshauptamt! Raubt das unbesetzte Frankreich aus. Das will ich Herrn Himmler mal unter die Nase reiben! Und hereingelegt hat sie ein gewisser Hunebelle, alias Leblanc, alias ...
Der Admiral wurde ernst. Er las den letzten Absatz noch einmal. Und ein drittes Mal. Dann rief er seine Sekretärin ins Zimmer: «Liebes Fräulein Sistig, bringen Sie mir doch mal den Akt Thomas Lieven.»
Eine Viertelstunde später lag er vor ihm, ein großes schwarzes Kreuz war auf den oberen Deckel gezeichnet.
Canaris öffnete den Deckel. Er las, was auf dem ersten Bogen stand ...

Köln, 4. Dezember 1940

VON: ABWEHR KÖLN
AN: CHEF ABWEHR BERLIN
GEHEIM 135892/VC/40/LV

Aus Lissabon zurückgekehrt, gestatte ich mir ergebenst, Herrn Admiral den Tod des Doppelagenten und Verräters Thomas Lieven, alias Jean Leblanc, zu melden ...

Lange Zeit saß Canaris reglos. Dann nahm er den Hörer ab. Die Stimme des Admirals klang sehr leise, sehr verhangen und sehr gefährlich: «Fräulein Sistig, verbinden Sie mich doch bitte mit der Abwehr Köln. Major Fritz Loos ...»

An dieser Stelle unseres Berichtes halten wir es für richtig, völlig unwichtige Tage zu überspringen, jedoch von einem Abend zu erzählen, der harmonisch und unauffällig begann und dennoch allerschwerste Folgen haben sollte.

Am stürmischen Abend des 28. Dezember 1940 hörte Thomas Lieven die 22.30-Uhr-Nachrichten des Londoner Rundfunks in französischer Sprache. Thomas hörte jeden Abend Radio London, ein Mann in seiner Lage mußte wohl informiert sein.

Er befand sich in Chantals Schlafzimmer. Seine schöne Freundin lag schon im Bett. Sie hatte das Haar hochgesteckt, und ihr Gesicht war ohne Schminke. Thomas hatte sie am liebsten so. Er saß bei ihr, und sie streichelte seine Hand, während sie beide der Stimme eines Nachrichtensprechers lauschten:

«... rührt sich in Frankreich vermehrt der Widerstand gegen die Nazis. Gestern nachmittag flog auf der Strecke Nantes–Angers in der Nähe von Varades ein deutscher Truppentransport in die Luft. Die Lokomotive und drei Waggons wurden vollständig vernichtet. Mindestens fünfundzwanzig deutsche Soldaten wurden getötet, weit über hundert wurden zum Teil schwer verletzt.»

Noch strichen Chantals Finger über Thomas Lievens Hand.

«... als Vergeltungsmaßnahme haben die Deutschen sofort dreißig französische Geiseln erschießen lassen ...»

Chantals Finger hielten an.

«... doch der Kampf geht weiter, und er hat eben erst begonnen. Eine gnadenlose Untergrundbewegung verfolgt und jagt die Deutschen bei Tag und bei Nacht. Wie wir aus zuverlässiger Quelle erfahren, fielen der Réstistance in Marseille kürzlich gewaltige Mengen von Gold, Devisen und Wertgegenständen in die Hände, die aus Raub- und Plünderungs-Aktionen der Nazis stammen. Diese Mittel werden ausreichen, um den Kampf auszudehnen und zu erweitern. Das Attentat von Varades wird nicht das einzige bleiben ...»

Thomas war bleich geworden. Er ertrug die Stimme nicht mehr; er schaltete den Apparat ab. Chantal lag still auf dem Rücken und sah ihn an. Und plötzlich konnte er auch ihren Blick nicht ertragen.

Er stöhnte auf und stützte den Kopf in beide Hände. Und in seinem Schädel dröhnte es: Fünfundzwanzig Deutsche. Dreißig Franzosen. Über hundert Verwundete. Erst ein Anfang. Der Kampf geht weiter. Finanziert mit gewaltigen Mengen von Nazi-Gold

und Nazi-Devisen. Erbeutet in Marseille ... Unglück, Blut und Tränen. Finanziert durch wen? Durch wessen Hilfe?
Thomas Lieven hob den Kopf. Immer noch sah Chantal ihn reglos an. Er sagte leise: «Ihr hattet recht – Bastian und du. Wir hätten das Zeug behalten sollen. Ihr hattet einen feinen Instinkt. Siméon und den französischen Geheimdienst betrügen – das wäre bei weitem das kleinere Übel gewesen.»
«Bei allem, was *wir* bisher angestellt haben, ist noch nie ein Unschuldiger ums Leben gekommen», sagte Chantal leise.
Thomas nickte. Er sagte: «Ich sehe ein, ich muß mein Leben ändern. Ich habe altmodische Vorstellungen. Ich habe falsche, gefährliche Begriffe von Ehre und Treue. Chantal, weißt du noch, was du mir damals in Lissabon vorschlugst?»
Sie richtete sich schnell auf. «Mein Partner zu werden.»
«Von heute an, Chantal, bin ich's. Ohne Gnade, ohne Mitleid. Ich habe die Schnauze voll. Ran an die Sore!»
«Süßer, du sprichst ja schon wie ich!»
Sie schlang die Arme um seinen Hals und küßte ihn wild.
Mit diesem Kuß wurde ein sehr seltsames Bündnis besiegelt, eine Arbeitsgemeinschaft, über die man in Marseille noch heute spricht – und mit Grund. Denn zwischen Januar 1941 und August 1942 wurde der Süden Frankreichs von einem wahren Erdbeben, von einer Sturmflut krimineller Geschehen heimgesucht, die in beinahe märchenhafter Weise eines gemeinsam hatten: niemand empfand Mitleid mit den Geschädigten.
Das erste Opfer war der Marseiller Juwelier Marius Pissoladière. Wenn es am 14. Januar 1941 in Marseille nicht geregnet hätte, wäre diesem Herrn vielleicht der tragische Verlust von weit über acht Millionen Francs erspart geblieben. Aber ach, es goß in Strömen von morgens bis abends, und so nahm das Verhängnis seinen Lauf. Marius Pissoladières eleganter Laden lag an der Cannebière, der Hauptstraße von Marseille. Monsieur Pissoladière war ein steinreicher Mann, fünfzigjährig, zu Fettleibigkeit neigend, stets nach der letzten Mode gekleidet.
In früheren Jahren hatte Pissoladière seine Geschäfte mit der internationalen Gesellschaft der Riviera abgewickelt. In letzter Zeit war ein neuer Kundenkreis an ihn herangetreten – ein ebenso internationaler. Pissoladière verhandelte mit Flüchtlingen aus allen Ländern, die Hitler überfallen hatte. Pissoladière kaufte den Flüchtlingen ihren Schmuck ab. Sie brauchten Geld, um weiterfliehen, um Beamte bestechen, Einreisegenehmigungen erlangen, falsche Pässe bestellen zu können.

Zu dem Zweck, die Flüchtlinge möglichst elend zu bezahlen, operierte der Juwelier nach einem denkbar einfachen System: Er handelte Tage und Wochen mit den Verkäufern. So lange, bis die Verzweifelten unter allen Umständen Geld haben mußten. Wenn es nach Pissoladière ging, konnte der Krieg ruhig noch zehn Jahre dauern!
Nein, Herr Marius konnte wirklich nicht klagen. Die Geschäfte gingen bestens. Und alles wäre wohl weiter gut gegangen, wenn es am 14. Januar 1941 in Marseille nicht geregnet hätte ...

Am 14. Januar 1941, gegen die elfte Vormittagsstunde, betrat ein Herr von etwa fünfundvierzig Jahren das Juweliergeschäft von Marius Pissoladière. Der Herr trug Homburg, kostbaren Stadtpelz, Gamaschen und dezent grau-schwarz gestreifte Hosen. Ach ja, und einen Regenschirm natürlich!
Ergreifend vornehm, dieses schmale, bleiche Aristokratengesicht, fand Pissoladière. Müder Reichtum. Uraltes Geschlecht. Genau das, was der Juwelier bei seinen Käufern liebte ...
Pissoladière war allein im Laden. Händereibend, mit untertänigem Blick, verbeugte er sich vor seinem Kunden und wünschte einen guten Morgen.
Der elegante Herr erwiderte Pissoladières Gruß durch ein müdes Neigen des Kopfes und hängte seinen Schirm (mit der Bernsteinkrücke) an die Kante der Ladentheke.
Als er redete, erwies sich seine Sprache ein wenig provinziell akzentuiert. Aristokraten, überlegte Pissoladière, tun das wohl, um ihre soziale Gesinnung zu dokumentieren. Menschen wie du und ich. Großartig! Der Herr sprach: «Ich möcht' bei Ihnen – hm, ein bißchen Schmuck kaufen. Man sagte mir im ‹Bristol›, daß Sie so was in guter Auswahl hätten.»
«Den schönsten Schmuck von Marseille, Monsieur. Und woran haben Monsieur gedacht?»
«Na ja, halt an ein – hm – Armband mit Brillanten oder so was ...»
«Haben wir in allen Preislagen. Was wollen Monsieur etwa anlegen?»
«So zwischen – hm – zwei und – hm, drei Millionen», erwiderte der Herr und gähnte.
Donnerwetter, dachte Pissoladière. Der Morgen hat es in sich! Er trat an einen großen Tresor, stellte das Kombinationsschloß ein und sagte dabei: «In dieser Preislage gibt es natürlich schon sehr schöne Stücke.»

Die dicke Stahltür schwang zurück. Pissoladière wählte neun Brillant-Armbänder aus und legte sie auf ein schwarzes Samttablett. Mit diesem trat er vor den Kunden.
Die neun Armbänder glitzerten und brannten in allen Farben des Regenbogens. Der Herr betrachtete sie lange schweigend. Dann nahm er ein Bracelet in die schmale, wohlmanikürte Hand. Es war ein besonders schönes Stück mit kostbaren flachen Baguetten und sechs zweikarätigen Steinen.
«Wie teuer – hm – ist das hier?»
«Drei Millionen, Monsieur.»
Drei Millionen Francs waren 1941 etwa 150 000 Mark. Das Armband stammte von der Gattin eines jüdischen Bankiers aus Paris. Pissoladière hatte es für 400 000 Francs erhandelt, besser: herausgepreßt.
«Drei Millionen ist zuviel», sagte der Herr.
Pissoladière erkannte daran sogleich den versierten Schmuckkäufer. Nur Laien akzeptieren den Preis widerspruchslos, den ein Juwelier ihnen zuerst nennt. Ein gewaltiges Handeln begann, ein zähes Hin und Her.
Da öffnete sich die Ladentür. Pissoladière sah auf. Ein zweiter Gentleman kam herein. Weniger wohlhabend gekleidet als der erste – aber immerhin, immerhin. Zurückhaltend. Dezent in Kleidung und Auftreten. Fischgrätenmuster-Mantel. Gamaschen. Hut. Regenschirm.
Eben wollte Pissoladière den zweiten Herrn ersuchen, ein wenig zu warten, da sagte dieser: «Ich brauche nur ein neues Armband für meine Uhr.» Und damit hängte er seinen Regenschirm so dicht es ging neben den Regenschirm des Herrn im Stadtpelz, den er scheinbar noch nie im Leben gesehen hatte.
Und in diesem Moment war Marius Pissoladière sozusagen bereits verloren, verraten und verkauft ...

13

Die beiden Herren, die einander am Vormittag des 14. Januar 1941 in Pissoladières Juweliergeschäft so fremd gegenübertraten, waren in Wirklichkeit uralte Freunde. Sie hatte sich nur in den letzten zwei Wochen äußerlich und innerlich von Grund auf verwandelt.
Vor zwei Wochen noch pflegten die beiden Herren wie Droschkenkutscher zu fluchen, auf den Boden zu spucken, knallgelbe Schuhe und Jacken mit übertrieben auswattierten Schultern zu

tragen. Bis vor zwei Wochen waren ihre Fingernägel immer schwarz und ihre Haare immer zu lang gewesen. Einen halben Monat zuvor hatten sich die beiden Herren noch als deutliche Angehörige jener geheimnisumwobenen asozialen Kaste durchs Leben bewegt, die der gute Bürger gemeinhin schaudernd die «Unterwelt» nennt.

Wem wohl fiel das Verdienst zu, in so kurzer Zeit und im Rahmen eines allerdings anstrengenden Schnellkurses aus zwei alten Ganoven zwei neue Herren zu machen – wem wohl?

Der geneigte Leser hat es erraten: einem gewissen Pierre Hunebelle, alias Jean Leblanc, alias Thomas Lieven.

Um die beiden Ganoven zunächst seelisch auf den geplanten Fischzug bei dem Juwelier Pissoladière vorzubereiten, hatte Thomas Lieven zwei Wochen zuvor ein Essen gegeben.

Das Mahl wurde in einem Hinterzimmer «Chez Papa» serviert, dem berühmt-berüchtigten Schwarzschlächterlokal in der Rue de Paradis, neben der Börse. Außer Thomas Lieven und seiner Geliebten, der schönen Bandenchefin Chantal Tessier, erschienen zu dem Essen nur die erwähnten beiden Ganoven – in ihrer ursprünglichen Gestalt und unter ihrem richtigen Namen: Fred Meyer und Paul de la Rue.

Sie gehörten seit Jahren zu der Bande, aber sie waren im Außendienst beschäftigt, in Toulouse. Chantals Organisation hatte Filialen. Es war ein gesund aufgebautes Unternehmen.

Paul de la Rue, Hugenotten-Nachfahre, war groß und schlank und von Beruf gelernter Bilderfälscher. Er sprach mit südfranzösischem Akzent. Trotz aller Ungepflegtheit hatte sein schmaler Schädel etwas Aristokratisches.

Fred Meyers erlernter Beruf war der eines Kassenschränkers. Er hatte auch auf den Fachgebieten Einbruch, Hoteldiebstahl und Zollbetrug dilettiert, und er sprach ebenfalls mit dem Akzent südfranzösischer Volksgenossen.

Händereibend und grinsend waren Paul und Fred zu Thomas und Chantal gekommen. Der Hugenotten-Abkomme rülpste: «Wollen wir mal noch 'n kleinen Pastis trinken vorm Fressen, wie?»

«Vor dem Essen», erwiderte Thomas Lieven eisig, «werden die Herren keinen kleinen Pastis trinken, sondern sich hinunter zum Friseur begeben. Rasieren. Haare schneiden. Hals und Hände waschen. In einem derartigen Zustand geht man nicht zu Tisch.»

«Ta gueule», knurrte Fred, der, ebenso wie Paul, diesen Pierre Hunebelle noch nicht näher kannte. «Du kannst uns mal, Chantal ist die Chefin.»

Mit schmalen Lippen antwortete Chantal darauf: «Ihr tut, was er sagt. Geht zum Friseur. Sauerei, wie ihr ausseht.» Knurrend zogen die beiden ab.

Allein mit Thomas, bewies Chantal, daß sie ihm zuliebe zwar gewisse Eigentümlichkeiten der Kleidung aufgegeben hatte, sich aber im Inneren treu geblieben war. Wie eine Wildkatze fauchte sie ihn an: «Ich wollte dich nicht bloßstellen. Das wäre nämlich das Ende meiner Autorität vor den Brüdern, wenn es auch noch heißt, ich krache mich mit dir! Aber das ist immer noch *meine* Bande, kapiert?»

«Tut mir leid, dann wollen wir die Sache lieber lassen.»

«Was soll das heißen?»

«Ich bin nicht dein Angestellter. Wir sind entweder gleichberechtigte Partner – oder gar nichts.»

Sie sah ihn aus halbgeschlossenen Augen an. Sie murmelte etwas Unverständliches. Dann stieß sie mit der Faust gegen seine Schulter und knurrte, halb gereizt, halb belustigt: «Also gut – du verfluchter Hund!» Und hastig: «Bilde dir bloß keine Schwachheiten ein – von wegen, daß ich mich in dich verknallt habe oder so! Da müßte ich aber wirklich lachen. Ich brauche einfach noch 'nen guten Mann, das ist alles. Klar?»

«Klar», sagte Thomas. Und blinzelte. Und dann tranken sie einen uralten Kognak zur Versöhnung.

Nach einer Dreiviertelstunde kamen Paul und Fred zurück. Sie sahen jetzt viel manierlicher aus. Bei der Vorspeise erklärte Chantal: «Mal herhören. Wer gegen Pierre was sagt, kriegt es mit mir zu tun, verstanden.»

«Was denn, Chantal, du hast doch noch nie ...»

«Schnauze! Pierre ist mein Partner.»

«Oh, heilige Neune, Puppe, dich hat's aber bös erwischt», bemerkte der Schränker. Im nächsten Moment hatte er eine schallende Ohrfeige weg, und Chantal zischte: «Kümmere dich um deinen Mist!»

«Man wird doch noch reden dürfen», maulte Fred.

«Einen Dreck darf man dürfen!» Chantal hatte trotz ihrer Widerspenstigkeit schon einiges von Thomas gelernt: «Friß lieber anständig, du Ferkel! Hat man Töne? Zerschneidet der Kerl die Spaghetti mit dem Messer!»

«Wenn mir das Zeug doch immer wieder von der verflixten Gabel rutscht!»

«Erlauben Sie einen Tip», sprach Thomas freundlich. «Wenn es

Menu · 3. Januar 1941

Spaghetti Bolognese
Koteletts Robert mit Pommes frites
Sacher-Torte

Mit Eßkultur «organisierte» Thomas Lieven Edelsteine und Platin ...

Spaghetti Bolognese: Man nehme auf ein Pfund Spaghetti ein halbes Pfund Fleisch, am besten Rind, Schwein und Kalb gemischt, und schneide es in Würfelchen. – Man nehme die gleiche Menge in feine Ringe geschnittene Zwiebeln, dünste sie in Öl oder Butter an und lasse dann das Fleisch, eine zerdrückte Knoblauchzehe und gehackte Suppenkräuter mitschmoren. Wenn alles gut angebraten ist, füge man enthäutete und entkernte Tomaten oder Tomatenmark hinzu und lasse alles zusammen auf kleinster Flamme möglichst lange dünsten, bis eine sämige Sauce entstanden ist. – Dann lasse man die in Salzwasser nicht zu weich gekochten, auf einem Seiher mit kaltem Wasser überspülten, gut abgetropften Spaghetti in der mit Salz und Pfeffer abgeschmeckten Sauce heiß werden. – Man reiche geriebenen Parmesan-Käse zu dem Gericht.

Koteletts Robert: Man nehme mittelstarke Schweine-Koteletts, kerbe den Fettrand etwas ein und klopfe sie. Man lege sie ohne Fetteingabe in eine sehr heiß gemachte Eisenpfanne. Man lasse die Koteletts auf jeder Seite etwa drei Minuten braten, salze und pfeffere sie, gebe ein großes Stück Butter in die Pfanne und lasse sie darin auf jeder Seite noch eine Minute braten. Man nehme die Koteletts heraus und lege sie auf eine vorgewärmte Platte. – Inzwischen hat man zu gleichen Teilen Rotwein und saure Sahne mit einem Eßlöffel scharfen Senf verrührt. Nun gieße man das Gemisch in eine Pfanne und koche den Bratfond kurz damit auf. – Man gieße diese Sauce über die fertigen Koteletts und serviere sie sofort mit Pommes frites.

Pommes frites: Man nehme roh geschälte Kartoffeln, schneide sie in halbfingerlange, bleistiftdicke Stäbchen, wasche sie und trockne sie mit einem Tuch gut ab. – Man gebe sie in kleinen Mengen in einen Topf mit heißem Schmalz oder Öl und nehme sie mit einem Sieb heraus, sobald sie sich zu färben beginnen, lasse sie abtropfen und abkühlen. – Man mache kurz vor dem Anrichten das Fett wieder sehr heiß, lege die Kartoffelstifte nochmals hinein und lasse sie jetzt schön goldgelb fertig backen. Man lasse sie auf Löschpapier gut abtropfen, bestreue sie mit feinem Salz und richte sie an.

Sacher-Torte: Man nehme 125 g Butter und rühre sie schaumig, gebe 150 g Zucker, 150 g gesiebtes Mehl, 5 Eigelb, etwas Vanille und zuletzt 150 g im Wasserbad geschmolzene Schokolade dazu. – Man verrühre alles sehr gut, ziehe den Schnee der 5 Eiweiß darunter, fülle die Masse in eine Tortenform und lasse sie eine halbe Stunde bei mittlerer Hitze backen. – Man nehme für den Tortenguß 90 g geschmolzene Schokolade, 125 g Puderzucker und zwei Eßlöffel heißes Wasser, die man auf dem Feuer tüchtig verrührt. – Man bestreiche die fertig gebackene Torte mit Aprikosen-Marmelade, gieße die Glasur darüber und lasse sie eine Minute im heißen Ofen erhärten. Die Torte muß gut ausgekühlt sein, ehe man sie serviert.

Ihnen schon nicht möglich ist, die Spaghetti mit der Gabel aufzudrehen, dann spießen Sie mit der Gabel zunächst nur einen Mundvoll auf, nehmen mit der linken Hand den Löffel und drücken die Gabelzinken gegen seine Innenseite. So.» Thomas demonstrierte. «Nun drehen Sie die Gabel. Sehen Sie, wie gut das geht?»

Fred machte es nach. Es funktionierte.

«Meine Herren», sagte Thomas, «in der Tat wird es notwendig sein, daß wir uns ausführlich über gute Manieren unterhalten. Gute Manieren sind das A und O jedes ordentlichen Betruges. Haben Sie schon einmal einen Bankier mit schlechten Manieren erlebt?» – Einen *Bankier!* Lieber Gott, ich darf gar nicht daran denken. Meine Bank in London. Mein Club. Mein schönes Heim. Vorbei. Vorbei. Vom Winde verweht. –

«Gute Manieren, jawohl», sagte Chantal gebieterisch. «Hier weht jetzt überhaupt ein anderer Wind, kapiert? Mein Partner und ich haben alles besprochen. Wir holen uns die Sore ... ich meine, unsere Aktionen gelten nicht mehr jedem x-beliebigen ...»

«Sondern?»

«Sondern nur noch Schweinen, die's verdienen. Nazis, Kollaborateuren, Geheimagenten, egal welchen. Als ersten nehmen wir also diesen Pissoladière ...», begann Chantal und unterbrach, weil Olive, der dicke Wirt, persönlich das Hauptgericht brachte.

Olive liebte Thomas für dessen Kochkünste und strahlte ihn an: «Die Pommes frites selbstverständlich zweimal ins Öl geworfen, Monsieur Pierre!»

«Das habe ich auch nicht anders erwartet», sagte Thomas herzlich. – Großer Gott, mehr und mehr gefällt mir diese Unterwelt. Wie soll das weitergehen mit mir, wenn das so weitergeht? –

Thomas verteilte die Koteletts und hob sofort die Augenbrauen. «Monsieur de la Rue, Sie benützen ja die *Tortengabel!*»

«Da soll sich aber auch einer auskennen mit dem ganzen Teufelsbesteck!»

«Was das Besteck betrifft, meine Herren», sagte Thomas, «so arbeite man sich stets von außen nach innen. Was man an Besteck zum letzten Gang benötigt, liegt dem Teller am nächsten.»

«Die Rattenkeller möchte ich sehen, in denen ihr aufgewachsen seid», sagte Chantal hoheitsvoll. Und ganz fein zu Thomas: «Sprich bitte weiter, Chéri.»

«Meine Herren, in Verfolgung unserer geänderten Statuten haben wir, wie gesagt, als ersten den Juwelier auf dem Kieker, will sagen, vorgemerkt. Einen ganz üblen Burschen ... Monsieur

Meyer – also es ist *vollkommen* unmöglich, daß Sie das Kotelett in die Hand nehmen und den Knochen abnagen! Wo bin ich stehengeblieben?»
«Pissoladière», soufflierte Chantal. Jetzt sah sie Thomas sehr verliebt an. Manchmal liebte sie ihn, manchmal haßte sie ihn. Ihre Gefühle wechselten jäh, sie kannte sich selbst nicht mehr ganz genau aus. Ganz genau wußte sie nur, daß sie ohne diesen Hund, diesen elenden Hund, nicht mehr leben wollte.
«Pissoladière, richtig.» Thomas erklärte, was für ein übler Bursche der Juwelier war. Dann fuhr er fort: «Ich hasse Gewalt. Blutvergießen lehne ich ab. Einbruch durch die Decke, Überfall mit vorgehaltener Pistole und so weiter kommen also überhaupt nicht in Frage. Glauben Sie mir, meine Herren: die neue Zeit verlangt neue Methoden. Nur die Phantasievollen werden überleben. Die Konkurrenz ist einfach zu groß. Monsieur de la Rue, man nimmt die Pommes frites nicht in die Hand, man benützt die Gabel.»
Fred Meyer erkundigte sich: «Und wie holen wir dem Pissoladière also die Sore raus?»
«Mit Hilfe von zwei Regenschirmen.»
Olive brachte den Nachtisch.
«Damit die Herren sich gleich daran gewöhnen», sagte Thomas, «Torte wird mit der kleinen Gabel gegessen und nicht mit dem Löffel.»
Chantal sagte: «Ihr zwei werdet ordentlich ochsen müssen in den nächsten Tagen. Da ist nichts mit Sauferei und Zocken und Weibern, verstanden?»
«Herrgott, Chantal, wenn wir schon einmal in Marseille sind ...»
«Erst der Coup, dann das Vergnügen, meine Freunde», sagte Thomas. «Sie müssen lernen, wie sich Herren anziehen, wie Herren gehen, stehen und sprechen. Möglichst ohne Akzent! Und Sie müssen lernen, wie man Gegenstände unauffällig verschwinden läßt.»
«Wird kein Honiglecken sein, das kann ich euch sagen!» rief Chantal. «Ihr steht meinem Partner von morgens bis abends zur Verfügung ...»
«Nur nicht nachts», sagte Thomas und küßte ihre Hand. Sofort wurde sie dunkelrot und ärgerlich und schlug nach ihm und rief: «Ach, laß das doch – vor den Leuten, Mensch! Unausstehlich diese Handküsserei!» Und die Bestie Chantal funkelte ihn an.
Tja, das wäre eigentlich alles. Nun können wir ohne Bedenken zum 14. Januar 1941 und jenem Augenblick zurückkehren, in welchem ein unfaßbar veränderter Fred Meyer im Juwelier-

geschäft des Marius Pissoladière seinen Schirm neben den Schirm eines unfaßbar veränderten Paul de la Rue hängte ...

14

Danach ging eigentlich alles sehr schnell.
Der Juwelier legte Fred Meyer am unteren Ende des Ladentisches eine Reihe von Uhrbändern vor. Am oberen Ende des Ladentisches stand Paul de la Rue, über die neun funkelnden Brillanten-Bracelets geneigt. Die beiden Schirme hingen neben ihm.
So wie er es stundenlang unter der Aufsicht von Thomas Lieven geübt hatte, ergriff er nun geräuschlos das Armband, dessen Erwerb drei Millionen Francs kosten sollte, neigte sich vor und ließ es geräuschlos in den leicht geöffneten Schirm seines Freundes Meyer fallen. Die Schirmstreben waren vorher natürlich mit Watte umwickelt worden. Dann ergriff er noch zwei weitere Brillantarmbänder und verfuhr mit ihnen in der gleichen Weise.
Danach wanderte er weit von den Schirmen fort bis zum Ende des Ladens, wo es goldene Armreifen zu bewundern gab. Paul de la Rue bewunderte sie. Dabei strich er mit der rechten Hand über sein neuerdings gepflegtes Haar.
Auf dieses vereinbarte Zeichen hin entschloß sich Fred Meyer ungemein rasch zum Erwerb eines Uhrenarmbandes im Wert von 240 Francs. Er zahlte mit einem Fünftausend-Francs-Schein.
Juwelier Pissoladière schritt zur Kasse. Er registrierte den Preis, holte Wechselgeld heraus und rief dabei zu Paul de la Rue hinüber: «Ich stehe sofort wieder zu Ihren Diensten, Monsieur!»
Pissoladière gab dem Uhrenarmbandkäufer heraus, dieser nahm seinen Regenschirm und verließ den Laden. Hätte der Juwelier ihm nachgeschaut, dann hätte er bemerkt, daß der Uhrenarmbandkäufer trotz strömenden Regens seinen Schirm *nicht* aufspannte. Vorerst wenigstens ...
Eilenden Fußes kehrte Pissoladière zu seinem aristokratischen Kunden zurück. Er sprach: «Und nun, Monsieur ...» Aber er sprach nicht weiter. Er sah mit einem Blick, daß drei der wertvollsten Bracelets fehlten.
Zunächst glaubte der Juwelier noch an einen Scherz. Degenerierte Aristokraten haben manchmal solche Anwandlungen makabren Humors. Er lächelte Paul de la Rue schief an, machte: «Haha» und sagte: «Monsieur, haben Sie mich erschreckt!»
Von Thomas Lieven ausgezeichnet trainiert, hob Paul unnach-

ahmlich seine Augenbrauen und forschte: «Wie meinen Sie? Ist Ihnen nicht gut?»
«Nicht doch, Monsieur, Sie treiben den Scherz zu weit. Bitte, legen Sie die drei Armbänder wieder aufs Tablett.»
«Sagen Sie mal, sind Sie betrunken? Sie meinen, ich hätte drei Armbänder ... Ach so, tatsächlich, wo sind denn die drei schönen Stücke?»
Jetzt lief Pissoladière blaurot an. Seine Stimme wurde schrill: «Mein Herr, wenn Sie nicht sofort die Stücke hier auf den Tisch legen, muß ich die Polizei alarmieren!»
Daraufhin fiel Paul de la Rue etwas aus seiner Rolle. Er begann zu lachen.
Das Gelächter nahm dem Juwelier den letzten Rest von Beherrschung. Mit einem Griff hatte er jene Taste unter dem Ladentisch erreicht, die den Diebesalarm auslöste. Krachend fielen vor den Auslagen, der Eingangstür und dem Hinterausgang schwere Stahlgitter herab.
Marius Pissoladière hatte plötzlich einen großen Revolver in der Hand und kreischte: «Hände hoch! Keinen Schritt ... Keine Bewegung!»
Lässig antwortete Paul de la Rue, die Hände hochnehmend: «Sie armer Irrer, das wird Ihnen noch leid tun.»

Wenig später erschien das Überfallkommando.
In größter Seelenruhe präsentierte Paul de la Rue einen französischen Reisepaß, lautend auf den Namen Vicomte René de Toussant, Paris, Square du Bois de Boulogne. Es war ein einwandfrei gefälschter Paß, die besten Kräfte des «Alten Viertels» hatten sich um ihn bemüht. Trotzdem zogen die Kriminalbeamten Paul de la Rue bis auf die Haut aus, durchsuchten seine Kleider und trennten die Nähte des Mantels auf. Es war alles umsonst. Nichts kam zutage, nicht ein einziger Brillant, nicht ein einziger Splitter der drei verschwundenen Bracelets.
Die Beamten verlangten von dem falschen Vicomte den Nachweis, daß er überhaupt in der Lage gewesen wäre, drei Millionen zu bezahlen.
Lächelnd bat der Verdächtige, den Direktor des «Hôtel Bristol» anzurufen. Der Direktor des «Hôtel Bristol» bestätigte, daß der Vicomte im Hotelsafe einen Betrag von sechs Millionen deponiert hätte! Kunststück! Paul de la Rue war natürlich wirklich im «Bristol» abgestiegen und hatte sechs Millionen – Bandenkapital – im Safe deponiert!

Die Kriminalbeamten wurden nun schon bedeutend höflicher.
Als schließlich die Pariser Polizei auf ein entsprechendes Fernschreiben antwortete, am Square du Bois de Boulogne residiere tatsächlich ein Vicomte René de Toussant, sehr vermögend, Verbindungen zu den Nazis und zu der Vichy-Regierung, zur Zeit abwesend von Paris, wahrscheinlich in Südfrankreich, da ließ die Polizei Paul de la Rue mit vielen Entschuldigungen frei.
Völlig gebrochen, kalkweiß im Gesicht, stammelte auch der Juwelier Marius Pissoladière sein Bedauern hervor.
Der unauffällige Uhrenarmbandkäufer, von dem Pissoladière nur eine sehr schlechte Beschreibung geben konnte, war und blieb verschwunden ...
All dies hatte Thomas Lieven vorausgesehen, als er Paul de la Rue seiner Erscheinung wegen aussuchte und einen Paß auf den Namen des Vicomtes fälschen ließ. Mitgeholfen allerdings hatte der «Perpignan-Bote» vom 2. Januar 1941. Denn unter der Rubrik AUS DEN LANDKREISEN hatte Thomas ein Bild des nazifreundlichen Aristokraten und diesen Bericht gefunden:
«Vicomte René de Toussant, Industrieller aus Paris, ist zur Kur in dem malerischen Städtchen Font Romeu an der Pyrenäengrenze eingetroffen ...»
Die Sache mit dem Regenschirm war in Marseille natürlich nicht mehr zu wiederholen. So etwas spricht sich ja schließlich herum. Dafür wurde es in Bordeaux, Toulouse, Montpellier, Avignon und Béziers lebendig. In diesen Städten machten in der nächsten Zeit Juweliere und Antiquitätenhändler trübe und verlustreiche Erfahrungen mit beschirmten Herren. Aber merkwürdigerweise stets nur solche, die einen ähnlich trüben und schäbigen Charakter wie Marius Pissoladière aufwiesen.
Dies, wir sagten es schon, war das gemeinsame Symptom aller Anschläge: Die Geschädigten taten keinem Menschen leid. Im Gegenteil! Im Süden des Landes begann man zu flüstern, daß hier eine ganz eigenwillige Art von Untergrundbewegung am Werk sei, angeführt von einer Art Robin Hood.
Durch eine Verkettung von Umständen geriet die Polizei auf eine falsche Spur, woran Thomas Lieven nicht ganz schuldlos war. Die Polizei glaubte, die Urheber der frechen Juwelendiebstähle wären in den Reihen der «Glatzen-Bande» zu suchen.
Eine der alteingesessenen Organisationen von Marseille wurde von einem gewissen Dantes Villeforte angeführt, einem Korsen, der aus naheliegenden Gründen den Spitznamen «Die Glatze» erhalten hatte.

Dann passierte die Sache mit den Flüchtlingstransporten nach Portugal. Auch Villeforte und seine Leute waren da ins Geschäft eingestiegen. Aber nun aktivierte Chantal ihr «Transportunternehmen» plötzlich enorm. Doch was sie machte, widersprach allen Regeln der Zunft. Sie verfuhr nach der völlig zu Unrecht veralteten Devise: Kleine Preise – großer Umsatz – guter Gewinn. Beziehungsweise sogar: Fliehen Sie gleich – bezahlen Sie später.
Man kann verstehen, daß «Die Glatze» nicht eben besserer Laune wurde, als Chantal ihm völlig das Geschäft verdarb. Denn zu ihr strömten nun die Kunden, zur «Glatze» kam kaum einer mehr.
Dann hörte «Die Glatze» plötzlich, daß all diese Neuerungen dem Weitblick und der Intelligenz von Chantals Geliebten zuzuschreiben seien. Diesem Mann vertraute Chantal vollkommen. Dieser Mann war angeblich das Gehirn der Bande – ein vorzügliches Gehirn, wie es schien.
«Die Glatze» beschloß, sich um diesen Mann ein wenig zu kümmern.

15

Thomas Lieven residierte weiter im «Alten Viertel» von Marseille bis zu einem unheilvollen Gewitterabend im September des Jahres 1942. Er lebte bei Chantal Tessier. Die seltsame Haßliebe dieser beiden Menschen wurde immer leidenschaftlicher, immer intensiver.
Stürmisch um den Hals beispielsweise fiel die schöne Bestie ihrem kochgewandten Freund nach einem gelungenen Coup – dasselbe Hotel zweimal an deutsche Aufkäufer verkauft – im Februar 1941. Jedoch nur, um im nächsten Atemzug zu versichern: «Du widerst mich an mit deinem überlegenen Lächeln! Diese Überheblichkeit! Glaubst du, du hast alles allein gemacht, was? Wir sind bloß kleine idiotische Kröten! Ich will dir mal was sagen: dein Grinsen reicht mir jetzt! Ich will dich nie mehr sehen, nie mehr, hau ab!»
Also zog Thomas gottergeben zu seinem Freund Bastian. Kaum war er zwei Stunden in dessen Wohnung, da rief Chantal an. «Ich habe hier Blausäure, Veronal und einen Revolver. Wenn du nicht sofort zu mir kommst, bin ich morgen früh eine Leiche.»
«Aber du hast doch gesagt, du willst mich nie mehr sehen!»
«Du Hund – du verfluchter Hund, ich krieg' keine Luft mehr, wenn du nicht da bist ...»
Thomas kehrte umgehend heim in die Rue Chevalier à la Rose. Es gab eine Versöhnung, von der er sich zwei Tage lang erholen

mußte. Danach widmete sich unser Freund mit voller Kraft der selbstgestellten Aufgabe, die Bösen im Lande zu schädigen – und dabei einen Haufen, aber wirklich einen Haufen Geld zu verdienen.

Weil das Leben Thomas Lievens so überreich angefüllt ist mit Gefahren, tollkühnen Streichen und schönen Frauen, sehen wir uns gezwungen, ökonomisch vorzugehen. Aus der Fülle seiner Unternehmungen in den Jahren 1941 und 1942 sei uns gestattet, nur drei herauszugreifen, nämlich:

die Sache mit dem Platin aus dem zaristischen Rußland,

die Sache mit den verschobenen Industriediamanten und

die Sache mit den gefälschten Falange-Dekreten.

Wohlan!

Im August 1941 tauchte in Toulouse ein gewisser Wassili Maria Orlow Fürst Lesskow auf. Dieser Mann kam, wie es schien, aus dem Nichts, denn es war einfach unmöglich, seine Spur in die Vergangenheit zu verfolgen. Der hagere, außerordentlich hochmütige Aristokrat bewies sogleich eine magnetische Anziehungskraft auf Agenten des deutschen, englischen, französischen, ja sogar des sowjetrussischen Geheimdienstes sowie auf Mitglieder der Bande von Dantes Villeforte.

Während jedoch alle diese Herrschaften in Toulouse ein auffälliges und dummes Gehabe mit Verschwörermienen, heimlichen Treffs und Kneipenprügeleien an den Tag legten, verhielt sich eine *sechste* Gruppe von Interessenten unauffällig im Hintergrund. Es waren ein paar Herren aus Chantal Tessiers Bande. Thomas hatte sie mittlerweile alle so gut erzogen wie die Herren de la Rue und Meyer ...

Fürst Lesskow erregte nicht umsonst solch Aufsehen, führte er doch – echtes Platin bei sich. Nur einige Barren zur Probe, wie er sagte, es gäbe aber einen ganzen Platinbarren-Schatz, dessen Verwalter er sei.

Nun, Platin, dieses edle Metall, fand in der Rüstungsindustrie Verwendung und war, insbesondere beim Flugzeugbau, unentbehrlich für die Herstellung von Unterbrechern und Magnetzündungen.

Ein gewaltiges Werben setzte ein. Deutsche, französische und britische Agenten wollten das Platin für die jeweiligen Vaterländer in ihren Besitz bringen; die Sowjets sahen es von vorneherein als ihr Eigentum an.

Die Männer um Dantes Villeforte hatten eine noch weit einfachere Eigentumsauffassung!

Thomas Lieven hingegen besaß seine eigene Geschäftsphilosophie. Sie lautete: «Wir wollen warten und hoffen ...»
Der Satz raubte Chantal ihr seelisches Gleichgewicht. Sie rief: «Du machst mich schon wieder rasend, du kalter Hund!»
Wie Thomas vorausgesehen hatte, bewies der hochmütige Fürst eine übertriebene Tüchtigkeit. Er spielte die verschiedenen Agenten gegeneinander aus und trug zweifellos die Schuld daran, daß ein sowjetischer und ein deutscher Geheimagent in einem Feuergefecht am 24. August 1941 um 0.30 Uhr morgens ums Leben kamen.
Vierundzwanzig Stunden später wiederum fand man den Fürsten ermordet in seinem Hotelappartement auf. Die Platinbarren, die er stets unter seinem Bett verborgen hatte, waren verschwunden. Rasch wurde die französische Polizei verständigt. Sie verdächtigte zwei Männer in schwarzen Ledermänteln, die den Fürsten als letzte besucht und danach Toulouse mit einem schwarzen Peugeot in nördlicher Richtung verlassen hatten.
Diese beiden Männer tauchten wenige Stunden später in dem Dorf Grisolles vor Montauban wieder auf. Sie hatten ihren Wagen und ihren ganzen Besitz verloren. Sie bewegten sich barfuß und in Unterhosen. Sie gaben an, von einem entgegenkommenden Laster geblendet und zum Halten gezwungen worden zu sein. Eine Bande von sechs vermummten Männern hatte sie ausgeraubt.
Die Platinbarren tauchten in Frankreich nicht mehr auf. Kurze Zeit später jedoch befanden sie sich in dem geräumigen Stahlsafe, das ein gewisser Eugen Wälterli, Schweizer Staatsbürger, am 27. August 1941 bei der Nationalbank in Zürich gemietet hatte. Herr Wälterli war aus dem unbesetzten Frankreich auf unwirtlichen Schleichpfaden in die Schweiz gekommen. Seine Freundin Chantal Tessier, wohlbewandert in illegalen Grenzübertritten, hatte ihm den Weg erklärt. Eugen Wälterli, alias Thomas Lieven, hatte sich seinen falschen Schweizer Paß von ersten Fachleuten des «Alten Viertels» herstellen lassen ...

16

Einen Moment!
So etwas erzählt sich leichter, als es sich ereignet. Vor der Deponierung der Platinbarren in der Schweiz hatte Thomas Lieven schwere Stunden zu durchleben – nicht mit der Polizei, nicht mit Villefortes Leuten, nein, mit Chantal ...
Einer Furie gleich fuhr sie ihm entgegen, als er seinen Plan ent-

worfen hatte. «In die Schweiz? Ah, ich kapiere ... Du willst abhauen! Du willlst mich hier sitzenlassen! Dir eine andere unter den Nagel reißen! Glaubst du, ich weiß nicht, wen?» Sie schwieg nur einen Moment, um Atem zu holen, weil sie sonst erstickt wäre, und schrie sofort weiter: «Dieser Fetzen Yvonne! Ich sehe es seit Wochen, wie sie sich dir ranschmeißt, ha!»
«Chantal, du bist meschugge, äh, verrückt. Ich schwöre dir ...»
«Halt's Maul! *Ich* habe keinen anderen Mann mehr *angesehen*, seit ich dich kenne! Und du – und du – ach, alle Männer sind Schweine! Und noch dazu mit *so* einer! Einer *Gefärbten!*»
«Sie ist nicht gefärbt, mein Kind», sagte Thomas sanft.
«Aaaahhh!» Jetzt ging sie mit Krallen und Zähnen auf ihn los. «Du Hund, woher weißt du das?»
Sie prügelten sich. Sie versöhnten sich. Eine ganze Nacht benötigte Thomas, um Chantal zu beweisen, daß er die blonde Yvonne nie geliebt hatte und niemals lieben würde.
Im Morgengrauen sah sie alles ein und war sanft wie ein Lamm und zärtlich wie ein Bademädchen in Hongkong. Und nach dem Frühstück ging sie, ihm einen Schweizer Paß zu besorgen ...

17

Es hieß, es wäre für Reichsmarschall Hermann Göring eine herbe Enttäuschung gewesen, als er bei seinem ersten Besuch im besetzten Paris die beiden weltberühmten Juweliere Cartier und Van Cleff aufsuchte und dabei von den Verkäufern zu hören bekam, sie könnten den illustren Kunden leider nicht bedienen, weil die Geschäftsinhaber alle kostbaren Stücke vor dem Einmarsch der Deutschen nach London verlagert hätten.
Was in Paris gelang, war in Antwerpen und Brüssel mitnichten gelungen. Brüssel und Antwerpen sind seit Jahrzehnten die Zentren der internationalen Edelstein-Schleifereien. Die hier vorgefundenen Diamanten und Brillanten wurden nach der Besetzung zum Teil von den deutschen Behörden käuflich erworben – oder einfach beschlagnahmt. Dann nämlich, wenn sie sich in jüdischem Besitz befanden, was meistens der Fall war.
Das Deutsche Reich benötigte sogenannte «Industriediamanten» für die Rüstungsindustrie zum Schleifen von Motorkurbelwellen und zum Bearbeiten von Hartmetallen. Mit der Beschaffung dieses wertvollen Materials wurde Oberst Feltjen vom Amt für den Vierjahresplan beauftragt.
Er versuchte, Steine und Steinabfälle auch in neutralen Ländern,

wie etwa in der Schweiz, zu erwerben. Der größte Teil seiner deutschen Aufkäufer war jedoch korrupt. Die Herren operierten nach einem einfachen System: Sie beschlagnahmten in Belgien jüdischen Diamantenbesitz, lieferten ihn jedoch nur zum Teil oder gar nicht an den Oberst Feltjen ab, sondern schafften ihn mit eigenen Kurieren durch das besetzte und das unbesetzte Frankreich in die Schweiz. Hier wurde das Material wiederum einem anderen deutschen Aufkaufbevollmächtigten zum Erwerb angeboten. Der Mann kaufte zu höchsten Preisen. Die korrupten Erst-Einkäufer lachten sich in das bekannte Fäustchen.
Zwischen September 1941 und Januar 1942 wurden vier derartige «Kuriere» abgefangen und um die gestohlenen oder beschlagnahmten Steine erleichtert. Diese Industriediamanten und Brillanten tauchten kurze Zeit später in dem geräumigen Stahlsafe der Nationalbank in Zürich wieder auf, das ein gewisser Eugen Wälterli daselbst gemietet hatte ...
Vom Konto des besagten Schweizer Staatsbürgers Eugen Wälterli wurde am 22. Januar 1942 die Summe von 300 000 Schweizerfranken auf das Londoner Konto der Organisation «Wannemeester» überwiesen. Diese Organisation hatte sich zum Ziel gesetzt, mit Bestechung und Geld rassisch und politisch verfolgte Personen aus den von Hitler besetzten Teilen Europas heraus und in Sicherheit zu bringen.

18

Im Juli 1942 berief Dantes Villeforte, genannt «Die Glatze», in Marseille seine Bande zu einer Vollversammlung ein, die in seiner Wohnung in der Rue Mazenod 4 stattfand.
«Meine Herren», sagte Dantes Villeforte zu seinen Mitarbeitern, «mir reicht es jetzt. Ich habe jetzt den Kanal voll von Chantals Organisation. Die Platinsache hat sie uns vermasselt; wir waren schon so schön am Zuge. Das Portugal-Geschäft ist seit einem Jahr abgerutscht. Und jetzt auch noch die Sache mit den Falange-Dekreten!»
Die Sache mit den Falange-Dekreten war ebenso einfach wie imposant angelaufen. Eingedenk seiner Lektionen bei dem genialen portugiesischen Maler und Fälscher Reynaldo Pereira, hatte Thomas Lieven mit den «Talenten» des «Alten Viertels» eine Dokumenten-Großfälscherei in Gang gesetzt. Diese arbeitete in Tag- und Nachtschichten. Damit konnte das gleichartige Unternehmen der «Glatze» einfach nicht mehr konkurrieren.

Die Dokumente der Organisation Chantal Tessier waren preiswerter und besser, und sie wurden schneller geliefert. In letzter Zeit verkaufte die Organisation auch noch eine Novität an alle interessierten Rotspanier, die seinerzeit vor Franco fliehen mußten und Sehnsucht nach ihrer alten Heimat empfanden. Diesen Leuten wurden mit den falschen spanischen Pässen auch noch makellos nachgemachte Dank-, Anerkennungs- und Auszeichnungs-Diplome mitgeliefert, auf denen der Franco-Staat ihnen ihre Verdienste um die Falange bestätigte. Das war der abolute Verkaufsschlager des Sommers 1942.

«Meine Herren», sprach Dantes Villeforte auf seiner Betriebsversammlung, «Chantal Tessier allein war schon eine Heimsuchung. Sie hat uns reingelegt. Sie hat uns geschadet noch und noch. Aber jetzt dieser Scheißkerl Pierre oder wie er sonst heißt – das ist zuviel!»

Beifälliges Gemurmel.

«Ich sage: mit Chantal werden wir gerade eben noch fertig. Sie ist auch nicht ohne! Ich höre, sie liebt diesen Kerl. Was würde ihr also einen fürchterlichen Schlag versetzen?»

«Wenn wir ihren Süßen umlegten», sagte einer.

«Du sprichst wie ein Vollidiot», ärgerte sich Villeforte. «Umlegen, umlegen. Das ist alles, was euch einfällt. Was denn? Wozu haben wir Beziehungen zur Gestapo? Ich habe herausbekommen, daß dieser Mann unter anderem Hunebelle heißt. Und einen Hunebelle sucht die Gestapo. Wir können uns eine goldene Nase verdienen, wenn wir ... Muß ich noch weitersprechen?»

Er mußte es nicht.

Am Abend des 17. September 1942 gab es ein heftiges Gewitter. Chantal und Thomas hatten ursprünglich die Absicht gehabt, ins Kino zu gehen. Nun entschlossen sie sich, daheim zu bleiben.

Sie tranken Calvados und spielten Schallplatten, und Chantal war in einer fast unglaublichen Weise anschmiegsam, sentimental und weich.

«Was hast du aus mir gemacht ...», flüsterte sie. «Ich erkenne mich manchmal selber nicht wieder ...»

Thomas sagte: «Chantal, wir müssen hier weg. Ich habe böse Nachrichten bekommen. Marseille ist vor den Deutschen nicht mehr sicher.»

«Wir gehen in die Schweiz», meinte sie. «Geld haben wir genug dort. Wir machen uns ein feines Leben.»

«Ja, Süße», sagte er und küßte sie.

Dann flüsterte sie, mit Tränen in den Augen: «Ach, chéri ... Ich

bin so glücklich wie noch nie. Es muß ja nicht ewig dauern – nichts dauert ewig –, aber eine Weile noch, eine kleine Weile ...»
Später bekam Chantal Hunger – auf Weintrauben.
«Die Geschäfte haben geschlossen», überlegte Thomas. «Aber am Bahnhof bekomme ich vielleicht noch Trauben ...»
Er stand auf und zog sich an. Sie protestierte: «Bei diesem Wetter – du bist ja verrückt ...»
«Nein, nein, du bekommst deine Weintrauben. Weil du Weintrauben liebst, und weil ich dich liebe.»
Plötzlich hatte sie wieder Tränen in den Augen. Sie schlug mit einer kleinen Faust auf ihr Knie und fluchte: «Mist verdammter, es ist ja zu blöd! Ich muß weinen, weil ich dich so liebe ...»
«Ich komme gleich zurück», sagte Thomas und eilte davon. Er irrte sich.
Denn zwanzig Minuten, nachdem er das Haus in der Rue Chevalier Rose verlassen hatte, um Trauben zu kaufen, befand sich Thomas Lieven, alias Jean Leblanc, alias Pierre Hunebelle, alias Eugen Wälterli, in den Händen der Gestapo.

19

Komisch, wie sehr ich mich an Chantal gewöhnt habe, dachte Thomas. Ich kann mir ein Leben ohne sie gar nicht mehr vorstellen. Ihre Verrücktheiten, die Raubtier-Allüren, dieses Einen-Mann-Auffressen-Wollen, das alles entzückt mich aufs höchste. Ebenso ihr Mut, ihr Instinkt. Und sie lügt nicht. Oder fast nicht ...
Über den menschenleeren Place Jules Guesde, dessen Asphaltdecke im Regen glänzte, schritt Thomas Lieven in die schmale Rue Bernard du Bois. Hier lag das kleine altmodische «Handtuch»-Kino, das er oft mit Chantal besuchte.
Ein schwarzer Peugeot parkte vor dem Kino; es fiel Thomas nicht auf. Er ging weiter. Seine beiden Schatten folgten ihm. Als sie an dem schwarzen Peugeot vorüberkamen, klopfte der eine Schatten kurz gegen ein Wagenfenster. Daraufhin flammten die Scheinwerfer des Peugeot auf – ganz kurz nur, dann erloschen sie wieder. Vom anderen Ende der schmalen, schlecht erleuchteten Straße setzten sich zwei andere Schatten in Bewegung.
Thomas bemerkte sie nicht. Er sah nicht die Männer, die ihm entgegenkamen, und nicht die Männer, die ihn verfolgten. Er war in Gedanken ... Ich muß mal in Ruhe mit Chantal reden. Ich weiß aus guten Quellen: noch in diesem Jahr werden amerikanische Truppen in Nordafrika landen. Die französische Untergrundbe-

wegung setzt den Nazis mehr und mehr zu. Sie operiert vom Süden des Landes aus. Die Deutschen werden zweifellos auch den unbesetzten Teil Frankreichs okkupieren. Also werden Chantal und ich in die Schweiz gehen, baldmöglichst. In der Schweiz gibt es keine Nazis, keinen Krieg. Wir werden in Frieden leben ...
Die beiden Schatten vor ihm kamen näher. Die beiden Schatten hinter ihm kamen näher. Der Motor des schwarzen Peugeot sprang an. Ohne Licht rollte der Wagen im Schrittempo los. Und immer noch bemerkte Thomas Lieven nichts.
Armer Thomas! Er war intelligent, gerecht und liebenswürdig, charmant und hilfsbereit. Aber er war nicht Old Shatterhand, nicht Napoleon, eine männliche Mata Hari war er nicht und auch kein Supermann. Er war keiner von den Helden, über die man in den Büchern liest – die niemals ängstlichen, die ewig siegenden, die heldischen Heldenhelden. Er war nur ein ewig gejagter, ewig verfolgter, niemals in Frieden gelassener Mensch, der stets versuchen mußte, das Beste aus einer schlimmen Sache zu machen – wie wir alle.
Und darum bemerkte er nicht die Gefahr, in der er sich befand. Er dachte nichts Böses, als vor ihm plötzlich zwei Männer standen. Sie trugen Regenmäntel. Es waren Franzosen.
Der eine sagte: «Guten Abend, Monsieur. Können Sie uns wohl sagen, wie spät es ist?»
«Gerne», antwortete Thomas. Mit der einen Hand hielt er seinen Schirm. Mit der anderen Hand holte er die geliebte Repetieruhr aus der Westentasche. Er ließ den Deckel aufspringen. In diesem Augenblick erreichten ihn auch die beiden Schatten, die hinter ihm hergewandert waren.
«Es ist jetzt genau acht Uhr und ...», begann Thomas. Danach bekam er einen fürchterlichen Schlag ins Genick.
Der Schirm flog weg. Die Repetieruhr – zum Glück hing sie an einer Kette – fiel Thomas aus der Hand. Ächzend brach er in die Knie. Er öffnete den Mund, um zu schreien. Da schoß eine Hand vor. Sie hielt einen riesigen Wattebausch. Die Watte traf Thomas im Gesicht. Brechreiz brandete in ihm hoch, als er den widerlichen süßen Geruch verspürte. Er kannte das alles schon, er hatte das alles schon einmal ähnlich in Lissabon erlebt. Damals war es noch gut gegangen. Diesmal, so sagte ihm ein blitzartiges Gefühl, indessen schon seine Sinne schwanden, würde es nicht gut gehen ...
Dann hatte er das Bewußtsein verloren, und es bereitete seinen Entführern nur noch technische Schwierigkeiten, ihn im Fond des Peugeot zu verstauen. Ein reines Möbelpackerproblem.

20

«Bastian – he, Bastian, wach endlich auf, du fauler Sack!» schrie Olive, der dicke Wirt des Schwarzhändlerlokals «Chez Papa», hinter dem der riesenhafte Bastian Fabre wohnte.
Chantals treuester Kumpan erwachte stöhnend und rollte auf den Rücken. Dann ächzte er, sich den Schädel haltend: «Bist du wahnsinnig! Was fällt dir ein, mich aufzuwecken?» Bastian hatte wenige Stunden zuvor mit dem hinkenden François ein Wett-Trinken veranstaltet. Viel zu früh geweckt, stöhnte er jetzt: «Ich bin noch besoffen. Mir ist hundeelend ...»
Olive rüttelte ihn erneut.
«Chantal will dich sprechen, am Telefon, dringend! Dein Freund Pierre ist verschwunden!»
Von einer Sekunde zur anderen war Bastian stocknüchtern. Er sprang aus dem Bett. In einer roten Pyjamajacke – Bastian trug stets nur Oberteile – rannte er in das Nebenzimmer, fuhr in Schlafrock und Pantoffeln. Dann stolperte er nach vorne in Olives Lokal, das zu dieser späten Stunde bereits geschlossen war und im Dunkeln lag. Die Stühle standen auf den Tischen. In der Telefonzelle baumelte der Hörer. Bastian riß ihn ans Ohr: «Chantal –!»
Das Herz tat ihm weh, als er ihre Stimme hörte, diese Stimme voller Verzweiflung, voller Angst. Noch nie hatte er sie in solcher Panik erlebt: «Bastian – Gott sei Dank – ich – ich kann nicht mehr ... Ich renne seit Stunden durch die Stadt ... Ich bin kaputt – erledigt ... O Gott, Bastian, Pierre ist weg!»
Bastian wischte sich den Schweiß von der Stirn. Zu Olive, der neben ihn getreten war, sagte er: «Gib mir einen Kognak und brau einen Türkischen ...» Und in den Hörer: «Erzähle langsam, Chantal. Der Reihe nach. Du mußt dich beruhigen ...»
Chantal erzählte, was sich ereignet hatte. Jetzt war es zwei Uhr früh. Gegen acht Uhr hatte Pierre sie verlassen, um Weintrauben zu kaufen.
Chantal weinte. Ihre Stimme bebte und zitterte: «Ich war am Bahnhof. In allen Kneipen. Unten am Hafen. Ich war – ich war in diesen Häusern ... Ich hab' gedacht, vielleicht hat er einen von euch getroffen – und ist versackt, wie es einem Mann eben manchmal geht ...»
«Wo bist du jetzt?»
«Im Brûleur de Loup.»
«Bleib dort. Ich wecke Pferdefuß und die anderen. Alle. In einer halben Stunde sind wir bei dir.»

Ihre Stimme kam so dünn und schwach zu ihm, als käme sie vom Mond: «Bastian – wenn – wenn ihm was passiert ist, dann will ich nicht mehr leben ...»
Fünfzehn erfahrene Ganoven durchkämmten in dieser Nacht die Stadt Marseille. Es gab keine Bar, die sie nicht aufsuchten, kein Hotel, keine Kneipe, kein Bordell. Sie suchten und suchten – und sie fanden keine Spur von Pierre Hunebelle, ihrem Freund und Kameraden. Grau dämmerte der neue Tag herauf. Um acht Uhr brach die Bande die Suche nach dem Verschollenen zunächst ab. Bastian brachte Chantal nach Hause. Sie ließ sich willenlos führen. In ihrer Wohnung erlitt sie dann von einem Augenblick zum andern einen grauenhaften hysterischen Anfall. Selbst ein so kräftiger Mann wie Bastian sah keine andere Möglichkeit sie zu bändigen, als sie zunächst mit einem schweren Fausthieb bewußtlos zu schlagen. Dann rannte er ans Telefon und rief Dr. Boule an. Der kleine Zahnarzt und Experte für die Herstellung von falschen Goldbarren kam gleich. Als er eintraf, war Chantal wieder bei Bewußtsein. Sie lag auf ihrem Bett, ihre Zähne klapperten, und die Füße schlugen gegeneinander. Dr. Boule sah sofort, was mit ihr los war. Er spritzte ein Betäubungsmittel. Als er die Nadel aus ihrer Haut zog, flüsterte sie unter Tränen: «Er war – er war der einzige Mensch in meinem Leben, der gut zu mir war, Doktor ...»
Thomas Lieven blieb verschwunden. Keine Spur von ihm wurde entdeckt, obwohl die Bande ihre Nachforschungen intensivierte. Ein völliger gesundheitlicher Zusammenbruch zwang Chantal wochenlang ins Bett.
Am 28. Oktober änderte sich die Lage. Im «Cintra», einem der beiden berühmten Cafés am «Alten Hafen», betrank sich ein jüngerer Mann schon um die Mittagszeit, offenbar aus Kummer. Als er zu betrunken war, um auf sich achtzugeben, begann er damit zu prahlen, daß er «ganz hübsch über diesen Pierre Hunebelle auspacken» könnte.
Ein zufällig anwesendes Mitglied von Chantals Bande alarmierte Bastian. Der holte den hinkenden François. Gemeinsam eilten sie ins «Cintra», setzten sich zu dem Betrunkenen, schmissen Runden und heuchelten Sympathie.
Der Mann wurde zutraulich. Er gab an, Emile Mallot zu heißen und aus Grenoble zu stammen. Er lallte: «Beschissen hat er uns, der Hund, der dreckige – hick – 20 000 hat er uns versprochen ...»
«Wofür?» fragte Bastian und schob einen neuen Schnaps vor Mallot hin.

«Dafür, daß wir diesen Hunebelle in den Peugeot schubsen ... Zehn haben wir nur gekriegt ...»
«Wer hat euch denn so beschissen, Kumpel?» fragte Bastian und legte gemütvoll einen Arm um den Betrunkenen.
Der Mann kniff plötzlich die Augen zu. «Was geht denn das dich an?»
Bastian und François wechselten Blicke. Bastian sagte: «War ja nur eine Frage, Emile. Nichts für ungut. Komm, wir trinken noch was ...»
Sie füllten den Mann aus Grenoble richtig voll. Als er unter den Tisch sackte, hoben sie ihn auf, legten ihre Arme um seine Schultern und schleppten ihn weg – zu Chantal.
Sie lag noch im Bett, hatte Fieber und sah elend aus. Bastian und François ließen den Betrunkenen im Wohnzimmer auf eine Couch fallen und gingen ins Schlafzimmer zu Chantal. Sie erzählten ihr, was sie erlebt hatten.
Bastian sagte: «Wenn er zu sich kommt, überlaß ihn nur mir. Der Knabe redet in zehn Minuten.»
Chantal schüttelte den Kopf. Was sie sagte, hatte Thomas einmal zu ihr gesagt: «Verdreschen ist nicht immer die letzte Weisheit. Die letzte Weisheit ist immer Bargeld.»
«Was?»
«Der Mann ist doch so wütend, weil er zu wenig bekommen hat. Also werden wir ihn gut bezahlen. Los, hol Doktor Boule. Er soll dem Kerl eine Spritze geben. Damit er nüchtern wird.»

21

Der Zahnarzt kam. Eine Stunde später war Emile Mallot aus Grenoble wieder bei Sinnen. Er saß auf einem Sessel vor Chantals Bett. François und Bastian standen neben ihm. Chantal lag im Bett und fächelte sich mit riesigen Francs-Bündeln Kühlung zu.
Mit belegter Stimme sprach Mallot aus Grenoble: «Sie – sie haben ihn nach Norden gebracht. In der Nacht noch. Nach Chalon-sur-Saône, an die Demarkationslinie. Da hat ihn dann die Gestapo ... Nicht!» brüllte er gellend auf, denn Bastian hatte ihn hochgerissen und ins Gesicht geschlagen.
«Bastian!» schrie Chantal. Totenbleich war ihr Gesicht, nur die fiebrigen Augen lebten: «Laß ihn in Ruhe ... Ich muß wissen, wer hinter dieser Sauerei steckt ...» Sie schrie Mallot an: «Wer?»
Mallot wimmerte: «Die – die Glatze!»
«Dantes Villeforte?»

«Ja, er hat uns den Auftrag gegeben ... Dieser Hunebelle war ihm zu gefährlich ... Er wollte ihn los sein ...» Mallot holte Luft. «Ihr habt ‹Die Glatze› in der letzten Zeit übers Ohr gehauen, wie? Na also. Das ist seine Rache ...»
Tränen liefen über Chantals Gesicht. Sie schluckte zweimal, bevor sie sprechen konnte. Dann klang ihre Stimme wieder kalt, gefährlich und befehlsgewohnt: «Nimm die Penunze, Mallot. Hau ab! Aber sag der ‹Glatze›, das war das Ende. Kein Erbarmen mehr jetzt. Für das, was er getan hat, lege ich ihn um. Eigenhändig. Sobald ich wieder laufen kann. Er soll sich verkriechen, wo er will. Er soll sich verstecken, wo er will. Ich werde ihn finden, das schwöre ich. Und ich lege ihn um.»
Chantal war es ernst mit diesem Schwur. Doch zunächst überstürzten sich die Ereignisse, die Chantal und ihre Organisation vor andere ernste Probleme stellte.
Am 8. November 1942 gab das Kriegsdepartement der Vereinigten Staaten bekannt:
Amerikanische und britische Armee-, Marine- und Luftstreitkräfte haben in den Stunden der Dunkelheit Landungsoperationen an zahlreichen Stellen der Küste von Französisch-Nordafrika begonnen. Generalleutnant Eisenhower ist der Oberkommandierende der alliierten Streitkräfte.
Und am 11. November gab das Oberkommando der Wehrmacht bekannt:
Deutsche Truppen haben heute früh zum Schutze des französischen Territoriums gegen die bevorstehenden amerikanisch-britischen Landungsunternehmen in Südfrankreich die Demarkationslinie zum unbesetzten Frankreich überschritten. Die Bewegungen der deutschen Truppen verlaufen planmäßig ...

3. Kapitel

1

Das Zentralgefängnis von Frèsnes lag achtzehn Kilometer vor Paris. Hohe Mauern umgaben den schmutzigen, mittelalterlichen Bau, der in drei Haupttrakte mit zahlreichen Nebenflügeln aufgegliedert war. Einsam und massig stand das Gefängnis in einer trostlosen Ebene mit verkrüppelten Bäumen, verfaulenden Wiesen und ungepflügten Äckern.
Im ersten Trakt saßen deutsche Gefangene, politische und Deser-

teure. Im zweiten Trakt saßen französische und deutsche Widerstandskämpfer. Im dritten Trakt saßen nur Franzosen.
Das Gefängnis von Frèsnes wurde von einem deutschen Hauptmann der Reserve geleitet. Das Personal war gemischt. Es gab französische Wärter und deutsche – durchweg ältere Unteroffiziere aus Bayern, Sachsen und Thüringen.
Im Flügel C von Trakt I gab es nur deutsche Wärter. Dieser Flügel C war für den SD Paris reserviert. Tag und Nacht brannte hier das elektrische Licht in den Einzelzellen. Niemals durften die Gefangenen zum Spaziergang in den Hof geführt werden. Die Gestapo hatte eine einfache Methode gefunden, ihre Gefangenen unerreichbar für jede noch so mächtige Behörde werden zu lassen: Die Insassen des Flügels C wurden in den Büchern einfach nicht geführt. Es waren tote Seelen, sie existierten praktisch schon nicht mehr ...
Reglos saß in den Morgenstunden des 12. November ein junger Mann mit schmalem Gesicht und klugen schwarzen Augen auf seiner Pritsche in Zelle 67 des Flügels C. Thomas Lieven sah elend aus. Grau war seine Haut, eingefallen waren seine Wangen. Er trug einen alten Sträflingsanzug. Der Anzug war ihm viel zu groß. Thomas fror. Die Zellen waren ungeheizt.
Über sieben Wochen saß er nun in dieser scheußlichen, stinkenden Zelle. In der Nacht vom 17. zum 18. September hatten ihn seine Entführer bei Chalon-sur-Saône zwei Gestapo-Agenten übergeben. Diese hatten ihn nach Frèsnes gebracht. Und seither wartete er darauf, daß jemand kam, um ihn zu verhören. Er wartete umsonst. Das Warten fing an, ihn um seine Fassung zu bringen.
Thomas hatte versucht, Kontakt mit den deutschen Wachen aufzunehmen – umsonst. Er hatte mit Charme und Bestechung versucht, besseres Essen zu erhalten – umsonst. Es gab Wassersuppe mit Kohl, Tag für Tag. Er hatte versucht, einen Kassiber an Chantal durchzuschmuggeln. Umsonst.
Warum kamen sie nicht endlich und stellten ihn an die Mauer? Sie kamen jeden Morgen um vier und holten Männer aus den Zellen, und dann hörte man das Trampeln von Stiefeln und die Befehle und das ohnmächtige Schreien und Wimmern der Fortgeschleppten. Und die Schüsse, wenn die Gefangenen erschossen wurden. Und gar nichts, wenn sie erhängt wurden. Meistens hörte man gar nichts.
Thomas fuhr plötzlich auf. Stiefel trampelten heran. Die Tür flog auf. Ein deutscher Feldwebel stand draußen – und neben ihm zwei Riesenkerle in Uniformen des SD.

«Hunebelle?»
«Jawohl.»
«Mitkommen zum Verhör!»
Nun ist es soweit, dachte Thomas, nun ist es also soweit ...
Er wurde gefesselt in den Hof geführt. Hier stand ein riesiger Omnibus ohne Fenster. Ein SD-Mann stieß Thomas in einen düsteren, schmalen Gang, der durch den Bus führte und viele Türen hatte. Hinter den Türen gab es winzige Zellen, in denen man nur mit verkrampften Muskeln sitzen konnte.
In eine solche Zelle wurde Thomas geschoben. Die Tür flog zu und wurde versperrt. Den Geräuschen nach waren auch alle anderen Zellen besetzt. Es stank nach Schweiß und Angst.
Der Bus holperte los über eine Straße voller Schlaglöcher. Die Fahrt dauerte eine halbe Stunde. Dann hielt der Wagen. Thomas hörte Stimmen, Schritte, Flüche. Dann wurde seine Zelle aufgesperrt. «Rauskommen!»
Hinter einem SD-Mann her taumelte Thomas, schwindlig vor Schwäche, ins Freie. Er sah sofort, wo er sich befand: in der vornehmen Avenue Foch in Paris. Thomas wußte, daß der SD hier viele Häuser beschlagnahmt hatte.
Der SD-Mann führte Thomas durch die Halle des Hauses Nr. 84 in ein zum Büro umgewandeltes Bibliothekszimmer.
Zwei Männer saßen darin, beide in Uniform. Der eine war untersetzt, jovial und rotgesichtig, der andere sah blaß und ungesund aus. Der eine war der Sturmbannführer Walter Eicher, der andere war sein Adjutant Fritz Winter.
Stumm trat Thomas vor sie hin.
Der SD-Mann erstattete Meldung und verschwand.
In reichlich schlechtem Französisch bellte der Sturmbannführer los: «Na, Hunebelle, wie wär's mit einem Kognak?»
Thomas war speiübel. Aber er sagte: «Danke nein, ich habe leider nicht die richtige Unterlage dafür im Magen.»
Sturmbannführer Eicher kam nicht ganz mit, was Thomas da auf französisch gesagt hatte. Sein Adjutant übersetzte es. Eicher lachte auf. Winter fuhr mit dünnen Lippen fort: «Ich glaube, wir können uns mit diesem Herrn auch deutsch unterhalten, nicht wahr?»
Thomas hatte beim Hereinkommen auf einem Tischchen einen Aktendeckel mit der Aufschrift HUNEBELLE erblickt. Es hatte keinen Sinn zu leugnen. «Ja, ich spreche auch Deutsch.»
«Na, wundervoll, wundervoll. Vielleicht sind Sie sogar ein Landsmann, wie?» Der Sturmbannführer drohte neckisch mit dem Finger. «Na? Sie kleiner Schelm! Nun sagen Sie es schon!»

Er blies Thomas eine Wolke Zigarrenrauch entgegen. Thomas schwieg.
Der Sturmbannführer wurde ernst: «Sehen Sie, Herr Hunebelle – oder wie Sie heißen mögen –, Sie glauben vielleicht, es macht uns Spaß, Sie einzusperren und zu verhören. Greuelmärchen hat man Ihnen über uns erzählt, nicht wahr? Wir tun unseren schweren Dienst nicht gerne, das kann ich Ihnen versichern. Deutsche Menschen, Herr Hunebelle, sind für so was nicht gebaut.» Eicher nickte voll Wehmut. «Aber der Dienst an der Nation verlangt es. Wir haben uns dem Führer verschworen. Nach dem Endsieg wird unser Volk die Führung aller anderen Völker der Erde zu übernehmen haben. So etwas will vorbereitet sein. Da braucht es jeden Mann.»
«Auch Sie», warf Adjutant Winter ein.
«Bitte?»
«Sie haben uns doch beschissen, Hunebelle. In Marseille. Mit dem Gold, dem Schmuck und den Devisen.» Der Sturmbannführer lachte kehlig. «Nicht widersprechen, wir wissen es doch. Muß sagen, Sie haben es schick gemacht. Kluger Junge.»
«Und weil Sie so ein kluger Junge sind, werden Sie uns jetzt erzählen, wie Sie wirklich heißen und wo die ganzen Sachen von Lesseps und Bergier hingekommen sind», sagte Winter leise.
«Und mit wem Sie zusammengearbeitet haben», sagte Eicher, «das natürlich auch. Wir haben Marseille bereits besetzt. Können wir Ihre Kollegen gleich kassieren.» Thomas schwieg.
«Na?» sagte Eicher.
Thomas schüttelte den Kopf. Das alles hatte er sich so vorgestellt.
«Sie wollen nicht reden?»
«Nein.»
«Bei uns redet jeder!» Auf einmal war die leutselige Gutmütigkeit, auf einmal war das Grinsen von Eichers Gesicht weggewischt. Seine Stimme klang heiser: «Sie Scheißkerl, Sie kleiner! Habe mich schon viel zu lange unterhalten mit Ihnen!» Er stand auf, wippte in den Knien, warf die Zigarre in den Kamin und sagte zu Winter: «Los, macht ihn fertig.»
Winter führte Thomas in einen überheizten Keller hinab. Hier rief er nach zwei Männern in Zivil. Sie banden Thomas am Kessel der Zentralheizung fest. Dann machten sie ihn fertig.
So ging das drei Tage hintereinander. Omnibusfahrt von Frèsnes nach Paris. Verhör. Fertigmachen im Keller. Fahrt zurück in die ungeheizte Zelle.
Das erstemal begingen sie den Fehler, ihn zu schnell und zu brutal zu schlagen. Thomas wurde ohnmächtig.

Das zweitemal begingen sie diesen Fehler nicht mehr. Und auch nicht das drittemal. Nach dem drittenmal fehlten Thomas zwei Zähne, der Körper war an vielen Stellen wundgeschlagen. Nach dem drittenmal wurde er für zwei Wochen ins Krankenhaus von Frèsnes gelegt.

Dann fing das Ganze von vorne an.

Als der Bus ohne Fenster ihn am 12. Dezember wieder einmal nach Paris brachte, da war Thomas Lieven am Ende. Er konnte es nicht mehr ertragen, gequält zu werden. Er dachte: Ich springe aus dem Fenster. Eicher verhört mich jetzt immer oben im dritten Stock. Ja, ich springe aus dem Fenster. Wenn ich Glück habe, bin ich tot. Ach, Chantal, ach, Bastian, ich hätte euch so gern wiedergesehen ...

Thomas Lieven wurde gegen zehn Uhr am 12. Dezember 1942 in das Büro von Herrn Eicher geführt. Ein Mann, den Thomas noch nie gesehen hatte, stand neben dem Sturmbannführer: groß, hager, weißhaarig. Der Mann trug die Uniform eines Obersten der deutschen Wehrmacht mit vielen Ordensspangen und unter dem Arm einen umfangreichen Aktendeckel, auf dem Thomas Lieven das Wort GEKADOS entziffern konnte.

Eicher machte einen verärgerten Eindruck.

«Das ist der Mann, Herr Oberst», sagte er mürrisch und hustete.

«Ich werde ihn gleich mitnehmen», sagte der Oberst mit den vielen Auszeichnungen.

«Da es eine ‹Gekados› ist, kann ich Sie nicht daran hindern, Herr Oberst. Bitte quittieren Sie die Übernahme.»

Um Thomas Lieven begann sich alles zu drehen, der Raum, die Männer, alles. Er stand schwankend da in seinem elenden Gefangenenanzug. Er taumelte und würgte und rang nach Luft und dachte an die Worte, die er einmal in einem Buch des Philosophen Bertrand Russell gelesen hatte: «In unserem Jahrhundert geschieht nur noch das Unvorhergesehene ...»

2

Die Hände gefesselt, saß Thomas Lieven neben dem weißhaarigen Oberst in einer Wehrmachts-Limousine. Sie fuhren durch die Pariser City, die sich seit den Tagen des Friedens kaum verändert hatte. Frankreich schien die Okkupation zu ignorieren. Die Straßen waren erfüllt von hektischem Leben. Elegante Frauen, eilige Männer sah Thomas Lieven, und zwischen ihnen, seltsam unbeholfen und verloren, deutsche Landser.

Menu · Paris, 12. Dezember 1942

Gefüllte Auberginen
Kalbsschnitzel Cordon bleu mit kleinen Erbsen
Crêpes Suzette

Dabei schloß Thomas Lieven den Pakt mit des Teufels Admiral

Gefüllte Auberginen: Man nehme große, feste Auberginen, bei uns auch Eierfrüchte genannt, schäle sie dünn und halbiere sie der Länge nach. Man höhle sie vorsichtig aus und drehe das Fruchtfleisch mit Rind- und Schweinefleisch, einer Zwiebel und einer eingeweichten Semmel ohne Rinde durch den Wolf. – Man verarbeite die Masse mit einem Ei, Salz, Pfeffer, Paprika und etwas Sardellenpaste zu einer pikanten Farce. Man fülle damit die Auberginen. – Man gieße etwas Fleischbrühe auf den Boden einer gut gebutterten Auflaufform, setze die gefüllten Auberginen hinein, bestreue sie mit geriebenem Käse und Butterflöckchen und backe sie bei mittlerer Hitze eine halbe Stunde lang.

Cordon bleu: Man nehme zarte Kalbsschnitzel, klopfe sie gut und belege die Hälfte eines jeden mit einer Scheibe Schinken, darauf eine Scheibe Emmentaler Käse, so, daß ein etwa fingerbreiter Rand frei bleibt. – Man bepinsle dann die Ränder des Schnitzels rundum mit Eiweiß und klappe die unbelegte Hälfte über die belegte, drücke die Ränder fest an. – Nun wälze man das Fleisch in Mehl, leicht gesalzenem und gepfeffertem Eigelb und Semmelbröseln und brate es dann in der Pfanne in reichlich Butter auf beiden Seiten schön goldbraun. – Man reiche dazu feine, grüne Erbsen, die man leicht mit Salz und gehackter Petersilie bestreut.

Crêpes Suzette: Man backe eine größere Anzahl von Crêpes, das sind kleine, hauchdünne Eierkuchen, zu deren Teig man Wasser statt Milch verwendet hat. – Man lasse bei Tisch auf einem Spiritus-Wärmer reichlich Butter heiß, aber keinesfalls braun werden, gebe den Saft und die ganz fein abgeschnittene und gehackte Schale einer Mandarine oder Orange hinzu. Man gebe je einen kleinen Guß Kirsch, Maraschino, Curaçao oder Cointreau und etwas Zucker hinein und lasse immer nur ein Crêpe in der Flüssigkeit heiß werden. Man rolle es dann schnell zusammen und reiche es auf einem vorgewärmten Teller weiter.

Der Oberst schwieg, bis sie den Villenvorort Saint-Cloud erreicht hatten, dann sagte er: «Ich höre, Sie kochen gerne, Herr Lieven.»
Mit seinem richtigen Namen angeredet, erstarrte Thomas. Übereizt und übermißtrauisch geworden durch die Torturen der letzten Wochen, arbeitete sein Gehirn: Was bedeutet das? Was ist das für eine neue Falle? Er sah den Offizier neben sich von der Seite an. Gutes Gesicht. Klug und skeptisch. Buschige Brauen. Adlernase. Sensibler Mund. Na und? In meinem Vaterland spielen viele Mörder Bach!
Thomas Lieven sagte: «Ich weiß nicht, wovon Sie reden.»

«Doch, doch, Sie wissen es», sagte der Offizier. «Ich bin Oberst Werthe von der militärischen Abwehr Paris. Ich kann Ihnen das Leben retten – oder nicht, es hängt allein von Ihnen ab.»
Und damit hielt der Wagen vor einer hohen Mauer, die ein großes Grundstück umgab. Der Fahrer hupte dreimal. Ein schweres Tor öffnete sich, ohne daß ein Mensch sichtbar wurde. Der Wagen fuhr an und hielt wieder vor der kiesbestreuten Auffahrt zu einer Villa mit gelben Mauern, französischen Fenstern und grünen Fensterläden.
«Heben Sie Ihre Hände», sagte der Oberst, der sich Werthe nannte.
«Warum?»
«Damit ich Ihnen die Handschellen abnehmen kann. Mit den Schellen können Sie doch wohl nicht kochen. Ich würde gerne Kalbsschnitzel Cordon bleu essen, wenn es Ihnen recht ist. Und Crêpes Suzette. Ich bringe Sie in die Küche. Nanette, das Mädchen, wird Ihnen helfen.»
«Cordon bleu», sagte Thomas schwach. Um ihn begann sich wieder alles zu drehen, während Oberst Werthe die Stahlschellen aufschloß.
«Ja, bitte.»
Noch lebe ich, dachte Thomas, noch atme ich. Was wird sich daraus noch machen lassen? Er sagte, indessen seine Lebensgeister wieder ein wenig erwachten: «Na schön. Dann wollen wir dazu vielleicht gefüllte Auberginen machen.»
Eine halbe Stunde später erklärte Thomas dem Mädchen Nanette, wie man Auberginen zubereitet. Nanette war ein schwarzhaariges, ungemein appetitliches Mädchen, das über einem ungemein engen, schwarzen Wollkleid eine weiße Schürze trug. Thomas saß neben Nanette am Küchentisch. Oberst Werthe hatte sich zurückgezogen. Immerhin: das Küchenfenster war vergittert ...
Immer wieder kam Nanette ganz nahe an Thomas heran. Einmal streifte ihr nackter Arm seine Wange, einmal berührte ihre pralle Hüfte seinen Arm. Nanette war eine gute Französin; sie ahnte, wen sie da vor sich hatte. Und Thomas sah trotz der Qual und Entbehrung, die er hinter sich hatte, noch immer aus wie das, was er war: ein richtiger Mann.
«Ach, Nanette», seufzte er schließlich.
«Ja, Monsieur?»
«Ich muß mich bei Ihnen entschuldigen. Sie sind so hübsch. Sie sind so jung, unter anderen Umständen säße ich nicht so da. Aber ich bin fertig. Ich bin kaputt ...»

«Pauvre Monsieur», flüsterte Nanette. Und dann gab sie ihm einen Kuß, ganz schnell, ganz flüchtig und errötete dabei.
Das Essen fand in einem großen, dunkel getäfelten Raum statt, durch dessen Fenster man in den Park hinaussah. Der Oberst trug jetzt Zivil – einen ausgezeichnet geschnittenen Flanellanzug.
Nanette servierte. Immer wieder glitt ihr mitleidiger Blick über den Mann in der zerdrückten, schmutzigen Zuchthauskleidung, der sich doch betrug wie ein englischer Aristokrat. Er mußte mit der linken Hand essen, an der rechten waren zwei Finger verbunden ...
Oberst Werthe wartete, bis Nanette die Auberginen serviert hatte, dann sagte er: «Delikat, wirklich delikat, Herr Lieven. Womit ist das überbacken, wenn ich fragen darf?»
«Mit geriebenem Käse, Herr Oberst. Was wollen Sie von mir?»
Thomas aß wenig. Er fühlte, daß er nach den Hungerwochen, die er hinter sich hatte, seinen Magen nicht überfordern durfte.
Oberst Werthe aß mit Appetit. «Sie sind ein Mann von Prinzipien, höre ich. Sie wollen sich lieber totschlagen lassen, als dem SD etwas zu verraten oder gar für diese Sch ..., diese Organisation zu arbeiten.»
«Ja.»
«Und für die Organisation Canaris?» Der Oberst nahm noch eine Aubergine.
Thomas fragte leise: «Wie haben Sie mich bei Eicher herausbekommen?»
«Ach, das war ganz einfach. Wir haben hier in der Abwehr einen guten Mann sitzen, Hauptmann Brenner. Der verfolgt Ihre Laufbahn schon lange. Sie haben sich allerhand geleistet, Herr Lieven.»
Thomas senkte den Kopf. «Keine falsche Bescheidenheit, bitte! Als Brenner entdeckte, daß der SD Sie verhaftet und nach Frèsnes gebracht hatte, da konstruierten wir einen kleinen Spielfall ...»
«Einen kleinen Spielfall?»
Werthe wies zu dem Aktendeckel mit der Aufschrift GEKADOS, der beim Fenster auf einem Tischchen lag. «Unsere Methode, dem SD Gefangene abzujagen. Wir kombinieren aus irgendwelchen alten Spionagefällen einen neuen, nicht existenten und tippen ein paar neue Zeugenaussagen dazu. Unterschriften und möglichst viele Stempel drauf. Das macht immer Eindruck. In den neuen Zeugenaussagen behaupten dann irgendwelche Leute beispielsweise, ein gewisser Pierre Hunebelle hätte mit einer Reihe von Sprengstoffanschlägen im Raum von Nantes zu tun.»
Nanette brachte das Cordon bleu.

Sie warf Thomas einen liebevollen Blick zu und schnitt ihm schweigend das Fleisch klein, bevor sie wieder verschwand. Oberst Werthe lächelte: «Sie haben eine Eroberung gemacht. Wo bin ich stehengeblieben? Ach ja. Der Spielfall. Nachdem wir unseren erfundenen Akt also fertig hatten, ging ich zu Eicher und fragte ihn, ob der SD vielleicht einen gewissen Pierre Hunebelle verhaftet hätte. Ich tat ganz doof. Ja, sagte er prompt, der sitzt in Frèsnes. Da zeigte ich ihm meinen Akt, die Geheime Kommandosache. Damit und mit entsprechend großem Klimbim – Canaris, Himmler und so – machte ich Eicher zum Geheimnisträger und ließ ihn zuletzt den Akt lesen. Der Rest, die Übernahme des reichswichtigen Spions Hunebelle, war dann ganz leicht ...»
«Aber warum, Herr Oberst? Was wollen Sie von mir?»
«Das beste Cordon bleu meines Lebens. Also schön, im Ernst, Herr Lieven: Wir brauchen Sie. Wir haben ein Problem, das nur ein Mann wie Sie lösen kann.»
«Ich hasse Geheimdienste», sagte Thomas Lieven und dachte an Chantal und Bastian und alle seine Freunde, und das Herz tat ihm weh. «Ich hasse sie alle. Und ich verachte sie alle.»
Oberst Werthe sagte: «Jetzt ist es halb zwei. Um vier Uhr bin ich im Hotel «Lutetia» mit Admiral Canaris verabredet. Er will Sie sprechen. Sie können mitkommen. Wenn Sie für uns arbeiten, haben wir uns mit der ‹Gekados› die Handhabe geschaffen, Sie aus den Klauen des SD zu befreien. Wenn Sie nicht für uns arbeiten wollen, kann ich nichts mehr für Sie tun. Dann muß ich Sie wieder bei Eicher abliefern ...»
Thomas starrte ihn an. Fünf Sekunden verstrichen.
«Also?» fragte der Oberst Werthe.

3

«Rolle vorwärts!» schrie Feldwebel Adolf Bieselang in die riesige Turnhalle. Ächzend machte Thomas Lieven einen Purzelbaum nach vorn.
«Rolle rückwärts!» schrie Feldwebel Adolf Bieselang. Ächzend machte Thomas Lieven einen Purzelbaum nach hinten. Elf andere Herren ächzten mit ihm: sechs Deutsche, ein Norweger, ein Italiener, ein Ukrainer und zwei Inder.
Die Inder behielten beim Purzelbaum die Turbane auf. So streng waren ihre Bräuche.
Feldwebel Bieselang trug eine deutsche Luftwaffen-Uniform. Er war 45 Jahre alt, hager, blaß und unentwegt am Zerplatzen vor

Wut. Wenn man ihn sah, erschrak man sofort über seinen riesigen aufgerissenen Mund mit den zahlreichen Plomben im Gebiß. Feldwebel Bieselang riß seinen Mund fast ununterbrochen auf, tagsüber beim Brüllen, nachts beim Schnarchen.
Der Wirkungsbereich von Feldwebel Bieselang – seit zwei Jahren verwitwet, Vater einer mannbaren, außerordentlich hübschen Tochter – lag 95 Kilometer nordwestlich von der Reichshauptstadt Berlin, nahe dem Ort Wittstock an der Dosse.
Feldwebel Bieselang bildete Fallschirmspringer aus, und zwar – zu seiner Wut – nicht solche in Uniform, sondern solche in Zivil, höchst undurchsichtige Kerle mit höchst undurchsichtigen Aufgaben. Inländer, Ausländer. Ein widerliches Gesocks. Zivilisten eben.
«Und Rolleeeee vorwärts!»
Thomas Lieven, alias Jean Leblanc, alias Pierre Hunebelle, alias Eugen Wälterli, purzelte nach vorne.
Man schrieb den 3. Februar 1943.
Es war kalt, und der Himmel über der Mark Brandenburg glich einem grauen Tuch. Ununterbrochen erfüllte das Dröhnen der niedrig fliegenden Schulmaschinen die Luft.
Wie, so wird der geneigte Leser mit Recht fragen, war Thomas Lieven, dereinst jüngster, elegantester und erfolgreichster Privatbankier Londons, hierher verschlagen worden? Welche Laune des Schicksals hatte ihn in eine Turnhalle des Ausbildungslagers Wittstock an der Dosse geschleudert?
Thomas Lieven, der Pazifist und Feinschmecker, der Frauenverehrer und Militärverächter, der Mann, der die Geheimdienste haßte, hatte sich entschlossen, wieder für einen Geheimdienst zu arbeiten. Mit Oberst Werthe fuhr er in das Pariser Hotel «Lutetia». Dort traf er Admiral Canaris, den geheimnisvollen Mann der Deutschen Abwehr.
Thomas Lieven wußte: wenn er an die Gestapo zurückgegeben wurde, war er in einem Monat tot. Es hatten sich schon Blutspuren im Urin gefunden. Thomas Lieven dachte: Das scheußlichste Leben ist immer noch besser als der allerehrenhafteste Tod.
Trotzdem – er verleugnete auch vor dem weißhaarigen Admiral seine Grundsätze nicht: «Herr Canaris, ich werde für Sie arbeiten, weil mir nichts anderes übrigbleibt. Aber ich gebe zu bedenken: Ich töte niemanden, ich bedrohe niemanden, ich ängstige, drangsaliere und entführe niemanden. Wenn Sie mir solche Aufgaben übertragen wollen, dann gehe ich lieber zurück in die Avenue Foch.»

Mit schwermütigen Augen schüttelte der Admiral den Kopf. «Herr Lieven, die Mission, bei der ich Sie einsetzen möchte, soll dem Ziel dienen, Blutvergießen zu verhindern und Menschenleben zu retten – soweit das überhaupt noch in unserer Macht steht.» Canaris hob die Stimme: «Deutsche Leben und französische. Ist Ihnen das sympathisch?»
«Menschenleben zu retten ist mir immer sympathisch. Die Nationalität oder die Religion sind mir dabei egal.»
«Es geht um die Bekämpfung gefährlicher französischer Partisanen-Verbände. Einer unserer Leute meldet, daß eine neuaufgebaute starke Widerstandsgruppe sich bemüht, mit London in Verbindung zu kommen. Bekanntlich unterstützt das ‹War Office› die französische Résistance und leitet viele dieser Gruppen. Die betreffende Gruppe braucht noch ein Funkgerät und einen Code-Schlüssel. Beides werden Sie den Leuten liefern, Herr Lieven.»
«Aha», sagte Thomas.
«Sie sprechen fließend Englisch und Französisch. Sie haben jahrelang in England gelebt. Sie werden als britischer Offizier mit dem Fallschirm über dem Partisanengebiet abspringen und ein Funkgerät mitbringen. Ein besonderes Funkgerät.»
«Aha», sagte Thomas zum zweitenmal.
«Ein britisches Flugzeug wird Sie in die Gegend bringen. Wir haben ein paar erbeutete RAF-Maschinen, die wir für solche Fälle einsetzen. Natürlich müssen wir Sie zuvor als Fallschirmspringer ausbilden lassen.»
«Aha», sagte Thomas Lieven zum drittenmal.

4

«Und Rolleeeee vorwärts!» schrie Bieselang. Die zwölf Herren, die da vor ihm in schmutzigen Drillichanzügen auf dem schmutzigen Hallenboden herumkugelten, hatte der rasende Feldwebel erst seit vier Tagen in der Mache. Sie lebten abseits von den rund tausend regulären Soldaten, die in Wittstock an der Dosse als Fallschirmjäger ausgebildet wurden.
«Und Rollllleeee rückwärts!»
Schon heftig schwitzend und mit schmerzenden Knochen kugelte Thomas Lieven wieder nach hinten. Den beiden Indern neben ihm rutschten die Turbane über die Augen.
Ihr dämlichen Hunde, dachte Thomas. Ich muß – aber ihr? Ihr habt euch freiwillig gemeldet, ihr Armleuchter! Der Italiener war ein Abenteurer. Der Norweger, der Ukrainer und die Deutschen

waren offensichtlich Idealisten, und die beiden Inder waren Vettern des Politikers Subhas Chandra Bose, der vor zwei Jahren aus seiner Heimat nach Deutschland geflohen war.
«So, Schluß mit Rollen! Sprung auf, marsch, maaaarsch! An die Hochrecks! Bißchen dalli, ihr faulen Säcke, wird's bald!»
Außer Atem, mit Seitenstechen und Herzbeschwerden, rasten zwölf Mann in Drillichanzügen durcheinander und begannen zu den Reckstangen emporzuklettern, die sich unter der Hallendecke, fünf Meter über dem Boden, befanden.
«Schwingen! Werdet ihr wohl ordentlich schwingen, ihr vollgefressenen Drückeberger?»
Thomas Lieven schwang. Er kannte das alles bereits, es war ein Teil der sogenannten Bodenübungen. Man mußte lernen, sich fallen zu lassen. Aus einem Flugzeug herauszuspringen, war offensichtlich kein Kunststück. Mit heilen Knochen auf dem Boden zu landen, war, schien es, das schwerste.
«Noch zehn Sekunden – noch fünf Sekunden – fallen lassen!» brüllte Feldwebel Adolf Bieselang.
Zwölf Mann ließen die Hochreckstangen los und ließen sich fallen. Die Knie weich, ganz weich, der Körper elastisch, so, wie eine Katze fällt – das war der Trick. Wenn man sich steif fallen ließ, brach man sich die Knochen.
Thomas Lieven brach sich fast die Knochen, als er auf dem Hallenboden aufknallte. Er fluchte leise und rieb seine Beine.
Sofort tobte Bieselang los: «Zu dämlich zum Runterfallen, Nummer sieben, was?» Sie hatten hier alle Nummern, es wurden keine Namen genannt. «Was glauben Sie, Sie lahmer Sack, was mit Ihnen passiert, wenn Sie erst bei 'ner ordentlichen Böe mit 'm Schirm runterkommen, Mensch? Habe ich es denn *nur* mit Idioten zu tun?»
«Schon gut», knurrte Thomas, sich mühsam erhebend. «Ich lerne es schon noch. Ich habe das größte Interesse daran, es zu lernen.»
Feldwebel Bieselang schrie: «Auf die Barren, marsch, maarsch! Wollt ihr wohl machen, ihr elenden, faulen Zivilisten ... He, Nummer 2, los, eine Ehrenrunde um die Halle, aber auf den Knien!»
«Ich bringe ihn um», flüsterte der norwegische Quisling, neben Thomas hochkletternd, «ich schwöre, ich bringe ihn noch einmal um, diesen elenden Leuteschinder!»
Indessen Thomas kletterte, schwang und stand, bohrten in ihm trübe Gedanken: Keine Nachricht aus Marseille. Kein Wort von Chantal. Kein Wort von Bastian. Das Herz tat Thomas weh,

wenn er daran dachte. Was für eine Zeit. War Überleben wirklich das Äußerste und Beste, was man noch verlangen durfte?

Die Deutschen hatten Marseille besetzt. Was war mit Chantal geschehen? Lebte sie noch? War sie deportiert worden, verhaftet? Gefoltert vielleicht wie er?
Schlaflos lag Thomas Lieven, wenn er aus solchen Angstträumen emporfuhr, lag da in der widerlichen Kasernenstube, in der sechs Mann schnarchten und stöhnten. Chantal – ach, und wir wollten gerade in die Schweiz fliehen und in Frieden leben – in Frieden, lieber Gott ...
Thomas hatte schon vor Wochen versucht, Briefe an Chantal auf den Weg zu bringen. Noch in Paris, im Hotel «Lutetia», hatte Oberst Werthe versprochen, einen Brief für ihn zu besorgen. Einen anderen Brief hatte Thomas in der Sprachenschule einem Dolmetscher mitgegeben, der nach Marseille fuhr. Doch Thomas hatte in den letzten Wochen andauernd die Adresse gewechselt. Wie sollte ihn ein Brief Chantals überhaupt erreichen? Der rasende Feldwebel Bieselang drillte seine zwölf Mann unbarmherzig weiter. Nach den Bodenübungen kamen die Übungen auf den betonhartgefrorenen, reifüberkrusteten Äckern. Hier wurde den Schülern ein geöffneter Fallschirm umgeschnallt. Ein auf einem Sockel montierter Flugzeugmotor wurde eingeschaltet. Der Schirm blähte sich in den gewaltigen Luftwirbeln auf und riß den Prüfling unbarmherzig übers Gelände. Er mußte lernen, ihn zu umlaufen und sich auf ihn fallen zu lassen, damit die Luft aus ihm entwich.
Es gab Schrammen und Wunden, geprellte Knie und verstauchte Gelenke. Feldwebel Bieselang hetzte seine zwölf Mann von morgens sechs bis abends sechs. Dann ließ er sie durch eine nachgebaute Ju-52-Flugzeug-Kabinentür aus großer Höhe in Tücher springen, die vier Schüler festhielten.
«Knie durch, Sie Trottel! Knie durch!» brüllte er.
Wenn man die Knie nicht ganz durchdrückte, traf man unten mit dem Gesicht auf – oder man verriß sich alle Muskeln. Feldwebel Bieselang lehrte seine Schüler alles, was sie wissen mußten – er lehrte nur zu grausam.
Am Abend vor dem ersten richtigen Fallschirmabsprung ließ er sie alle ihr Testament verfassen und in einem Umschlag versiegeln. Auch ihre Sachen mußten sie vor dem Schlafengehen packen: «Damit wir sie euren Angehörigen schicken können, wenn ihr morgen auf die Plauze fallt und abnippelt!»
Bieselang redete sich ein, daß das eine psychologische Falle war:

Mal sehen, wer von den Kerlen sich ins Bockshorn jagen ließ! Sie ließen sich alle ins Bockshorn jagen – bis auf einen. Bieselang tobte: «Wo ist Ihr Testament, Nummer sieben?»
Sanft wie ein Lamm erwiderte Thomas: «Ich brauche keines. Ein Mann, der Ihre Ausbildung genossen hat, Herr Feldwebel, wird jeden Absprung unbeschädigt überstehen!»
Am nächsten Tag überschritt Feldwebel Bieselang dann endgültig seine Befugnisse. Mit den zwölf Mann der Gruppe stieg er gegen neun Uhr morgens in einer uralten, klapprigen Ju 52 auf. In zweihundert Meter Höhe flog die Maschine über das Absprunggelände. An Reißleinen aufgefädelt, standen die zwölf im Rumpf der Maschine hintereinander. Das Boschhorn des Piloten ertönte. «Fertigmachen zum Absprung!» brüllte Bieselang, der im Windschatten der offenen Luke stand. Sie trugen jetzt alle Stahlhelme, die beiden Inder trugen sie unter den Turbanen. Sie hielten alle schwere Maschinenpistolen in den Händen.
Nummer eins war der Italiener. Er trat vor. Bieselang schlug ihm auf die Schulter, der Mann breitete weit die Arme aus und sprang in Richtung auf die linke Tragfläche zu ins Leere hinaus. Die Leine, die an einer Stahlschiene eingehakt war, spannte sich und riß dem Springenden den Schutzüberzug vom Fallschirm. In der Luft wurde der Italiener sofort nach unten und hinten weggerissen.
Nummer zwei sprang. Nummer drei. Thomas dachte: Wie trocken meine Lippen sind. Ob ich in der Luft ohnmächtig werde? Ob ich zu Tode falle? Komisch, ich habe plötzlich so fürchterlichen Appetit auf Gänseleber. Ach, warum konnte ich nicht bei Chantal bleiben. Wir waren so glücklich miteinander ...
Dann war Nummer sechs an der Reihe – der Ukrainer. Der Ukrainer wich plötzlich vor Bieselang zurück, stieß gegen Thomas und kreischte in jäher Panik: «Nein – nein – nein ...»
Angstkoller. Typischer Angstkoller. Nicht unverständlich, registrierte Thomas Lievens Gehirn. Niemand durfte gezwungen werden, zu springen – so lautete die Ausbildungsvorschrift. Wenn jemand bei zwei Flügen den Absprung verweigerte, schied er endgültig aus.
Allein, Feldwebel Adolf Bieselang kümmerte sich einen Dreck um Vorschriften. Er brüllte: «Du Scheißhund, du feige Sau, wirst du wohl ...», packte den Zitternden, riß ihn zu sich – und trat ihn wuchtig in den Hintern. Aufkreischend flog der Ukrainer hinaus.
Ehe Thomas sich noch von der Empörung über diese Szene erholt

hatte, fühlte er sich schon selbst vorgerissen. Der Stiefel des Feldwebels traf auch ihn, und er stürzte, stürzte, stürzte hinein ins Leere.

5

Thomas überstand den ersten Fallschirmabsprung seines Lebens heil. Auch alle andern landeten unbeschadet. Nur der Ukrainer brach sich ein Bein. Mit der Fraktur und einem Nervenschock wurde er ins Lazarett gebracht. An diesem Nachmittag – sie übten in einer Hangarhalle das Schirmpacken – ging ein Raunen und Flüstern durch die Gruppe.

Für einen Gemeinschaftsmord plädierte leidenschaftlich der Norweger. Bieselang schlief in einem Extrazimmer, abseits der Gemeinschaftsstuben. Er schlief tief ...

Die Deutschen waren dafür, sich beim Horstkommandanten zu beschweren und den Dienst zu verweigern.

Der Italiener und die Inder waren dafür, Bieselang nicht ganz, aber doch halbtot zu schlagen. Alle Mann hoch. Dann konnte kein einzelner bestraft werden.

Es erwies sich, daß das Lagerleben, das er so haßte, sprachlich bereits auf Thomas Lieven abgefärbt hatte. «Euch hat man ja das Gehirn verwässert», sagte er in einer Zigarettenpause zu den Verschwörern. «Wißt ihr, was passiert? Bieselang wird befördert, und wir kommen in den Bunker – alle Mann hoch.»

Der Norweger knirschte mit den Zähnen vor Wut: «Aber der Hund – der verfluchte Hund ... Was sollen wir denn machen mit ihm?»

«Darüber habe ich auch schon nachgedacht», antwortete Thomas sanft. «Wir werden ihn zu einem Essen einladen.»

Von diesem Essen am 26. Februar 1943 spricht man im Hause des Gastwirts Friedrich Ohnesorge in Wittstock noch heute. Elfriede Bieselang, des Feldwebels bildhübsches Töchterlein, arbeitete als Kellnerin bei Ohnesorge.

In einem Krämerladen hatte Thomas verschiedene Kleinigkeiten entdeckt, die er unbedingt benötigte: getrocknete Pilze, Korinthen, Rosinen, ein Stück Orangeat und ein Stück Zitronat.

Während die blonde Elfriede ihm half, das Rindsfilet zuzubereiten, schimpfte sie auf ihren väterlichen Urheber: «Ist die Mühe gar nicht wert, der alte Miesnick! So 'n widerlicher blöder Krieger! Dauernd quatscht er einem seine Heldentaten vor. Die andern sind immer Feiglinge. Und er selber natürlich immer ein Held!»

Menu · Wittstock, 26. Februar 1943

Kraftbrühe
Filet Colbert
Plumpudding mit Chaudeau

Thomas Lieven kocht einen tollwütigen Feldwebel weich

Kraftbrühe: aus Rindfleisch, Knochen und Suppengemüsen herzustellen, dürfte wohl jeder Hausfrau geläufig sein.

Filet Colbert: Man nehme drei Pfund Rinderfilet, Salz, Pfeffer, 30 g Butter, 30 g Zwiebeln, 30 g Champignons oder eingeweichte Trockenpilze, 5 g Petersilie, 1 Wirsingkohlkopf, 1 Pfund frischen Speck und 150 g Fett zum Braten. – Man schneide das abgehäutete Filet an der oberen Längsseite so ein, daß eine 1 Zentimeter dicke Fleischplatte sich ähnlich wie ein Kofferdeckel zurückschlagen läßt. – Man hacke Zwiebeln, Petersilie und Champignons fein, röste sie in heißer Butter an und fülle sie unter den aufgehobenen Fleischdeckel ein. – Man löse von dem großen Kohlkopf die Blätter ab, schneide die starken Rippen flach und koche die Blätter eine Minute in siedendem Salzwasser. – Man wickle das Filet nun zunächst in die Kohlblätter, dann in dünne Speckscheiben, umbinde es mit Faden und brate es im Ofen. – Man entfette vor dem Anrichten den Bratensaft und verkoche ihn schnell mit etwas Butter und Fleischbrühe zur Sauce.

Plumpudding: Man verrühre 4 Eidotter mit 1/2 Pfund Mehl, 3/8 Liter Milch, 80 g Zucker, 1/2 Pfund Rosinen, 1/2 Pfund Korinthen, 1/2 Pfund feingehacktem Nierenfett, 30 g Orangenschale und 30 g Zitronat – beides kleingeschnitten –, 1/4 geriebener Muskatnuß, 1/2 Glas Rum und etwas Salz. Man verarbeite alles tüchtig miteinander, rühre den Eierschnee darunter und lasse es in der gut gebutterten Puddingform 4 Stunden kochen. – Man begieße den Pudding beim Anrichten mit Rum, zünde ihn an und bringe ihn flammend auf den Tisch.

Chaudeau: Man verquirle 1/4 l Weißwein, 2 Eier, 50 g Zucker, die geriebene Schale einer viertel und den Saft einer halben Zitrone und 5 g Kartoffelmehl gut miteinander. – Man schlage die Sauce im Wasserbad schaumig und serviere sie sofort.

«Elfriede», forschte Thomas und wässerte dabei behutsam die Orangeat- und Zitronat-Stückchen, «sagen Sie mir, mein schönes Kind, hat Ihre selige Mama wohl den Kriegserzählungen Ihres Herrn Papa Gehör geschenkt?»

Die blonde Elfriede mußte lachen.

«Mama? Die ist aus dem Zimmer gelaufen, wenn er bloß angefangen hat. Die hat immer gesagt: ‹In Griechenland hast du schießen können, zu Hause nicht!›»

«Jaja», meinte Thomas ernst, «und so kam eines zum andern.»

«Wie meinen Sie, Herr Lieven?»

«Der Mensch, schöne, junge, blonde Elfriede, ist das Produkt seiner Umgebung – wenn ich eine solche marxistische Maxime in unserer herrlichen nationalsozialistischen Zeit von mir geben darf.»
«Ich hab keine Ahnung, wovon Sie quatschen», sagte Elfriede und trat sehr nahe an Thomas heran, «aber Sie sind so nett, so höflich, so gebildet ...»
Darauf ging Thomas nicht ein, sondern sagte: «Und deshalb ist Ihr Papa böse geworden, wie er es heute ist.»
«Weshalb?»
«Niemand hat ihm zugehört. Niemand hat ihn bewundert. Niemand hat ihn geliebt ...»
Elfriede stand nun so nahe neben ihm, und ihre Lippen waren so erwartungsvoll geöffnet, daß er sie einfach küssen mußte. Es wurde ein langer Kuß.
«Du wärest ein Mann für mich», flüsterte sie in seinen Armen, indessen neben ihnen in der Röhre das Rinderfilet Colbert brutzelte, «wir zwei ... wenn wir uns zusammenschmeißen würden ... Ach, aber du bist ja viel zu fein für mich ... Das mit meinem Alten, das hat mir noch keiner so erklärt wie du ...»
«Sei ein bißchen netter zu ihm», bat Thomas, «willst du, ja? Hör ihm ein bißchen mehr zu. Viele Herren drüben im Lager werden dir dankbar sein.»
Elfriede lachte und küßte ihn wieder. Aber trotz der Süße dieses Kusses einer Siebzehnjährigen dachte Thomas an Chantal, dachte: Ich denke an sie, wenn ich eine andere küsse. Mein Gott, ich liebe sie, ich liebe Chantal ...
Das Essen, zu dem alle Geladenen reichlich skeptisch erschienen, wurde ein Riesenerfolg.
Thomas richtete eine kurze Ansprache an den Ehrengast Adolf Bieselang, die er mit den Worten schloß: «... und so danken wir Ihnen, verehrter Herr Feldwebel, dafür, daß Sie uns mit unerbittlicher Härte, mit Selbstaufopferung und nimmermüder Obsorge, ja, wenn es sein mußte, auch mit Fußtritten halfen, den inneren Schweinehund zu besiegen.»
Danach erhob sich Bieselang, Tränen in den Augen, und hielt eine Ansprache, die mit den Worten begann: «Meine sehr verehrten Herren, ich hätte nie gedacht, daß mir im Leben noch ein so schöner Moment beschieden sein würde ...»
Ein Damm war gebrochen. Man ließ Feldwebel Adolf Bieselang reden, endlich, endlich, nach bösen, langen Jahren ließ man ihn reden! Und er sprach bei der Fleischbrühe über Norwegen, und

beim Rinderfilet über Griechenland, und beim Plumpudding über Kreta.
Am nächsten Tag trat ein von Grund auf veränderter Adolf Bieselang vor die Gruppe hin und sprach: «Meine Herren, ich danke Ihnen für den schönen Abend. Wenn ich Sie nun *bitten* dürfte, mir zur Maschine zu folgen. Wir müssen *leider* das Springen noch ein wenig üben.»

6

Als Thomas am Abend des 27. Februar auf seine Unterkunft zuging, kam er an einem hohen Stacheldraht vorüber, der die Agenten-Abteilung von der Luftwaffen-Abteilung trennte. Jenseits des Zaunes stand ein Fallschirmjäger und pfiff ihn heran. «He!»
«Was ist los?»
«Die Beschreibung, die dieser Bastian mir gegeben hat, paßt auf dich.»
Plötzlich war Thomas hellwach: «Bastian?»
«Heißt du Pierre Hunebelle?»
«Ja, das bin ich ... Weißt du – weißt du vielleicht etwas von einer gewissen Chantal Tessier?»
«Tessier? – Nee – ich kenne nur diesen Bastian Fabre ... Hat mir drei Goldmünzen dafür gegeben, daß ich den Brief besorge ... Ich muß weg hier, Mensch, mein Spieß geht da drüben ...»
Dann hatte Thomas Lieven das Kuvert in der Hand. Dann saß er auf einem Wegstein des Ackers. Es dämmerte. Es war kalt. Aber Thomas spürte die Kälte nicht. Er riß den Umschlag auf, zog den Brief hervor und begann zu lesen, indessen sein Herz klopfte, klopfte wie ein riesiger Hammer ...

Marseille, den 5. 2. 1943

Mein lieber, alter Pierre!
Ich weiß gar nicht, wie ich diesen Brief anfangen soll. Vielleicht beguckst Du die Veilchen schon von unten, wenn ich diese Worte schreibe.
In den letzten Wochen habe ich so rumgemosert und einen Kumpel getroffen, der auf beiden Schultern trägt – arbeitet für die Résistance und für die Deutschen. Der hat aus Paris gewußt, was Dir alles passiert ist. Die verfluchten SD-Säue, wenn ich einen von denen erwische, ich erwürge ihn mit eigenen Händen. Jetzt, so hat der Kumpel gesagt, bist Du bei einem anderen Verein. Wie hast Du's bloß geschafft. Und irgendwo bei Berlin wirst Du jetzt zum Fallschirmspringer ausgebildet. Mensch, ich piss' in die Hosen!

Mein Pierre ein deutscher Fallschirmspringer! Es wäre zum Lachen, wenn es nicht zum Heulen wäre.
In Montpellier habe ich einen deutschen Soldaten kennengelernt, der ist richtig. Gespickt habe ich ihn außerdem. Der fährt nach Berlin. Dem gebe ich heute diesen Brief mit.
Chantal hat zwei Briefe von Dir gekriegt – aber wir haben niemanden für Antworten an der Hand gehabt.
Lieber Pierre, Du weißt, wie gern ich Dich habe – darum fällt es mir besonders schwer, aufzuschreiben, was hier passiert ist. Am 24. Januar erklärte die Deutsche Kommandantur: Das alte Hafenviertel muß geräumt werden!
An diesem Tage haben sie in unserem Dreh an die 6000 Leute verhaftet – viele kennst Du –, und sie haben über 1000 Bars und Bordelle geschlossen. So was von Ringkämpfen mit Damen hast Du noch nicht gesehen!
Die Deutschen gaben uns nur vier Stunden Zeit, unsere Quartiere zu räumen, dann kamen schon ihre Sprengtrupps. Chantal, der alte François (Pferdefuß, weißt Du noch?) und ich waren zusammen bis zuletzt. Chantal war wie besoffen, wie eine, die Koks geschnupft hat! Nur ein Gedanke war in ihrem Hirn: ‹Die Glatze› umlegen! Dantes Villeforte, Du erinnerst Dich? Diese dreimal verfluchte Sau hat Dich nämlich an die Gestapo verraten.
Also, an diesem Abend haben wir auf ihn gewartet, in einer Hauseinfahrt in der Rue Mazenod, gegenüber dem Haus, in dem er wohnte. Wir haben gewußt: er verbirgt sich im Keller. Chantal hat gesagt: «Jetzt, wo die Deutschen die Häuser sprengen, muß er rauskommen.» Und so haben wir gewartet – stundenlang. Junge, war das ein Abend! Rauch und Staub und Qualm in der Luft, und immer neue Häuser flogen hoch, Männer brüllten, Frauen kreischten, Kinder weinten ...

7

Rauch, Staub und Qualm erfüllten die Luft. Explosionen dröhnten, Männer brüllten, Frauen kreischten, Kinder weinten ...
Es war schon dunkel. Nur der rote, unheimliche Widerschein brennender Häuser erhellte das «Alte Viertel». Reglos stand Chantal im Dunkel eines Torbogens. Sie trug lange, enge Hosen und eine Lederjacke, um das Haar ein rotes Tuch. Unter der Lederjacke verborgen hielt sie eine Maschinenpistole. Nichts regte sich in dem weißen Katzengesicht.
Wieder flog ein Haus in die Luft. Es regnete Steinsplitter. Ge-

kreisch klang auf, deutsche Flüche, Schreien und Stiefelgetrampel. «Herrgott im Himmel, Chantal, wir müssen hier weg!» drängte Bastian. «Jeden Augenblick können die Deutschen hier sein! Wenn sie uns sehen – mit Waffen ...»
Chantal schüttelte stumm den Kopf. «Haut hier ab, ich bleibe hier.» Chantals Stimme klang heiser. Sie hustete. «‹Die Glatze› ist da drüben im Keller, das weiß ich. Er muß rauskommen, der Hund. Und ich lege ihn um. Ich habe geschworen, daß ich ihn umlege. Und wenn es das Letzte ist, was ich tue!»
Gellendes Weibergekreisch schlug an ihre Ohren. Sie sahen die Straße hinauf. Da trieben Soldaten ein Rudel Mädchen vor sich her. Die Mädchen waren zum Teil nur mit Morgenröcken oder Frisiermänteln bekleidet. Sie schlugen um sich, sie bissen, traten und kratzten, sie wehrten sich mit Händen und Füßen gegen den Abtransport.
«Das sind die von Madame Yvonne», sagte der «Pferdefuß». Das Rudel Mädchen wurde an ihnen vorbeigetrieben. Undruckbare Flüche und Beschimpfungen hallten durch die Luft.
Plötzlich schrie Bastian auf: «Da!»
In der Hauseinfahrt gegenüber erschien Dantes Villeforte – mit drei anderen Männern. «Die Glatze» trug eine kurze Pelzjacke. Die Männer seiner Leibwache trugen dicke Pullover. Aus ihren Hosentaschen lugten die Kolben von Pistolen.
Bastian riß seinen Revolver hoch, aber Chantal schlug den Lauf herunter. Sie schrie: «Nicht! Du triffst die Mädchen!» Noch immer balgten die Frauen sich vor der Hauseinfahrt mit den deutschen Soldaten herum.
Danach ging alles sehr schnell.
Dantes Villeforte eilte geduckt auf einen der Soldaten, einen Unteroffizier, zu, immer darauf achtend, daß er durch einen Deutschen oder durch ein Mädchen vor Chantal gedeckt war.
Dem SD-Mann zeigte er einen Ausweis, der von einem gewissen Sturmbannführer Eicher, SD Paris, unterzeichnet war. Dann redete die «Glatze» schnell auf den Unteroffizier ein und deutete zum Tor, wo Chantal, Bastian und François standen.
In diesem Augenblick riß Chantal ihre Maschinenpistole hervor, legte an – doch zögerte wiederum, weil noch immer Mädchen im Schußfeld standen.
Dieses Zögern kostete Chantal das Leben. Mit einem hämischen Grinsen hob Villeforte, hinter einem Mädchen geduckt, seine Pistole und schoß das Magazin leer.
Ohne einen Laut sank Chantal in sich zusammen und schlug auf

der schmutzigen Erde auf. Blut, ein Strom von Blut färbte die Lederjacke rot. Sie rührte sich nicht mehr. Ihre schönen Augen waren gebrochen.
«Los!» schrie François. «Durch den Hof! Über die Mauer!»
Bastian wußte: Es ging jetzt um Sekunden. Er fuhr herum und feuerte auf Villeforte, sah, wie der Gangster zusammenzuckte und sich an den linken Arm griff, hörte ihn quietschen wie ein angestochenes Ferkel.
Dann rannten Bastian und François um ihr Leben. Sie kannten jeden Stein im «Alten Viertel», jeden Durchgang. Hinter der Mauer gab es ein Kanalgitter. Wenn man hier in die Abwässerschächte hinunterstieg, kam man außerhalb des «Alten Viertels» wieder heraus ...

8

... wir haben den alten Kanal erreicht und uns in Sicherheit gebracht, schrieb Bastian Fabre.
Thomas Lieven ließ den Brief sinken, sah in die Dämmerung und den violetten Dunst, der mit der Abendstunde aufkam, und wischte sich die Tränen aus den Augen. Dann las er weiter:
Ich bin in Montpellier untergetaucht. Wenn du jemals hierherkommst, dann frage nach mir bei Mademoiselle Duval, 12 Boulevard Napoléon, das ist jetzt meine Mieze.
Pierre, mein Gott, Pierre, unsere gute Chantal ist tot. Ich weiß doch, wie nahe ihr euch gestanden habt. Sie hat mir gesagt, vielleicht hättet ihr geheiratet. Du weißt, daß ich Dein Freund bin und darum so verzweifelt wie Du. Das Leben ist eine einzige merde. Werden wir uns je wiedersehn? Wann? Wo? Leb wohl, mein Alter. Mir ist zum Kotzen. Ich kann nicht weiterschreiben.
Bastian

Es wurde dunkel. Thomas Lieven saß auf dem Wegstein. Es war kalt. Aber Thomas spürte die Kälte nicht. Über sein Gesicht liefen Tränen.
Tot. Chantal war tot. Plötzlich verbarg er den Kopf in den Händen und stöhnte laut auf. O Gott, er hatte Sehnsucht, er hatte so furchbare Sehnsucht nach ihr, ihrer Wildheit, ihrem Lachen, ihrer Liebe.
Drüben in der Kaserne schrien sie nach ihm, sie suchten ihn. Er hörte sie nicht. Er saß in der Kälte und dachte an seine verlorene Liebe und weinte.

9

Am 4. April 1943, kurz nach Mitternacht, überflog ein britisches Flugzeug des Typs «Blenheim» in einer Höhe von 250 Metern ein einsames Waldgebiet zwischen Limoges und Clermont-Ferrand. Es beschrieb einen gewaltigen Bogen und überflog das Waldgebiet zum zweitenmal. Darauf flammten in der Tiefe zwei Feuer auf, dann drei rote Lichtpunkte und endlich ein weißes Taschenlampen-Signal.

In der Kanzel des Flugzeuges mit den blau-weiß-roten RAF-Kreisen saßen zwei deutsche Luftwaffenpiloten und ein deutscher Luftwaffenfunker. Hinter ihnen stand ein Mann in erdbraunem Overall, made in England, einen Fallschirm englischen Fabrikats umgeschnallt.

Der Mann besaß hervorragend gefälschte britische Personalpapiere auf den Namen Robert Almond Everett, ebenso einen Militärpaß, demzufolge er den Rang eines Captains hatte. Er trug einen Walroß-Schnauzbart und lange, dichte Koteletten. Zudem hatte er bei sich: englische Zigaretten, englische Konserven und englische Medikamente.

Der Flugzeugführer sah sich nach ihm um und nickte. Thomas Lieven zog seine altmodische, goldene Repetieruhr aus der Kombination und ließ den Deckel aufspringen. 0.28 Uhr.

Mit Hilfe des Funkers warf er ein umfangreiches Paket an einem Lastenfallschirm aus der offenen Sprungluke. Dann trat er selbst in die Luke. Der Funker gab ihm die Hand.

Und dann, während er sich duckte, wie er es gelernt hatte, tat Thomas einen Schwur: Wenn ich davonkomme, wenn ich Dantes Villeforte noch einmal begegne auf dieser Welt, dann will ich dich rächen, Chantal, dann will ich dich rächen. Er sagte sinnlos vor sich hin: «Ich hab dich so lieb, Chantal.»

Dann warf er die Arme auseinander und sprang, auf die linke Tragfläche zu, hinaus in die dunkle Nacht ...

In den ersten zehn Sekunden seines Sturzes dachte er folgendes: Junge, Junge, Junge! Also, wenn ich das jemals in meinem Londoner Club erzähle, bringen sie mich sofort in die Klapsmühle! Es ist nicht zu fassen. Beinahe vier Jahre lebe ich nun schon in dieser Welt des Wahnsinns. Den englischen, deutschen und französischen Geheimdienst habe ich übers Ohr gehauen – ich, ausgerechnet ich, ein Mann, der immer nur den Wunsch hatte, in Frieden zu leben, gut zu essen und schöne Frauen zu verehren! In Lissabon habe ich Pässe fälschen gelernt. In Marseille habe ich eine Universität für Ganoven gegründet. Der Not gehorchend, nicht der eigenen Tugend. Junge, Junge, Junge.

Unter sich sah Thomas auf einer kleinen Lichtung zwei Feuer lodern und die roten Punkte von drei Taschenlampen.

Während der zweiten zehn Sekunden seines Sturzes dachte er folgendes: In dem Dreieck zwischen den roten Punkten muß ich landen. Da ist die Lichtung frei von Bäumen. Wenn ich nicht in dem Dreieck lande, ist die Wahrscheinlichkeit groß, daß ich einen Eichenast in den ... Mein Gott, und ich werde in diesem Monat erst vierunddreißig! Bißchen mit den Armen rudern. Na prima. Wieder über dem Dreieck. Ordentliche französische Partisanen sind das, die da unten die roten Taschenlampen halten. Sie glauben, ich werde von Colonel Buckmaster aus London zu ihnen geschickt. Wenn sie eine Ahnung hätten, daß ich von Admiral Canaris aus Berlin zu ihnen geschickt werde ...

In den letzten zehn Sekunden seines Sturzes dachte er folgendes: So ein Walroß-Schnurrbart ist aber wohl das Widerlichste, was es gibt! Also wahrhaftig! Dauernd kommen einem die Haare in den Mund. Und dazu noch lange Koteletten. Die Brüder von der Abwehr haben mich gezwungen, mir beides wachsen zu lassen. Walroßbart und Koteletten. Typisch Geheimdienst! Damit ich englisch aussehe. Als ob ein echter englischer Captain, wenn er die Absicht hätte, in geheimer Mission über dem von den Deutschen besetzten Frankreich abzuspringen, sich nicht schleunigst Koteletten und Walroßbart abschneiden würde, um weniger englisch auszusehen. Trottel alle miteinander. Sollen sie mir doch ...

Schmerzhaft knallte Thomas Lieven, alias Captain Everett, auf der Erde auf. Er fiel aufs Gesicht, bekam eine ordentliche Portion Schnurrbarthaare in den Mund und besann sich im allerletzten Augenblick darauf, daß er englisch fluchen mußte, nicht deutsch. Dann richtete er sich langsam auf. Beleuchtet von den beiden flackernden Holzfeuern standen vier Menschen vor ihm, drei Männer und eine Frau. Sie trugen alle Windjacken.

Eine hübsche junge Frau war das. Blondes Haar, streng nach hinten genommen. Hohe Backenknochen, schräge Augen. Schöner Mund. Von den drei Männern war einer klein und fett, einer groß und hager und einer behaart wie ein Steinzeitmensch.

Der kleine Fette sprach Thomas englisch an: «Wieviel Kaninchen spielen im Garten meiner Schwiegermutter?»

Darauf erwiderte Thomas mit brillantem Oxford-Akzent: «Zwei weiße, elf schwarze, ein gescheckte. Sie sollen bald zu Fernandel kommen. Der Friseur wartet schon auf sie.»

«Lieben Sie Tschaikowskij?» fragte ihn die strenge Schönheit französisch. Ihre Augen funkelten, ihre Zähne glänzten im Widerschein des nahen Feuers, und sie hielt eine schwere Pistole schußbereit in der Hand.
Gehorsam antwortete er in englisch akzentuiertem Französisch mit dem Satz, den Oberst Werthe in Paris ihm auf den Weg mitgegeben hatte: «Ich bevorzuge Chopin.» Das schien die Blonde zu beruhigen, denn sie steckte das Mordwerkzeug ein. Der kleine Fette fragte: «Können wir Ihre Papiere sehen?»
Thomas zeigte den vieren seine falschen Papiere. Der große hagere Partisan sagte mit befehlsgewohnter Stimme: «Das genügt, Willkommen, Captain Everett.»
Sie schüttelten ihm alle markig die Hand.
So einfach geht die Sache also, dachte Thomas. Wenn ich mir an der Londoner Börse einen einzigen Tag lang solche Kinderspiele erlaubt hätte, wäre ich abends pleite gewesen. Aber wie!

10

Allzu schwierig war die Sache in der Tat nicht gewesen. Die Deutsche Abwehr hatte erfahren, daß sich in dem wildromantischen Waldgebiet über dem Tal der Creuze eine neue, starke Résistance-Gruppe der Franzosen gebildet hatte, das «Maquis Crozant», so genannt nach dem kleinen Ort Crozant südlich von Gargilesse. Das «Maquis Crozant» fieberte darauf, mit London in Verbindung zu treten und nach englischen Weisungen gegen die Deutschen zu kämpfen. Die Gruppe war deshalb so gefährlich, weil sie in einem praktisch unkontrollierbaren Gebiet voller wichtiger Eisenbahnlinien, Straßen und Elektrizitätswerke operierte. Schluchten und felsige Hügel verhinderten jede größere Gegenaktion der Deutschen, etwa mit Panzern.
Die neue Gruppe hatte Verbindung zum «Maquis Limoges». Dieser Verband besaß ein Funkgerät und stand in Kontakt mit London. Der Funker war allerdings ein Doppelagent, der auch für die Deutschen arbeitete. So erfuhr die Abwehr Paris vom Wunsche des «Maquis Crozant» nach einem eigenen Funkgerät.
Der verräterische Funker, der zwar nicht London, wohl aber die Deutschen verständigt hatte, nahm nun Funksprüche auf, die angeblich aus London, in Wahrheit aber von der Deutschen Abwehr Paris kamen. Darin wurde das «Maquis Limoges» gebeten, dem «Maquis Crozant» mitzuteilen, daß ein Captain namens Robert Almond Everett am 4. April 1943, kurz nach Mitternacht, über

einer Lichtung in den Wäldern von Crozant abspringen würde ...
«Wo ist der Fallschirm mit dem Funkgerät?» fragte Thomas Lieven, alias Captain Everett, nun. Er war besorgt um dieses Gerät. Deutsche Funktechniker hatten lange daran gearbeitet.
«Schon geborgen», sagte die strenge Schönheit, die niemals die Augen von Thomas nahm. «Darf ich Ihnen meine Freunde vorstellen.» Sie sprach schnell und sicher. Sie beherrschte die Männer, so wie Chantal die Ganoven ihrer Bande beherrscht hatte. Anstelle von Leidenschaft und Temperament operierte die Blonde mit intellektueller Kälte.
Der kleine Fette erwies sich als Robert Cassier, Bürgermeister von Crozant. Der hagere, schweigsame Mann mit dem klugen Gesicht erwies sich als ehemaliger Leutnant Bellecourt. Den dritten Mann stellte die seltsame Blonde als Emile Rouff vor, Töpfer aus Gargilesse.
Thomas dachte: Dieser blonde, kesse, kleine Partisanen-Blaustrumpf sieht mich so böse an. Warum eigentlich? Oder soll das nicht böse sein, sondern sinnlich? Ein unheimliches Frauenzimmer!
Der Töpfer, der einen Vollbart und wallendes Haupthaar trug, gab bekannt: «Ich habe vor neun Monaten geschworen, daß ich mein Haar erst schneiden lassen werde, wenn die Hitlerbrut vernichtet ist.»
«Wir dürfen nicht zu optimistisch sein, Monsieur Rouff. So vor ein, zwei Jahren werden Sie wohl nicht zum Friseur kommen.»
Thomas wandte sich an das junge Mädchen: «Und wer sind Sie, Mademoiselle?»
«Yvonne Dechamps, Assistentin von Professor Débouché.»
«Débouché?» Thomas blickte auf. «Der berühmte Physiker?»
«Man kennt ihn auch in England, nicht wahr», sagte die blonde Yvonne stolz.
Und man kennt ihn auch in Deutschland, dachte Thomas. Aber das darf ich nicht sagen. Er forschte: «Ich dachte, der Professor unterrichtet an der Universität Strasbourg?»
Auf einmal stand der hagere Bellecourt vor ihm, seine Stimme klang flach und tonlos: «Die Universität Strasbourg wurde nach Clermont-Ferrand verlagert – weiß man das nicht in London, mon capitaine?»
Verflucht, dachte Thomas, das kommt davon. Ich schwätze zuviel. Er sagte kalt: «Sicherlich weiß man das. *Ich* wußte es nicht. Bildungslücke. Sorry.»
Danach entstand eine Pause, eine kalte, leblose Pause. Thomas dachte: Jetzt hilft nur Frechheit. Er sah den Leutnant hochmütig

an und sagte kurz: «Wir haben wenig Zeit. Wohin gehen wir?»
Der Leutnant erwiderte seinen Blick ruhig. Er sagte langsam: «Wir gehen zu Professor Débouché. Er erwartet uns. In der Moulin de Gargilesse.»
«In den Orten hockt zu viel Vichy-Miliz», sagte Yvonne. Sie wechselte einen kurzen Blick mit dem Leutnant, der Thomas überhaupt nicht gefiel. Der Bürgermeister und der Töpfer sind harmlos, dachte er. Der Leutnant und Yvonne sind gefährlich, lebensgefährlich. Er fragte: «Wer ist der Funker Ihrer Gruppe?»
Schmallippig erwiderte die Blonde: «Ich.»
Natürlich. Das auch noch.

11

Professor Débouché sah aus wie Albert Einstein: ein kleiner, untersetzter Mann mit einem gewaltigen Gelehrtenschädel. Weiße Löwenmähne. Gütige, traurige Augen. Riesiger Hinterkopf. Er blickte Thomas Lieven schweigend lange an. Thomas zwang sich, diesen ruhigen, durchdringenden Blick zu ertragen. Ihm wurde heiß und kalt dabei. Fünf Menschen standen schweigend um ihn herum.
Plötzlich legte der Professor beide Hände auf Thomas Lievens Schulter und sagte: «Seien Sie willkommen!» Sie standen im Wohnraum der Mühle von Gargilesse.
Zu den andern sagte der Professor: «Der capitaine ist in Ordnung, meine Freunde. Ich erkenne einen guten Menschen, wenn ich ihn sehe.»
Von einer Sekunde zur andern wechselte das Betragen der vier. Eben waren sie noch förmlich und schweigsam gewesen. Nun redeten sie alle durcheinander, schlugen Thomas auf die Schulter und lachten und waren seine Freunde.
Yvonne trat vor Thomas. Ihre Augen leuchteten hell, sie waren meergrün und sehr schön. Sie legte die Arme um Thomas und küßte ihn. Ihm wurde heiß, denn Yvonne küßte mit der Leidenschaft einer Patriotin, die einen nationalen Dank abstattet. Danach sagte sie strahlend: «Professor Débouché hat sich noch nie in der Beurteilung eines Menschen geirrt. Wir vertrauen ihm. Er ist der liebe Gott für uns.» Der alte Mann hob abwehrend die Hände. Yvonne stand noch immer dicht vor Thomas. Sie sagte, und ihre Stimme klang aufreizend rauh: «Sie haben Ihr Leben eingesetzt für unsere Sache. Wir haben Ihnen mißtraut. Das muß Sie gekränkt haben. Verzeihen Sie uns. Bitte!»

Thomas sah den weißhaarigen, gütigen Gelehrten an, den Urzeitmenschen Rouff, den wortkargen Leutnant, den fetten, komischen Bürgermeister, sie alle, die sie ihr Land liebten, und er dachte: Verzeiht mir, ihr alle. Ich schäme mich so. Was sollte ich tun? Was konnte ich tun? Ich wollte und will versuchen, euer Leben zu retten – und meines.
Original britische Armee-Konserven hatte Thomas mitgebracht, original englische Zigaretten und Pfeifentabak, schottischen Whisky mit dem aufgeklebten Etikett «For Members Of His Majesty's Royal Air Force Only». Alle diese schönen Dinge stammten aus Beutebeständen der deutschen Wehrmacht.
Die Partisanen öffneten eine Flasche und feierten ihn als Held, und er dachte noch immer: Herrgott, ich schäme mich so.
Um britischer zu wirken, rauchte er Pfeife, er, der Nichtraucher war. Der Tabaksqualm kratzte ihn im Hals. Der Whisky schmeckte ölig. Ihm war elend, weil sie ihn nun alle wie einen Freund ansahen, wie einen Kameraden. Voller Verehrung. Voller Bewunderung. Und vor allem, weil Yvonne ihn so ansah, die kühle, intellektuelle Yvonne, deren Augen nun feucht glänzten, deren Lippen nun halb geöffnet waren ...
«Was wir dringend brauchen», sagte der langhaarige Töpfer, «das ist Dynamit und Munition für unsere Waffen!»
«Ihr habt Waffen?» fragte Thomas beiläufig.
Leutnant Bellecourt gab bekannt, daß die Mitglieder des «Maquis Crozant» – etwa 65 Leute – zwei französische und ein deutsches Waffenlager geplündert hatten. «Wir besitzen», sagte er nicht ohne Stolz, «dreihundertfünfzig französische Lebel-Karabiner, Kaliber siebenkommafünf, achtundsechzig britische Maschinenpistolen, Marke ‹Sten›, dreißig deutsche Fünfzig-Millimeter-Granatwerfer, fünfzig Maschinengewehre Modell FN und vierundzwanzig der französischen Armee.»
Gesegnete Mahlzeit, dachte Thomas.
«Und nicht zu vergessen: neunzehn Dreifuß-Maschinengewehre, Marke ‹Hotchkiss›.»
«Aber keine Munition dafür», sagte der Bürgermeister von Crozant.
Das klingt schon wieder besser, dachte Thomas.
Der alte Professor sagte: «Wir werden alles nach London melden. Bitte, erklären Sie uns nun den Code und den Sender, mon capitaine.»
Thomas begann zu erklären. Yvonne begriff das Code-System sofort. Es beruhte auf mehrfachen Buchstabenverschiebungen und

dem Einsetzen von Buchstabengruppen für Einzelbuchstaben. Thomas Lieven wurde immer trauriger. Er dachte: Das habe ich alles ausgeheckt. Jetzt funktioniert es. Ich habe gehofft, daß es funktioniert. Und nun ...
Er schaltete das Gerät ein. Er sagte: «Es ist jetzt fünf Minuten vor zwei. Punkt zwei erwartet London unseren ersten Funkspruch. Auf der Frequenz siebzehnhundertdreiundsiebzig Kilohertz.» Auf diese Frequenz hatten deutsche Techniker den Sender eingestellt. Thomas sagte: «Sie melden sich immer als ‹Nachtigall siebzehn›. Sie rufen Zimmer zweihunderteinunddreißig im War Office London. Dort sitzt Colonel Buckmaster von der Special Operation Branch.» Er stand auf. «Bitte, Mademoiselle Yvonne.»
Sie hatten eine erste Botschaft gemeinsam verschlüsselt. Nun sahen sie alle auf ihre Uhren. Die Sekundenzeiger umliefen die letzte Minute vor zwei Uhr früh. Noch fünfzehn Sekunden. Noch zehn. Noch fünf. Noch eine ...
Jetzt!
Yvonne begann zu morsen. Dicht gedrängt umstanden sie die Männer: der dicke, komische Bürgermeister, der hagere Leutnant, der alte Professor, der Töpfer mit dem langen Haar.
Thomas stand etwas abseits.
So geht das also, dachte er. Und ist nicht mehr aufzuhalten. Gott schütze euch alle. Gott schütze auch mich ...

12

«Na, alsdenn», sagte der Gefreite Schlumberger aus Wien, «da san s' ja.» Er hatte Kopfhörer auf und saß vor einem Funkgerät. Am Nebentisch saß der Gefreite Raddatz und betrachtete mit dem Interesse des Kenners ein französisches Akt-Magazin.
Schlumberger winkte ihn herbei. «Hör auf mit de Weiba. Kumm her!»
Seufzend wandte der Gefreite Raddatz aus Berlin-Neukölln den Blick von einer schwarzhäutigen Schönheit und setzte sich neben seinen Kollegen. Während er Kopfhörer aufsetzte, knurrte er: «Noch 'n paar so Scheißtricks, und wa ham den Endsieg in der Tasche!»
Sie nahmen beide den Text auf, der durch Nacht und Nebel, über Hunderte von Kilometern, zu ihnen kam in langen und kurzen Signalen, ausgesandt von einer Frauenhand in einer alten Mühle am Ufer der Creuze ...
Der Text stimmte genau mit jenem überein, den Schlumberger

vor sich liegen hatte, seit dieser neue sonderbare Sonderführer namens Thomas Lieven, dem sie beide zugeteilt waren, acht Stunden zuvor Paris verlassen hatte.
«gr 18 34512 etkgo nspon crags», begann der Text, der vor dem Gefreiten aus Wien lag. Und «gr 18 34512 etkgo nspon crags» morste es nun auf Frequenz 1773.
«Geht wie gschmiert», brummte der Wiener.
«Sag mal, und daß die Jungs in London mithören, ist det nich drin?» erkundigte sich der Gefreite aus Neukölln.
«Bei dera Frequenz, auf die was mir dös Ding eingstellt ham, kaum», sagte Schlumberger.
Sie saßen in einem Mansardenzimmer des Hotels «Lutetia», dem Quartier der militärischen Abwehr in Paris. Schlumberger schrieb die Zeichen mit. Raddatz erkundigte sich gähnend: «Karli, haste schon mal mit 'ner Negerin jetechtelt?»
«Geh, halt doch endlich die Goschn.»
Raddatz sagte trübe: «Wenn wir Deutschen mehr für Weiba übrig hätten, würden wa wenija Krieje machn.»
Schlumberger schrieb mit, was er an Morsezeichen hörte.
«Alles Kacke», sagte Raddatz. «Det kapiert doch 'n Doofa, det wa den Kriej nich mehr jewinnen können. Warum machen se nich Schluß, die Scheißjeneräle?»
Die Signale in Schlumbergers Hörer verstummten. Er lehnte sich zurück, dann morste er weisungsgemäß: «Wir kommen wieder.»
Raddatz knurrte: «Ick fraje: Warum machen se nich Schluß, die Hunde?»
«Dös geht doch net. Der Hitler stell s' doch alle an die Wand, Schorsch!»
«Der Hitla, Mensch! Wenn ick det schon höre! Hitla – det sind wa alle. Weil wa ihn jewählt ham. Und Heil jeschrien. Zu doof, zu doof sind wa jewesen! Mehr denken, wenijer jlooben!»
In dieser wenig wehrfeudigen Weise unterhielten sie sich noch eine Weile, dann begann Schlumberger chiffriert die Meldung zu morsen, die «Sonderführer Lieven» ihm hinterlassen hatte. Dechiffriert lautete sie:
«von zimmer 231 kriegsministerium london an nachtigall 17 – wir haben sie klar empfangen – wir begrüßen sie als neues mitglied unserer special operation branch – melden sie sich von nun an täglich zur bekannten zeit – sie erhalten dann weisungen – captain everett wird heute am 4. april 1943 ...»

Menu · Moulin de Gargilesse, 4. April 1943

Roastbeef mit Gemüsen und Dripping cake
Englischer Apfel-Pudding

Selbst Partisanen werden zahm, wenn Thomas Lieven kocht ...

Roastbeef: Man lege ein gut «abgehängtes» Ochsen-Rippenstück ohne Knochen in die Bratpfanne, gieße reichlich kochendheiße Butter, der etwas Nierenfett beigemischt sein kann, darüber und brate schnell von allen Seiten an, salze und pfeffere dann. – Man schiebe die Pfanne in den gut vorgeheizten Bratofen und brate das Fleisch 45 Minuten unter sehr häufigem Begießen, bei anfangs scharfer, dann mäßiger Oberhitze, möglichst ohne Wasserzugaben. Man kann das Fleisch mehrmals wenden, aber in der letzten Bratzeit soll die Fettschicht nach oben liegen. Nach dem Herausnehmen aus der Pfanne nicht sofort aufschneiden, sonst läuft der ganze Saft heraus, und das Fleisch wird grau. Man lasse den Braten einige Minuten ruhen. – Man kann das Roastbeef auch sehr gut auf dem Grill braten, benützt dann das herausgetropfte Fett für den Dripping cake.

Dripping cake: Man verquirle 5–6 Eier gründlich mit 1/4 Pfund Mehl, gut 1/2 Liter Milch und etwas Salz und gieße es in das heiße Fett in der Bratpfanne, aus der das Roastbeef herausgenommen wurde. – Man lasse knapp 10 Minuten bei guter Hitze im Bratofen backen, bis die Masse unten braun und obenauf leicht fest geworden ist. – Man schneide den Dripping cake in Stücke und garniere die Masse um das tranchierte Roastbeef. – Man kann das Gericht auch ohne Roastbeef auf ausgelassenen Speckwürfeln zubereiten und als «Yorkshire-Pudding» servieren.

Apfel-Pudding: Man nehme ein Pfund feines Mehl, 250 g festes, eine Nacht gewässertes und ganz fein gehacktes Nierenfett, einen gehäuften Teelöffel pulverisierten Ingwer, etwas Salz, mische alles sehr gründlich durcheinander. Man mache dann mit kaltem Wasser einen Teig daraus, der nicht an den Händen kleben darf. – Man rolle ihn rund aus, lege eine Serviette in eine tiefe Schüssel, stäube etwas Mehl darüber und lege das ausgerollte Blatt hinein. Man fülle es mit in Viertel geschnittenen, geschälten Äpfeln von einer sauren Sorte, drücke den Teig oben fest zusammen und binde das Tuch zu. Man koche den Pudding mit 2 Eßlöffeln Salz 2 Stunden ununterbrochen in stark kochendem Wasser. – Man serviert ihn ohne Sauce mit Streuzucker. – Man kann den Pudding wesentlich verfeinern, indem man die zerschnittenen Äpfel mit Butter, je 100 g Rosinen und Korinthen, 50 g feingeschnittenem Zitronat und Orangeat sowie etwas Zucker und Rum einige Minuten dünstet, bevor man sie in den Teig füllt.

13

«... zum einbruch der dämmerung, etwa gegen 18 uhr auf der bekannten lichtung von uns in lysander-maschine abgeholt werden – es lebe frankreich, es lebe die freiheit – buckmaster – ende», dechiffrierten fünf Männer und eine junge Frau den Morsetext,

den sie in einer Mühle am Ufer der Creuze soeben erhalten hatten. Danach sprangen sie auf, umarmten einander und tanzten vor Freude.
Gegen drei Uhr morgens gingen sie alle zur Ruhe.
Yvonne hatte Thomas gebeten, ihr noch die Gebrauchsanweisung des Senders auf ihr Zimmer zu bringen. Mit der echt englischen Broschüre in der Hand klopfte er an ihre Tür. Er war müde. Er war traurig. Er mußte ununterbrochen an Chantal denken ...
«Einen Moment!» rief Yvonnes Stimme von jenseits der Tür. Er dachte: Sie wird sich gerade ausgezogen haben und schnell etwas überwerfen. Er wartete. Dann hörte er ihre Stimme: «Jetzt können Sie kommen, mon capitaine!»
Er öffnete die Tür.
Er hatte sich geirrt. Wenn Yvonne bei seinem Klopfen noch etwas übergeworfen gehabt hatte, dann hatte sie es in der Zwischenzeit abgelegt. Denn sie stand so vor ihm, in dem kleinen, mit Bauernmöbeln eingerichteten, überheizten Zimmer, wie Gott sie geschaffen hatte.
Nein, dachte Thomas, nein, nicht auch das noch! Zuerst hat sie mir mißtraut. Jetzt vertraut sie mir und will mir das beweisen ... O nein, ich kann einfach nicht. Chantal, geliebte tote Chantal ... Er legte die Broschüre auf eine Bauernkommode, wurde rot wie ein Schuljunge und sagte hastig: «Ich bitte tausendmal um Vergebung.» Dann verließ er ihr Zimmer.
Yvonne stand reglos. Ihre Lippen zuckten. Aber sie weinte nicht. Sie ballte die Fäuste. Von einem Augenblick zum andern schlugen ihre Gefühle um. Dieser dreckige Hund. Dieser kaltschnäuzige Engländer. Das soll er mir büßen.
Zwischen dem Öffnen und Schließen einer Tür war eine Frau, bereit zur Liebe, zur tödlichen Feindin geworden.

Am Morgen war Yvonne verschwunden – keiner der Männer wußte, wohin. In ihrem Zimmer fanden sie einen Zettel: «Bin schon nach Clermond-Ferrand vorausgefahren. Yvonne.»
Der dicke Bürgermeister ärgerte sich: «So etwas! Wer kocht jetzt? Wir wollten Ihnen doch noch ein Abschiedsessen geben, mon capitaine.»
«Wenn die Herren *mich* an den Herd lassen würden ...»
«Sie können kochen, Donnerwetter?»
«Ein wenig», sagte Thomas bescheiden. Sodann kochte er – was blieb ihm übrig – englisch, äußerst englisch. Er wußte, daß er bei Franzosen damit einiges riskierte.

Sein Roastbeef schmeckte jedoch allen ausgezeichnet. Nur die Gemüse, die es dazu gab, erregten die Kritik des Bürgermeisters: «Sagen Sie mal, Sie kochen das alles *nur* in Salzwasser?»

«Ja, wir Engländer lieben es so», antwortete Thomas, ein paar Schnurrbarthaare aus dem Mund ziehend. Er führte eine Doppelkonversation, denn gleichzeitig erzählte ihm Professor Débouché, daß es in Clermont-Ferrand mit der Herstellung gefälschter Dokumente hapere: «Neuerdings verlangen die Kontrollen immer Personalausweise *und* Lebensmittel-Stammkarten. Wie, meinen Sie, capitaine, könnten wir uns besser sichern?»

«Woraus besteht denn die Beilage um das Roastbeef?» fragte gleichzeitig der verfressene Bürgermeister.

«Einer nach dem andern», antwortete Thomas Lieven. «Der Teig besteht aus Eiern, Milch und Mehl, die man versprudelt. *Ohne* Roastbeef nennen wir das Gericht ‹Yorkshire Pudding›, *mit* Roastbeef ‹Dripping Cake›.»

Dann wandte Thomas sich Professor Débouché zu. In den nächsten Sekunden wurde er zum Begründer einer Super-Falschdokumenten-Zentrale. Er sagte: «Sie müssen Ihre Papiere *lückenlos* fälschen, Professor. Sie haben doch in allen Ämtern Ihre Leute, nicht wahr? Es muß alles zusammenpassen: Personalausweis, Wehrpaß, Soldbuch, der Zettel von der Volkszählung, die Lebensmittelkarte und die Steuerkarte. Alles auf *einen* falschen Namen. Und dieser eine falsche Name muß in *allen* betreffenden Ämtern eingetragen sein ...»

Selbige Anregung Thomas Lievens wurde übernommen und ausgewertet in einer Weise, daß den Deutschen bald darauf die Haare zu Berge standen! Eine Lawine sogenannter «echter falscher Papiere» überschwemmte Frankreich. Viele Menschenleben wurden durch sie gerettet.

14

Zwischen Dämmerung und Nacht am 4. April 1943 landete eine «Lysander»-Maschine der Royal Air Force auf der kleinen Lichtung, über welcher Thomas Lieven achtzehn Stunden zuvor abgesprungen war. Ein Pilot in britischer Uniform saß in der Maschine. Der Pilot stammte aus Leipzig. Er war von der deutschen Abwehr ausgesucht worden, weil er Englisch sprach, leider mit sächsischem Akzent.

Er sprach darum wenig und salutierte hauptsächlich, und zwar, was Thomas Lieven das Blut erstarren ließ, falsch.

Zackig legte der Pilot die rechte Hand mit der Innenseite zur Wange an die Schläfe und nicht, wie Briten das taten, mit der Innenseite nach vorn.
Niemand von Thomas Lievens neugewonnenen französischen Freunden schien das bemerkt zu haben. Es gab Umarmungen und Küsse, männliche Händedrücke und gute Wünsche.
«Bonne chance!» schrien die Männer, als Thomas in die Maschine kletterte und dabei dem Luftwaffenpiloten zuzischte: «Sie Idiot, Sie dämlicher!»
Dann blickte er auf. Drüben am Waldrand stand unbeweglich Yvonne. Die Hände hatte sie in die Taschen ihrer Jacke vergraben. Er winkte ihr zu. Sie reagierte nicht. Er winkte noch einmal. Sie blieb ohne Leben.
Da wußte er, während er sich auf den Sitz fallen ließ: Diese Frau war mit ihm noch nicht fertig. Noch lange nicht!

Das Unternehmen «Nachtigall 17» lief vollkommen reibungslos an – wie Thomas es erhofft hatte.
Jeden Abend meldete sich das «Maquis Crozant» um 21 Uhr bei den Gefreiten Schlumberger und Raddatz im Hotel «Lutetia», wartete, bis die Meldungen dechiffriert waren, und erhielt dann von «Colonel Buckmaster, Zimmer 231, Kriegsministerium London» die entsprechenden Antworten.
Bei diesen Gelegenheiten waren noch zwei andere Männer anwesend: Oberst Werthe, der Thomas aus Gestapo-Haft befreite, und jener Hauptmann Brenner, der das Leben unseres Freundes schon seit langem mit so großem Interesse verfolgte.
In Hauptmann Brenner lernte Thomas den typischen Berufssoldaten kennen: nüchtern, stur, pedantisch, nicht unanständig, kein Nazi – aber eben ein «Kommiß-Kopp», ein Befehlsempfänger, der wie eine Maschine arbeitete, ohne Gefühle, ohne kritischen Gedanken und fast ohne Herz.
Brenner, ein kleiner Mann mit präzisem Scheitel, goldgefaßten Brillen und energischen Bewegungen, verstand denn auch von Anfang an nicht das «ganze Theater mit dieser Nachtigall siebzehn», wie er sich ausdrückte.
Zu Anfang schickte Thomas den Leuten von «Maquis Crozant» hinhaltende Weisungen. «Nachtigall 17» indessen verlangte es nach Taten. Die Widerständler wollten losschlagen. Sie verlangten Munition für ihre Waffen!
Daraufhin brachte die deutsche Besatzung einer englischen Beutemaschine in einer warmen Mainacht über dem Waldgebiet zwi-

schen Limoges und Clermont-Ferrand vier Fallschirme mit Munitionskisten zum Abwurf. Die Munition hatte nur einen Fehler: sie paßte in Typ und Kaliber nicht zu den Waffen des «Maquis Crozant» ...

Endloses Funkspruchwechseln war die Folge. Wieder vergingen Tage. «London» bedauerte den Irrtum. Es würde gutgemacht, sobald die richtige Munition für die Waffen, die zum Teil aus deutschem und französischem Besitz stammten, vorhanden sei.

«London» trug dem «Maquis Crozant» auf, Lebensmittelvorräte anzulegen. Es war bekannt, daß die Bevölkerung jener unzugänglichen Gegenden hungerte. Hungernde Menschen aber konnten gefährliche Amokläufer werden ...

Wieder starteten Beutemaschinen mit deutschen Piloten. Diesmal warfen sie Fallschirme mit britischen Beutekonserven, britischen Beutemedikamenten, Whisky, Zigaretten und Kaffee ab.

Hauptmann Brenner begriff diese Welt nicht mehr: «Wir saufen gefälschten Pernod – und diese Herren Partisanen echten Whisky! Ich rauche Gauloises – und diese Partisanen vielleicht Henry Clay! Wir päppeln die Kerle noch auf, damit sie dick und fett werden! Das ist doch Wahnsinn, meine Herren, das ist doch Wahnsinn!»

«Das ist kein Wahnsinn», belehrte ihn Oberst Werthe. «Lieven hat recht. Es ist die einzige Möglichkeit, die Leute daran zu hindern, uns gefährlich zu werden. Wenn sie erst mal Eisenbahnlinien und E-Werke in die Luft gesprengt haben, hauen sie ab nach allen Himmelsrichtungen, und wir erwischen keinen einzigen von ihnen.»

Im Juni 1943 wurde «Nachtigall 17» so unruhig, daß Thomas seine Taktik änderte: Britische Beuteflugzeuge mit deutschen Besatzungen warfen nun über dem Partisanengebiet Munition ab, die wirklich zu den Waffen paßte.

Doch kurze Zeit darauf erhielt das «Maquis Crozant» diese Weisung:

maquis marseille zu großen sabotageakten und überfällen eingesetzt – es ist unbedingt notwendig daß ihr eure waffen und eure munition vorübergehend den kameraden zur verfügung stellt.

Mächtiges Funkgezeter.

Aber «London» blieb hart. Dem «Maquis Crozant» wurde mit präzisen Orts- und Zeitangaben mitgeteilt, wo die Waffen zu übergeben seien.

In einer gewittrigen Nacht wechselten sie in den Wäldern neben der Landstraße, die von Belac nach Mortemart führt, dann denn auch die Besitzer. Die neuen Eigentümer, die sich sehr französisch

gebärdet hatten, fuhren mit mehreren Lastwagen davon. Als sie wieder unter sich waren, unterhielten sie sich so, wie sie es gewohnt waren: im deutschen Landser-Jargon.
Anfang Juli erfuhr Oberst Werthe über den verräterischen Funker des «Maquis Limoges», daß das «Maquis Crozant die Schnauze voll von London» hatte. Eine gewisse Yvonne Dechamps hetzte die Männer auf. War das überhaupt London, mit dem sie in Funkverkehr standen? Auch jener Captain Everett, unkte diese Yvonne, sei ihr nicht geheuer gewesen! Schon gar nicht der RAF-Pilot, der ihn abgeholt hatte. Der hatte nämlich wie ein «boche» salutiert.
«Verflucht», sagte Thomas Lieven, als er das erfuhr. «Ich wußte ja, daß das mal kommen würde. Herr Oberst, jetzt gibt es nur noch eines.»
«Nämlich?»
«Wir müssen Nachtigall 17 den Auftrag und die Möglichkeit zu einem *echten* und *ernsten* Sabotageakt bieten. Wie müssen *eine* Brücke, *eine* Eisenbahnlinie oder *eine* Elektrizitäts-Zentrale opfern – um damit vielleicht *viele* Elektrizitäts-Zentralen, Brücken und Eisenbahnlinien zu retten.»
Hauptmann Brenner, der diesem Gespräch beiwohnte, schloß die Augen und stöhnte: «Übergeschnappt! Sonderführer Lieven ist übergeschnappt!»
Auch Oberst Werthe war verstört: «Es hat alles Grenzen, Lieven. Also wirklich! Was verlangen Sie von mir?»
«Ich verlange von Ihnen eine Brücke, Herr Oberst!» schrie Thomas plötzlich los. «Verflucht noch mal, es wird doch wohl in Frankreich noch eine Brücke geben, auf die wir verzichten können!»

DRITTES BUCH

1. Kapitel

1

Summend hielt der Lift im obersten Stockwerk des von der Deutschen Abwehr beschlagnahmten Pariser Hotels «Lutetia». Ein Mann von vierunddreißig Jahren stieg aus. Er war mittelgroß und schlank, im Besitz des Walroß-Schnurrbartes.
Der hagere Georg Raddatz aus Berlin ließ die neueste Ausgabe des französischen Akt-Magazins «Regal» in die Tasche gleiten, sprang desgleichen auf und knallte die Hacken zusammen: «Heil Hitler, Herr Sonderführer!»
«Die Gefreiten Raddatz und Schlumberger beim Funkdienst, Herr Sonderführer!» brüllte der Wiener und nahm dabei übertrieben zackig Haltung an.
Der ohne Zweifel seltsamste Sonderführer, den das Dritte Reich hervorgebracht hatte, antwortete grinsend: «Heil Hitler, ihr Armleuchter. Schon London gehört?»
«Jawohl, Herr Sonderführer!» meldete der Wiener stramm. «Grod jetzt.»
Die drei Männer sahen einander seit Wochen allabendlich – und allabendlich machten sie sich, bevor andere kamen, auf verbotene Weise die Empfangsgeräte eines hervorragend eingerichteten deutschen Funkraums zunutze. Sie hörten jeden Abend London.
Der dicke Schlumberger sprach: «Churchill hat a Red' g'halten. Wenn die Italiener jetzt, wo Mussolini im Oasch is, noch weita mit uns mitmachen, werden s' ihr Schmalz kriegen.»
Am 25. Juli, fünf Tage zuvor, hatte König Viktor Emanuel von Italien Mussolini verhaften lassen. Ebenfalls am 25. Juli: Tagesangriffe auf Kassel, Remscheid, Kiel und Bremen.
«Junge, Junge, jeht det schnell», seufzte Raddatz. «In Rußland kriegen wir 'n Hintern voll am Ladogasee, und im Orel-Bogen loofen wa zurück. Die Italiener kriegen auf Sizilien die Fresse voll.»
Thomas setzte sich: «Und die Herren in Berlin riskieren noch immer die große Schnauze. Und hören nicht auf und hören nicht auf.»
Schlumberger und Raddatz, alte, gewiegte Barras-Experten, nickten trübe. Sie hatten einiges über Thomas Lieven in Erfahrung

gebracht. Sie wußten, daß er von der Gestapo gefoltert worden war, bevor der Oberst Werthe ihn vor dem sicheren Tod in den Kellern des SD in der Avenue Foch errettete.
Von der Haft und den furchtbaren Verhören hatte er sich übrigens mittlerweile gut erholt. An verschiedenen Stellen wies sein Körper noch scheußliche Narben auf, aber die wurden verdeckt von einer erstklassigen Kleidung, welche Thomas nun wieder sein eigen nannte.
Thomas sagte: «Oberst Werthe und Hauptmann Brenner werden gleich kommen. Wenn ich euch bitten dürfte, inzwischen diesen Funkspruch zu chiffrieren.» Er legte einen Zettel vor Raddatz auf den Tisch.
Der Berliner las und staunte: «Junge, Junge, det wird ja imma bunta. So jewinnen wa'n Krieg natürlich doch noch. Kiek mal, Karli.»
Der Wiener las und kratzte seinen Schädel. Sein Kommentar war kurz: «I geb's auf.»
«Nicht doch», sagte Thomas. «Chiffrieren Sie vielmehr den Spruch.» Der Spruch lautete:
«na nachtigall 17 – RAF-bomber wird 1. August zwischen 23 uhr und 23 uhr 15 über planquadrat 167 mt spezialbehälter mit plasticsprengstoff abwerfen – sprengen sie am 4. august genau 0 Uhr 00 die pont noir zwischen gargilesse und eguzon – zeitpunkt genau einhalten – viel glück – buckmaster.»
«Na los, meine Herren», sagte Thomas Lieven. «Was sollen die fassungslosen Blicke?»
«Der Herr Sonderführer macht wieda an Schmäh, Schorsch», sagte der Wiener. «Wird irgend so a klaane Schaßbrucken sein, vastehst?»
«Die Brücke, meine Herren», sprach Thomas mit einem müden Lächeln, «führt über die Creuze zur Route Nationale 20 und ist eine der wichtigsten Mittelfrankreichs. Sie liegt vor Eguzon. Dort befindet sich die Staumauer des E-Werkes, das den größten Teil Mittelfrankreichs mit Strom versorgt.»
«Und ausgerechnet dös Bruckerl soll in Oasch gehen?»
«Das walte Gott», sagte Thomas. «Lange genug habe ich gebraucht, um dös Bruckerl aufzutreiben.»

2

Seine Suche nach einer Brücke hatte Thomas Lieven am 4. Juli 1943 begonnen. In einem hellen Sommeranzug, pfeifend und guter Dinge, ging er durch das sommerliche Paris. Ah, die Boulevards mit ihren blühenden Bäumen! Ah, die Trottoir-Cafés mit den schönen jungen Frauen in den kurzen, bunten Kleidern. Die verrückten Hüte! Die hohen Korkschuhe! Der Geruch nach Abenteuer, Flirt, Parfüm und Jasmin ...

Paris 1943: Eine Stadt, die immer noch wie im Frieden lebte. Wenn in den Wohnungen am Square du Bois de Boulogne vorzeitig das Licht erlosch, dann waren nicht Stromsperren daran schuld, und wenn Vorhänge rauschten, dann waren sie zärtlich und nicht aus Eisen.

Voll Charme hatten die Pariser sich mit der deutschen Besatzung abgefunden. Der «Marché noir», der Schwarze Markt, blühte. Die Moral der Landser hielt einem solchen Leben nicht stand. Der General von Witzleben seufzte einmal: «Die französischen Frauen, die französische Küche und die französische Mentalität haben uns den Rest gegeben. Im Grunde müßte ich die hier stationierten Truppen alle vier Wochen auswechseln.»

Der kleinste Zahlmeister aus dem Kohlenpott lebte in Paris wie ein Fürst! Er kannte die Unterschiede der feinsten Champagner-Marken, verlangte in seinem Hotel «Poulet garni», aß Austern zu Dutzenden und erfuhr in den sanften Armen seiner französischen Freundin, daß es bei weitem nicht das Süßeste war, fürs Vaterland zu sterben.

Das Hauptquartier des Generals von Rundstedt, Oberbefehlshaber West, war Thomas Lievens erstes Ziel. Hier sprach er mit drei Majoren, die er alle umständlich und feierlich zu Geheimnisträgern machte, bevor er mit seiner kleinen Bitte herausrückte.

Der erste Major verwies ihn an den zweiten. Der zweite verwies ihn an den dritten. Der dritte Major warf ihn hinaus und verfaßte eine Meldung an seinen General. Der General schickte die Meldung ins Hotel «Lutetia» mit dem Vermerk, daß er sich jede Einmischung der Abwehr in militärische Fragen – und die Sprengung einer Brücke wäre doch wohl eine solche – geziemend verbäte! Mittlerweise war der hurtige Thomas bereits beim «Wehrmachts-Führungsstab Technik» erschienen, um daselbst einem gewissen Major Ledebur seine Bitte vorzutragen. Da war es 11 Uhr 18. Um 11 Uhr 19 klingelte auf dem Schreibtisch des pedantischen, ehrgeizigen Hauptmanns Brenner im Hotel «Lutetia» das Telefon.

Der kleine Berufsoffizier mit dem schnurgeraden Scheitel und der goldgefaßten Brille hob ab und meldete sich. Dann verbeugte er sich stramm im Sitzen, denn er erfuhr, daß er mit einem gewissen Major Ledebur sprach.
Was der Ranghöhere sagte, ließ den Hauptmann rot anlaufen. Er bellte: «Immer so etwas erwartet, Herr Major! Völlig meine Meinung! Mir sind jedoch die Hände gebunden! Bedaure außerordentlich, Herrn Major mit Herrn Oberst Werthe verbinden zu müssen.»
Das tat er denn auch. Der Oberst wurde im Gegensatz zu seinem Hauptmann sehr bleich, als er hörte, was der Major zu sagen hatte. Zuletzt sprach er mühsam: «Ich danke für die Benachrichtigung, Herr Major. Sehr aufmerksam von Ihnen, wirklich. Aber ich kann Sie beruhigen: Sonderführer Lieven ist nicht verrückt. In keiner Weise! Ich komme und hole ihn selber ab.» Er hängte auf.
Hauptmann Brenner war neben ihn getreten. Seine Brillengläser blitzten: «Gestatte mir ergebenst darauf hinzuweisen, daß ich immer vor diesem Menschen gewarnt habe. Er ist *wirklich* nicht normal!»
«Der Mann ist so normal wie Sie und ich! Und Canaris hat nun mal einen Narren an ihm gefressen. Hand aufs Herz: War seine Idee der friedlichen Partisanenbekämpfung nicht die beste von allen? Mensch, Brenner, wachen Sie auf! In Frankreich verübten die Maquis im letzten Monat allein 243 Morde, 391 Eisenbahn-Überfälle und 825 Sabotage-Akte in der Industrie! In einem einzigen Gebiet herrschte Ruhe: in Gargilesse. Das ist sein Gebiet!»
Hauptmann Brenner preßte die Lippen zusammen und zuckte die Schultern. Oberst Werthe fuhr los und befreite Thomas Lieven, der sich ungemein darüber amüsierte, daß der Major Ledebur an seinem Geisteszustand Kritik geübt hatte. Werthe sagte zu ihm: «Ich brauche jetzt aber einen Schnaps, Mensch.»
Über den Pernod-Gläsern fragte Werthe dann kopfschüttelnd: «Warum sind Sie bloß so verrückt mit Ihrer Brücke, Lieven?»
Still antwortete Thomas: «Weil ich davon überzeugt bin, daß viele Menschen, die sonst sterben müßten, am Leben bleiben werden, wenn ich *die* Brücke finde. Deutsche und Franzosen, Herr Oberst. Darum.»
Oberst Werthe drehte den Kopf zur Seite: «Ach, Lieven, Sie sind ein netter Kerl.» Er sah aus der kleinen Bar hinaus auf den sommerlichen Boulevard mit seinen Blumen, Bäumen, jungen Frauen. Plötzlich ballte er eine Hand zur Faust: «Dieser verfluchte Krieg», sagte Oberst Werthe.

3

Am nächsten Morgen irrte Thomas Lieven durch eine Dienststelle des Reichsarbeitsdienstes in Paris. Er verlief sich auf der Suche nach der Abteilung, die für Brücken zuständig war, vollkommen und landete in einem Büro, das er sofort fluchtartig wieder verlassen wollte. Zwei Gründe gab es für seine Panik: vier Bilder an der Wand und die Dame hinter dem Schreibtisch.
Die Bilder zeigten Hitler, Goebbels, Göring und den Reichsarbeitsführer Hierl. Die Dame war außerordentlich hager und groß, ihre Brust war platt, die Hände waren knochig. Das farblose Haar trug sie zu einem Knoten hochgenommen. An ihrer weißen Bluse saß über der linken Brust ein goldenes Parteiabzeichen und am Kragen eine schwere, gehämmerte Brosche. Sie trug einen braunen Rock, braune Wollstrümpfe und braune, flache Schuhe. Sie sah streng aus, sie war streng gekleidet, und es roch streng in ihrem Büro.
Thomas war schon wieder halb aus dem Büro entwichen, da traf ihn ihre harte, brüchige Stimme: «Einen Moment!»
Er drehte sich um und lächelte verzerrt. «Ich bitte um Verzeihung, ich habe mich verlaufen. Guten Tag!»
Mit drei Schritten war die Frau hinter ihrem Schreibtisch vorgeschossen. «Was heißt ‹guten Tag›? ‹Heil Hitler›, lautet unser Gruß!» Sie war fast zwei Köpfe größer als Thomas. «Ich verlange Antwort. Wer sind Sie? Wie heißen Sie?»
Er sagte gepreßt: «Sonderführer Lieven.»
«Was für ein Sonderführer? Zeigen Sie den Ausweis!»
«Wie komme ich dazu? Ich weiß ja auch nicht, wer Sie sind.»
«Ich», antwortete die Hagere, die sich offenbar mit Lysolseife wusch, «bin die Stabshauptführerin Mielcke. Seit vier Wochen hier. Persönlicher Auftrag von Reichsarbeitsführer Hierl. Ich habe alle Vollmachten. Hier ist mein Ausweis. Wo ist Ihrer?»
Stabshauptführerin Mielcke studierte den Ausweis Thomas Lievens genau. Dann rief sie bei Oberst Werthe an und erkundigte sich, ob er einen Sonderführer Lieven kenne. Erst danach bot sie Thomas Platz an: «Der Feind steht überall. Man muß wachsam sein. Also was wollen Sie?»
«Wirklich, Frau Mielcke –»
«Stabshauptführerin. Das ist mein Rang.»
«Wirklich, Frau Stabshauptführerin –»
«Nicht Frau. Nur Stabshauptführerin.»
Da hast du recht, Zimtzicke, nicht Frau, dachte er und sagte

mühsam freundlich: «Wirklich, Stabshauptführerin, ich glaube nicht, daß Sie die richtige Instanz für mein Problem sind.»
«Bin ich. Reden Sie also nicht lange herum. Sprechen Sie!»
In Thomas kroch langsam eine Welle siedendheißer Wut hoch. Noch beherrschte er sich. «Mein Auftrag ist geheim. Ich kann darüber nicht sprechen.»
«Ich verlange es von Ihnen. Als Bevollmächtigte des Reichsarbeitsführers habe ich das Recht dazu. Ich lasse Sie festnehmen, wenn Sie nicht sofort ...»
Thomas brüllte los: «Stabshauptführerin, ich verbitte mir diesen Ton ...»
«Sie haben sich überhaupt nichts zu verbitten! Ich werde noch heute einen Bericht abfassen. Über frontfähige junge Leute, die sich hier unter dem Deckmantel ‹Abwehr› im Pariser Sündensumpf herumdrücken. Ich werde persönlich dem Reichsarbeitsführer berichten!»
Jetzt hatte Thomas genug, jetzt konnte er nicht mehr. Er schrie sie an: «Und ich werde *meinen* Bericht abfassen! An den Admiral Canaris persönlich! Sie sind wohl wahnsinnig geworden? Wie reden Sie denn mit mir? Auf so was wie Sie haben wir hier gerade gewartet!» Er wurde tückisch: «Stabshauptführerin entspricht dem Rang eines Obersten, was? Da ist ein Admiral doch wohl immer noch ein bißchen mehr, wie?» Er schlug auf den Tisch und schrie: «Sie werden sich vor Admiral Canaris zu verantworten haben, verstanden?»
Sie starrte ihn mit schmalen Augen an, die wäßrig waren, blau und nordisch. Sie sagte langgedehnt und lächelnd und feige: «Was regen Sie sich denn so auf, Sonderführer? Ich tue doch nur meine Pflicht.» Sie schluckte.
Thomas dachte: Jetzt hat sie Angst. Jetzt will sie mich versöhnen. Aber ich kann nicht mehr. Ich ersticke, wenn ich hier noch eine Minute bleibe. Er sprang auf, riß den rechten Arm empor und brüllte: «Heil Hitler, Stabshauptführerin!»
«So warten Sie doch ...»
Aber er war schon bei der Tür, riß sie auf und warf sie dröhnend hinter sich ins Schloß. Weg! Weg! An die frische Luft!

Am 11. Juli landete Thomas Lieven im Hauptquartier der Organisation Todt. Hier war er an einen Baurat namens Heinze verwiesen worden. HEINZE stand auch an der Tür des Büros, welche Thomas gegen 11 Uhr morgens an diesem Tage öffnete. Zwei große Zeichentische standen darin. Zwei große Männer stritten davor. Sie stritten so heftig, daß sie Thomas Lievens Erscheinen nicht zur Kenntnis nahmen. Die Männer trugen beide weiße Mäntel über ihren Uniformen und schrien.

DER EINE: «Ich lehne die Verantwortung ab! Jeder Panzer, der drüber rollt, kann das Ding zum Einsturz bringen!»

DER ANDERE: «Wie stellen Sie sich das vor, Mensch, die nächste Brücke geht bei Argenton über die Creuze!»

DER EINE: «Das ist mir piepegal, dann müssen die Herren eben den Umweg fahren! Ich erkläre: Die ‹Pont noir› bei Gargilesse ist eine Gefahr! Meterlange Risse auf der Fahrbahn-Unterseite! Meine Statiker hat fast der Schlag gerührt!»

DER ANDERE: «Verstärken Sie die Konstruktion mit Bewehreisen!»

DER EINE: «Erlauben Sie – das ist doch der letzte Dreck!»

Thomas dachte: Brücke bei Gargilesse. Phantastisch. Absolut phantastisch. Es ist, als wäre die Wirklichkeit hinter meinen Wünschen und Träumen hergelaufen. Jetzt hat sie mich eingeholt ...

DER ANDERE: «Denken Sie an das E-Werk! Die Staumauer! Wenn wir die Brücke sprengen, wird doch die Stromversorgung gestört!»

DER EINE: «Nicht wenn *wir* sie sprengen! Dann können wir vorher Umschaltungen und Abschaltungen vornehmen. Aber wenn das Ding morgen von selber einstürzt – *dann* dürfen Sie von Stromstörungen reden! Ich – was wollen Sie hier?»

Thomas Lieven war endlich entdeckt worden. Er verneigte sich und sprach sanft: «Ich hätte gerne Baurat Heinze gesprochen.»

«Das bin ich», sagte der eine. «Was gibt's?»

«Herr Baurat», sagte Thomas, «ich glaube, wir werden wundervoll zusammenarbeiten ...»

Die Zusammenarbeit war tatsächlich wundervoll. Bereits am 15. Juli hatte man die Pläne der Organisation Todt und der Organisation Canaris betreffend die Zukunft der «Pont noir» südlich von Gargilesse völlig koordiniert. Nun erteilte Thomas dem «Maquis Crozant» als «Colonel Buckmaster, War Office, London», über Funk den Auftrag:

«stellen sie unverzüglich eine liste der wichtigsten brücken im gebiet ihres maquis zusammen – melden sie art und dichte der truppenbewegungen.»

Tagelang, nächtelang lagen französische Widerständler auf der Lauer. Sie hockten unter Brückenbögen, in Baumkronen, in den

Dachböden alter Windmühlen und Bauernhäuser. Sie hatten Feldstecher, Papier und Bleistift bei sich. Sie zählten deutsche Panzer, Lastkraftwagen, Motorräder. Und allabendlich um 21 Uhr meldeten sie ihre Beobachtungen nach «London». Da war die Brücke bei Feurs. Die Brücke bei Macon. Die bei Dompierre. Die bei Nevers. Und die große «Pont noir» südlich Gargilesse, vor der Staumauer des E-Werkes bei Eguzon.

Am 30. Juli um 21 Uhr saßen Yvonne Dechamps und Professor Débouché, Bürgermeister Cassier, Leutnant Bellecourt und Emile Rouff, der Töpfer, in der Wohnstube der alten «Moulin de Gargilesse». Zum Schneiden dick lagerte Zigarettenrauch im Raum.

Yvonne trug Kopfhörer. Sie nahm die verschlüsselte Botschaft auf, die der leicht verfettete Gefreite Schlumberger in Paris durchgab:

sv. 21 54621 lhvhi rhwea riehr ctbgs twoee ...

Die Männer, die Yvonne Dechamps umstanden, atmeten flach und kurz. Professor Débouché putzte seine Brillengläser. Leutnant Bellecourt beleckte immer wieder seine Lippen.

«... sntae siane krodi lvgap», morste Schlumberger im obersten Stockwerk des Hotels «Lutetia» in Paris. Die Männer, die ihn umstanden, Thomas Lieven, der kleine, pedantisch frisierte Hauptmann Brenner, der verschlossene Oberst Werthe, atmeten flach und kurz. Hauptmann Brenner nahm seine goldgefaßte Brille ab und putzte sie umständlich.

Zwanzig Minuten nach neun Uhr brach «London» den Funkverkehr ab. In der romantischen, uralten Wassermühle am Ufer der Creuze dechiffrierten die Führer des «Maquis Crozant» die empfangene Botschaft, jene Botschaft, welche begann:

«an nachtigall 17 – raf-bomber wird 1. august zwischen 23 uhr und 23 uhr 15 über planquadrat 167 mt spezialbehälter mit plasticsprengstoff abwerfen – sprengen sie am 4. august genau 0 uhr 00 die pont noir zwischen gargilesse und eguzon ...»

Als die Meldung dechiffriert vorlag, redeten sie alle durcheinander. Nur Yvonne Dechamps schwieg. Still saß sie vor dem Funkgerät, die Hände im Schoß gefaltet. Sie dachte an diesen seltsamen Captain Everett, dem sie so sehr mißtraut hatte.

Professor Débouché sprach mit den Männern. Yvonne hörte es kaum. Widersinnig, unsinnig war, was sie dachte, was sie fühlte. Und doch, und doch: mit einer Gewißheit, die schmerzte, wußte sie, daß sie diesen Captain Everett wiedersehen würde – irgendwann, irgendwo ...

Die Stimmen um sie her wurden lauter. Yvonne schrak auf. Sie

bemerkte, daß ein Streit zwischen dem Bürgermeister Cassier, dem Töpfer Rouff und Professor Débouché entbrannt war. Der eitle Cassier schlug auf den Tisch: «Das hier ist meine Gegend! Ich kenne sie wie meine Tasche! Ich bestehe darauf, daß *ich* die Sprengaktion leite!»
Ruhig sagte der Gelehrte: «Hier schlägt niemand auf den Tisch, mein Freund. Leutnant Bellecourt wird die Organisation leiten. Er ist Spezialist für Sprengungen. Sie werden tun, was er sagt.»
«Mich kotzt das an, daß alles dem Leutnant übertragen wird», ereiferte sich der Bürgermeister. «Wer hat das ‹Maquis Crozant› gegründet? Rouff, ich und ein paar Bauern.»
«Jawohl», rief der Töpfer. «Leute aus der Gegend! Ihr andern seid alle erst später hinzugekommen.»
Yvonne zwang sich, nicht mehr an Captain Everett zu denken. Sie sagte kalt: «Hört auf zu streiten. Es geschieht, was der Professor sagt. Es stimmt, daß wir später zu euch stießen. Aber *wir* haben diese Maquis erst richtig aufgezogen. Durch *uns* habt ihr ein Funkgerät bekommen. *Ich* habe euch das Funken beigebracht.»
Der Bürgermeister und der Töpfer schwiegen. Aber über den Kopf Yvonnes hinweg sahen sie einander an, schlau und verschlagen, wie alte Bauern es tun ...

4

Am 1. August 1943, um 23 Uhr 10, warf ein britischer Bomber, den die Deutschen erbeutet hatten, über dem Planquadrat 167 mt einen großen Spezialbehälter mit erbeutetem Plastic-Sprengstoff ab.
Am 2. Augsut 1943 erschien im Kraftwerk Eguzon ein gewisser Baurat Heinze von der OT Paris und besprach mit den leitenden deutschen Ingenieuren in allen Einzelheiten die Folgen der notwendigen Maßnahmen, die sich aus einer Sprengung der Brücke nahe der Staumauer ergaben.
Am 3. August erschien Baurat Heinze beim Kommandanten eines Landesschützen-Bataillons, machte ihn zum Geheimnisträger und schärfte ihm ein, daß alle deutschen Wachmannschaften der «Pont noir» am 4. August zwischen 23 Uhr 15 und 0.30 Uhr fernbleiben sollten.
Am 4. August um 0.08 Uhr flog die «Pont noir» programmgemäß mit ungeheurem Getöse in die Luft. Kein Mensch wurde verletzt.
Am 5. August, um 21 Uhr, hockten die Gefreiten Schlumberger

und Raddatz im Hotel «Lutetia» in Paris schwitzend vor ihren Apparaten. Hinter ihnen standen Thomas Lieven, Oberst Werthe und Hauptmann Brenner.
«Nachtigall 17» meldete sich pünktlich. Schlumberger murmelte, während er mitschrieb: «Heute morst nicht das Mädchen. Heute ist einer von den Kerlen dran ...»
«Nachtigall 17» morste lange, so lange wie noch nie. Die Meldung nahm überhaupt kein Ende. Während Schlumberger noch aufnahm, begann Raddatz schon zu dechiffrieren. Der erste Teil der Meldung lautete so ähnlich, wie Thomas sie erwartet hatte:
«... mission pont noir auftragsgemäß erledigt –gesamte brücke durch sprengung zum einsturz gebracht – zwanzig mann an operation direkt beteiligt – leutnant bellecourt vor aktion bein gebrochen – liegt bei freunden in eguzon – hier sendet emile rouff – professor débouché und yvonne dechamps sind in clermont-ferrand ...»
Werthe, Brenner und Thomas blickten dem dechiffrierenden Raddatz über die Schulter.
Dieser Vollidiot da unten, dachte Thomas erbleichend, warum nennt er Namen?
Ehe Thomas etwas tun konnte, fühlte er, wie der Gefreite Raddatz ihm auf den Fuß trat. Er sah zu dem Funker hinab. Ein Ausdruck des entsetzten Staunens stand in den Augen des Berliners. Gerade reichte Schlumberger ihm wieder einen Zettel herüber. Raddatz räusperte sich verzweifelt.
«Was ist da los?» rief Brenner, wieselschnell hinzutretend.
«Ick – ick – jar nischt!» erklärte der Berliner.
Brenner riß ihm das Papier aus der Hand: «Geben Sie her, Mann!» Er hielt es hoch. Seine Brillengläser blitzten. «Hören Sie sich das mal an, Herr Oberst!»
Thomas fühlte, wie eine Hand aus Eis nach seinem Herzen griff, als Brenner vorlas, was Raddatz soeben dechiffriert hatte:
«Wir bitten von Aktion General de Gaulle zu berichten und ihm unsere wichtigsten und tapfersten Mitglieder bekanntzugeben – Lob und Auszeichnung würden Kampfmoral fördern ...»
O Gott, dachte Thomas, das kann doch nicht wahr sein!
«... Hauptverdienst an Sprengung kommt nach Ausfall Leutnant Bellecourts dem Bürgermeister Cassier, wohnhaft in Crozant, zu – ihm zur Seite Emile Rouff aus Gargilesse – ferner wirkten mit ...»
Der Gefreite Schlumberger sah verstört von seinem Stenogrammblock auf.

Menu · Paris, 5. August 1943

Hammelnieren-Schnitten
Seezunge nach Grenobler Art
Marillen-Palatschinken

Beim Fisch kam die Idee, die 65 Menschenleben rettete ...

Hammelnieren-Schnitten: Man nehme kleine Hammelnieren, entferne Fett und Haut und halbiere sie der Länge nach. – Man schneide kleine Weißbrotscheiben, buttere sie leicht auf beiden Seiten und belege jede mit einer halben Niere, Schnittseite nach unten. – Man verrühre scharfen Senf mit saurer Sahne, einem Stückchen Butter, einem Eigelb, etwas Salz und Cayenne-Pfeffer zu einem dicklichen Brei, streiche ihn über die Nieren. – Man gebe die Nierenschnitten für etwa 10 Minuten bei mittlerer Oberhitze in den Backofen. Man prüfe mit spitzer Gabel. Wenn kein roter Saft mehr aus den Nieren quillt, sind sie fertig. Man serviere heiß.

Seezunge nach Grenobler Art: Man lasse die Fische vorher vom Händler abhäuten und die Filets auslösen. – Dann mindestens eine halbe Stunde mit Zitronensaft, Pfeffer und Salz marinieren, damit das Fleisch fest und weiß bleibt. Man trockne gut ab und brate schnell auf beiden Seiten in sehr heißer brauner Butter; danach auf vorgewärmter Platte ablegen. – Dann kleine Zitronen-Würfel mit einigen Kapern in der Bratbutter schnell heiß werden lassen. – Diese Sauce gieße man über die angerichteten Seezungen-Filets, reiche mit Petersilie bestreute Salzkartoffeln dazu.

Marillen-Palatschinken: Man backe feine, dünne, mittelgroße Eierkuchen. – Man bestreiche sie auf einer Seite mit Marillen-Konfitüre, rolle sie zusammen und drehe sie noch einmal in der heißen Butter um. Man serviere sie sofort und bestreue sie nach Geschmack noch mit geriebenen Mandeln. – Feine Eierkuchen geraten am besten, wenn man den Teig mindestens eine Stunde vorher zubereitet hat und ruhen ließ.

«Sie nehmen weiter auf, Mann!» schrie Brenner ihn an. Dann drehte der Hauptmann sich zu Thomas um. «Herr Sonderführer, Sie sagten doch mal, man könne diese Brut noch nicht fassen, weil man keine echten Namen und Adressen kenne, was?» Brenner lachte metallen. «Jetzt werden wir sie gleich kennen!»

Um Thomas drehte sich alles. Diese Saukerle da unten. Diese eitlen Idioten. Ich dachte immer, nur *wir* wären so. Die Franzosen sind auch nicht besser. Umsonst. Alles umsonst.

Oberst Werthe hatte plötzlich keine Lippen mehr. Er sagte sehr leise: «Verlassen Sie den Funkraum, Herr Lieven.»

«Herr Oberst, ich bitte zu bedenken», begann Thomas und brach ab, denn er sah in die grauen Augen Werthes und wußte: Nichts, was er sagte, konnte diesen Mann jetzt noch beeindrucken.

Umsonst. Alles umsonst wegen ein paar dämlichen Hunden, die nach dem Krieg ein paar Stückchen Blech auf der Brust tragen wollten ...
Fünf Minuten später wurden die Gefreiten Schlumberger und Raddatz turnusgemäß abgelöst. Sie kamen in die Halle des Hotels herunter, wo Thomas auf sie wartete.
Schlumberger machte ein Gesicht, als wollte er weinen:
«Dös Schaf hört net auf und hört net auf. Siebenundzwanzig Namen bis jetzt.»
«Aus den siebenundzwanzig kriejense die Namen von de andern raus wie nischt», sagte Raddatz.
«Wollt ihr mit mir essen gehen, Kameraden?» fragte Thomas. Sie gingen – wie häufig in den letzten Monaten – zu «Henri». Das war ein kleines Lokal in der Rue Clément Marot, das Thomas entdeckt hatte. Der Wirt kam selber an den Tisch und begrüßte sie herzlich. Wenn er Thomas sah, bekam er jedesmal feuchte Augen.
«Henri» hatte eine jüdische, deutsche Schwägerin. Diese war mit Hilfe von falschen Papieren auf dem Land untergetaucht. Die falschen Papiere hatte Thomas ihr besorgt. Im Hotel «Lutetia» gab es viele und gute Gelegenheiten, an falsche Dokumente heranzukommen. Thomas benützte sie gelegentlich. Und Oberst Werthe wußte es und schwieg.
«Etwas Leichtes, Henri», sagte Thomas. Es war schon spät, und er mußte sich beruhigen. Sie stellten das Menu zusammen.
Schlumberger bat: «Gehn S', Herr Lieven, übersetzen S' eahm, er soll a paar Palatschinken machen!»
Thomas übersetzte. Henri verschwand. Schweigen senkte sich über die drei Freunde, bleiernes Schweigen. Erst als die Hammelnieren-Schnitten kamen, murmelte der Wiener: «Brenner hat Berlin angerufen. Spätestens morgen in der Früh gibt's da unten a Sonderaktion. Was mit die Leut g'schieht, is klar.»
Thomas dachte: Professor Débouché. Die schöne Yvonne. Leutnant Bellecourt. Viele, viele andere. Noch leben sie. Noch atmen sie. Bald wird man sie verhaften. Bald werden sie tot sein.
«Junge», sagte Raddatz, «jetzt habe ick ma vier Jahre jedrückt. Noch nich eenen Menschen habe ick jetötet. Scheißjefühl, det wa uff eenmal mit schuld sind ...»
«Wir sind nicht daran schuld», sagte Thomas. Und dachte: Ihr nicht. Aber ich? Ich, ausweglos bereits eingesponnen in Lüge und Betrug, Täuschung und Arglist. Bin ich noch unschuldig? Schlumberger sagte: «Herr Lieven, dös is doch ausg'schlossen, daß mir jetzt den Partisanen helfen, die wo unsere Kameraden umlegen!»

«Ja», sagte Thomas, «das ist ausgeschlossen.» Und er dachte verzweifelt: Was kann man tun? Was soll man tun? Wie bleibt man ein anständiger Mensch?
«Karli hat recht», sagte der Berliner. «Sehense mal, ick bin ooch keen Nazi. Aba Hand uffs Herze: anjenommen, diese Partisanen kriejen mir in die Mache. Würden die mir jlooben, det ick keen Nazi bin?»
«Die scheißen da wos. Die legen dir um. Für die is a Deutscher a Deutscher.»
Thomas stocherte gedankenvoll an seinem Fisch herum. Plötzlich stand er auf. Er sagte: *«Eine* Möglichkeit gibt es doch. Eine einzige.»
«Wat for 'ne Möjlichkeit?»
«Etwas zu tun – und doch ein anständiger Mensch zu bleiben», sagte Thomas. Er ging in eine Telefonzelle, rief das Hotel «Lutetia» an und verlangte den Oberst Werthe. Der meldete sich nervös.
Thomas hörte viele Stimmen. Der Oberst schien in einer Besprechung zu sein. Schweiß rann Thomas über das Gesicht. Er dachte: Anständig bleiben. Gegen die anständigen Menschen in meinem Land. Gegen die anständigen Menschen in diesem. Kein Verräter werden. Kein Phantast. Kein Sentimentalist. Nur Leben retten ... Leben retten ...
Thomas sagte heiser: «Herr Oberst, hier ist Lieven. Ich habe Ihnen einen Vorschlag von größter Wichtigkeit zu machen. Sie werden allein nicht darüber entscheiden können. Ich bitte, mich anzuhören und danach sofort Herrn Admiral Canaris zu verständigen.»
«Was ist das für ein Quatsch?»
«Herr Oberst, wann beginnt die Aktion da unten?»
«Morgen früh. Warum?»
«Ich bitte Sie, *mich* die Aktion leiten zu lassen!»
«Lieven! Ich bin durchaus nicht zu Späßen aufgelegt. Meine Geduld ist erschöpft!»
«Hören Sie mich an, Herr Oberst», rief Thomas. «Bitte, hören Sie, was ich Ihnen vorzuschlagen habe ...»

5

Es war 4 Uhr 45 am Morgen des 6 August 1943, als ein original britisches «Lysander»-Flugzeug Kurs auf die französische Stadt Clermont-Ferrand nahm. Aus brauenden Nebelmassen stieg eben der gleißende Ball der Sonne empor.

Der Pilot, von seinem Passagier durch eine Wand getrennt, griff nach dem Bordtelefon und sprach: «Landung in zwanzig Minuten, Sonderführer!»
«Danke», sagte Thomas Lieven und klinkte den Telefonhörer neben sich ein. Dann saß er reglos in der winzigen Kabine und blickte hinaus auf den makellos reinen Himmel und auf die weißlich-grauen Nebelschleier, die noch die schmutzige Erde mit ihren Kämpfen und Intrigen, ihrer Niedrigkeit und Dummheit verdeckten.
Thomas Lieven sah elend aus. Eingefallen war sein Gesicht, die Augen lagen in dunklen Höhlen. Er hatte die schwerste Nacht seines Lebens hinter sich und den schwersten Tag seines Lebens vor sich.
Zehn Minuten später ging der Pilot tiefer. Die «Lysander» durchbrach die morgendliche Nebeldecke. Clermont-Ferrand, Sitz eines Bischofs und einer Universität, lag unter ihnen – schlafend noch, ohne Leben, mit leeren Straßen.
Um 5 Uhr 15 trank Thomas Lieven im Dienstzimmer des Tiroler Hauptmanns Öllinger heißen Kaffee. Der stämmige, kleine Kommandeur der Gebirgsjäger-Einheit, die vor Clermont-Ferrand ihren Standort hatte, studierte Thomas Lievens Geheimdienstausweis genau.
Er sagte: «Ich habe ein langes Fernschreiben von Oberst Werthe bekommen. Er hat vor einer Stunde auch mit mir telefoniert. Sonderführer, meine Leute stehen zu Ihrer Verfügung.»
»Zunächst bitte ich nur um einen Wagen, der mich in die Stadt bringt.»
«Ich gebe Ihnen zehn Mann mit.»
«Danke, nein. Was ich zu tun habe, muß ich allein erledigen.»
«Aber ...»
«Hier ist ein versiegelter Brief. Wenn Sie bis acht Uhr nichts von mir gehört haben, öffnen Sie ihn. Er enthält alle notwendigen Anweisungen von Oberst Werthe für das, was Sie dann tun müssen. Leben Sie wohl.»
«Auf Wiedersehen ...»
«Ja», sagte Thomas und klopfte auf Holz, «das hoffe ich.»
Ein Citroën, erbeutet zwar, aber ohne deutsche Kennzeichen, holperte über den menschenleeren Platz Blaise Pascal. Thomas saß neben dem verschlafenen, schweigsamen Fahrer. Er trug einen Trenchcoat über seinem grauen Flanellanzug und einen weißen Hut.
Sein Ziel an diesem frühen Morgen: Professor Débouché, geistiger

Führer der Résistance in Mittelfrankreich. Er lebte in einer Dienstwohnung der ausgedehnten «Cité Universitaire». Vor dem Hauptportal in der Avenue Carnot stieg Thomas aus. Er sagte: «Fahren Sie um die Ecke und warten Sie auf mich.»
Dann ging er auf das Tor der Universität zu. Lieber Gott, hilf mir jetzt, dachte er. Hilf uns jetzt allen ...
Es dauerte eine Ewigkeit, und Thomas mußte immer wieder läuten, bis endlich der alte Pedell fluchend auftauchte, in Pantoffeln und Nachthemd, einen Mantel übergeworfen. «Nom de Dieu, sind Sie wahnsinnig geworden? Was wollen Sie?»
«Professor Débouché sprechen.»
«Jetzt? Hören Sie mal ...» Der Pedell brach ab. Eine Fünftausend-Francs-Note hatte den Besitzer gewechselt. «Na ja, es wird wohl dringend sein. Wen darf ich dem Herrn Professor melden?»
«Haben Sie Telefon in der Wohnung?»
«Ja, Monsieur ...»
«Ich spreche selbst mit ihm.»

In der vollgeräumten Souterrain-Wohnung des Pedells trat Thomas Schweiß auf die Stirn, während er, Hörer am Ohr, vernahm, wie bei Professor Débouché das Telefon schrillte.
Die Frau des Pedells war aufgestanden, sie drückte sich neben ihren Mann und flüsterte mit ihm, und beide betrachteten Thomas erschrocken. Dann hörte Thomas eine Stimme, die er kannte: «Débouché. Was ist los?»
Krächzend sagte Thomas: «Everett.»
Er hörte den Professor Atem holen. «Everett? Wo – wo sind Sie?»
«In der Universität. In der Wohnung des Pedells.»
«Er soll Sie zu mir führen – augenblicklich ... Ich – ich erwarte Sie ...»
Thomas hängte ein. Der Pedell sagte: «Kommen Sie, Monsieur.» Im Hinausgehen nickte er seiner Frau zu, das sah Thomas noch. Er sah nicht mehr, daß die verblühte, ergraute Frau daraufhin zum Telefon trat und den Hörer abnahm ...

6

«Was, um Himmels willen, hat Sie zu der Wahnsinnstat veranlaßt, hierherzukommen, Captain Everett?» Der berühmte Physiker, der aussah wie Albert Einstein, stand Thomas in der Bibliothek seiner Wohnung vor einer riesigen Bücherwand gegenüber.

«Herr Professor, das ‹Maquis Crozant› hat die Brücke bei Gargilesse gesprengt.»
«Weisungsgemäß, ja.»
«Haben Sie Ihre Leute seither gesehen?»
«Nein. Ich bin mit meiner Assistentin schon seit einer Woche hier. Ich hatte Vorlesungen zu halten.»
«Sie wissen aber, daß an Stelle von Leutnant Bellecourt der Bürgermeister Cassier und der Töpfer Rouff die Sprengung geleitet haben?»
«Gute Leute, brave Leute.»
«Schlechte Leute, dumme Leute», sagte Thomas erbittert. «Eitle Leute, Herr Professor! Verantwortungslose Leute!»
«Mon capitaine, also hören Sie ...»
«Wissen Sie, was diese gottverdammten Narren gestern abend getan haben? Sie setzten sich ans Funkgerät und gaben Namen und Adressen der Mitglieder des ‹Maquis Crozant› durch! Cassier! Rouff! Professor Débouché! Yvonne Dechamps! Leutnant Bellecourt. Über dreißig Namen und Adressen ...»
«Aber warum denn, um Himmels willen?» Der alte Mann war bleich geworden.
«Um sich anzupreisen. Damit General de Gaulle auch bestimmt weiß, wer die tapfersten Helden waren, die die größten Orden verdienen ... Dummköpfe haben Sie da oben in den Bergen sitzen, Herr Professor!»
Der alte Mann sah Thomas lange an. Dann sagte er: «Gewiß, es war falsch, die Namen durchzugeben. Aber war es ein Verbrechen? Ist London dadurch in Gefahr gebracht worden? Doch wohl kaum ... Das also kann nicht der Grund sein, weswegen Sie herkommen und Ihr Leben riskieren ...» Nah, ganz nah trat Professor Débouché an Thomas heran. Groß und forschend waren die Augen des Gelehrten, als er heiser flüsterte: «Wofür riskieren Sie Ihr Leben, Captain Everett?»
Thomas holte tief Atem. Und wenn er mich umlegt, dachte er. Und wenn ich diesen Tag nicht überlebe. Dann bin ich wenigstens bei dem Versuch gestorben, in dieser schmutzigen Zeit ein anständiger Mensch zu bleiben. Er fühlte sich plötzlich ganz ruhig, wie damals, als er den Entschluß gefaßt hatte, sich weiteren Gestapo-Verhören durch Selbstmord zu entziehen.
Er sagte still: «Weil ich nicht Captain Everett heiße, sondern Thomas Lieven.» Der alte Mann schloß die Augen.
«Weil ich nicht für London arbeite, sondern für die Deutsche Abwehr.»

Der alte Mann öffnete die Augen wieder und sah Thomas an mit einem Ausdruck abgründiger Traurigkeit.
«Und weil das ‹Maquis Crozant› seit Monaten nicht mit London in Funkverbindung steht, sondern mit den Deutschen.»
Danach blieb es still in der Bibliothek. Die Männer sahen einander an.
Endlich flüsterte Débouché: «Das wäre zu furchtbar. Ich kann es nicht glauben, ich will es nicht glauben.»
In diesem Moment flog die Tür auf. Débouchés Assistentin Yvonne Dechamps stand im Rahmen, außer Atem, ungeschminkt, unter einem blauen Regenmantel nur wenig bekleidet. Das blonde Haar fiel ihr lose und breit auf die Schultern. Entsetzt aufgerissen waren die meergrünen Augen. Der schöne Mund zuckte. «Es ist wahr ... Captain Everett ... Sie sind es wirklich ...»
Mit drei Schritten war sie bei Thomas. Débouché machte eine heftige Bewegung. Sie starrte Thomas an. Ihre Worte überstürzten sich: «Die Frau des Pedells rief mich an ... Ich wohne auch hier ... Was ist geschehen, Captain Everett, was ist geschehen?»
Thomas preßte die Lippen zusammen und schwieg. Plötzlich griff sie nach seiner Hand und hielt sie fest mit beiden Händen. Und erst jetzt wurde ihr bewußt, daß Débouché gebrochen dasaß, greisenhaft, verzweifelt.
«Was ist geschehen, Professor?» rief Yvonne in jäh hochschießender Panik.
«Mein Kind. Der Mann, dessen Hand du hältst, ist ein deutscher Agent ...»

Langsam, ganz langsam trat Yvonne Dechamps von Thomas zurück. Sie schwankte, als wäre sie betrunken. Nun sank sie in einen Sessel. Professor Débouché berichtete mit heiserer Stimme, was ihm Thomas erzählt hatte.
Yvonne lauschte, ohne den Blick von Thomas zu nehmen. Immer dunkler wurden ihre grünen Augen, Haß und Verachtung erfüllten sie zuletzt. Die Lippen bewegten sich kaum, als sie sprach: «Ich denke, Sie sind das Gemeinste und Schmutzigste, was es gibt, Herr – Lieven. Ich denke, Sie sind der größte Schuft, Sie sind wahrhaft hassenswert.»
«Es ist mir egal, was Sie von mir denken», sagte Thomas. «Ich bin nicht schuld daran, daß es nicht nur bei uns, sondern auch bei Ihnen so eitle, selbstsüchtige Idioten wie diesen Rouff und diesen Cassier gibt. Monatelang ging alles gut ...»
«Gut nennen Sie das, Sie Schwein?»

«Ja», sagte Thomas. Er fühlte, wie er immer ruhiger wurde. «Das nenne ich gut. Es wurde niemand erschossen in dieser Gegend seit Monaten. Kein Deutscher. Kein Franzose. Es hätte so weitergehen können. Ich hätte Sie alle beschützen können bis zum Ende dieses verfluchten Krieges ...»
Yvonne schrie plötzlich, hoch und hysterisch wie ein Kind, sprang taumelnd auf und spuckte Thomas ins Gesicht. Der Professor riß sie heftig zurück.
Thomas fuhr sich mit einem Taschentuch über die Wange. Er sah Yvonne schweigend an. Sie hat recht, dachte er. Von ihrem Standpunkt aus hat sie recht. Alle haben recht, von ihren Standpunkten aus – auch ich. Denn ich will gegen alle anständig sein ...
Yvonne Dechamps wollte zur Tür stürzen. Thomas riß sie zurück. Sie flog krachend gegen die Wand. Die Zähne gefletscht, keuchte sie ihn an.
«Sie bleiben hier.» Thomas stellte sich vor die Tür. «Als gestern abend die Namen durchkamen, verständigte die Abwehr sofort Berlin. Einsatz der Gebirgsjäger-Einheit, die vor der Stadt liegt, wurde angedroht. Daraufhin habe ich noch einmal mit dem Chef der Abwehr Paris gesprochen ...»
«Warum?» fragte Professor Débouché.
Thomas schüttelte den Kopf: «Das ist meine Sache.»
Der Professor sah ihn seltsam an. «Ich wollte Sie nicht verletzen ...»
Dieser Mann, dachte Thomas, dieser bewunderungswürdige Mann, beginnt zu begreifen, beginnt, mich zu verstehen ... Wenn ich Glück habe - wenn wir alle Glück haben ...
«Ich habe Oberst Werthe vor Augen geführt, daß die Aktion der Gebirgsjäger ohne Zweifel Opfer kosten wird – Opfer auf beiden Seiten. Unsere Leute werden entschlossen vorgehen. Ihre Leute werden sich verzweifelt verteidigen. Blut wird fließen. Menschen werden sterben. Deutsche und Franzosen. Die Gestapo wird die Gefangenen foltern. Sie werden ihre Kameraden verraten.»
«Niemals!» rief Yvonne.
Thomas fuhr herum. «Halten Sie den Mund!»
Der alte Mann sagte: «Es gibt furchtbare Foltern.» Er sah Thomas plötzlich an, weise und traurig wie ein Prophet des Alten Testamentes. «Sie wissen das, Herr Lieven – nicht wahr? Ich glaube, ich begreife nun vieles. Ich fühle, daß es immer noch stimmt. Erinnern Sie sich? Ich sagte einmal, daß ich Sie für anständig halte ...»
Thomas schwieg. Yvonnes Atem kam rasselnd.

«Was haben Sie Ihrem Oberst noch gesagt, Herr Lieven?» fragte der Professor.
«Ich habe ihm einen Vorschlag gemacht. Der Vorschlag wurde inzwischen von Admiral Canaris gebilligt.»
«Wie lautet der Vorschlag?»
«Sie sind der geistige Führer des Maquis. Die Leute tun, was Sie sagen. Sie rufen die Gruppe bei der Mühle von Gargilesse zusammen und erklären das Unausweichliche der Lage. Dann können die Gebirgsjäger die Männer dort gefangennehmen, ohne daß ein Schuß fällt.»
«Und weiter?»
«In diesem Fall steht Admiral Canaris mit seinem Ehrenwort dafür ein, daß Sie alle nicht dem SD ausgeliefert werden, sondern als reguläre Kriegsgefangene in ein Wehrmachtslager kommen.»
«Das ist schlimm genug.»
«Unter den Umständen ist es von allen verbleibenden Möglichkeiten die beste. Der Krieg wird nicht mehr ewig dauern.»
Professor Débouché antwortete nicht. Mit gesenktem Kopf stand er vor seinen Büchern.
Thomas dachte: Gib, Gott, daß dieser Krieg jetzt wirklich bald zu Ende geht. Es ist so furchtbar schwer, unter den Nazis ein anständiger Mensch zu bleiben. Laß diese Brut verrecken, endlich verrecken. Und laß mich in Frieden leben, endlich.
Es waren Wünsche, die noch lange, lange nicht in Erfüllung gehen sollten ...
Der Professor fragte: «Wie komme ich nach Gargilesse?»
«Mit mir im Wagen. Die Zeit drängt, Professor. Wenn Sie den Vorschlag nicht annehmen, beginnt um acht Uhr die Aktion der Gebirgsjäger ohne uns.»
«Und – und Yvonne? Sie ist die einzige Frau der Gruppe ... Eine Frau, Herr Lieven ...»
Thomas lächelte traurig. «Mademoiselle Yvonne werde ich als meine persönliche Gefangene – bitte, lassen Sie mich ausreden – auf der Stadtpräfektur in eine Zelle setzen. Dort wird sie bleiben, bis die Aktion vorüber ist. Damit sie in ihrem patriotischen Drange kein Unheil anrichten kann. Dann werde ich sie holen, um sie nach Paris zu bringen. Und auf dem Weg dorthin wird sie mir entkommen.» – «Was?» Yvonne starrte ihn an.
«Es wird Ihnen gelingen zu fliehen», sagte Thomas leise. «Das ist die zweite Vergünstigung, die ich von Oberst Werthe erhalten habe. Es ist sozusagen eine von der Deutschen Abwehr genehmigte Flucht!»

Yvonne trat dicht an Thomas heran. Sie keuchte vor Erregung: «Wenn es einen Gott gibt, wird er Sie bestrafen ... Zugrunde sollen Sie gehen, langsam und elend ... Ich werde nicht fliehen! Und Professor Débouché wird Ihren Vorschlag nie annehmen, nie! Wir werden kämpfen und sterben – alle.»
«Natürlich», sagte Thomas müde. «Und jetzt setzen Sie sich wieder hin und halten endlich den Mund, Sie Heldenweib.»

7

geheim – 14.35 uhr – 9. august – von abwehr paris an chef abwehr berlin – gebirgsjäger-bataillon raum clermont-ferrand unter sonderführer lieven nahm gegen 22 uhr am 7. august bei der mühle von gargilesse das maquis crozant gefangen – die mitglieder des maquis unter führung professor débouché leisteten keinen widerstand – verhaftet wurden 67 (siebenundsechzig) männer – die festgenommenen wurden weisungsgemäß in das wehrmachtskriegsgefangenenlager 343 gebracht – ende – –

8

Am 27. September 1945 sagte Professor Débouché vor einem Alliierten Untersuchungsausschuß in Paris wörtlich:
«Sämtliche Mitglieder des ‹Maquis Crozant› wurden in dem Wehrmachtslager 343 human behandelt. Sie haben alle den Krieg überlebt und sind in ihre Heimat zurückgekehrt. Ich muß betonen, daß wir alle unser Leben wohl nur dem Mut und der Humanität eines Deutschen verdanken, der uns zuerst als britischer Captain täuschte und der mich am 6. August 1943 in Clermont-Ferrand aufsuchte. Er sagte damals, sein Name wäre Sonderführer Thomas Lieven ...»
Beamte des Alliierten Untersuchungsausschusses machten sich daraufhin auf die Suche nach diesem «Sonderführer Lieven». Sie fanden ihn nicht. Denn im Herbst 1945 waren ganz andere Organisationen als ein alliierter Untersuchungsausschuß hinter Thomas Lieven her, und aus diesem Grunde hatte er gerade ... Doch halt, wir wollen ordentlich der Reihe nach erzählen. Noch schreiben wir August 1943 ...

9

Am 17. August 1943 gab das Oberkommando der Wehrmacht die – natürlich planmäßige – Räumung der Insel Sizilien bekannt. Außerdem hieß es, am mittleren Donez wären die Sowjets nach heftiger Artillerievorbereitung zum – natürlich lange erwarteten – Angriff angetreten.
In einer Großkundgebung der Landesgruppe Frankreich der NSDAP sprach Gauleiter Sauckel am gleichen Tag in Paris. Er führte unter anderem aus, daß das deutsche Volk im Augenblick seine größte und strahlendste Epoche erlebe. Der Endsieg, erklärte Sauckel, sei gewiß. Deutschland stehe im vierten Kriegsjahr ganz anders da als seinerzeit im ersten Weltkrieg. Eher stürze darum die Welt ein, als daß Deutschland diesen Krieg verlieren könne.
Zur gleichen Zeit, da Gauleiter Sauckel dem Führer mit einem dreifachen Sieg-Heil dafür dankte, daß er das deutsche Volk zu solch einsamer Höhe und Größe geführt hatte, rief Oberst Werthe in seinem Büro im Hotel «Lutetia» den Hauptmann Brenner und den Sonderführer Lieven zu sich.
«Meine Herren», sprach der Oberst, «ich habe soeben aus Berlin die entsprechenden Weisungen erhalten. Hauptmann Brenner, für Ihre Verdienste um die Liquidierung des ‹Maquis Crozant› werden Sie rückwirkend zum 1. August zum Major befördert. Im Namen des Führers und Obersten Befehlshabers verleihe ich Ihnen ferner das Kriegsverdienstkreuz Erster Klasse mit Schwertern.»
Das war des kleinen Hauptmanns Brenner große Stunde! Seine Augen leuchteten hinter den blitzenden Brillengläsern wie die eines glücklichen Kindes am Heiligen Abend. Er stand stramm, Bauch hinein, Brust heraus!
«Bravo!» sagte der Zivilist Lieven, der an diesem Tag einen hervorragend geschnittenen blauen Sommeranzug, ein weißes Hemd und eine matt grau-rosa gestreifte Krawatte trug. «Ich gratuliere, Herr Major!»
Der neugebackene Major Brenner sagte beschämt: «Natürlich verdanke ich das alles nur Ihnen.»
«Unsinn!»
«Nein, kein Unsinn, Ihnen allein! Und ich gestehe, daß ich oft gegen Sie gewesen bin bei dieser Operation, daß ich die ganze Sache für verrückt hielt, daß ich kein Vertrauen zu Ihnen hatte ...»
«Wenn Sie von nun an Vertrauen zu mir haben, dann ist alles gut», sagte Thomas versöhnlich. In der Tat: von Stund an ver-

fügte Thomas in Major Brenner über einen ergebenen Bewunderer, der vor den verrücktesten und gewagtesten Operationen seines seltsamen Sonderführers nicht mehr zurückschrecken sollte. Oberst Werthe hatte die Spange zum Eisernen Kreuz Erster Klasse erhalten. «Das Kreuz habe ich schon aus dem ersten Weltkrieg», erklärte er.

«Sehen Sie», sagte Thomas zu dem frischgebackenen Major Brenner, «wir haben zwei Weltkriege so knapp nacheinander begonnen, daß ein kräftiger, gesunder Mensch durchaus das Glück haben kann, sie beide in ihrer heroischen Größe zu erleben.»

«Schnauze», sagte der Oberst. «Was machen wir überhaupt mit Ihnen, Sie komischer Sonderführer? Sie sind Zivilist.»

«Das möchte ich auch bleiben.»

«Aber ich habe hier eine Anfrage aus Berlin. Sagen Sie mir, welche Auszeichnung Sie gerne hätten.»

«Mich kann man mit Orden nicht glücklich machen, Herr Oberst», antwortete unser Freund darauf. «Aber wenn ich eine Bitte äußern darf ...»

«Sprechen Sie!»

«... dann wünsche ich mir ein anderes Betätigungsfeld. Ich will nicht mehr zur Partisanenbekämpfung eingesetzt werden, meine Herren. Ich bin ein Mensch, der gerne lacht und fröhlich ist. In den letzten Wochen verging mir das Lachen. Ich möchte, wenn ich schon für Sie arbeiten muß, eine Arbeit, die kurzweiliger ist und amüsanter.»

«Ich glaube, da habe ich genau das Richtige für Sie, Sonderführer Lieven.»

«Nämlich, Herr Oberst?»

«Den französischen Schwarzen Markt», sagte Werthe. Und in der Tat waren von diesem Augenblick an – für eine Zeit wenigstens – alle dunklen Wolken von Thomas Lievens Lebenshorizont verschwunden, und kopfüber purzelte unser Freund hinein in einen Karneval grotesker neuer Abenteuer ...

«Niemals in der Geschichte der Menschheit hat es einen so großen, so verrückten und so gefährlichen Schwarzen Markt gegeben wie heute hier in Paris», sagte Oberst Werthe. Staunend erfuhr Thomas, was sich hinter der heiteren Fassade der Lichterstadt an der Seine begab: «Hier kauft einfach alles ein: die Organisation Todt, die Marine, die Luftwaffe, das Heer, der Wehrmacht-Kraftfahrzeugpark – und jetzt hat sich auch noch der SD eingeschaltet.»

Reichsmarschall Göring, berichtete Werthe, hatte empfohlen, den «Marché noir» zu bekämpfen. Durch gegenseitiges Überbieten der deutschen Aufkäufer waren die Preise nämlich mittlerweile ins Astronomische geklettert. Auf dem Umweg über fünf oder sechs Agenten stieg der Preis für eine ordinäre Drehbank, die normalerweise 40 000 Francs kostete, auf eine Million!

Also richtete der SD eine «Schwarzmarkt-Bekämpfungsstelle» in der Rue des Saussaies ein, im Gebäude der «Sûreté». Leiter der Stelle war ein SS-Untersturmbannführer. Referenten des SD aus allen Teilen Frankreichs wurden zur Schulung nach Paris geholt.

Allein – der SD hatte kein Glück mit seiner neuen Stelle. Die «Schwarzmarkt-Bekämpfungs-Referenten», einmal ausgebildet, kamen nämlich bald darauf, daß man sich an diesem «Marché noir» gesundstoßen konnte! Sie arbeiteten mit den Franzosen zusammen. Es gab die wüstesten Schiebungen.

50 000 Pullover wurden zum Beispiel nicht einmal, sondern an einem einzigen Tag – viermal verkauft. Dann wurden drei der Aufkäufer abgeknallt. Der vierte war ohnehin mit von der Partie der Gauner. So konnte man die Pullover andern Tags wieder anbieten. Das Geld für dreimal 50 000 Pullover hatte man im Kasten ...

Menschen verschwanden. Lokomotiven verschwanden. Hunderttausende Kilogramm feinstes Zigarettenpapier verschwanden. Immer toller wurde das Treiben, das der SD mit seiner korrupten «Bekämpfungsstelle» ausgelöst hatte. Agenten verhafteten sich gegenseitig, legten sich gegenseitig um. Gestapo-Beamte traten als Franzosen auf, Franzosen als Gestapo-Beamte ...

Dies alles erzählte Oberst Werthe dem staunend lauschenden Thomas Lieven. Abschließend sagte er:

«Wäre das was für Sie, Lieven?»

«Ich glaube, gerade das Richtige, Herr Oberst.»

«Nicht zu gefährlich?»

«Ach, wissen Sie, ich habe auf diesem Gebiet eine ganz ordentliche Ausbildung genossen, als ich in Marseille lebte», sagte Thomas Lieven. «Außerdem bringe ich alle Voraussetzungen mit. Ich habe hier noch eine Villa am Square du Bois de Boulogne. Ich bin hier noch, aus der Zeit vor dem Krieg, an einer kleinen Bank beteiligt. Ich könnte außerordentlich vertrauenerweckend wirken.»

Sagte er. Und dachte: und endlich wieder ein Privatleben haben. Und mich endlich ein wenig absondern, ein wenig entfernen von euch Lieben. Wer weiß, vielleicht schaffe ich es doch noch in die Schweiz ...

Seine Bank fand Thomas Lieven wieder wie der Mann aus dem Märchen, der nach langem, verzaubertem Schlaf in sein Dorf zurückkehrt und feststellt, daß sieben Jahre vergangen sind. Im Falle von Thomas Lieven waren nur drei Jahre vergangen; der Seniorchef der Bank und die meisten älteren Angestellten waren noch da. Von den jüngeren fehlten viele.
Als Erklärung für sein langes Verschwinden gab Thomas den einleuchtenden Umstand an, daß er von den Deutschen aus politischen Gründen eingesperrt und endlich wieder freigelassen worden sei.
Sodann forschte Thomas nach seinem betrügerischen englischen Partner Robert W. Marlock. Doch niemandem war das geringste über diesen Schuft bekannt.
Thomas fuhr hinaus gegen den Bois de Boulogne. Er wurde richtig wehmütig angesichts der kleinen Villa, in der er so viele schöne Stunden mit der süßen Mimi Chambert verbracht hatte.
Mimi Chambert – Oberst Siméon ... Ob sie in Paris waren? Jetzt wollte er sie suchen ... Ach, und Josephine Baker und Oberst Débras ... Von weit, weit draußen im großen Sandmeer der Zeit lächelten sie ihm zu: Bastian und «Pferdefuß» aus Marseille ... Pereira, der geniale Fälscher, Lazarus Alcoba, der tote bucklige Freund, die hysterische Konsulin Estrella Rodrigues aus Lissabon ... Am weitesten, unerreichbar weit entfernt, lächelte traurig die Frau, nach der Thomas sich immer noch sehnte ...
Er schrak aus seinen Träumen auf. Er fuhr sich mit der Hand über die feuchten Augen und ging in den kleinen Garten der Villa, die er drei Jahre zuvor, in einem Cadillac mit amerikanischer Fahne auf dem Dach, fluchtartig verlassen hatte.

Ein junges, hübsches Stubenmädchen öffnete ihm. Er bat den Herrn des Hauses sprechen zu dürfen. Das Mädchen führte ihn in den Salon. «Der Herr Stabszahlmeister wird gleich kommen.»
Thomas sah sich um. Seine Möbel waren das noch, seine Teppiche, seine Bilder. Ach Gott, verwohnt, verwahrlost, aber sein eigen ...
Dann kam der Herr Stabszahlmeister: selbstbewußt, vollgefressen, wichtigtuerisch. «Höpfner mein Name. Heil Hitler! Wie kann ich Ihnen dienen?»
«Thomas Lieven. Indem Sie hier umgehend ausziehen.»
Der Stabszahlmeister lief rot an. «Besoffen, was?»
«Keine Spur.»

«Blöder Witz?»
«Nein, nur meine Wohnung.»
«Quatsch! Die Wohnung gehört mir! Lebe seit einem Jahr hier.»
«Ja, das merkt man. Reichlich verdreckt das alles.»
«Hören Sie mal, Herr Lieven, oder wie Sie heißen, Sie verschwinden jetzt sofort, oder ich rufe die Polizei.»
Thomas stand auf. «Ich gehe schon. Im übrigen sind Sie nicht ganz korrekt angezogen.»
Er ging zu Oberst Werthe. Zwei Stunden später erhielt Stabszahlmeister Höpfner von seinem Vorgesetzten den Befehl, augenblicklich die Villa am Square du Bois de Boulogne zu räumen. Die Nacht verbrachte er bereits in einem Hotel. Er begriff die Welt nicht mehr.
Der ehemalige Stabszahlmeister Höpfner heißt zwar anders, aber er lebt unter uns. Er ist heute Generaldirektor eines großen Werkes im Rheinland. Vielleicht liest er diese Zeilen. Dann wird er nach überlanger Weile endlich erfahren, wer schuld daran war, daß er am 3. September 1943 so schnell aus der hübschen Villa am Square du Bois de Boulogne flog.

11

Verlor Stabszahlmeister Höpfner eine Villa, so verlor Oberst Werthe in diesen Tagen eine erstklassige Hausangestellte: die schwarzhaarige, hübsche Nanette. Die kleine Französin hatte Thomas Lieven kennen und bewundern gelernt, als er, zusammengeschlagen und elend, von Oberst Werthe am 12. Dezember 1942 aus der Gestapo-Haft geholt worden war. Nun kündigte Nanette dem Abwehr-Oberst plötzlich. Ein paar Tage später traf er sie in der Villa von Thomas wieder.
«Nicht böse sein, Herr Oberst», flötete sie, «ick 'aben immer schon wollen arbeiten in die Square du Bois de Boulogne ...»
Anfang September 1943 hatte Thomas sich nach seinem Geschmack etabliert. Der Keller war gefüllt mit Schwarzmarkt-Spirituosen, die Küche mit Schwarzmarkt-Lebensmitteln. Die Bekämpfung des Schwarzen Marktes konnte beginnen!
Die erste, einigermaßen mysteriöse Schlüsselfigur, auf die Oberst Werthe ihn ansetzte, war ein gewisser Jean-Paul Ferroud. Der weißhaarige Riese besaß, gleich Thomas, in Paris ein privates Bankhaus. Es schien, daß die größten und frechsten Schiebungen über ihn abgewickelt wurden.
Thomas lud den Bankier zum Essen ein.

Zweierlei taten Franzosen im Jahre 1943 nur unter ganz außerordentlichen Umständen: Deutsche besuchen und Deutsche einladen. Man traf sich in Restaurants, in Bars, im Theater – aber nicht zu Hause. Oder man hatte sehr, sehr gute Gründe dafür ...

Die Affäre Ferroud begann denn auch gleich mit einer Überraschung für Thomas: Der Bankier sagte zu.

Fünf Tage bereitete Thomas Lieven mit Nanette dieses Abendessen vor. Ferroud kam um halb acht. Die Herren waren im Smoking.

Die sehr trockenen Martinis nahmen sie im Salon. Dann schritt man zu Tisch, auf dem Kerzen brannten.

Nanette servierte den Schinken.

Ferroud aß wie ein Kenner. Er beleckte dezent die Lippen: «Wirklich fabelhaft, Monsieur. Lag in Rotwein, wie?»

«Fünf Tage. Das Wichtigste war allerdings das Einreiben mit Wacholderbeeren, Ingwer, Lorbeerblättern, Pfefferkörnern und Zwiebeln. Sie müssen den Schinken einreiben, bis er fast schwarz wird.»

«Und Sie nahmen nur Rotwein?» Ferroud sah großartig aus, wie der Père noble eines französischen Theaters.

«Auch eine halbe Flasche Essig. Ich bin sehr glücklich, daß Sie meiner Einladung Folge geleistet haben.»

«Ich bitte Sie», sagte der andere, Selleriesalat auf seine Gabel häufend, «man wird schließlich nicht jeden Tag von einem Agenten der Deutschen Abwehr eingeladen.»

Thomas aß ruhig weiter.

«Ich habe mich über Sie informiert, Monsieur Lieven. Eigentlich kann man Ihnen nur mißtrauen, so viel und gleichzeitig so wenig zeichnet sich aus den Informationen ab, wer Sie wirklich sind. Eines steht fest: Sie sind auf mich angesetzt, weil man mich für einen großen Drahtzieher des Schwarzmarktes hält! Stimmt's?»

«Stimmt», sagte Thomas. «Eine Scheibe Fleisch müssen Sie noch nehmen! Etwas verstehe ich nicht.»

«Was bitte?»

«Daß Sie, wenn Sie mir mißtrauen und wissen, was ich will, trotzdem zu mir kamen. Das muß doch einen Grund haben.»

«Natürlich hat das einen Grund. Ich wollte den Mann kennenlernen, der – vielleicht – mein Feind sein wird. Und ich möchte Ihren Preis erfahren, vielleicht können wir uns arrangieren, Monsieur ...»

Thomas zog die Augenbrauen hoch. Er wirkte arrogant, als er sagte: «Sie sind doch nicht so gut über mich informiert. Schade,

Menu · Paris, 10. September 1943

Schweineschinken in Rotwein
mit Selleriesalat und Salzkartoffeln
Savarin mit Früchten

Mit einem Schinken beginnt Thomas Lievens Schwarzmarkt-Karussell

Schweineschinken in Rotwein: Man nehme einen ganzen, frischen Schweineschinken, befreie ihn von der Schwarte und etwas vom Fett. – Man mache einen Brei aus geriebenen Zwiebeln, gestoßenem Pfeffer, Ingwer, Wacholderbeeren und Lorbeerblättern, reibe den Schinken mit der Hand fest damit ein, so daß er eine ganz braune Farbe bekommt. – Man lege den Schinken 5–8 Tage in einen Topf, übergieße ihn mit einer Flasche Rotwein und 1/2 Flasche Essig, wende ihn öfters darin um. – Man reibe ihn vor dem Braten tüchtig mit Salz ein, setze ihn mit der Hälfte der Brühe aufs Feuer. Nach Einkochen der ersten Flüssigkeit stelle man den Schinken in den Bratofen, gebe dann den Rest der Brühe nach und nach zu. Man brate den Schinken zu schöner brauner Farbe, binde den Bratenfond zu einer sämigen Sauce und reiche Selleriesalat ohne Mayonnaise und Salzkartoffeln dazu. – Man rechne für den Schinken je nach Größe 3–5 Stunden Koch- und Bratzeit.

Savarin mit Früchten: Man nehme ein halbes Pfund Mehl, knapp 1/8 Liter Milch, 15 g Hefe, 125 g Butter, 30 g Zucker, 3 Eier und etwas Salz. – Man mache ein Hefenstück mit 1/4 des gewärmten Mehles und lasse es gehen. Man vermische es mit der geschmolzenen Butter und den übrigen Zutaten und schlage es, bis es Blasen wirft. – Man streiche eine Randform mit Butter aus, fülle sie zu drei Viertel mit dem Teig und lasse ihn aufgehen, bis sie voll ist, backe dann 30 Minuten. Inzwischen mache man eingemachte oder frisch geschmorte Pfirsich-Hälften (es können auch andere Früchte sein) heiß, ebenfalls 1/8 Pfund dicke Aprikosenmarmelade. Man stelle eine Flüssigkeit her aus: 1/8 Liter Saft der Früchte, 2 Eßlöffel Weißwein, je 1 Eßlöffel Kirschwasser. Sherry, Maraschino und Zitronensaft, 1/2 Teelöffel Rum und einem Stückchen gestoßener Vanille. – Man kippe den gebackenen Rand sofort auf eine vorgewärmte Schüssel, begieße ihn mit der heißen Flüssigkeit, bestreiche ihn mit der heißen Aprikosenmarmelade und bestreue ihn mit 2 Eßlöffel voll gewiegter Pistazien, richte die heißen Früchte in der Mitte hoch an. Man kann den Rand auch tags zuvor backen, muß ihn dann erwärmen, bevor man ihn begießt und verziert.

Monsieur Ferroud, ich hatte mich auf einen gleichwertigen Gegner gefreut ...»
Der Bankier wurde rot. Er legte Messer und Gabel nieder. «Es gibt also kein Arrangement zwischen uns? Jetzt sage ich: schade. Ich fürchte, Sie unterschätzen die Gefahr, in der Sie von jetzt an leben werden, Monsieur. Sie verstehen, daß ich niemanden in meine Karten schauen lassen kann. Schon gar nicht einen Unbestechlichen ...»

Thomas Lieven hatte sich gerade auf die Couch gelegt, als in seiner Villa am Square du Bois de Boulogne zu Paris das Telefon klingelte. Es war 13 Uhr 46 am 13. September 1943 – ein historischer Augenblick! Denn dieser Telefonanruf sollte, auf längere Sicht betrachtet, eine Lawine von Ereignissen auslösen. Er sollte Thomas Lieven das Wiedersehen mit einer Dame bescheren, das ihm, nach einer äußerst kurzen Periode der Seligkeit, schon bald beinahe das Leben kostete,
Thomas Lieven die Freundschaft eines Mannes bringen, der ihm wenige Monate später besagtes Leben rettete,
Thomas Lieven in die Lage versetzen, einen außerordentlich begreiflichen, wenn auch verwerflichen Mord und im Zusammenhang damit die größte Schwarzmarkt-Affäre des Jahres aufzuklären und
unserem Freund schließlich die ewige Dankbarkeit einer verzweifelten Hausfrau und einer alten Köchin sichern, denen er in einer für Hausfrauen grauenvollen Situation hilfreich unter die Arme griff.
Ein recht gemischtes Programm, wie man sieht. Plus- und Minuspunkte. Trotzdem: hätte Thomas geahnt, was ihn erwartete, er hätte das Telefon weiterklingeln lassen bis zum Jüngsten Tag. Aber er ahnte es nicht, und darum hob er den Hörer ab. «Ja?»
«Monsieur Lieven?»
Die Stimme kannte Thomas. Sie gehörte Jean-Paul Ferroud.
Liebenswürdig erkundigte sich Thomas nach dem Befinden des Bankiers.
Es ginge ihm gut, sagte Ferroud.
«Und der Frau Gemahlin?»
«Gleichfalls, danke. Hören Sie, Herr Lieven, es tut mir leid, daß ich mich bei Ihnen so – hm, so kalt und aggressiv betrug ...»
«Aber ich bitte Sie!»
«Nein, nein, nein! Bei einer so delikaten Schweinekeule noch dazu ... Ich möchte das gern gutmachen.» Nanu? dachte Thomas.
«Würden Sie meiner Frau und mir die Freude bereiten, heute abend bei uns zu speisen?»
Donnerwetter! dachte Thomas.
Mild ironisch meinte der Bankier: «Ich nehme an, daß Sie als Abwehr-Agent genau wissen, wo ich wohne, oder?»
Kleine Scherze dieser Art brachten Thomas schon lange nicht mehr aus dem Gleichgewicht. Er erwiderte hurtig: «Aber gewiß, Mon-

sieur. Sie wohnen in der Avenue Malakoff Nummer 24, ganz in meiner Nähe. Sie haben eine sehr schöne Frau. Vorname Marie-Louise. Mädchenname Kléber. Sie besitzt den wertvollsten Schmuck von Paris. Sie haben einen chinesischen Diener namens Shen-Tai, eine Köchin Therese, ein Mädchen Suzette und zwei Bulldoggen, Cicero und Caesar.»

Er hörte Ferroud lachen. «Sagen wir um acht?»

«Um acht, Monsieur.» Thomas hängte ein.

Ehe er noch über diese seltsame Einladung nachdenken konnte, klopfte es. Atemlos stürzte das bildhübsche Dienstmädchen Nanette herein. Nanette sprach deutsch. Sie sprach immer deutsch, wenn sie besonders aufgeregt war: «Monsieur ... Monsieur ... Die Radio melden gerade, daß man 'at befreit die Mussolini ... Die Duce ist schon unterwegs nach Berlin – zu 'itleer –, damit er kann weiterkämpfen mit ihm ...»

«Benito wird sehr glücklich sein», sagte Thomas.

Nanette lachte. Sie kam nahe heran, ganz nahe. «Oh, Monsieur ... Sie sind so nett ... Ich bin so glücklich, 'ier sein zu dürfen ...»

«Nanette, denken Sie an Ihren Pierre!»

Sie zog eine Schnute. «Ach, Pierre – ist so langweilig ...»

«Er ist ein sehr netter Junge», sagte Thomas pädagogisch und stand auf, weil sie allzu nahe an ihn herangetreten war. «Marsch, in die Küche, Nanette!» Er gab ihr einen Klaps. Sie lachte, als würde sie gekitzelt. Dann zog sie enttäuscht ab.

Er grübelte: Was will der Bankier von mir?

13

Die Villa in der Avenue Malakoff erwies sich als ein unendlich kultiviertes Haus, angefüllt mit europäischen und fernöstlichen Kostbarkeiten. Ferroud mußte ein Millionär sein!

Der kleine chinesische Diener empfing den Besucher zwar mit dem ewigen Lächeln seiner Rasse, aber in Haltung und Stimme hochmütig und kühl. Kühl und hochmütig war auch das Stubenmädchen, dem Thomas einen Cellophankarton mit drei rosafarbenen Orchideen für die Hausfrau überreichte.

Und hochmütig und kühl schließlich war der Hausherr. Er ließ Thomas eine hübsche Weile – sieben Minuten, wie dieser an Hand seiner geliebten goldenen Repetieruhr stirnrunzelnd feststellte – in einem Salon warten. Dann kam er, elegant wie immer, reichte Thomas die Hand und begann Martinis zu mixen. «Meine Frau wird sofort erscheinen.»

Komisch, dachte Thomas, komisch. Er sah sich den Buddha an, die Schränkchen mit den Einlegearbeiten, die schweren, vielarmigen Leuchter, die Teppiche. Dieser Jean-Paul Ferroud ist unabhängig. Er kann auf mich pfeifen. Aber warum lädt er mich ein, wenn er auf mich pfeifen kann? Und wenn er mich schon einlädt, warum benimmt er sich dann so, daß mir langsam die Wut hochkommt?
Der weißhaarige Privatbankier ließ plötzlich zwei kleine Eiswürfel fallen. Er stand vor einer mit phantastisch bemalten Spiegeln verzierten Bar und füllte einen silbernen Shaker. Er räusperte sich und lachte verlegen: «Handzittern. Man wird alt. Der Suff!»
Plötzlich kam Thomas eine Erkenntnis: Dieser Mann war überhaupt nicht hochmütig, dieser Mann war nervös, fürchterlich nervös! Und auch der Chinese, das Mädchen ... Er hatte sie alle falsch beurteilt. Nervös waren auch sie; in angstvoller Erwartung – wovor?
Die Dame des Hauses erschien. Marie-Louise Ferroud war groß, schlank und von makelloser Schönheit. Blau und langbewimpert waren die Augen, wundervoll frisiert war ihr blondes Haar. Sie trug ein schulterfreies schwarzes Kleid und an den Armen und am Halse ihren herrlichen Schmuck. Dagegen, dachte Thomas unwillkürlich, kommt die Sore, die wir dem Juwelier Pissoladière in Marseille rausholten, natürlich nicht auf. – Junge, Junge, ganz hübsch verkommen bin ich schon!
«Madame ...» Er verneigte sich tief, küßte ihre Hand und stellte fest: diese schlanke, weiße, fein duftende Hand zitterte.
Er richtete sich auf, sah in die kühlen blauen Augen und entdeckte auch in ihnen Panik, mühsame Beherrschung. Warum?
Madame dankte für die Orchideen. Madame freute sich, Thomas kennenzulernen. Madame nahm das Martiniglas zur Hand, das ihr Gatte ihr reichte. Madame stellte das Martiniglas plötzlich auf einen sechseckigen Bronzetisch, preßte die Faust gegen die Lippen und brach in Schluchzen aus.

Kinder, Kinder, dachte Thomas. Ich will ja gar nicht mehr von meinem Club reden. Aber wenn ich diesen Scheißkrieg überlebe, dann verkaufe ich meine Memoiren an einen Buchverlag. *Mit* allen Rezepten!
Er sah den weißhaarigen Ferroud zu seiner schönen Gemahlin eilen. «Um Gottes willen – Marie-Louise – was ist ... Du mußt dich zusammennehmen, was soll Herr Lieven denken?»
«Ach», schluchzte Madame Ferroud, «verzeih mir, Jean, verzeih mir ...»

Menu · Paris, 13. September 1943

Gekochter Schinken mit Sauce Cumberland
Fischspeise in der Form
Schokoladen-Kaffee-Crème

Thomas Lieven rettet einen Fisch und ein blondes Mädchen ...

Sauce Cumberland: Man verrühre 1/4 Liter Johannisbeer-Gelee, 1/8 Liter Rotwein, den Saft von 2 Orangen, einen Teelöffel englisches Senfpulver und eine in feine Streifchen geschnittene, vom Weißen befreite Schale einer Orange. Man bewahre die Sauce kühl auf. – Man kann diese Sauce zu allen Arten von kaltem Fleisch geben, besonders gut eignet sie sich zu Wild.

Fischspeise in der Form: Man koche den Fisch im Ganzen, lasse ihn dann gut abtropfen, entferne Haut und Gräten und zerteile ihn in Stücke. – Man mache eine helle Schwitze aus Butter und Mehl, gebe saure Sahne, Weißwein, geriebenen Parmesankäse und etwas Fischwasser hinzu und verkoche dies zu einer dicken weißen Sauce. Man schmecke sie mit Salz und Pfeffer ab, füge gedünstete Champignons und einige Kapern hinzu. – Man lege die Fischstücke in eine gut gebutterte Auflaufform, gieße die Sauce darüber, bestreue dick mit Parmesan-Käse, geriebener Semmel und Butterflöckchen und backe dann im Ofen zu goldgelber Farbe. Man garniere vor dem Anrichten mit gebackenen Blätterteig-Halbmonden, «Fleurons». – Man kann diese Speise aus allen festfleischigen Fischen, sehr gut aus Schellfisch und Kabeljau, zubereiten.

Schokoladen-Kaffee-Crème: Man lasse 1 Liter Milch mit 150 g Kochschokolade und etwas Zucker aufkochen. – Man schlage in einer Schüssel 3 Eigelb mit einem glattgestrichenen Eßlöffel Kartoffelmehl oder Maizena, gieße die kochende Flüssigkeit unter ständigem Rühren hinzu. – Man gebe die Masse wieder in den Kochtopf und lasse sie auf kleinster Flamme unter ständigem Rühren dick werden, ohne daß sie zum Kochen kommt. – Man füge einen Suppenlöffel voll grobgemahlenem, keinesfalls pulverisiertem Kaffee und Eiweiß-Schnee zu der vom Feuer genommenen Crème und stelle sie sehr kalt.

«Es sind die Nerven, chérie ...»
«Nein, es sind nicht die Nerven ... Es ist auch gar nicht *deswegen* ... Es ist *außerdem* noch etwas passiert!»
Ferrouds Gesicht wurde hart. «Außerdem – was?»
«Das Essen – das Essen ist verdorben!» Aufschluchzend ergriff die Hausfrau ihr Taschentuch, schnaubte in dasselbe und rief: «Therese hat den Zander fallen lassen!»
Der Bankier Ferroud, von der Deutschen Abwehr dringend verdächtigt, eine der gefährlichsten Schlüsselfiguren des phantastischen französischen «Marché noir» zu sein, wurde jetzt unwillig. «Marie-Louise, ich muß doch bitten! Du weißt, worum es heute

abend geht! Du weißt, was auf dem Spiel steht! Und da brichst du in Tränen aus wegen eines idiotischen Zanders? Da benimmst du dich wie ...»
«Monsieur Ferroud!» unterbrach ihn Thomas, sanft, aber bestimmt.
«Was wollen Sie? Ich meine: Ja, bitte?»
«Erlauben Sie, daß ich einige Fragen an Madame richte?»
«Ich ... hrm ... also ... Nun ja, gewiß.»
«Danke. Madame, Sie sagen, Therese ließ den Zander fallen ...»
«Ließ sie, ja. Sie ist schon so alt. Sie sieht so schlecht. Er fiel auf die Herdplatte, als sie ihn aus dem Wasser hob. Er zerbrach – mir wird übel – in lauter kleine Stücke!»
«Madame, es gibt nur eine Sünde im Leben: den Mut zu verlieren. Courage. Sie haben die Tollkühnheit besessen, einen deutschen Agenten zu Tisch zu laden. Soll ein französischer Zander Sie in die Knie zwingen?»
Ferroud hielt sich plötzlich den schönen Kopf mit beiden Händen und äußerte: «Das geht zu weit ...»
«Aber woher denn», sagte Thomas. Und zu der Dame des Hauses: «Verzeihen Sie die indiskrete Frage – was sollte es denn vor dem Zander geben?»
«Schinken mit Sauce Cumberland.»
«Hm. Hm.» Er machte ein Gesicht wie der große Sauerbruch beim Konzilium. «Und – hm, nachher?»
«Schokoladen-Kaffee-Crème.»
«Jaja», sagte Thomas und nahm eine Olive zu sich, «das geht ausgezeichnet.»
«Was geht ausgezeichnet?» flüsterte die Dame, die gut und gerne 70 Karat an sich trug. Thomas verneigte sich vor ihr. «Es will mir scheinen, daß Sie von zwei Sorgen gequält werden, Madame. Von der einen jedenfalls kann ich Sie leicht befreien, wenn Sie mir erlauben, Ihre Küche zu betreten.»
«Sie ... Sie glauben, Sie können noch etwas mit dem zerbrochenen Zander anfangen?» Ein unirdischer Ausdruck von Bewunderung trat in Marie-Louises Augen.
«Aber gewiß doch, Madame», sprach unser Freund. «Wollen wir vielleicht die Gläser und den Shaker mitnehmen? Es kocht sich leichter bei einem Schlückchen. Wirklich ausgezeichnet der Martini. Echter britischer Gordon-Gin. Wo haben Sie den im vierten Kriegsjahr nur immer noch herbekommen, Monsieur Ferroud ...»

Was war hier also wirklich los?
Das erfuhr Thomas auch in der riesigen, gekachelten Küche nicht. Eine Schürze vor den Smoking gebunden, schaffte er elegant die Zander-Katastrophe aus der Welt. Bewundernd sahen ihm dabei zu: die schuldbewußte, kurzsichtige alte Köchin, die bleiche Hausfrau, der bleiche Hausherr. Das seltsame Ehepaar vergaß – vorübergehend wenigstens – seine gewaltige Nervosität. Thomas dachte: Ich kann warten. Und wenn das Theater weitergeht bis morgen früh. Einmal werdet ihr ja wohl den Mund aufmachen!
Er nahm die Gräten aus dem Unglücksfisch, enthäutete ihn und schnitt ihn blättrig. Trank einen Schluck und sprach: «Schwierige Jahre, meine Damen, haben mich erkennen lassen, daß das Leben einem meistens noch eine Chance gibt. Ein zerbrochener Zander ist immer noch besser als gar keiner. Wir bereiten jetzt eine schöne Sauce. Haben Sie Parmesankäse, Therese?»
«So viel Sie wollen, Monsieur», flötete die alte Köchin. «Ach, ich bin ja so verzweifelt, daß mir das passieren mußte!»
«Fassen Sie sich, meine Gute. Trinken Sie einen Schluck, es beruhigt.» Der Hausherr goß der Köchin das Glas voll. Thomas sagte: «Weißwein, saure Sahne und Butter, bitte.»
Er bekam, was er verlangte. Alle sahen ihm zu, wie er die Sauce bereitete. Dann gab es plötzlich Lärm im Haus. Eine hohe Frauenstimme ertönte, eine hohe Männerstimme. Die Hausfrau erbleichte. Der Hausherr stürzte zur Tür. In dieser stieß er mit dem chinesischen Diener zusammen. Der hatte eine einfache Art, aus dem, was er hervorsprudelte, ein Geheimnis zu machen: Er sprudelte es chinesisch hervor.
Dazu wies er hinter sich. Die Hausfrau, des Chinesischen offensichtlich mächtig, schrie auf. Der Hausherr herrschte sie chinesisch an. Sie sank auf einen Küchenhocker. Der Hausherr folgte Shen-Tai, ohne sich zu entschuldigen. Die Tür flog hinter ihm ins Schloß.
Na ja, dachte Thomas, so geht es also zu bei feinen Franzosen. Was soll man machen? Er beschloß, sich durch nichts mehr erschüttern zu lassen. «Haben wir Kapern, Therese?»
«O heilige Jungfrau, die arme gnädige Frau ...»
«*Therese!*»
«Kapern – jawohl, sind da.»
«Und Champignons?»
«Au-auch ... Madame, kann ich etwas für Sie tun?»

Die Hausfrau faßte sich. Sie sah auf: «Bitte, verzeihen Sie das alles, Herr Lieven. Shen-Tai ist seit zehn Jahren bei uns. Wir haben keine Geheimnisse vor ihm. Er kam in Shanghai zu uns ... Wir lebten lange dort ...»

Im Haus erklangen laute Stimmen. Dann fiel etwas um. Thomas dachte: Gor net ignorieren, würde mein Freund, der Gefreite Karli Schlumberger, sagen.

«Und in die Röhre damit, Therese.»

«Ich habe Kummer mit meiner Cousine, Herr Lieven.»

«Das tut mir leid, Madame. Und nun bei sanfter Hitze überbacken.»

«Sie soll mit uns essen, wissen Sie. Sie wollte aber eben fluchtartig das Haus verlassen. Shen-Tai hat das im letzten Augenblick verhindert.»

«Ein aufregender Abend, fürwahr. Warum wollte Ihre verehrte Cousine fliehen?»

«Ihretwegen.»

«Hr-rm. Meinetwegen?»

«Ja. Sie – sie wollte Ihnen nicht begegnen.» Die Hausfrau stand auf. «Mein Mann ist jetzt mit ihr im Salon. Bitte, kommen Sie. Ich bin sicher, Therese kennt sich nun aus.»

«Ordentlich mit Parmesan, Kapern und Champignons überstreuen, Therese», sagte Thomas. Er nahm sein Glas und den Shaker. «Madame, ich bin begierig, Ihre Verwandte kennenzulernen – eine Dame, die vor mir schon fliehen will, *bevor* sie mich kennt. Was für ein Kompliment!»

Er folgte der Hausfrau. Als er den Salon betrat, passierte ihm dann etwas, was ihm noch nie passiert war: Er ließ sein Martiniglas fallen. Der Drink sickerte in den dicken Teppich.

Thomas stand da wie gelähmt. Er starrte die schlanke, junge Frau an, die auf einem antiken Sessel saß. Ferroud stand neben ihr wie ein Leibwächter. Aber unser Freund sah nur diese junge, blasse Frau mit den zusammengepreßten Lippen und den schräggeschnittenen, grünen Augen, den streng gekämmten blonden Haaren, den hohen Backenknochen. Heiser kam ihre Stimme: «Guten Abend, Herr Sonderführer.»

«Guten Abend, Mademoiselle Dechamps», sagte er mühsam. Und dann verneigte er sich vor der ehemaligen Assistentin Professor Débouchés, der ehemaligen Partisanin des «Maquis Crozant», dieser leidenschaftlichen Deutschenhasserin, die ihm in Clermont-Ferrand ins Gesicht gespuckt und den Tod gewünscht hatte, langsamen, qualvollen Tod ...

Jean-Paul Ferroud hob das Glas auf, das Thomas fallen gelassen hatte und sagte: «Wir haben Yvonne nicht erzählt, wer heute abend zu Besuch kommt. Sie ... Sie hörte Ihre Stimme, als wir in die Küche gingen – und erkannte Sie wieder – und wollte weglaufen ... Sie können sich denken, warum.»
«Ich kann es mir denken.»
«Nun gut, wir haben uns in Ihre Hand begeben, Herr Lieven. Yvonne ist in Todesgefahr. Die Gestapo jagt hinter ihr her. Wenn man ihr nicht hilft, ist sie verloren.»
Yvonne Dechamps Augen verengten sich zu Schlitzen. So sah sie Thomas an. Und in ihrem schönen Gesicht waren zu erkennen: Scham und Zorn, Verwirrung und Haß, Angst und Aufbegehren.
Thomas Lieven dachte:
Ich habe sie zweimal verraten. Einmal als Deutscher und einmal als Mann. Dieses zweite Mal kann sie mir nicht vergeben. Darum der Haß. Wenn ich damals in der Mühle von Gargilesse in ihrem Zimmer geblieben wäre ...
Er hörte Ferroud sagen: «Sie sind Bankier wie ich. Ich rede nicht von Sentiments. Ich rede von Geschäften. Sie wollen Informationen über den Schwarzen Markt. Ich will, daß der Cousine meiner Frau nichts passiert. Klar?»
«Klar», sagte Thomas. Seine Lippen waren plötzlich trocken wie Pergament. Er fragte Yvonne: «Wieso ist die Gestapo hinter Ihnen her?» Sie warf den Kopf zurück und sah zur Seite.
«Yvonne!» rief Madame Ferroud wütend.
Thomas zuckte die Schultern. «Ihre Cousine und ich sind gute alte Feinde, Madame. Sie kann mir nicht verzeihen, daß ich sie damals in Clermont-Ferrand laufen ließ. Ich gab ihr noch die Adresse eines Freundes namens Bastian Fabre. Der hätte sie versteckt. Leider scheint sie ihn nicht aufgesucht zu haben.»
«Sie hat die Führer des Maquis von Limoges aufgesucht, um weiter in der Résistance zu arbeiten», sagte Ferroud.
«Unsere kleine Patriotin, das Heldenweib», sagte Thomas und seufzte.
Plötzlich sah Yvonne ihn an, offen und ruhig, und zum erstenmal ohne Haß. Sie sagte einfach: «Es ist mein Land, Herr Lieven. Ich wollte für mein Land weiterkämpfen. Was hätten Sie getan?»
«Ich weiß nicht. Dasselbe vielleicht. Was passierte?»
Yvonne senkte den Kopf.
Ferroud sagte: «Es war ein Verräter in der Gruppe. Der Funker. Die Gestapo verhaftete 55 Maquisards. Sechs sucht sie noch. Einer der sechs sitzt hier.»

«Yvonne hat Verwandte in Lissabon», sagte Madame Ferroud. «Wenn sie dorthin kommt, ist sie gerettet.»
Die beiden Männer sahen sich stumm an. Thomas wußte: Das war der Beginn einer erfolgreichen Zusammenarbeit. Aber, dachte er, wie ich das alles meinem Oberst verkaufe, weiß der liebe Himmel!
Der chinesische Diener erschien mit Verneigungen. «Das Essen ist fertig», sagte Madame Ferroud.
Sie ging voraus in das Speisezimmer. Die andern folgten ihr. Dabei streifte Thomas Lievens Hand Yvonnes Arm. Sie zuckte zusammen, als hätte sie einen elektrischen Schlag erhalten. Er sah sie an. Ihre Augen wurden plötzlich dunkel. Das Blut schoß ihr zu Kopf.
«Das müssen Sie sich aber schleunigst abgewöhnen», sagte er.
«Wa-was?»
«Dieses Erschrecken. Dieses Erröten. Als Agentin der Deutschen Abwehr müssen Sie sich besser beherrschen.»
«Als – als *was?*» flüsterte sie.
«Als deutsche Abwehr-Agentin», erwiderte Thomas Lieven. «Was ist denn los? Haben Sie gedacht, ich kann Sie als französische Widerstandskämpferin nach Lissabon bringen?»

15

Der planmäßige Nachtschnellzug nach Marseille, der Paris um 21 Uhr 50 verließ, führte drei Schlafwagen mit sich. Die nebeneinanderliegenden Mittelabteile eines dieser Wagen waren am Abend des 17. September 1943 für Angehörige der Deutschen Abwehr reserviert.
Zehn Minuten vor Abfahrt des Zuges erschien ein gutgekleideter Zivilist in Gesellschaft einer eleganten, jungen Dame im Gang dieses Schlafwagens und winkte den französischen Schaffner herbei. Die Dame trug einen Kamelhaarmantel, dessen Kragen hochgestellt war, und einen Hut von männlicher Fasson mit breiter Krempe, wie er damals gerade modern war. Es war schwer möglich, der Dame ins Gesicht zu sehen.
Der Herr zeigte dem Schaffner seine Platzreservation und drückte ihm eine sehr große Banknote in die Hand.
«Danke, Monsieur, ich bringe gleich die Gläser ...» Der Schaffner öffnete die Türen der beiden für die Deutsche Abwehr reservierten Abteile. In dem einen stand ein Silberkübel voll Eis, in welchem eine Flasche Veuve Cliquot steckte. Auf dem Fenstertischchen

stand eine Vase mit zwanzig roten Nelken. Die Verbindungstür der Abteile war geöffnet.
Thomas Lieven schloß die Gangtüren. Yvonne Dechamps nahm ihren großen Hut ab. Wieder errötete sie tief.
«Ich habe Ihnen doch verboten zu erröten», sagte Thomas. Er zog die Lichtblende vor dem Fenster hoch und sah auf den Perron hinaus. Draußen marschierten gerade zwei Unteroffiziere der Wehrmachts-Zugkontrolle vorbei. «Hm.» Thomas ließ den schwarzen Glanzstoffvorhang wieder herab.
«Was ist? Warum sehen Sie mich so an? Habe ich schon wieder Frankreich verraten?»
«Der Champagner – die Blumen ... Warum tun Sie das?»
«Damit Sie ein bißchen ruhiger werden. Herrgott, Sie sind ja nur noch ein Nervenbündel! Bei jedem Geräusch fahren Sie zusammen. Nach jedem Kerl sehen Sie sich um. Dabei kann Ihnen gar nichts passieren. Sie heißen Madeleine Noël und sind eine Agentin der Deutschen Abwehr. Sie haben einen deutschen Abwehr-Ausweis!»
Um diesen Ausweis zu bekommen, hatte Thomas sich im Hotel «Lutetia» einen Tag lang den Mund heiß reden müssen. Oberst Werthe seufzte zuletzt kopfschüttelnd: «Lieven, Sie sind das Ende der Abwehr in Paris. So einen Kerl wie Sie haben wir gerade noch nötig gehabt!»
In diesem kritischen Moment hatte unser Freund Schützenhilfe von einer Seite erhalten, von der er keine erwartete. Major Brenner, vormals sein mißtrauischer Rivale, nun sein Bewunderer, mischte sich ein: «Wenn ich mir gehorsamst gestatten darf, zu bemerken: Sonderführer Lieven hat auch im Fall ‹Maquis Crozant› ungewöhnliche Methoden vorgeschlagen – und wir haben mit ihnen Erfolg gehabt.»
Der sorgsam gescheitelte, kleine Brenner schielte über die Brille auf das linke seiner geflochtenen Major-Schulterstücke, an deren Stelle sich vor kurzem noch einfache Hauptmann-Schulterstücke befunden hatten. «Wenn dieser Ferroud wirklich auspackt ...»
«Und das wird er, wenn ich das Mädchen rausbringe», sagte Thomas und blinzelte Brenner zu.
«... wer weiß, was für einen Coup wir dann landen können, Herr Oberst», endete Brenner. Die Luft ging ihm aus, denn er dachte daran, daß bei einem neuen Coup – o du liebe Güte – für ihn vielleicht der nächsthöhere Rang eines Oberstleutnants drin war.
Schließlich gab Werthe auf: «Also schön, Sie kriegen Ihren Aus-

weis. Aber ich bitte mir aus, daß Sie die Dame bis Marseille begleiten. Sie bleiben an ihrer Seite, bis sie im Flugzeug sitzt, verstanden! Das fehlte mir noch, daß der SD sie in die Mache kriegt und es heißt, die Abwehr fliegt französische Widerstandskämpferinnen raus!»

Major Brenner sah Thomas bewundernd an. Ein Kerl. Ein Pfundskerl! Wenn man doch auch so sein könnte. Warum eigentlich nicht? Major Brenner beschloß insgeheim, bei nächster Gelegenheit zu beweisen, daß er auch ein Pfundskerl war ...

Ja, das alles also war jenem Augenblick vorangegangen, in welchem nun, fünf Minuten vor Abfahrt des Nachtschnellzuges nach Marseille, der Schaffner Emile an die Tür des Abteils 17 klopfte, um den Herrschaften darin zwei Champagnergläser zu bringen.

«Herein!» rief Thomas Lieven.

Schaffner Emile öffnete die Tür. Er mußte sie ganz öffnen, um eine außerordentlich große und hagere Dame vorbeizulassen, die eine andere Dame zur Bahn gebracht hatte und sich nun anschickte, den Schlafwagen zu verlassen.

Die Dame, die nun das geöffnete Abteil 17 passierte, in welchem Thomas Lieven und Yvonne Dechamps nebeneinander standen, trug die Uniform einer Stabshauptführerin des Deutschen Arbeitsdienstes. Das farblose Haar hatte sie zu einem Knoten hochgenommen, an der Uniformjacke saß das goldene Parteiabzeichen, am Verschluß der strengen Bluse saß eine schwere, gehämmerte Brosche. Die Stabshauptführerin Mielcke, persönliche Referentin des Reichsarbeitsführers Hierl, trug braune Wollstrümpfe und flache braune Schuhe.

Eine unerforschliche Laune des Schicksals wollte es, daß sie just in jenem Moment an Thomas Lievens Abteil vorüberging, in welchem Schaffner Emile es geöffnet hatte. Sie hätte früher daran vorübergehen können, später, überhaupt nicht. Sie ging vorüber im unglückseligsten aller Augenblicke, sie sah und erkannte diesen Kerl, mit dem sie vor ein paar Wochen eine so ungeheuerliche Auseinandersetzung gehabt hatte, sie sah die schöne junge Frau an seiner Seite. Und eine weitere unerforschliche Laune des Schicksals wollte es, daß Thomas Lieven die Stabshauptführerin Mielcke nicht sah. Er wandte ihr das Profil zu. Im nächsten Augenblick war sie auch schon verschwunden ...

«Ah, die Gläser!» freute sich Thomas. «Lassen Sie nur, ich mache die Flasche selber auf, Emile.» Er tat es, und sie tranken gerade das erste Glas, als zwei Minuten vor Abfahrt des Zuges die beiden Unteroffiziere der Zugkontrolle in ihrem Abteil erschienen.

Yvonne zeigte, daß sie nicht *nur* hysterisch sein konnte. Sie blieb vollkommen gefaßt. Die deutschen Soldaten waren sehr höflich. Sie ließen sich die Ausweise zeigen, grüßten, wünschten eine angenehme Reise und verschwanden wieder.
«Na, bitte», sagte Thomas Lieven. «Geht doch wie am Schnürchen!»
Die beiden Soldaten verließen den Schlafwagen. Sie schritten auf die Stabshauptführerin zu, die auf dem Perron stand und sie ersucht hatte, die beiden Personen im Abteil 17 zu kontrollieren. Der eine Soldat sagte: «Die Leute sind in Ordnung, Stabshauptführerin. Abwehr Paris, alle beide. Ein gewisser Thomas Lieven und eine gewisse Madeleine Noël.»
«Madeleine Noël, sososo», wiederholte die Stabshauptführerin, indessen Trillerpfeifen ertönten, Türen zuflogen und der Zug sich mit zischendem Dampf und ächzenden Achsen auf seine weite Reise machte. «Beide von der Abwehr Paris. Danke!»
Sie sah dem Zug nach, und ein böses Lächeln verzog plötzlich ihren strengen Mund. Das letztemal hatte die Stabshauptführerin Mielcke im August 1942 in Berlin so gelächelt, bei einem Empfang in der Reichskanzlei. Da hatte Heinrich Himmler einen Witz gemacht. Über die Polen.

16

Nach der ersten Flasche Veuve Cliquot verlor Yvonne ihre Angst. Ihre hysterische Verkrampftheit löste sich fast. Das Gespräch wurde fast lustig. Sie lachten beide – doch plötzlich hörte Yvonne auf zu lachen, rückte beiseite, stand auf, sah fort. Thomas begriff sie gut. Einmal hatte er ihre Liebe verschmäht. Keine Frau vergißt so etwas. Keine Frau will so etwas ein zweites Mal erleben.
Und so sagten sie sich gegen halb zwölf Uhr gute Nacht. Es ist das beste, dachte Thomas ... Ist es das beste? Er war auch ein wenig beschwipst, und Yvonne erschien ihm sehr schön. Als er ihre Hand zum Abschied küßte, wich sie vor ihm zurück, lächelte verkrampft, versteinte wieder.
Thomas ging in sein Abteil, zog sich aus und wusch sich. Als er eben die Pyjamahose angezogen hatte, bremste der Zug heftig und legte sich gleichzeitig in eine wüste Kurve. Thomas verlor das Gleichgewicht, taumelte durch sein Abteil und krachte wuchtig gegen die Verbindungstür, die aufsprang. Mehr stürzend als taumelnd, landete er in Yvonnes Abteil. Sie lag im Bett und fuhr erschrocken auf. «Um Gottes willen! –»

Er fand seinen Halt wieder. «Entschuldigen Sie. Ich habe es nicht absichtlich getan – wirklich nicht ... Ich ... gute Nacht ...» Er ging zu der aufgesprungenen Tür zurück. Da hörte er ihre gehetzte Stimme: «Warten Sie!»
Er drehte sich um. Yvonnes Augen waren halb geschlossen und sehr dunkel. Der Mund stand halb geöffnet. Die Stimme klang atemlos: «Diese Narben ...» Sie starrte seinen nackten Oberkörper an. Quer über seinen linken Brustkorb liefen drei häßliche, wulstig vernarbte Striemen einer besonderen Art, entstanden durch Schläge mit einem besonderen Instrument – einer gummiüberzogenen Spiralfeder.
«Das – das ist mir mal passiert ...» Thomas drehte den Kopf fort. Unwillkürlich hob er einen Arm vor die Brust. «Ein Unfall ...»
«Sie lügen ...»
«Bitte?»
«Ich hatte einen Bruder. Er wurde zweimal von der Gestapo verhaftet. Beim zweitenmal wurde er aufgehängt. Beim erstenmal wurde er gefoltert. Als er ...», ihre Stimme brach, «... als er heimkam aus dem Krankenhaus, da hatte er ... da hatte er – dieselben Narben ... Und *Sie* habe ich beschimpft – verdächtigt ... *Sie* ...»
«Yvonne ...»
Er trat zu ihr. Die Lippen einer schönen Frau trafen die Narben von Wunden, die ein brutaler Mann geschlagen hatte. Dann spürten sie einander. Zärtlichkeit schwemmte Scheu und Erinnerungen weg. Die Zugsirene schrie. Die Achsen schlugen gehetzt. Leise klirrte die Vase mit den roten Nelken.

17

Schneller und schneller jagte die zweimotorige Kuriermaschine mit den deutschen Hoheitszeichen über die Startpiste des Flughafens Marseille. Der Vormittag war trüb. Leichter Regen fiel.
An einem Fenster des Flughafengebäudes stand ein Mann mit vielen falschen Namen. Sein richtiger Name lautete Thomas Lieven. Die Hände in den Taschen des weichen Flauschmantels, drückte er beide Daumen.
In der Kuriermaschine saß Yvonne Dechamps. Nun flog sie nach Madrid und von dort weiter nach Lissabon.
Eine einzige Nacht lang nur hatten sie einander geliebt – und doch kam Thomas sich nun, da die Maschine in den Wolken verschwand, einsam vor, verlassen, uralt.

Er fröstelte. Lebwohl, Yvonne, sagte er in Gedanken. In deinen Armen habe ich zum erstenmal seit Monaten nicht mehr an Chantal gedacht. Aber wir durften nicht zusammenbleiben. Dies ist keine Zeit für Liebe. Diese Zeit reißt die Liebenden auseinander, oder sie tötet sie. Alles Gute, Yvonne, wir werden wohl nie mehr voneinander hören. Aber da irrte er sich!

Am 22. September 1943 war Thomas Lieven wieder in Paris. Nanette, sein hübsches, schwarzhaariges Dienstmädchen, das ihn verehrte, berichtete: «Monsieur Ferroud 'at schon angerufen viermal. Er sagt, er Sie dringend sprecken müssen.»

«Kommen Sie heute um vier Uhr zu mir nach Hause», bat Ferroud, nachdem Thomas ihn telefonisch in seiner Bank erreicht hatte.

Als unser Freund eintraf, umarmte der weißhaarige, elegante Geldmensch ihn mit Tränen in den Augen.

Thomas räusperte sich. «Monsieur Ferroud, Yvonne ist in Sicherheit. *Sie* sind es nicht. *Sie* sind es weniger denn je.»

«Bitte?»

«Bevor wir zu unserem Geschäft kommen – ich habe meinen Teil erledigt, jetzt sind Sie am Zuge –, will ich Ihnen schnell erzählen, was meine Untersuchung Ihrer Transaktionen bisher ergeben hat.»

Thomas hatte mittlerweile eruiert, daß dieser Jean-Paul Ferroud ein Gesetzesbrecher besonderer Art war: Er verschob, wie andere Schwarzhändler, riesige Mengen von kriegswichtigen Gütern – aber nicht, um sie an die Deutschen zu verkaufen, sondern um sie vor den Deutschen in Sicherheit zu bringen. Er war das Gegenteil der gewöhnlichen Schieber, die Frankreich ausverkauften. Er versuchte, französischen Besitz zu *retten*. Zu diesem Zweck hatte Ferroud Bilanzen gefälscht, unrichtige Produktionszahlen der Betriebe angegeben, die unter der Verwaltung seiner Bank standen, und riesenhafte Warenmengen an die Deutschen scheinverkauft.

Das alles sagte Thomas ihm jetzt auf den Kopf zu. Ferroud wurde bleich. Er wollte protestieren, verstummte zuletzt und wandte Thomas den Rücken.

Der schloß: «... was Sie getan haben, ist einfach idiotisch, Monsieur. Was wird in Kürze die Folge sein? Man wird Ihre Fabriken enteignen. Und dann? Was Sie getan haben, verstehe ich vom Standpunkt des Franzosen. Darum ein privater Rat, bevor man Ihnen auf die Schliche kommt: Fordern Sie schleunigst deutsche Treuhänder an. Dann wird sich kein Mensch mehr um Ihre Fabriken kümmern ... Na, und die Treuhänder zu umspielen, das wird Ihnen doch keine Schwierigkeiten bereiten – oder?»

Ferroud drehte sich um. Er nickte. Er schluckte zweimal. Dann sagte er: «Danke.»
«Keine Ursache. So. Und nun zum Geschäft. Aber ich warne Sie, Ferroud. Wenn Ihre Informationen nichts wert sind, dann lasse ich Sie hochgehen! Es ist nämlich nicht so, daß ich mich *nur* in Franzosen hineindenken kann. Yvonne ist schließlich mit deutscher Hilfe gerettet worden.»
«Das weiß ich. Das erkenne ich auch an.» Ferroud kam näher. «Und was ich Ihnen verrate, kann Ihnen helfen, einen der größten Schwarzmarktringe aller Zeiten zu zerschlagen. Eine Organisation, die nicht nur meinem, sondern auch Ihrem Lande bereits den größten Schaden zugefügt hat. In den letzten Monaten sind in Frankreich deutsche Reichskreditkassenscheine in so ungeheuren Mengen wie noch nie aufgetaucht. Sie wissen, was Reichskreditkassenscheine sind?»
Thomas wußte es. Die RKKS waren eine Art Besatzungsgeld. Es gab sie in jedem von den Deutschen besetzten Land. Mit ihrer Hilfe sollte vermieden werden, daß richtige deutsche Banknoten in zu großen Mengen ins Ausland kamen.
Ferroud sagte: «Diese Reichskreditkassenscheine haben laufende Seriennummern. Zwei Zahlen der Serie – sie stehen immer an derselben Stelle – geben dem Fachmann bekannt, für welches Land die Scheine bestimmt sind. Nun, lieber Freund, im letzten halben Jahr wurden auf dem ‹Marché noir› mit solchen Kassenscheinen französische Waren im Wert von annähernd zwei Milliarden aufgekauft. Scheine im Wert von über einer Milliarde aber wiesen nicht französische, sondern rumänische Kennzahlen in den Seriennummern auf!»
«*Rumänische?*» Thomas fuhr hoch. «Wie können rumänische Scheine in so riesigen Mengen nach Frankreich gekommen sein?»
«Das weiß ich nicht.» Ferroud ging zu seinem Schreibtisch und entnahm ihm zwei dicke Bündel von Reichskreditkassenscheinen im Wert von jeweils 10 000 Mark. «Ich weiß nur, daß sie da sind. Hier bitte, sehen Sie, die rumänischen Kennzahlen. Und, Monsieur, ich glaube nicht, daß *Franzosen* in der Lage waren, diese für Rumänien bestimmte Sintflut auf ihr eigenes Land umzuleiten ...»

18

«... Ferroud weiß nicht, wie die rumänischen Kassenscheine nach Frankreich gekommen sind», berichtete Thomas Lieven zwei Stunden später im Büro des Oberst Werthe im Hotel «Lutetia». Er sprach

schnell, Jagdfieber hatte ihn gepackt. Es entging ihm, daß Oberst Werthe und der kleine ehrgeizige Major Brenner, seine beiden Zuhörer, bisweilen seltsame Blicke miteinander tauschten. Er war zu sehr in Fahrt: «Aber fest steht für Ferroud, daß die Scheine nur von Deutschen ins Land gebracht werden konnten, daß also Deutsche die Leiter der gesamten Organisation sein müssen!»
«Davon ist Ihr Monsieur Ferroud also überzeugt», sagte Oberst Werthe gedehnt und sah Brenner an.
«Was ist eigentlich hier los?» Jetzt bemerkte Thomas, daß etwas nicht stimmte. «Was sollen die Blicke?»
Oberst Werthe seufzte und sah Brenner an: «Sagen Sie es ihm.»
Major Brenner biß sich auf die Lippen: «Ihr Freund Ferroud hat große Schwierigkeiten zu erwarten. Seit einer halben Stunde sitzen SD-Leute in seiner Villa. Seit einer halben Stunde steht er unter Hausarrest. Wenn Sie noch ein bißchen länger bei ihm geblieben wären, hätten Sie Ihren alten Freunden, dem Sturmbannführer Eicher und seinem Adjutanten Winter, guten Tag sagen können.»
Thomas wurde es kalt. «Was ist geschehen?»
«Vor zwei Tagen wurde in Toulouse ein gewisser Untersturmführer Erich Petersen ermordet. Erschossen. In seinem Hotel. Hotel «Victoria». Der Täter entkam. Für den SD steht fest, daß es sich um eine politische Aktion handelt. Um eine Demonstration. Der Führer hat bereits ein Staatsbegräbnis angeordnet.»
«Himmler verlangt, daß schärfstens durchgegriffen wird», sagte Oberst Werthe.
«Der SD Toulouse hat sich an die französische Polizei gewandt, und diese hat ihm eine Liste von 50 Kommunisten und 100 Juden übergeben», sagte Brenner. «Aus ihren Reihen wird man die Geiseln auswählen, die für den Mord an Petersen erschossen werden.»
«Charmant von der französischen Polizei, dieses Entgegenkommen, Herr Lieven, nicht wahr?» sagte Oberst Werthe bissig. «Immer nur rein in die Gestapo-Fratze. Und wenn die eigenen Landsleute verrecken dabei!»
«Moment, Moment mal», sagte Thomas. «Ich komme nicht mehr mit. Ich habe zwei Fragen. Erstens: Warum ein solches Theater um diesen Herrn Petersen?»
Brenner antwortete: «Weil dieser Herr Petersen Blutordensträger war. Darum ist im Reichssicherheitshauptamt der Teufel los. Darum ist Bormann persönlich zu Himmler gelaufen und hat nach blutiger Vergeltung verlangt.»
«Schön», sagte Thomas, «das leuchtet mir ein. Frage zwei: Was hat mein Bankier Ferroud mit dem Mord in Toulouse zu tun?»

«Der SD Toulouse hat eine Reihe von Zeugen verhört. Darunter befindet sich auch ein V-Mann der Gestapo, ein kleiner Geldverleiher namens Victor Robinson. Dieser Robinson hat dem SD Beweise dafür geliefert, daß Ihr Jean-Paul Ferroud der geistige Urheber des Mordes an Untersturmführer Petersen ist.»
Das Gehirn unseres Freundes arbeitete rasend: Blutordensträger Petersen ermordet. Ferroud unter Verdacht. Ich weiß viel von ihm. Aber er – er weiß jetzt auch viel von mir. Hat er mich hereingelegt? Hat er die Wahrheit gesagt? Was wird mit ihm geschehen? Mit mir? Mit den 50 Kommunisten? Mit den 100 Juden?
Thomas mußte sich räuspern, ehe er sprechen konnte: «Herr Oberst, Ferroud ist davon überzeugt, daß Deutsche die Organisation eines Riesenbetruges mit Reichskreditkassenscheinen leiten.» Er sprach stockend, er suchte nach Worten. «Ist es nicht seltsam, daß der SD den Bankier Ferroud gerade in dem Moment kassiert, in dem er sich für uns interessant gemacht hat?»
«Ich verstehe kein Wort», sagte der biedere Major Brenner.
«Das habe ich auch nicht angenommen», sagte Thomas nicht unfreundlich. Und zu Werthe: «Ich kann das alles nicht beweisen, aber ich habe das Gefühl, wir dürfen Ferroud jetzt nicht fallenlassen! Die Abwehr muß in dieser Sache mit am Ball bleiben!»
«Wie stellen Sie sich das vor?»
«Herr Oberst, Sie wissen, ich habe in Marseille gelebt. In dieser Zeit lernte ich zwei Herren kennen, die in Toulouse zu Hause sind. Paul de la Rue und Fred Meyer ...»
Fred Meyer und Paul de la Rue – der geneigte Leser wird sich erinnern, daß diese beiden ehedem verwilderten Ganoven von Thomas Lieven in einem aufreibenden Schnellkursus zu Gentlemen umgeschult wurden, ehe sie den Juwelier Marius Pissoladière um Schmuck im Werte von rund acht Millionen Francs erleichterten. Thomas Lieven umschrieb dezent die wahre Art seiner Beziehung zu den beiden Unterweltlern und sagte: «Ich werde also nach Toulouse fahren!»
«Nach Toulouse?»
«Nach Toulouse, jawohl! Ein Verbrechen in ihrer Stadt, von dem die beiden Herren nichts wissen, gibt's nicht! Und *mir* sagen sie, was sie wissen.»
«Und der SD?»
«Sie müssen zu Eicher gehen, Herr Oberst. Sie müssen ihm klarmachen, daß Ferroud für uns im Moment außerordentlich wichtig ist. Sie müssen ihm die Mitarbeit der Abwehr bei der Aufklärung des Mordes an Untersturmführer Petersen anbieten.»

Der kleine Major Brenner nahm seine Brille ab und putzte sie umständlich. Er dachte, sich auf die Lippen beißend: Bei der verrückten Partisanengeschichte habe ich mir die Schnauze verbrannt. Und versucht querzuschießen. Und die große Lippe riskiert. Folge? Major Brenner blickte auf das linke seiner beiden geflochtenen Majors-Schulterstücke. «Nach reiflicher Überlegung komme ich zu Herrn Lievens Ansicht. Wir dürfen uns wirklich nicht aus der Partie spielen lassen. Wir müssen wirklich am Ball bleiben. Die Sache mit den Erkakas ist zu wichtig ...»

Thomas drehte den Kopf zur Seite. Er begann sanft zu grinsen.

Oberst Werthe regte sich auf: «Ich soll schon wieder zu diesen Schweinen laufen und Männchen machen?»

«Gar nicht Männchen machen, Herr Oberst!» rief Brenner. «Den alten Trick anwenden! Rübergehen im Großen Dienstanzug und eine Geheime Kommandosache vorlegen!»

«Ihr seid ja beide verrückt», sagte Oberst Werthe. «Dieser Eicher kriegt schon einen roten Kopf, wenn er mich bloß sieht!»

«Herr Oberst, mit einer *gefälschten* ‹Gekados› haben wir Herrn Lieven rausgekriegt! Da werden wir uns doch mit einer *echten* noch in den Petersen-Mord einschalten können!»

19

«Dieser dreimal gottverfluchte Scheiß-Lieven», sagte der joviale, untersetzte und rotgesichtige Sturmbannführer Walter Eicher. Er saß in der zu einem Büro umgewandelten Bibliothek des Hauses 84 in der Avenue Foch. Vor ihm saßen sein Adjutant Fritz Winter und der Obersturmführer Ernst Redecker, ein blonder Ästhet, der Rilke und den Dichter Stefan George liebte.

Es war gegen 19 Uhr am 23. September 1943. Sturmbannführer Eicher hatte seinen Dienst beendet. Häufig und gerne unterhielt er sich nach des Tages Mühen bei einem guten Schluck noch ein Stündchen mit seinem Adjutanten. Und nicht ungern sah er es, wenn Obersturmführer Redecker sich zu ihnen gesellte, denn dieser strebsame Mann hatte einen besonderen Vorzug: Er war ein leiblicher Schwager des Reichsführers SS und Chefs der Deutschen Polizei, Heinrich Himmler. Von Zeit zu Zeit erhielt Redecker persönliche Briefe vom «Reichsheini», die sehr herzlich gehalten waren und die er mit verständlichem Stolz herumzeigte. Einen solchen Mann mußte man sich warmhalten, fand Eicher – und tat es.

Doch zu Plaudereien am Kamin war diesmal nicht die richtige

Stimmung. Der Sturmbannführer knurrte: «Jeden Tag neuer Ärger. Eben war Oberst Werthe von der Abwehr bei mir.» Noch einmal fluchte Eicher: «Dieser gottverdammte Scheiß-Lieven.»
«Den wir in der Mache hatten?» fragte Adjutant Winter mit glitzernden Augen.
«Leider haben wir ihn nicht genug in der Mache gehabt. Entschuldigen Sie, Obersturmführer, ist sonst nicht meine Art, so zu reden – aber mit dem Saukerl haben wir auch *nur* Ärger.»
«Was ist denn diesmal?» forschte Winter.
«Ach, der Mord an Petersen.»
Hart setzte der leibliche Schwager des «Reichsheinis» sein Kognakglas auf den Tisch. In seinem Gesicht zuckte es; er wechselte die Farbe. Allgemein war bekannt, daß den Obersturmführer Redekker große Freundschaft mit dem in Toulouse erschossenen Erich Petersen verbunden hatte. Seine Erregung war darum verständlich.
Eicher erklärte, Oberst Werthe sei bei ihm erschienen, um mitzuteilen, daß die Abwehr ein dringendes Interesse an dem unter Verdacht stehenden Bankier Ferroud habe, der wichtigsten Schlüsselfigur eines gewaltigen Devisen-Schmuggelringes, dem offensichtlich auch Deutsche angehörten.
Redecker trank. Er war plötzlich so nervös, daß er etwas Kognak verschüttete. Seine Stimme klang heiser: «Na und? Was hat Petersen mit Devisenschmuggel zu tun?»
«Nichts, selbstverständlich. Aber Werthe ersuchte mich, die Aufklärung des gemeinen Mordes an unserem Kameraden mit der Abwehr gemeinsam durchzuführen.»
Aufgeregt fragte Redecker: «Sie haben natürlich abgelehnt, Sturmbannführer?»
«Ich habe natürlich abgelehnt – zunächst. Aber dann kam Werthe prompt mit ‹Gekados› und so und bestand darauf, von mir aus mit Canaris zu telefonieren. Der sprach offensichtlich mit Ihrem Schwager. Denn vor einer halben Stunde kam ein Fernschreiben aus dem Reichssicherheitshauptamt. Die Untersuchung ist mit der Abwehr gemeinsam durchzuführen.»
Aus unerklärlichen Gründen traten Redecker plötzlich Schweißtropfen auf die Stirn. Niemand bemerkte es. Er stand auf, wandte den beiden andern den Rücken und wischte die Schweißtropfen fort. Dabei hörte er Eichers zornige Stimme: «Werthe ist schon runter nach Toulouse. Und wer begleitet ihn? Herr Lieven! Ein dreckiger Doppelagent! Ein Schweinehund, der unsere Leute übers Ohr gehauen hat! Ein Mann, der seit Jahren ins Massengrab ge-

hört!» Eicher trank erregt seinen Kognak. «Wenn ich diesen Kerl noch mal in die Finger kriege ... Was ist?»
Einer seiner Beamten war eingetreten: «Da wäre eine Frau. Sagt, sie möchte Sie sprechen.»
«Soll morgen wiederkommen. Vorher anmelden.»
«Verzeihung, Sturmbannführer, es ist eine Stabshauptführerin ...»
«*Was?*»
«Ja ... Stabshauptführerin Mielcke. Persönlicher Stab Reichsarbeitsführer Hierl. Will eine Anzeige erstatten ...»
«Gegen wen?»
«Gegen einen gewissen Sonderführer Lieven.»
Redecker hustete kurz. Winter blinzelte. Eicher nahm einen tiefen Zug aus seiner Zigarre und blies den Rauch aus. Dann erhob er sich. «Ich lasse die Stabshauptführerin bitten!»

2. *Kapitel*

1

Die Rue des Bergères mit ihren Bistros, winzigen Restaurants und kleinen Bars lag in der malerischen Altstadt von Toulouse. Thomas Lieven lächelte traurig, als er in die kleine Straße einbog. Genau wie vor drei Jahren, als er auf der Flucht vor den Deutschen mit seiner Freundin, der Schauspielerin Mimi Chambert, und dem Heldendummkopf Oberst Siméon hierhergekommen war, trippelten auch jetzt noch sehr viele hübsche Mädchen hier umher, alle ein wenig zu grell geschminkt und alle ein wenig zu offenherzig angezogen.
Thomas hatte schon erfahren, daß Jeanne Perrier, die löwenhaarige Besitzerin jenes diskreten Hotels, nicht mehr in der Stadt war. Zu gerne hätte er sie und ihre Mädchen besucht. Natürlich nur, um alte Erinnerungen zu tauschen ...
Er blieb stehen. Das Haus war schäbig. Der Flur war schäbig. Er erreichte eine Tür im dritten Stock.
An der Tür stand:

Paul de la Rue – Fred Meyer
Immobilien

Thomas Lieven grinste, als er klingelte. Thomas dachte: Immobilien. Als ich sie kennenlernte, waren sie noch Bilderfälscher, Hoteldiebe und Kassenschränker. Voilà, eine Karriere.

Schritte näherten sich von jenseits der Tür, sie wurde geöffnet. Paul de la Rue, Hugenotten-Nachfahre, stand in ihrem Rahmen. Er war mit Geschmack gekleidet und vorzüglich frisiert.
Seine hohe Figur und der schmale Schädel gaben ihm etwas ergreifend Aristokratisches. Er begann fein: «Guten Tag, mein Herr, womit kann ich dienen?» Dann stieß er einen Schrei aus: «Nom de Dieu, es ist Pierre –!»
Krachend schlug er Thomas, den er unter dem Namen Pierre Hunebelle kennengelernt hatte, auf die Schulter. Für Sekunden vergaß er seine gute Erziehung: «Mensch, ich beiß mir in den Allerschönsten! Du lebst? Mir haben sie erzählt, die Gestapo hat dich gekillt!»
«Hübsch habt ihr es hier», sprach Thomas, sich der Umarmungen Pauls erwehrend und in die Wohnung hineingehend. «Mein Unterricht hat wirklich Früchte getragen. Nur die Nippesfiguren da drüben, das Rehlein, das Elflein und die Tänzerin, die müssen natürlich raus!» Paul starrte ihn an: «Wo warst du bloß? Wie kommst du hierher?»
Thomas erklärte seine Situation. Paul lauschte schweigend. Von Zeit zu Zeit nickte er. Zuletzt sagte Thomas: «... ich bin also mit meinem Oberst erschienen, weil ich hoffe, daß ihr mir helfen könnt. Feine Pinkel seid ihr geworden ...»
«Feine Pinkel, Quatsch! Immobilien, das steht doch nur an der Tür! Wir schieben natürlich – wie alle. Aber eben intelligenter – dank dir, mein Alter. Hast uns damals einen großen Gefallen getan mit deinem Kursus.»
«Ja», sagte Thomas, «und jetzt könnt ihr mir einen großen Gefallen tun. Ich muß wissen, wer diesen Untersturmführer Petersen umgelegt hat. Ich muß wissen, ob das ein Résistance-Mord war.»
«Es war bestimmt kein politischer Mord.»
«Das beweise mir mal. Erzähle mir, wer Petersen erschossen hat. Und wie. Und warum.»
«Aber Pierre, ich werde doch keinen Landsmann verraten, der einen Nazi umgelegt hat. Das kannst nicht mal du von mir verlangen.»
«Ich will dir mal was sagen, Paul. Die Nazis haben hundertfünfzig Leute verhaftet, Landsleute von dir. Sie werden Geiseln erschießen. Mehr als eine! Das können wir nur verhindern, wenn wir beweisen, daß das kein politischer Mord war, daß dieser Petersen Dreck am Stecken hatte! Geht das in dein Idiotenhirn hinein?»
«Mensch, schrei mich doch nicht so an. Ich will ja gerne mal ein bißchen herumhören ...»

2

Drei Tage später, am 27. September 1943, nahmen drei Herren an Paul de la Rues Mittagstisch Platz: der Hausherr, Thomas Lieven und Fred Meyer.

Paul hatte Thomas in dessen Hotel angerufen: «Ich glaube, wir haben etwas für dich. Komm doch zu mir. Fred kommt auch. Kannst du uns nicht was Schickes kochen? Von den Jungens in Marseille hörten wir, du hättest mal so ein prima Essen für sie gemacht!»

«In Ordnung», hatte Thomas geantwortet. Drei Stunden lang hatte er an diesem Vormittag in Paul de la Rues Küche gearbeitet. Nun saß man bei Tisch. Die beiden Ganoven trugen dunkle Anzüge zur Feier des Wiedersehens, weiße Hemden, silberne Krawatten. Sie waren so gut erzogen, daß sie versuchten, die Vorspeise – gefüllte Staudensellerie – mit Messer und Gabel zu nehmen, was ihnen große Schwierigkeiten bereitete.

«Im Gegensatz zu den meisten anderen Gelegenheiten», sprach Thomas, «ist es durchaus legitim, ja richtig, diese Stangen in die Hand zu nehmen.»

«Dem Himmel sei Dank», sagte Fred. «Was ist denn das für Käse?»

«Roquefort», sagte Thomas. «Wer hat also Petersen umgelegt?»

«Ein gewisser Louis Monico war es. Ein Korse. Sie nennen ihn ‹Louis le rêveur›, ‹Ludwig, den Träumer›.»

«Wer ist dieser Träumer? Widerstand?»

«Aber woher denn! Richtiger Gangster. Ganz jung. Hat es schwer auf der Lunge. Schon vier Jahre Gefängnis wegen Totschlag. Mensch, ich freß mich tot an den Stangen!»

«Damit das nicht geschieht», sagte Thomas, «werde ich eilends das Hauptgericht bringen.» Er ging in die Küche und kehrte gleich darauf mit einem Wasserbad wieder, dem er eine verdeckte Puddingform entnahm.

«Ooch Pudding!» maulte Fred enttäuscht. «Das ist aber 'ne Schei ..., das ist aber nichts Rechtes. Ich dachte, es gibt Fleisch!»

«Wirklich», sagte Paul und betupfte dazu fein die Mundwinkel mit der Serviette, «ich muß sagen, ich bin auch ein wenig enttäuscht, lieber Freund!»

«Abwarten!» Thomas stürzte den Inhalt der Puddingform auf eine große Porzellanplatte. Ein delikater Geruch nach Fleisch und Zwiebeln verbreitete sich. Die beiden Gangster schnupperten. Harmonie und Beruhigung malten sich auf ihren Gesichtern.

Thomas sagte: «Jetzt erzählt mir vom Träumer. Warum hat er Petersen umgelegt?»
«Nach dem, was wir herausbekommen haben», sagte Fred, «und unsere Informationen sind erstklassig, war dieser Petersen eine ganz große Sau. Von wegen Blutordensträger! Von wegen SD! Daß ich nicht lache! Petersen kam hier runter als Zivilist, verstehst du, und weißt du, was er machte? Er kaufte Gold.»
«Schau mal einer an.»
«Jede Menge. Zu guten Preisen. Muß ein mächtiger Schieber gewesen sein. Der Träumer hat ihm schon ein paarmal was verkauft. Immer nur kleine Mengen.»
Thomas dachte: Herr Petersen vom SD – ein Goldschieber. Und der Führer ordnet ein Staatsbegräbnis an. Und Geiseln sollen erschossen werden. Und Deutschland hat einen Helden verloren. Heil!
«Na, mit der Zeit gewann Petersen das Vertrauen des Träumers. Und an dem gewissen Tag kam Louis mit einer *sehr* großen Menge Gold zu Petersen ins Hotel ...»

3

Zwei schwere Koffer voller Goldmünzen und Goldbarren stellte der schmale, bleiche Louis Monico auf den Rokokotisch im Salon des Appartements 203 im Hotel «Victoria». Die Anstrengung ließ ihn keuchen. Pfeifend rasselte sein Atem. Fiebrig glänzten seine Augen.
Ein kleiner Mann in einem grauen Flanellanzug stand dem «Träumer» gegenüber. Wäßrige Augen hatte dieser Mann, einen fast lippenlosen Mund, einen mathematisch exakten Scheitel, der das kurze Blondhaar teilte. Louis wußte von ihm, daß er Petersen hieß. Und daß er Gold aufkaufte. Sonst wußte er nichts von ihm. Aber das genügte ja auch – dachte er.
«Wieviel ist es diesmal?» fragte Petersen.
«300 Louisdors und 35 Goldbarren.» Der «Träumer» öffnete die beiden Koffer. Gold glänzte auf im Licht des elektrischen Lüsters.
«Wo ist das Geld?»
Petersen griff in die Brusttasche. Als er die Hand wieder hervorzog, hielt sie einen Ausweis. Eiskalt kam Petersens Stimme: «Ich bin Untersturmführer Petersen vom SD. Sie sind verhaftet.»
Louis Monico hatte die rechte Hand in der Jackentasche gehalten, als Petersen sprach. Er nahm sie nicht mehr heraus. Aus der Tasche schoß er. Drei Kugeln trafen den Blutordensträger Erich

Menu · Toulouse, 27. September 1943

Gefüllter Staudensellerie
Spanisch-Fricco
Flambierte Pfirsiche

Bei pikanter Speise platzt eine Millionenschiebung

Gefüllter Staudensellerie: Man nehme feste Stangen von Bleichsellerie und wasche sie gut. Man mische frische Butter und Roquefort oder Gorgonzola zu gleichen Teilen und verrühre sie gründlich. – Man schneide die natürliche Einbuchtung der Selleriestangen der Länge nach etwas ein, fülle sie mit der Käsemasse und stelle sie recht kalt. – Man serviere die Stangen aufrechtstehend mit dem kleinen Blattpuschel nach oben, in einem vasenähnlichen Glasgefäß, etwa einem Traubenspüler, und fülle die Zwischenräume mit Eisstückchen aus.

Spanisch-Fricco: Fleisch vom Rinderfilet forme und klopfe man zu kleinen Beefsteaks, bestreiche sie mit Senf, Salz und Pfeffer. Dann schneide man geschälte rohe Kartoffeln in dünne Scheiben, lasse reichlich gehackte Zwiebeln in Butter hell dünsten. – Man gebe in eine mit Butter bestrichene, mit geriebener Semmel ausgestreute Puddingform zuunterst eine Lage Kartoffelscheiben, darüber Butterflöckchen, etwas Salz und Pfeffer, dann eine Lage Fleisch, mit geschmorten Zwiebeln bedeckt, dann wieder Kartoffeln und so fort. Als oberste Lage wieder Kartoffeln, mit Butterflöckchen belegt. – Man rühre je einen halben Tassenkopf Rotwein, Sahne und Fleischbrühe durcheinander, gieße dies über die Speise, lasse dann die gut verschlossene Puddingform 1½ Stunden im Wasserbad kochen, rühre sie nicht um, sondern stürze sie direkt auf eine große Schüssel.

Flambierte Pfirsiche: Man lasse drei Butterröllchen mit feinem Zucker und gestiftelten Mandeln hell karamelieren, lösche mit frischgepreßtem Orangen- und Zitronensaft, im Verhältnis 1 zu 2, ab. – Man gebe je einen Guß von Cointreau, Maraschino und Kognak dazu, lege schöne, abgetropfte Hälften von eingemachten Pfirsichen hinein. – Man begieße die Pfirsiche dauernd mit der Flüssigkeit, bis sie heiß geworden sind, gieße dann noch einmal Kognak darüber und stecke ihn in Brand. – Man lege die heißen Pfirsiche auf die Teller über eine Kugel von Vanilleeis, gieße die Sauce darüber und verziere mit etwas Schlagsahne.
(Man braucht für diese Nachspeise, die man bei Tisch zubereitet, eine sehr saubere, innen vernickelte Pfanne auf einem Spiritus-Rechaud.)

Petersen in die Brust. Er war sofort tot. Mit gebrochenen Augen starrte er zur Decke empor.
Der «Träumer» sagte zu dem Toten: «Mit mir machst du nicht solche Scheißtricks, du Hund.» Dann ging er, über den Toten hinwegtretend, zum Ausgang und öffnete die Doppeltür. Der Gang war leer. Da nahm der «Träumer» seine beiden Goldkoffer und ging. Niemand beachtete ihn in der Halle.

«... niemand beachtete ihn in der Halle», berichtete Fred Meyer.
«Und woher wißt ihr das alles?» fragte Thomas.
«Vom Bruder des Träumers.»
«Der hat euch das alles so freimütig erzählt?»
«Ja. Weil es nämlich inzwischen egal geworden ist. Ich habe dir doch gesagt, daß der Träumer lungenkrank ist. Vor drei Tagen hatte er einen Blutsturz. Er liegt im Hospital. Wird das Ende der Woche nicht mehr erleben.»
«Du kannst mit deinem Oberst hingehen», sagte Paul. «Er ist bereit, eine Aussage zu machen ...»
27. September 1943, 16 Uhr 15.
Auf dem Schreibtisch des kleinen Majors Brenner schrillte das Telefon. Er griff nach dem Hörer und vernahm die Stimme seines Vorgesetzten: «Hier ist Werthe. Ich spreche aus Toulouse. Hören Sie mir genau zu. Was ich Ihnen sage, ist von äußerster Wichtigkeit!»
«Jawohl, Herr Oberst!»
«Wir haben den Mörder Petersens gefunden.» Werthe berichtete von dem lungenkranken Louis Monico und seinem Geständnis. «Lieven, zwei SD-Beamte und ich waren an seinem Krankenbett.»
«Donnerwetter. Herr Oberst!» rief Brenner. Sein Herz klopfte stürmisch. Dieser Lieven! Dieser Teufels-Lieven! Gott sei Dank habe ich mich gleich für seine Idee ausgesprochen!
Brenner fiel etwas ein: «Aber dieser Geldverleiher – dieser Victor Robinson ... Der hat doch Ferroud belastet!»
«Das haben wir inzwischen auch geklärt. Robinson schob mit Petersen zusammen. Er war einmal ein Angestellter Ferrouds. Der warf ihn hinaus. Robinson wollte sich jetzt rächen. Das ist aber noch nicht alles, Brenner. Die Hauptsache kommt noch. Soweit Lieven erfahren konnte, hat Petersen mit dem Gold in einer Riesenschiebung mit Reichskreditkassenscheinen dringehangen ... Brenner, hören Sie mich?»
Brenner beleckte die trockenen Lippen. Mensch, die Reichskreditkassenscheine! Das wird ja immer bunter! Das wird ja ... Himmel, und ich bin mit dabei! Er rief stramm: «Ich höre, Herr Oberst!»
«Wir wissen noch nicht, wie alles zusammenhängt, aber jetzt ist keine Sekunde zu verlieren, Brenner! Wenn es stimmt, daß Petersen bei den Erkakas mitschob, dann wird es einen Skandal allererster Güte geben! Der SD wird natürlich versuchen, alles zu ver-

tuschen! Wir sind ihm voraus – allerdings um ein paar Stunden höchstens. Major Brenner, nehmen Sie fünf zuverlässige Leute –»
«Jawohl!»
«Petersen hat eine Wohnung in der Avenue de Wagram 3. Seine Dienstwohnung. Die durchsuchen Sie zuerst.»
«Jawohl, Herr Oberst!»
«Lieven hat herausbekommen, daß Petersen auch noch eine geheime Absteige hatte, in der Avenue Mozart 28. Von der weiß anscheinend der SD nichts ... Da gehen Sie auch hin ...»
«Jawohl, Herr Oberst!»
«Stellen Sie die Wohnungen auf den Kopf. Tun Sie, was Sie wollen! Lieven ist schon auf dem Heimweg zu Ihnen. Sichern Sie alles verdächtige Material, bevor der SD es verschwinden läßt! Verstanden?»
«Jawohl, Herr Oberst!» rief Brenner.
Und also stürzte der kleine Major mitten hinein in ein Abenteuer, das ihm die Schamröte in die ehrlichen Pausbacken treiben sollte, ein skandalöses, ein richtig pariserisches Abenteuer. Hoffentlich werden wir jene zarten Worte finden, die es gestatten, das Abenteuer des Majors Brenner auch zu erzählen.

5

Auf kreischenden Pneus hielt der Wehrmachts-Mercedes vor dem Haus Avenue de Wagram 3. Heraus sprang der kleine Major Brenner, straffte sich, rückte entschlossen an der goldgefaßten Brille.
Hinter dem Mercedes hielt ein grauer Wehrmachts-Lastwagen. Fünf Männer in Uniform kletterten auf die Straße herab, die im letzten Sonnenglanz eines schönen, milden Herbsttages leuchtete. Es war 16 Uhr 46 am 27. September 1943.
«Mir nach!» befahl der kleine Major, indem er die Pistole am Koppel nach vorne rückte. Und dann stürmte er mit seinen ausgesuchten fünf Männern ins Haus, doch – die Dienstwohnung des toten Petersen war leer. Die Türen standen offen. Die Teppiche, die Möbel, alles war verschwunden. Die dicke Concierge erklärte achselzuckend: «Das ist heute früh alles abgeholt worden.»
«Abgeholt? Von wem?»
«Na, von Möbelpackern – und einem deutschen Offizier, einem Freund von Herrn Petersen ... Der war schon oft hier ... Redekker heißt er ...»
«Redecker?» Der kleine Major Brenner hatte seine Beziehungen

zum SD. Er kannte den Obersturmführer Redecker, diesen leiblichen Schwager des Reichsführers SS und Chefs der Deutschen Polizei, Heinrich Himmler.
Jetzt wurde es Brenner unheimlich zumute. Sollte Redecker mit Petersen unter einer Decke stecken? Dann ging es aber wirklich um Sekunden! Hier, in der Dienstwohnung, war er zu spät gekommen. Von der Absteige in der Avenue Mozart wußte der SD angeblich nichts. Also nichts wie hin!
Fünf ausgesuchte Männer stürmten hinter ihrem Major die Treppen wieder hinab und auf die Straße hinaus. Motoren jaulten auf. Vorwärts schossen die Wagen. Stürmisch klopfte des Majors Brenner Herz. Und er empfand ein echtes Hans-Albers-Gefühl: Hoppla, jetzt komm' ich!
In der vornehmen Avenue Mozart versuchte Brenner wenige Minuten später, der Concierge des Hauses 28 in seinem Schulfranzösisch klarzumachen, daß er die Wohnung des Herrn Petersen im zweiten Stock durchsuchen müsse. «Aber Monsieur», antwortete die Portierfrau, «die Damen sind doch oben!»
«Damen? Was für Damen?»
«Madame Lilly Page und ihre Zofe.»
«Wer ist Madame Page?»
«Nun, die Freundin von Monsieur Petersen natürlich. Er ist verreist, seit ein paar Tagen schon.»
Daraus schloß Brenner messerscharf, daß hierorts von der Ermordung des Blutordensträgers und Goldschiebers noch nichts bekannt war, und stürmte mit seinen fünf Mann neuerlich los – in den zweiten Stock hinauf diesmal.
Eine ausnehmend hübsche Zofe öffnete ihm, nachdem er geläutet hatte. Brenner erläuterte seine Mission, ohne jedoch (Köpfchen!) ein Wort über des Blutordensträgers tristes Schicksal zu verlieren. Die hübsche Zofe geriet in Konfusion und rief nach Madame.
Madame Page erschien in einem Kleidchen, das man sogar noch im Dämmerlicht des Vorzimmers als verwirrend durchsichtig bezeichnen mußte. Sie war etwa 33 Jahre alt, sehr reizvoll und von einer leichten Üppigkeit. Eine aufregende Person mit Mandelaugen und schneeweißer Haut.
Der Major bemerkte, daß seine fünf ausgesuchten Männer Stielaugen bekamen. Es gab eine Art von Damen, mit denen Fritz Brenner in seinem Leben nie zu tun gehabt hatte. Madame Page gehörte zu dieser Art. Er räusperte sich und erklärte höflich, aber bestimmt seinen Auftrag.
Dann ging er, das reine Pflichtbewußtsein, in den Salon voraus,

der außerordentlich elegant und kostbar eingerichtet war. An den Wänden gab es ein paar außerordentlich unanständige Bilder zu betrachten. Brenner betrachtete sie natürlich nicht.
Derweilen schritt Lilly Page graziös zum Fenster und zog den Sonnenvorhang herab, obwohl das zu dieser Tageszeit wirklich nicht mehr nötig war.
Ich bin ja kein Idiot, dachte Brenner, das ist doch ein verabredetes Zeichen für irgend jemanden auf der Straße unten! So trat er denn neben die üppige Lilly, zog den Sonnenvorhang wieder hoch und äußerte mit gußeiserner Galanterie: «Ich bitte, die Schönheit Madames bei vollem Tageslicht bewundern zu dürfen.»
«Charmant», sagte die leichtbekleidete Lilly, ließ sich in einen tiefen, weichen Fauteuil fallen und kreuzte die Beine. «Bitte, Herr Major, beginnen Sie mit der Durchsuchung.»
Brenners fünf Männer hatten mit derselben offenbar bereits begonnen. Der Major hörte sie nebenan rumoren und mit der Zofe schäkern. Diese verfluchten Kerle! Kein Ernst, kein Pflichtgefühl! Eine Dienstauffassung war das ...
Ärgerlich, zudem durch die Nähe Lillys verwirrt, öffnete Brenner ein großes Mahagoni-Kästchen. Was er darin erblickte, trieb ihm die Schamröte ins Antlitz. Er rang nach Luft. Die schwarze Lilly lächelte sardonisch. Mit einem Knall schloß der Major das Kästchen wieder. Es wurde ihm zum zweitenmal unheimlich zumute.
Major Brenner hatte zwar schon einmal gehört, daß es angeblich Bücher, Zeichnungen, Fotos, Gegenstände gab, die das Licht der Öffentlichkeit zu scheuen hatten. Aber er hatte sich diese Bücher, Zeichnungen, Fotos, Gegenstände niemals auch nur *vorzustellen* vermocht. Nun, da beim Öffnen des Kästchens sein ahnungsloser Blick auf solcherlei Unrat gefallen war, empörte sich sein Innerstes zutiefst! Ungeheuerlich. Monströs. Entartet. Verderbt. Kein Wunder, daß eine solche Nation den Krieg verlor ...
Mühsam unterdrücktes Gegröle und Gewieher ließen den Major zusammenfahren. Madame mit den Mandelaugen sagte sanft: «Ihre Herren scheinen die Bibliothek entdeckt zu haben.»
Brenner stürzte ins Nebenzimmer. Vier seiner ausgesuchten Männer hatten sich über einen Bücherschrank hergemacht. Der Major erschauerte, als er sah, was sie erheiterte. Er forschte nach dem fünften ausgesuchten Mann. Der war im Zimmer der Zofe.
Brenner verbot den vieren den Bücherschrank, suchte den fünften und verbot ihm die Zofe. Die Situation begann ihm über den Kopf zu wachsen. Denn die Wohnung erwies sich als ein absolutes Museum des Unaussprechlichen.

Das Gesicht des Majors nahm permanent die Farbe einer überreifen Tomate an. Schweiß stand ihm auf der Stirn. In verzweifeltem Entschluß rannte er ans Telefon und meldete über die Wehrmachtsvermittlung Leander 14 ein Blitzgespräch nach Toulouse an.

Gott sei Dank. Werthe war noch da. Brenner stöhnte vor Erleichterung, als er seines Obersten Stimme hörte. Atemlos berichtete er, in welchen Sumpf er gestürzt war.

In Toulouse stöhnte auch Oberst Werthe über seinen biederen Major, aber das entging diesem. Er hörte Werthe nur fragen: «Und Material ... Kassenscheine und so weiter ... nichts zu finden?»

«Nichts, Herr Oberst.»

«Hören Sie zu, Brenner: Lieven muß bald in Paris eintreffen. Sie dürfen die Wohnung nicht verlassen. Sie dürfen auch niemandem etwas von Toulouse erzählen ...»

«Verstehe, Herr Oberst. Rühre mich hier nicht weg, schweige wie das Grab.»

«Rufen Sie im «Lutetia» an und in der Privatwohnung von Lieven. Sobald er in Paris eintrifft, soll man ihn zu Ihnen schicken.»

Brenner hängte ein. Lieven! Thomas Lieven! Ach, wie eine lichte Hoffnung schien der Sonderführer ihm. Wenn er nur kam, bald kam ...

Irgendwo kreischte die Zofe, als würde sie gekitzelt. Zornig stürzte der Major los, um den Übeltäter zu suchen. Herrgott, was für eine widerwärtige Situation!

6

Was der Major Brenner und seine Männer bisher in des Blutordensträgers geheimer Absteige gefunden hatten, waren – außer den unaussprechlichen Sammlungen – wertvolle Schmuckstücke, große Mengen von Goldmünzen, fernöstliche Liebhaberdrucke und Schnitzerein, aber keineswegs Beweise für Petersens Teilnahme an der Reichskreditkassenscheinschiebung.

Immer wieder versuchte Madame Page, sich am Sonnenvorhang eines der Fenster zu schaffen zu machen, bis Major Brenner ihr dies strikte verbot.

Anderthalb Stunden waren seit dem Beginn der Haussuchung vergangen. Plötzlich schrillte die Wohnungsglocke. Lilly wurde leichenblaß.

Brenner zog seine Pistole. «Kein Wort», zischte er. Rückwärts

gehend, bewegte er sich durchs Vorzimmer. Fuhr herum. Riß die Tür auf. Und packte den Mann, der draußen stand.
Der Mann war jung, hübsch, olivenfarben. Er trug glattes, schwarzes Haar, einen kleinen Schnurrbart, langbewimperte Augen und zwei Narben an der rechten Wange, wie von Messerschnitten. Jetzt war er leichenblaß.
«Idiot!» schrie die üppige Lilly ihn an. «Warum kommst du herauf?»
«Warum soll ich nicht heraufkommen?» schrie er zurück. «Der Sonnenvorhang war oben!»
«Aha!» rief Brenner triumphierend. Dann durchsuchte er den Mann nach Waffen. Der Mann hatte keine. Sein Paß wies ihn als Prosper Longtemps aus. Beruf: Schausteller. Alter: 28. Brenner nahm ihn ins Verhör. Der junge Mann schwieg verbissen.
Plötzlich schluchzte Lilly verzweifelt auf: «Monsieur le Commandant, ich will alles sagen! Prosper ist meine – meine große Liebe; ich habe Petersen mit ihm betrogen, immer schon ... Glauben Sie mir?»
«Kein Wort», sagte Brenner eiskalt und dachte: So eiskalt würde auch Lieven reagieren. Dann sperrte er Prosper Longtemps ins Badezimmer.
Es war bereits dunkel draußen, halb acht Uhr. Der Major rief wieder im «Lutetia», dann in Lievens Privatwohnung an. Nein, Thomas Lieven war noch nicht aufgetaucht.
Brenner wagte nicht, auch nur einen seiner fünf ausgesuchten Leute etwa an den Bahnhof zu schicken, um dort Lieven direkt vom Zug abholen zu lassen. Wer wußte, ob nicht der SD anrücken würde? Dann mußte er diese Wohnung wie eine Festung verteidigen – alleine?
Was konnte er nur noch tun? Major Brenner zergrübelte sich den Kopf. Alles hatte so forsch und vielversprechend begonnen – und jetzt? Jetzt saß er in einer schwülen Wohnung, angefüllt mit unaussprechlichen Dingen, doch leer an Beweisen. Einen Gefangenen hatte er gemacht, jawohl. Aber was war das für ein Mensch? Wie sollte er, Brenner, jemals die Wahrheit erfahren?
Und zu allem noch diese verwirrende Madame Page mit ihrer bildhübschen Zofe und fünf Männer, die nur mühsam von den unaussprechlichen Sammlungen und von der Zofe zurückzuhalten waren. Ach wäre er doch bloß am Schreibtisch seiner Dienststelle im Hotel «Lutetia» geblieben! Theoretische Generalstabsarbeit – das war seine Stärke, nicht aber Taktik und Strategie im unmittelbaren Einsatz ...

Brenner schrak auf. Madame hatte angeregt, ihre Zofe könnte doch wohl ein paar belegte Brote für die hungrigen Männer zubereiten ...
Major Brenner zögerte. Durfte er das zulassen? Waren Madame und Zofe nicht der Feind? Andererseits: die Männer waren hungrig, und er wollte ein verständnisvoller Vorgesetzter sein. Er ließ also die Zofe in die Küche gehen, stellte einen Mann zu ihrer Überwachung ab und schärfte ihm ein, sich *absolut* korrekt zu verhalten.
Bald kauten die Männer mit vollen Backen und tranken dazu Sekt, der sich im Eisschrank vorgefunden hatte. Brenner lehnte erst mannhaft alles ab. Später aß er doch ein Häppchen, trank ein Schlückchen ...
Es wurde neun Uhr, zehn Uhr. Und immer noch keine Spur von Thomas Lieven. Die Damen meinten, sie würden es vorziehen, ins Bett zu gehen.
Brenner gestattete es ihnen. Er organisierte den Wachdienst. Ein Mann vor dem Zimmer der Zofe, ein Mann vor dem Zimmer der Hausfrau, ein Mann vor dem Badezimmer. Zwei Mann an der Haustür. Er selber blieb im Salon, neben dem Telefon.
Er würde nicht schlafen, dachte er. Er kam sich vor wie ein Fels in der Brandung. Nicht zu korrumpieren. Nicht zu unterhöhlen. Nicht zu ...
Dann war er doch eingeschlafen!
Als er erwachte, war es dunkel im Salon. Er spürte, wie weiche Hände sanft über seinen Leib tasteten ...
«Still», flüsterte Lilly Page, «sie schlafen alle ... Ich tue, was Sie wollen, aber lassen Sie Prosper laufen ...»
«Madame», sagte Brenner fest, und seine Hände umklammerten ihre Arme wie Schraubstöcke, «nehmen Sie sofort Ihre Hände von meiner Pistole!»
«Ach», seufzte Lilly in der Dunkelheit, «ich will doch nicht deine Pistole, du Narr ...»
In diesem Augenblick schrillte die Türglocke.

7

Thomas Lieven kehrte um 22 Uhr 10 nach Paris zurück. Im Hotel «Lutetia» teilte man ihm aufgeregt mit, daß Major Brenner ihn schon seit Stunden dringend in der Avenue Mozart 28 erwarte. Der Major sei mit einem ganzen Kommando ausgerückt.
«Hm», sagte Thomas und dachte: Was, um Gottes willen, tut

Brenner seit Stunden in der geheimen Absteige dieses Schiebers Petersen?
In der Halle des Hotels erblickte er seine beiden alten Freunde, die kriegsmüden, barrasschlauen Funkgefreiten Raddatz und Schlumberger, die er im Verlaufe seines Abenteuers mit dem «Maquis Crozant» kennen- und schätzengelernt hatte. Der Berliner und der Wiener begrüßten ihn strahlend. Sie waren eben abgelöst worden.
«Möönsch», freute sich der hagere Berliner mit der Vorliebe für französische Magazine, «kiek mal, Karli, det is ja unsa Herr Sondaführa!»
«Kommen S' mit, Herr Sonderführer?» fragte der leicht verfettete Wiener. «Mir gehn noch in die Rue Pigalle, a poar fesche Katzerln aufreiß'n.»
«Hört mal zu, Kameraden», sagte Thomas Lieven, «verschiebt eure löblichen Absichten ein wenig und kommt mit mir. Vielleicht brauche ich euch.»
Und so standen die drei gegen 23 Uhr dann vor der Wohnung in der Avenue Mozart 28. Thomas klingelte. Danach ertönten mehrere Stimmen. Danach gab es einiges Gepolter. Dann kamen Schritte heran. Dann flog die Tür auf. Major Brenner stand in ihrem Rahmen, dunkelrot, außer Atem, mit verwirrtem Haar, Lippenstiftspuren am Halse. Hinter ihm sahen Thomas und seine Freunde eine Dame, die einen Traum von Nachthemd trug – und sonst gar nichts.
Major Brenner stammelte: «Herr Lieven ... Gott sei Dank, daß Sie endlich kommen ...» Galant küßte Thomas Lieven der Dame im Nachthemd die Hand.
Dann erklärte Major Brenner die Gesamtsituation, berichtete von dem, was er leider in dieser Wohnung vorgefunden und was er leider in dieser Wohnung nicht vorgefunden habe. Zuletzt kam er auf seinen Gefangenen zu sprechen.
«Prosper ist mein Geliebter», warf Lilly Page, inzwischen mit einem Morgenmantel etwas mehr bekleidet, ein. Sie sah Thomas tief in die Augen. «Er weiß von nichts, was Petersens Geschäfte angeht.»
«Anging», verbesserte Thomas. «Erich Petersen ist nämlich erschossen worden. In Toulouse, von einem seiner Geschäftspartner ...»
Lillys schöne Lippen schürzten sich zu einem schönen Lächeln. Sie sagte mit einem unirdischen Ausdruck des Glücks: «Endlich hat's ihn erwischt, den elenden Schuft.»

«Lassen Sie sich nicht von Ihrem Schmerz überwältigen, Madame», bat Thomas.
Der kleine Major begriff nichts mehr. «Aber», sagte er, «aber ich dachte ...»
«Mensch Maier», unterbrach ihn in diesem Moment die sonore Stimme des Gefreiten Raddatz. «Det is ja 'n Ding, muß ick ja sajen ...»
«Was fällt Ihnen ein, mich zu unterbrechen», rief der Major Brenner. Er drehte sich um. Er sah den hageren Gefreiten vor dem großen Mahagonikästchen stehen, das er am Nachmittag geöffnet und danach wieder voll Abscheu geschlossen hatte.
Der Gefreite Raddatz hatte das Kästchen gleichfalls geöffnet, jedoch durchaus nicht mehr voll Abscheu geschlossen. Mit beiden Händen holte er hervor, was in den Schubladen des Kästchens lag, schaute, staunte, guter Laune. Schließlich nahm er alle Schubladen heraus und leerte sie auf den Boden aus. Er lachte noch immer dabei. Plötzlich hörte er auf zu lachen. Und sagte verblüfft: «Mir laust der Affe. Wat machen denn Reichskreditkassenscheine in so 'ne Umjebung?»
Und dann war es auf einmal still im Salon, totenstill. Bis Thomas leise sagte: «Na also.» Er verneigte sich vor Madame Lilly Page. «Erlauben Sie, daß wir noch einmal zu suchen beginnen?»
Die schöne Frau lächelte müde. «Mit Vergnügen. Ich sage Ihnen auch gerne, wo Sie suchen müssen. Überall dort, wo der Herr Major seinen Leuten verboten hat zu suchen ...»
Fünf Millionen Mark in Reichskreditkassenscheinen der Ausgabe Rumänien förderten sie zutage: in Rosenholzkästchen, in denen sich seltsame Gegenstände aus dem erfindungsreichen Orient befanden, hinter den verbotenen Büchern der Bibliothek, unter den unaussprechlichen Sammlungen, hinter den unanständigen Bildern im Salon.
Nun schickte Thomas die Hausfrau in ihr Zimmer und nahm sich den bleichen, verschreckten Prosper Longtemps vor. Zehn Minuten später ging er zu Madame ins Schlafzimmer.
Sie lag im Bett. Ihre Augen brannten. Thomas setzte sich auf den Bettrand. Sie flüsterte: «Ich sage die Wahrheit ... Prosper ist meine Liebe. Nur seinetwegen habe ich es hier ausgehalten, bei Erich – bei diesem Ferkel ... Aber Sie glauben mir ja doch nicht.»
«Ich glaube Ihnen», sagte Thomas Lieven. «Ich habe mich mit Prosper unterhalten. Er hat mir erzählt, daß er Sie schon seit zwei Jahren kennt. Vor einem Jahr hat der SD ihn verhaftet ...»
Eine Menge ausgefressen hatte Prosper Longtemps, der Tunicht-

gut, der die Damen so glücklich machte. Als er vor einem Jahr vom SD verhaftet wurde, verhörte ihn ein gewisser Untersturmführer Petersen. Bei dem erschien eine gewisse Lilly Page und bat für Prosper. Petersen gefiel diese Dame. Er versprach, milde zu Prosper zu sein, wenn ... Lilly Page wurde notgedrungen die Geliebte Petersens, und Petersen ließ Prosper laufen.

Jetzt sagte Thomas: «Hören Sie zu, Madame, ich bin bereit, Prosper zu schützen. Unter einer Bedingung –»

«Ich verstehe», sagte sie mit einem schiefen Lächeln und bewegte sich träge.

«Ich glaube nicht, daß Sie mich verstehen», antwortete Thomas freundlich. «Petersen war in eine Schiebung mit Reichskreditkassenscheinen verwickelt. Ich muß wissen, wie die nach Frankreich kamen. Wenn Sie uns da helfen, will ich Ihren Prosper schützen.» Langsam richtete Lilly sich im Bett auf. Sie ist sehr schön, dachte Thomas, dabei liebt sie einen solchen Strolch – und tut alles für ihn ... Das Leben ist komisch!

Lilly Page sagte: «Da drüben hängt ein Bild, die Leda mit dem Schwan. Nehmen Sie es von der Wand.»

Thomas tat, was sie sagte. Hinter dem Bild erblickte er einen kleinen Wandsafe mit einem Nummernschloß.

«Stellen Sie die Zahl 47 132 ein», sagte die Frau auf dem Bett. Er stellte die Zahl 47 132 ein. Die Safetür öffnete sich. Ein Buch aus schwarzem Leder lag in dem Stahlfach, sonst nichts.

«Erich Petersen war ein widerwärtig pedantischer Mensch», sagte die Frau auf dem Bett. «Er führte über alles Buch. Über Männer, über Frauen, über Geld. Sie sehen sein Tagebuch. Lesen Sie es. Dann werden Sie alles wissen.»

In dieser Nacht fand Thomas Lieven nur wenig Schlaf. Er las das Tagebuch des Untersturmführers Erich Petersen. Als der Morgen graute, wußte er Bescheid über eine der größten Schiebungen des Krieges.

Übernächtig erstattete er am Vormittag dem heimgekehrten Oberst Werthe Bericht: «In dieser Sache hängt einfach *alles* drin! Höchste Beamte im Reichssicherheitshauptamt Berlin. Höchste SD-Leute in Rumänien. Wahrscheinlich sogar Manfred von Killinger, der deutsche Gesandte in Bukarest. Und hier in Paris – Obersturmführer Redecker, der Schwager Heinrich Himmlers!»

«Allmächtiger», sagte Oberst Werthe schwach, indessen der Major Brenner auf seinem Sessel wetzte, unruhig, erwartungsvoll, gespannt.

«Mit Redecker fing überhaupt alles an», berichtete Thomas. «1942 arbeitete er beim SD in Bukarest ...» Zu dieser Zeit mußten die Rumänen Reichskreditkassenscheine als Zahlungsmittel akzeptieren, aber sie waren selig, wenn sie jemanden fanden, der ihnen dafür Dollars, Pfund oder Gold gab. Zu den schlechtesten Kursen. Egal! Egal! Nur wieder weg mit dem Dreckpapier!
Redecker wurde nach Paris versetzt. Hier lernte er den Untersturmführer Petersen kennen. Die beiden entdeckten eine große Seelenverwandtschaft. Redecker erzählte von seinen rumänischen Erfahrungen. Zusammen zogen sie das Geschäft ganz groß auf. Petersen fuhr in Frankreich herum. Er kaufte, stahl, erpreßte und requirierte Gold. Das Gold wurde mit Kuriermaschinen des SD nach Berlin geflogen. Hier saßen zuverlässige «Mitarbeiter» im Reichssicherheitshauptamt. Das französische Gold flog mit SD-Kuriermaschinen weiter nach Bukarest. Auch hier saßen zuverlässige Mitarbeiter.
Nun kauften SD-Leute in Bukarest mit dem französischen Gold zu schlechtesten Kursen Reichskreditkassenscheine der Serie Rumänien auf. Diese wurden als «Geheime Kommandosachen» verpackt und deklariert und über Berlin nach Paris geflogen.
«... es verhält sich genauso, wie der Bankier Ferroud vermutete», beendete Thomas Lieven seinen Bericht. «Nur Deutsche konnten diese Riesenschiebung aufziehen. Mit den so billig erschacherten Scheinen kauften Redecker und Petersen in aller Seelenruhe Frankreich aus. Aber Petersen traute Redecker niemals ganz. Das hat mir Lilly Page erzählt. Darum hielt er sich eine geheime Wohnung. Darum führte er ein Tagebuch über alle Operationen, an denen Redecker beteiligt war. Er wollte ihn in der Hand haben.» Thomas hob das schwarze Buch auf. «Nicht nur Redeckers Name steht auf diesen Seiten. Viele Namen stehen darauf. Mit diesem Buch, meine Herren, können wir den ganzen Ring auffliegen lassen.»
«Aber hören Sie mal, Lieven», knurrte Werthe gereizt, «ist Ihnen klar, mit wem wir uns hier anlegen? Mit dem Schwager Himmlers! Mit einem Gesandten! Mit höchsten SD-Beamten. Sie sagen es selber!»
«Darum wollen unsere nächsten Schritte reiflich erwogen sein, Herr Oberst! Und wo lassen sich schwerwiegende Schritte reiflicher überlegen als bei einem guten Essen? Ich habe zu Hause bereits alles Nötige veranlaßt. Ich erwarte Sie in einer Stunde bei mir.»
Ach, so viel kann geschehen in einer Stunde ...

Menu · Paris, 28. September 1943

Melonen-Scheiben
Parmesan-Koteletts
Schokoladen-Palatschinken

Beim Dessert plant Thomas Lieven, selbst einen Reichsführer zur Räson zu bringen

Melonen-Scheiben: Man serviere eisgekühlte Scheiben einer schönen, festen Melone, die sich jeder Gast nach seinem Geschmack mit Pfeffer und Salz bestreut.

Parmesan-Koteletts: Man nehme Schweinekoteletts mittlerer Größe, am besten von dem etwas durchwachsenen Stück zum Halsgrat zu, klopfe, pfeffere und salze sie. – Man lege sie in eine gut mit Butter ausgestrichene, flache, feuerfeste Form, bestreue sie dick mit geriebenem Parmesankäse und begieße sie mit dicker saurer Sahne, die aber nicht überstehen darf. – Man backe die Speise im Bratofen in 20 bis 30 Minuten hellbraun, serviere sie in der Form und reiche Salzkartoffeln und grünen Salat dazu.

Schokoladen-Palatschinken: Man backe feine, dünne Eierkuchen, deren Teig man mindestens eine Stunde vorher angerührt hat. – Man schlage in einer Schüssel zwei Eigelb mit drei Eßlöffel feinem Zucker schaumig, lasse drei Riegel Schokolade mit einem Glas Milch auf dem Herd schmelzen und mische alles nebst etwas Vanillezucker und einer Prise Salz gut durcheinander. – Man rühre diese Masse auf kleinster Flamme zu einer dicken Crème, streiche sie auf die Eierkuchen, die man zusammenrollt, mit grobem Kristallzucker und geriebenen Mandeln oder Pistazien bestreut und sofort sehr heiß serviert.

8

Bleich und verstört erschienen Oberst Werthe und Major Brenner sechzig Minuten später in Thomas Lievens reizender kleiner Villa am Square du Bois de Boulogne. Der Major sah aus, als wollte er in Tränen ausbrechen. Der Oberst starrte verbissen vor sich hin, während die hübsche Nanette die Vorspeise servierte.
Thomas wartete, bis sie verschwunden war, dann erkundigte er sich: «Was soll die Trübsal, meine Herren? Fühlen Sie vielleicht ein menschliches Rühren, weil es dem Reichsheinischwager an den Kragen geht?»
«Wenn es nur dem an den Kragen ginge», sagte Werthe dumpf.
«Wem denn noch?» fragte Thomas und steckte ein Stückchen Melone in den Mund. – «Ihnen», sagte Werthe.
Weil man mit vollem Mund nicht spricht, schluckte Thomas erst hinunter, bevor er sagte: «Kleiner Scherz?»

«Leider nein, Lieven, der SD will Ihnen an den Kragen. Sie wissen doch, daß Brenner so seine Beziehungen zum SD hat, nicht wahr. Also, nachdem wir uns trennten, ging er noch rüber in die Avenue Foch. Schließlich haben wir den Petersen-Mord in Toulouse aufgeklärt. Und so redete er mit Winter. Zunächst stellte er etwas sehr Beruhigendes fest: von der Reichskreditkassenschein-Schiebung hat der SD in Paris keine Ahnung. Aber dann begann Winter von Ihnen zu sprechen, Herr Lieven.»

«Soso, und was sagte er?»

«Er sagte ... hm, er sagte, jetzt wären Sie endlich drin.»

Die Tür ging auf.

«Ach, da kommt ja schon wieder die süße Nanette», rief Thomas händereibend, «und bringt die Parmesan-Koteletts.»

Das Mädchen errötete bis unter die Haarwurzeln. «Monsieur Lieven, isch bitten Sie, nischt zu sagen ‹süße Nanette›, wenn isch tragen Geschirr. Isch lassen sonst alles fallen und machen kapütt!» Sie servierte und bemerkte zu Werthe: «Monsieur ist die charmanteste Mann von die ganze Welt!»

Der Oberst nickte stumm und nahm Salat. Nanette ging wieder. Thomas sagte: «Nicht zu sehr gepfeffert, die Koteletts? Nein? Gut. Also ich bin drin? Und wieso, bitte?»

Brenner fragte leidend: «Kennen Sie eine gewisse Stabshauptführerin Mielcke?»

Thomas verschluckte sich. «Und ob ich diesen Drachen kenne, diesen widerlichen!»

«Na also», sagte Brenner, «wegen der Mielcke stecken Sie drin.»

«Und kein Mensch kann Ihnen helfen, Lieven», sagte Werthe und schnitt an seinem Kotelett herum. «Kein Mensch. Ich nicht. Canaris nicht. Niemand. Erzählen Sie weiter, Brenner.»

Der kleine Major erzählte weiter, was er von Winter erfahren hatte. Danach war die Stabshauptführerin Mielcke vor etwa einer Woche bei Sturmbannführer Eicher erschienen. Sie hatte angegeben, seinerzeit einen heftigen Zusammenstoß mit Sonderführer Lieven gehabt zu haben. Ferner hätte sie ihn in der Nacht des 21. September in einem Schlafwagenabteil des Schnellzuges nach Marseille gesehen. In Begleitung einer äußerst schönen und äußerst verdächtigen Frauensperson. Bei einer Kontrolle hätte sich herausgestellt, daß die Frauensperson einen Ausweis der Abwehr Paris auf den Namen Madeleine Noël besaß.

«Riecht das nicht sauer?» hatte die Arbeitsführerin gefragt und dem Sturmbannführer Eicher empfohlen, doch einmal herumzuhören ...

Das tat Eicher, der Thomas haßte, mit Freuden. Rasch stellt er fest, daß eine deutsche Kuriermaschine am 22. September eine gewisse Madeleine Noël von Marseille nach Madrid gebracht hatte. Von hier war sie nach Lissabon weitergeflogen. Eicher gab seinen Leuten in Lissabon die entsprechenden Weisungen. Die machten sich auf die Socken und stellten fest, daß eine Madeleine Noël am 23. September in Lissabon eingetroffen war. Sie lebte noch in der Stadt. Aber sie nannte sich nun Yvonne Dechamps.
Yvonne Dechamps ... Irgendwann hatte Eicher den Namen gehört. Er sah in den Suchlisten nach. Und dann verzog ein triumphierendes Grinsen sein Gesicht. Yvonne Dechamps, Assistentin von Professor Débouché, wurde seit Wochen als gefährliche Widerstandskämpferin von der Gestapo gesucht. Und Thomas Lieven hatte sie in Sicherheit gebracht – mit einem Ausweis der Deutschen Abwehr!
«Winter erzählte mir, daß sich Eicher bereits mit Berlin in Verbindung gesetzt hat», sagte Brenner und zerschnitt eine Salzkartoffel mit dem Messer, was man nicht tun soll. «Mit Himmler.»
«Mit dem Schwager von Herrn Redecker», sagte der Oberst. «Und Himmler wandte sich an Canaris. Und Canaris hat mich vor einer halben Stunde angerufen. Er ist wütend. Sie wissen, wie gespannt unsere Beziehungen zum SD sind! Jetzt noch so was! Es tut mir leid, Lieven, Sie sind ein netter Kerl. Aber ich bin mit meinem Latein zu Ende. Der SD erhebt Anklage gegen Sie. Sie kommen vor ein Kriegsgericht, da ist nichts zu machen, und ...»
«Doch, doch», sagte Thomas.
«Bitte?»
«Ich glaube, da ist noch eine Menge zu machen, Herr Brenner. Ich warne Sie, essen Sie nicht zuviel Fleisch. Es gibt noch eine Delikatesse: Schokoladen-Palatschinken.»
«Machen Sie mich nicht wahnsinnig, Lieven!» schrie Werthe. «Quatschen Sie nicht dauernd vom Essen! Was ist da noch zu machen?»
«Der SD will mich hochgehen lassen. Wohlan, dann werden wir Herrn Redecker hochgehen lassen. Was haben wir heute? Dienstag? Gut. Dann werde ich mich für morgen nachmittag bei Sturmbannführer Eicher ansagen und die Peinlichkeit mit dem falschen Ausweis aus der Welt schaffen.»
«Sie ... Sie wollen zu Eicher gehen?»
«Ja, natürlich. Es tut mir wirklich leid, daß ich Herrn Canaris solche Unannehmlichkeiten bereite.»
«Aber warum – warum wollen Sie zu Eicher auch noch hingehen?»

«Weil morgen Mittwoch ist, meine Herren», sagte Thomas freundlich. «Und nach meinem kleinen schwarzen Buch ist Mittwoch der Tag der Woche, an dem immer Reichskreditkassenscheine von Bukarest nach Berlin geflogen werden. Wir müssen uns nach dem Essen nur noch einen genauen Zeitplan zurechtlegen. Aber eigentlich kann überhaupt nichts mehr schiefgehen ...»

9

Mit hingebungsvollem Lächeln half das bildhübsche schwarzhaarige Dienstmädchen Nanette ihrem geliebten Herrn in den Kamelhaarmantel. Thomas Lieven warf einen Blick auf seine Repetieruhr. Es war 16 Uhr 30 am 29. September 1943.
Thomas sah aus dem Fenster. «Glauben Sie, daß wir heute noch Nebel bekommen werden, schönes Kind?»
«Nein, Monsieur. Isch glauben nischt ...»
«Möge es so klar bleiben», sagte Thomas. «Dann werden ein paar Herren heute abend schon im Kittchen sitzen.»
«Pardon, Monsieur?»
«Nichts, nichts, Nanette. Ich veranstalte gerade ein kleines Wettrennen. Ich möchte es gerne gewinnen.»
Ein Wettrennen in der Tat hatte Thomas Lieven arrangiert – jetzt mußte er mitlaufen. Eine Lawine hatte er in Bewegung gesetzt – jetzt mußte er verflucht aufpassen, daß sie ihn nicht überrollte. Denn eben machte er sich auf den Weg zur SD-Dienststelle Paris in der Avenue Foch, zu Sturmbannführer Eicher ...
Die Operation, deren Ende Thomas nun als Sieger mitzuerleben hoffte, hatte 24 Stunden zuvor begonnen. Im aufrichtigen Bemühen, seinem verrückten Sonderführer das Leben zu retten, hatte Oberst Werthe über Fernschreiber einen langen Bericht an Admiral Canaris gesandt.
Bereits eine Stunde später erschien der weißhaarige Chef der militärischen Abwehr zu einer einstündigen Unterredung bei Heinrich Himmler. Böse Nachrichten hatte er dem Reichsführer SS und Chef der Deutschen Polizei zu überbringen ...
«Ich werde ohne Erbarmen durchgreifen», tobte Heinrich Himmler.
Um 18 Uhr 30 am 28. September fing eine Sonderkommission, bestehend aus hohen SS-Führern, zu arbeiten an. Drei Mitglieder dieser Gruppe flogen in der Nacht über Wien nach Bukarest.
Am 29. September um 7 Uhr 15 verhafteten diese drei SS-Führer auf dem Flughafen von Bukarest einen SD-Kurier, der gerade nach

Berlin fliegen wollte – den Unterscharführer Anton Linser. In seinem umfangreichen Gepäck führte er mehrere «Geheime Kommandosachen» bei sich, die man nun öffnete. Für Rumänien bestimmte Reichskreditkassenscheine im Werte von zweieinhalb Millionen Mark wurden gefunden.
Um 8 Uhr 30 erschienen die drei SS-Offiziere in den Räumen des SD-Bukarest, die sich in einem unscheinbaren Seitentrakt der Deutschen Gesandtschaft an der Hauptstraße Calea Victorei befanden. Hier konnten große Mengen von französischen Louisdor-Stücken und Riesenbeträge von Reichskreditkassenscheinen sichergestellt werden. Zwei Personen wurden verhaftet.
Um 13 Uhr 50 am 29. September landete die Kuriermaschine aus Bukarest auf dem Flughafen Berlin-Staaken. Mitglieder der Sonderkommission verhafteten einen Untersturmführer namens Walter Hansmann, der sich mit allen Anzeichen großer Unruhe bei der Flugzeugbesatzung nach dem Kurier aus Bukarest erkundigte. Nach einem kurzen Verhör brach Hansmann zusammen und gab zu, in der Reichskreditkassenschein-Affäre mitgeschoben zu haben. Er nannte die Namen von vier hohen SD-Leuten, die in Berlin in die Affäre verwickelt waren. Um 14 Uhr saßen diese vier Männer bereits hinter Gittern ...
«Dann können wir jetzt ja in Ruhe Mittagessen gehen», sagte in Paris Thomas Lieven zu Oberst Werthe. Sie standen vor einem Fernschreiber, über welchem der Admiral seinen Oberst stündlich informieren ließ.
«Sie scheinen Glück zu haben, Sie verfluchter Hund», sagte Werthe grinsend.
«Unberufen.» Thomas klopfte auf Holz. «Wann sind die Herren losgeflogen, die da zu rächen und zu richten haben werden?»
«Vor einer halben Stunde. Ein SS-Richter, zwei Kriegsgerichtsräte. Sollen zwischen 16 Uhr 30 und 17 Uhr hier landen.»
Um 16 Uhr 30 ließ Thomas sich von der bildhübschen Nanette in den Kamelhaarmantel helfen und dachte, als er auf die Straße hinaustrat: Mach, daß es wirklich keinen Nebel gibt, lieber Gott. Denn bei Nebel können meine drei Richter nicht landen. Und meine Rache wäre unvollkommen an den Bluthunden in der Avenue Foch, die mich einmal fast totgeschlagen haben ...
Die SD-Führer in der Avenue Foch empfingen Thomas ernst und streng. Er merkte sofort: Sie hatten keine Ahnung von dem, was auf sie zukam. Der «Reichsheini» hatte sie nicht gewarnt.
Der rotgesichtige Sturmbannführer Eicher und sein Adjutant, der blasse Fritz Winter, sprachen gefaßt und markig mit Thomas. Sie

verhielten sich wie manche jener Generäle, Kriegsgerichtsräte und Offiziere, die in den letzten Kriegsjahren oft aus geringsten Anlässen deutsche Soldaten zum Tode verurteilten. Vor der Hinrichtung ihrer Opfer erschienen sie, um den Delinquenten gefaßt und markig zu erklären, warum es unumgänglich war, daß sie erschossen würden.
Worte dieser Art fanden die Herren Eicher und Winter nun auch für Thomas Lieven, der ihnen in einem grauen Freskoanzug (weißes Hemd, schwarze Krawatte, schwarze Schuhe und Socken) mit übergeschlagenen Beinen gegenübersaß.
Eicher: «Sehen Sie mal, Lieven, persönlich haben wir nichts gegen Sie. Im Gegenteil! Es gefällt mir, daß Sie den Mut hatten, herzukommen. Aber hier geht es um das Reich, um die Gemeinschaft ...»
Winter: «Grinsen Sie ruhig, Lieven. Das Grinsen wird Ihnen vor dem Kriegsgericht vergehen.»
Eicher: «Recht ist, was dem deutschen Volke nützt. Unrecht, was ihm schadet. Sie haben Ihrem Volke geschadet. Ich will, daß Sie das einsehen ...»
«Darf ich eine Frage stellen?» sagte Thomas mit höflicher Verbeugung. «Ist es wirklich erst zehn Minuten nach fünf, oder geht meine Uhr nach?»
In dem Blick, den ihm Eicher gab, lag haßvolle Bewunderung. «Warum konnten Sie nicht ein anständiger Mensch bleiben und zu uns kommen? Sturmbannführer könnten Sie heute sein. Ihre Uhr geht richtig.»
Thomas stand auf, schlenderte zum Fenster und sah in einen herbstlichen Garten hinab und zu einem herbstlichen Himmel empor. Keine Spur von Nebel.
«Erzählen Sie doch, wie Sie mir auf die Schliche gekommen sind, meine Herren», sagte Thomas Lieven.
Sturmbannführer Eicher und sein Adjutant erzählten selbstgefällig, wie sie dank der Stabshauptführerin Mielcke daraufgekommen waren, daß Thomas Lieven eine gefährliche französische Widerstandskämpferin namens Yvonne Dechamps mit einem Ausweis der Abwehr Paris als deutsche Geheimagentin nach Lissabon gebracht hatte.
Lieven hörte ihnen freundlich zu, dann schaute er wieder auf seine Uhr.
Eicher grunzte: «Haltung bis zuletzt, was? Gefällt mir, Mann, gefällt mir sehr.»
Winter: «Alle Beweise gegen Sie liegen bereits dem Reichsführer

ss vor. Das Kriegsgericht gegen Sie tritt in den nächsten Tagen zusammen.»
Eicher: «Und jetzt kann Ihnen kein Mensch mehr helfen. Oberst Werthe nicht. Admiral Canaris nicht. Niemand!»
Thomas schaute wieder auf die Uhr.
Aus dem Stiegenhaus drang gedämpfter Lärm ins Zimmer: Stimmen, Befehle, Stiefelgepolter. Thomas fühlte, wie sein Herz schneller klopfte. Er sagte: «Ich hoffe, die Herren werden mir die Ehre geben, bei meiner Hinrichtung anwesend zu sein.»
Jetzt horchte Eicher auf: «Was ist da draußen los?»
Die Tür flog auf. Eine Ordonnanz erschien erschreckt, salutierte und meldete mit belegter Stimme: «Drei Herren aus Berlin, Sturmbannführer, äußerst dringend ... Sonderkommission Reichssicherheitshauptamt ...»
Na also, dachte Thomas. Zum letztenmal an diesem Tag sah er aus dem Fenster und zum Himmel empor. Danke, lieber Gott! – Eicher und Winter saßen erstarrt. Eicher stotterte: «Son ... Son ... Sonderkommission?»
Da kamen sie schon herein. Der ss-Richter im Rang eines Gruppenführers trug eine schwarze Uniform und Stiefel und sah unheimlich aus. Die beiden Kriegsgerichtsräte waren kleiner, trugen Brillen und salutierten militärisch.
Der ss-Richter hob die Hand zum sogenannten Deutschen Gruß. Seine Stimme klang kalt: «Heil Hitler! Sturmbannführer Eicher? Angenehm. Gebe Ihnen sofort alle nötigen Erklärungen. Wie heißen Sie?»
«Untersturmführer Winter ...»
«Und Sie?»
Eicher kam etwas zu sich: «Das ist nur ein Besucher. Sie können jetzt gehen, Herr Lieven ...»
Der ss-Richter horchte auf: «Sonderführer Thomas Lieven?»
«In der Tat», sagte unser Freund.
«Ich bitte Sie, hierzubleiben.»
Eicher ächzte: «Aber wieso ...?»
«Sturmbannführer, rufen Sie den Obersturmführer Redecker in dieses Zimmer. Aber kein Wort der Warnung, verstanden?»
Der Schwager Heinrich Himmlers kam gleich darauf, ein Lächeln auf den schmalen Lippen. Das Lächeln erstarrte, als er die Besucher sah.
Der ss-Richter sagte zu Winter: «Durchsuchen Sie diesen Menschen nach Waffen!»
Winter gehorchte verständnislos.

Redecker begann zu schlucken, taumelte und fiel schwer in einen Sessel.
Der SS-Richter sah angeekelt zu ihm nieder: «Obersturmführer, Sie sind verhaftet.»
Schluchzen schüttelte den Reichsheinischwager, heftiges Schlucken den bleichen Winter.
Eicher schrie plötzlich mit sich überschlagender Stimme: «Aber weshalb?»
Eisig antwortete der Riese in Schwarz: «Der Obersturmführer ist in eine Millionenschiebung mit Reichskreditkassenscheinen verwickelt. Zusammen mit dem in Toulouse erschossenen Untersturmführer Petersen hat er das Reich in niedrigster und gemeinster Weise geschädigt. Die Untersuchung wird ergeben, wer vom SD Paris noch in die Affäre verwickelt ist.»
Eicher starrte die Richter an: «Ich verstehe kein Wort ... Wer hat diese ungeheuerliche Anklage erhoben?»
Der Richter in Schwarz sagte, wer.
Eichers Unterkiefer fiel herab. Mit glasigen Augen starrte er Thomas Lieven an und lallte: «Sie ... Sie ... Sie ...»
Danach geschah etwas, was den Sturmbannführer Eicher beinahe den Verstand kostete: Der SS-Richter trat vor Thomas Lieven hin, schüttelte ihm die Hand und sprach diese Worte: «Sonderführer, im Namen des Reichsführers SS spreche ich Ihnen Dank und Anerkennung aus.»
«Nicht nötig», sagte Thomas bescheiden. «Ist doch gern geschehen.»
«Der Reichsführer SS läßt Ihnen sagen, daß er sich bereits mit Admiral Canaris in Verbindung gesetzt hat. In der bewußten Sache wird nichts gegen Sie unternommen werden.»
«Das ist aber nett von Herrn Himmler», sagte Thomas Lieven.

10

In der Reichskreditkassenschein-Affäre wurden insgesamt 23 Verhaftungen vorgenommen. Unter den Schuldigen befanden sich nur zwei Franzosen und drei Rumänen.
Der Prozeß fand unter Ausschluß der Öffentlichkeit statt. Zwei Franzosen, ein Rumäne und Untersturmführer Hansmann wurden zum Tod verurteilt, die anderen Angeklagten zu hohen Zuchthausstrafen.
Obersturmführer Redecker erhielt acht Jahre. A tempo bewies Heinrich Himmler seinen Familiensinn: Nur ein halbes Jahr saß

Obersturmführer Redecker hinter schwedischen Gardinen. Dann wurde er auf persönliche Weisung des Reichsführers SS entlassen und nach Berlin gerufen. Hier arbeitete er in untergeordneter Stelle bis zum Ende des Krieges.
Er hat alles gut überstanden. Heute ist er prominentes Mitglied einer deutschnationalen Partei im Norden seines Vaterlandes ...

11

Am 13. Oktober 1943 erklärte Italien Deutschland den Krieg. Am 6. November eroberten die Russen Kiew.
In diesem Winter wurde die Widerstandsbewegung in Frankreich immer stärker. Zusehends verloren die deutschen Behörden die Kontrolle über die Lage. Mit grimmigem Humor beobachteten Thomas Lieven und seine Freunde im Hotel «Lutetia» die Haltung der französischen Schieber und Kurtisanen. Hatten sie bislang noch mit den Deutschen paktiert, so bewiesen sie nun Patriotismus. Die ältesten Angehörigen der Unterwelt entdeckten in sich plötzlich vaterländische Triebe und stellten ihre «Spezialdienste» der Widerstandsbewegung zur Verfügung. Dafür erhielten sie schon jetzt «Persilscheine» für die ungewissen Zeiten, die da kamen. Und die erfolgreichsten Kokotten der Stadt deponierten ihren schwer erworbenen Schmuck zugunsten der Résistance ...
Besetzer und Besetzte lebten wie im Fieber. Mehr und mehr verloren Geld, Anstand und Moral ihren Wert und Sinn. Immer hektischer wurde das Leben, das dem Tanz auf einem Vulkan glich. In absurder Weise vergeudeten die Neureichen ihre zusammengerafften Vermögen. Übler und übler wurden die Machenschaften dunkler Zirkel – auf französischer Seite und auf deutscher.
Die Abwehr hatte Hochbetrieb. Von den Fällen, die Thomas Lieven in diesen Wintermonaten zu bearbeiten hatte, erwähnen wir hier nur vier:
1. Zu etwa jener Zeit, da Roosevelt, Churchill und Stalin sich auf der Konferenz von Teheran trafen, gelang Thomas Lieven der Nachweis, daß ein gewisser Werner Lamm, persönlicher Freund Hermann Görings, ein übles Subjekt war.
Dieser Lamm hatte sich eine hübsche Idee ausgedacht, um seinen Schiebergeschäften ein wirtschaftspolitisches Mäntelchen umzuhängen. Mit dem sogenannten «Teppich-Pool» beherrschte England seit Jahren den Weltmarkt. Herr Lamm erklärte seinem Freund, dem Reichsmarschall: «Diesen Pool werde ich den Engländern kaputtmachen!»

Das imponierte Göring. Er gestattete Lamm, etwa 6000 Teppiche aus Holland nach Paris zu bringen. Die Teppiche stammten zum größten Teil aus jüdischem Besitz. Lamm hatte sie gestohlen oder beschlagnahmt. Nun richtete er sich auf den Champs-Elysées einen schönen Laden ein und – verkaufte die Teppiche. Nebenbei aber stahl und requirierte er in Frankreich weiter. Kein Mensch hatte den Mut, den Göring-Freund zur Rechenschaft zu ziehen.
Kein Mensch?
Zusammen mit Oberst Werthe und dem kleinen Major Brenner legte Thomas Lieven dem Teppich-Lamm eine Fußangel! Er spielte ihm die Adresse eines Landhauses vor Paris zu, das einem Juden gehörte, und in welchem herrliche Smyrna- und Perser-Teppiche lagen.
Die Villa gehörte tatsächlich einem Juden – aber einem südamerikanischen. Das wußte Lamm nicht. Er ließ die Teppiche beschlagnahmen, und das brach ihm den Hals.
Die südamerikanische Gesandtschaft protestierte prompt beim Doyen des Diplomatischen Corps, dem schwedischen Generalkonsul Nordling. Der sprach beim Militärbefehlshaber Frankreichs, dem General Karl-Heinrich von Stülpnagel, vor.
Der Skandal beschäftigte neutrale Diplomaten in Paris so sehr, daß auch Göring seinen Freund nicht mehr zu schützen wagte. Herr Lamm verlor seine gesamte Habe und wanderte ins Gefängnis.
2. Ähnlich verfuhr unser Freund mit den Professoren Dienstag und Landwend um Weihnachten 1943, etwa zu jener Zeit, da die Briten an der nordnorwegischen Küste das Schlachtschiff «Scharnhorst» versenkten. Diese Herren kauften im Auftrage des munteren Reichsmarschalls in Frankreich Kunstgegenstände und Gemälde auf – und zwar mit falschen französischen Francs-Noten, die in der Nähe von Stuttgart hergestellt worden waren.
Thomas Lieven erbrachte den lückenlosen Nachweis, daß vier Gemälde, welche die Herren Professoren in Paris angekauft hatten, aus dem Besitz des Schweizer Diplomaten Egon Treumer stammten. Dem waren sie gerade gestohlen worden.
Wiederum schaltete sich der Militärbefehlshaber in Frankreich ein. Der Skandal nahm so ungeheure Formen an, daß Göring zu Hitler gerufen wurde.
Ach, jetzt hätten wir aber fast die Pointe vergessen: Die beiden Berufseinbrecher, welche die vier Bilder in der Wohnung Egon Treumers gestohlen und den beiden Professoren zugespielt hatten, waren alte Freunde von Thomas Lieven. Er bezahlte sie gut für

diesen bestellten Einbruch. Die Polizei kam den beiden niemals auf die Spur ...

3. Am 4. Januar 1944 überschritten die Russen die alte polnische Grenze. Am 22. Januar landeten in Italien, bei Anzio, alliierte Truppen im Rücken der deutschen Stellungen. Etwa zur gleichen Zeit kam es zu «Lievens Zitronengeschäft».

Anfang des Jahres hatte unser Freund einen Wink aus Bordeaux erhalten. Der Wink stammte von einem alten Kassenschränker, den Thomas seinerzeit in Marseille als Mitglied von Chantal Tessiers Ganovenbande kennengelernt hatte, und lautete, auf schlechtem Papier unorthographisch geschrieben, in der unorthographischen Übersetzung so:

Liber Freund! Hir giebt es im Hafen ein Lager, wo von der deutschen Kriegsmarine bewacht wird. Da ligen 420 Tohnen Zigaretenpapier, fersandfertich. Weil Amerika in den Krieg eingetreten ist, ist dieses Papier nicht mer versand worden. Es handelt sich, liber Freund, um feinstes Schiffonpapier, Marktpreis 190 Schweitzer Franken das Kilo. Also eine Wucht. Der SD ist hinter dem Lager hehr und will es beschlacknamen. Als «feindliches Eigentum». Darum beeile Dich, liber Freund.

Thomas Lieven beeilte sich. Er wußte: Was der SD beschlagnahmte, kam immer einigen wenigen, niemals vielen zugute. Er fuhr nach Bordeaux. Hier kannte der brave Major Brenner einen Kapitänleutnant der Kriegsmarine. Mit diesem verstand Thomas sich sofort ausgezeichnet.

Seit der Bilderaffäre war Thomas mit dem Schweizer Diplomaten Egon Treumer befreundet. Dank Treumer konnte Thomas dem Kapitänleutnant sogleich einen Mann in Basel vorschlagen, der fähig und willens war, das amerikanische Chiffonpapier zu kaufen. Preis 760 000 Schweizerfranken.

Vor einer solchen Summe kapitulierte auch die deutsche Kriegsmarine. In einer Zeit, da Menschentrauben an jedem Waggon hingen, da es für Truppentransporte nicht mehr genug Züge gab, rollten 420 Tonnen amerikanisches Zigarettenpapier, in Kisten verpackt, mit Wehrmachtsfrachtbriefen quer durch Frankreich in die Schweiz. Ziel: Basel, Deutscher Bahnhof.

Dafür, daß die Waggons dann des Nachts vom Deutschen zum Schweizer Bahnhof hinübergeschoben wurden, hatte Thomas Lieven gleichfalls gesorgt. 760 000 Franken! Da wurde der schwächste Mann stark!

Die deutsche Kriegsmarine profitierte bestens an der Sache: Von den 760 000 Schweizerfranken wurden in Spanien vitaminreiche

Zitronen für skorbutgefährdete Schiffsbesatzungen, vor allem für U-Boot-Leute, gekauft. Thomas Lieven erhielt als Anerkennung und Provision 30 000 Reichsmark.

4. Am 19. März 1944 erreichten russische Truppen die rumänische Grenze. Am selben Tag erschien Thomas Lieven in Begleitung von Oberst Werthe und Major Brenner in der Stadt Poitiers. Sie waren von einer gewissen Charlotte Régnier, einer neuen Agentin der Abwehr Paris, alarmiert worden.

Charlotte Régnier, 40jährig, blond, vollbusig, wenig hübsch und sehr nervös, galt seit einiger Zeit als Star-Erwerbung der Abwehr in diesem Raum. Dem kleinen Major Brenner war es gelungen, diese alleinstehende französische Schriftstellerin für deutsche Dienste anzuwerben. Beinahe täglich hatten ihre sensationellen Berichte das Hotel «Lutetia» in Aufregung versetzt.

Zuletzt hatte Charlotte Régnier die Bildung eines gewaltigen neuen Maquis in der Nähe von Poitiers gemeldet. Damit erreichte sie, daß die Abwehr Paris zu einer Großaktion im Raum Poitiers ansetzte.

Über zweihundert Franzosen wurden verhaftet und tagelang verhört. Dann wurden über zweihundert Franzosen plötzlich wieder freigelassen ...

Sonderführer Lieven war nämlich mittlerweise der Nachweis gelungen, daß Major Brenner sich mit der blonden Charlotte doch keine Superagentin eingehandelt hatte. Sonderführer Lieven stellte fest, daß die blonde Charlotte erst vor einem halben Jahr aus der Irrenanstalt entlassen worden war. Die Ärzte bezeichneten sie als ungefährlich. Aber sie war noch immer entmündigt. Und sie war – natürlich – noch immer verrückt ...

12

Am 23. März 1944 war Thomas zu einer großen Gesellschaft eingeladen, die ein französischer Geschäftsfreund gab. Auf dieser Gesellschaft langweilte er sich mächtig bis zu dem Moment, da eine Dame in einem grünen Abendkleid auftauchte. Da fand er die Party plötzlich hochinteressant!

Die Dame in Grün war etwa 28 Jahre alt. Sie trug das blonde Haar hochgesteckt. Die Augen waren kastanienbraun. Sie sah aus wie die Filmschauspielerin Grace Kelly.

«Wer ist das?» fragte Thomas Lieven sofort den Gastgeber. Der sagte ihm, wer die Dame war.

Vera Prinzessin von C. – so werden wir die Dame nennen. Sie

lebt nämlich noch unter uns, und sie hat unsere Sympathie. Darum wollen wir ihren Familiennamen nicht verraten.
«Uraltes deutsches Adelsgeschlecht», verriet Thomas Lievens Geschäftsfreund. «Mit Fürstenhäusern in aller Welt verwandt, mit dem alten Wilhelm, mit den Windsors, dem Grafen von Paris, mit – was weiß ich!»
«Würden Sie wohl so freundlich sein, mich vorzustellen?» fragte Thomas. Der Hausherr war so freundlich.
Die Prinzessin dagegen war alles andere. So etwas Abweisendes, Kühles und Hochmütiges hatte Thomas noch nicht erlebt!
Er versprühte ein ganzes Charme-Feuerwerk. Die Prinzessin sah durch ihn durch, lächelte mechanisch, und nach seiner allerbesten Pointe sagte sie: «Wie meinten Sie eben, Herr – Lieven?»
Ein solches Verhalten reizte unseren Freund. Die Person gefiel ihm! Ihre aristokratische Herkunft war ihm piepegal. Er hatte keine Snob-Ambitionen. Er brauchte keine Prinzessin in seiner Sammlung. Nein, die Person war es ... Die Person gefiel ihm so gut!
Und so bemühte er sich weiter. Ob man sich nicht vielleicht wiedersehen könnte, fragte er. In die Oper gehen – essen ...: «Ich koche selber. Man sagt, ich sei begabt. Darf ich für Sie kochen? Morgen vielleicht?»
«Das ist leider ausgeschlossen. Ich bin in dieser Woche jeden Abend bei Herrn Lakuleit. Kennen Sie ihn?»
«Lakuleit?» Irgendwo hatte Thomas den Namen gehört. Wo? «Nein, ich kenne ihn nicht, den Glücklichen, für den Sie soviel Zeit haben.»
Zuletzt gab unser Freund es auf. Sinnlos. Einfach sinnlos. Verärgert verließ er die Party als einer der ersten.
Zwei Tage später rief ihn die abweisende Prinzessin völlig unerwartet zu Hause an. Sie sagte, Thomas möge ihr verzeihen, daß sie ihn so kühl behandelt habe. Vom Gastgeber hätte sie nach seinem Fortgehen erfahren, daß er aus Berlin stamme und in Paris eine kleine Bank sein eigen nenne. Der Gastgeber kannte Thomas Lieven nur als Bankier. Niemand außer den direkt Betroffenen wußte in Paris etwas von Thomas Lievens Agententätigkeit.
«... ich habe Ihnen doch von Herrn Lakuleit erzählt», hörte Thomas die Prinzessin sagen. «Stellen Sie sich vor, er ist *auch* Berliner! Das heißt: *geboren* wurde er in Königsberg ... Sie haben mir doch gesagt, daß Sie gut kochen, und da hatte er einen so lustigen Einfall: Er wünscht sich Königsberger Klopse ... Die

kann hier keiner machen ... Kommen Sie doch morgen zu uns, ich meine, zu Herrn Lakuleit ...»
Unser Freund sagte zu. Und dann begann er zu grübeln.
Lakuleit ... Lakuleit ...
Woher kenne ich den Namen? Thomas erkundigte sich bei Oberst Werthe. Die Auskunft, die er erhielt, befriedigte ihn nicht:
Oskar Lakuleit war Alleininhaber der «Intercommerciale SA (IC) in Paris. Diese Firma hatte vom «Bevollmächtigten für das Kraftfahrzeugwesen» (BDK) im OKW den Auftrag erhalten, in ganz Frankreich gebrauchte Kraftfahrzeuge für die Wehrmacht einzukaufen. Lakuleit arbeitete zur vollen Zufriedenheit seiner Auftraggeber. Ein tüchtiger Mann. In Berlin war er Garagenbesitzer gewesen. Jetzt hatte er Geld. Viel Geld ...
Lakuleit ... Lakuleit ... Woher kannte Thomas bloß den Namen?
Der Herr wohnte in einem Palais am Boulevard Pereire. Ein livrierter Diener öffnete und führte Thomas in eine Halle, in der es aussah wie in einem überfüllten Antiquitätenladen. Bild neben Bild hing an der Wand. Teppich überlappte Teppich. Thomas schnappte nach Luft.
Der Diener führte Thomas in die Bibliothek. Hier saß der Hausherr und telefonierte. Der Hausherr war Thomas auf den ersten Blick tief unsympathisch. Sehr groß, sehr dick. Etwa Vierzig. Runder Schädel. Niedere Stirn. Kurzes, blaßblondes Haar, mit Brillantine glattgeklatscht. Wässerige, stechende Augen. Über dem weibischen Mund ein blaßblonder Schnurrbart ...
Nicht, daß er etwa zu telefonieren aufgehört hätte, als Thomas eintrat. Er winkte ihm bloß, Platz zu nehmen. Hochrot im Gesicht brüllte er in den Hörer: «Nun will ich Ihnen mal was sagen, Neuner, es ist mir scheißegal, ob Ihre Frau krank ist! Was-was-was, Unrecht! Sie haben geklaut! Jawohl, klauen nenne ich das! Ich warne Sie, Neuner, fordern Sie mich nicht heraus, ich lasse glatt Ihre U.k.-Stellung platzen! Was? Nicht tauglich? Das wäre ja gelacht! Schluß jetzt. Sie sind entlassen, fristlos!»
Lakuleit knallte den Hörer in die Gabel und erhob sich grunzend und lachend. «Tag, Herr Lieven. Angenehm. Das war einer meiner Buchhalter. Mußte ihn rausfeuern. Frech geworden, der Kerl. Kann man sich doch wohl nicht bieten lassen, was?» Er schlug Thomas gespielt jovial auf die Schultern. «Na, alter Spree-Athener, da wollen wir also erst mal einen heben, und dann bringe ich Sie in die Küche. Die Prinzessin wird gleich kommen. Meine Frau trödelt mit dem Anziehen herum – wie immer.»

Menu · Paris, 26. März 1944

Gefüllte Artischockenböden
Feine Königsberger Klopse
Ananas-Beignets

Bei ostpreußischen Spezialitäten benimmt sich eine Prinzessin seltsam ...

Gefüllte Artischockenböden: Man nehme etwa acht Artischockenböden – jederzeit in Büchsen oder Gläsern erhältlich –, richte sie auf einer Platte an und beträufle sie mit Zitronensaft. – Man belege sie mit 50 g entkernten schwarzen Oliven und Scheibchen von zwei kleinen, roten Pfefferschoten und harten Eiern. – Man verrühre Zitronensaft, Öl, sehr fein gehackte Zwiebel und Petersilie zu einer Sauce und gieße sie über die gefüllten Artischockenböden, verziere die Platte mit Petersilie.

Feine Königsberger Klopse: Man nehme je ein Pfund Kalb- und Schweinefleisch, drehe es durch den Wolf und verarbeite es gut mit einer eingeweichten, ausgedrückten Semmel, 2 Eiern und feingehackter hellgedünsteter Zwiebel. Man schmecke mit Salz, Pfeffer und Sardellenpaste pikant ab und forme daraus mit nassen Händen mittelgroße runde Klöße. – Man mache eine helle Butterschwitze mit wenig Mehl, lösche mit Fleischbrühe und einem Glas Weißwein ab, lasse gut durchkochen und dann die Klopse darin langsam gar dämpfen. – Man nehme die Klopse heraus, ziehe die Sauce mit zwei in saurer Sahne verrührten Eigelb ab, gebe einen Eßlöffel Kapern hinzu, schmecke mit Pfeffer, Salz, Zitronensaft ab und lasse die Klopse etwas in der Sauce ziehen, ohne daß sie zum Kochen kommt.

Ananas-Beignets: Man nehme Scheiben von frischer oder eingemachter Ananas und halbiere sie. – Man mache einen dickflüssigen Ausbackteig aus 1/8 Liter Milch, 125 g Mehl, zwei ganzen Eiern, etwas Salz und einem Schuß Rum. – Man tauche die Ananas-Stücke hinein und backe sie in heißem Schmalz schwimmend zu goldgelber Farbe. – Man lasse das Fett abtropfen und reiche die Beignets mit Zucker bestreut.

Thomas bemerkte, daß Lakuleit drei Brillantringe mit großen Steinen an den Würstchenfingern trug. Der Herr wurde ihm immer unsympathischer ...

Die Küche war so groß wie die eines mittleren Hotels. Eine Köchin, ein Koch und zwei Mädchen gingen Thomas zur Hand. Lakuleit sah zu und trank Hennessy aus Wassergläsern.

Dann kam Vera Prinzessin von C. in die Küche. Sie trug ein rotes Abendkleid, tief ausgeschnitten. Und wenn sie bei der ersten Begegnung hochmütig gewesen war, so war sie bei der zweiten übertrieben charmant. Da legte Thomas mit einem sehr unguten Vorgefühl die Klopse in die feine Sauce.

Richtig unheimlich wurde ihm allerdings erst, als er im Speise-

zimmer Frau Lakuleit kennenlernte. Olga Lakuleit sah verwüstet aus. Ausgemergelt das Gesicht. Gelblich verfärbt das Haar, erloschen die Augen. Und dabei höchstens Ende dreißig ...
O Gott, dachte Thomas, die arme Seele. Ist die Prinzessin die Freundin des Fettwanstes? Offensichtlich. Warum bin ich bloß hergekommen? Widerwärtig.
Der Abend wurde immer widerwärtiger. Olga Lakuleit sprach kein einziges Wort. Sie trank nicht, sie aß kaum einen von den Klopsen. Plötzlich rannen ihr Tränen über die bleichen Wangen. «Geh lieber wieder rauf, Olga», sagte Lakuleit kurz und brutal. Olga Lakuleit stand auf und ging.
«Noch 'n Klops, Herr Lieven?» fragte der gemütvolle Gatte. Und strahlend lächelte die Prinzessin Thomas Lieven an, der sich plötzlich appetitlos, gänzlich appetitlos fühlte.
Nach dem Essen gingen sie in die Bibliothek. Hier, bei Kaffee und französischem Kognak, ließ der Fette dann endlich die Katze aus dem Sack: «Passen Sie mal auf, Lieven. Sie sind Berliner, ich bin Berliner. Sie haben eine Bank, ich habe ein großes Geschäft. Die Zeiten sind beschissen. Machen wir uns nichts vor: Der Karren ist im Dreck festgefahren. Wird bald umschmeißen. Man muß an die Zukunft denken. Habe ich recht?»
«Ich weiß nicht, wovon Sie reden, Herr Lakuleit», sagte Thomas kalt.
Der Fette lachte wiehernd: «Klar wissen Sie es! Wer denn, wenn nicht Sie? Sie haben Ihr Geld doch auch schon in der Schweiz!»
Lakuleit wurde *ganz* deutlich: Er und seine Freunde hätten große Vermögen in Frankreich. Wenn Thomas einen Weg fand, diese Vermögen, dank seiner Beziehungen, in die Schweiz zu transferieren, sollte es sein Schaden nicht sein. «Is 'n ordentlicher Fisch für Sie drin, Lieven!»
Thomas hatte jetzt genug. Er stand auf. «Ich fürchte, Sie haben sich an den falschen Mann gewendet, Herr Lakuleit. So etwas mache ich nicht.»
Nun schaltete sich die Prinzessin ein. Sie nahm für Lakuleit Partei. Das gab Thomas den Rest. Daß die Person sich nicht schämte! Freundin eines verheirateten Mannes – und noch dazu *so* eines Mannes! Pfui Teufel!
«Herr Lieven, vielleicht reizt sie dieses Geschäft doch, wenn Sie hören, *wer* Herrn Lakuleits Freunde sind ...»
«Schon mal was von Göring gehört?» grunzte der Fette. «Bormann? Himmler? Rosenberg? Ich sage Ihnen, da sind Millionen drin – auch für Sie!»

«Ich bin nicht käuflich.»
«Ach Quatsch, Mann! Jeder Mensch ist käuflich, es kommt nur auf den Preis an!»
Das war das Ende. Thomas verabschiedete sich abrupt. Er war jetzt außer sich vor Wut. Dieses dicke Schwein! Dem werde ich jetzt mal auf die Finger gucken. Der ist doch hinten und vorn nicht astrein ...
Als Thomas in der Garderobe seinen Mantel suchte, tauchte plötzlich die Prinzessin auf: «Ich gehe auch. Sie können mich heimbringen. Ich wohne ganz in der Nähe.»
Thomas verneigte sich stumm. Er konnte vor Wut nicht reden. Auch auf der Straße bekam er kein Wort heraus. Stumm brachte er die junge Frau bis vor ihre Haustür. Sie sperrte auf. Sie lehnte sich gegen die Mauer. «Also, was ist, Tommy?» sagte diese seltsame Angehörige des deutschen Uradels. Ihre Stimme klang jetzt verraucht und heiser.
Thomas starrte sie an.
«Bi – bitte?»
«Na los, küß mich ... Worauf wartest du?» Sie zog ihn am Ärmel zu sich, schlang die Arme um ihn und küßte ihn wild.
«Ich will, daß du mich liebst», flüsterte die Prinzessin. Sie küßte ihn wieder und sagte, ziemlich laut, ein paar Sätze, die sich der Wiedergabe im Druck entziehen.
Ihr Hohenzollern, ach! Ihr Windsors, Auerspergs, Colonnas! Teurer Graf von Paris! Um eurer hehren Geschlechter willen wollen wir verschweigen, was der kesse, adlige Blondschopf sagte – um euretwillen, und mit Rücksicht auf die internationale Buchzensur.
Im gleichen Moment, in welchem er Vera Prinzessin von C. derart ungeheure Dinge sagen hörte, traf eine plötzliche Erkenntnis Thomas Lieven wie ein Faustschlag zwischen die Augen.
Lakuleit!!!
Jetzt wußte er endlich, woher er den Namen kannte. In dem schwarzen Tagebuch des erschossenen Untersturmführers Petersen stand dieser Name! Viele Namen standen in diesem Buch, in welchem der Schieber alle jene verzeichnet hatte, die in seine dunklen Geschäfte mitverstrickt waren.
Lakuleit ... Deutlich, ganz deutlich sah Thomas das Schriftbild des Namens vor sich. Und dahinter drei Ausrufezeichen. Und darunter die Abkürzung eines zweiten Namens: «V. v. C.» Und dahinter ein Fragezeichen ...

13

Thomas ließ sich sonst sehr gern verführen und spielte «das kleine Mädchen». Aber heute? So reizvoll dieser uradelige Blondschopf wirkte, so unheimlich und zwielichtig war die Prinzessin auf der anderen Seite. Außerdem hatte die Dame zu miese Bekannte.

Freundlich, aber bestimmt nahm er darum die Hände Veras von seinem Körper und sagte mit einer Verneigung: «Ein ganz reizender Abend. Darf ich mich jetzt verabschieden, teuerste Prinzessin?»

Schmal wurden die kastanienbraunen Augen der kessen Schönen.

Verehrte Leser! Stellen Sie sich eine zur Weißglut gereizte verführerisch schöne Blondine vor! Haben Sie? Gut. Dann erblicken Sie vor Ihrem geistigen Auge, was Thomas Lieven in natura erblickte.

Sprach das wilde Mädchen durch die Zähne: «Du bist wohl wahnsinnig geworden, Tommy, wie? Du kannst mich doch jetzt in dem Zustand nicht allein lassen ...»

Ein zweites Mal verneigte Thomas sich. «Es dünkt mich, verehrte Prinzessin, daß Sie innig mit Herrn Lakuleit befreundet sind. Diese Verbindung möchte ich nicht stören. Eine so harmonische, moralische Beziehung.»

Er öffnete die Haustür. Sie versuchte, ihn festzuhalten. Er machte sich frei. Sie stampfte mit den kleinen Füßen auf. Sie rief schrill: «Bleib hier, du Dreckskerl!» Und schlug mit Fäusten gegen seine Brust. Er drehte sich um und ging, ohne sich um die Erregte weiter zu kümmern, den nächtlichen Boulevard hinab.

Puhhh! Frische Luft! Das war es, was er jetzt brauchte. Junge, Junge, was für ein Abend. Der deutsche Hochadel hatte es aber wirklich in sich! Da konnten bürgerliche Damen einfach nicht mehr mit.

Bißchen verkommen, die Kleine, dachte Thomas, aber nett. Komisch, ich könnte schwören, sie ist ein anständiger Kerl. Gut erzogen. Klug. Charmant – wenn sie will ... Was findet eine solche Frau an einem solchen Kerl wie Lakuleit? Warum steht ihr Name unter dem seinen in dem schwarzen Tagebuch des toten Untersturmführers Petersen?

Thomas blieb stehen, starrte einen Baum an und sagte laut: «Du hast dich doch nicht etwa bereits in Vera verliebt, du Idiot?»

Der Baum gab keine Antwort; er war ja auch nicht gemeint. Thomas ging weiter. Unsinn, dachte er. Was heißt verliebt? In so einen blonden Haifisch? Absolut lächerlich. Aber Herrn Lakuleit wollen wir jetzt mal auf den Zahn fühlen. Jawohl!

An diesem Abend, dem 26. März 1944, hatte das Dienstmädchen Nanette Ausgang. Thomas Lieven sperrte das Haustor auf, drehte in der kleinen Diele das elektrische Licht an, zog seinen Mantel aus und öffnete die Tür zu der kleinen Bibliothek.

Ein Mann saß in dem Ohrenstuhl vor dem Kamin. Gepflegter Schnurrbart. Römische Nase. Ewig ironische Augen. Ein blauer Anzug, schon ein wenig abgetragen. Eine Sherlock-Holmes-Pfeife in der Hand. Eine Rauchwolke billigen Tabaks stieß der Herr aus, dann sagte er, ungeheuer bedeutungsvoll: «Das haben Sie nicht erwartet, Herr Lieven, wie?»

«Guten Abend, Oberst Siméon», sagte Thomas Lieven, seufzend diesen französischen Geheimagenten und Patenthelden betrachtend, mit dem er schon so viele Aufregungen erlebt hatte. «Lange haben wir uns nicht gesehen.»

Oberst Siméon, der immer noch aussah wie ein zu groß geratener Adolphe Menjou, stand auf. Er begann pathetisch:

«Ein Dietrich verschaffte mir Eingang. Mein Herr, Ihr Spiel ist aus.»

«Einen Moment, mein Lieber. Ihr Tabak – seien Sie mir nicht böse – stinkt bestialisch. Sehen Sie da drüben den blauen Tontopf? Da ist echter englischer drin. Beutegut der deutschen Wehrmacht. Haben Sie keine nationalen Bedenken!»

Der Angehörige des ewig unter Geldmangel leidenden französischen Geheimdienstes zögerte, dann klopfte er seine Pfeife aus und ging zu dem blauen Tontopf. Während er den Deckel abhob, sprach er düster: «Ich habe nichts persönlich gegen Sie, Herr Lieven. Ich war es, der Sie für das ‹Deuxième Bureau› anwarb. Aber Ihr Spiel ist aus.»

«Das haben Sie schon einmal gesagt. Warten Sie doch ein bißchen, dann höre ich Ihnen auch ganz genau zu ...»

Plötzlich ließ Siméon seine Pfeife fallen. Plötzlich hatte er eine Pistole in der Hand. «Weg von dem Schrank! Hände hoch!»

«Aber nicht doch, Herr Oberst», sagte Thomas kopfschüttelnd. «Sind Sie immer noch so schreckhaft wie früher?»

«Mich täuschen Sie nicht! Sie wollten den Schrank öffnen, stimmt's?»

«Stimmt, ja.»

«Und ihm eine Waffe entnehmen und mich überwältigen.»

«Stimmt nicht. In dem Schrank sind keine Waffen.»

«Sondern?»

«Meine Hausbar. Ich wollte uns etwas zu trinken machen!»

Der Oberst tat drei gewaltige Schritte, riß den geschnitzten Schrank auf und wurde ein bißchen rot. Er knurrte: «Ein Mann in meinem Beruf kann nicht vorsichtig genug sein.» Thomas begann die Getränke zuzubereiten. Siméon sagte: «Besonders bei einem Verräter wie Ihnen.»

«Mit Soda oder mit reinem Wasser?»

«Mit Soda. Bei einem drei- und vierfachen Verräter wie Ihnen, Herr Lieven!»

«Bißchen farblos, nicht? Noch ein Schuß Whisky? So.»

Siméon wandte sich verärgert ab. Thomas betrachtete ihn mitleidig. Im Grunde hatte er diesen Springinsfeld und Heldendummkopf nicht ungern. Er sagte: «Tut mir leid, Oberst.»

«Was?»

«Daß ich Ihnen Ihren schönen Auftritt versaut habe. Sagen Sie, wie geht es eigentlich der süßen Mimi?»

«Woher soll ich das wissen?»

«Aber hören Sie, Herr Oberst! Sie haben Mimi von meiner Seite gerissen! Sie wollten heiraten, Kinder zeugen, kleine französische Patrioten ... Und da wissen Sie nicht, wie es ihr geht?»

Dumpf sagte der Oberst: «Mimi hat mich verlassen. Vor einem Jahr schon. Können Sie sich das vorstellen?»

«Trinken wir trotz allem auf Mimis Wohl. Ist es Ihnen ein Trost, zu denken, daß die Süße auch mich verlassen hat?»

«Nein.»

«Sehr freundlich. Und nun erklären Sie mir, warum mein Spiel aus ist.»

«Sie ließen mich vorhin nicht aussprechen. Ich wollte nicht sagen, Ihr Spiel ist aus. Ich wollte sagen: Ihr Spiel ist aus, wenn Sie nicht sofort die Finger von der Prinzessin lassen.»

«Von was für einer Prinzessin?»

«Sie wissen genau, von was für einer Prinzessin! Sie waren heute abend mit ihr zusammen.»

«Glauben Sie mir, ich *habe* die Finger von ihr gelassen!»

«Werden Sie nicht frivol! Hier geht es um Leben und Tod! Ich warne Sie, Lieven. Wir haben gewaltige Dossiers über Sie ...»

«Mein Gott, welcher Geheimdienst hat die nicht?»

«Ich warne Sie zum letztenmal, Lieven. Retten Sie sich nicht in diesen seelenlosen Zynismus. Sie wissen, wie stark die Résistance in Frankreich mittlerweile geworden ist. Wir könnten jeden von Ihnen jeden Tag umlegen – wenn wir wollten. Auch Sie! Aber bei Ihnen werde ich immer noch ein bißchen weich ...»

«Nicht doch!»
«Ja doch ... Erinnerungen ... Unsere gemeinsame Flucht aus Paris ... Mimi ... Toulouse ... Oberst Débras ... Josephine Baker ... Aber ich kann Sie nicht mehr schützen, wenn Sie sich weiter um die Prinzessin – und um diesen Herrn Lakuleit ...»
Thomas Lieven staunte Bauklötze. «Wollen Sie mir erzählen, daß der französische Geheimdienst um das Wohlergehen eines dicken Nazi-Schiebers besorgt ist?»
«Will ich Ihnen erzählen, ja.»
«Und warum?»
«Will ich Ihnen nicht erzählen, nein.» Der Oberst war jetzt ungeheuer männlich und entschlossen: «Ich habe Ihnen unsere letzte Warnung überbracht, Lieven. Nach der kommt keine mehr. Jetzt wird scharf geschossen!»
«Gleich? Oder können wir noch einen letzten Friedens-Whisky miteinander trinken?»

3. Kapitel

1

«Dieser Herr Lakuleit ist meines Erachtens eines der größten Schweine, die in Frankreich herumlaufen», sagte Thomas Lieven in einem Zimmer des Hotels «Lutetia» zu Paris. Oberst Werthe und der kleine, ehrgeizige Major Brenner waren seine Zuhörer. Sie wechselten bedeutungsvolle Blicke. «Warum wechseln Sie bedeutungsvolle Blicke, meine Herren?»
«Ach, Lieven», seufzte Werthe, «Brenner und ich haben uns nur angesehen, weil wir glauben, die hübsche Triebfeder Ihrer Empörung zu kennen. Ich sage bloß: Vera.»
«Prinzessin Vera», sagte der kleine Brenner und kicherte. «Schauen Sie doch nicht so böse, Herr Lieven! Seit der SD hinter Ihnen her ist, passen wir eben ein bißchen auf Sie auf ...»
Thomas wurde wütend: «Die Prinzessin ist mir gleichgültig! Vollkommen!»
Brenner kicherte wieder. «Kichern Sie nicht! Ich sage Ihnen: Dieser Lakuleit stinkt zum Himmel! Und die Prinzessin schiebt mit ihm gemeinsam! Auch der französische Geheimdienst ist hinter den beiden her!»
«Es wäre wohl zuviel von Ihnen verlangt, uns zu sagen, wer vom französischen Geheimdienst?» meinte Werthe. Thomas nickte.

«Sie behaupten, Herr Lakuleit will die Vermögen von Bormann, Himmler und Rosenberg in die Schweiz verschieben. Haben Sie denn noch immer nicht genug, Mensch? Wollen Sie sich mit Adolf Hitler persönlich anlegen?»
«Herr Lieven, ich gebe zu bedenken –», begann der kleine Major Brenner.
Doch Thomas unterbrach ihn wütend: «*Sie* sollen es auf das Peinlichste vermeiden, mir zu widersprechen, Brenner. Bei der Maquis-Geschichte widersprachen Sie mir – und wurden zum Major befördert. Bei der Reichskreditkassenschein-Geschichte waren Sie schon klüger und machten mit. Und jetzt, knapp vor dem Oberstleutnant, wollen Sie mir in den Rücken fallen, Sie Narr?»
Das wirkte. Rot wie eine Tomate versicherte der kleine Brenner: «Keine Rede davon, Herr Lieven. Ich finde – finde ... Schließe mich Ihren Plänen an. Hrm!»
Oberst Werthe stöhnte: «Das hat mir noch gefehlt, daß Sie mir meine Leute korrumpieren, Lieven!»

Die Abwehr Paris durchleuchtete Herrn Oskar Lakuleit, einstmals Garagenbesitzer in Berlin N, nun Millionär, Alleininhaber der «Intercommerciale SA» und Wehrmachts-Kraftfahrzeug-Aufkäufer, mit allen Mitteln, die zur Verfügung standen. Was kam dabei heraus?
Oskar Lakuleit behandelte seine arme Frau schlecht. Er betrog sie offensichtlich mit der Prinzessin Vera von C. Er war in seinen Geschäftsmethoden brutal, in seinen Gesellschaftsmanieren rüpelhaft, er war überheblich und ein typischer Neureicher.
«Na und?» sagte Werthe. «Für all das kann man einen Mann nicht einsperren. Sonst müßte man drei Viertel aller Männer der Welt verhaften.»
«Und es ist trotzdem etwas faul an dem Kerl», sagte Thomas Lieven verbissen. «Oberfaul! Aber was?»
Im Auftrag des «Bevollmächtigten für das Kraftfahrwesen» kaufte Oskar Lakuleit seit Jahren in ganz Frankreich Autos ein. Sein Betrieb versteuerte jährlich Millionenbeträge. Aus dem Ankauf von französischen Autos bewilligte die Wehrmacht ihm, als seinen Verdienst und zur Deckung seiner Spesen und aller Unterprovisionen, zehn Prozent der Kaufsumme.
Das Geschäft lief zur Zufriedenheit aller. Der «Bevollmächtigte für das Kraftfahrwesen», von Thomas interviewt, empörte sich: «Lassen Sie gefälligst Lakuleit in Ruhe, Sonderführer! Das ist unser bester Mann!»

«Und doch ...», brummte Thomas, als er am Abend des 7. April 1944 mit Major Brenner in der Bibliothek seiner kleinen Villa bei einer Flasche Kognak saß, «und doch ist dieser Lakuleit ein Verbrecher ... Ich habe mich noch nie in der Beurteilung eines Menschen getäuscht ...» Da läutete das Telefon.
Thomas hob ab. «Hallo?»
«Na, Tommy», sagte eine bekannte Stimme. «Wie geht es dem bösen Buben?»
Das ist ja zu blöd, dachte Thomas, warum werde ich jetzt rot? Heiser sagte er: «Ausgezeichnet, verehrte Prinzessin. Und Ihnen?»
«Ich habe Sehnsucht – nach Ihnen! Wollen Sie morgen abend zu mir kommen?»
«Nein.»
«Mein Mädchen hat Ausgang. Sagen wir also nach dem Abendessen?»
«Ich fürchte, es geht wirklich nicht.»
«Ich habe ein paar wunderschöne neue Platten. Aus Portugal eingeschmuggelt. Gershwin und Glenn Miller. Benny Goodman und Stan Kenton. Ich werde sie Ihnen vorspielen ... Also um neun!»
Er hörte sie lachen, dann hängte sie ein, ohne seine Antwort abzuwarten.
«Unverschämtheit», sagte Thomas Lieven.

2

Er kam schon zehn Minuten vor neun. Und er brachte einen Cellophankarton mit drei Orchideen mit, nach denen er lange hatte suchen müssen. 1944 gingen sogar in Paris langsam die Orchideen aus.
Die Prinzessin trug kostbarsten Schmuck und ein kurzes, schwarzes Abendkleid, das vorne und hinten und unter den Schultern verwirrend tief ausgeschnitten war.
Sie spielte Thomas die neuen Platten vor. Dann tanzten sie ein bißchen. Dann tranken sie rosa Champagner. Thomas fand die Prinzessin hinreißend schön. Er sagte es ihr. Sie sagte ihm, er wäre für sie der aufregendste Mann von der Welt. Solcherart landeten sie ohne viel Umschweife gegen 23 Uhr auf der Couch.
Thomas bekam Küsse, wie er sie noch nie bekommen hatte. Die Prinzessin schnurrte: «Mir hat noch nie ein Mann so gut gefallen wie du ...»
«Du gefällst mir auch, Vera – sehr.»
«Wenn du etwas für mich tun könntest, würdest du es tun?»

«Kommt darauf an ...»
«Kannst du mir den Reißverschluß aufmachen?»
«Aber gerne ...»
«Würdest du noch etwas für mich tun?»
«Von ganzem Herzen!»
«Dann laß Lakuleit in Ruhe.»
Er fuhr auf. Plötzlich war er stocknüchtern. «Was hast du gesagt?»
«Du sollst Lakuleit in Ruhe lassen.» Sie blieb auf der Couch liegen und sah ihn lauernd an. «Du bespitzelst ihn doch seit Wochen, mein kleiner Tommy. Oder nicht?»
Er antwortete nicht.
«Vielleicht ist es dir nicht recht, daß ich Tommy zu dir sage», meinte die Prinzessin. «Vielleicht sollte ich Jean zu dir sagen. Jean Leblanc. Oder Pierre? Pierre Hunebelle?»
Er stand auf. Ihm war auf einmal recht seltsam zumute.
«Hunebelle paßt dir also auch nicht? Na schön, dann vielleicht Armand Deeken? Erinnerst du dich noch, wie du die große Franc-Schiebung gemacht hast, Armand? Oder wie du französische Partisanen hereingelegt hast – Captain Robert Almond Everett?» Er rang ein bißchen nach Luft. «Oder wie du vor einem deutschen General den amerikanischen Diplomaten Robert S. Murphy spieltest? – Na, muß ich noch weiterreden, du kleiner, süßer, deutscher Abwehragent? Oder bist du inzwischen schon wieder bei einem anderen Verein?»
«Nein», sagte Thomas. Er hatte sich gefaßt. «Ich bin noch immer bei der Deutschen Abwehr. Und du?»
«Na, rate mal!»
«Wenn ich an deinen fetten Geliebten denke, dann würde ich sagen: Gestapo», antwortete er grob.
Die Prinzessin schrie auf. Sie sprang empor. Ehe er zurückfahren konnte, hatte sie ihm links und rechts ins Gesicht geschlagen. Und verfiel à tempo in ihre leutselige Mundart: «Du Erzlump, du dreckiger, was glaubst du denn? Ich versuche dir das Leben zu retten, und du?» Thomas ging zur Tür. «Tommy, geh nicht weg! Meinetwegen mach was du willst mit Lakuleit. Aber bleib!» Thomas ging durch das Vorzimmer. «Ich werde mich rächen – du gemeines Biest ... Bitte, bleib bei mir, bitte ...»
Thomas schlug die Tür zu. Die Treppe lief er hinunter. Oben flog die Tür wieder auf. Sie schimpfte hinter ihm her wie eine Megäre.
Weg! Nur weg! Er rannte auf die Straße hinaus. Hier prallte er

mit einem Mann zusammen, der unterdrückt aufschrie: «Au! Verdammt!»
«Mensch, hauen Sie bloß ab, ich bin so wütend, ich weiß nicht mehr, was ich tue!»
«Das ist auch nicht mehr nötig», antwortete Oberst Jules Siméon kühl. «Ich stehe seit zwei Stunden hier. Ich sah Sie kommen. Ich sehe Sie gehen.»
«Donnerwetter, Sie sind aber ein begabter Agent!»
«Sie haben meine Warnung mißachtet. Bald werden Sie nun die Radieschen von unten betrachten!»

3

«... und vor dem Haus stand ein Kerl vom französischen Geheimdienst», berichtete Thomas anderntags im Hotel «Lutetia» dem Obersten Werthe und dem kleinen Major Brenner. Er war noch immer wütend.
«Welche Rolle spielt eigentlich Ihre Prinzessin?»
«Das weiß ich nicht, aber ich werde es bald wissen ... Herr Oberst, ich schwöre Ihnen, ich lasse den Kerl platzen, ich ...»
Werthe unterbrach: «Schluß mit Lakuleit, Lieven. Ich habe heute einen bösen Rüffel bekommen. Vom Stab Speer. Lakuleit ist *sofort* in Frieden zu lassen. Der Mann ist die Seele des Atlantikwalls! Lakuleit liefert sämtliche Mangelware. Die OT und das OKW wären aufgeschmissen ohne ihn! Telefondraht zum Beispiel ... Die OT bekam keinen Telefondraht mehr. Lakuleit hat ihn geliefert! 120 000 Meter!»
Thomas seufzte. «Na schön. Sie hat man angerüffelt, Herr Oberst. Ihre üble Laune verstehe ich. Aber warum schneiden *Sie* ein solches Katzenjammergesicht, lieber Brenner?»
Der Major winkte ab. «Nichts als Ärger. Brief von zu Hause. Die Frau krank. Der Junge fällt mit Sicherheit im Juni durch. Latein und Physik. Und dann auch noch die verfluchte Steuer ...»
Wenig interessiert erkundigte sich Thomas: «Warum haben Sie mit der Steuer zu tun, Herr Brenner?»
«Weil ich Idiot vor Jahren für einen Verlag wehrpolitischer Schriften ein paar Artikel schrieb! Weil ich Idiot vergaß, das der Steuer bekanntzugeben! Weil in dem Verlag eine Buchprüfung stattgefunden hat! Und weil so ein Scheißbuchhalter meinen Namen genannt hat, darum!»
Thomas Lievens Gesicht sah plötzlich aus wie das eines Vollkretins. Seine Stimme kam beinahe lallend: «Ein Buchhalter ...?»

«Sage ich doch!»
Plötzlich sprang Thomas auf. Er stieß einen heiseren Schrei aus, umarmte Brenner und küßte ihn auf die Stirn. Dann raste er aus dem Büro.
Brenner war blutrot geworden; es hatte ihn noch nie ein Mann geküßt. Er rieb sich die Stirn. «Übergeschnappt», sagte er konsterniert. «Sonderführer Lieven ist übergeschnappt!»

«Niemals», sagte der hagere, gelbgesichtige Buchhalter Anton Neuner, «niemals, Herr Lieven, werde ich Ihnen das vergessen!»
«Nun essen Sie, Herr Neuner, Ihre Suppe wird ja kalt», sagte Thomas. Er hatte den schlichten Neuner zum Essen in seine Villa geladen. Die Herren kannten sich seit einer Woche. Herr Neuner war bis vor kurzem Buchhalter in der «Intercommerciale» des Oskar Lakuleit gewesen. An dem Abend, an dem Thomas bei Lakuleit zu Gast war, hatte dieser seinen Buchhalter telefonisch hinausgefeuert. Damals hatte Thomas zum erstenmal den Namen Neuner gehört. Nach der Steuerwehklage des Majors Brenner war er ihm wieder eingefallen.
Gehorsam schlurfte der magere Buchhalter einen Löffel Suppe, dann ließ er denselben wieder sinken und starrte Thomas an wie eine lichte Verheißung. «Ich kann es noch immer nicht fassen! Herr Lakuleit wirft mich hinaus. Er hebt meine U.k.-Stellung auf. Meine Frau weint sich die Augen blind; ich sehe mich bereits in Rußland. Und da tauchen Sie auf, ein völlig fremder Mensch, und vermitteln mir eine U.k.-Arbeitsstelle. Warum nur?»
«Herr Neuner, ich bin Bankier. Ich kenne die ‹Intercommerciale›. Ich weiß, daß Sie ein tüchtiger Mann sind. So was spricht sich herum! Um so weniger verstehe ich, daß Herr Lakuleit Sie hinausgeworfen hat ...»
Neuner beugte sich über seinen Teller. In seinem Gesicht zuckte es. «Wegen 18 Mark und 25 Pfennig. Ja, Sie haben recht gehört! Und das, nachdem ich drei Jahre für ihn geschuftet habe.» Neuner berichtete, wie er, als es im Büro einmal spät wurde, in einem Lokal zu Abend gegessen und sich seine Ausgaben, ohne Lakuleit zu fragen, vergütet hatte. Das hatte der Fettwanst herausgefunden. Und ihn sofort hinausgeworfen. «Dabei könnte ich Geschichten erzählen über Geschäfte – über Geschäfte, sage ich Ihnen, Herr Lieven ...»
«Interessant.»
«... aber ich tue es nicht. Wie schlecht sich Herr Lakuleit auch gegen mich benommen hat, ich bin kein Verräter ...»

Menu · Paris, 14. April 1944

Kalbfleisch-Bouillon mit Toast
Gedünstete Taube mit Blumenkohl à la Crème
Apfelkompott mit Kirschen

Thomas Lievens Diät bricht jemandem das Genick ...

Kalbfleisch-Bouillon: Man nehme ganz mageres Kalbfleisch und bereite daraus ohne Suppengrün eine Brühe, die man kräftig einkochen läßt und nur ganz schwach salzt. – Man gebe sie in Tassen, mit etwas sehr fein gehackter Petersilie bestreut, zu Tisch und reiche Toast ohne Rinde.

Gedünstete Tauben: Man nehme gut geputzte und gewaschene junge Tauben und lasse sie in schwachgesalzenem Wasser und einem guten Stück Butter etwa 30 Minuten im geschlossenen Topf auf kleiner Flamme weichdünsten. – Man achte darauf, daß immer soviel Flüssigkeit im Topf ist, daß die Tauben nicht zum Braten kommen.

Blumenkohl à la Crème: Man nehme einen gründlich gewaschenen Blumenkohl, entferne die harten Strünke und zerbreche den Blütenkopf in mehrere Teile, die man in kochendes Salzwasser legt und ganz weich kocht. – Man nehme sie heraus, lasse sie abtropfen und drücke sie durch ein Passiersieb. Man verrühre das Püree gut mit einem Eigelb, etwas süßer Sahne und einem Stück Butter und lasse es auf kleinster Flamme noch einmal heiß werden, ohne daß es zum Kochen kommt.

Apfelkompott mit Kirschen: Man nehme süße, mürbe, geschälte, entkernte Äpfel und bereite daraus mit möglichst wenig Zucker ein sehr fein passiertes Apfelmus. – Man garniere es mit abgetropften eingemachten Kirschen und umsteche die Kompottschüssel mit Löffelbiskuits.

Das hübsche Dienstmädchen Nanette brachte das Hauptgericht. Neuner meinte: «Die Suppe war vorzüglich. Hoffentlich gibt es jetzt nichts Gebratenes. Ich bin nämlich krank. Magengeschwüre, wissen Sie.»
«Es gibt ein Täubchen, mit Wasser und Butter gedünstet. Ich habe an Ihre Gesundheit gedacht.»
«Ach, lieber Herr Lieven, was sind Sie für ein wundervoller Mensch!»
«Nicht der Rede wert. Im übrigen, Sie werden bestimmt länger leben als der viel zu dicke Herr Lakuleit. Der Mann überfrißt sich noch, auch an seinen Geschäften ...»
«Dieser Mensch hat sich bereits überfressen», stieß Neuner hervor. «Die Autos werden ihm noch einmal den Hals brechen.» Erschreckt hielt er inne. – «Nehmen Sie davon, das ist passierter Blumenkohl. Schmeckt das Täubchen?»

«Köstlich, selbst an der Riviera habe ich nichts Besseres gegessen.»
Es klingelte Alarm in Thomas Lievens Gehirn. Neuner, der schlichte Buchhalter, an der Riviera?
«Ich habe das Rezept von einem Koch im Hôtel Negresco», sagte Lieven, «da wohnte ich immer, herrliches Haus ...»
«Hahaha, das war Herrn Lakuleit zu teuer. Für mich, meine ich. Er selber hat immer dort gewohnt. Ich mußte in eine billige Pension ziehen. Er brauchte mich, weil er nicht Französisch spricht.»
«Asozial, der Herr Lakuleit.»
Mit leuchtenden Augen sagte der ahnungslose Neuner: «Wir fuhren sehr oft an die Riviera, bis hinunter zur französisch-spanischen Grenze. Unsere Geschäfte ...» Er verstummte plötzlich und schaute Thomas Lieven mißtrauisch an.
Aber Thomas lächelte sonnig: «Nehmen Sie noch ein wenig Kompott, Herr Neuner! Und erzählen Sie mir von Nizza! Ich war so lange nicht mehr dort ...»

4

Aus einem Geheimbericht, den die Abwehr Paris am 12. Mai 1944 an den Obersten Rechnungshof des OKW in Berlin sandte:
... lenkten geschickt gesteuerte Aussagen des entlassenen Buchhalters Anton Neuner über Nizza unsere Aufmerksamkeit auf diese Stadt. Major Brenner und Sonderführer Lieven wurden an die Riviera entsandt. In dreiwöchiger Arbeit stellten sie fest: Oskar Lakuleit hat hier mindestens 350 wertvolle Wagen ausländischer Fabrikation (Rolls Royce, Lincoln, Cadillac, Hispano Suiza etc.) teils aufgekauft, teils aus den Garagen ihrer geflüchteten Besitzer stehlen lassen. Die Kaufgeschäfte wickelte er im Hôtel Negresco ab, wobei er sich des Buchhalters Neuner als Dolmetscher bediente. Die Wagen zerlegte Lakuleit. Durch Bestechung verschaffte er sich in Vichy Ausfuhrbewilligungen für «Auto-Ersatzteile» und exportierte diese nach Madrid, wo die «Ersatzteile» wieder zu Luxuswagen zusammenmontiert und zu höchsten Preisen verkauft wurden.
Ohne Zweifel sind diese Nizza-Transaktionen nicht in den Geschäftsbüchern der «Intercommerciale» vermerkt. Wir vermuten, daß Oskar Lakuleit das Deutsche Reich mit diesen und anderen Geschäften um Millionen geprellt hat. Mit den Nizza-Transaktionen ist der Steuerfahndung eine Handhabe gegeben, seinen gesamten Betrieb zu durchleuchten ...

5

Am Abend des 29. Mai 1944 brachte Thomas Lieven der Prinzessin Vera von C. rote Rosen. Einen Tag zuvor hatte die seltsame Aristokratin ihn – wieder einmal – angerufen und eingeladen. Sie sah so aufregend aus wie noch nie, fand Thomas.
Vera sagte: «Heute abend verspreche ich, ganz brav zu sein. Kein Wort von Lakuleit!»
Vera hielt ihr Versprechen lange an diesem Abend. Daß sie es zuletzt doch noch brechen mußte, lag nicht an ihr.
Sie tanzten. Sie flirteten. Sie machten Musik. Es wurde immer später. Dann küßten sie sich. Dann gab es plötzlich keine Probleme mehr für sie. Alles war natürlich und einfach, und Thomas hatte das Gefühl, Vera lange, lange zu kennen ...
Da klingelte das Telefon.
«Ich hebe nicht ab», sagte Vera träge. Sie sah Thomas verliebt an und streichelte ihn. Das Telefon klingelte immer weiter. Zuletzt hob Vera doch ab. Sie meldete sich. Sie lauschte eine Weile und wurde wachsbleich. Haß stand auf einmal in ihren Augen. Sie zischte Thomas an: «Du Hund ... du verfluchter Hund! –»
«Nicht, chérie! Nicht schon *wieder*», bat er.
Vera schrie plötzlich in den Hörer: «Ich kann nicht mehr ... ich kann nichts mehr hören! –» Sie schleuderte den Hörer auf die Couch, sprang auf und zitterte am ganzen Leib vor Wut. Mit unflätigen Ausdrücken begann sie Thomas zu beschimpfen.
Er lauschte eine Weile, dann nahm er den Hörer ans Ohr, aus dem noch immer eine aufgeregte Stimme quakte: «... Vera ... Vera ... Herrgott, so hören Sie doch, Vera! Das ist Lievens Schuld, sage ich Ihnen! Wir können nichts mehr tun ... Lakuleit wird schon nach Berlin gebracht ... In der Firma ... in der Villa ... überall sitzen Steuerfahnder ... Alles wird versiegelt ...»
«Gute Nacht, Oberst Siméon», sagte Thomas Lieven grinsend. Er legte den Hörer in die Gabel und fiel grinsend auf die Couch zurück. Dann bekam er plötzlich einen Schlag. Und noch einen. Vera fiel über ihn her. Sie prügelten sich. Dazu schrie sie: «Schuft! – gemeiner Hund!» Zuletzt hielt er sie fest und verlangte präzise Informationen. Sie gab sie ihm keuchend: «Ich haue ab – heute nacht noch – mich siehst du nicht wieder!»
«Wenn ich dich gehen lasse!»
«Du läßt mich gehen – Ich weiß, wie du denkst. Ich weiß, was du hinter dir hast. Deshalb bin ich ja so wütend, deshalb verstehe ich das einfach nicht!»

«Was?»
«Daß du Lakuleit erledigt hast!»
«Er ist ein widerlicher Verbrecher, der heimlich auch noch die Gestapo finanziert.»
«Na und? Was geht das dich an? Das ganze Gold, die ganzen Devisen der großen Nazi-Bonzen wären in unsere Hände gefallen ...»
«Wer ist uns?»
«Der britische Geheimdienst!»
Er fiel auf das Kissen zurück und schnappte nach Luft. «Du arbeitest für den britischen Geheimdienst?»
«Sage ich doch!»
«Aber ... aber was hat Siméon mit dir zu tun?»
«Der denkt, ich arbeite für ihn ... Das war mein Auftrag: die Franzosen abzulenken, damit *wir* den Coup landen. Und wir *hätten* ihn landen können, wenn du mitgespielt hättest, du Idiot!»
Er begann zu lachen.
«Lach nicht, du Schuft!»
Thomas lachte immer stärker. Er rollte auf den Bauch, zurück auf den Rücken, wieder auf den Bauch.
«Du sollst nicht lachen, verdammt noch mal, ich bring' dich um, du Halunke!»
Thomas schrie vor Lachen, er ächzte und stöhnte, er hatte in seinem ganzen Leben nicht so gelacht. Er erstickte beinahe daran. Prompt fiel Vera wieder über ihn her. Prompt begannen sie sich wieder zu prügeln.
Da schrillte das Telefon zum zweitenmal. Thomas stieß Vera beiseite, richtete sich auf und riß den Hörer ans Ohr. Völlig außer Atem krächzte er, noch immer lachend: «Ja, Monsieur le Colonel, was gibt es denn noch?»
«Wieso noch?» fragte die Stimme des Oberst Werthe. Thomas wurde es plötzlich kühl. Er stotterte: «Was ... was ist los, Herr Oberst?»
«Ich hoffte, Sie bei der Prinzessin zu erreichen. Wir suchen Sie schon überall.»
«Suchen ... mich ... schon ... überall», wiederholte Thomas idiotisch, während Vera ihn mit offenem Mund anstarrte.
«Ich habe hier einen Kurier. Gekados. In der Sache Lakuleit fliegen Sie morgen früh nach Berlin, Lieven. Und melden sich – halten Sie sich fest – im Reichssicherheitshauptamt.»
«Reireireichssicherheitshauptamt?»
«Ja. Um 15 Uhr. Pünktlich. Bei Heinrich Himmler.»

6

Einer der geschmacklosesten Architekten aller Zeiten muß hier am Werk gewesen sein, dachte Thomas Lieven, als er den riesenhaften Gebäudekomplex Wilhelmstraße 102 erblickte.
Durch mächtige, weit geöffnete Doppeltore trat unser Freund in eine düstere Einfahrt. Ein baumlanger SS-Mann blickte steinern auf den schlanken Zivilisten herab. Stumm wies er mit der Hand zu einem gläsernen Verschlag, in welchem drei seiner Kollegen amtierten.
Thomas Lieven trat ein, lüftete den Hut und sprach: «Sonderführer Lieven von der Abwehr Paris. Man hat mich ins Reichssicherheitshauptamt herbestellt.»
«Heil Hitler heißt das bei uns», sagte scharf der dienstführende SS-Hauptscharführer. «Wer hat Sie herbestellt?»
«Der Herr Reichsführer SS und Chef der Deutschen Polizei», antwortete Thomas bescheiden.
Der Diensthabende verfärbte sich, griff nach dem Telefon, sprach hinein, hörte zu. Danach war er erfüllt von lauter Hochachtung und Ehrerbietung. In Windeseile wurde ein Laufzettel für den Besucher ausgefüllt, mit Stempel, Datum und Uhrzeit versehen: Berlin, 30. Mai 1944, 17.48 Uhr.
Im Stiegenhaus gab es eine breite, steinerne Treppe bis zum ersten Stock. Dann kamen Holztreppen. In den schmalen Korridoren war es dunkel. Stiefel polterten, Schuhe schlurften. Es schien, als ob Tausende unterwegs seien in diesem Zentrum des Schreckens.
Der Ordonnanz folgend, dachte Thomas: Gestern war ich noch in Paris. Jetzt bin ich hier im Reichssicherheitshauptamt. Ich, ein friedlicher Bürger, ein Mann, der die Geheimdienste, die Nazis, Gewalt und Lüge haßt. Ich, Thomas Lieven, den man seit Jahren nicht mehr in Frieden leben läßt.
Ob ich diesen Alptraum von Gebäude wohl jemals noch lebend verlassen werde? Ob ich wohl jemals aus diesem Riesenspinnennetz des Schicksals herauskommen werde, um zu berichten, was mir keiner glauben wird?

«Nehmen Sie Platz, Sonderführer», sagte Heinrich Himmler. Voran war eine kurze Begrüßung gegangen, bei der SS-Obergruppenführer Kaltenbrunner, ein Hüne mit Schmissen im brutal-kantigen Gesicht, Thomas mißtrauisch gemustert hatte. Kaltenbrunner war der Chef des RSHA. In seinem Büro saßen Thomas und Himmler jetzt allein.

Alles in diesem Büro war pompös: die Wandtäfelung, die silbernen Kandelaber, die Möbel. An der Wand hing ein Ölgemälde, darstellend Burgruine über sturmgepeitschter Meeresbrandung.
Der Reichsführer SS und Chef der Deutschen Polizei in der schwarzen Uniform seines Standes sprach: «Also passen Sie mal auf, Lieven: Sie wissen, Ihr Gönner Admiral Canaris ist seit Wochen Privatmann. Sie wissen, daß die ganze militärische Abwehr nunmehr mir untersteht.» Himmler grinste dünn. «Ich habe mich mal mit Ihren Akten beschäftigt. Wissen Sie, was ich eigentlich mit Ihnen tun müßte?»
«Sie müßten mich eigentlich erschießen lassen», sagte Thomas Lieven still.
«Ich? Eh? Was? Jawohl, ganz richtig! Das wollte ich sagen!» Hin und her an seinem Finger drehte Himmler einen schweren Siegelring mit den SS-Runen. Kalt sah er Thomas an. «Will Ihnen eine Chance geben. Eine letzte Chance. Durch die Mission, mit der ich Sie beauftrage, können Sie sich bewähren vor Führer und Volk.»
Ein Telefon läutete. Himmler hob ab und lauschte kurz. Legte auf und sagte: «Feindliche Kampfverbände im Anflug auf die Reichshauptstadt. Kommen Sie in den Keller hinunter.»
Das war die erste Phase des Gespräches. Zur zweiten kam es in einem tiefen, sicheren Bunker.
Dieweilen Bomberströme ihre tödliche Last über Berlin abwarfen und weniger feine Volksgenossen in weniger feinen Kellern zu Hunderten krepierten, schlug der Reichsführer eine andere Tonart an: «Lieven, Sie sind ein Mann mit pazifistischen Ansichten. Keine Widerrede, ich weiß alles! Um so eher werden Sie mir beipflichten, wenn ich sage: Dieses grauenvolle Blutbad muß ein Ende haben. Wir Abendländer dürfen uns nicht abschlachten, damit die bolschewistischen Untermenschen sich ins Fäustchen lachen.»
Ein schwerer Bombeneinschlag ließ den Bunkerboden leicht schlingern. Das Licht ging aus. Dann ging es wieder an. Thomas sah, daß dem Reichsführer der Schweiß in feinen Tropfen auf der Stirn stand.
Himmler sprach nur noch halblaut: «Ich kämpfe einen schweren Kampf. Auf mir liegt eine ungeheure Verantwortung. Keiner nimmt sie mir ab. Ich allein muß entscheiden.»
Ich, ich, ich, dachte Thomas. Und Hitler? Und Goebbels? Und die andern? Der Herr bereitet wohl einen Separat-Endspurt vor!
«Üblicherweise würden wir Sie eines Tages als Volksschädling einen Kopf kürzer machen. Ich aber will und werde Sie benützen.

Sie sind der beste Mann, den ich finden konnte.» Wieder dröhnte ein Einschlag. Wieder ging das Licht aus. Himmlers Gesicht war nun grau. «Sie kennen jeden Grenzübergang nach Spanien. Sie kennen jeden Schmugglerpfad von Spanien nach Portugal, stimmt's?»

«Ja», sagte Thomas.

«Gut. Sie bekommen alle Vollmachten. Ich schenke Ihnen die Freiheit, unter der Bedingung, daß Sie einen bestimmten Menschen gesund und unverletzt nach Lissabon bringen. Sie sind doch Bankier, nicht wahr? Mit Ihnen kann man doch über Geschäfte reden – oder?»

«Es kommt darauf an», sagte Thomas. Und dachte: Also so ist das. Darum braucht er mich. Die Portugiesen haben die diplomatischen Beziehungen zu uns abgebrochen. Die Spanier lassen keinen Deutschen mehr ins Land. Man kann nur illegal hinein. Also darum. Thomas Lievens Lippen waren trocken. Er schwitzte jetzt. Ich bin kein Held, dachte er. Ich bin ganz und gar kein Held. Ich habe Angst. Aber wenn dieser Massenmörder mir jetzt zumutet, daß ich vielleicht *ihn* noch rausbringe – oder jemanden von seinen Verwandten – seinen Freunden ...

«Soso, Sie stellen also Bedingungen!» In Himmlers Stimme schwang ein gefährlicher Unterton. «Worauf kommt es an?»

«Wer dieser Mensch ist», sagte Thomas Lieven leise.

«Dieser Mensch wird Ihnen zweifellos sympathisch sein», antwortete Himmler. «Er heißt Wolfgang Lenbach und hat ausgezeichnete Papiere auf diesen Namen. In Wahrheit heißt er Henry Booth und ist ein englischer Oberstleutnant. Persönlich bekannt mit Churchill und Montgomery. Hat in Norwegen ein Kommando-Unternehmen geleitet. Da nahmen wir ihn gefangen ...»

7

Einer Riesenfackel gleich brannte Berlin noch Stunden nach der Entwarnung.

Eine hysterische Menschenmenge überschwemmte den Bahnhof. Frauen und Kinder schrien, Männer kämpften um Platz in den Waggons, die ununterbrochen die Stadt mit Flüchtlingen verließen.

Der Zug war zum Bersten überfüllt. Sogar in den Toiletten standen die Menschen dichtgedrängt. Aus- und einsteigen konnte man nur durch die Fenster. Aber im Schlafwagen gab es Platz, viel Platz ...

Vier SS-Leute eskortierten in ihrer Mitte zwei Zivilisten zu dem Schlafwagen des Schnellzuges nach Paris. Sie stießen Frauen und Kinder zurück.
Der Schaffner öffnete die versperrte Eingangstür des Waggons, als die SS-Leute ihn erreichten.
«Herr Lieven und Herr Lenbach, nicht wahr?» sagte der Schaffner nervös. Thomas nickte. «Bett dreizehn und vierzehn», sagte der Schaffner.
Thomas sah seinen hageren, großen Begleiter an und machte eine auffordernde Bewegung. Gleich darauf trat der Mann, der sich Wolfang Lenbach nannte und in Wahrheit Henry Booth hieß, in das Abteil. Der britische Oberstleutnant trug einen blauen Freskoanzug. Er hatte kurzgeschnittenes, braunes Haar, helle Augen, buschige Brauen.
Thomas sagte zu ihm in englischer Sprache: «Ich kann mir vorstellen, was in Ihnen vorgeht, Mister Booth. Ich würde an Ihrer Stelle dasselbe denken. Trotzdem – wir müssen die nächsten Tage miteinander auskommen.»
Der britische Oberstleutnant schwieg.
Thomas seufzte und zog aus seiner Reisetasche eine Flasche Whisky. Er füllte die beiden Zahnputzgläser des Waschbeckens und reichte dem andern ein Glas.
«Thanks», sagte der Engländer. Es war das erstemal, daß Thomas ihn sprechen hörte. Danach schwiegen sie beide eine lange Weile. Der Zug ruckte an.
Thomas setzte sich auf sein Bett. Er sah das Waschbecken an und sagte: «Ich weiß, in welcher Mission Sie nach Lissabon reisen, Mister Booth. Ich habe es gleich geahnt.»
Es kam keine Antwort. Die Achsen schlugen, die Räder rollten ...
Thomas sagte: «Sie sollen ein Friedensangebot Himmlers überbringen. Ein Friedensangebot an die Engländer und Amerikaner. Es wurde ähnliches ja schon einmal versucht, über den englischen Generalkonsul Cable in Zürich. Damals zuckte Himmler zuletzt zurück. Aber jetzt schlägt er euch wieder vor, einen Waffenstillstand zu schließen und mit uns gegen die Sowjets zu kämpfen ...»
Es kam keine Antwort.
Thomas sagte: «Es ist klar, daß ein solches Angebot unannehmbar ist. Es ist amoralisch von jedem Standpunkt. Ihr habt mit den Sowjets gegen uns gekämpft. Ihr könnt eure Waffenbrüder nicht im Stich lassen.»

Thomas hörte die Stimme des Engländers: «Warum erzählen Sie mir das alles?»
«Weil es nicht nur Schweine gibt in unserm Land.»
«Das verstehe ich nicht.»
Thomas sah den Engländer offen an. «Sie wissen nichts von mir. Sie haben keinen Grund, mir zu trauen. Sie kennen Herrn Himmler. Sie wissen jetzt, wie es in seinem Gehirn aussieht. Ich sage Ihnen dennoch: Es leben nicht *nur* Nazis in Deutschland. Nicht alle sind jubelnd über Rußland hergefallen.»
«Jubelnd nicht, aber sie sind!»
«Wir haben Rußland überfallen. Das stimmt. Trotzdem sage ich Ihnen: Es gibt nicht nur wüste Landsknechte in der Deutschen Wehrmacht! Eure Landung auf dem Kontinent steht bevor. Mit den Sowjets gemeinsam werdet ihr uns schlagen. Aber es wird ein Unterschied für Hunderttausende sein, ob sie in westliche Gefangenschaft geraten oder in sowjetische. Unter diesen Hunderttausenden wird es viele geben, die nichts für das können, was in diesem Krieg geschah ...»
«Unschuldige also?» sagte Booth. «Habt ihr etwa nicht alle Heil geschrien und Herrn Hitler begeistert gewähren lassen?»
«Und das Ausland? Hat es Herrn Hitler nicht auch gewähren lassen? Und ihn bewundert und seine Olympiade bestaunt und untätig zugesehen, als er die ersten kleinen Völker überfiel?» sagte Thomas. «War nicht Herr Chamberlain in München?»
Der Engländer reichte abrupt sein Glas zurück. Er knipste das Licht über dem Bett aus und drehte sich zur Wand.

8

Um es vorwegzunehmen:
Im Rahmen der bedingungslosen Kapitulation wurde allen Einheiten der Deutschen Wehrmacht zwischen dem 8. und 9. Mai 1945 von den Alliierten Streitkräften befohlen, um Mitternacht jede Kampfhandlung und jede Marschbewegung einzustellen und sich an jenem Ort gefangennehmen zu lassen, an dem sie sich zu diesem Zeitpunkt befanden. Es steht heute historisch fest, daß angloamerikanische Heerführer und Offiziere, vor allem der britische Feldmarschall Bernard L. Viscount Montgomery, es deutschen Einheiten stillschweigend gestatteten, sich noch viele Stunden über die Mitternacht des 8. Mai 1945 hinaus von ihren Positionen fort westwärts zu bewegen. Abertausende deutscher Soldaten an der Elbe, in Mecklenburg, in Thüringen entgingen so der sowjetischen

Gefangenschaft. Zum Stab von Feldmarschall Montgomery zählte zu jener Zeit der Lieutenant-Colonel Henry Booth ...

9

Das Hauptquartier des SD in Marseille lag in der Rue de Paradis 426. Diese sehr lange Straße verband die Cannebière mit dem Prado. Rechts und links vom Hauptgebäude hatte die Gestapo eine Reihe von Häusern beschlagnahmt. Alle Häuser besaßen nur einen gemeinsamen Eingang: Rue de Paradis 426.
Durch diesen Eingang schritt am Morgen des 8. Juni 1944 ein Mann in einem gutgeschnittenen grauen Sommeranzug und ließ sich durch die Wache beim Leiter des SD Marseille, dem Hauptsturmführer Heinrich Rahl, anmelden.
Rahl, ein großer, kräftiger Mann mit eingedellter Nase, empfing seinen Besucher sofort. «Bereits Fernschreiben aus Berlin empfangen, Sonderführer. Geheime Mission. Bin im Bilde. Was kann ich für Sie tun?»
Gemessen antwortete Thomas: «Wie Sie wissen, habe ich den Auftrag, eine außerordentlich wichtige Persönlichkeit über die Grenze zu bringen.»
«Bin im Bilde», sagte Rahl. Er sagte es offenbar gerne.
«So etwas will vorbereitet sein. Ich brauche zunächst einen Kommandowagen.»
«Steht zu Ihrer Verfügung, Sonderführer.»
So ein Kommandowagen war eine feine Sache. Zweieinhalb Tonnen schwer. Zwillingsreifen. Geländegängig. Besaß eine Peil- und Funkanlage. Nicht umsonst war Thomas Lieven dermaleinst in einer französischen Agentenschule in Funken und Senden, Chiffrieren und Dechiffrieren ausgebildet worden. Nun, da vor zwei Tagen die Invasion am Atlantik erfolgt war, gedachte er, sich seine Kenntnisse zunutze zu machen.
Er sah den Hauptsturmführer bedeutungsvoll an: «Ich wohne mit meinem ... hm, Begleiter im ‹Hôtel de Noailles›.» Er dachte: Da hat einmal Josephine Baker gewohnt. Da war ich mit Débras und Siméon. Nachdem sie mich beinahe erschossen hätten. Nun bin ich wieder hier. Und bereite (zum wievielten Male eigentlich?) wieder meine Flucht vor. Mit Hilfe von Herrn Heinrich Himmler und der Gestapo.
Er sagte: «Ich werde bei meiner Mission Hilfe brauchen. Auch von französischer Seite. Darum bitte ich Sie, Hauptsturmführer, die Adresse eines gewissen Bastian Fabre ausfindig zu machen. Er

Menu · Marseille, 11. Juni 1944

Krabben-Cocktail
Gebratenes Spanferkel
Welsh Rarebits

Beim Spanferkel beschließt Lieven, ein großes Schwein «umzulegen» ...

Krabben-Cocktail: Man nehme eine Büchse Krabben, gebe Krabbenfleisch und Flüssigkeit in getrennte Gefäße. – Man spritze die Krabben mit etwas Cognak und ein paar Tropfen Zitronensaft ab. – Man verrühre süße Sahne gründlich mit geriebenem Meerrettich, englischem Senfpulver und dem Krabbenwasser, färbe mit wenig Tomatenketchup und mische darin die Krabben. – Man lege breite, flache Gläser mit Salatblättern aus, fülle den Krabben-Cocktail darauf und stelle ihn bis zum Servieren kalt.

Gebratenes Spanferkel: Man nehme ein Milchferkel ohne Augen und Füße, reibe es innen mit Pfeffer und Salz ein, stecke der Länge nach einen Holzspieß hindurch, lege es auf den Rost oder in eine Bratpfanne mit etwas heißem Wasser und schiebe es in den Backofen. Man steche Blasen mit einer Spicknadel auf, wische heraustretenden Saft gleich ab, damit keine Flecke entstehen. Man darf das Spanferkel nicht wie andere Braten begießen, sondern nur mittels Pinsel mit Butter und Öl bestreichen. Man bestreut es erst von außen mit etwas Salz, wenn sich eine Kruste gebildet hat. – Man nehme es heraus, sobald das Fleisch gar ist – je nach Größe in etwa einer Stunde – und bringe es sehr heiß, mit einer Zitrone im Maul, zu Tisch.

Welsh Rarebits: Man nehme Chester oder einen verwandten Käse und schneide ihn in kleine Stückchen. – Man verrühre sie am Tisch auf einem Spiritus-Réchaud in einem feuerfesten Töpfchen mit Butter, einem Glas Bier und etwas Cayenne-Pfeffer. Wenn die Masse Fäden zu ziehen beginnt, streiche man sie dick auf vorbereitete Toastscheiben und reiche sie auf angewärmten Tellern.

---

wohnte zuletzt in Montpellier. Bei einer gewissen Mademoiselle Duval. Auf dem Boulevard Napoléon.»

Drei Tage später ...

«Mensch, Pierre, du hast aber einen goldenen Humor», sagte Bastian Fabre. Immer noch stand dem muskulösen Riesen das rötliche Borstenhaar wirr vom Schädel ab. Er kniete vor einer geöffneten Bratröhre. Darin schmorte ein kleines Spanferkel. Dasselbe bestrich Bastian mit Butter. Wenn sich unter der zarten Haut des Milchferkels eine Blase bildete, stach Bastian sie sofort mit einer Nadel auf. So hatte Thomas Lieven, den Bastian unter dem Namen Pierre Hunebelle kannte und liebte, es ihn gelehrt. Damals.

Noch zwei Herren waren in der kleinen Küche: Thomas und Lieutenant-Colonel Booth. Die Küche gehörte zu Bastians neuer Wohnung in der Rue Clary nahe dem Boulevard de Dunkerque. Bastian lebte unangemeldet hier. Dennoch hatte der eifrige SD ihn auf Sonderführer Lievens Geheiß gesucht und gefunden.
«Ich habe gedacht, ich werde ohnmächtig, als auf einmal die Bullen hier auftauchten», bekannte Bastian, um das Ferkelchen bemüht.
Die Bullen waren am 10. Juni bei Bastian aufgetaucht. Eine stürmische Wiedersehensszene war noch an diesem Tage gefolgt. Immer wieder hatte Bastian seinen alten, totgeglaubten Freund Pierre umarmt. Wie ein Baby hatte er plötzlich losgeheult. «Die Freude, Mensch – ich freue mich ja so ...»
Dann hatte Thomas die Lage erläutert. Bastian hatte einen Lachanfall erlitten – noch mit Tränen in den Augen. Und dann hatten sie beschlossen, am nächsten Tage das zu veranstalten, was Bastian «ein schickes, kleines Fressen» nannte.
Nun standen sie also zu dritt in der kleinen Küche: Bastian, Thomas und der schweigsame Lieutenant-Colonel Booth. Bastian beobachtete das Ferkel. Thomas machte einen Krabben-Cocktail. Der Engländer schnitt Käsestückchen für den Nachtisch klein.
Thomas sagte: «Ich brauche deine wertvollen Dienste, Bastian. Kennst du dich noch immer so gut an der spanischen Grenze aus?»
«Mensch, Pierre, im Schlaf! Den spanischen Grenzer, den ich nicht bestochen habe, gibt's nicht!»
«Na prima», sagte Thomas, «dann wirst du uns führen. Wir müssen diesen Herrn nach Lissabon bringen. Ein bißchen kleiner, die Käsewürfel für die Rarebits, Mr. Booth, wenn ich bitten darf. Bei dieser Gelegenheit: Können Sie vielleicht den uralten Streit der Feinschmecker auf diesem Kontinent darüber beilegen, ob es nun ‹Welsh Rabbits› oder ‹Welsh Rarebits› heißt?»
Der Oberstleutnant antwortete steif: «Das ist nicht nur ein kontinentaler Streit. Darüber liegt man sich in meiner Heimat genauso in den Haaren. Ich weiß auch nicht, wie es richtig heißt.»
«Beruhigend. Hast du noch ein bißchen Ketchup, Bastian?»
Der Riese öffnete einen Küchenschrank und entnahm ihm eine Flasche. Dabei fiel etwas aus dem Schränkchen heraus – eine kleine Spielzeug-Lokomotive. Bastian hob sie auf. «Schau mal, Pierre – weißt du noch? Von meiner elektrischen Eisenbahn! Alles, was übrig blieb. Mit der Lokomotive hast du damals das komische Fressen serviert. Ich schleppe sie seither mit mir herum, als Talisman. Und zur Erinnerung an ...»

«Ich weiß», sagte Thomas Lieven leise. Er rührte in der Krabbensauce und dachte an Chantal Tessier, und immer noch tat ihm das Herz weh dabei. Ach Chantal, wenn du noch lebtest – wenn du jetzt mit uns gehen könntest ... Er hörte Bastian sagen: «Übrigens: ‹Die Glatze› ist noch immer da.»
Thomas fuhr auf. «‹Die Glatze› in Marseille?»
Bastian nickte verbissen. «Hat seine Bande aufgelöst, die Sau, und ist hauptberuflich SD-Spitzel geworden. Ganz Marseille zittert vor ihm. Jetzt hat er natürlich schon ein bißchen Angst – aber trotzdem ...»
Thomas mußte sich schnell setzen. Eine Woge wilder Wut stieg in ihm auf. «Die Glatze» lebte! Der Mann, der Chantal Tessier erschossen hatte, lebte hier in Marseille! Im Kreise ... alles hatte sich im Kreise gedreht.
Thomas sagte: «Mr. Booth, Sie werden mit meinem Freund allein über die Grenze gehen müssen. Ich habe hier noch etwas zu erledigen.»
Der Engländer wollte protestieren, aber Thomas schüttelte nur den Kopf: «Sparen Sie Ihre Worte. Ich bleibe hier. Ich will abrechnen mit einem Schuft. Und wenn es das Letzte ist, was ich tue. Und wenn ich draufgehe dabei ...»

10

Am 14. Juni 1944 brachte Thomas Lieven den englischen Offizier und Bastian Fabre mit dem Kommandowagen des SD bis in die Nähe der spanischen Grenze. «Leben Sie wohl, Lieutenant-Colonel. Denken Sie an unser Gespräch im Schlafwagen.»
Der Engländer verneigte sich stumm. Bastian bekam wieder Tränen in die Augen, als er Thomas umarmte. «Du kommst gleich zurück», sagte Thomas zu ihm. «Wir sehen uns wieder in Marseille. Der Krieg hier unten ist bald zu Ende.»
Diese Überzeugung verdankte Thomas Lieven dem Funkgerät seines Kommandowagens. Stundenlang hörte er täglich deutsche und alliierte Sender ab.
Nach dem, was der flüsternde Äther ihm verriet, richtete Thomas seinen Schlachtplan ein. Er kehrte nach Marseille zurück. Er beobachtete den glatzköpfigen Dantes Villeforte bei Tag, bei Nacht. Aber noch schlug Thomas Lieven nicht zu. Er wartete. Er wußte, worauf ...
Am 26. Juni eroberten die Alliierten Cherbourg, am 9. Juni Caën. Am 20. Juli kam es zu dem Attentat auf Hitler.

Am 3. August fiel Rennes in die Hände der Alliierten, am 9. Le Mans, am 10. Nantes und die Loire-Linie. Das alles hörte Thomas Lieven in seinem Kommandowagen. Aber noch schlug er nicht zu. Dann kam der 15. August. Von Neapel aus landeten Engländer und Amerikaner an der Riviera. Am 23. fiel Grenoble. Nun ist es Zeit, sagte Thomas Lieven zu sich selber.

An diesem Tage erschien er im Hauptquartier des SD in der Rue de Paradis. Hier quoll brauner Rauch aus dem Hof: Die Gestapo-Herren verbrannten ihre Akten. Zu dem verstörten Hauptsturmführer Rahl sagte Thomas Lieven: «Nur keine Panik, mein Lieber. Wir werden die Amerikaner ins Meer zurückwerfen, das ist klar. Nach wie vor steht mir auf Grund des Befehls vom Reichsführer SS Ihre gesamte Dienststelle zur Verfügung – oder wollen Sie etwa flitzen?»

«Kei ... keinesfalls, Sonderführer.»

«Will ich stark hoffen. Geben Sie mir zwei zuverlässige Leute mit. Bewaffnet. Es wird wahrscheinlich eine Schießerei geben. Der Kerl ist der gefährlichste Verräter von Marseille – Dantes Villeforte.»

«Villeforte – aber das ist doch ...»

«Ein Verräter, wie ich schon sagte! Zweifeln Sie an der Dringlichkeit meiner Mission, Hauptsturmführer? Muß ich mich in Berlin über Sie beschweren?»

«Um Himmels willen – bin völlig im Bild, Sonderführer.»

11

Am 21. September 1944 machte ein gewisser Paul Martinie folgende Aussage vor Beamten des 145th CIC Detachement, United States Army, Europe:

«Ich war seit Januar 1944 Gefangener der Gestapo in der Rue de Paradis. Am 23. August kam der ganze Betrieb in Unordnung. Es gab plötzlich kein Essen mehr – auch nicht für die deutschen Wachen. Dichter Rauch drang in unsere winzigen Zellen. Vermutlich verbrannten die Gestapo-Leute ihre Akten.

Am Abend gab es eine wüste Brüllerei. Ein älterer, freundlicher Landesschütze, Friedrich Felge aus Hannover, berichtete mir: ‹Da haben wir jetzt einen Sonderführer, ein ganz hohes Tier aus Berlin. Der hat einen Verräter verhaften lassen. Sie nennen ihn hier in Marseille ‹Die Glatze›. Er ist in Ketten geschlossen worden und liegt unten im Keller.› Ich wußte, daß ‹Die Glatze›, mit bürgerlichem Namen Dantes Villeforte, tatsächlich ein Verräter war –

aber ein Verräter *Frankreichs*, ein SD-Spitzel! Am 27. August türmten die Gestapo-Leute. Wir schrien und trommelten gegen unsere Zellentüren – umsonst. Am Morgen des 28. August wurde meine Zellentür aufgeschlossen. Ein eleganter Zivilist stand draußen und sprach in fließendem Französisch: ‹Sie sind frei wie alle Ihre Kameraden. In wenigen Stunden werden die Alliierten hier sein. Übernehmen Sie so lange die Bewachung dieses Hauses und die Bewachung des Gefangenen, der unten im Keller liegt. Viele von Ihnen werden ihn kennen. Er heißt Dantes Villeforte. Er ist ein Mörder und SD-Spitzel und hat unzählige Ihrer Landsleute ans Messer geliefert.› Danach verschwand dieser Mann. Wir bewachten Villeforte und übergaben ihn später einer alliierten Kommission, die ihn sogleich unter Arrest setzte. Den Mann, der uns befreite, habe ich nie wieder gesehen.»

12

Am Vormittag des 28. August zog Thomas aus seinem Hotel aus und deponierte einen Koffer auf dem Hauptbahnhof. In den Vororten von Marseille wurde ein wenig gekämpft – nicht sehr. Am Nachmittag des 29. August war Marseille befreit. Thomas Lieven zerriß seine verschiedenen SD-Ausweise und holte eine Reihe von Papieren hervor, die ihm seinerzeit bei der Bekämpfung des «Maquis Crozant» gute Dienste erwiesen hatten ...
Am Abend des 29. August 1944 meldete sich ein gewisser Captain Robert Almond Everett, britischer Fallschirm-Agent, bei den Amerikanern. Er gab an, über Frankreich abgesetzt worden zu sein, und bat, ihn schnellstens nach London zurückzufliegen. Die Amerikaner bewirteten den tapferen Alliierten, der Thomas Lieven wie aus dem Gesicht geschnitten ähnlich sah, mit Whisky und K-Rations.
An der Befreiung Marseilles hatten auch französische Truppen und Partisanenverbände teilgenommen, die aus allen Teilen des Südens zusammengeströmt waren. In dem von den Amerikanern besetzten «Hôtel de Noailles» fand zwei Tage nach dem Sieg eine große Feier statt. Stehend sangen alle Anwesenden die französische Nationalhymne, auch Captain Robert Almond Everett.
«... le jour de gloire est arrivé ...» sang er gerade, als sich eine schwere Hand auf seine Schulter legte. Er fuhr herum. Zwei riesige amerikanische Militärpolizisten standen hinter ihm. Neben ihnen stand ein Mann, der aussah wie ein zu groß geratener Adolphe Menjou.

«Verhaften Sie diesen Mann!» sagte Oberst Jules Siméon, der jetzt eine prächtige Uniform trug. «Er ist einer der gefährlichsten deutschen Agenten des Krieges. Nehmen Sie die Hände hoch, Herr Lieven. Sie haben es endgültig zu weit getrieben. Ihr Spiel ist aus!»

13

Am 25. August war General de Gaulle mit den Amerikanern in Paris eingezogen. Am 15. September landete Thomas Lieven, zum zweitenmal in seinem Leben, in dem nahen Gefängnis von Frèsnes. Das erstemal hatte die Gestapo in hier eingesperrt. Nun sperrten die Franzosen ihn ein.

Eine Woche saß Thomas in seiner Zelle, zwei Wochen – nichts geschah. Er ertrug die neuerliche Gefangenschaft mit philosophischer Gelassenheit. Er dachte oft Gedanken wie diese: Es mußte so kommen. Es ist nur gerecht so. Ich habe in diesen bösen Jahren auch mit dem Teufel paktiert. Und man muß einen langen Löffel haben, wenn man mit dem Teufel essen will!

Auf der anderen Seite ...

Auf der andern Seite habe ich so viele Freunde hier. So vielen Franzosen habe ich geholfen: Yvonne Dechamps, dem Bankier Ferroud, Madame Page. Vielen habe ich das Leben gerettet. Sie werden nun auch mir helfen.

Was werde ich schon bekommen? Ein halbes Jahr? Na schön. Ich werde es überleben. Und dann, mein Gott, dann bin ich *endlich* frei! Dann kann ich *endlich* nach England zurückkehren. Nach so vielen Jahren, ach, werde ich endlich wieder in Frieden leben. Niemals wieder Geheimdienst! Kein Abenteuer mehr! Leben wie einst. Mit dem Geld vom Konto Eugen Wälterli in Zürich.

Schritte kamen polternd näher. Ein Schlüssel drehte sich im Schloß, die Zellentür schwang auf. Zwei französische Soldaten standen draußen.

«Fertigmachen!» sagte der erste Soldat.

«Na endlich», sagte Thomas Lieven und zog seine Jacke an, «das hat aber mächtig lange gedauert, bis Sie mich endlich mal verhören!»

«Verhör, nichts damit», sagte der zweite Soldat. «Fertigmachen zum Erschießen!»

VIERTES BUCH

1. Kapitel

1

Nicht eine einzige Wolke zeigte sich am tiefblauen Sommerhimmel. Und es war heiß in Baden-Baden, sehr heiß an diesem 7. Juli 1945. Die Bewohner der Stadt schlichen bleich und mager einher, schlecht gekleidet und hoffnungslos.
Gegen die Mittagsstunde dieses Tages fuhr ein olivgrüner Stabswagen, im Fond ein Zwei-Sterne-General, über die Kreuzung auf dem Leopoldsplatz. Hier regelte ein französischer Militärpolizist den Verkehr – den französischen Verkehr, denn deutsche Autos gab es nicht. Aber dafür gab es französische in Menge! Baden-Baden war der Sitz der französischen Militärregierung. Deutsche Einwohnerzahl: 30 000. Französische Militärs und Verwaltungsbeamte mit ihren Familien: 32 000.
«Halten Sie mal», sagte der General. Der Fahrer hielt neben dem Militärpolizisten, der so lässig salutierte, daß er von einem deutschen General sofort angeschnauzt worden wäre. Doch deutsche Generäle schnauzten zu dieser Zeit nicht mehr beziehungsweise noch nicht wieder.
Der Zwei-Sterne-Herr drehte das Wagenfenster herunter und sagte: «Ich bin fremd hier. Sie kennen sich aus. In welcher Messe gibt es das beste Essen?»
«Mon général, gehen Sie um Himmels willen in keine Messe! Gehen Sie zu Capitaine Clairmont vom Organ ‹Recherche de Criminels de Guerre›.» Der Militärpolizist erklärte den Weg.
«Dann also los», sprach der hungrige General.
Weiter rollte der Wagen zum Hotel «Atlantic», zum Kurhaus, am Spielcasino vorbei. Ach wie traurig sah es hier aus, wo einst die reichsten Männer der Welt, die elegantesten Damen, die teuersten Kokotten gewandelt waren! Ausgebrannt die Muschel des Kurorchesters, verwüstet die Rasenflächen. Im Freien türmten sich die kostbaren Möbel des Kurhauses und der Spielbank.
Der Stabswagen hielt vor einer großen Villa. Hier hatte sich bis zum Ende des sogenannten Tausendjährigen Reiches das Gestapo-Hauptquartier befunden. Nun befand sich hier der «Französische Kriegsverbrecher-Suchdienst». Der General betrat die Villa und forschte nach Capitaine Clairmont.

Der Mann, der sich gerade René Clairmont nannte, erschien: schlank, mittelgroß, schmaler Schädel, schwarzes Haar und kluge Augen. Eine gutsitzende Uniform trug der etwa 35 Jahre alte Mann. Allerdings erweckte die Uniform einen *sehr* zivilen Eindruck.
Der Capitaine, der in Wahrheit Thomas Lieven hieß und vor langer, langer Zeit einmal erfolgreicher Privatbankier in London gewesen war, schüttelte dem Zwei-Sterne-General die Hand und sprach: «Es wird mir eine Ehre sein, Sie bei uns zu Gast zu haben, mon général.»
Also, Moment mal! Als wir zuletzt von dem unfreiwilligen Geheimagenten, Lebenskünstler und Kochgenie Thomas Lieven berichteten, da saß dieser Mann mit den vielen Namen nahe Paris im Gefängnis von Frèsnes, eingekerkert von den Franzosen.
Es wird, denken wir darum, hohe Zeit, dem geneigten Leser die Frage zu beantworten: Wie war es möglich, daß Thomas Lieven als französischer «Kriegsverbrecher-Sucher» am 7. Juli 1945 in Baden-Baden war – wenn ihn doch am 3. Oktober 1944 zwei Soldaten aus seiner Zelle im Gefängnis zu Frèsnes geholt hatten, mit der Aufforderung, sich fertig zu machen, fertig zum Erschießen ...

2

Zum Erschießen? dachte Thomas Lieven entsetzt, dieweilen die Soldaten ihn gefesselt in den düsteren Gefängnishof hinabführten. Lieber Gott! Und ich glaubte, sie würden mich zu einigen Monaten verdonnern.
Die Soldaten stießen ihn in denselben fensterlosen, übelriechenden Bus, in den er dereinst schon von deutschen Soldaten gestoßen worden war.
Es stank noch immer nach Schweiß und Angst in dem Bus. Abgemagert, blaß und unrasiert, in einem zerdrückten Anzug, ohne Hosenträger, Krawatte und Schnürsenkel, so kauerte Thomas Lieven im Wagen. Eine Welle von Übelkeit hielt ihn umfangen.
Er wußte nicht, wo er war, als der Wagen in Paris hielt, wieder in einem düsteren Hof. Teilnahmslos ließ er es geschehen, daß ihn die Soldaten roh vorwärtsstießen, hin zu einem Zimmer in einem großen Gebäude.
Die Tür des Zimmers öffnete sich. Danach begann sich alles um Thomas zu drehen, und er rang nach Luft. Er hörte Stimmen und Worte, ohne sie zu verstehen. Er sah den Mann, der in der Uniform eines französischen Obersten hinter dem Schreibtisch saß,

den großen Mann mit dem sonnverbrannten Gesicht, den grauen Schläfen und den guten Augen. Und indessen das Blut stürmisch in seinen Schläfen pochte, wußte Thomas: er war gerettet. Das wußte er nun, da er diesen Freund Josephine Bakers erkannte, dem er selbst einmal in Lissabon das Leben gerettet hatte, diesen Oberst Débras vom «Deuxième Bureau».

Mit keiner Miene, mit keinem Wort verriet Oberst Débras, daß er Thomas Lieven kannte. «Da rüber!» schnauzte er ihn an. «Hinsetzen! Maul halten!» Thomas setzte sich da rüber. Thomas hielt das Maul.

Umständlich öffneten die beiden Soldaten seine Fesseln, umständlich ließen sie sich die Übergabe des Gefangenen bestätigen. Es dauerte eine kleine Ewigkeit, bis sie endlich verschwanden. Dann war Thomas mit Débras allein.

Débras lächelte. «Josephine läßt Sie grüßen, Sie elender Hund.»

«Danke, sehr freundlich. Wo ... wo ist Madame?»

«In Casablanca. Ich war Gouverneur dieser Stadt, wissen Sie.»

«Interessant.»

«Ich hatte in Paris zu tun. Ich erfuhr durch einen Zufall, daß Sie verhaftet worden sind.»

Thomas erholte sich langsam. «Ihr Kollege, Oberst Siméon, hat das veranlaßt. Ich sang gerade die Marseillaise. Bei einer nationalen Befreiungsfeier. Ich hätte im Hotel bleiben und den Mund halten sollen. Dann wäre ich jetzt längst in London. Nationalhymnen bringen aber auch nur Unglück!»

Débras sagte: «Ich weiß viel von Ihnen. Was Sie alles gegen uns getan haben. Aber auch, was Sie alles für uns getan haben. Als ich nun nach Paris kam, hörte ich von Ihrem Schicksal. Ich bin nicht mehr beim ‹Deuxième Bureau›. Ich bin beim Kriegsverbrecher-Suchdienst. So konnte ich nur an Sie heran, wenn ich Sie auf meine Kriegsverbrecherliste setzte und erklärte, Sie würden erschossen. Nur so bekam ich Sie aus Frèsnes heraus. Guter Trick, wie?»

Thomas wischte sich den Schweiß von der Stirn. «Ja», sagte er. «Guter Trick. Vielleicht ein bißchen anstrengend für die Nerven.»

Débras zuckte die Schultern. «Unsere ganze Zeit ist das, Lieven. Sie machen sich hoffentlich keine Illusionen. Sie wissen hoffentlich bereits, was es bedeutet, daß ich Sie aus Frèsnes geholt habe.»

«Ich fürchte, ich weiß es», sagte Thomas gottergeben. «Ich nehme an, es bedeutet, daß ich jetzt wieder für Sie arbeiten muß, Oberst Débras!»

«Das bedeutet es, ja.»

«Eine Frage noch: Wer hat Ihnen in Paris erzählt, daß ich verhaftet bin?»
«Der Bankier Ferroud.»
Guter, alter Ferroud, dachte Thomas. Danke. Danke.
Thomas fragte: «Was haben Sie mit mir vor, Oberst Débras?»
Der Freund Josephine Bakers musterte Thomas freundlich. «Sie sprechen doch italienisch – oder?»
«Doch, ja.»
«1940, als die Deutschen unser Land überfielen, da machten sich im letzten Moment, als es schon *garantiert* ungefährlich war, auch noch die Italiener mausig und erklärten uns den Krieg. Einer der ärgsten Bluthunde, die damals im Süden Frankreichs terrorisierten, war der General Luigi Contanelli. Er hat sich rechtzeitig Zivil angezogen ...»
«Wie die meisten Herren Generäle.»
«... und ist untergetaucht. Soviel wir wissen, irgendwo in der Nähe von Neapel.»
Achtundvierzig Stunden später war Thomas Lieven in Neapel.

Rund elf Tage später verhaftete er in dem Dorf Caivano nordöstlich von Neapel den General Contanelli, der sich hier – der Not gehorchend, nicht der eignen Tugend – gerade als Schafhirte versuchte.
Mit seinem illustren Gefangenen nach Paris zurückgekehrt, erklärte Thomas dem Oberst Débras zu gemütlicher Abendstunde in einer gemütlichen Bar: «Es war eigentlich alles ganz einfach. Der amerikanische CIC hat mir sehr geholfen. Reizende Jungen. Auch über die Italiener kann ich nicht klagen. Sie haben nichts übrig für Generäle. Es scheint aber, daß die Italiener leider auch für die Amerikaner nichts übrig haben. Gott sei's geklagt.» Und dann erzählte Thomas von seinem italienischen Abenteuer.
Er war noch hinter seinem Schafhirten-General her und suchte wieder einmal das Hauptquartier des CIC (des Counter Intelligence Corps) auf, um sich neue Informationen zu holen, als er Zeuge einer seltsamen Szene wurde.
Wütend und hysterisch rannten die amerikanischen Geheimagenten umher, schrien durcheinander, gaben Befehle, um sie im selben Atemzug zu widerrufen, telefonierten wild und schrieben sozusagen am laufenden Band Verhaftungsbefehle aus.
Thomas erfuhr alsbald, was geschehen war. Vor drei Tagen hatte noch ein großer amerikanischer Frachter im Hafen gelegen, die «Victory», mit Lebensmitteln für die amerikanischen Streitkräfte

in Italien. Seit Sonntag war die «Victory» verschwunden, niemand wußte, wohin. Eine italienische Dienststelle schob der andern ebenso die Schuld zu wie eine amerikanische Dienststelle der andern.

Was war mit der «Victory» geschehen? Sie konnte sich doch nicht in Luft aufgelöst haben! Thomas Lievens Neugier erwachte. Er ging in den Hafen, trieb sich in Spelunken und Kneipen herum und landete zuletzt bei «Luigi».

Luigi sah aus wie der Schauspieler Orson Welles, betrieb ein kleines, schmutziges Freßlokal und war außerdem Hehler, Fälscher und Bandenchef.

Auf Anhieb empfand Luigi brüderliche Gefühle für den eleganten Zivilisten mit dem wissenden, ironischen Lächeln. Diese Sympathie steigerte sich noch, als Luigi erfuhr, daß Thomas Deutscher war.

Kaum zu glauben: Was der CIC nicht herausbekam, bekam Thomas in wenigen Stunden heraus. Er lernte bei Luigi sogar die Herren kennen, die das Ding mit der «Victory» gedreht hatten.

Dieses Ding sah so aus: Am vergangenen Sonntag hatte die Besatzung des Transportdampfers Landurlaub gehabt. Nur eine Wache blieb an Bord. Luigis Freunde inszenierten auf der Mole, direkt vor dem Fallreep, eine Schlägerei zwischen drei hübschen Mädchen, von denen eines gellend um Hilfe schrie. Ritterlich eilte die Schiffswache der bedrängten Schönen zu Hilfe. Dunkelhäutige Neapolitaner mischten sich ein; es kam zu einer wilden Schlägerei! Indessen ruderten von Backbord Luigis Freunde, als Matrosen verkleidet, an die «Victory» heran und kaperten sie. Blitzschnell lösten sie die Taue, lichteten den Anker, fuhren das Schiff aus dem Hafen hinaus und um eine Landzunge herum bis nach Pozzuoli.

Hier ankerten sie wieder. Die Fracht wurde in bereits wartende Lastwagen verladen. An Bord fanden sich Konserven, gefrorenes Geflügel, Früchte, Zucker, Reis, Mehl, alkoholische Getränke jeder Art, einige Zentner Zigaretten und einige tausend Büchsen Gänseleberpastete.

Die Seeräuber hatten sich nicht ohne Grund Pozzuoli als Anlegeort ausgesucht. Hier standen riesige Schiffs-Reparaturwerkstätten. Facharbeiter schufteten zu Überstundenlöhnen, um das gestohlene Schiff sogleich abzuwracken.

Auch Käufer für die Einzelteile warteten bereits an Ort und Stelle! Sie standen um das Schiff herum und sagten, was sie wollten. Nach Wunsch wurde den Herrschaften alles zurecht-

gesägt: Motoren, Kurbelwellen, Stahlwände, Aufbauten. Es war, als schnitten emsige Metzger Filetstück um Filetstück aus einem Ochsen heraus.
In Neapel gab es zu dieser Zeit keinen Gegenstand, für den man nicht Verwendung gehabt hätte. So blieb denn auch von der «Victory» nicht eine Niete übrig. Ja, es steht zu fürchten, daß Luigis Freunde sogar noch mit den Ratten etwas anzufangen wußten, die sie an Bord fanden ...

3

Mit dieser Geschichte unterhielt Thomas den Oberst Débras an einem gemütlichen Abend in einer gemütlichen Bar in Paris. Dann wurde Débras ernst. Er sagte: «Sie sind Deutscher, Lieven. Wir brauchen Sie jetzt in Deutschland. Niemand weiß besser als Sie zwischen großen, wirklichen Schweinen und den kleinen, harmlosen Mitläufern zu unterscheiden. Sie könnten erreichen, daß jetzt nicht die Falschen bestraft werden. Wollen Sie das?»
«Ja», sagte Thomas Lieven.
«In Deutschland müssen Sie aber unbedingt eine Uniform tragen.»
«Nein!!!»
«Tut mir leid, das ist Vorschrift. Wir müssen Ihnen auch einen französischen Namen geben und einen militärischen Rang. Hauptmann, würde ich sagen.»
«Mein Gott, aber was für eine Uniform denn?»
«Ihre Sache, Lieven. Suchen Sie sich etwas aus!»
Also ging Thomas zu dem ersten Offiziersschneider der Stadt und suchte sich etwas aus: eine taubengraue Fliegerhose, eine beigefarbene Jacke mit großen Taschen, langer Mittelfalte im Rücken und engem Gürtel. Dazu einen Riemen über die Schulter, ein Schiffchen und drei Winkel am Ärmel.
Die von Thomas erfundene Uniform gefiel allgemein so gut, daß sie einen Monat später zur offiziellen Kleidung des «Kriegsverbrecher-Suchdienstes» erklärt wurde.
Mit den vorrückenden alliierten Truppen kehrte Thomas als Capitaine René Clairmont in seine Heimat zurück. Bei Kriegsende war er in Baden-Baden. Im ehemaligen Gestapo-Hauptquartier in der Kaiser-Wilhelm-Straße richtete er sein Büro ein.
So, und nun weiß der geneigte Leser, wie es möglich war, daß unser Freund am 7. Juli 1945 in Baden-Baden für einen Zwei-Sterne-General kochte!

Siebzehn Männer arbeiteten im Hause Kaiser-Wilhelm-Straße 1. In der Villa gegenüber wohnten sie. Ihre Arbeit war schwer, ihre Arbeit war unerfreulich. Dazu kam, daß sie sich zum Teil untereinander aus politischen und anderen Gründen nicht gut vertrugen. So bekam Thomas Lieven beispielsweise sofort Streit mit dem Lieutenant Pierre Valentine, einem jungen, hübschen Kerl mit eiskalten Augen und dünnen Lippen, den man sich genauso gut als SS-Mann hätte vorstellen können.
Valentine requirierte und verhaftete wild darauf los. Während sich die anständigen Offiziere des französischen «Kriegsverbrecher-Suchdienstes» genauso wie ihre anständigen amerikanischen und britischen Kollegen korrekt an die von der Militärregierung ausgegeben «Wanted-Persons»-Listen hielten, gebrauchte Valentine seine Macht willkürlich und ohne Gewissen.
Von Thomas zur Rede gestellt, zuckte er nur hochmütig die Schultern. Er sagte: «Ich hasse alle Deutschen.»
Gegen eine solche dumme Verallgemeinerung protestierte Thomas Lieven. Valentine erwiderte lässig: «Ich rede nur von Zahlen. In unserem Abschnitt allein hatten wir im vergangenen Monat einen Eingang von über 6000 Denunziationen von Deutschen gegen Deutsche. So sind sie: Wenn sie kleine Völker überfallen – Herrenmenschen. Wenn sie gerade auf die Schnauze geknallt sind, spielen sie Beethoven und denunzieren einander. Und vor einem solchen Volk soll ich Achtung haben?» Lieutenant Valentine, so widerwärtig er war, hatte in diesem Punkt recht: Eine scheußliche Woge von Spitzelei, Gemeinheit und Niedertracht schwemmte nach Kriegsende über Deutschland hinweg. –
Dann kam der 2. August 1945. An diesem Tage erlebte Thomas Lieven etwas, das ihn erschütterte. Ein hagerer, weißhaariger Mann, unterernährt und in alten zerdrückten Kleidern, erschien in seinem Büro. Dieser Mann zog den Hut und sprach die folgenden Worte: «Guten Tag, mein Herr. Ich heiße Werner Hellbricht. Sie suchen mich. Ich war Kreisbauernführer.» Er nannte den Ort, in dem er lebte, einen Ort im Schwarzwald. «Ich habe mich bisher versteckt. Aber jetzt komme ich zu Ihnen.» Thomas starrte den mageren, weißhaarigen Menschen an. «Warum tun Sie das?»
Da antwortete Hellbricht: «Weil ich eingesehen habe, daß in meinem Land furchtbare Verbrechen geschehen sind. Ich bin bereit, zu büßen, Straßen zu bauen, Steine zu klopfen, was Sie wollen. Ich bedauere aufrichtig, dieser verbrecherischen Regierung gedient zu haben. Ich habe an sie geglaubt. Das war falsch. Ich hätte weniger glauben und mehr denken sollen.»

Thomas stand auf. «Herr Hellbricht, es ist ein Uhr. Bevor wir weiterreden, eine Frage: Wollen Sie mit mir Mittag essen?»
«Essen? Mit Ihnen? Aber ich sagte Ihnen doch, ich war ein Nazi!»
«Trotzdem. Weil Sie es so ehrlich sagten.»
«Dann habe ich eine Bitte – fahren Sie mit mir auf meinen Hof. Ich habe Ihnen nämlich etwas zu zeigen. In der Waldschneise. Hinter meinem Hof», sagte der ehemalige Kreisbauernführer.

4

Eine erbärmlich dünne Suppe aus Sauerampfer, Kerbel, Löwenzahn und vielen Wiesenkräutern hatte Frau Hellbricht zum Essen vorbereitet. Sie sah so blaß und mager aus wie ihr Mann. Der Hof, den Thomas erblickte, war verkommen, die Fenster eingeschlagen, die Türschlösser zerschossen, die Ställe leer, die Zimmer ausgeplündert von den zwangsverpflichteten Fremdarbeitern.
«Man kann es ihnen nicht übelnehmen», sagte Hellbricht mit einem schiefen Lächeln. «Wir haben sie zuerst ausgeplündert, damals, in ihren Ländern ...»
Die Frau des ehemaligen Kreisbauernführers, die vor dem Herd in der kahlen Küche stand, sagte: «Nach der Suppe gibt es Kartoffelpüree und Backobst. Aus der Zuteilung. Es tut mir sehr leid, mehr haben wir nicht.» Thomas ging auf den Hof hinaus und öffnete den Kofferraum seines Wagens. Mit einem halben Pfund Butter, einer Büchse Sahne, einer Büchse Fleischextrakt und einer Büchse Corned beef kehrte er zurück.
«Nun lassen Sie mich mal an den Küchentisch, Frau Hellbricht», sprach er. Und er machte sich sogleich an demselben zu schaffen. Die magere Suppe stärkte er mit Fleischextrakt. Er öffnete die Cornedbeefdose und zerzupfte das Fleisch darin. Dann entdeckte er eine Schüssel mit Magermilchquark. «Den passieren Sie bitte, Frau Hellbricht», sagte er. «Mit vereinten Kräften werden wir in Kürze ein prima Mittagessen haben.»
«Ach Gott», sagte Frau Hellbricht und begann zu weinen. «Corned beef! Ich habe schon geträumt davon – aber gesehen habe ich es noch nie!»
Hellbricht sagte: «Und da gibt es auch noch Leute, die höhnisch zusehen, wie andere hungern. Leute, die schuld sind an unserem Elend. Herr Kapitän, ich bin kein Denunziant, aber ich muß es melden: In der Waldschneise ist unter dem Moos ein riesiges Lebensmittellager verbuddelt.»

Menu · Baden-Baden, 2. August 1945

Kräutersuppe
Verzaubertes Corned beef
Topfen-Speise

Das kann man auch heute noch essen – damals brachte es Thomas Lieven «Bonzen» ein

Kräutersuppe: Man nehme Kräuter wie Sauerampfer, Brennesselspitzen, Schnittlauch, Petersilie, Kerbel, Dill, Sellerieblätter, Lauch, putze und wiege sie fein. – Man dünste einen kleinen Teil davon in heller Buttermehlschwitze, gieße mit Wasser oder Fleischbrühe auf, lasse durchkochen, würze mit Pfeffer, Salz und einer Spur Muskat und gebe die übrigen Kräuter erst direkt vor dem Anrichten hinein. – Man kann die Suppe mit Eigelb und Sahne abziehen, auch pro Person ein Fallei hineingeben und geröstete Weißbrotwürfel darüberstreuen.

Verzaubertes Corned beef: Man nehme reichlich Zwiebelringe, dünste sie in Butter glasig, füge den zerzupften Inhalt einer Büchse Corned beef hinzu, lasse einige Minuten weiterschmoren, aber nicht braun braten.
Man gebe dann ein nicht zu festes Kartoffelpüree dazu, vermische alles gründlich, schmecke mit Salz und Pfeffer gut ab und lasse das Ganze auf kleiner Flamme zusammen durchziehen und heiß werden.

Topfen-Speise: Man nehme Topfen (Quark), passiere ihn durch ein Sieb, verrühre ihn mit Streuzucker nach Geschmack, dann mit süßer Sahne, bis eine glatte, nicht zu flüssige Crème entsteht. – Man mische noch Rosinen und ein paar Tropfen Zitronensaft darunter und fülle sie in eine Schale, die man mit etwas Schlagsahne verziert und gut kalt stellt.

«Wer hat das Lager verbuddelt? Und wann?»
«1944 war das. Im Herbst. Da kam der Adjutant vom Reichsbauernführer Darré zu mir. Und der Gestapochef von Karlsruhe, der Doktor Zimmermann. Sie sagten, sie hätten Vorräte zu vergraben für ... für die Führerreserve ... für die wichtigsten Leute ...»
Frau Hellbricht, verblüht, verhärmt und traurig, sagte, den Magermilchquark passierend: «Deshalb haben wir Sie hergebeten. Die Lebensmittel müssen ausgegraben werden. So viele hungern ... Wir haben wenigstens noch unser eigenes Dach über dem Kopf. Wir kommen schon durch. Aber die Ausgebombten, die Flüchtlinge, die Kinder ...»
Von diesem Tage, dem 2. August 1945 an, geschah zweierlei: Heimlich wurde ein riesiges Lebensmittellager ausgegraben – viele tausend Konservenbüchsen mit Fett, Fleisch, Marmelade,

Kunsthonig, Kaffee, Tee, Fliegerschokolade, Traubenzucker, Mehl, Gemüse, Obst. Diese Schätze wurden Hilfsorganisationen zur Verteilung an Kranke, Greise und Kinder übergeben.
So schnell es ging, wurden die Waldschneise und das Moos wieder so hergerichtet, als ob man nie gegraben hätte. Und dann wurde das Waldstück hinter dem Hof des Kreisbauernführers Hellbricht von ausgesuchten Leuten des «Kriegsverbrecher-Suchdienstes» Tag und Nacht bewacht.
Am 11. August, in der Dämmerung – Thomas hatte gerade Dienst –, kam ein Mann die Schneise heraufgeschlichen. Nach allen Seiten sichernd. Bei jedem Geräusch zusammenfahrend. Einen leeren Rucksack umgeschnallt. Einen kleinen Spaten in der Hand. Thomas kannte diesen Mann mit dem bleichen, gnadenlosen Gesicht von Fahndungs-Fotos her.
Der Mann begann zu graben, immer schneller, immer gieriger. Bemerkte zu spät, daß plötzlich drei Männer hinter ihm standen. Fuhr herum. Kam mühsam auf die Beine, taumelte zurück, Panik im Gesicht.
«Gestapochef Zimmermann», sagte Thomas Lieven, der plötzlich eine Pistole in der Hand hatte. «Sie sind verhaftet.»
Ach, und sie kamen alle, die großen Bonzen, die von dem vergrabenen Lebensmittellager wußten, sie kamen alle! Thomas Lieven hatte den Wachen eingeschärft: «Jeder, der hier zu buddeln anfängt, ist ein Bonze. Sofort hochnehmen den Kerl!»
Siebzehn große Nazis wurden auf diese schlichte Weise zwischen August und Oktober 1945 verhaftet.
Für den ehemaligen Kreisbauernführer Hellbricht setzte Thomas durch, daß er als Mitläufer eingestuft und mit einer Geldstrafe belegt wurde. Er durfte seinen Hof behalten.

5

Der erste Nachkriegsherbst kam. Die Menschen hungerten, die Menschen froren. In der französischen Zone wuchsen die Spannungen zwischen Besetzern und Besetzten – zum Teil auf Grund deutscher Ressentiments, zum Teil auf Grund französischer Ungesetzlichkeiten – immer mehr an. Dieses geschah leider auch:
Unter Leitung eines Pariser Fachmannes montierten französische Truppen im Schwarzwald die Maschinenautomaten der heimischen Uhrenindustrie ab und versuchten, Facharbeiter nach Belfort und der Haute-Savoie zu verschleppen, um eine französische Uhrenindustrie aufzuziehen.

Die Produktion der Maschinennadelfabriken in der französischen Zone wurde beschlagnahmt und von einigen wenigen Leuten in die Schweiz verschoben. Die deutschen Arbeiter wurden mit schlechten R-Mark schlecht, mit wenigen Lebensmitteln noch schlechter bezahlt.
Gewissenlose ausländische Geschäftemacher holzten in rücksichtsloser Weise ganze Forste ab. Tag und Nacht kreischten am Titisee die Bandsägen. Noch jahrelang erinnerten riesige Kahlschläge hier an ein gemeinsames Raffkegeschäft.
Hinter der noch halbwegs intakten Fassade von Baden-Baden verfielen Anstand und Moral. Es kam zu Prügeleien, Racheakten und Messerstechereien. Soldaten plünderten, stahlen und schossen wild in der Gegend herum. Mit Maschinenpistolen töteten sie schöne Schwäne; ein sinnloses Gemetzel.
Thomas wußte genau, daß der blonde, schlanke Lieutenant Valentine zu jener Clique gehörte, die sich auf dunkle, niederträchtige Weise bereicherte. Er konnte es ihm nur monatelang nicht nachweisen. Am 3. November 1945 konnte er es dann ...
Einen Tag zuvor war Thomas zu Ohren gekommen, daß der junge Lieutenant wieder einmal eine seiner geheimen Hausdurchsuchungen plante. Als Valentine am Nachmittag des 3. November Baden-Baden mit zwei Soldaten in einem Jeep verließ, folgte Thomas ihm in einem anderen Jeep. Er war sehr vorsichtig und hielt genügend Abstand.
Sie fuhren bis Karlsruhe. Hier bogen sie ab auf die Straße nach Ettlingen. An Ettlingen vorüber ging es bis nach Spielberg. Hier, über dem Dorf, erhob sich ein dunkles Gemäuer, das in einem großen Park, umgeben von einer hohen Mauer, stand. Dort hinauf fuhr der Lieutenant mit seinem Jeep. Vorsichtig hielt Thomas auf halber Höhe an, lenkte seinen Wagen in ein Gebüsch und hastete zu Fuß einen Abkürzungsweg hinauf.
In einigen Fenstern der großen, schloßartigen Villa brannte Licht. Thomas sah Schatten, er hörte undeutlich aufgeregte Stimmen. Er schlich um das Haus herum und blickte an der Fassade empor. Er sah große, im unteren Teil verhängte Scheiben. Thomas konnte nur eine Menge Pflanzen und die weiße Zimmerdecke darüber erkennen. Plötzlich wurde es still. Dann sah er die Silhouette des Lieutenants Valentine. Der tat etwas Seltsames: Er trat vor die Reihe der Blumentöpfe, die am Fenster stand, hob einen von ihnen nach dem andern hoch und riß die Pflanzen aus den Töpfen heraus. Ein Topf. Noch einer. Im ganzen sieben Töpfe. Warum? Wozu? Thomas konnte es sich nicht erklären.

Er wartete geduldig. Eine Viertelstunde später verließ Valentine mit seinen Männern das Haus wieder und fuhr fort.
Thomas läutete an der schweren Eingangstür. Ein verstörter Diener öffnete.
«Wer wohnt hier?» fragte Thomas.
«Der Herr Graf von Waldau.»
«Mein Name ist Capitaine Clairmont. Melden Sie mich an.»
Graf von Waldau – Graf von Waldau. Thomas erinnerte sich an den Mann. Wichtige Position im Auswärtigen Amt. Parteigenosse. Ziemlich schwer belastet. Er hatte ihn schon zweimal in Baden-Baden verhört.
Nun erschien er: hager, hochmütig und sehr wütend: «Sie auch noch, Capitaine Clairmont! Was wollen *Sie* hier stehlen? Etwas Tafelsilber? Ein Gemälde? Ihre Kollegen haben das Wichtigste schon mitgenommen!»
«Graf», sagte Thomas ruhig, «ich bin gekommen, um zu erfahren, was sich hier gerade abgespielt hat.»
«Das wissen Sie doch genau!» schrie Waldau. «Diebe und Schweine seid ihr alle!»
«Halten Sie das Maul», sagte Thomas recht leise, aber unüberhörbar. Der Graf starrte ihn an, begann zu zittern und fiel in einen Sessel. Dann erzählte er ...
Wenn man den Worten Waldaus glauben wollte, dann hatte er in sieben Blumentöpfen seinen wertvollsten Schmuck vergraben gehabt, unter den Wurzeln der Pflanzen. «Den ganzen Familienschmuck! – Eine Verwandte hat mir den Rat gegeben – diese Bestie. – Es war natürlich alles abgekartet, das begreife ich jetzt ...» Der Graf sah Thomas mit flackernden Augen an. «Verzeihen Sie mein Benehmen. Ich glaube, Sie sind unschuldig an diesem gemeinen Raub ...»
«Erzählen Sie weiter.»
«Sie wissen, ich bin belastet. Ich hatte Angst vor Plünderungen. Wir leben einsam hier. Vor einem Monat kam meine – diese Verwandte von mir vorbei. Sie ist Engländerin. Ich vermute, sie arbeitet beim Geheimdienst, im Hauptquartier Hannover. Sie wies auf die Blumentöpfe als Versteck. Als die drei Männer vorhin erschienen, gingen sie wortlos in den Wintergarten und nahmen wortlos die Pflanzen aus den Töpfen ...»
Bei dem Wort «Secret Service» fühlte Thomas, wie ihm zuerst sehr warm und danach sehr kalt wurde. Er sagte: «Nennen Sie mir den Namen der Dame, Graf.»
Der Graf nannte ihn.

6

Zwei Tage später erschien ein gewisser Capitaine Clairmont vom «Kriegsverbrecher-Suchdienst» Baden-Baden im Hauptquartier des Britischen Geheimdienstes in Hannover. Hier suchte er eine schlanke, blonde Schönheit auf, die in der schmucken Uniform eines weiblichen Leutnants in einem Büro im zweiten Stock des mächtigen beschlagnahmten Gebäudes Dienst tat.

Die Dame hielt eine Lupe in der Hand und besah mit glitzernden Augen einen kostbaren Armreif. Es klopfte. Blitzschnell verschwanden der Reif und die Lupe. «Herein!» rief die Dame.

Der Mann, der sich eben Capitaine Clairmont nannte, trat ein. Die Dame hinter dem Schreibtisch kreischte auf und fuhr empor. Sie war jetzt leichenblaß. Beide Hände hielt sie an die Wangen. Sie flüsterte entgeistert: «Nicht möglich ... Tommy ... Du –?»

Mit zusammengepreßten Lippen sah Thomas Lieven die schöne, skrupellose Prinzessin Vera von C. an, die er vor langer Zeit in Paris als Geliebte des Nazischiebers Lakuleit kennengelernt hatte; seine Prinzessin Vera, seine süße Geliebte, dieser verkommene Balg, diese völlig unberechenbare und völlig amoralische Person, die schon einmal, in Paris, bereit gewesen war, für Geld alles, einfach alles zu tun.

«Tommy – die Freude! – Du hast alles gut überstanden – du bist bei den Franzosen», stammelte sie und fiel ihm um den Hals.

Hart machte er sich von ihr frei. «Du Luder, du elendes», sagte Thomas Lieven, «seit wann arbeitest du mit diesem Schwein Valentine zusammen?»

«Ich habe keine Ahnung, wovon du sprichst, Schätzchen», erwiderte die Prinzessin lächelnd.

«Sag das noch einmal, und ich klebe dir eine», warnte Thomas Lieven. Vera sagte es noch einmal.

Er klebte ihr eine. Danach brach in einem Büro des Britischen Geheimdienstes zu Hannover eine wüste, lautlose Katzbalgerei aus.

Fünf Minuten später saß Vera, restauriert, auf einem Sessel. Thomas, gleichfalls restauriert, marschierte vor ihr auf und ab und versuchte sich an dieser seltsamen Angehörigen des deutschen Uradels in Pädagogik: «Du bist ein asozialer Balg. Geldgierig und gemein.»

Sie dehnte sich wie eine Katze: «Ach, Unsinn, Tommy. Komm zu deiner kleinen Vera. Würge mich noch einmal ein bißchen so wie vorhin.»

«Du kriegst gleich wieder eine», sagte er. «Was du getan hast, ist wohl das Gemeinste, das Niedrigste ... Ist der Graf Waldau mit dir verwandt, ja oder nein?»
«Ach der! Der alte Nazi-Knülch!» Sie begann zu lachen.
«Mundhalten! Vor zwei Tagen hat dein feiner Freund Valentine Haussuchung bei dem Grafen gehalten. Besser gesagt: Blumentopfsuchung. Denn das einzige, was ihn in dem ganzen Riesenhaus interessierte, waren die Blumentöpfe. Hör sofort auf zu lachen! So eine Sauerei! Von wem war die Idee? Von dir? Von ihm?»
«Erlaube mal! Von mir natürlich. Pierre ist viel zu dämlich für so einen feinen Trick!»
Er blieb vor ihr stehen und stemmte die Arme in die Seiten: «Feiner Trick! Du bist nicht besser als eine ekelhafte Nazisse!»
«Jetzt mach aber mal einen Punkt! Was heißt denn hier Moral? Ausgerechnet bei diesem Nazischwein Waldau! Den ganzen Schmuck hat der doch erst im Dritten Reich ergaunert!»
«Das mag sein», sagte Thomas. «Wenn Waldau den Schmuck ergaunert hat, dann gehört er seinen alten Besitzern, sofern die sich noch finden lassen – oder dem Staat, aber euch beiden gehört er auf keinen Fall!»
«Ach Gott, bist du süß ... so wild ... so idealistisch ... Weißt du was, Tommy, wir gehen zu mir. Ich habe hier eine schicke Wohnung. Hat auch mal ein alter Nazi drin gewohnt!»
«Du glaubst doch nicht im Ernst, daß ich noch einmal im Leben eine Wohnung von dir betrete», sagte Thomas.

7

Es war wirklich eine sehr gemütliche Wohnung. An der Tapete gab es in drei Zimmern helle Stellen. Da hatten bis vor kurzem noch Bilder gehangen. Thomas grinste, als er die hellen Stellen sah.
Es wurde ein sehr seltsamer Abend, denn Thomas und die Prinzessin verfolgten beide das gleiche Ziel: einer wollte den andern aufs Kreuz legen – symbolisch gemeint natürlich.
Zu diesem Behufe holte Vera zunächst eine Flasche Whisky hervor. Dann tranken sie beide ein Schlückchen. Und noch eines. Und noch eines. Vera dachte: *Mal* wird er ja einen sitzen haben. Thomas dachte: *Mal* wird sie ja einen sitzen haben.
Dann hatten sie beide einen sitzen!
Jetzt machen wir einen kleinen Zeitsprung, den Kindern zuliebe. Also – drei Stunden später ...

Drei Stunden später war die blonde Prinzessin ganz unglaublich anschmiegsam und zärtlich. Und Thomas war ein bißchen sentimental.
Der beschwipste Thomas beging einen fürchterlichen Fehler. Er erzählte von seinen Zukunftsplänen und im Zusammenhang damit von seinem Zürcher Bankkonto auf den Namen Eugen Wälterli.
«Eugen Wälterli heißt du *auch?*» kicherte Vera. «Ach, süß ... Ist – ist viel Geld auf dem Konto?»
Diese Frage hätte ihn nüchtern machen müssen. Sie machte es nicht. Beschwipst regte er sich auf: «Sag mal, das ist ja *krankhaft* bei dir. Kannst du *nur* immer an Geld denken?»
Sie biß sich auf die Unterlippe, sie nickte gramvoll. «Schwere Neurose. Kindheitstrauma. Weißt du, daß ich sogar schon Schecks gefälscht habe? Die Unterschrift, die ich nicht nachmachen kann, gibt's nicht!»
«Gratuliere», sagte er, der arglose Narr.
«Außerdem – ich bin eine echte Kleptomanin! In meiner Kindheit war das ganz arg. Die Buntstifte meiner Freundinnen waren *meine* Buntstifte. Die Geldbörsen meiner Freundinnen waren *meine* Geldbörsen. Später hat sich das auch noch verlagert. Die Männer meiner Freundinnen – muß ich weitersprechen?»
Mitnichten, versicherte ihr Thomas. Dann tranken sie noch etwas. Dann schliefen sie endlich ein.
Am anderen Morgen rumorte Thomas schon in der Küche, als Vera mit Kopfschmerzen erwachte. Er brachte ihr das Frühstück ans Bett. «So», sagte er, «in Ruhe Kaffee trinken. Dann baden. Dann ziehst du dich an, und wir fahren los.»
«Los? Wohin?»
«Nach Baden-Baden natürlich.»
Sie wurde weiß. «Was soll ich da?»
«Du wirst mit deinem Freund Valentine reden. Du wirst dafür sorgen, daß er den Schmuck von Waldau herausrückt. Und wenn ihr beide euch danach noch das Geringste zuschulden kommen laßt, dann geht ihr beide hoch!»
«Hör mal, du Lumpenkerl, und heute nacht hast du vergessen, was?»
Thomas hob die Augenbrauen: «Nacht ist Nacht, und Dienst ist Dienst.»
Das Kaffeetablett kippte um. Geschirr zerbrach. Sie stürzte sich auf ihn mit Gebrüll, mit Zähnen und Krallen. «Du Hund – ich bringe dich um!»

An diesem Abend, er war traurig und kalt, fuhr ein schmutziger Jeep in die Stadt Baden-Baden ein. Thomas Lieven saß am Steuer. Vera Prinzessin von C. saß neben ihm –.

Jetzt beging er *noch* einen Fehler! Er ging mit Vera in sein Büro in der Wilhelmstraße 1. Dann rief er den Lieutenant Valentine herbei. Valentine zuckte zusammen, als er Vera erblickte. Thomas redete beiden ins Gewissen.

«Ich verstehe kein Wort», sagte der Leutnant kalt. «Ich werde mich über Sie beschweren, mon Capitaine, ich ...»

«Halt die Schnauze, Pierre», sagte die Prinzessin sachlich. «Er weiß alles.»

«Was weiß er?» ächzte Valentine.

Vera sah Thomas an. «Kann ich fünf Minuten allein mit ihm sprechen?»

«Meinetwegen», sagte Thomas. Das war er, der Fehler!

Er verließ sein Büro und setzte sich in die Halle. Die Tür seines Büros ließ er nicht aus den Augen. Ich bin ja nicht dämlich, dachte er.

Eine Zigarettenlänge später wurde ihm glühend heiß, und er wußte plötzlich, daß er doch dämlich gewesen war. Sein Büro lag im ersten Stock. Und das Fenster war nicht vergittert! Er raste zurück. Das Zimmer war leer. Das Fenster stand offen ...

Zehn Minuten später ratterten im ganzen Lande Fernschreiber und Telegraphen los:

20 uhr 14 stop 6 nov 45 stop von: franz. kriegsverbrechersuchdienst b-b stop an alle militärpolizeiverbände stop an alle cic und cid-einheiten stop suchen sie und verhaften sie unverzüglich ...

Bereits um 4 Uhr 15 am 7. November verhaftete eine französische Militärpatrouille Pierre Valentine im Wartesaal des Bahnhofs von Nancy, als er gerade eine Karte nach Basel löste. Die Fahndung nach der Prinzessin Vera von C. verlief ergebnislos. Sie blieb verschwunden.

Der verhaftete Lieutenant wurde nach Paris ins Militärgefängnis übergeführt. Von General Pierre König, dem Oberbefehlshaber der französischen Streitkräfte in Deutschland, persönlich wurde Thomas Lieven ersucht, alles erreichbare Material gegen Valentine zusammenzutragen. Diese schmutzige Arbeit nahm unseren Freund bis Anfang Dezember in Anspruch. Vier weitere Franzosen wurden verhaftet.

Um es vorwegzunehmen: Lieutenant Valentine und seine Freunde wurden in Paris vor Gericht gestellt. Am 15. März 1946 wurden sie degradiert und zu hohen Freiheitsstrafen verurteilt.

Am 3. Dezember wurde Thomas Lieven ins Hauptquartier General Königs gerufen. Dieser sagte zu ihm: «Ich danke Ihnen aufrichtig dafür, daß Sie geholfen haben, diesen üblen Subjekten das Handwerk zu legen. Wir sind keine Armee von Räubern und Banditen. Wir wollen Ordnung und Gerechtigkeit in unserer Zone.»
Wurde Thomas Lieven am 3. Dezember von General König empfangen, belobigt und bedankt, so erhielt er am 7. Dezember den folgenden Brief:

DAS KRIEGSMINISTERIUM
DER FRANZÖSISCHEN REPUBLIK

Paris, 5. Dez. 1945

Capitaine René Clairmont
Armee-Serien-Nummer S 324 213
Kriegsverbrecher-Suchdienst
Baden-Baden
Vorgang: CS Hr. Zt. 324/1945
Anläßlich der Voruntersuchung zu dem Militärgerichtsverfahren gegen Lieutenant Pierre Valentine und Mitangeklagten haben wir vom ‹Deuxième Bureau› Ihre Personalakte angefordert.
Aus dieser Akte, zu der ein führender Beamter des ‹Deuxième Bureau› uns noch Erläuterungen gab, geht hervor, daß Sie während des Krieges Agent der Deutschen Abwehr Paris gewesen sind. Sie werden verstehen, daß ein Mann Ihrer Vergangenheit im Rahmen unseres Kriegsverbrecher-Suchdienstes absolut untragbar ist. Oberst Maurice Débras, der Sie seinerzeit in diese Organisation übernahm, gehört seit vier Monaten dem Dienst nicht mehr an.
Sie werden hiermit aufgefordert, bis zum 15. Dezember 1945, 12 Uhr mittags, Ihre Büroräume in Baden-Baden zu räumen und Ihrem Vorgesetzten sämtliche Schriftstücke, Akten, Stempel und Unterlagen sowie Ihre Militärpapiere und Ausweise zu übergeben. Sie sind ab sofort vom Dienst suspendiert. Weitere Weisungen erfolgen umgehend.
Darunter stand eine unleserliche Unterschrift. Und darunter, getippt: Brigadegeneral.
Thomas Lieven saß an seinem Schreibtisch, summte leise vor sich hin, las den Brief noch einmal, summte weiter und dachte: Na also, jetzt ist es wieder mal soweit. Mit lähmender Monotonie

wiederholt sich alles in meinem Leben. Ich drehe ein krummes Ding – und jedermann liebt mich. Es regnet Auszeichnungen, Geld und Küsse. Ich bin der Liebling der respektiven Vaterländer. Ich begehe eine anständige Handlung – und wumm, sitze ich wieder im Dreck.

«Ein führender Beamter des ‹Deuxième Bureau›» hat den Herren im Kriegsministerium Erläuterungen zu meiner Personalakte gegeben? Ein führender Beamter! Oberst Jules Siméon lebt also immer noch. Und er haßt mich also immer noch ...

Thomas stand auf. Abwesend begann er, sein Büro aufzuräumen. Als er die Schreibtischschublade aufsperrte, klemmte der Schlüssel ein wenig. Nicht sehr. Es fiel ihm nicht auf. Noch fiel es ihm nicht auf. Benommen sammelte er seine Papiere ein, suchte seinen persönlichen Besitz zusammen.

Er holte die falschen Pässe aus der Lade, deren Schlüssel ein wenig im Schloß geklemmt hatte. Er zählte sie nach. Alle noch da. Nein, nicht mehr alle. Er zählte noch einmal. Verflucht, einer fehlte!

Schweiß trat auf Thomas Lievens Stirn, als er entdeckte, welcher fehlte: der schöne Schweizer Paß auf den Namen Eugen Wälterli. Und noch etwas vermißte Thomas, etwas, das auch in der Schublade gelegen hatte: das Scheckbuch auf das Konto der «Schweizerischen Nationalbank» und die Bankvollmacht.

Ächzend sank Thomas Lieven in seinen Sessel zurück. Fetzen von Gesprächen und Erinnerungen wirbelten in seinem Gehirn: «Eugen Wälterli heißt du auch? Ist viel Geld auf dem Konto? Die Unterschrift, die ich nicht nachmachen kann, gibt's nicht ...»

Thomas riß den Telefonhörer hoch. Verlangte ein Blitzgespräch nach Zürich: «Schweizerische Nationalbank». Wartete endlos. Gespräch nur möglich über Militärleitung. Na und? Jetzt war schon alles egal! Endlich hatte er die Verbindung.

Er verlangte den Beamten, der sein Konto betreute. Ahnte bereits alles, als er die gemütliche Schweizer Stimme hörte: «Ja, Herr Wälterli, mir wüssed B'scheid. Ihre Frau Gemahlin hät alles g'reglet ...»

Sie hat sich einen Schweizer Paß besorgt. Nach dem Vorbild *meines* Schweizer Passes. Das Luder, das elende.

«Wann ... wann war meine Frau da?»

«Ja so vor vierzäh Täg ... Madame hät g'meint, Sie würdet nach Züri zrugg cho und b'schtimme, was mit dem Konto g'scheh söll ...»

«Konto ... geschehen ... soll ...»

«Es stönd na 20 Franke druf.»

Menu · Paris, 22. Februar 1946

Russischer Borschtsch
Filet de Boeuf Stroganoff
Zitronen-Soufflé

Auf «russisch» machte Thomas Lieven sein erstes Millionen-Nachkriegsgeschäft

Russischer Borschtsch: Man nehme je ein Pfund schieres Rind- und Schweinefleisch und ein halbes Pfund durchwachsenen Räucherspeck, koche davon eine kräftige Brühe. Man nehme das fertig gekochte Fleisch heraus und schneide es in mundgerechte Stücke. – Man schmore in Schweineschmalz zwei Pfund in Streifen geschnittenen Weißkohl mit Pfeffer und Salz, Gewürzkörnern und einem Lorbeerblatt und in einem anderen Topf streifig geschnittene rote Rüben mit Suppengemüse, Pfeffer, Salz, Lorbeerblatt und Pfefferschote. Zu den roten Rüben gebe man einen Schuß Essig, damit sie ihre Farbe behalten. – Man gebe die weichgeschmorten Gemüse ohne Lorbeerblätter mit den Fleischstücken in die Brühe, lasse zusammen durchkochen und reibe vor dem Anrichten eine rote Rübe daran. – Bei Tisch pro Gast einen großen Löffel dicker saurer Sahne in die Suppe.

Filet de Boeuf Stroganoff: Man nehme gut abgehangenes Rinderfilet, schneide es erst in Scheiben und diese dann in schmale Streifchen. – Man schmore viel kleingehackte Zwiebeln in Butter weich, aber keinesfalls braun, gebe das Fleisch hinein und lasse es auf jeder Seite eine Minute mitbraten. – Man schmecke mit Pfeffer und Salz gut ab und rühre dicke saure Sahne unter das Gericht, das man noch einmal aufkochen läßt.

Zitronen-Soufflé: Man nehme drei Eigelb und rühre sie mit drei Eßlöffeln Zucker schaumig. – Man gebe den Saft und die abgeriebene Schale einer halben Zitrone, einen halben Kaffeelöffel Kartoffelmehl oder Maizena und zuletzt den sehr steifen Schnee der drei Eiweiß hinzu. – Man fülle die Masse in eine gebutterte Auflaufform und lasse sie bei mäßiger Hitze im Bratofen backen, bis sie hochgegangen und die Oberfläche ganz leicht gebräunt ist. – Man gebe das Soufflé sofort in der Form zu Tisch, reiche Biskuits dazu.

O Gott, o Gott, o Gott! «Sonst ... sonst hat sie alles abgehoben?»
«G'wüß doch, frili! Madame hät ja Ihre Paß derbi g'ha – Ihres Scheckbuech – ei Bankvollmacht – au für de Tresor ... Herr Wälterli! Herr Wälterli! Um Himmels wille, ischt was nicht in Ordnung? Schtimmt öppis nüd? Also, *unsere* Schuld ischt es nicht – Madame hat alle Vollmachten und Dokumente präsentiert – alle mit Ihrer Unterschrift ...»
Thomas Lieven legte den Hörer in die Gabel. Lange Zeit saß er reglos. Bis auf zwanzig Franken war alles weg, was er besessen hatte.

Eine Stunde später übergab der Mann, der sich noch Capitaine Clairmont nannte, sein Büro und alle seine Unterlagen dem Dienststellenleiter. Vom Mittag des 7. Dezember an war dieser Capitaine Clairmont verschwunden. Spurlos verschwunden.

9

Am 22. Februar 1946 erschienen beim Portier des Pariser Luxushotels «Crillon» am Place de la Concorde zwei Herren und fragten nach einem gewissen Monsieur Hausér.
Dem strahlenden Lächeln des Portiers nach zu schließen war dieser Monsieur Hausér ein Lieblingsgast des Hauses.
Der Portier rief ihn an: «Zwei Herren wollen Sie sprechen, Monsieur Hausér. Ein Monsieur Fabre und Monsieur le Baron Kutusow.»
«Ich bitte die Herren, sich heraufzubemühen.»
Ein Page geleitete die Herren in den zweiten Stock empor. Bastian Fabre stand das feuerrote Bürstenhaar ärger denn je vom Schädel ab. Sein Begleiter mit dem Namen eines berühmten russischen Generals war etwa 45 Jahre alt, breitschultrig und recht bürgerlich gekleidet.
Im Salon des Appartements 213 eilte Monsieur Hausér den beiden Besuchern in einem erstklassig geschnittenen Anzug entgegen.
Bastian wartete, bis der Page verschwunden war, dann fiel er seinem alten Freund um den Hals. «Junge, was bin ich froh, dich wiederzusehen!»
«Und ich erst, Bastian, und ich erst!» sagte Thomas Lieven. Er machte sich los und schüttelte dem Russen die Hand: «Es ist mir eine Freude, Sie kennenzulernen, Baron Kutusow. Ich werde mir allerdings erlauben, Sie von Stund an nicht mehr Baron, sondern vielmehr Genosse Kommissar zu nennen. Kommissar Kutusow.»
«Aber warum?» fragte der Russe, nervös blinzelnd.
«Ein Momentchen Geduld! Alles der Reihe nach! Ich habe euch so viel zu erzählen, meine Brüderchen! Ich habe das Essen aufs Zimmer bestellt. Man wird in zehn Minuten servieren. Unter anderem Borschtsch, Genosse Kommissar! Bitte, nehmt Platz ...»
Thomas Lieven bewegte sich mit einer Ruhe und Sicherheit, die atemberaubend war, wenn man bedachte, daß die französischen Militärbehörden ihn seit Wochen suchten und daß er sich also hier in Paris sozusagen in der Höhle des Löwen befand. Er trö-

stete sich jedoch selbst mit der Überlegung: Wo sucht ein Löwe sein Opfer weniger als in der eigenen Höhle?

Als er am 7. Dezember Baden-Baden fluchtartig verließ, hatte ein Spezialist, der einst Pässe für die Abwehr Paris fälschte, für ihn einen feinen französischen Paß auf den Namen Maurice Hausér hergestellt. Dann war ein Brief an Bastian Fabre nach Marseille abgegangen, in dem stand, daß er, Thomas, vollkommen pleite sei.

Postwendend war Bastians Antwort gekommen:

Siehste Pierre, wie gut es war, daß wir Dir damals ein bißchen was von der Sore von Lesseps klauten? Kannste nun haben. Habe hier einen Kumpel aufgetan, Sohn von einem russischen Baron. Kutusow heißt er. Der Alte war Taxichauffeur in Paris. Ist abgenibbelt. Jetzt fährt der Junge. Einen Pontiac ...»

Darauf hatte Bastian von Thomas dieses Telegramm erhalten: erwarte dich und baron mit auto 22. februar hôtel crillon.

Daselbst versicherte Thomas nun und erkundigte sich bei seinen Gästen: «Wo steht der Wagen?»

«Vor dem Hotel.»

«Das ist gut. Man soll ihn sehen. Nur mußt du, lieber Bastian, in der nächsten Zeit den Chauffeur spielen. Und der Genosse Kommissar Kutusow muß im Fond sitzen. Hast du die Goldstücke mitgebracht?»

«Liegen im Koffer.»

Drei Kellner erschienen und bereiteten das Essen vor. Dann saßen Thomas, Bastian und Kutusow bei Tisch und rührten frische Sahne in die gute Borschtsch-Suppe. Der russische Taxi-Aristokrat staunte: «Wie zu Hause! Sahne auf dem Tisch!»

«Wenn ich Sie bitten dürfte, ein wenig *volkstümlicher* zu essen, Genosse Kommissar. Ellbogen aufgestützt zum Beispiel. Vielleicht reinigen Sie in der nächsten Zeit auch Ihre Fingernägel nicht so ganz makellos.»

«Aber warum? Warum das alles?»

«Meine Herren, ich habe Ihnen ein großes Geschäft vorzuschlagen. Ein Geschäft, bei dem Sie, Baron, einen Kommissar, Bastian einen Chauffeur und ich einen Spirituosengroßhändler spielen muß.»

«Einen Spiri ... was?» staunte Bastian.

«Schluck runter, bevor du sprichst. Einen Schnapsgroßhändler. Ich bin von der französischen Armee auf das Bitterste gekränkt und enttäuscht worden, meine Herren. Ich habe die Absicht, der französischen Armee ein gewaltiges Ding zu drehen.»

«Mit Schnaps?»
«Ja, mit Schnaps.»
«Aber es gibt doch jetzt keinen Schnaps, verehrter Monsieur! Alles rationiert!» rief Kutusow.
«Haben Sie eine Ahnung, wie viel Schnaps es auf einmal geben wird, wenn Bastian einen ordentlichen Chauffeur und Sie einen ordentlichen Kommissar spielen», sagte Thomas. «Los, jeder noch einen Teller. Nach dem Essen gehen wir einkaufen.»
«Was?»
«Was dazu gehört. Schwarze Ledermäntel. Pelzmützen. Schwere Schuhe.» Thomas senkte die Stimme. «Hier im Hotel wohnt seit Kriegsende eine sowjetische Delegation. Fünf Mann. Ihre Aufgabe ist es, sich um alle Sowjetbürger in Frankreich zu kümmern. Wißt ihr, wieviel das sind?»
«Keine Ahnung.»
«Über fünftausend. Und mit ihnen allen ist dasselbe los ...» Indessen seine beiden Gäste, Borschtsch, die beste Suppe der Welt löffelnd, ihm andächtig lauschten, erzählte ihnen Thomas, was mit allen Sowjetbürgern in Frankreich los war ...

10

Zwei Tage später hielt ein schwarzer Pontiac vor dem «Ministère du Ravitaillement», in welchem sich die französische Alkoholverwaltung befand. Ein Chauffeur in schwarzem Ledermantel, eine Pelzmütze auf dem roten Igelhaar, riß den Schlag auf. Ein Herr in Ledermantel und Pelzmütze stieg aus, betrat das große, graue Gebäude, fuhr mit dem Lift in den dritten Stock empor und ging daselbst in das Büro einen Mannes mit Namen Hippolyte Lassandre, der ihm mit ausgebreiteten Armen entgegenkam.
«Mein lieber, sehr verehrter Monsieur Kutusow, ich war es, mit dem Sie gestern telefonierten. Legen Sie ab. Nehmen Sie Platz.»
Monsieur Kutusow, der unter dem schwarzen Ledermantel einen ziemlich zerdrückten, blauen Konfektionsanzug und an den Füßen schweres Schuhwerk trug, zeigte sich sehr aufgebracht. «In der Haltung Ihres Ministeriums sehe ich einen feindseligen Akt, den ich nach Moskau melden werde ...»
«Ich bitte Sie, flehe Sie an, lieber Monsieur Kutusow ... lieber Kommissar Kutusow, tun Sie das nicht. Ich bekomme den schlimmsten Ärger mit dem Zentral-Komitee!»
«Was für einem Komitee?»
«Der Kommunistischen Partei Frankreichs, Genosse Kommissar.

Ich bin Parteimitglied! Ich versichere Ihnen, es war wirklich nichts als ein Versehen.»
«Daß man fünftausend Sowjetbürger seit Monaten bei der Alkoholzuteilung übergangen hat?» Der falsche Kommissar lachte höhnisch. «Ein Versehen, was? Komisch – die britischen und amerikanischen Staatsbürger in Ihrem Land erhielten Alkohol. Aber die braven Bürger *meines* Landes, das vor allen andern Ländern die Faschisten geschlagen hat ...»
«Sprechen Sie nicht weiter, Genosse Kommissar, ich bitte Sie! Sie haben ja recht. Es ist unverzeihlich! Aber es soll gutgemacht werden, schnellstens!»
Kommissar Kutusow erklärte: «Ich fordere im Namen der Sowjetunion selbstverständlich auch die Nachlieferung der Zuteilung für alle vergangenen Monate.»
«Selbstverständlich, Genosse Kommissar, selbstverständlich ...»
Daß die in Frankreich lebenden Sowjetbürger keine Alkoholzuteilung erhielten, hatte Thomas Lieven von Zizi erfahren. Zizi war eine schlanke Rotblonde, die in Paris in einem florierenden Haus arbeitete. Thomas kannte sie noch aus dem Krieg. Zizi liebte Thomas. Im Krieg hatte er ihren Freund vor der Verschleppung nach Deutschland gerettet. Es ginge ihr prima, erzählte ihm Zizi. Vor allem, seit diese Russen in der Stadt seien. Die wären sozusagen Stammgäste in ihrem Etablissement.
«Was für Russen?» wollte Thomas wissen.
«Na, diese Kommission, die im ‹Crillon› wohnt. Fünf Kerle. Kräftig wie Bären, sage ich dir. *Das* sind Männer!»
Zizi berichtete, daß die fünf Sowjetbürger ganz entzückt von den Dekadenzerscheinungen des kapitalistischen Westens waren. Allerdings vernachlässigten sie darob ihren Dienst auf das Ärgste. Sie sollten sich um rund 5000 Landsleute in Frankreich kümmern, sie zur Heimkehr animieren. Das taten sie aber nur selten. Am liebsten waren sie bei Zizi. Und anderswo ...
«Stell dir das vor, nicht mal um die Schnapszuteilung kümmern sie sich», sagte Zizi zu Thomas.
«Um was für eine Schnapszuteilung?» fragte er und erfuhr, um was für eine.
Zizi hatte weitererzählt. Aber Thomas hatte nicht mehr zugehört. Ein Plan war in seinem Gehirn entstanden, ein kleiner, guter Plan. Nun, nachdem Bastian und Kutusow in Paris eingetroffen waren, setzte er ihn in die Tat um ...
Mit gefälschten Ausweisen hinlänglich als Sowjetbeamter legitimiert, nahm Kommissar Kutusow die nachgelieferte Alkohol-

zuteilung entgegen. Nicht weniger als 3000 Hektoliter rollten auf Lastautos zu einer unheimlichen, zum Teil eingestürzten Brauerei in der Nähe des Flughafens Orly.
Die hatte Thomas entdeckt, während er auf Bastian wartete. Sie gehörte einem Kollaborateur, der geflohen war. Im Februar 1946 – das muß man bei dieser Geschichte immer wieder bekennen – ging es in den meisten europäischen Ländern noch sehr drunter und drüber. Auch in Frankreich!
Nun nahmen acht Herren in jener Fabrik die Arbeit auf. Die Produktion lief Tag und Nacht. Die Herren stellten unter Leitung von Monsieur Hausér den bekannten und mit Recht beliebten Anis-Schnaps «Pastis» her, und zwar nach folgendem Familienrezept, das Thomas einer schwarzen Dame in Zizis Haus verdankte:
Man nehme auf einen Liter chemisch reinen neunzigprozentigen Alkohol
8 Gramm Fenchelsamen
12 Gramm Melissenblätter
5 Gramm Sternchenanis
2 Gramm Koriander
5 Gramm Salbei
8 Gramm grünen Anissamen.
Man lasse acht Tage lang im Dunkeln ziehen. Kurz vor dem Filtrieren füge man noch zehn Tropfen Anisessenz hinzu. Zuletzt verdünne man auf einen vierundvierzigprozentigen Alkoholgehalt ...
Den Alkohol bezahlte Kutusow mit dem Erlös der Goldstücke, die Bastian mitgebracht hatte. Die gefüllten Flaschen beklebten Bastians Freunde mit Etiketten, die Thomas in einer kleinen Druckerei herstellen ließ.
Indessen die Großproduktion anlief, suchte Monsieur Hausér einen französischen Militärbeamten, einen Stabsintendanten, in dem Pariser Stadtteil Latour-Maubourg auf. Dieser Stadtteil war zur Gänze von Militär besetzt, eine kleine Stadt in der Stadt.
Monsieur Hausér schlug dem Stabsintendanten Villard ein Schnapsgeschäft unter der Hand vor: «Ich habe Rohstoffe, ich kann ‹Pastis› produzieren. Ich weiß, daß es in Ihrem Offizierskasino kaum noch Schnaps gibt. Meine Ware ist preiswert.»
«Preiswert?»
Nun, für jene wilde alkoholarme Zeit gewiß! Heute würde man Thomas Lievens alias Monsieur Hausérs Forderung ein wenig übertrieben empfinden. Er verlangte, umgerechnet zum Kaufwert

unserer heutigen Währung, für eine Flasche «Pastis» immerhin 60 Mark!
Der Stabsintendant griff zu, als wäre es das Geschäft seines Lebens. Und das war es auf der anderen Seite ja auch wiederum, wenn man bedenkt, daß damals eine Flasche «Pastis» auf dem Schwarzen Markt umgerechnet an die 100 Mark kostete.
Das Geschäft blühte!
Vor allem wickelte es sich in Windeseile ab! Nicht nur *sein* Offizierskasino versorgte der Stabsintendant mit «Hausér-Pastis», nein, er brachte die frohe Kunde auch seinen Freunden, und so fuhren schon bald Armeelastwagen mit «Hausér-Pastis» zu allen Offizierskasinos des Landes.
In der Tat kann man sagen: Thomas Lieven versorgte die französische Armee. Und die französische Armee bezahlte prompt. Und alles ging gut bis zum 7. Mai 1946. Da gab es eine kleine Panne ...
Am 7. Mai 1946, gegen 19 Uhr, erschien der stämmige Chef der Sowjetischen Delegation, Herr Andrejew S. Schenkow, im Appartement des falschen Kommissars Kutusow im «Hôtel Crillon» und forderte ihn, sehr rot im Gesicht, auf, eine Erklärung abzugeben. Herr Schenkow hatte nämlich wenige Tage zuvor beschlossen, seine Pflichten denn doch ein wenig ernster zu nehmen. So wollte er auch seine 5000 Landsleute mit Alkohol versorgen. Aber vom Rationierungs-Ministerium mußte er erfahren, daß der Alkohol längst von einem Kommissar Kutusow, wohnhaft «Hôtel Crillon», abgeholt worden sei.
«Ich verlange eine Erklärung!» schrie Schenkow nun in russisch akzentuiertem Französisch. «Wer sind Sie, Herr? Ich kenne Sie nicht! Habe Sie nie gesehen! Ich lasse Sie verhaften. Ich ...»
«Maul halten!» brüllte Kutusow ihn an, aber in lupenrein russischen Urlauten. Und dann sprach er eine halbe Stunde lang mit dem Genossen Schenkow auf russisch in genau jener Art und über genau jene Dinge, die Thomas Lieven ihm eingeschärft hatte. Denn Thomas hatte eine solche kleine Panne natürlich von Anfang an einkalkuliert.
Eine halbe Stunde später kehrte Genosse Andrejew S. Schenkow bleich, verstört und mit schweißfeuchter Stirn in sein Zimmer zurück. Hier warteten auf ihn seine Freunde Tuschkin, Bolkonski, Balaschew und Alpalytsch.
«Genossen», stöhnte Schenkow und fiel in einen Sessel, «wir sind verloren.»
«Verloren?»

«Praktisch schon in Sibirien. Es ist grauenhaft. Es ist entsetzlich. Wißt ihr, wer Kutusow ist? Er ist der Kommissar, den sie uns nachgeschickt haben, um uns zu überwachen. Er hat alle Vollmachten. Und er weiß alles über uns.»
«Alles?» schrie Bolkonski entsetzt auf.
Schenkow sprach dumpf: «Alles. Wie wir hier arbeiten. Was wir hier getrieben haben.» Entsetzen malte sich auf den Zügen seiner vier Freunde. «Es gibt nur noch eines, Genossen, wir müssen versuchen, ihn zum Freund zu gewinnen. Und arbeiten wie Tiere, Tag und Nacht. Keine Zizi mehr! Keine Nylons und amerikanischen Konserven und Zigaretten mehr! Dann wird Kutusow *vielleicht* noch einmal Gnade vor Recht ergehen lassen ...»
Solcherart war, dank Lievens vorausblickendem Ingenium, der kleine Zwischenfall beigelegt, und das große «Pastis-Geschäft» konnte in aller Ruhe abgewickelt werden.

Am 29. Mai brachte ein sehr glücklicher, weil relativ wohlhabender Ex-Genosse Kommissar und Taxi-Aristokrat Kutusow seine beiden Freunde in seinem alten Pontiac nach Straßburg. Hier kannte Thomas aus den seligen Zeiten seines «Kriegsverbrecher-Suchdienstes» ein paar freundliche französische Grenzer und ein paar freundliche deutsche. Mit ihrer Hilfe sollte es unschwer gelingen, die beiden Koffer der Herren Lieven und Fabre unkontrolliert aus einem Land in das andere zu bugsieren. Die Schrankkoffer enthielten den Lohn der «Pastis»-Mühe.
Im Fond des Pontiacs schwärmte Thomas: «Jetzt geht's nach England, Bastian! Ins Land der Freiheit! Ach, mein Club – meine schöne Wohnung – meine kleine Bank – du wirst England lieben, mein Alter ...»
«Hör mal, aber die Engländer haben dich doch 1939 ausgewiesen!»
«Ja», sagte Thomas, «darum müssen wir eben auch noch auf einen Sprung nach München. Da sitzt ein Jugendfreund von mir, der wird mir helfen, wieder nach England reinzukommen.»
«Was is'n das für'n Jugendfreund?»
«Ein Berliner. Jetzt amerikanischer Major. Redakteur einer Zeitung. Kurt Westenhoff heißt er», sagte Thomas, selig lächelnd. «Ach, Bastian, ich bin ja so froh – alle Unordnung hat jetzt ein Ende. Ein neues Leben beginnt – eine neue Zeit.»

11

Unter vielen Besuchern wartete auch Thomas Lieven im Vorzimmer des amerikanischen Majors Kurt Westenhoff. In München. In der Schellingstraße. Im Riesengebäude des ehemaligen Eher-Verlages.
Im sogenannten Tausendjährigen Reich war hier der «Völkische Beobachter» von den Nazis gedruckt worden. Jetzt wurde hier eine andere Zeitung von den Amerikanern gedruckt.
Es war sehr heiß in München an diesem 30. Mai 1946. Manchen der mageren, blassen Herren in Westenhoffs Vorzimmer stand der Schweiß auf der Stirn. Nachdenklich sah Thomas Lieven sich um. Er dachte: Da sitzt ihr. In alten Anzügen, die euch zu groß geworden sind. Mit zu weiten Hemdkrägen. Hager, unterernährt und blaß. Wenn ich euch so betrachte, ihr Bittsteller und Hochgeschwemmten der ersten Nachkriegszeit, die ihr hierherkommt um Hilfe, um einen Posten, um «Persil»-Scheine ... Ihr seht nicht so aus, als ob ihr eure Köpfe hingehalten hättet draußen an der Front oder im echten Widerstand gegen die Nazis. Ihr wart wohl still während der Tausend Jahre. Ohren zu, Augen zu, Mund zu. Aber jetzt wollt ihr endlich an die Macht! Bald werdet ihr euch vor den Futterkrippen der Nation drängen und euren Teil herausholen aus dem großen Wurstkessel. Bald werdet ihr oben sein, in der Regierung, in der Wirtschaft, im ganzen Land. Denn die Amerikaner werden euch helfen ...
Aber, dachte Thomas Lieven, seid ihr die Richtigen für den richtigen Weg? Werdet ihr die *einzigartige* Gelegenheit nutzen, Deutschland und die Deutschen nun ein wenig aus der Weltgeschichte zu empfehlen – für eine Weile wenigstens?
Zwei Weltkriege haben wir begonnen und verloren im Lauf von zweiunddreißig Jahren. Eine forsche Leistung! Wie, wenn wir uns nun zurückzögen, neutral würden – uns poussieren ließen von den Amis und den Russen – Handel trieben mit West *und* Ost? – Wir haben so viel geschossen! – Wenn wir nun – bitte nicht gleich böse werden, ist ja nur ein Vorschlag! – überhaupt nie mehr schießen wollten? Du lieber Gott im Himmel, wäre das schön! –
Eine bildhübsche Sekretärin erschien. «Herr Lieven, Major Westenhoff erwartet Sie», sagte die junge Dame, die später einmal Mrs. Westenhoff heißen sollte. An ihr vorbei ging Thomas in das Büro des Redakteurs, der ihm mit ausgestreckter Hand entgegenkam.
«Tag, Thomas», sagte Kurt Westenhoff. Er war klein und rund-

lich. Er besaß spärliches blondes Haar, eine schöne Stirne und kluge blaue Augen, die immer freundlich und immer melancholisch wirkten. Der Vater dieses Mannes, Dr. Hans Westenhoff, hatte als Chefredakteur des Ullstein-Verlages in Berlin gearbeitet, für die «BZ am Mittag» und für das «Tempo». Dann hatte die Familie emigrieren müssen. Nun war der Krieg zu Ende. Nun war Kurt Westenhoff zurückgekommen in dieses Land, das ihn fortgejagt hatte.

«Tag, Kurt», sagte Thomas. 1933 hatte er diesen Mann zum letztenmal gesehen, in Berlin. Dreizehn Jahre waren vergangen. Trotzdem hatte Westenhoff sich sofort an ihn erinnert.

Thomas sagte heiser: «Ich ... ich danke dir.»

«Quatsch, Mensch! Ich kenne dich seit unserer Schulzeit. Ich habe deinen Vater gekannt. Ich brauche keine Fragen zu stellen bei dir. Nur eine: Wie kann ich dir helfen?»

Thomas sagte: «Du weißt, ich war vor dem Krieg Bankier in London. ‹Marlock and Lieven.› Dominion Agency, in der Lombard Street.»

«Dominion Agency, richtig! Ich erinnere mich.»

«Ich habe wüste Jahre hinter mir. Euer CIC wird ein Riesendossier über mich haben. Aber ich sage die reine Wahrheit: In den ganzen Schlamassel bin ich nur durch meinen Kompagnon Marlock geraten. Er hat dafür gesorgt, daß ich aus England ausgewiesen wurde. Er hat sich die Bank unter den Nagel gerissen. Seit 1939 habe ich nur einen Wunsch, nur einen Gedanken –: dieses Schwein zu stellen!»

«Ich verstehe», sagte Westenhoff. «Du willst rüber nach England.»

«Um mit Marlock abzurechnen, ja. Kannst du mir dabei helfen?»

«Sure, boy, sure!» sagte der amerikanische Berliner. Und er irrte sich! –

Zwei Wochen später, am 14. Juni, forderte Westenhoff Thomas auf, ihn am Abend in seiner Villa zu besuchen.

«Tut mir leid, Thomas», sagte sein Freund zu ihm, als sie beide auf der Terrasse hinter dem Haus saßen und in den dämmerigen Garten hinausblickten. «Wirklich wahnsinnig leid. Trink lieber noch einen großen Whisky pur, bevor ich es dir erzähle.»

Diesen Rat befolgte Thomas.

«Dein Robert E. Marlock ist verschwunden. Ich habe meine Freunde beim CIC alarmiert. Die haben sich mit den Engländern in Verbindung gesetzt. Sieht traurig aus, Thomas, sehr traurig. Deine kleine Bank gibt es auch nicht mehr. Noch einen Drink?»

«Am besten stellst du gleich die Flasche vor mich hin. Ich komme mir langsam vor wie Hiob.» Thomas lächelte verzerrt. «Hiob mit Johnnie Walker. Seit wann gibt's meine kleine Bank nicht mehr?»
«Seit 1942.» Westenhoff zog ein Blatt Papier aus der Tasche. «Genau: seit dem 14. August 1942. Da stellte Marlock die Zahlungen ein. Wechsel platzten. Kunden wollte ihre Konten abheben. Marlock verschwand an diesem Tag vom Erdboden, bis heute. Soweit meine Freunde vom CIC. Die möchten dich übrigens gerne kennenlernen.»
«Aber ich sie nicht.»
Thomas seufzte. Er sah in den blühenden Garten hinaus, dessen Bäume und Sträucher im Dämmerlicht des herabsinkenden Abends mehr und mehr ihre Konturen verloren und zu rauchigen Schatten verschwammen. Er drehte sein Glas hin und her. Endlich sagte er: «Also werde ich hierbleiben. Ich habe genug Geld in Frankreich verdient. Ich werde arbeiten. Aber nie mehr, hörst du, Kurt, nie mehr für einen Geheimdienst. Nie mehr in meinem Leben!»
Und damit sollte er sich irren – ebenso wie Kurt Westenhoff sich irrte, wenn er annahm, daß Thomas Lieven seinem verbrecherischen Kompagnon Robert E. Marlock nie mehr begegnen würde ...

12

An einem schönen Tag im Juli 1946 schritt ein Herr in Sporthemd und Sporthosen über den englischen Rasen einer komfortablen Villa in Grünwald, am Stadtrand von München. Der Herr sah blaß und resigniert aus. An seiner Seite schritt, in derselben leichten Kleidung, ein muskulöser, zufrieden scheinender Riese, dem das rote Bürstenhaar wild vom Kopf abstand.
«Hübsches Häuschen haben wir uns gekauft, Bastian, mein Alter, was?» meinte Thomas Lieven.
«Und alles mit dem Geld der französischen Armee bezahlt», grunzte der ehemalige Ganove aus Marseille, der sich seit einigen Wochen als Lievens Kammerdiener versuchte.
Sie gingen auf die Villa zu. Thomas sagte: «Heute nacht habe ich mal ausgerechnet, wieviel wir bei unserm Umsatz dem französischen Finanzamt schulden.»
«Wieviel denn?»
«Etwa dreißig Millionen Francs», sagte Thomas schlicht.
Bastian erheiterte sich unmäßig. «Vive la grande armée!»
In der Villa läutete das Telefon. Westenhoff war am Apparat: «Möchtest du heute abend zu Eva Braun kommen?»

«Was?»
«In ihre Villa, meine ich. Ecke Maria-Theresia-/Prinzregentenstraße.»
«Da sitzt doch jetzt der CIC drin.»
«Richtig, Junge, richtig.»
«Ich habe dir gesagt, ich arbeite nie wieder als Geheimagent. Auch nicht für euch!»
«Du sollst für uns nicht als Geheimagent arbeiten, sondern als Koch.»
«Deine Freunde werden doch einen eigenen Koch haben!»
«Haben sie auch. Einen ganz erstklassigen sogar. War einst ein ganz großer Restaurateur. Und ein Blutordensträger dazu ...»
«Gratuliere. Einen feinen Geschmack haben deine Freunde.»
«Der Koch hatte einen noch besseren. Als er verhaftet wurde, verriet er ohne Zögern alle seine Bonzenfreunde. Dafür steckte der CIC ihn nicht sofort ins Lager. Er lebt unter Hausarrest und kocht. Aber heute kann er nicht kochen, heute hat er Durchfall. Komm doch und hilf diesen Abend aus, Thomas. Mir zuliebe. Sie haben einen Rehbock. Ein Special Agent hat ihn erledigt. Mit der Armbrust.»
«Kurt, du sollst am Tag nicht so viel trinken!»
«Es ist die reine Wahrheit; er hat ihn mit dem Flitzbogen erlegt. Ich kenne den Mann. Er geht *nur* mit dem Flitzbogen auf die Jagd. Er sagt, die Tiere müssen viel weniger leiden. Es wäre humaner so.»
Vollgefressen, wie wir heute sind, erinnern wir uns kaum noch, wie es damals war:
Nur 800 Kalorien täglich konnten im Juni 1946 im Ruhrgebiet an «Normalverbraucher» ausgegeben werden. Im Süden des Landes waren es 950 Kalorien. Schwerarbeiter erhielten 1700, Schwerstarbeiter 2100, Bergarbeiter 2400 Kalorien.
Nur 7 (!) Gramm Fett enthielt noch im September 1947 die «Grundration». Vorkriegsverbrauch: 110 Gramm.
Nur 14 Gramm Fleisch enthielt die «Grundration» im September 1947. Vorkriegsverbrauch: 123 Gramm.
Die Deutsche Ärzteschaft gab im Sommer 1947 in einer «Resolution zur Ernährungslage» die Mindestfettmenge pro Kopf und Tag mit 40 bis 60 Gramm an.
Ein Trost: Der Blutordensträger, der sich durch diese schlimme Zeit als Koch beim amerikanischen CIC hinlänglich gegen die Gefahr des Verhungerns absicherte, überstand auch die erwähnte Diarrhöe gut. Er überstand überhaupt alles gut. Heute ist er Be-

sitzer eines bekannten Restaurants in einer großen Stadt im Süden Deutschlands ...

13

Eine hübsche Villa hatte Hitler seiner Geliebten geschenkt, fand Bastian Fabre, als er mit Thomas Lieven in der Küche des Gebäudes gelandet war: «Das hätt' ich dem Vegetarier gar nicht zugetraut, was meinst du, Kumpel?»
«Und was hatte sie davon? Jetzt ist sie tot», sagte Thomas. «Ich denke, wir machen *vor* dem Reh einen Parmesanpudding und *nach* dem Reh etwas Süßes; das lieben die Amis.»
Teurer und geistreicher Leser, schöne und elegante Leserin! Schwer, bitter schwer fällt es uns, zu berichten, was wir nun zu berichten haben: Niemals noch – und Sie selbst sind die besten Zeugen dafür – hat unser Freund sich in der Vergangenheit betrunken.
An diesem 16. Juli 1946 jedoch betrank er sich in der Villa der (un)seligen Hitlergeliebten wie noch nie zuvor in seinem Leben. Und nur mit dem entsprechend ungeheuerlichen Promille-Gehalt läßt sich erklären, was Thomas Lieven in seinem katastrophalen Zustand widerfuhr.
Vielleicht hätte Bastian auf seinen Herrn besser aufpassen müssen. Er interessierte sich an jenem Abend jedoch allzusehr für das rothaarige Serviermädchen. Mit dieser etwas strapazierten Schönheit, die vierzehn Monate zuvor noch als Nachrichtenhelferin Freude in die einsamen Nächte deutscher Soldaten gebracht hatte, trieb er sich in der Küche und anderswo herum. Und so nahm das Verhängnis seinen Lauf ...
Kurt Westenhoff kam mit seiner schönen Sekretärin. Drei CIC-Agenten hatten deutsche Freundinnen eingeladen. Und dazu saßen noch zwei sehr, sehr attraktive Damen vom sogenannten «Art Collecting Point» am Tisch, die eine in einer französischen Uniform, die andere in einem ein wenig abgetragenen weißen Kleid, auf das bizarre Blumen gemalt waren.
Die Dame in der französischen Uniform wurde Mademoiselle Daniella genannt. Thomas kannte sie schon – der Stimme nach. Daniella pflegte in der «Pariser Stunde» von «Radio München» die neuesten französischen Chansons vorzutragen – mit vibrierender Schlafzimmerstimme. Die charmante Person war unbestrittener Mittelpunkt der Party.
Ihre deutsche Begleiterin stand völlig in ihrem Schatten. Christine Troll hieß das Mädchen mit dem langen, schwarzen Haar, den

langbewimperten schwarzen Augen und dem großen Mund. Sie war Sekretärin im «Art Collecting Point».

Von dieser Institution berichtete die Französin die amüsantesten Episoden. Die Damen und Herren der amerikanischen «Kunstwerke-Sammelstelle» amtierten auf dem Königsplatz, im kleineren der beiden sogenannten «Führerbauten». Ihre Aufgabe war es, all jene Kunstwerke aufzustöbern und sicherzustellen, die unter dem Naziregime in den besetzten Gebieten, aber auch in Deutschland den Besitzer gewechselt hatten durch Beschlagnahme, Verlagerung oder Raub.

«Sichergestellt», so berichtete Mademoiselle Daniella, hatten die Nazis in Paris die berühmten Sammlungen von Rothschild, Goldschmidt und Schloß. Aber wo waren all diese Schätze hingekommen?

Allein an Gemälden hatten die Nazis 14 000 Werke «verlagert» – aber wohin? Im Kloster Dietramszell, im Kloster Ettal, in den Salinen von Alt-Aussee förderten die Kunst-Detektive Meisterwerke zutage ... wenig, wenig, verglichen mit dem, was verschwunden war.

Nach dem Einmarsch hatten amerikanische Truppen den Führerbau I den Deutschen übergeben. «Nehmt das Zeug, es hat ja doch nur Hitler gehört» – so hatten ein paar flinke Münchner die Sieger verstanden. Sie «übernahmen» in der Tat, was sie fanden ...

Manche dieser Gemälde, so erzählte Mademoiselle Daniella, wurden später wiedergefunden, als der «Collecting Point» in der Umgebung des Königsplatzes – mit Unterstützung der Military Police – eine Razzia in über tausend Privatwohnungen vornahm. Dabei fand man herrlichste, unschätzbare Meisterwerke wieder, als Matratzen-Unterlagen oder Fensterverschalungen.

Natürlich hatten auch die Amerikaner geplündert. Mademoiselle Daniella berichtete vom Erlebnis eines Kunsthändlers in der Maximilianstraße. Bei dem war am Tage nach der Eroberung Münchens ein Sherman-Panzer vorgefahren. Die Panzerleute holten den Kunsthändler auf die Straße und zeigten ihm ein Bild, das sie vorne an den Tank gebunden hatten. Dem Experten erstarrte das Blut in den Adern. Was da auf den schmutzigen, öligen Panzerplatten hing, war nichts anderes als ein berühmtes, in allen Kunstbänden vorzufindendes Rembrandt-Gemälde, das Porträt des Rabbiners von Amsterdam, und zwar das *Original*.

Der Kunsthändler und die Soldaten wurden nicht einig. So fuhren die Sieger mit ihrem Schatz kettenrasselnd davon. Wohin? Das wußte niemand. Der Rembrandt ist nie wieder aufgetaucht ...

Menu · München, 16. Juli 1946

Parmesan-Pudding
Rehrücken Baden-Baden
Russische Creme

Beim Kochen für die Amis entflammt Thomas Lievens Herz ...

Parmesan-Pudding: Man nehme 120 g Butter, rühre sie schaumig, menge sechs Eigelb, 80 g geriebenen Parmesankäse, 1/4 Liter saure Sahne, etwas Salz, 140 g Mehl und zuletzt den steifen Eiweißschnee der sechs Eier darunter. – Man fülle die Masse in eine gebutterte und bemehlte Puddingform, lasse sie 45 Minuten im Wasserbad kochen. – Man stürze den Pudding auf eine große runde Platte, umgebe ihn mit 150 g feingehacktem Schinken und mit buttergeschwenkten grünen Böhnchen, die man mit gehackter Petersilie bestreut.

Rehrücken Baden-Baden: Man nehme einen abgehäuteten und gespickten Rehrücken, pfeffere und salze ihn, übergieße ihn mit kochendheißer Butter und schiebe ihn in den vorgeheizten Bratofen. – Man brate ihn unter fleißigem Begießen 45 bis 60 Minuten, das Fleisch muß aber noch saftig und am Knochen leicht rosa sein. – Man nehme etwas Bratensaft, mache darin Ananasstücke, eingemachte Kirschen und frische Weinbeeren heiß, umlege damit den Rehrücken. – Man koche den restlichen Saft und den Bratenfond mit saurer Sahne zu einer Sauce auf, die man gesondert serviert.

Russische Creme: Man nehme pro Person ein Eigelb, einen Eßlöffel Zucker, rühre sie schaumig, füge Arrak oder Rum – auf drei Eier einen Eßlöffel voll – hinzu und gebe sehr steif geschlagene Schlagsahne darunter. – Man verziere die Creme mit kleinen Makronen, die mit Arrak oder Rum getränkt wurden.

Solcherlei Erzählungen ließen Gastgeber und Gäste fröhlich werwerden. Man trank Gin und Juice. Thomas ging in die Küche, um nach Bastian, dem Serviermädchen und dem Rehrücken zu sehen. Er fand alle drei wohlauf. Die Ex-Nachrichtenhelferin saß auf Bastians Knien. Äußerlich war sie sehr rot. Innerlich war sie wohl immer noch braun. Thomas stach in den Rehrücken und fand, daß es sich bei diesem umgekehrt verhielt. Er gab dem balzenden Bastian die entsprechenden Anweisungen und kehrte in den Salon zurück.

Hier erzählte Mademoiselle Daniella noch immer. Thomas setzte sich neben die bescheidene, schöne Christine Troll und hörte zu. Er fühlte, wie er einen Schwips bekam. Auch die Augen der hübschen, dunklen Christine glänzten verdächtig. Er sagte zu ihr: «Es gibt gleich Essen!»

«Gott sei Dank, ich bin schon tipsy», bekannte sie mit tiefer, hei-

serer Stimme. (Wo ich tiefe, heisere Stimmen so liebe, dachte Thomas. Wie alt ist die Kleine wohl? Höchstens fünfundzwanzig. Hm. Süßes Mädchen ...)
Auch beim Essen unterhielt Mademoiselle Daniella ihre Tischgenossen weiter mit ihren Stories.
Thomas war verstimmt. Gerade mit dem Parmesan-Pudding habe ich mir so viel Mühe gegeben, dachte er. Und kein Mensch achtet darauf, kein Mensch lobt ihn.
Das hatte er gerade gedacht, da sagte Christine, die neben ihm saß, leise: «Hinreißend dieser Pudding. So etwas Gutes habe ich noch nie gegessen!»
Thomas blühte auf. Ach, was für ein Mädchen!
Als der Rehrücken kam, berichtete Mademoiselle Daniella gerade von dem berühmt-historischen Buch «Schedels Weltchronik», gedruckt im Jahre 1493. «... einer unserer Leute fuhr vor zwei Wochen durch Troibach bei Kraiburg am Inn. Bei einem Bauern ging er auf die – wie sagt man? – auf das ‹Häusl› ...» Gelächter. «Wie er sich – pardon, ich bin entsetzlich, ich weiß –, wie er sich bedienen will, kommen ihm die Schrift und das Papier so komisch vor ...» Neues Gelächter. «Meine Damen, meine Herren, was soll ich Ihnen sagen – es waren die zerschnittenen Seiten der berühmten Weltchronik aus dem Mittelalter, dem ersten gedruckten weltlichen Buch überhaupt, auf einem rostigen Nagel in einem Häusl in Troibach bei Kraiburg am Inn ...» Schallendes Gelächter.
Traurig dachte Thomas: Und keiner sagt etwas zu meinem Rehrücken.
Da sagte Christine leise: «Phantastisch, auch der Rehrücken. Sie sind ein Genie. Ist das ein besonderes Rezept?»
«Mein eigenes. Ich habe es Rehrücken Baden-Baden getauft. In Erinnerung an ... hm ... dort verlebte schöne Stunden.»
«Das müssen Sie mir alles ganz genau erzählen, bitte.»
Thomas rückte näher heran. «Aber mit Vergnügen!»
Der Abend war gerettet!
Nach dem Essen sang Mademoiselle Daniella Chansons. Man trank weiter. Einzelne Pärchen verschwanden. Neue Besucher kamen. Ein Grammophon spielte ohne Unterlaß. Thomas trank reihum mit sämtlichen Herren. Ich habe jetzt etwas im Magen, beruhigte er sich, es kann nichts passieren.
Dann lernte er den CIC-Agenten «Mister Smith» kennen, jenen tierliebenden Herrn, der tatsächlich mit der Armbrust auf die Jagd ging. Dabei stellte sich heraus, daß Thomas nicht *nur* eingeladen worden war, weil er so gut kochte.

«Hören Sie mal zu, Mr. Lieven. Ich weiß, Sie waren kein Nazi ... aber Sie haben so viele Nazis gekannt ... Sie könnten uns helfen ...»
«Nein, danke.»
«Lieven, das ist Ihr Land! Ich werde nicht ewig hier sein. Sie vielleicht schon. Wenn wir jetzt nicht achtgeben, sperren wir die Falschen ein und lassen die Falschen frei ... und alles kommt wieder, alles kommt wieder!»
«Trotzdem», sagte Thomas. «Ich will nichts mit Geheimdiensten zu tun haben. *Nie* mehr!»
Mr. Smith sah ihn von der Seite an und lächelte ...
Schummriger wurde die Beleuchtung, sentimentaler die Musik. Thomas tanzte mit Christine. Thomas flirtete mit Christine.
Christine erzählte von sich: «Eigentlich habe ich Chemie studiert. Meine Eltern hatte eine kleine Fabrik hier in München, kosmetische Präparate ...»
«Was heißt *hatten?*»
«Sie sind tot. Und die Fabrik ist ausgeplündert worden. Ich war nicht da in diesen Tagen. Wenn ich bloß jemanden finden könnte, der mir etwas Geld gibt.» Sie sprach so ernst! Thomas fand sie ungeheuer sympathisch. «Ach, etwas Kapital bloß. Man könnte verdienen, was man will. Millionen Frauen schreien nach kosmetischen Präparaten. Sie haben nichts, um sich schön zu machen ...»
Das leuchtete Thomas ein. Ein wenig schwerzungig schon sagte er: «Wir müssen uns unbedingt ... darüber unterhalten, Fräulein Christine.» Neuer Anlauf: «Komme Sie morgen besuchen. Ich ... ich ... könnte mir vorstellen, daß mich Ihre Fabrik interessiert ...»
«Oh!» Ihre Augen leuchteten auf.
Mademoiselle Daniella sang wieder. Thomas trank und tanzte mit Christine, tanzte und trank. Dann sang er selber. Und dann war es soweit: Er war blau, ganz ungeheuerlich blau. Liebenswürdig. Freundlich. Charmant. Aber eben blau. Es fiel nur keinem Menschen auf. Denn alle waren blau, alle im Hause der toten Eva. Nur der Blutordensträger nicht. Der lag mit Leibschmerzen in seiner Mansarde und knirschte mit den Zähnen.

14

Als Thomas erwachte, fand er sich in seinem Bett. Er hörte Bastians Stimme: «Das Frühstück, Pierre. Wach auf. Es ist halb zwölf!»
Thomas öffnete die Augen und stöhnte. In seinem Schädel tobten

Preßlufthämmer. Er sah Bastian an, der mit einem Tablett vor ihm stand. Er richtete sich auf. Und dann erstarrte er. Neben ihm lag ein Mädchen und schlief, tief und friedlich. Die süße, dunkle Christine Troll ...

Thomas schloß die Augen. Thomas öffnete die Augen wieder. Es war kein Spukbild, das ihn narrte. Christine lag noch immer da. Jetzt murmelte sie etwas und lächelte. Räkelte sich. Allmächtiger! Schnell deckte Thomas sie wieder zu.

Entsetzt sah er Bastian an, der keine Miene verzog: «Was ist passiert? Wie kommt die Dame hierher?»

«Mensch, frag *mich* doch nicht! Wie soll *ich* das wissen!»

«War ich ... waren diese Dame und ich ... schon ... hm ... zu Hause, als du kamst?»

«Jawohl. Du hast geschnarcht wie eine ganze Kompanie.»

«Um Gottes willen.»

«Total besoffen, was?»

«Und wie! Junge, Junge, also mir fehlen glatt acht oder neun Stunden. Ich habe nicht die geringste Erinnerung.»

«Na hör mal, das ist aber jammerschade!»

«Halt den Mund! Stell das Tablett weg. Ich will machen, daß ich hier rauskomme, bevor sie aufwacht. Vielleicht war sie auch betrunken. Und dann kann ich ihr die Peinlichkeit ersparen.»

Er konnte es nicht. Denn in diesem Moment schlug Christine Troll ihre schönen schwarzen Augen auf und blickte um sich. Lange um sich. Dann blickte sie an sich hinab. Wurde dunkelrot. Und sagte: «Ach, ist das unangenehm. Nein, also wirklich! Das ist ja ganz entsetzlich! Mein Herr, wer sind Sie, wenn ich bitten darf?»

Thomas verneigte sich im Sitzen. «Mein Name ist Lieven. Thomas Lieven.»

«Ach Gott, ach Gott. Und wer ... wer ist dieser Herr?»

«Mein Diener Bastian.»

«Guten Morgen, Mademoiselle», sagte Bastian und verneigte sich höflich.

Da begann die junge Dame zu weinen ...

Nach dem Frühstück gingen Thomas und Christine im Isartal spazieren. Langsam ließen ihre Kopfschmerzen nach.

«Und Sie haben keine Erinnerung?» fragte er.

«Nicht die allergeringste.»

«Ich auch nicht.»

«Herr Lieven!»

«Unter den gegebenen Umständen kannst du vermutlich ruhig Thomas zu mir sagen!»

«Nein, ich möchte beim Sie bleiben! Unter den Umständen, Herr Lieven, gibt es nur eine einzige Möglichkeit für uns: Wir gehen auseinander und sehen uns *nie* wieder.»
«Entschuldigen Sie, warum?»
«Herr Lieven, ich bin ein *anständiges* Mädchen. So etwas ist mir noch *nie* passiert.»
«Mir auch nicht. Vorschlag zur Güte. Wir reden nicht mehr davon. Und ziehen Ihre Kosmetikfabrik neu auf.»
«*Daran* erinnern Sie sich?»
«Genau. Und ich halte mein Wort. Was Sie an Kapital brauchen, steht Ihnen zur Verfügung.»
«Herr Lieven, also das kann ich unter *gar keinen* Umständen annehmen.»

15

Am 15. August 1946 wurde in der Kosmetikfabrik Troll die Produktion wieder aufgenommen. Mit einigen wenigen Arbeitern zunächst. Unter schwierigsten Bedingungen. Im September ging es schon besser. Durch seine Beziehungen zu den Amerikanern gelang es dem Geschäftspartner von Christine Troll, größere Mengen von Chemikalien zu beschaffen, die für die Produktion unentbehrlich waren. Im Oktober 1946 erzeugte die Fabrik bereits Seife, Hautcreme, ein Toilettenwasser und, als Verkaufsschlager, eine «Beauty Milk», die reißend Absatz fand. Neue Arbeiter wurden angestellt.
Christine Troll sagte zu ihrem Partner immer noch eisern: «Herr Lieven.»
Thomas Lieven sagte zu seiner Partnerin immer noch eisern: «Fräulein Troll.»
Zu Bastian sagte er: «Nie wieder ein krummes Ding, verstehst du? Mit Ehrlichkeit und Fleiß werden wir es schaffen. Anständig, alter Junge, kapiert? Anständig!»
Bastian grinste ...
Um diese Zeit, an einem tristen Oktoberabend, erschien eine kleine, verschreckte Frau in Thomas Lievens Villa. Sie entschuldigte sich immer wieder dafür, daß sie sich nicht angemeldet hatte, ohne zu sagen, was sie wollte und wie sie hieß: «... aber ich war so aufgeregt, Herr Lieven, ich war so furchtbar aufgeregt, als ich Ihren Namen las ...»
«Wo haben Sie meinen Namen gelesen?»
«Im Register vom Grundbuchamt – da arbeitet meine Schwester.

Ich und die Kinder leben ja noch immer in Freilassing. Dahin haben sie uns 45 verlagert. Es ist ein Elend – kein Platz – die Bauern sind widerlich zu uns, und jetzt auch noch dieses Wetter ...»

«Liebe Dame», sagte Thomas geduldig, «darf ich nun vielleicht endlich Ihren Namen erfahren?»

«Emma Brenner.»

Thomas zuckte zusammen. «Brenner! Sie sind die Frau von Major Brenner?»

Die kleine Frau begann zu weinen.

«Ja, Herr Lieven! Die Frau von Major Brenner ... Er hat so oft geschrieben über Sie, aus Paris. Er war so begeistert von Ihnen ... Herr Lieven, Sie kannten meinen Mann! War er ein schlechter Mensch? Hat er Unrecht begangen?»

«Wenn Sie so fragen, Frau Brenner, dann kann das nur eines bedeuten: Ihr Mann wurde verhaftet, stimmt's?»

Schluchzend nickte die kleine Frau. «Zusammen mit Oberst Werthe. Den kennen Sie doch auch ...»

«O Gott», sagte Thomas. «Werthe auch?»

«Seit Kriegsende sitzen sie im Lager Moosburg – und werden da sitzenbleiben, bis sie verhungern oder erfrieren ...»

«Frau Brenner, beruhigen Sie sich. Erzählen Sie mir.»

Das tat die kleine Frau, von Schluchzen unterbrochen. Die Lage für Werthe und Brenner schien tatsächlich hoffnungslos. Thomas kannte beide gut. Er wußte, es waren anständige Leute, die sich jahrelang mit der Gestapo herumgeschlagen hatten. Aber 1944 wurde Admiral Canaris abgesetzt, und die militärische Abwehr wurde Heinrich Himmler unterstellt. Werthe und Brenner waren plötzlich Himmler-Leute!

Und das blieben sie, bis die Amerikaner kamen und sie verhafteten. Die Amerikaner machten keinen Unterschied. Himmler-Leute waren für sie SD-Leute. Und SD-Leute waren «Securitiy Threats», «Bedrohungen der Sicherheit», die unter den «Automatic Arrest» fielen.

Im Internierungslager Moosburg gab es Dossiers über jeden Gefangenen. Diese Dossiers, eingestuft nach verschiedenen Kategorien, wanderten von Zeit zu Zeit durch die Büros der Entlassungsstelle. Immer neue Kategorien wurden enthaftet. Eine Kategorie durfte darauf warten bis in alle Ewigkeit: die «Security Threats».

«Können Sie mir nicht helfen?» schluchzte Frau Brenner. «Mein armer Mann ... der arme Herr Oberst ...»

«Ich will sehen, was ich tun kann», sagte Thomas nachdenklich.

«Mr. Smith», sagte er am nächsten Tag zu dem tierliebenden CIC-Agenten, der so darauf erpicht war, ihn als Mitarbeiter zu gewinnen, «ich habe es mir überlegt. Sie sehen genau wie ich, was los ist in meinem Land. Diese braune Pest ist nicht ausgerottet. Sie ist noch höchst lebendig. Wir müssen alle wachsam sein, um zu verhindern, daß sie jemals wiederkommt ...»
Mr. Smith holte erfreut Luft. «Heißt das, daß Sie nun doch für uns arbeiten wollen?»
«Heißt es, ja. Auf diesem einen bestimmten Sektor der Faschistenbekämpfung. Sonst nicht. Da schon. Wenn Sie wollen, fahre ich in die Camps.»
«Okay, Lieven», sagte Mr. Smith, «that's a deal!»
Die nächsten sechs Wochen verbrachte Thomas Lieven auf Reisen. Er besuchte die Internierungslager Regensburg, Nürnberg-Langwasser, Ludwigsburg und schließlich Moosburg.
In den ersten drei Lagern studierte er tagelang Hunderte von Dossiers, eng beschriebene Schreibmaschinenseiten, die Fotos der Verhafteten sowie den Stempel des vernehmenden Agenten trugen.
Thomas sah sich diese Bogen ganz genau an. Die Stempel waren primitiv, leicht nachzumachen. Ebenso primitiv waren die Fotos befestigt. Es wurden Schreibmaschinen aller Marken benutzt.
In den ersten drei Lagern entdeckte Thomas Lieven 34 Angehörige der Gestapo, die er in Frankreich kennen und hassen gelernt hatte, unter ihnen der Chef des SD Marseille, den Hauptsturmführer Heinrich Rahl, und ein paar seiner Gehilfen. Hauptsturmführer Rahl war im Lager «Kulturwart» geworden und genoß alle möglichen Erleichterungen.
Überhaupt kam Thomas bald darauf, daß die größten Schufte von einst sich bereits wieder, selbst in den Lagern, ihre Pöstchen zugeschoben hatten: in der Küche, im Krankenrevier, in der Schreibstube. Viele von ihnen waren zu «Vertrauensleuten» und «Lagersprechern» avanciert. Sie terrorisierten die anderen. Sie waren schon wieder obenauf.
«Einen feinen Instinkt habt ihr», sagte Thomas zu den Amerikanern. «Ihr fallt also auch auf blonde Haare, blaue Augen und Strammstehen herein! Von jetzt an wollen wir mal vor allem die Herren mit den Pöstchen unter die Lupe nehmen ...»
Das geschah.
Als Thomas am 3. Januar 1947 nach Moosburg kam, besaß er bereits das volle Vertrauen der beiden CIC-Agenten, die ihn begleiteten. Sie führten ihn in das schwer bewachte Archiv des

Lagers und ließen ihn vor Kästen mit 11 000 Vernehmungsprotokollen allein. 11 000 Mann saßen damals in Moosburg!
Thomas fand auch unter ihnen drei SD-Leute, an die er böse, ganz böse Erinnerungen hatte. Er fand natürlich auch die Protokolle über den Major Brenner und den Oberst Werthe.
Am Abend des 6. Januar verließ Thomas Lieven das Camp mit den Dossiers von Werthe und Brenner unter seinem Hemd. Er wohnte in einem kleinen Bauerngasthof. Hier arbeitete er lange in dieser Nacht.
So wie er es bei dem genialen Reynaldo Pereira in Lissabon gelernt hatte, fälschte er die Dossiers von Brenner und Werthe. Zuerst stellte er einen neuen Gummistempel her. Mit Schusterahle und Federmesser bördelte er sodann vorsichtig die Ösen auf, welche die Fotos hielten, und entfernte die Bilder von der Unterlage, indem er den Klebstoff auflöste und vorsichtig wegpinselte. Dann tippte er auf einer mitgebrachten Maschine neue Dossiers. Als der Morgen graute, prangten die Fotos seiner Freunde auf den neuen Dossiers. Wie anders sahen diese jetzt aber aus! Werthe und Brenner waren nicht länger böse SD-Leute, sondern harmlose, unbelastete Offiziere der deutschen Militärverwaltung in Frankreich. Es bestand kein Grund, sie weiter in Haft zu halten, wenn ihre Kategorie freigelassen wurde.
Am Morgen des 7. Januar brachten die beiden CIC-Agenten Thomas wieder ins Camp. Diesmal trug er die *neuen* Dossiers unter dem Hemd. Die alten hatte er im Kachelofen seines Gastzimmers verbrannt. Ohne Schwierigkeit gelang es ihm im Laufe des Tages, die gefälschten Bogen wieder an den richtigen Platz in den richtigen Kasten zu bringen. Seine Arbeit war damit beendet.
Noch vor Ende Januar 1947 wurden Brenner und Werthe entlassen. Seltsames Spiel des Schicksals: Zu dem Zeitpunkt, da Brenner und Werthe «raus» kamen, saß Thomas Lieven schon wieder einmal «drin» ...
Und das kam so:
Nachdem sie das Lager Moosburg absolviert hatten, fuhren die CIC-Agenten mit Thomas noch zu den Lagern in Dachau, Darmstadt und Hohenasperg. Hier saß die Nazi-Diplomatie. Noch einmal gelang es Thomas, ein paar alte SD-Verbrecher zu entdecken. Die CIC-Agenten sprachen ihm ihre Anerkennung aus. Am 23. Januar kehrten sie nach München zurück. Spät abends kamen sie an. Thomas war müde. Sie brachten ihn nach Grünwald hinaus, zu seiner Villa. Als er das Gartentor aufsperrte, fuhren sie winkend fort.

Dunkel, ohne ein erleuchtetes Fenster, lag das Haus da. Bastian treibt sich wieder herum, dachte Thomas. Kein Mensch daheim. Das war ein Irrtum, den er bemerkte, als er die Halle der Villa betrat. Etwas glitt in der Dunkelheit an ihm vorbei. Plötzlich flammte Licht auf.

Ein amerikanischer Militärpolizist stand vor ihm, einer hinter ihm. Sie hielten beide schwere Pistolen in den Händen. Ein Zivilist kam aus der Bibliothek. Auch er hielt eine Pistole in der Hand.

«Die Pfoten hoch, Lieven!» sagte er.

«Wer sind Sie?»

«CID», sagte der Zivilist. Der CID, das «Criminal Investigation Department», war die Kriminalpolizei der Armee; der CIC, das «Counter Intelligence Corps», interessierte sich nur für politische Verbrechen und Spionage.

Der Zivilist sagte: «Sie sind verhaftet! Wir warten hier seit fünf Tagen auf Sie!»

«Wissen Sie, ich war gerade ein paar Wochen für Ihr Konkurrenzunternehmen unterwegs.»

«Schnauze! Mitkommen!»

«Moment mal», sagte Thomas. «Ich warne Sie! Ich habe viele Freunde beim CIC! Ich habe diesen Leuten gerade einen großen Dienst erwiesen. Ich verlange sofort eine Erklärung. Warum verhaften Sie mich?»

«Kennen Sie einen gewissen Bastian Fabre?»

«Ja.»

«Und eine gewisse Christine Troll?»

«Ach, ja!» O Gott, dieses Vorgefühl, dieses ungute Vorgefühl ...

«Na also. Die sitzen schon.»

«Aber warum? Verflucht, warum?»

«Herr Lieven, Sie werden beschuldigt, im Auftrag einer Werwolf-Organisation einen Mordanschlag gegen den General Lynton ausgeführt zu haben – gemeinsam mit Ihren beiden Freunden.»

«Lynton? Der amerikanische General Lynton?» Thomas bekam einen Lachanfall. «Und wie wollte ich ihn ermorden, bitte?»

«Sie wollten ihn in die Luft sprengen!»

«Aaah – aah!»

«Das Lachen wird Ihnen vergehen, Lieven. Ihnen allen. Sie stellen Kosmetika her, wie?»

«Ja.»

«Sie produzieren sogenannte ‹Beauty Milk›, nicht?»

«Ja, und?»

«Eine Packung dieses Mord-Präparates explodierte vor fünf Tagen mit ungeheurer Wucht im Schlafzimmer von General Lynton. Nur durch eine glückliche Fügung war zur Zeit der Explosion niemand in der Nähe. Es ist völlig klar: Sie haben in der Packung Sprengstoff eingeschmuggelt. Na also, jetzt halten Sie die Schnauze, wie? Legt dem Mann Handschellen an, boys ...»

2. *Kapitel*

1

«Nichts lag mir ferner als die Absicht, den ehrenwerten General Lynton in die Luft zu sprengen», sagte Thomas Lieven. Er sagte es zum elftenmal in drei Tagen.
Amüsiert lächelnd zuerst, später wütend und erbittert, wies Thomal alle Verdächtigungen weit von sich.
Jedoch: «Sie lügen!» sagte CID-Investigator James Purnam. Zum elftenmal in drei Tagen sagte er es. Mehr und mehr ging sein störrischer Gefangener ihm auf die Nerven.
Die Zentralheizung im Vernehmungszimmer strahlte eine trockene Hitze aus, die Purnam den Schweiß auf die Stirn und Schmerzen in den Schädel trieb.
«Ich lüge nicht», sprach Thomas Lieven.
«Hören Sie mal zu, Lieven –!»
«*Herr* Lieven, bitte!»
«Hören Sie mal zu, Herr Lieven: Ich habe jetzt die Schnauze voll von Ihnen! Ich schließe dieses Verhör ab und sperre Sie ein, bis Sie schwarz werden.»
Thomas seufzte.
«Es ist schrecklich für mich, zu sehen, wie Sie schwitzen, Mr. Purnam. Aber wenn Sie Ihren Job behalten wollen, müssen Sie mir noch ein Weilchen zuhören. Denn wenn Sie mir nicht zuhören, und wenn ihr eure Räume weiter so überheizt, dann sehe ich vor meinem geistigen Auge bereits eine ganze Reihe von Sprengstoff-Anschlägen.»
«Eine ... ganze ... Reihe ...»
«Wohlan denn», sprach Thomas wie ein geduldiger Lehrer zu einem idiotischen Schüler. «Sie haben mich verhaftet, Sie haben meinen Freund Bastian Fabre verhaftet, Sie haben meine Geschäftspartnerin Christine Troll verhaftet. Warum? Wir haben in der provisorisch aufgebauten Fabrik von Fräulein Trolls Eltern Kosmetika hergestellt. Auch eine ‹Beauty Milk›. Ein Fläschchen

dieser Schönheitsmilch ist nun im Schlafzimmer von General Lynton explodiert ...»
«Verdammt, ja. Ihr Werk, Lieven, und das Ihrer Werwolf-Gangster!»
«Nein, nicht mein Werk, bloß das von Schimmelpilzen und Kohlendioxyd.»
«Ich werde wahnsinnig», stöhnte der Agent.
«Bevor Sie mir diese Freude bereiten, beantworten Sie meine dringende Anfrage: Teilt der verehrte Herr General sein Schlafzimmer mit der verehrten Frau General?»
Purnam schluckte, stierte Thomas an und flüsterte: «Jetzt wird *der* wahnsinnig!»
«Nein, wird *der* nicht», sagte Thomas. «Ich kombiniere lediglich: Die Frau General besaß einen Schminktisch im Schlafzimmer. Mit Spiegel und so weiter. Er stand neben dem Fenster ...»
«Woher wissen Sie das?»
«Weil sich unter Fenstern im allgemeinen die Körper der Zentralheizung befinden ...»
Purnam blinzelte nervös. Und nervös blinzelnd lauschte er dem munter weiter dozierenden Thomas. Seine «Beauty Milk», berichtete dieser, war nach einem alten Familienrezept der Firma Troll hergestellt worden: aus Zitrone, Magermilch und wenig Fett. Allerdings hatte man noch nicht steril arbeiten können. Auch die Fläschchen, in welche das Mittel abgefüllt worden war, ließen zu wünschen übrig. Schlechtes, altes Glas.
«Sehen Sie, Mr. Purnam, nicht ohne Grund klebt auf jedem unserer Fläschchen ein Zettel mit der Aufschrift: Kühl aufbewahren! Die verehrte Frau General Lynton hat dies nicht getan und die ‹Beauty Milk› auf ihren Toilettentisch gestellt. Neben die Zentralheizung. Neben die überheizte Zentralheizung ...»
«Fangen Sie nicht schon wieder an!»
«Keine Unterbrechung, bitte. Weil wir nicht steril arbeiten konnten, kamen mit der Milch Schimmelpilze in die Lösung. In der Wärme entwickelten sie Kohlendioxyd. Das ist ein Gas. Durch das Gas stieg der Innendruck im Fläschchen der sehr verehrten Frau General. Der Druck stieg und stieg und dann – wummmmm! Muß ich noch weitersprechen?»
Bleich sagte Purnam: «Schwindel und Lüge. Kein Wort glaube ich Ihnen!»
«Na, dann warten Sie es doch ab, mein Bester! Bald explodiert gewiß das nächste Fläschchen bei dem nächsten General ...»
Purnam schrie: «Halten Sie den Mund!»

«Bei den *deutschen* Damen, die unser Mittel erwarben, wird bestimmt *nichts* passieren», sagte Thomas. «Deutschen Damen bleibt nämlich in diesem dritten Nachkriegswinter gar nichts anderes übrig, als ihre Kosmetika kühl aufzubewahren.»
Das Telefon läutete. Purnam hob ab, meldete sich und lauschte eine Weile. Er wurde rot im Gesicht und wischte sich den Schweiß von der Stirn. Zuletzt sagte er: «Okay Boß, ich fahre gleich raus. Aber reden Sie nicht weiter von Werwolf und so – ich fürchte, wir blamieren uns damit.» Er hängte ein und sah Thomas mit einem schiefen Grinsen an.
«Darf ich fragen, ob schon wieder eines meiner Fläschchen hochgegangen ist?» erkundigte sich dieser.
«Im Fliegerhorst Neubiberg, ja. Vor einer Viertelstunde. In der Wohnung von Major Roger Rapp.»

2

Drei Tage später wurde Thomas Lieven dem «Provost Marshal» Münchens, einem klugen, älteren Colonel, vorgeführt. Im (überheizten) Büro des Obersten sah Thomas seine beiden Freunde wieder – den Marseiller Ex-Ganoven Bastian Fabre und die schwarzhaarige, schwarzäugige Christine Troll.
Der Colonel sprach: «Mr. Lieven, eine chemische Untersuchung verschiedener ‹Beauty Milk›-Proben aus der Fabrik Troll hat die Richtigkeit Ihrer Schimmelpilz-Theorie bestätigt. Aus diesem Grund werden Sie und Bastian Fabre sofort aus der Haft entlassen.»
«Moment mal», sagte Thomas nervös, «und was ist mit Fräulein Troll?»
Der Colonel sprach: «Durch ihre Fingerabdrücke haben wir festgestellt, daß Christine Troll unter dem Namen Vera Fross über ein Jahr lang Mitglied der berüchtigten Kaiser-Bande in Nürnberg war. Die jugendlichen Gangster stahlen Autos, überfielen Soldaten und raubten amerikanische Villen aus. Die weiblichen Mitglieder der Bande machten sich an Offiziere heran. Diese wurden dann mit Alkohol und Schlafmitteln betäubt und ausgeplündert ...»
Thomas starrte Christine Troll an, die sanfte, gut erzogene Christine, das Mädchen aus bürgerlichem Hause; dieses so sauber, so anständig, so moralisch wirkende Geschöpf; seine Geschäftspartnerin, die er als Dame geachtet und wie ein unschuldiges Mädchen behandelt hatte.
Christine Troll fuhr herum. Ihr blasses, ebenmäßiges Madonnen-

antlitz war verzerrt. Laut und ordinär klang nun ihre Stimme: «Guck nicht so vertrottelt, Mensch! Was glaubst du denn, warum ich mich an dich rangemacht habe?»
«Rangemacht ...», wiederholte Thomas schwach, während er dachte: Werde ich alt? Bin ich bereits halbstarken Gören nicht mehr gewachsen?
«Na klar, Mensch! Rangemacht! Als die Chose in Nürnberg aufflog, mußte ich untertauchen! Nahm mir wieder meinen alten Namen! Ließ mich bei den Amis anstellen und wartete auf einen Narren wie dich, der mir das Geld gab für die Fabrik!»
«Christine», sagte Thomas, «was habe ich Ihnen getan? Warum reden Sie so mit mir?»
Das junge Mädchen sah plötzlich alt aus, verlebt, verbraucht und zynisch: «Ich habe die Schnauze voll von euch allen! Allen Männern! Amis und Deutschen! Schweine seid ihr, gemeine Schweine – alle!» Ihre Stimme überschlug sich.
«Shut up», sagte der Colonel grob. Christine Troll verstummte. Der Colonel sagte zu Thomas: «Die Fabrik, alle Einkünfte und die gesamte Produktion sind natürlich beschlagnahmt.»
«Aber hören Sie, das ist nicht ihr Besitz allein! Mit *meinem* Geld wurde die Fabrik wieder in Gang gebracht!»
«I am sorry, Mr. Lieven, die Fabrik ist im Handelsregister allein auf den Namen von Christine Troll eingetragen. Ich fürchte, da haben Sie einen Fehler gemacht.»
Thomas dachte: Da hast du also wieder einmal deine Strafe vom Schicksal dafür, daß du versucht hast, anständig zu sein und ehrlich zu arbeiten. Dein Geld ist futsch! Hättest du ein krummes Ding gedreht, wärst du sicherlich reich geworden damit, wärst ausgezeichnet worden, belobt, geliebt – aber nein, du Idiot, du mußtest es auf die ehrliche Tour versuchen. Du hast noch immer nichts gelernt aus deinem Leben.
Am Abend dieses Tages saß er mit Bastian in der Halle seiner Villa vor dem Kamin, in dem ein Feuer flackerte. Sie tranken beide «Pastis» – den Schnaps, mit welchem sie in Frankreich jenes Geld verdient hatten, von dem nun wieder so viel verloren war.
«Ich habe dich gleich gewarnt», sagte Bastian. «Nun sind wir ziemlich pleite. Was machen wir jetzt? Die Villa verkaufen?»
«Mitnichten», sagte Thomas und streckte sich. «Jetzt werden wir Uran suchen gehen.»
«*Was* werden wir?»
«Du hast richtig gehört, mein Alter. Ich saß bei den Amis mit einem interessanten Menschen in einer Zelle. Walter Lippert heißt

er. Der hat mir eine Geschichte erzählt. Eine phantastische Geschichte ...»

3

Verbittert, blaß und abgemagert war Walter Lippert, als er in seiner Zelle Thomas Lievens Lebensweg kreuzte. Ein Mensch von hoher Intelligenz. Ein Mensch von untadeligem Charakter. Schriftsteller von Beruf. Antifaschist aus Überzeugung. Jahre hatte er im Konzentrationslager Dachau zugebracht. Hatte gehungert. Gefroren. Sich foltern lassen. War beinahe verreckt. Befreit worden im Jahre 1945 von Amerikanern. Und nun wieder eingesperrt worden von Amerikanern.
«Wegen der ‹Schwarzen Lucie›», sagte Walter Lippert zu Thomas Lieven.
«Wer ist die ‹Schwarze Lucie›?»
«Die größte Schleichhändlerin und Schwarzmarktkönigin Süddeutschlands», antwortete Walter Lippert. Und berichtete: Vor seiner Verhaftung durch den CID hatte er in einer Stadt im Süden Deutschlands gelebt. In derselben Stadt lebte die «Schwarze Lucie», eine schöne, leidenschaftliche Frau, der die amerikanischen Offiziere in Scharen nachliefen.
«Wie heißt diese Frau wirklich?» fragte Thomas den gefangenen Schriftsteller.
«Lucie Maria Wallner. Sie ist geschieden. Mit ihrem Mädchennamen heißt sie Felt.»
Diese Dame besaß ein Lokal mit Namen «Goldener Hahn». Das Etablissement hatte ein großdeutscher Gauleiter für sie im Krieg erworben und eingerichtet. Die «Schwarze Lucie» war seine ebenso wilde wie untreue Freundin gewesen. Der Gauleiter hatte noch vor Kriegsende das Zeitliche gesegnet. Und die «Schwarze Lucie» war nach Kriegsende die ebenso wilde wie untreue Geliebte eines gewissen Captain William Wallace geworden.
«Wer ist Captain Wallace?» fragte Thomas Lieven seinen Zellengenossen.
Captain Wallace, berichtete Lippert, war Kommandant eines Internierungslagers am Rande der kleinen Stadt. Hier saßen viele Nazi-Bonzen, die man an der österreichischen Grenze aus den letzten sogenannten «Absetz-Zügen» herausgeholt hatte.
Diese «Absetz-Züge», die Ende April 1945 gen Süden rollten, waren überfüllt gewesen mit Spitzenfunktionären der Obersten SA- und SS-Führung, mit Diplomaten und Ministerialdirigenten.

Gold und Juwelen führten diese Herren mit sich, Pläne von noch geheimen, nicht eingesetzten Waffen, riesige Mengen von Morphium, Kokain und anderen Rauschgiften aus Wehrmachtsbeständen und Uranwürfel aus dem «Kaiser-Wilhelm-Institut» in Berlin. Knapp vor der Grenze bekamen die Bonzen es mit der Angst zu tun, wenigstens, was das Uran betraf. Sie warfen die kostbaren Würfel aus den Zugfenstern. Nun berichtete Schriftsteller Lippert Thomas Lieven: «... an der Grenze wurden sie von Amerikanern verhaftet und in das Lager des Captain Wallace gesteckt. Da sitzen sie heute noch zum Teil. Das Gold, das Rauschgift und die Juwelen sind verschwunden. Ich behaupte, daß Captain Wallace sich alles unter den Nagel gerissen hat.»
«Und die Uranwürfel?» fragte Thomas.
«Sind nie wieder aufgetaucht. Ebensowenig die Pläne für die Wunderwaffen. Vielleicht liegen sie immer noch in irgendeiner Waldschneise unter dem Schnee. Vielleicht hat ein Bauer sie gefunden, was weiß ich ...»
«Und was haben Sie mit der ‹Schwarzen Lucie› erlebt?» fragte Thomas den mageren, hoffnungslosen Schriftsteller.
Bitter sagte Lippert: «Als ich aus dem KZ heimkam, stellten die Amis mich an in ihrer Special Branch.» Der Schriftsteller lachte. «Weil ich ein so feiner Anti-Nazi war! Ein Mann mit einer völlig weißen Weste! Darum war es meine Aufgabe, die Bewohner unserer Stadt zu ‹screenen›, zu durchleuchten. Vor etwa einem Jahr kam auch die ‹Schwarze Lucie› zu mir. Mit Captain Wallace ...»

Groß und üppig, schön und hochmütig kam die «Schwarze Lucie» in Walter Lipperts Büro. Blond und schlank, mit blauen Augen und schmalen Lippen, ging Captain Wallace an ihrer Seite.
Die «Schwarze Lucie» setzte sich auf Walter Lipperts Schreibtisch, warf drei Stangen Chesterfield-Zigaretten vor ihn hin, kreuzte die Beine und sagte: «Herr Lippert, oder wie Sie heißen, wie lange soll ich eigentlich noch auf meinen Screening-Schein warten?»
«Sie werden keinen Screening-Schein bekommen», sagte Lippert. «Und nehmen Sie *sofort* die Zigaretten weg! Stehen Sie von meinem Schreibtisch auf. Setzen Sie sich in einen Sessel.»
Captain Wallace lief rot an. Er sprach beinahe fließend deutsch: «Hören Sie, Lippert, diese Dame ist meine Verlobte! Wir wollen heiraten! Ich erwarte von Ihnen, daß Sie schnellstens den Schein ausstellen. Verstanden?» Bleich sagte Lippert: «Ich werde den Schein nicht ausstellen, Captain Wallace!»

«Und warum nicht?»
«Weil diese Dame außerordentlich schwer belastet ist. Sie war jahrelang die Geliebte eines Gauleiters. Sie hat Leute denunziert und ins KZ gebracht, sie hat sich bereichert. Es ist bekannt, daß sie den Screening-Schein nur deshalb braucht, weil sie das ‹Bristol› übernehmen will ...»
Das «Bristol» war ein Hotel, dessen Besitzer, ein belasteter Nazi, das Weite gesucht hatte.
«Na und wenn?» schrie Captain Wallace plötzlich los. «Was geht das *Sie* an? Bekommen wir den Schein – ja oder nein?»
«Nein», sagte Walter Lippert still.
«Das wird Ihnen noch leid tun», schrie der Captain. Er polterte aus dem Büro. Hüftenwackelnd und gummikauend folgte ihm die «Schwarze Lucie».
Außer sich vor Wut rief Lippert sofort seinen Landrat Dr. Werner an, der jeden Screening-Schein mit unterschreiben mußte. Dem Landrat berichtete Lippert von seinem Erlebnis. Dr. Werner tobte: «Das ist ja allerhand! Dieses alte Nazi-Miststück! Haben Sie keine Angst, Lippert, ich stehe hinter Ihnen! Wir geben nicht nach! Das wäre ja noch schöner!»
Nein, sie gaben nicht nach, der Landrat Dr. Werner und der KZ-ler Walter Lippert! Aber Captain Wallace gab ebenfalls nicht nach.
«... er erreichte, daß ich verhaftet wurde», berichtete Walter Lippert im Januar 1947 seinem Zellengenossen Thomas Lieven. «Ich sitze hier seit 82 Tagen. Ich wurde noch nicht ein einziges Mal verhört. Meine Frau ist schon halb wahnsinnig vor Sorge und Angst. Sie hat einen Brief an Präsident Truman geschrieben. Aber nichts geschieht. Oder doch, ja, etwas ist geschehen: Die ‹Schwarze Lucie› hat ihren Screening-Schein bekommen.»
«Von wem?»
Lippert zuckte müde die Schultern. «Von irgend jemandem. Sie hat so viele Freunde. Sie ist jetzt also auch die Pächterin vom ‹Bristol›. Jetzt werden *dort* die größten Schiebungen abgewickelt. Tja, Herr Lieven, so sieht das aus. Dafür habe ich mich im KZ halb lahm schlagen lassen. Es lebe die Demokratie! Es lebe die Gerechtigkeit!»
Solcherlei hörte Thomas am 26. Januar 1947 in einer Gefängniszelle. Und nun, am 29. Januar, sagte er vor dem flackernden Kaminfeuer in seiner Villa am Stadtrand von München zu seinem Freund Bastian: «So, jetzt weißt du alles. Ich habe für eine Weile die Schnauze voll von guten Werken und der anständigen Tour.»
«Gott sei Dank, endlich!»

«Wir fahren gen Süden. Zu Lucie, der Schwarzen. Wir suchen das Uran. Wir suchen die verschwundenen Pläne. Und um diesen armen Kerl, um diesen Walter Lippert, werde ich mich bei der Gelegenheit auch noch kümmern.»

4

«Das ist er», sagte die verweinte, verhärmte Elsa Lippert. Neben Thomas Lieven stand sie am Fenster ihres Wohnzimmers und wies auf die Hauptstraße der kleinen Stadt hinunter. «Da geht er, dieser Schuft! Mit ihr ... mit der ‹Schwarzen Lucie›!»
Thomas Lieven betrachtete das Paar interessiert: den blonden, schlanken Offizier, die Frau in dem kostbaren Bibermantel. Thomas zuckte zusammen. Captain Wallace trug einen Schmiß auf der linken Wange! Das war keine Operationsnarbe, nein, diese Narbe hatte eine Mensur zurückgelassen. Komisch. Seit wann schlugen sich Amerikaner auf Mensuren?
Thomas betrachtete die Frau neben dem seltsamen Captain. Wie ein Raubtier sah sie aus, ein kraftvolles, stets zum Angriff bereites Raubtier.
«Die Dame hat also jetzt das ‹Bristol›?»
«Ja, Herr Scheuner», sagte Frau Lippert.
Als Peter Scheuner hatte Thomas sich ihr vorgestellt. Auf den Namen Peter Scheuner besaß er ausgezeichnete falsche Papiere, die er selbst produziert hatte. Auch Bastian führte nun einen neuen Namen: Jean Lequoc ...
Thomas sagte: «Frau Lippert, ich will versuchen, Ihrem Mann zu helfen. Aber dazu muß ich alles wissen. Sie sagen, das ‹Bristol› gehörte einem Nazi, der geflohen ist?»
«Ja.»
«Dann ist das Hotel aber doch unter die Aufsicht des ‹Property Control Office› geraten! Wie heißt der Leiter des ‹Property Control Office›?»
«Das ist ein gewisser Captain Hornblow.»
«Befreundet mit Captain Wallace?»
«Ja, sehr.»
«Aha», sagte Thomas Lieven.
Die kleine Stadt war überfüllt mit Soldaten, Flüchtlingen und «Displaced Persons». Es gab zu wenig Wohnraum; Gasthöfe und Hotels waren bis auf den letzten Platz besetzt.
Thomas und Bastian fanden zwei ruhige Zimmer bei einem Bauern in einem Dorf vor der Stadt. Hier mieteten sie sich unter

ihren falschen Namen am Abend des 20. Februar 1947 ein, und hier blieben sie dann drei Monate. Das war eine lange Zeit, und die beiden waren alles andere als müßig.
Zuerst suchten sie ein paar Tage und ein paar Nächte lang das «Bristol» auf. Hier herrschte Hochbetrieb, wann man auch kam. Es wurde getanzt und getrunken, geflirtet und geschoben, geflüstert, gehandelt, telefoniert. Leichte Mädchen in Scharen fand man im «Bristol», Soldaten, die ihre Löhnung loswurden, zwielichtige Polen, unheimliche Tschechen, ein paar ungarische Aristokraten, ein paar Wlassow-Russen, und natürlich auch Deutsche.
Und immer, Tag und Nacht, konnte man die «Schwarze Lucie» sehen, geschminkt, dekolletiert und doch immer aufs Geschäft achtend. Und fast immer am Abend tauchte Captain Wallace auf – schmal, schlank, groß und blond. Mit einem Schmiß auf der linken Wange ...
Nachdem Thomas und Bastian die Zustände in der kleinen Stadt eine Woche lang beobachtet hatten, hielten sie in einem eingeschneiten Landgasthof Kriegsrat ab. Thomas sagte: «Hier gibt's Fräulein, hier gibt's Soldaten, hier gibt's DPs, mein Alter. Aber vor allem gibt's hier eines: *Nazis!* Hergeflüchtete und bodenständige, das weiß ich jetzt. Die Amis scheinen es nicht zu wissen. Aber wir zwei, du und ich, wir dürfen es *niemals* vergessen! Unser Ziel lautet: Uran *und* die Konstruktionspläne.»
«Wenn das Zeug noch hier ist!»
«Aller Wahrscheinlichkeit nach *ist* es noch hier. Und ich glaube, ich habe eine *erstklassige* Methode, um das festzustellen.»
«Na, schieß mal los», sagte Bastian.
Thomas schoß los. Sein Plan war ebenso einfach wie genial. Am 28. Februar entwickelte Thomas ihn zum erstenmal. Am 19. April befanden sich in seinem Besitz:
28 Würfel aus Uran 238, jeweils 5 Zentimeter Kantenlänge, 2,2 Kilo schwer, ohne Ausnahme gekennzeichnet mit dem Prägestempel des «Kaiser-Wilhelm-Instituts» in Berlin;
ein Exemplar des geheimen Zielgeräts MKO und
genaue Konstruktionspläne dieses geheimen Zielgeräts aus dem Dritten Reich, das nur in wenigen Mustern hergestellt und nicht mehr eingesetzt worden war. Es handelte sich um eine Konstruktion für Jagdflugzeuge, die es ermöglichte, den Gegner präzis in dem Moment zu treffen, da er im Fadenkreuz auftauchte, ohne daß der Schütze die übliche Vorhalte-Berechnung anzustellen brauchte ... Wie hat Thomas Lieven das geschafft?
Wie hat dieser angebliche Peter Scheuner das geschafft, fragten

sich Mitte April 1947 mit Recht französische, amerikanische, englische und andere Agenten, die sich in dieser Zeit im Süden Deutschlands in Rudeln tummelten und, gleich Thomas Lieven, alias Peter Scheuner, versucht hatten, die verschwundenen Zielgeräte und deren Konstruktionspläne aufzustöbern.
Wir haben auf den letzten Zeilen viele Wochen hurtig übersprungen. Eigentlich schreiben wir noch den 28. Februar. Und darum wollen wir den Trick Thomas Lievens noch eine *ganz* kleine Weile für uns behalten und in kurzen Worten berichten, was sich in diesen drei Monaten rund um die geheimnisvolle «Schwarze Lucie» ereignete. Und rund um Thomas Lieven.

5

In den drei Monaten, zwischen Winter- und Frühlingsanfang, nahmen die Rauschgiftoperationen der «Schwarzen Lucie» und ihres amerikanischen Geliebten ungeheuerliche Ausmaße an. Sie zierten sich, spielten Aufkäufer gegen Aufkäufer aus und trieben die Preise in die Höhe. Wußte die «Schwarze Lucie», daß sie mit ihrem Leben spielte?
Schriftsteller Lippert saß weiter im Gefängnis in München. So sehr Thomas sich bemühte, ihm zu helfen: er fand vorerst keine Möglichkeit dazu. Ein Ring des Schweigens, eine Verschwörung umgab den unglücklichen Lippert, der es gewagt hatte, sich der «Schwarzen Lucie» zu widersetzen.
«Geduld», sagte Thomas zu der armen, wehr- und hilflosen Elsa Lippert. «Haben Sie Geduld. Hier geschieht Unrecht. Das Unrecht währt niemals ewig. Manchmal währt es lange – aber ewig *nie*. Es kommt der Tag, da werden wir Ihrem armen Mann helfen können.»
So sehr jeder Versuch fehlschlug, den Schriftsteller Lippert zu rehabilitieren, so zufriedenstellend entwickelten sich Thomas Lievens private Aktionen. Am 19. April besaß er, wie gesagt, Uranwürfel, ein Exemplar des Zielgerätes MKO und dessen Konstruktionspläne.
Bald sprach es sich bei den Agenten der verschiedenen Nationen herum, daß er solcherlei Schätze sein eigen nannte. Sie kamen mit Kaufangeboten zu ihm – zuerst für die Uranwürfel. Hier fiel Thomas Lievens Wahl auf einen argentinischen Geschäftsmann und persönlichen Vertrauten von Juan Domingo Peron, der ein Jahr zuvor Staatspräsident seines Landes geworden war.
Zu seinem Freund Bastian sagte Thomas: «Das ist unser Mann,

mein Alter. Raus aus Europa mit dem Zeug! Weit weg! Dorthin, wo man keine Bomben damit baut!»

Der Argentinier bezahlte in amerikanischen Dollars – 3200 Dollar für jeden Würfel, also 89 600 Dollar insgesamt. Das Uran wurde, als Diplomatengepäck deklariert, nach Argentinien geflogen.

Der geneigte Leser erinnert sich vielleicht noch an den Skandal um das erste argentinische Atomkraftwerk, der im Jahre 1954 die Schlagzeilen der internationalen Presse füllte. Damals wurde bekannt, daß ein angeblicher Atomforscher deutscher Herkunft, ein «Professor» Ronald Richter, seit dem Jahre 1948 für Peron Atomexperimente auf der Insel Huemul durchgeführt hatte mit dem Ziel, Argentinien zur Atommacht aufsteigen zu lassen. 300 Millionen Mark hatte Peron dem seltsamen Professor zur Verfügung gestellt. Jedoch infolge technischer Unzulänglichkeiten funktionierte das Millionenprojekt nicht. Die Stäbe im Inneren des Atommeilers waren unter anderem aus Uranwürfeln hergestellt worden, die allesamt den Prägestempel des «Kaiser-Wilhelm-Instituts» in Berlin getragen hatten ...

Es begann das Werben der Agenten um Thomas Lievens Zielgerät MKO. Guter Pazifist, der er war, hatte er die Pläne natürlich ein wenig verändert – so weit, daß selbst geniale Techniker sich vergeblich die Köpfe über den Konstruktionspausen zerbrochen hätten. Guter Kaufmann, der er war, hatte er die Pläne natürlich auch vervielfältigt, denn es schwebte ihm vor, sie nicht nur an einen, sondern an mehrere Interessenten zu verkaufen.

Er war gerade im schönsten Feilschen, als Herr Gregor Marek auftauchte. Herr Marek stammte aus Böhmen. Thomas hatte ihn oft im «Bristol» gesehen. Herrn Marek schien es glänzend zu gehen. Er war immer elegant gekleidet, klein, untersetzt und hatte die breiten Backenknochen und die schrägen Augen der slawischen Rasse. Er sprach mit dem entsprechenden Akzent: «Sagen S' mir bittschön, meine Herren, könnt ich mich a bissel mit Ihnen unterhalten? Hörr ich, Sie ham was zu verkaufen ...»

Thomas und Bastian konnten ihn zunächst nicht verstehen.

Herr Marek wurde deutlicher: «Hab ich Leut driben in Tschechoslowakei, gute Freinde, zahlen prima. Also zeigen S' mir schon amol das Zeug und die Pläne.» Nach einigem Hin und Her zeigten Thomas und Bastian Herrn Marek amol das Zeug und die Pläne. Dem Tschechen traten die Augen aus dem Kopf. «Nicht zum Fassen! Ein Jahr bin ich hinter dem Zeug hergewesen. Nix gefunden. Sagen S' mir bittschön, wie ham S' das geschafft?»

Thomas antwortete: «Das war ganz einfach, lieber Herr Marek.

Menu · München, 6. Mai 1947

Aal in Salbei
Kalbs-Croquettes
Haselnuß-Pudding

Nach diesem Essen platzte beinahe die Militärregierung von Bayern ...

Aal in Salbei: Man schneide einen gut gereinigten Aal in Stücke, mariniere diese mindestens eine Stunde mit Zitronensaft, Pfeffer, Salz und feingehackten Kräutern, darunter etwas Salbei. – Man wickle dann jedes Stück in frische Salbeiblätter, brate sie 20–25 Minuten in brauner Butter, serviere sie mit Zitronenscheiben garniert und mit Bratbutter übergossen. – Man reiche dazu neue, mit gehackter Petersilie bestreute Kartoffeln und Gurkensalat.

Kalbs-Croquettes: Man nehme sehnenfreies Kalbfleisch, drehe es mit eingeweichtem, ausgedrücktem Weißbrot ohne Rinde, in Butter hell vorgedünsteten Schalotten und Petersilie durch den feinsten Wolf. – Man gebe zu der Masse verquirlte Eier, würze sie mit Pfeffer, Salz, ganz wenig Sardellenpaste und Worcestersauce und schlage sie tüchtig. Man forme dann flache Medaillons, wälze sie in Semmelbröseln und brate sie in heißer Butter goldbraun. – Man richte sie auf Scheiben von hellgelb geröstetem Kastenweißbrot an und serviere mit Tomatenketchup.

Haselnuß-Pudding: Man nehme vier Eigelb, rühre sie mit 75 g Zucker, Saft und Schale einer halben Zitrone schaumig, menge 145 g gemahlene Haselnüsse und zuletzt den steifen Schnee der vier Eiweiß darunter. – Man fülle die Masse in eine wie üblich vorbereitete Puddingform und koche sie eine Stunde im Wasserbad. – Man reiche zu dem Pudding Fruchtsaft oder heiße Weinschaumsauce.

Ich kalkulierte die politische Einstellung der Bevölkerung mit ein. Es gibt so viele Nazis hier. Mein Freund und ich zogen ein paar Wochen lang herum. Von Nazi zu Nazi. Wir ließen durchblicken, daß wir einer Werwolf-Organisation angehörten ...»
«Jeschuschmariaundjosef, san S' narrisch wordn?»
«Mitnichten, mein Lieber. Sie sehen, wie gut es funktionierte. Als Nazis zu Nazis sprachen wir mit Ansässigen oder auch mit Zugereisten. Wo war das Uran? Wo waren die Pläne der Wunderwaffen? Unsere Organisation brauchte Geld. Wir mußten das Uran und die Pläne verkaufen. Das sahen die Herren sogleich ein. Einer wies uns an den andern ... Voilà, Monsieur!»
«Ach du liebe Zeit, und zahln ham Sie nix missn dafir?»
«Nicht einen Tupf. Es waren lauter Idealisten. Also, was bieten Ihre Freunde im Osten?»

«Muß ich rieberfahrn, bissel rumhören.» Der Agent verschwand für drei Tage, dann sah Thomas ihn wieder. Marek war bester Laune: «Soll ich Ihnen schöne Grieße ausrichten. Kommen S' doch heute zu mir zum Essen. Hörr ich, Sie kochen gern. Ich hab alles zu Haus. Reden wir in Ruhe iebers Geschäft.»
Bastian und Thomas erschienen gegen elf Uhr vormittags am 6. Mai 1947 in der Wohnung des Volksdemokraten, die luxuriös eingerichtet war. Thomas wunderte sich: «Sind Ihre tschechischen Freunde so großzügig?»
Marek grinste: «Ich bitt Sie, das is doch nicht mein Hauptgeschäft! Kommens amol mit.» Marek führte seine Besucher in einen großen Raum neben der Küche. Hier lagen, meterhoch gestapelt, Hunderte von Bildbänden aus dem Tausendjährigen Reich. «Der Führer und die Kinder», «Der Reichsparteitag in Nürnberg», «Die Straßen des Führers», «Der Sieg im Westen», «Der Sieg im Osten», so und anders lauteten die Titel.
Thomas hob einen Band auf und blätterte. Ganzseitige Fotos zeigten Paraden, Bonzen, Generäle und immer wieder ihn, den «Führer».
«Is nur a klaner Teil hier herobn, ich hab den ganzen Keller voll. Dazu ss-Dolche, Orden, Totenkopf-Ringe – was Sie wolln! Machen sich keine Vorstellung, wie das weggeht. Also, reinweg narrisch sind die Amis mit dem Dreck! Nehmens nach Hause mit, als Souvenirs!»
Sie gingen in die Küche, woselbst sich der Lohn der verkauften Souvenirs in Form von Konservendosen, Fleisch und Whiskyflaschen präsentierte. «Ich hab' gekauft an schönen Aal, Herr Scheuner. Können S' mir machen Aal in Salbeiblättern? Is sich Lieblingsspeise von mir.»
«An die Arbeit», sagte Thomas. Er begann den Aal zu putzen und schnitt ihn in Stücke. Dabei berichtete Marek: «Was meine Auftraggeber sind, die mechten gern mit einem von Ihnen persönlich redn. Is sich alles arrangiert. Wenn S' rüber wolln, kommt a Grenzer. Natierlich nehmen S' Pläne nicht mit. Und ich bleib hier. Bei dem von Ihnen, wo dableibt.»
Thomas und Bastian gingen in den Garten und hielten eine kurze Beratung ab. Bastian meinte: «Ich fahre. Du läßt Marek nicht aus den Augen. Wenn was passiert, übergibst du ihn den Amerikanern. Hoffentlich sprechen die da drüben französisch!»
Darüber befragt, äußerte Marek: «Wie die Pupperln. Fließend, meine Herren, fließend!»
Thomas untersuchte den Aal. «Er muß noch eine Stunde marinie-

ren», sagte er. «Wenn Sie erlauben, sehe ich mich inzwischen in Ihrer Bibliothek ein bißchen um.»
«Aber bittschön, mit Vergniegen, bedienen's Ihnen», meinte Marek.
Thomas bediente sich. Bildband um Bildband führte er sich zu Gemüte, sah und staunte: «Junge, Junge, *was* ist bei uns nicht alles dabeigewesen ...»
Fünfzehn Bücher durchblätterte er, zwanzig. Das einundzwanzigste hieß: *«Der Führer und seine Getreuen».* Thomas schlug die Seiten um. Holte plötzlich rasselnd Atem. Und schrie nach Bastian. Der kam erschrocken.
«Schau dir das an ...» Thomas wies auf ein großes Foto, das zwei Männer in SA-Uniform zeigte. Der eine war fett und aufgeschwemmt. Der andere war blond, schlank, groß und hochmütig. Er trug einen Schmiß auf der linken Wange. Darunter stand:

STABSCHEF DER SA ERNST RÖHM
UND SEIN STURMFÜHRER FRITZ EDER

Thomas schlug das Impressumblatt des Buches auf: «Gedruckt 1933», sagte er. «Da war Herr Röhm noch am Leben. Er wurde erst 1934 umgelegt. Vielleicht ist es Herrn Eder gelungen, nach Amerika zu fliehen. Es dürfte nicht allzu schwer sein, festzustellen, ob SA-Sturmführer Eder und Captain Wallace ein und derselbe Mensch sind!»

6

Nein, allzu schwierig war es nicht!
Eine Woche brauchte der CIC dazu. Danach stand fest: Captain Wallace war in der Tat identisch mit dem ehemaligen SA-Sturmführer Eder. Er war in der Tat nach dem Röhm-Putsch in die Staaten geflohen und hatte seinen Namen gewechselt.
Wallace, alias Eder, wurde verhaftet, desgleichen der Property Control Officer Captain Hornblow. Sie wurden später zu hohen Zuchthausstrafen verurteilt.
Verlassen wir für einen Moment unseren Freund Lieven und berichten in Stichworten über das Ende der größten Schwarzmarkt-Zentrale Europas:
Am 20. Mai 1947 wurde der Schriftsteller Walter Lippert aus der Haft entlassen. Am 29. Mai flog Seine Ehren Richter Earl Rives aus dem Staate North Carolina nach Deutschland, um im Auftrag

des Armee-Staatssekretärs Kenneth Royall die Untersuchung der gewaltigen Schiebungen zu übernehmen. Am 5. Juni wurden 14 amerikanische Soldaten und 25 deutsche Staatsbürger, darunter die «Schwarze Lucie», in Haft genommen und verhört. Die «Schwarze Lucie» wurde am 2. Juli wieder in Freiheit gesetzt, durfte jedoch ihren Heimatort nicht verlassen. Das tat sie auch nicht; sie führte ihre Geschäfte weiter. Allerdings scheint sie dabei ihre Geschäftstüchtigkeit übertrieben zu haben, denn am 23. Dezember wurde sie mit durchschnittener Kehle in ihrem Schlafzimmer gefunden. Nichts von ihrem Besitz fehlte. Der Mörder wurde nie entdeckt.

Am 12. Januar 1948 schrieb die amerikanische Soldatenzeitung «Stars and Stripes» unter der Überschrift:

HUGE DOPE RING PROBED IN BAVARIA

By Tom Agoston

FRANKFURT, Jan. 12 (INS) – Postwar Germany's biggest black market scandal, involving a gang of international narcotic peddlers ... threatened to blow up in the lap of U.S. Military Government today ...

Zu deutsch:

RIESIGER RAUSCHGIFTRING IN BAYERN WIRD UNTERSUCHT

Bericht von Tom Agoston

FRANKFURT, 12. Jan. (INS) – Der größte Schwarzmarktskandal Nachkriegsdeutschlands, in welchen eine internationale Bande von Rauschgifthändlern verwickelt ist ... drohte heute direkt im Schoß der Amerikanischen Militärregierung zu explodieren.

Der Fall kam ans Licht durch das Verbrechen an einer Deutschen namens Lucie W., die vor knapp drei Wochen brutal ermordet wurde.

Wie es heißt, werden schwerste Anklagen gegen zwei Offiziere der Amerikanischen Militärregierung in Bayern erhoben. Der Skandal droht die deutsch-amerikanischen Beziehungen zu gefährden. Es geht um Werte von 3 bis 4 Millionen Dollar ...

Na ja, das wäre dies!

Nun kehren wir in das Jahr 1947 zurück.

Am 9. Mai verließ Bastian Fabre seinen Freund Thomas Lieven in Richtung Tschechoslowakei. Er wollte bis zum 15. Mai zurück sein. Er kam nicht zurück, nicht am 15. Mai und nicht in den Tagen danach.

Unruhiger als Thomas wurde Herr Marek: «Da is sich was passiert ... hat's noch nie gegeben ... sind korrekte Leut, meine Auftraggeber ...»
«Marek, wenn meinem Freund etwas zustößt, dann gnade Ihnen Gott!»
Am 22. Mai bekam Marek den Besuch eines Landsmannes, der einen Brief überbrachte und sich danach in größter Eile verabschiedete. Bleicher und bleicher wurde Herr Marek bei der Lektüre des Schreibens.
Unverwandt sah Thomas ihm dabei zu. «Was ist los?» fragte er ungeduldig.
Herr Marek konnte kaum reden vor Aufregung: «O Gott, o Gott!»
«Was ist? Los, reden Sie!»
«Russen ham Ihren Freind verhaftet.»
«Russen?»
«Is sich rausgekommen, daß Tschechen Zielgerät kaufen wollen. Russen verbieten. Sperren Ihren Freind ein. Sagen, sie wollen's Gerät selber ham. O Gott, o Gott.»
«Wo haben die Russen meinen Freund eingesperrt?»
«In Zwickau. Ihr Freind muß über Sowjetzone gefahren sein.»
«Herr Marek», sagte Thomas, «machen Sie sich reisefertig.»
«Sie wollen ... Sie wollen rieber nach Zwickau?»
«Klar», sagte Thomas.

7

Nordwestlich der bayerischen Stadt Hof, unmittelbar vor dem Dörfchen Blankenstein, lag um die Mittagsstunde des 27. Mai 1947 ein sympathischer Herr bäuchlings an einem Waldrand. Bei besagtem Herrn handelte es sich um den ehemaligen Privatbankier Thomas Lieven. Aus Gründen der Selbsterhaltung nannte er sich gerade Peter Scheuner.
Vor ihm im Moos lag eine Landkarte. Nach dieser orientierte sich Thomas zum wiederholten Mal. Da, wo der Wald aufhörte, begann eine blühende Wiese. Mitten durch die Wiese gluckste ein kleiner, fröhlicher Fluß. Vielleicht wäre er nicht so fröhlich gewesen, wenn er gewußt hätte, daß der die US-Zone Deutschlands von der Sowjetzone Deutschlands trennte.
An diesem Flüßchen hörte das eine Deutschland auf und das andere fing an. Die Karte zeigte das durch eine Schraffierung in brauner Farbe – hoffentlich, dachte Thomas, um daran zu er-

innern, wer die Schuld trägt, daß es nun zwei Deutschland gibt ...
Zwölf Uhr mittag am 27. Mai: Das war die verabredete Zeit. Die drei Bäume hinter dem kleinen Fluß: Das war der verabredete Ort. Da sollte ein Soldat der Roten Armee stehen, der Thomas in Empfang nahm. Er stand nur nicht da ...
Kinder, Kinder, dachte Thomas Lieven, das ist aber schon eine tolle Schlamperei! Da habe ich nun meinen Freund Bastian nach Zwickau geschickt, um mit den Tschechen über – natürlich gefälschte – Pläne eines Wunderzielgerätes zu verhandeln. Die Sowjets haben Bastian hochgenommen. Klar, daß ich Bastian raushauen muß! Klar, daß ich also hier liege am Mittag dieses 27. Mai. Ich bin bereit. In meiner Aktentasche trage ich die gefälschten Pläne bei mir. Hier liege ich und warte auf den Rotarmisten, der mich hinüberholt aus dem einen Deutschland in das andere Deutschland. Aber der Kerl ist nicht da. Ja, kann denn *nichts* im Leben glatt und ohne Aufregung ablaufen?
Thomas Lieven lag am Waldrand bis 12 Uhr 28. Als sein Magen zum erstenmal knurrte, tauchte drüben, jenseits des Flusses, ein Sowjetsoldat auf. Er trug eine Maschinenpistole vor sich her. Zwischen den drei Bäumen blieb er stehen und sah sich um. Na also, dachte Thomas. Er stand auf und ging auf die Wiese hinaus. Der Rotarmist, ein junger Bursche, sah ihm entgeistert entgegen.
«Hallo!» rief Thomas im Fürbaßschreiten und winkte dem Soldaten freundlich zu. Am Ufer des Flusses hielt er an und zog Schuhe und Strümpfe aus. Dann krempelte er die Hosen hoch. Dann watete er durch das eiskalte Wasser zum anderen Ufer. Mitten im Fluß hörte er einen heiseren Schrei und blickte überrascht auf.
«Stoj!» brüllte der junge Rotarmist und noch einiges dazu. Thomas verstand ihn nicht, nickte freundlich, watete weiter und erreichte das andere Ufer. Der junge Rotarmist drang auf Thomas ein. Dem fiel es plötzlich wie Schuppen von den Haaren. Herrjesus noch mal. Das ist gar nicht mein Rotarmist, der mich abholen soll! Das ist ein ganz anderer Rotarmist! Einer, der keine Ahnung davon hat, daß ich abgeholt werden soll!
Der Rotarmist schrie kehlig auf ihn ein.
«Mein lieber junger Freund, nun hören Sie einmal zu», begann Thomas. Da hatte er den Lauf der MP in den Rippen. Er ließ Schuhe, Socken und Aktentasche fallen und hob die Hände. Entsetzlich, dachte er. Nun also auch noch die Rote Armee ...
In Erinnerung an eine weit zurückliegende, aber ausgezeichnete französische Jiu-Jitsu-Erziehung wandte er sodann den sogenann-

ten «Doppelten Schmetterlingsgriff» an. Bruchteile von Sekunden später wirbelte der Rotarmist aufschreiend durch die Luft und flog mitsamt seiner Maschinenpistole in den Fluß. Schuhe, Socken, Aktentasche packte Thomas, um loszurennen – hinein in die Sowjetzone.
Da erschütterte ein Trampeln und Dröhnen die Erde. Entsetzt sah er auf. Aus dem Waldrand auf der sowjetzonalen Seite der Wiese waren mindestens fünfzig Menschen – Männer, Frauen, Kinder – hervorgebrochen. Wie von Sinnen rasten sie auf den Fluß zu, durchwateten ihn und rasten weiter, hinein in die amerikanische Zone Deutschlands.
Entgeistert starrte Thomas ihnen nach. Allen diesen Menschen hatte er zur Flucht in den Westen verholfen! Alle diese Menschen hatten, wie er im Westen, hier im Osten auf der Lauer gelegen. Thomas lachte irre. Dann sah er, wie der Russe aus den Fluten auftauchte und nach Luft schnappte, und rannte los. Hinter sich vernahm er das Gebrüll des jungen Rotarmisten. Dann fielen Schüsse. Thomas hörte Kugeln pfeifen. (Merke: Sowjetische Maschinenpistolen schießen auch naß!)
Die Straße herauf kam ein russischer Jeep. Ein Hauptmann saß neben dem Fahrer. Der Hauptmann sprang auf, hielt sich an der Windschutzscheibe fest und brüllte wilde russische Worte zu dem wildschießenden Rotarmisten auf der Hügelhöhe empor. A tempo hörte der junge Rotarmist auf zu schießen. Der Jeep bremste neben Thomas Lieven. «Gospodin Scheuner, nicht wahr?» sagte der Hauptmann in kehligem Deutsch. «Entschuldigen, Verspätung. Reifen nix gutt, gehen kaput! Doch jetzt: Willkommen Gospodin, herzlich willkommen!»

8

Das Palast-Café von Zwickau war genauso traurig anzusehen wie alles andere in der 120 000 Einwohner zählenden Stadt. Sechs Stunden, nachdem er eine Gemeinschaftsflucht von beträchtlichem Ausmaß in die Wege geleitet hatte, saß Thomas in einer Ecke des erwähnten Etablissements und trank Ersatzlimonade.
Er hatte nichts mehr zu tun an diesem 27. Mai. Der Hauptmann, der ihn an der Grenze abgeholt hatte, war mit ihm bis zur Kommandantur Zwickau gefahren. Der sowjetische Stadtkommandant, ein gewisser Oberst Melanin, hatte sich durch einen Dolmetscher entschuldigen lassen und Thomas auf den anderen Tag, neun Uhr, bestellt.

So war Thomas denn zuerst in ein – tristes – Hotel und danach hierher gewandert. Er sah die traurigen Menschen an, die Männer in den uralten zweireihigen Anzügen und den zerschlissenen Hemden, die ungeschminkten Frauen mit den Wollstrümpfen, den alten Korkschuhen und den strähnigen Haaren, und er dachte: Ach Gott, und da, wo ich herkomme, geht es schon wieder ganz nett rund. Es wird geschoben, geschuftet und gerafft. Ihr armen Kerle aber seht aus, als ob ihr den Krieg ganz allein verloren hättet!

Am Tischchen gegenüber saß ein stattliches Paar: das einzige stattliche Paar, das Thomas bisher in Zwickau hatte entdecken können. Die Frau war eine üppig-straffe Schönheit mit herrlichem weizenblondem Haar, einem slawischen, sinnlichen Gesicht und strahlenden blauen Augen. Sie trug ein enges, grünes Sommerkleid. Über einem Stuhl hing ein Leopardenmantel.

Ihr Begleiter war ein muskulöser Riese mit ganz kurz geschnittenem grauem Haar. Er trug den typischen blauen Einheitsanzug der Russen mit überbreiten Hosenbeinen, wandte Thomas den Rücken und redete mit seiner Dame. Ohne Zweifel waren das Sowjetmenschen. Plötzlich zuckte Thomas zusammen. Die weizenblonde Dame flirtete mit ihm! Sie lächelte, zeigte die Zähnchen, zwinkerte, schloß das eine Auge halb ...

Hm!!!

Ich bin ja nicht wahnsinnig, dachte unser Freund, drehte sich zur Seite und bestellte noch eine Flasche Ersatzlimonade. Nach dem dritten Schluck Limonade sah er dann doch wieder hin.

Die Dame lächelte. Da lächelte auch er. Danach ging alles sehr schnell. Der Begleiter der Dame fuhr herum. Er sah aus wie Tarzan, made in UDSSR. Sprang hoch. War mit vier Sätzen bei Thomas. Packte ihn am Jackett. Aufschrei der Gäste. Das erbitterte Thomas. Noch mehr erbitterte ihn, daß er hinter dem eifersüchtigen Riesen die Weizenblonde erblickte, die aufgestanden war und durchaus den Eindruck machte, als genösse sie die Szene höchlichst. Du Luder, dachte Thomas, das ist also eine Tour von dir, du hast etwas davon, wenn ...

Weiter dachte er nicht, denn da traf ihn die Faust des Riesen im Bauch. Das war Thomas zuviel. Er tauchte unter dem russischen Tarzan durch und riß ihm die Beine unter dem Leib weg. Zum zweitenmal an einem Tag Jiu-Jitsu. Diesmal der «Segler-Trick». Da der Othello aus Rußland vor der Barriere der Garderobe gestanden hatte, fiel er jetzt über dieselbe und verschwand hinter ihr. Aus den Augenwinkeln sah Thomas, wie ein sowjetischer Unteroffizier die Pistole zog.

Mut ist eine Frage der Intelligenz. Man muß wissen, wann man genug hat. Thomas duckte sich und raste zum Ausgang und auf die Straße hinaus. Rotarmisten waren zum Glück keine zu sehen. Die Deutschen kümmerten sich nicht um Thomas. Wenn ein Deutscher rannte, hatte er von vorneherein ihre Sympathie.

Thomas rannte bis zum Schwanenteich. In dem schönen alten Park fiel er keuchend auf eine Bank. Erholte sich nach einer Weile. Und schlich dann vorsichtig in sein Hotel.

Anderntags, Punkt neun Uhr, ließ der Dolmetscher einen rasierten, eleganten, zuversichtlichen Thomas Lieven in das Büro des Stadtkommandanten von Zwickau treten. Danach allerdings rührte unseren Freund fast der Schlag. Denn der Stadtkommandant von Zwickau, der sich hinter seinem Schreibtisch erhob, war niemand anderer als jener eifersüchtige Sowjet-Tarzan, den Thomas am Nachmittag zuvor mit dem «Segler-Trick» hinter die Garderobenbarriere des Palast-Cafés befördert hatte ...

Heute trug der Riese Uniform. Auf seiner Brust gab es viele Orden zu bewundern. Er musterte Thomas schweigend.

Indessen überlegte jener: Büro im dritten Stock. Durchs Fenster ab? Hat keinen Zweck. Ade, Europa. Es gibt ja Leute, die behaupten, Sibirien wäre sehr reizvoll ...

Da sprach Oberst Wassili L. Melanin endlich in guttural akzentuiertem Deutsch: «Gospodin Scheuner, ich bitte, Benehmen von gestern zu verzeihen.» Thomas konnte ihn nur anstarren.

«Es tut mir leid. Dunja sein schuld daran.» Melanin brüllte plötzlich wie von Sinnen: «Diese verfluchte Teufelin!»

«Herr Oberst sprechen von der verehrten Frau Gemahlin?»

Durch die Zähne stieß Melanin hervor: «Diese Chündin! Könnte ich sein Brigadegeneral. Zweimal sie mich chaben degradiert ... ihretwegen ... weil ich mich chabe geprügelt.»

«Herr Oberst, Sie müssen sich fassen», sagte Thomas beruhigend.

Melanin schlug auf den Tisch. «Dabei liebe ich Täubchen Dunja. Aber Schluß jetzt damit, zum Geschäft. Nun, vorcher wir müssen etwas trinken, Cher Scheuner ...»

Also tranken sie ein Fläschchen Wodka miteinander, und nach einer Stunde war Thomas Lieven volltrunken und Oberst Melanin stocknüchtern, und sie redeten beide fließend und geistreich über das Geschäftliche, aber sie kamen keinen Schritt weiter.

Oberst Melanin vertrat den Standpunkt: «Sie wollten verkaufen den Tschechen das Zielgerät MKO. Chaben Sie geschickt Ihren Freund hierher. Sie können mit ihm in den Westen, wenn Sie übergeben uns die Pläne.»

«Verkaufen», korrigierte Thomas mit Betonung.
«Übergeben. Wir bezahlen nicht», sagte der Oberst. Und dann mit hintergründigem Grinsen: «Sind Sie doch sonst nicht auf den Kopf gefallen – Thomas Lieven!»
Manchmal fühlen Knie sich an wie Kirschgelee, dachte Thomas. Er murmelte schwach. «Was sagten Sie eben, Herr Oberst?»
«Sagte ich Lieven, Thomas Lieven – so cheißen Sie doch! Brüderchen, glauben Sie, wir sind Idioten? Glauben Sie, unser Geheimdienst chat nicht gechabt Einsicht in alliierte Akten? Unsere Leute in Moskau, die chaben sich totgelacht über Ihre Aktionen.»
Thomas fing sich. Er sagte: «Wenn Sie ... wenn Sie schon wissen, wer ich bin – warum lassen Sie mich dann überhaupt noch laufen?»
«Was sollten wir mit Ihnen anfangen, Brüderchen? Sie sind doch – nicht böse sein – lächerlich schlechter Agent!»
«Vielen Dank.»
«Wir brauchen erstklassige Agenten, nicht komische Figuren wie Sie.»
«Sehr aufmerksam.»
«Chöre ich, Sie kochen gerne. Na, und ich esse gerne! Kommen Sie zu uns. Dunjascha wird sich freuen. Ich machen die Blinis. Kaviar chabe ich genug. Und dann wir plaudern weiter. Wie ist das?»
«Das ist eine ausgezeichnete Idee», sagte Thomas Lieven. Und dachte zerknirscht: Ein ganz schlechter Agent. Eine komische Figur. Das muß man sich sagen lassen! Was denn?
Also machte er in der Küche einer requirierten Villa ein Kotelett Maréchal. Es war ihm recht unheimlich dabei. Oberst Melanin ließ sich nicht blicken. Aber als er gerade eine große Hühnerkeule für das Kotelett entbeinte, kam die Frau Oberst herein. Sie trat sozusagen in Thomas Lievens Leben – er wußte es nur noch nicht! Eine sehr schöne Frau. Das Haar – die Augen – die Lippen – die Formen – Donnerwetter! Und eine Haut wie Marzipan. Eine Frische, eine Gesundheit, eine Kraft. Die Dame war einmalig! Man sah sofort: Dunja konnte auf Mieder, Büstenhalter und andere lebenswichtige Hilfskonstruktionen normaler Damen verzichten. Sie kam herein und schloß die Tür und sah Thomas stumm und brütend an. Ihre Lippen öffneten sich halb, und ihre Augen schlossen sich halb ...
Eine wunderschöne Verrückte, durchzuckte es Thomas. Allmächtiger Vater, hilf! Ich glaube, wenn ich sie nicht küsse, erwürgt sie mich mit bloßen Händen. Oder sie ruft einen NKWD-Offizier herein und erklärt mich zum Saboteur.

Menu · Zwickau, 28. Mai 1947

Blini mit Kaviar
Kotelett Maréchal mit Erbsen und Pommes frites
Caramel-Pudding

Mit einem Hühnerbein tritt Dunja, die Russenfrau, in Lievens Leben

Blini mit Kaviar: Man nehme pro Person zwei in Butter frischgebackene dünne Eierkuchen von Handgröße, richte auf vorgewärmten Tellern an. Man bestreiche den ersten Eierkuchen mit einer Schicht Kaviar, decke den zweiten Eierkuchen darüber, übergieße mit heißer zerlassener Butter und überziehe mit dicker saurer Sahne. – (Man stellte die echte Blini aus Buchweizenmehl her, das aber bei uns schwer erhältlich ist.)

Kotelett Maréchal: Man entbeine die Schenkel eines zarten Masthuhnes, ohne die Haut zu verletzen. – Man stelle eine Farce her aus gehackter Hühnerbrust, einem Eßlöffel Butter, je 1/4 Teelöffel gehackter Schalotte, Petersilie und Estragon, 1/4 Tasse in Weißwein eingeweichter Weißbrotkrume, einem Eßlöffel gehackter Champignons, Pfeffer und Salz. – Man drehe diese Masse zweimal fein durch den Wolf, lasse sie mit je einem Eßlöffel Butter und süßer Sahne auf kleiner Flamme unter ständigem Rühren langsam durchkochen, ohne sie fest werden zu lassen. – Man fülle die Hühnerschenkel mit der abgekühlten Farce, nähe sie zu, wende sie in feinen Semmelbröseln um und brate sie in Butter goldbraun. Man kann die beiden Brusthälften in gleicher Weise füllen und zusammennähen, verwendet dann für die Farce ein feines, fett- und sehnenfreies Kalbsbrät.

Caramel-Pudding: Man nehme einen Liter Milch und lasse sie mit 100 g Zucker und einer kleinen Vanilleschote kochen. Man verquirle fünf Eier und gebe sie mit einer Prise Salz in die leicht abgekühlte Milch. – Man brenne 200 g Zucker zu einem nicht zu dunklen Caramel, lösche es mit wenig Wasser ab, gieße es in eine vorgewärmte Puddingform und verteile es schnell auf alle Seiten, bevor es erstarrt. Man gebe die Milchmasse hinein und koche die geschlossene Form 3/4 Stunden im Wasserbad. – Man stelle die Form einige Stunden sehr kalt, stürze den Pudding dann auf eine runde Platte, wobei sich das Caramel als Sauce darumlegt.

Draußen in der Villa erklangen Schritte. Sie fuhren auseinander. Es ist auch höchste Zeit, dachte Thomas.
Dunja tastete abwesend nach seiner Hühnerkeule. «Rette mich», flüsterte sie. «Flieh mit mir. Mein Mann liebt mich nicht mehr. Er tötet mich. Ich töte ihn. Oder du fliehst mit mir.»
«Ma-ma-ma – hrm!!! Madame, wie kommen Sie auf den Gedanken, daß Ihr Mann Sie nicht liebt?»
Dunja lachte dämonisch. «Du hast ihn gestern im Café besiegt. Früher hat er Männer halb totgeschlagen. Mich auch. Jetzt schlägt

er mich überhaupt nicht mehr. Das ist keine Liebe ... Ich spreche gut deutsch – nicht?»
«Sehr gut.»
«Deutsche Mutter. Du warst mir gleich sympathisch. Ich mache dich glücklich. Nimm mich mit nach drüben ...»
Die Schritte kamen näher.
Dunja streichelte immer noch Thomas' Keule, als der Oberst hereinkam. Er lächelte undurchsichtig: «Ach, chier bist du, mein Täubchen. Lernst kochen wie im kapitalistischen Westen, wo die Arbeiter unterdrückt werden? Was chaben Sie, Herr Lieven, ist Ihnen nicht gut?»
«Es geht gleich vorüber, Herr Oberst. Könnte ich ... könnte ich wohl einen Wodka haben?»

9

Eines war Thomas völlig klar: Er mußte sehen, daß er so schnell wie möglich wieder zurück in den Westen kam. Diesem Pärchen war er nicht gewachsen. Die Sowjets würden also die gefälschten Pläne umsonst bekommen. Ein Glück, daß sie wenigstens wertlos waren ...
Bei Tisch kämpfte er noch verbissen, aber nur zum Schein, weil er wußte, daß die Russen derartige Tauziehereien lieben. Der Oberst widersprach ihm auch entzückt und mit Feuer. Dunja saß zwischen ihnen und betrachtete beide Herren brütend. Und es wurde fürchterlich gegessen und fürchterlich getrunken, aber nach den fetten Blinis behielt Thomas diesmal einen klaren Kopf.
«Also gut, Herr Oberst, ich mache Ihnen einen anderen Vorschlag: Sie bekommen die Pläne umsonst, und dafür lassen Sie meinen Freund und noch einen anderen Herrn in den Westen.»
«Anderen Cherrn?»
«Herrn Reuben Achazian. Ich weiß nicht, ob Sie ihn kennen. Noch ein bißchen von meiner Keule, gnädige Frau?»
«Noch sehr viel von Ihrer Keule, Cherr Lieven.»
«Ob ich diesen Cherrn Achazian kenne!» sprach der Oberst verächtlich. «Diesen Lumpen. Diesen Geschäftemacher. Was Sie wollen mit dem?»
«Geschäfte machen», sagte Thomas bescheiden. «Entschuldigen Sie, Herr Oberst, aber wenn die Rote Armee mir gerade eines kaputt gemacht hat, muß ich doch sehen, wie ich weiterkomme.»
«Wocher Sie kennen dieses armenische Schwein?» – «Dieses armenische Schwein habe ich in Zwickau kennengelernt, Herr Oberst.»

In der Tat war Herr Reuben Achazian klein, fett, mit Haifischaugen und kleinem Schnurrbart im Hotel zum Hirschen erschienen, als Thomas an diesem Morgen gerade beim Frühstück saß. Ohne Umschweife war Herr Achazian zur Sache gekommen: «Passen Sie auf, lassen Sie mich reden, unterbrechen Sie mich nicht, ich habe es eilig, Sie auch; ich weiß, wer Sie sind –.»
«Woher?»
«Reuben Achazian weiß alles. Nicht unterbrechen. Ich habe hier Schwierigkeiten. Mit den Russen. Bin ganz ehrlich: Habe in einer recht großen HO-Schiebung mitgemacht. Sie lassen mich nicht arbeiten.»
«Hören Sie mal, Herr Achazian ...»
«Pst. Helfen Sie mir rüber in den Westen, und ich mache Sie zum reichen Mann. Schon mal was von der ZVG gehört?»
«Na klar.»
Die ZVG, die «Zentrale Verwertungs-Gesellschaft», hatte ihren Sitz in Wiesbaden und war von den Amerikanern eingerichtet worden. In riesenhaften Lagern sammelte die ZVG die an Wert in Millionen Dollar gehende Nachsaat des Großen Krieges: Waffen und Munition, Lokomotiven und Lastkraftwagen, Verbandstoff, Schrott, Holz, Stahl, ganze Brückenkonstruktionen, Medikamente, Flugzeuge und Stoffe. Die Verwaltung der ZVG war Deutschen übertragen worden. Aber sie durften nur an Ausländer verkaufen – das war die Bedingung der Amerikaner!
«... die ZVG darf nur an Ausländer verkaufen», sprach darum wieselflink Herr Reuben Achazian zu Thomas Lieven, «nicht an Deutsche. Ich bin Ausländer! An mich darf die ZVG verkaufen! Ich habe einen Vetter in London, der schießt uns Geld vor. Wir gründen eine Handelsfirma, Sie und ich. Ich mache Sie zum Millionär in einem Jahr – wenn Sie mir in den Westen helfen.»
«Darüber, Herr Achazian», antwortete Thomas Lieven, «muß ich einmal nachdenken.»
Thomas hatte darüber nachgedacht. Nun, bei einem üppigen Mittagessen in einer beschlagnahmten Nazi-Villa in Zwickau sagte er darum zu dem sowjetischen Stadtkommandanten Wassili Melanin: «Lassen Sie Herrn Achazian mit mir reisen, und Sie bekommen die Pläne.»
«Herr Achazian bleibt chier. Ich bekomme die Pläne trotzdem.»
«Hören Sie, ich habe Herrn Marek – Sie kennen diesen tschechischen Agenten natürlich – beim amerikanischen CIC in Hof zurückgelassen. Der Mann bleibt in Haft, wenn ich nicht zurückkomme und ihn auslöse.»

«Na, wenn schon. Bricht mir mein Cherz. Sie gebben Pläne, oder Sie bleiben auch chier!»
«Na, schön, dann bleibe ich auch hier», sagte Thomas.

10

Am 1. Juni 1947 trafen die Herren Thomas Lieven, Bastian Fabre und Reuben Achazian müde, aber wohlbehalten in München ein. Sie fuhren sogleich zu jener Villa in Grünwald hinaus, die Thomas gehörte. Er hatte noch ein paarmal mit Oberst Melanin essen und sehr oft mit Oberst Melanin trinken müssen, bevor es ihm gelungen war, diesen Herrn umzustimmen. Zuletzt waren sie sogar als Freunde geschieden. Nur die Pläne, die Pläne waren jetzt natürlich in Zwickau ...
Die drei Herren weilten nur wenige Tage in der bayerischen Landeshauptstadt. Thomas erklärte Bastian: «Wir haben die Pläne an Engländer, Franzosen und Russen weitergegeben. Sie werden bald herausbekommen, daß wir sie hereingelegt haben. Wir nehmen uns andere Namen und gehen für eine Weile nach Wiesbaden.»
«Ist recht, mein Alter. Wenn mir bloß dieser Achazian nicht so widerlich wäre. Das ist doch ein richtiger Schieber, der jetzt auch noch Waffen und Munition verkaufen will!»
«Er wird es nicht tun», sagte Thomas. «Laß uns erst mal nach Wiesbaden kommen. Herr Achazian wird überrascht sein.»
Weil wir gerade von Überraschungen sprechen ...
Am Abend, bevor die drei Herren München verließen, tranken sie noch ein bißchen Wein. Da klingelte es – gegen halb acht Uhr abends. Bastian ging, um zu öffnen. Wachsbleich kam er zurück. Er konnte nur stottern: «Ko-ko-komm doch mal, bitte!»
Thomas ging in die Diele hinaus. Als er sah, wer in der Diele stand, mußte er die Augen schließen und sich am Türbalken festhalten.
«Nein», sagte er, *«nein!»*
«Doch», sagte die weizenblonde, wunderschöne Gemahlin des Obersten Melanin aus Zwickau, «doch, doch, ich bin es.»
Sie war es. Da stand sie. Mit einem Riesenkoffer. Jung und gesund.
«Wie ... wie bist du ... wie sind Sie herübergekommen?»
«Geflohen. Mit einer ganzen Gruppe. Ich bin ein politischer Flüchtling. Es ist mir Asylrecht gewährt worden. Und ich will bei dir bleiben. Und mit dir gehen, wohin du gehst.»
«Nein.»

«Ja. Und wenn du mich nicht bei dir läßt – dann gehe ich in meinem Schmerz sofort zur Polizei und erzähle ihr, daß du meinem Mann Pläne gebracht hast ... und was ich noch alles über dich weiß ...»
«Aber warum – aber warum willst du mich verraten?»
«Weil ich dich liebe», hatte sie die Stirn zu behaupten ...
Andererseits ist der Mensch ein Gewohnheitstier.
Zwei Monate später, im August 1947, äußerte Thomas Lieven in einer Riesenwohnung, die er mit den Herren Bastian Fabre und Reuben Achazian in der Parkstraße zu Wiesbaden zum Arbeiten und Leben gemietet hatte:
«Ich weiß gar nicht, was ihr gegen Dunja habt. Sie ist charmant. Sie kocht für euch. Sie ist fleißig. Ich finde sie hinreißend.»
«Aber sie beansprucht dich zu sehr», sagte Bastian. «Schau dir doch nur mal deine Finger an. Wie die zittern!»
«Quatsch», sagte Thomas – ohne Überzeugung, denn ein *wenig* anstrengend fand er seine neue Freundin doch. Dunja wohnte in einem möblierten Zimmer in der Nähe, sie kam auch gar nicht jeden Abend, aber wenn sie kam –. In seinen wenigen freien Minuten gedachte Thomas oft des Obersten Melanin. Er konnte gut verstehen, daß der es nie zum General gebracht hatte!
In Wiesbaden nannte Thomas Lieven sich Ernst Heller – mit entsprechend falschen Papieren natürlich. Auf den Namen seines ausländischen Mitarbeiters hatte er die «Offene Handelsgesellschaft Achazian» gegründet. Dieses Unternehmen kaufte gewaltige Mengen der verschiedensten Güter auf und stapelte sie in den Lagern der ZVG vor der zerstörten Stadt.
Nicht nur früherer Besitz der Deutschen Wehrmacht lag in den riesigen Depots der ZVG, auch Jeeps, Trucks und Vorräte der amerikanischen Armee gab es da zu kaufen – Material, das veraltet war oder dessen Rücktransport nach Amerika zuviel gekostet hätte.
Thomas erklärte seinen Freunden: «Mit Amerika können wir keine Geschäfte machen, dazu haben wir alle eine zu dunkle Vergangenheit. Wir müssen uns schon an andere Länder halten, und zwar an kriegführende, denn diese dürfen bei der ZVG nicht kaufen. Das ist verboten.»
«Ich habe einen Herrn Aristoteles Pangalos als Vertreter griechischer Partisanen an der Hand und einen Herrn Ho Irawadi aus Indochina», sagte Reuben Achazian.
«Aber ihr könnt den Kerlen doch keine Waffen verkaufen!» entsetzte sich Bastian.

Da hielt Thomas Lieven eine kleine Grundsatzrede: «Wenn *wir* ihnen keine Waffen verkaufen, werden es andere tun. Darum *werden* wir es tun – aber die Herren werden keine Freude an den Waffen haben.»
«Ich verstehe kein Wort.»
«Laß mich reden! Vor Mainz habe ich eine leere Fabrikhalle gemietet. Wir werden das Pulver aus der Munition herausholen und es durch Sägemehl ersetzen. Die Maschinenpistolen sind in Kisten mit bestimmten Brandschriftzeichen verpackt, vernagelt und plombiert. Ich habe eine Tischlerei gefunden, die uns genau dieselben Kisten mit genau derselben Brandschrift herstellen wird. Auch Plomben kann man nachmachen. Und Schmierseife wird den Kisten das rechte Gewicht geben ...»
«Und was geschieht mit dem Pulver und den Maschinenpistolen?»
«Die Ware wird über Hamburg verschifft», sagte Thomas. «Vor Hamburg ist das Wasser tief. Brauche ich noch weiterzusprechen?»
Dieser August 1947 (103. Lebensmittelkartenperiode) brachte Wiesbaden den absoluten Tiefpunkt der Versorgungslage. Die Kalorienzahl sank auf 800. Die Kartoffelnot wurde immer ärger. Nur noch Krankenhäuser und Lager erhielten Zuteilungen. An Nährmitteln standen fast ausschließlich die wegen ihres bitteren Geschmacks unbeliebten Maiserzeugnisse zur Verfügung. Die Fettbelieferung mußte von 200 auf 150 Gramm herabgesetzt werden. An Zucker wurde je ein halbes Pfund weißer und ein halbes Pfund gelber ausgegeben. Vier Eier zusätzlich gab es für den «wegen der großen Trockenheit denkbar schlechten Anfall von Obst und Gemüse». Die Milchversorgung brach völlig zusammen. Zwei Drittel der Erwachsenen von Wiesbaden erhielten keine Zuteilungen mehr.
Merke: Ein fürchterlicher Krieg ist noch lange nicht zu Ende, wenn man ihn verloren hat ...

11

Als erstes verkaufte die «Offene Handelsgesellschaft Achazian» den Herren Pangalos und Ho Irawadi je 2000 Kilogramm des Malariamittels Atebrin aus den Beständen der deutschen Wehrmacht. Auf den Packungen gab es noch den deutschen Adler mit dem Hakenkreuz. Der mußte weg! Mit Lastern karrten Thomas und seine Partner das Atebrin in eine pharmazeutische Fabrik. Hier wurde es umgepackt. Nun konnte es verschifft werden.

Was beim Atebrin ein Kinderspiel war, erwies sich in einem anderen Fall zunächst als schier unlösbares Problem. Herr Pangalos und Herr Ho Irawadi wollten Tropenhelme kaufen. Jeweils 30 000 Stück. *Da* waren die Helme! Mit Hakenkreuzen darauf. So gut eingearbeitet, daß sie nicht zu entfernen waren. Unter solchen Umständen sahen sich die Herren natürlich gezwungen, von einem Kauf Abstand zu nehmen.
Was machen wir bloß mit den Sch ... helmen, grübelte Thomas. Er grübelte tagelang. Dann hatte er die rettende Idee! In den Helmen gab es herrliche Schweißbänder. Völlig neu, prima Qualität. In der ganzen deutschen Hutindustrie gab es kein einziges Schweißbandleder mehr.
Thomas setzte sich mit den führenden Männern der Branche in Verbindung. Plötzlich gingen die Tropenhelme weg wie warme Semmeln!
Mehr, weit mehr verdiente die «Offene Handelsgesellschaft Achazian» an dem Verkauf der Bänder, als sie an dem Verkauf der Helme verdient hätte. Und Thomas war es gelungen, die deutsche Nachkriegs-Hutindustrie anzukurbeln.
Trotzdem, er hatte Sorgen – keine geschäftlichen. Thomas fühlte, wie Dunja an ihm zehrte, mehr und mehr. Sie machte ihm Szenen. Aus Liebe. Aus Eifersucht. Sie war aufregend und anstrengend. Thomas stritt und versöhnte sich mit ihr. Es war die verrückteste Zeit seines Lebens.
Bastian machte sich auch Sorgen. «Das kann nicht so weitergehen, mein Junge. Du ruinierst dich mit der Dame.»
«Was soll ich tun? Ich kann sie nicht rausschmeißen. Sie geht nicht.»
«Sie wird schon gehen!»
«Ja, zur Polizei.»
«Verflucht», sagte Bastian. «Aber du mußt dir doch irgendwelche Gedanken über die *Zukunft* machen, Mensch!»
«Mache ich mir, ja, mache ich mir dauernd. Das hier läuft ohnehin nicht mehr lange gut. Dann müssen wir weg. Es wird ganz plötzlich gehen, verstehst du – zu plötzlich für Dunja ...»
«Na, ich weiß nicht», sagte Bastian.
Dann verkauften sie an Griechen und Indochinesen Kugellager. Und Trucks. Und Jeeps. Und Pflüge. Und anderes landwirtschaftliches Gerät. «Damit können sie keinen Unfug anrichten», sagte Thomas Lieven, aus den Fenstern seines Büros über die trostlosen Schutt- und Ruinengebirge Wiesbadens blickend.
Die Stadt sah aus, als ob sie sich niemals mehr erheben wollte. Vor

dem Krieg hatten hier nur reiche Leute gelebt. Jetzt war Wiesbaden eine Stadt der armen Rentner, die in Trümmern hausten. Die «Gesamt-Trümmermasse» wurde später offiziell mit 600 000 Kubikmetern festgelegt. Bis zur Währungsreform gab Wiesbaden für die Beseitigung von Schutt und Trümmern 3,36 Millionen R-Mark aus. Arbeiter und «Trümmerfrauen» schufteten Schulter an Schulter mit den anderen Bürgern der Stadt, die turnusmäßig Dienst taten. Auch Thomas Lieven, Bastian Fabre und Reuben Achazian buddelten tagelang im Dreck. Sie empfanden es als eine Art Ausgleichssport zu ihrer sonstigen Tätigkeit.
Im Herbst 1947 kamen sie darauf, daß man aus jeweils einem amerikanischen Schlafsack ein Paar Hosen schneidern konnte. Sie hatten 40 000 amerikanische Schlafsäcke. Anzugfabriken in Süddeutschland erinnern sich heute noch an jene Flut von Material und Aufträgen, die im November 1947 über sie hereinbrach ...
Im Frühling des Jahres 1948 drehten sie dann, als Abschluß, ihre Munitionsgeschäfte. Die Munition hatten sie bis zu diesem Zeitpunkt «vorbehandeln» lassen. Nun wurde sie verschifft, ebenso wie die mit Schmierseife gefüllten Kisten, in denen angeblich Maschinenpistolen lagen.
Die Schiffe mit Ladungen für Griechenland und Indochina stachen in See. Sie werden eine gute Weile unterwegs sein, dachte Thomas. Er konnte in aller Ruhe darangehen, seine Büros in Wiesbaden zu schließen – etwa zur selben Zeit, da verschiedene Filmfirmen ihre Büros in der Stadt eröffneten.
Die Filme, die in Wiesbaden gedreht wurden, hatten alle die unverfänglich-belanglosen, trostlos-munteren oder garantiert unverfänglichen Themen und Titel der deutschen Umerziehungsperiode, zum Beispiel «Wenn eine Frau liebt», «Hochzeitsnacht im Paradies», «Der Tiger Akbar» und «Die tödlichen Träume» ...
«Jetzt wird es langsam Zeit für uns, abzuhauen, alter Junge», sagte Thomas am 14. Mai 1948 zu Bastian.
«Was glaubst du, was die Griechen und Indochinesen machen werden, wenn sie draufkommen, was passiert ist?»
«Sie werden uns umlegen, wenn sie uns erwischen», sagte Thomas Lieven.
Die Waffenkäufer erwischten Thomas und Bastian nicht. An ihrer Stelle erwischten fremde Agenten in der Bundesrepublik, wie erinnerlich, in den Jahren 1948 bis 1956 ein paar «echte» Waffenhändler. Sie legten ihnen Zeitbomben in die Autos. Oder sie schossen sie auf offener Straße zusammen.
Philosophisch meinte Thomas Lieven bei einer dieser makabren

Gelegenheiten: «Wer Gewalt liefert, kommt gewaltsam um. *Wir* haben Schmierseife geliefert. *Wir* leben ...»
Das war, wie gesagt, zu einem späteren Zeitpunkt. Am 14. Mai 1948 hatte Thomas eine kurze Weile lang urplötzlich doch die Befürchtung, ein gewaltsames Ende könne ihn ereilen. Und zwar, als es gegen Mittag klingelte. Bastian ging öffnen. Er kehrte wachsbleich zurück. «Zwei Herren von der Sowjetischen Militärkommission.»
«Allmächtiger Vater!» sagte Thomas. Da kamen sie schon herein. Ernst und schwer. Trotz der Wärme noch in Ledermänteln. Thomas war es plötzlich sehr heiß. Dann war ihm plötzlich sehr kalt.
Aus. Es ist aus. Sie haben mich gefunden.
«Gutten Taggg», sagte der eine Sowjetmensch. «Cherrr Chellerrr?»
«Ja.»
«Wirrr suchen Frau Dunja Melanin. Man sagt uns, sie sein mit Ihnen.»
«Nun, hm, äh ...» Thomas fing sich. «Zufällig ist die Dame anwesend.»
«Gestatten, daß wirrr mit ihrrr sprechen? *Allein* sprechen?»
Aber bitte», sagte Thomas. Er führte die beiden in ein Zimmer, in dem Dunja sich gerade manikürte.
Nach zehn Minuten gingen die Herren in den Ledermänteln bereits wieder – ernst und verschlossen.
Bastian und Thomas stürzten zu Dunja. «Was war los?»
Mit einem Jubelschrei flog die blonde Schönheit Thomas an den Hals und warf ihn fast über den Haufen. «Das ist der glücklichste Tag meines Lebens!» Kuß. «Du mein Herz!» Kuß. «Du mein Einziger!» Kuß. «Wir können heiraten!»
Bastian fiel der Unterkiefer herab.
Thomas stammelte: «Wir können was?»
«Heiraten!!!»
«Aber du *bist* doch verheiratet, Dunja!»
«Nicht mehr! Seit zwei Minuten nicht mehr! Die Herren forderten mich auf, sofort heimzukehren. Im Namen eines sowjetischen Scheidungsgerichts, bei dem mein Mann eine Klage führt. Ich lehnte ab, heimzukehren. Da sagten die Herren: ‹Dann ist Ihre Ehe von Stunde an geschieden!› Hier, bitte, die Urkunde!»
«Ich kann nicht russisch lesen», murmelte Thomas, um den sich alles drehte. Er sah die strahlende Dunja an. Er sah den wachsbleichen Bastian an.

Na, dann gesegnete Mahlzeit, dachte er. Und die Schiffe mit der Sägemehlmunition und der Schmierseife sind auf hoher See.
Hilf, Himmel!

12

Das beste wird sein, ich nehme einen Strick und schieße mich damit tot, überlegte Thomas Lieven melancholisch. Wie soll ich jemals aus dem ganzen Schlamassel herauskommen? Bedrückt und beklommen schlich er in diesen Tagen herum. Als er in der Nacht zum 18. Mai von einem Besuch in Dunjas möbliertem Zimmer nach Hause kam, schleppte er sich ächzend zum Badezimmer und riß in seiner Nervosität die kleine Hausapotheke von der Wand. Donnernd krachte sie auf den Boden.
Schlaftrunken kam Bastian Fabre aus seinem Zimmer gestolpert: «Mensch, was ist denn los?»
«Brom ...», stöhnte unser Freund. «Ich brauche Brom, ich muß mich beruhigen ...»
«Kommst du von Dunja?»
«Ja. Stell dir vor – sie hat schon unser Aufgebot bestellt. Du bist einer von den Trauzeugen. Die Sache soll in vier Wochen steigen. Und sie will Kinder. Fünf! So schnell wie möglich ... Bastian, ich bin verloren, wenn nicht sofort etwas geschieht – *sofort*, hörst du?»
«Hab's gehört. Na, trink erst mal das da. Ich habe eine Idee. Vielleicht funktioniert sie. Aber dazu mußt du mir zwei bis drei Tage freigeben.»
«Laß dir Zeit, mein Alter», sagte Thomas Lieven. Bastian verschwand. Als er nach sechs Tagen wiederkehrte, war er ungemein schweigsam.
«Mensch, mach doch mal das Maul auf!» drängte der verzagte Verlobte. «Hast du was erreicht?»
«Man wird sehen», antwortete Bastian.
Das war am 25. Mai. An diesem Tag hörte Thomas nichts von Dunja und auch nichts am folgenden. Als er sie abends besuchen wollte, war sie nicht zu Hause.
Am 27. Mai um 18 Uhr 15 schrillte in seiner Wohnung das Telefon. Er hob ab und hörte zunächst nur ein gewaltiges Getön und Brausen, Stimmen und Motorengeräusche.
Dann vernahm er plötzlich Dunjas Stimme, tränenerstickt, verzweifelt: «Mein Herz – mein Geliebter ...»
«Dunja!» schrie er. «Wo bist du?»

«In Frankfurt – auf dem Flughafen – in der Militärpolizeistation ...»
«Militärpolizeistation?»
Aufschluchzen in Frankfurt. Dann: «Ich fliege nach Amerika, mein Guter ...»
Thomas plumpste in einen Sessel. «Du – was?»
«Meine Maschine startet in zehn Minuten ... Ach, ich bin ja so unglücklich ... Aber es geht um mein Leben. Sie bringen mich um, wenn ich hierbleibe ...»
«Bringen dich um», wiederholte Thomas blödsinnig. Summend kam Bastian ins Zimmer, ging zu einer Wandbar und machte sich einen kleinen Whisky. Indessen hörte Thomas die Stimme Dunjas: «Sie haben mir Drohbriefe geschrieben – sie haben mich überfallen, fast erwürgt – sie haben gesagt, sie werden mich umbringen, weil ich nicht heimgekehrt bin – die Amerikaner sagen es auch!»
«Die Amerikaner *auch?*»
«Nicht doch so, wie du meinst!» rief die Stimme aus Frankfurt hysterisch. «Ich werde im Auftrag des State Departements nach Amerika geflogen – in Sicherheit ... Mein Mann ist doch ein Sowjet-General, vergiß das nicht ...»
«Dunja, warum hast du mir nichts von all dem erzählt?»
«Ich wollte dich nicht in Gefahr bringen. Ich durfte auch mit niemandem sprechen ... » Sie redete rasend schnell. Thomas wurde es schwindlig. Von Liebe und Wiedersehen sprach Dunja, von ewiger Treue und ewiger Verbundenheit, über Ozeane hinweg. Und zuletzt: «... ich muß aufhören, Geliebter. Meine Maschine wartet auf mich ... Leb wohl ...»
«Leb wohl», sagte Thomas. Dann war die Verbindung unterbrochen. Thomas legte den Hörer auf die Gabel.
Er starrte Bastian an und beleckte die Lippen. «Gib mir auch einen. Aber schnell. Das ist dein Werk – ja?»
Bastian nickte. «War übrigens gar nicht so schwer, mein Kleiner», sagte er.
Nein, *so* schwer war es wirklich nicht gewesen, nachdem Bastian herausbekommen hatte, daß es in der Nähe von Nürnberg ein riesiges Ausländerlager gab. «Valka-Lager» hieß es. Dorthin war der treue Freund gefahren ...
In der trostlosen Umgebung des trostlosen Lagers existierten viele Kneipen. Am dritten Abend fand Bastian zwei Herren, die bereit waren, zu durchaus zivilen Preisen einige Drohbriefe in russischer Sprache abzufassen. Weiterhin waren sie willens, nach Wiesbaden

zu kommen und daselbst einen kleinen Einbruch zu inszenieren, eine Dame ein bißchen zu würgen und gewaltig zu erschrecken ...

«... umgehend trat die Reaktion ein», berichtete Bastian nun händereibend seinem Freund. «*Bastian!*» schrie Thomas ihn an. «Es war ein garantiert ungefährliches Würgen. Ich habe dem Iwan vorher eingeschärft, daß ihr nichts Ernsthaftes geschehen dürfe!»

«Schnell noch einen, pur!» stöhnte Thomas.

«Gerne. Ich gebe zu, die Methode war nicht fein ...»

«*Barbarisch* war sie!»

«... aber du liegst mir doch am Herzen, mein Alter. Und ich habe dich immer mit fünf Kindern gesehen ... Kannst du mir verzeihen?»

Später an diesem Abend unterhielten sie sich über ihre Zukunft. Und Thomas kam auf ein neues Geschäft zu sprechen. «Wir haben hier eine Menge Geld gemacht. Das Geld müssen wir jetzt anlegen – und zwar schnell.»

«Warum schnell?»

«Ich habe da etwas gehört – glaub mir, es muß schnell gehen. Wir werden Autos kaufen. Amerikanische Pontiacs, Cadillacs und so weiter.»

Thomas erwärmte sich über seinem Thema. Für einen Dollar, erklärte er, mußte man im Moment etwa 200 R-Mark bezahlen. Nun, sie hatten Geld genug! Natürlich bekam man als Deutscher keine Einfuhrlizenz für amerikanische Autos. Sei's drum! Thomas hatte da einen kleinen Angestellten der amerikanischen Militärregierung kennengelernt. Der schied eben aus dem aktiven Dienst aus. Jackson Taylor hieß der Herr. *Er* würde eine Einfuhrlizenz bekommen.

«Mr. Taylor gründet pro forma ein Autogeschäft in Hamburg und verkauft die Karren – für uns.»

«An wen? Hat doch kein Mensch Penunze hier!»

«Das wird sich bald ändern.»

«Wie viele Autos willste denn kaufen?»

«Na, so an die hundert!»

«Jesus! Und gleich rüberkommen lassen?»

«Ja. Nein. Ich will sie kaufen und rüberkommen lassen. Aber vielleicht nicht gleich.»

«Sondern wann?»

«Das hängt davon ab, wann das Ding steigt.»

«Was für ein Ding?»

Thomas sagte ihm, was für ein Ding ...

13

Am 10. Juni 1948 lief die «Olivia» aus dem Hafen von New York aus. Am 17. Juni befand sich das Schiff mit einer Ladung von 100 amerikanischen Automobilen auf einer Position von 15 Grad 15 Minuten westlicher Länge und 48 Grad 30 Minuten nördlicher Breite vor der Westküste Frankreichs. An diesem Tag erhielt der Kapitän folgenden chiffrierten Funkspruch:
norddeichradio – 17 juni 48 – 15.43 uhr – von reederei schwertmann hamburg an captain hannes dröge – im namen des cargo owners fordern wir sie auf ihre jetzige position bis auf weiteres beizubehalten und deutsche hoheitsgewässer vorläufig nicht anzulaufen – halten sie den funkverkehr mit uns aufrecht – sie bekommen neue weisungen – ende
Daraufhin kreuzte die «Olivia» drei Tage und drei Nächte lang in dem erwähnten Seegebiet. Die Besatzung richtete einen Turnusdienst ein, pokerte und soff. Immer wieder ließ man den unbekannten «Cargo Owner» hochleben.
Am 20. Juni erreichte den angeheiterten Ersten Funker dieses chiffrierte Kabel:
norddeichradio – 20 juni 48 – 11.23 uhr – von reederei schwertmann hamburg an captain hannes dröge – im namen des cargo owners fordern wir sie nun auf unverzüglich hafen hamburg anzulaufen – ende
Während der Erste Funker das Kabel für den angeheiterten Captain dechiffrierte, hörte der angeheiterte Zweite Funker eine Nachrichtensendung von Radio London ab. Er nahm die Kopfhörer von den Ohren und sagte: «Da haben sie heute bei uns in Deutschland eine radikale Währungsreform bekanntgegeben. Das alte Geld ist nichts mehr wert. Nur 40 Mark pro Nase werden umgetauscht.»
«Das geht nie gut», unkte der Zweite Funker.
«Mensch, mein Erspartes», sagte der Captain.
«Reich ist jetzt der, der Ware hat», sagte der Erste Funker.
Dem Zweiten Funker stand der Mund offen: «Junge, Junge, unser Cargo Owner hat jetzt einhundert Autos!»
Der Captain nickte schwermütig: «So ein Ding müßte mal unsereiner drehen. Ein gerissener Hund. Wüßte gern, wer das ist!»
Lieber Captain Hannes Dröge, vielleicht lesen Sie zufällig diese Zeilen. Dann wissen Sie es jetzt also ...»

14

Am 10. März 1948 hatte der tschechische Außenminister Masaryk Selbstmord begangen, und Benesch war verhaftet worden.

Am 18. April waren die neuen Lebensmittelrationen für die Vereinigten Westzonen bekanntgegeben worden. In vier Wochen erhielt der deutsche Normalverbraucher: 400 Gramm Fett, 100 Gramm Fleisch, 62,5 Gramm Trockenei und 1475 Gramm Nährmittel.

Am 21. Juli kam es auf dem Gelände der «I. G. Farben» in Ludwigshafen zu einer grauenvollen Explosion, die 124 Todesopfer forderte.

Anfang August trafen Thomas Lieven und sein Freund Bastian Fabre in einer kleinen Stadt in Franken ein. Wie Thomas Bastian erläuterte:

«Zuerst wollte ich ja lieber nach Südamerika. Aber jetzt ist mir in Wiesbaden ein alter Freund über den Weg gelaufen, dieser Erich Werthe. Bei dem können wir besser untertauchen als irgendwo anders. Bei dem findet uns kein Mensch. So lange das Autogeschäft noch läuft, bleibe ich auch lieber in Deutschland. Zumal ich mir letzthin einige Altaktien gekauft habe. Mal sehen, ob die nicht raufklettern ...»

Die Laune des Zufalls hatte Thomas in Wiesbaden ein Wiedersehen mit dem schlanken, großen Ex-Oberst Werthe von der Abwehr Paris beschert. Auf der Straße waren sie buchstäblich ineinander hineingelaufen. Der alte, weißhaarige Berufsoffizier bekam feuchte Augen. «Mensch, Lieven, die Freude!»

«Pst! Nicht so laut, Herr Werthe. Ich heiße hier gerade Heller.»

Werthe mußte grinsen. «Noch immer auf krummen Touren?»

«Was heißt noch immer? Jedesmal, wenn ich es auf die gerade Tour versuche, bekomme ich eine über den Schädel. Ich bin schon ganz rammdösig. Und Sie? Was machen Sie?»

«Ach, eigentlich gar nichts. Ich sitze auf meinem kleinen Weingut in Franken. Es gehört meiner Frau. Sie müssen uns besuchen. Ich bestehe darauf! Wann Sie wollen! So lange Sie wollen! *Sie* haben mich ja schließlich aus dem verdammten Lager herausgeholt ...»

Tja, und nun waren sie also unterwegs zu ihm, die Herren Thomas Lieven und Bastian Fabre. In einem unauffälligen Vorkriegsauto schaukelten sie südwärts, hinab ins schöne Frankenland, einem Weingut entgegen – und einem neuen Abenteuer ...

Menu · Franken, 14. August 1948

Süddeutscher Zwiebelkuchen
Kalbsvögel mit Kartoffelpüree
Gefüllte Äpfel

An Thomas Lievens Rezept verschlucken sich drei Galgenvögel

Zwiebelkuchen: Man nehme ungesüßten Mürbeteig oder feinen Hefeteig, rolle ihn dünn aus und lege eine große Tortenspringform damit aus. – Man dämpfe 1½–2 Pfund Zwiebelringe in 150 g Butter weich, so, daß sie ganz hell bleiben. Man lasse sie abkühlen, gebe 3–4 ganze Eier, mit einigen Eßlöffeln dicker saurer Sahne verquirlt, eine Prise Kümmel und Salz dazu. – Man fülle die Masse in die Form, lege einen Teigrand auf und lasse den Kuchen im Ofen zu goldgelber Farbe backen, gebe ihn heiß zu Tisch.

Kalbsvögel: Man nehme Kalbsschnitzel, klopfe sie gut, salze und pfeffere sie auf einer Seite. Man belege diese Seite mit etwas feingehacktem, fettem Speck, Zwiebeln und Petersilie, rolle die Schnitzel zusammen und umbinde die Röllchen mit Faden. – Man brate die Röllchen in Butter hellgelb an, gieße saure Sahne, mit einem halben Teelöffel Maizena verrührt, dazu, lasse langsam weichschmoren, schmecke mit Salz und Pfeffer ab. – Man reiche Kartoffelpüree und grünen Salat dazu.

Gefüllte Äpfel: Man nehme Äpfel von einer mürben, nicht zu süßen Sorte, schäle sie, höhle sie vorsichtig aus, ohne die Stielseite zu verletzen. – Man stelle sie auf diese Seite in eine gut gebutterte Auflaufform, fülle in die Höhlung je einen Kaffeelöffel Zucker, Korinthen und Johannisbeergelee. Man gebe auf jeden Apfel eine Butterflocke und lasse im Ofen backen, bis die Äpfel weich sind.

Das Weingut Erich Werthes lag auf sanften, sonnendurchglühten Hügeln über einer kleinen Stadt, die als Wallfahrtsort Berühmtheit erlangt hatte. Ein idyllischer Fluß durchquerte das gesegnete Rebental. Vor der Stadt erhob sich ein hoher Granitfelsen. Auf ihm stand das mächtige Stift, das eine wundertätige Madonna beherbergte.
Einer der ersten Männer, die Thomas in der kleinen Stadt kennenlernte, war denn auch der Abt des Stiftes, Waldemar Langauer: ein wahrhaft imponierender geistlicher Würdenträger mit schlohweißem Haar, sonnengebräunter Haut und blitzenden Augen.
Erich Werthe machte Thomas mit ihm bekannt. Die beiden Männer fanden sofort Kontakt miteinander. Waldemar Langauer zeigte Thomas die herrliche Stiftsbibliothek. Dann erzählte er von seinen Sorgen. Die Stadt war überfüllt mit Flüchtlingen, die Essen, Kleidung, Unterkunft brauchten: Aber woher nehmen? Es

fehlte an allem. Ein Lächeln verschönte des Abts Gesicht: «In solchen Zeiten lernt man die Menschen kennen, Herr Lieven. Da wächst manchmal einer über sich selber hinaus ... Wir haben so einen Menschen in unserer kleinen Stadt.»

«In der Tat?»

«Herbert Rebhahn heißt er. Weinhändler von Beruf. Früher hörte man oft sehr, nun, sehr weltliche Dinge von ihm, Sie verstehen ... aber seit Kriegsende ist dieser Mensch wie verwandelt! Kein Sonntagsgottesdienst, den er versäumt! Kein gutes Werk, das er nicht tut! Tausende und aber Tausende von Mark hat er uns für die armen Flüchtlinge zur Verfügung gestellt ...»

Solcherart hörte Thomas zum erstenmal von dem Weinhändler und Menschenfreund Herbert Rebhahn. Am selben Tag hörte er übrigens noch einmal von ihm: in Erich Werthes Haus, beim Abendessen, das die hübsche, aber sehr schmale und blasse Frau des Ex-Abwehroffiziers zubereitet hatte.

Werthe sagte: «Hören Sie mal, Lieven, Sie haben doch damals in Paris für mich so einen phantastischen Zwiebelkuchen gebacken. Würden Sie das morgen wohl noch einmal tun? Wir bekommen Gäste.»

«Aber mit Vergnügen», sagte Thomas.

«Es sind ein paar Freunde, die da kommen. Ich bin ihnen eine Einladung schuldig – nach allem, was sie für mich getan haben. Besonders Herbert Rebhahn.»

Herbert Rebhahn – da war der Name wieder! «Dieser Herr scheint unentwegt Gutes zu tun», sagte Thomas.

«Keine Witze bitte!» Werthe sprach sehr ernst: «Ohne Herrn Rebhahn, ohne den Polizeipräsidenten Katting und ohne den Fürsten von Welkow hätte ich mich schon lange aufhängen müssen.»

Leise und erschrocken fragte Thomas: «Es geht Ihnen nicht gut, Herr Werthe?»

«Nicht gut? Verzeih das Wort, Luise – beschissen geht es uns! Sehen Sie mal, ich habe hier ein Weingut und eine Weinhandlung. Der Wein aus dem Gut bleibt mir liegen. Und die Amerikaner geben mir keine Einfuhrlizenzen. Also ist auch das gute Geschäft, das wir früher mit ausländischen Weinen hatten, ruiniert ...»

Bastian kratzte sich den Schädel und sagte in seinem französisch akzentuiertem Deutsch: «Isch verstehen das nicht. Isch denken, in Deutschland es gibt nichts zu kaufen. Sie aben gute deutsche Wein. Wieso Sie können ihn nicht loswerden?»

«Ich weiß es nicht, ich weiß es wirklich nicht ...»

15

«Bevor wir beginnen», sprach Herbert Rebhahn, «lasset uns beten!» Er faltete die rosigen, fetten Händchen und senkte den rosigen, dicken Kopf mit den blonden Haaren, den blonden Augenbrauen und dem blonden Bärtchen am Kinn. Der Polizeipräsident Katting, der Fürst von Welkow, Erich Werthe und seine Frau senkten desgleichen die Köpfe und falteten die Hände. Thomas sah Bastian an. Danach taten sie, was die anderen taten.

Der Fürst von Welkow war ein alter Mann, hager, hochmütig, pergamenthäutig und schweigsam. Der Polizeipräsident Wilhelm Katting sah aus wie ein vorsichtiger, korrekter Bankangestellter in mittlerer Gehaltslage. Nach dem stummen Gebet glitten die Äuglein des Menschenfreundes Rebhahn flink um den Tisch. «Ah, Zwiebelkuchen! Welche Delikatesse!» Er langte zu.

Der vergilbte Fürst kaute vorsichtig, dann sagte er: «Wundervoll der Kuchen. Wie meine Mutter ihn machte. Gratuliere, gnädigste Frau.»

«Sie müssen Herrn Lieven gratulieren», sagte Luise Werthe. «Er hat ihn gebacken.»

Drei Augenpaare fühlte Thomas plötzlich auf sich ruhen, kühl, prüfend, ohne Sympathie. Der Polizeipräsident, der Fürst, der Philantrop Rebhahn sahen ihn an – wie drei Kriminalkommissare einen verhafteten Verbrecher.

Thomas schmeckte sein eigener Zwiebelkuchen auf einmal nicht mehr. Er drehte den Bissen im Mund herum. Dieser Herr Rebhahn wurde ihm mit jeder Sekunde unsympathischer.

In seinem schwerfälligen, akzentuierten Deutsch sprach Bastian: «Wollen wir auch dafür danken, daß charmante Madame Werthe sein auf diese Welt und diese wundervolle Wein, mit dem isch stoße an nun auf sie! Messieurs!»

Alle hoben die Gläser und prosteten Luise Werthe zu, die errötete. Mit leichter Bitterkeit sagte sie: «Es war Gottes Wille, daß dieser Wein hier wachse. Ist es auch Gottes Wille, daß wir ihn nicht verkaufen können?»

Salbungsvoll sprach Rebhahn: «Eine Zeit der Prüfung ist es, die wir zu bestehen haben, liebe gnädige Frau. Wir alle. Geht es mir anders? Bleibt nicht auch mein Wein liegen?»

«Ich will ja gar nicht davon reden, daß wir auf unserm Wein sitzenbleiben», sagte Luise Werthe. «Aber was ist das mit dem italienischen Wein? Ich meine: das ist doch eine niederträchtige Schiebung! Das ist doch ...»

«Luise, bitte!» sagte Werthe scharf. Gleichzeitig bemerkte Thomas Lieven, wie Rebhahn, der Fürst und der Polizeipräsident einen Blick wechselten. Schnell sah Thomas zu Bastian. Der hatte es auch gesehen. Zwiebelkuchen auf seine Gabel häufend, fragte Thomas harmlos: «Italienischer Wein, was ist denn damit?»
Wieder wechselten der Polizeipräsident, der Fürst und der Menschenfreund Rebhahn Blicke. Thomas dachte: Ist mein alter Werthe denn blind? Solche Leute hält er für seine Freunde? Nicht begraben sein möchte ich mit diesen drei Brüdern!
Rebhahn sah Thomas aus strahlenden blauen Augen an und antwortete mit fester Stimme: «Seit einem Jahr wird Deutschland überschwemmt mit abertausend Litern von billigen italienischen Weinen. Diese Weine ruinieren uns allen das Geschäft. Denn jedermann kauft natürlich sie und nicht unsere Produkte. Wo kommen diese Weine her? Das weiß niemand. Wer importiert sie? Niemand weiß es.»
«Moment mal», sagte Thomas, «ich dachte, es gibt keine Einfuhrlizenzen für ausländische Weine – sagten Sie mir doch gestern, Herr Werthe.»
Der lachte freudlos: «Sagte ich, ja. Offiziell gibt es auch keine. In Frankfurt sitzt eine amerikanische Kommission, die JEIA. Sie allein erteilt Einfuhrlizenzen. Und für Wein erteilt sie keine. Angeblich jedenfalls.»
«Sie erteilt in der Tat keine, Herr Oberst», sprach salbungsvoll der Flüchtlingsfreund und Paradechrist Rebhahn. «Wir wollen doch keine Verdächtigungen gegen aufrechte und unbestechliche amerikanische Offiziere aussprechen, nicht wahr?»
«Um Gottes willen!» sagte Werthe erschrocken. Thomas dachte: Armer Kerl, bist du schon so parterre?
In dieser Nacht fand auf einem Hügel über der kleinen Stadt folgendes Gespräch statt: «Hör mal, Bastian, alter Kumpel, ist dir dieser Rebhahn auch so zum Kotzen?»
«So zum Kotzen wie mir kann er dir überhaupt nicht sein! Na, und die beiden anderen Typen!»
«Armer, alter Werthe – und diese Brüder haben ihm Geld geliehen – und diesen Gangstern ist er verpflichtet.»
«Ich muß mal eine kleine Frage an dich richten – darf ich?»
«Na los, Goldkind, richte!»
«Wenn er auch seinen Wein nicht losbringt, und wenn er auch keine Einfuhrlizenzen für ausländische Weine bekommt – wieso geht es diesem Monsieur Rebhahn dann so gut, daß er Riesenbeträge für arme Flüchtlinge stiften kann?»

«Ja», sagte Thomas Lieven, «das habe ich mir auch schon überlegt. Um dir diese Frage zu beantworten und – hoffentlich – meinem Freund Werthe helfen zu können, werde ich wohl für einige Zeit nach Italien fahren müssen ...»

16

Am 10. September 1948 saß Thomas Lieven in der Kneipe des zwielichtigen Luigi in Neapel bei einem Topf voll Pasta asciutta und einer Flasche Rotwein. Er hatte Luigi, der aussah wie der Schauspieler Orson Welles, knapp nach Kriegsende kennen und schätzen gelernt, als er sich im Auftrag des Französischen Kriegsverbrecher-Suchdienstes ein paar Tage hier aufhielt mit der Order, einen italienischen General zu verhaften.

Vor etwa drei Wochen war Thomas nun wieder in Neapel erschienen und hatte Luigi gebeten, einmal herumzuhören, wer in Norditalien Wein kaufte und bei wem und in welchen Mengen – und zwar für Deutschland bestimmten Wein.

Luigi berichtete: «Meine Kumpels waren in Bozen und in Meran und in Piave de Cadere und in Sarentino und in Bresanzone. Überall da oben wird seit einem Jahr Wein wie verrückt gekauft – Hunderttausende von Litern! Aber heimlich, ganz heimlich.»

«Und nach Deutschland geschmuggelt?»

«Ach woher, Junge! Richtig deklariert und mit der Bahn rübergefahren!»

«Es darf aber doch kein ausländischer Wein in Deutschland verkauft werden!»

«Dieser Wein wird ja in Deutschland auch nicht verkauft – angeblich.» Luigi rieb sich die Hände, schlug sich auf den Bauch und schrie vor Lachen: «Das ist Meßwein!»

«Meßwein?»

«Ja, Baby, ja. Meßwein! Ein Geschenk katholischer italienischer Bürger an die katholischen Kirchen in Deutschland! *Geschenk!* Verstehst du, wie genial der Trick ist?» Luigi konnte sich gar nicht beruhigen. «Geschenke fallen nicht unter die Importbestimmungen der Amerikaner! Mit Geschenken werden ja keine Geschäfte gemacht! Für Geschenke *gibt* es Einfuhrlizenzen bei der JEIA!»

Thomas fühlte, wie ihm plötzlich kühl wurde. Er fragte leise: «Und wer ist der Empfänger in Deutschland?» Luigi verschluckte sich vor Lachen: «Der Wein geht an die Adressen von drei Klöstern in Bayern. Aber eigentlicher Bestimmungsort und Empfänger ist in allen Fällen der Abt eines Stiftes, er heißt ...»

«Waldemar Langauer», sagte Thomas erstickt.
«Ja», sagte Luigi, «woher weißt du das?»
Der Abt Waldemar Langauer – verstrickt in eine gigantische Weinschiebung? Thomas konnte es nicht fassen. Er hatte den Abt gesehen, er hatte mit ihm gesprochen. Er irrte sich nicht. Das war kein Mann, der schmutzige Sachen machte!
Aber was ging dann hier vor? Wer mißbrauchte den Namen des geistlichen Würdenträgers in so schamloser Weise?
Thomas fuhr nach Norditalien. Tagelang trieb er sich herum, bestach Eisenbahner, Zöllner, Transportarbeiter, sah die Einfuhrlizenzen der JEIA.
Thomas stellte fest, daß der deutsche Umschlagbahnhof für die Weintransporte ein Ort namens Rosenheim war. Er führte ein paar lange Telefongespräche. Daraufhin tauchte am 28. September auf dem Bahnhof von Rosenheim ein freundlicher Geselle mit roten Bürstenhaaren und Bärenkräften auf. Er nannte sich Gustave Aubert und wies Papiere auf diesen Namen vor. Er sah Bastian Fabre ähnlich wie aus dem Gesicht geschnitten. Und das war kein Wunder ...
Der arbeitswillige Franzose – «Isch bin eine ehemalige Fremdarbeiter, die bleiben möchte in Deutschland, weil isch mich fühle wohl 'ier in Bayern!» – gewann sogleich die Sympathie der einheimischen Arbeiter. Er belud Lastautos. Mit Fässern voll italienischem Wein. Er lernte die Chauffeure dieser Lastautos kennen. Sie kamen nachts. Sie holten den italienischen Wein ab. Angeblich zu drei bayerischen Klöstern. Sie waren sehr wortkarg. Und verprügelten den Franzosen einmal, als er zu neugierig wurde. Er ließ sich – zum erstenmal in seinem Leben – verprügeln. Er dachte an die Maxime seines Freundes Thomas Lieven: «Mut beweist man nicht mit der Faust allein. Man braucht auch den Kopf dazu.»
Er hatte etwas herausgefunden, das besser und wertvoller war als ein Sieg über deutsche Chauffeure nach den klassischen Regeln des technischen k. o. Er hatte die Fahrbefehle und Fahrzeugbriefe der Chauffeure gesehen. Er wußte jetzt, wem jeder einzelne Laster gehörte, der den «Meßwein» abholte. Er wußte jetzt, in wessen Auftrag die Chauffeure fuhren.

17

«Mein Freund Bastian Fabre, Hochwürden, ist bereit zu beeiden, daß alle diese Chauffeure im Auftrag von Herrn Herbert Rebhahn fuhren und fahren», sagte Thomas Lieven. Es war hoher Mittag

am 19. Oktober 1948. Thomas stand vor dem Fenster des großen Zimmers, in dem Abt Langauer zu arbeiten pflegte.
Der Gottesmann sah um Jahrzehnte gealtert aus. Seine Hände öffneten und schlossen sich mechanisch. In seinem Gesicht zuckte es. «Furchtbar», sagte er. «Das ist die größte menschliche Enttäuschung meines Lebens. Ich bin betrogen worden. Ich wurde das Opfer eines Schurken.»
Und der Abt erzählte ...
Im Mai 1946 war Herbert Rebhahn zum erstenmal bei ihm erschienen und hatte 20 000 R-Mark für die armen Flüchtlinge gespendet. Danach war er immer wieder gekommen, mit immer neuen Gaben und Spenden – ein ganzes Jahr lang.
Im Sommer 1947 hatte Langauer protestiert: «Wir können nicht andauernd Geld von Ihnen nehmen, Herr Rebhahn! Das ist unmöglich!»
«Es ist Christenpflicht, zu spenden, Ehrwürdiger Vater!»
«Aber es geht Ihnen doch selbst nicht gut, Herr Rebhahn .. Sie haben Sorgen ... Wenn ich wüßte, was das Stift tun könnte, um zu Geld zu kommen ...»
Nun, sagte Herbert Rebhahn, was das Stift beträfe – da hätte er einen Vorschlag zu machen! Da gäbe es in der Verwaltung der JEIA in Frankfurt einen gewissen Major Jolsen.
Rebhahn sprach mit Engelszungen: «Gewiß würde der Major dem Ehrwürdigen Vater Einfuhrlizenzen für – gewisse Mengen von italienischem Meßwein geben. Geschenksendungen. Der Wein würde Sie nichts kosten. Ich habe Freunde in Italien, die es sich zur Ehre anrechnen würden, den Wein zu kaufen und dem Ehrwürdigen Vater zu schicken.»
«Aber ist das nicht ungesetzlich?»
«Das wäre vollkommen gesetzlich. Ich würde es dann übernehmen, den Wein in Deutschland zu verkaufen. Und den Erlös dem Ehrwürdigen Vater zu übergeben – für die armen Flüchtlinge ...»
Auf dieses Angebot ging Waldemar Langauer ein. Er gab seinen Namen für ein Geschäft, von dessen Ausmaß und dessen kriminellem Einschlag er nichts ahnte. Ein Jahr lang verkaufte Herbert Rebhahn für ihn und seine Flüchtlinge «gewisse Mengen von italienischem Meßwein». Herbert Rebhahn lieferte aus dem Erlös 125 000 R-Mark an Abt Langauer ab.
Am Mittag des 19. Oktober 1948 sagte Thomas Lieven: «Nach meinen Berechnungen hat Rebhahn allein im letzten Jahr an seinen Weinschiebungen rund einkommafünf Millionen Mark verdient!»
Der Abt sagte tonlos: «Ich danke Ihnen für alles, was Sie heraus-

gefunden haben, Herr Lieven. Es ist furchtbar, was ich jetzt zu tun habe – aber ich muß es tun.» Er griff nach dem Telefonhörer, wählte und sagte dann: «Geben Sie mir die Kriminalpolizei ...»
Verhaftet wurde am gleichen Tag der Weinhändler Herbert Rebhahn. Zu den Beamten, die ihn aus seiner luxuriösen Wohnung holten, sagte er: «Die machen mir *nie* einen Prozeß! In der Geschichte hängen zu viele Großkopfete drin.»
Sein Selbstvertrauen verließ ihn jedoch in den folgenden Wochen und Monaten, und zur Jahreswende 1948/49 bequemte er sich zu Geständnissen, die den Polizeipräsidenten Katting hinter schwedische Gardinen brachten. Zu Beginn des Jahres 1949 präsentierte sich die Situation dem Oberstaatsanwalt Dr. Offerding dann folgendermaßen: Rebhahn und Katting hatten den Fürsten von Welkow 1946 erfolgreich mit dessen dunkler Nazivergangenheit erpreßt und erreicht, daß ihnen der belastete Fürst in seiner Angst das große Gut Wickerode und die dazugehörenden Wälder überschrieb; gleichzeitig mit der Überschreibung jedoch hatte der schlaue Fürst wieselflink Hypotheken auf den überschriebenen Besitz aufgenommen, so daß er für die neuen Eigentümer weitgehend belastet und wertlos war.
Rebhahn und Katting hatten eine Kunststein-Fabrik angekurbelt, von der sie sich Millionengewinne versprachen. Der Betrieb artete jedoch infolge laienhafter Führung zu einer Millionenpleite aus. Nun saßen Katting, Rebhahn und der Fürst, wie Rebhahn es auszudrücken beliebte, «in einem Boot». Sie mußten sehen, wie sie alle finanziell wieder flott wurden. Rebhahn organisierte das große «Meßwein-Geschäft». Er war zweiter Vorsitzender des Interessenverbandes der Weinindustrie. Als solcher war es ihm möglich gewesen, gegen Weinhändler, die er in seine Abhängigkeit bringen wollte, einen geheimen Boykott durchzuführen. Nach seiner Verhaftung distanzierte sich der Verband von ihm. Und das Geschäft von ehrlichen Männern wie Erich Werthe blühte plötzlich auf ...
Der Ex-Oberst konnte Thomas Lieven dafür nur schriftlich danken. Denn zu jener Zeit im Frühjahr 1949, da der Oberstaatsanwalt Dr. Offerding eine vielhundertseitige Anklageschrift gegen Herbert Rebhahn und Genossen zusammenstellte, lebte unser Freund mit Bastian Fabre in einem gemieteten Appartement in Zürich.
Wohlergehen ließen es sich Thomas und Bastian in Zürich. Ihre tägliche Lieblingslektüre war der Börsenteil der «Neuen Zürcher Zeitung».

Aus den Gewinnen seiner letzten Operationen hatte Thomas große Mengen von deutschen Altaktien erworben. Diese waren nach Kriegsende äußerst niedrig gehandelt worden, weil damals noch kein Mensch wußte, wie weit und wie vollkommen die Siegermächte die deutschen Wirtschaftszentren zerschlagen würden.
Die wertvollsten Anlagen waren demontiert, die größten Konzerne aufgelöst worden. 1946/47 wurden die Aktien der «Vereinigten Stahlwerke» nur mit rund 15 Prozent gehandelt, AEG-Aktien mit 30 Prozent; I.G.-Farben-Aktien durften überhaupt nicht gehandelt werden.
Reichlich wurden nun Leute, die solche und andere Aktien trotzdem gekauft hatten, für ihren Optimismus belohnt! Nachdem aus den R-Mark-Aktien D-Mark-Aktien geworden waren, kletterten die Kurse von Monat zu Monat höher empor. In einem Zürcher Appartement saß ein Herr, der sich nicht beklagen konnte über das, was geschah ...
Bis dann jener 14. April 1949 kam, an dem Thomas mit Bastian ins Zürcher Scala-Kino ging. Sie wollten den berühmten italienischen Film «Fahrraddiebe» sehen. Sie sahen die Reklamen. Sie sahen vor dem Hauptfilm die Wochenschau. Und in dieser einen Beitrag über das Hamburger Frühjahrs-Derby.
Elegante Pferde, Herren im Cut, bezaubernde Frauen waren zu bewundern. Die Kamera erging sich in Großaufnahmen der prominenten Zuschauer. Dicker Herr. Faszinierende Dame. Noch eine faszinierende Dame. Noch eine. Das Wirtschaftswunder hatte begonnen. Noch ein illustrer Herr ...
Plötzlich schrie in Loge 5 ein Mann laut auf: *«Marlock!»*
Thomas Lieven rang nach Atem. Denn da, auf der Leinwand, stand er, überlebensgroß, sein schurkischer Kompagnon, den er für tot gehalten hatte, sein verbrecherischer Partner, der seine friedliche Existenz vernichtet, ihn in die Mühlen der internationalen Geheimdienste geschleudert hatte – da stand er, untadelig gekleidet, im Cut, Fernglas vor der Brust.
«Er ist es ... Ich bringe ihn um, das Schwein!» lärmte Thomas. «Ich habe gedacht, er schmore schon längst in der Hölle – aber er lebt ... Jetzt werde ich abrechnen mit ihm!»

18

«Bitte, ich habe Sie wohl eben nicht ganz richtig verstanden, mein Herr», sagte der Besitzer des Scala-Kinos. «*Was* möchten Sie?»
«Sie haben mich eben durchaus richtig verstanden, mein Herr»,

sagte Thomas Lieven mit einer feinen Verneigung. «Ich möchte mir nach der letzten Vorstellung die Wochenschau-Filmrolle ausleihen, die Sie heute zeigen.»
«Ausleihen? Aber warum?»
«Weil ich sie mir noch einmal vorführen lassen möchte. Privat. Denn ich habe auf dem Streifen einen Bekannten entdeckt, den ich bei Kriegsbeginn aus den Augen verlor.»
Stunden später brauste Thomas mit der Filmrolle durch das nächtliche Zürich, hinaus zu den Studios der «Praesens-Film». Hier hatte er einen Schneideraum und einen Cutter organisiert. Der Cutter ließ die Wochenschaukopie auf dem Schneidetisch vor- und zurücklaufen, so lange, bis Thomas rief: «Halt!»
Der kleine Bildschirm über dem Tisch zeigte nun ein stillstehendes Bild vom Hamburger Frühjahrs-Derby. Ein paar dicke Herren, ein paar elegante Damen auf der Tribüne. Und im Vordergrund deutlich zu erkennen: E. Marlock.
Thomas ballte die Hände zu Fäusten. Er fühlte, wie ihm vor Erregung der Schweiß auf die Stirn trat. Ruhig, sagte er zu sich selbst, ganz ruhig jetzt, wenn du Rache nimmst.
«Können Sie das Kaderbild da kopieren und mir bis morgen früh ein paar Abzüge davon machen – so stark vergrößert wie möglich?»
«Na klar, mein Herr», sagte der Cutter.
Am nächsten Tag um 11 Uhr 45 nahm Thomas Lieven den Expreß nach Frankfurt am Main. Hier suchte er zwei leitende Beamte im Gebäude der «Deutschen Bankaufsicht» auf. Ihnen zeigte er Fotos von Robert E. Marlock. Eine halbe Stunde später lag vor Thomas eine Personalkarte, wie es sie hier über jeden Menschen in Deutschland gab, der Bankgeschäfte machte.
Am Abend des 15. April 1949 sagte Thomas zu seinem Freund Bastian Fabre in seiner Zürcher Wohnung: «Der verfluchte Hund lebt in Hamburg. Walter Pretorius nennt er sich. Und eine kleine Bank besitzt er wieder. An der Innenalster. Die Frechheit! Die ungeheure Frechheit, die der Erzlump hat!»
Bastian drehte ein bauchiges Kognakglas hin und her. Er meinte: «Er wird ohne Zweifel in dem Glauben leben, daß du tot bist. Oder hast du ihn aufgesucht?»
«Bist du verrückt? Nein, nein, Marlock soll ruhig weiter glauben, ich sei tot!»
«Ich denke, du willst dich rächen ...»
«Ich *werde* mich rächen! Aber schau mal, Marlock hat eine deutsche Banklizenz bekommen. Ohne Scheu und Furcht lebt er in

Hamburg. Soll ich da vor ein deutsches Gericht gehen und sagen: Dieser Herr Pretorius heißt in Wirklichkeit Marlock. Dieser Herr hat mich 1939 hineingelegt. Soll ich das sagen? Wenn ich klage, muß ich als Thomas Lieven klagen, denn als Thomas Lieven war ich Bankier in London. Mein Name wird in allen Zeitungen stehen ...»

«Auwei.»

«Jawohl, auwei. Meinst du, ich will unbedingt von irgendeiner Roten, Grünen, Blauen oder Schwarzen Hand umgelegt werden? Ein Mann mit meiner Vergangenheit muß es auf das Peinlichste vermeiden, in die Öffentlichkeit zu treten.»

«Na, aber wie willst du Marlock schaffen?»

«Ich habe einen Plan. Ich brauche einen Strohmann dazu. Ich habe ihn auch schon: Herr Reuben Achazian, mit dem wir die ZVG-Geschäfte gemacht haben. Ich habe ihm geschrieben. Er kommt her.»

«Und ich? Was mache ich?»

«Du, mein Alter, mußt dich jetzt eine Zeitlang von mir trennen», sagte Thomas und legte dem Freund eine Hand auf die Schulter: «Schau mich nicht so unglücklich an; es ist nötig, es steht zuviel auf dem Spiel ... Du nimmst alles Geld, das ich nicht brauche, und fährst nach Deutschland. Nach Düsseldorf am besten. Dort, wo die reichsten Leute wohnen, kaufst du uns eine Villa. Einen Wagen. Und so weiter. Wenn ich bei dieser Sache Pech habe und alles verliere, dann brauche ich Kredit. Und Vertrauen. Und muß angeben. Kapiert?»

«Kapiert.»

«Cecilien-Allee», sagte Thomas verträumt. «Das wäre eine Gegend für uns. Da sieh dich mal um. Da wollen wir uns ansiedeln. Da wohnen die *ganz* feinen Leute.»

«Na ja», sagte Bastian, «dann ist es natürlich sonnenklar, daß auch wir dorthin müssen ...»

19

Wir berichten nun über Thomas Lievens größtes und riskantestes Börsenmanöver. Wir wollen bemüht sein, so zu berichten, daß jedermann begreifen kann, wie raffiniert sein Racheplan war.

Blicken wir zuerst nach Stuttgart. Vor den Toren jener schönen Stadt lag das Gebäude der «Excelsior-Werke A.G.». Im Krieg hatte diese Gesellschaft mit einer Belegschaft von über 5000 Menschen Armaturen und Instrumente für Görings Luftwaffe hergestellt. 1945 war das Geschäft vorbei. In Deutschland wurden – für ein kurzes Weilchen – gerade mal keine Kriegsflugzeuge gebaut. Also stellten die «Excelsior-Werke» in kleinstem Rahmen verschiedene technische Geräte her. Aber nach der Währungsreform im Sommer 1948 schien der Konkurs unabwendbar. Weit unter dem Nominalwert wurden Excelsior-Aktien gehandelt, zu einem Kurs von 18 bis 25. Der Zusammenbruch war für Experten im Frühsommer 1949 nur noch eine Frage von Wochen.

In dieser verzweifelten Situation machten die Herren vom Vorstand der «Excelsior-Werke» am 9. Mai 1949 die Bekanntschaft eines Armeniers namens Reuben Achazian, der sie in Stuttgart aufsuchte.

Herr Achazian, ausgezeichnet gekleidet, Besitzer eines brandneuen Cadillac, Modell 1949, erklärte den Versammelten: «Meine Herren, ich besuche Sie im Auftrag eines Schweizer Unternehmens, das aber anonym zu bleiben wünscht. Dieses Unternehmen ist stark interessiert, einen Teil seiner Produktion nach Deutschland zu verlegen ...»

Warum, wollten die Herren vom Vorstand wissen.

«... weil hier die Herstellungskosten für technische Geräte wesentlich niedriger liegen. Meine Herren, die Schweizer denken daran, Ihnen einen langfristigen Vertrag anzubieten. Man ist bereit, zu günstigen Bedingungen an einer Sanierung Ihres Werkes mitzuwirken. Damit Sie sehen, daß es den Leuten ernst ist, bin ich ermächtigt, Ihnen mitzuteilen: Die Schweizer Gruppe wird fällige Wechsel Ihres Unternehmens bis zu einem Betrag von einer Million D-Mark übernehmen!»

Eine Million D-Mark! Der Silberstreifen am Horizont für ein Werk, das vor dem Konkurs stand. Verständlich, daß die Herren sich keine lange Bedenkzeit ausbaten ...

Prompt trafen am 25. Mai 1949 bei den «Excelsior-Werken» denn auch DM 900 000 ein. Dieser Betrag war das Vermögen, das Thomas Lieven in seine Rache investierte. Er arbeitete schwer in diesen Tagen. Nachdem er mit verschiedenen Wirtschaftsredakteuren und Journalisten gesprochen hatte, erschienen in Schweizer Zeitungen Artikel, wonach schweizerische Industriekreise die Möglichkeit prüften, Zweigbetriebe in der Deutschen Bundesrepublik einzurichten. Diese Meldungen und die Tatsache, daß alle fälligen Excelsior-Wechsel anstandslos eingelöst wurden, erregten Sensation an westdeutschen Börsen. Eine lebhafte Nachfrage nach Excelsior-Aktien setzte ein. Die Kurse zogen erheblich an: auf 40 und 50.

Im Auftrag von Thomas Lieven erkundigten sich nun Strohmänner beim Bankhaus Pretorius in Hamburg, ob hierorts etwas über die Vorgänge rund um die «Excelsior-Werke» bekannt sei. Solcherart wurde das Interesse des außerordentlich geldgierigen Bankhausinhabers Walter Pretorius geweckt ...

Tage später erschien ein gewisser Herr Reuben Achazian im Bankhaus Pretorius und sprach bei dem Bankbesitzer vor, den wir der Klarheit halber von nun an mit seinem richtigen Namen Marlock nennen wollen.

«Ich frage im Auftrag meiner Schweizer Freunde an, ob Sie daran interessiert sind, an einem großzügigen Sanierungsunternehmen der ‹Excelsior-Werke› mitzuwirken», sprach Herr Reuben Achazian, der den feinen Cadillac auch in die Freie Hansestadt mitgebracht hatte. Angesichts der emporschnellenden Aktienkurse war Marlock sogleich bereit. Er versprach grundsätzlich eine Beteiligung. Danach ließ er sofort durch Mittelsmänner große Mengen von Excelsior-Aktien aufkaufen, wodurch diese immer weiter im Kurs stiegen. Bereits zu weit überhöhten Preisen mußte Marlock sie nun kaufen. Er tat es in der felsenfesten Überzeugung, vor dem Geschäft seines Lebens zu stehen.

Am 19. September sagte Thomas Lieven in Zürich zu Reuben Achazian: «Jetzt habe ich den Hund so weit, daß er sein ganzes Geld in dieses Pleiteunternehmen, genannt ‹Excelsior-Werke›, gesteckt hat. Jetzt muß ich sehen, daß ich die 900 000 Mark, und wenn möglich mehr, zurückbekomme, die ich in die Excelsior-Wechsel gesteckt habe.»

«Und wie soll das geschehen?» fragte der Armenier mit den feuchten Mandelaugen.

«Das soll mit Hilfe von Sperrmark geschehen, mein Lieber», antwortete Thomas Lieven sanft.

Mit dem Wort «Sperrmark» wurde damals das Vermögen von Ausländern im Deutschen Reich gekennzeichnet, das zur Sicherung der Währung gesperrt worden war und über das die Besitzer nur mit besonderen Genehmigungen verfügen konnten.

Vor 1951 gab es nur Schwarzverkäufe im Ausland. Dabei wurden in der Regel für 100 Sperrmark 8 bis 10 Dollar gezahlt, also ein sehr schlechter Kurs. Thomas Lieven fand in der Schweiz Industriewerke, die zum Teil noch Sperrmarkkonten aus den Jahren 1931–1936 besaßen! Diese Leute verkauften unserm Freund ihre Konten bereitwillig und sogleich zu dem erwähnten elenden Kurs. Egal, egal! Auf diese Weise sahen sie endlich wenigstens *etwas* von ihrem Geld wieder!

Nun besaß Thomas also Sperrmarkkonten in Deutschland. Nun schickte er Herrn Achazian wieder nach Hamburg. Daselbst erklärte der kleine Armenier dem Bankier Marlock: «Die Sanierung der ‹Excelsior-Werke› soll weitgehend aus Sperrmark-Guthaben meiner schweizerischen Auftraggeber finanziert werden. Das ist nach den geltenden Bestimmungen mit Einwilligung der ‹Bank Deutscher Länder› möglich. Ich habe Vollmacht, die besagten Sperrmarkguthaben in Höhe von zweikommadrei Millionen Mark auf Ihre Bank zu überweisen.»

Marlock rieb sich die Hände. Er hatte ja gewußt, daß er hier vor dem Geschäft seines Lebens stand! Er fuhr nach Frankfurt. Mehrere Tage lang verhandelte er hartnäckig mit der «Bank Deutscher Länder». Er übernahm die eidesstattliche Verpflichtung, die 2,3 Millionen *ausschließlich* zur Sanierung der «Excelsior-Werke» vor Stuttgart zu verwenden. Daraufhin bekam er die Sperrmark frei.

Am selben Tag sagte Thomas Lieven in seiner Zürcher Wohnung zu Herrn Achazian: «Nun fahren Sie wieder zu ihm. Ich gebe Ihnen Vollmachten mit, erstklassig gefälschte Dokumente von angeblich an dem Sanierungsprojekt beteiligten Schweizer Firmen. Der Schweinekerl in Hamburg wird Ihnen die Millionen anstandslos freigeben. Sie gehören ja nicht ihm. Sie heben alles bar ab und bringen es hierher.»

Voller Bewunderung sah der kleine Armenier Thomas Lieven an. «Ihren Kopf möchte ich haben! Wieviel haben Sie eigentlich für die zweikommadrei Millionen Sperrmark bezahlt?»

«Rund hundertsechzigtausend Dollar.» Thomas lächelte bescheiden; er konnte es aber nicht verhindern, daß sich seine Hände sozusagen von selber ineinander rieben. «Und wenn Sie das Geld in Ihrem feinen Cadillac nach Zürich gebracht haben, mein Lieber, dann sind aus den Sperrmark echte D-Mark geworden! Sie werden ein paarmal fahren müssen. Das Geld kommt in den Reservereifen und das Chassis. Und dann lassen wir die ‹Excelsior-Werke› sausen. Und sanieren sie *nicht*. Und der Schweinehund in Hamburg ist pleite.»

Am 7. Dezember 1949 fuhr Herr Reuben Achazian los. Am 16. sollte er zurück sein. Das war der Tag, an dem die Bundesrepublik 1 Milliarde D-Mark Kredit von den Vereinigten Staaten erhielt.

Herr Reuben Achazian kam nicht zurück an diesem historischen Tag des deutschen Wiederaufbaus. Herr Reuben Achazian kam überhaupt nicht mehr ...

Am 28. Dezember wurde der Bankier Walter Pretorius in Ham-

burg von Beamten der deutschen Kriminalpolizei verhaftet. Zur selben Stunde verhafteten Beamte der Schweizer Bundespolizei Thomas Lieven in seiner Zürcher Mietwohnung. Sie handelten auf Grund eines dringenden Fahndungsschreibens der «Interpol» und des «Deutschen Bundeskriminalamtes» in Wiesbaden. Den Herren Lieven und Pretorius wurde vorgeworfen, eine gewaltige Sperrmark-Schiebung getätigt zu haben.
«Wer wirft mir das vor?» fragte Thomas Lieven die Schweizer Kriminalbeamten.
«Ein gewisser Reuben Achazian hat Anzeige gegen Sie erstattet und den deutschen Behörden zahlreiche Belastungsdokumente zur Verfügung gestellt. Er ist übrigens inzwischen verschwunden.»
Und meine 2,3 Millionen D-Mark sind im Eimer, dachte Thomas Lieven. Hm, hm. Nun habe ich also zuletzt *doch* noch einen Fehler gemacht. Dabei war dieser Reuben Achazian so ein netter Armenier ...

20

Beinahe ein ganzes Jahr saß Thomas Lieven in Untersuchungshaft – ein wüstes Jahr, das den heißesten Sommer seit hundert Jahren, die Aufhebung der Lebensmittel-Rationierung und, am 28. Juni, den Ausbruch des Korea-Krieges brachte, der eine monatelange Hamsterpsychose in ganz Europa zur Folge hatte.
Am 19. November 1950 verurteilte die Zweite Große Strafkammer des Landgerichts Frankfurt Thomas Lieven zu einer Strafe von dreieinhalb Jahren Gefängnis. In der mündlichen Urteilsbegründung führte der Richter aus: Im Fall des Angeklagten Lieven anerkenne man dessen Offenheit und aufrechte Haltung. Das Gericht hätte den Eindruck gewonnen, daß ungeklärte, wahrscheinlich nur psychologisch verständliche Motive den Angeklagten zu seinem verwerflichen Tun getrieben hätten. Wörtlich erklärte der Richter: «Dieser hochintelligente, äußerst gebildete Mann ist nicht der übliche Typ eines Verbrechers ...»
Für den zweiten Angeklagten, den Hamburger Bankier Walter Pretorius, fand der Richter keine derart milden Worte. Er erhielt vier Jahre Gefängnis. Seine Bank mußte den Konkurs anmelden. Eine weitere Ausübung seines Berufes verhinderte für alle Zeit die «Deutsche Bankenaufsicht», die den Namen Walter Pretorius in der Kartei der seriösen Bankiers löschte.
Zweierlei machte den Frankfurter Prozeß pikant. Obwohl die Angeklagten einander, wie wir wissen, intim kannten, gaben sie eine

solche Bekanntschaft vor Gericht mit keinem Wort, mit keiner Geste zu erkennen.
Die zweite Pikanterie bestand darin, daß der Vorsitzende bereits am ersten Verhandlungstag die Öffentlichkeit ausschloß, und zwar nachdem der Angeklagte Lieven angekündigt hatte, im Detail den Trick erklären zu wollen, mit dem er die Sperrmark freibekommen hatte. Solcherart war eine ausführliche Berichterstattung über den Prozeß gegen Lieven und Pretorius unmöglich. Die Publicity, die Thomas, verschiedener internationaler Geheimdienste wegen, gefürchtet hatte, blieb ihm erspart.
In einem gewissen Sinn hatte er sein Ziel erreicht: Walter Pretorius, alias Robert E. Marlock, war ruiniert für alle Zeit. Bleich und bebend, ein nervöses Wrack, so stellte er sich dem Gericht.
Nicht ein einziges Wort sprachen die beiden Angeklagten während des Prozesses miteinander. Das Urteil nahmen sie beide schweigend auf. Thomas Lieven blickte danach lächelnd zu seinem ehemaligen Kompagnon hinüber. Und vor diesem Lächeln mußte Robert E. Marlock sich abwenden, denn er ertrug es nicht ...

Marlock kam in die Strafanstalt Frankfurt-Hammelgasse. Thomas Lieven schaffte es, in die Haftanstalt Düsseldorf-Derendorf verlegt zu werden. Dafür, daß es ihm im Gefängnis wohl erging und er keinen Mangel an irdischen Gütern litt, sorgte sein Freund Bastian – nun wohnhaft Düsseldorf, Cecilien-Allee – mit großen Paketen. Als Thomas sich *allzusehr* zu langweilen begann, stellte er ein Lexikon der Gaunersprache zusammen. Aus diesem Lexikon präsentieren wir hier einer möglicherweise interessierten Öffentlichkeit aus Tausenden von Worten dieses Alphabet zur Kostprobe:
ABKLINGER: ein Mann, der bei einem geplanten Wohnungseinbruch festzustellen hat, ob der Wohnungsinhaber daheim ist. Zu diesem Behufe betätigt er die Wohnungsklingel in Abständen von fünf Minuten viermal. Wenn niemand öffnet, gibt er den Komplicen bekannt, daß die Luft rein ist.
BEISS: der Raum, von dem gerade die Rede ist. Meibelbeiß ist eine Bedürfnisanstalt, Seibelbeiß das Zuchthaus, Trallienbeiß das Gefängnis.
CUPERN: Betrug beim Kartenspiel.
DUFTEMANG: ein Ganoventeam, das sich gut versteht.
ENTERN: das Bestehlen eines hilflosen Betrunkenen, den man unter dem Vorwand, ihm behilflich zu sein, heimbegleitet.
FREISIEBER: ein Mann, der kurz vor der Entlassung aus dem Zuchthaus steht.

GERANIE: der Direktor einer Strafanstalt.
HEIERMANN: ein 5-Mark-Stück.
IGOW: ein nicht ernstzunehmender Krimineller.
JUSTAV, EISERNER: ein besonders geformter Magnet, der über eine elektrische Zähluhr gehängt wird, wodurch diese zum Stillstand kommt. (Stromdiebstahl.)
KLAVIERSPIELEN: der Vorgang der zwangsweisen Fingerabdrucknahme bei der Kriminalpolizei.
LEBERSTÜCK: der Arzthelfer in der Krankenabteilung einer Strafanstalt.
MASCHORRES: Wachtmeister im Zuchthaus.
NATHAN: ein Gefangener, der Mithäftlinge juristisch und in allen Lebensfragen berät, sich aber dafür nicht bezahlen läßt.
OFFENBACH: ein Mann, der sich auf den Diebstahl von Musikinstrumenten spezialisiert.
PULSIEREN: wenn ein Betrug oder Einbruch gut abläuft.
QUACKE: ein Mensch im Zuchthaus, der jedermann mit Gesprächen über ein angebliches Wiederaufnahmeverfahren belästigt.
ROSENKRANZ: ein Bund Dietriche. Ein einzelner heißt Sesam.
SCHWÄRMER: 1 Jahr Zuchthaus.
SÜLZE: Ergebnis eines Einbruchs, das den Erwartungen nicht entspricht.
TREWEGEHEN: unter den schlechtesten Voraussetzungen auf der Flucht sein.
UG: Untersuchungsgefängnis.
VERTREIBER: ein Mann, der die Kripo auf eine falsche Spur lenkt.
WOLF: ein Mann, der in der Zelle Selbstmord markiert und dann den herbeigeeilten Beamten überfällt.
ZENOBEL: eine gar nicht vorhandene Geldsumme, mit der aber operiert wird, um Kredit zu erhalten.

21

Am 14. Mai 1954 wurde Thomas Lieven aus der Haft entlassen. Sein Freund Bastian erwartete ihn vor dem Gefängnis. Die beiden fuhren sogleich an die Riviera, wo sich Thomas ausgiebig auf Cap Ferrat erholte.

Erst im Sommer 1955 kehrte Thomas Lieven heim und zog in sein schönes Haus in der Cecilien-Allee zu Düsseldorf. Noch hatte er einiges Geld, noch besaß er ein Bankkonto bei der «Rhein-Main-Bank». Seine Nachbarn hielten ihn für einen soliden bundesdeut-

schen Geschäftsmann, wenngleich sie ein wenig unmutig darüber waren, daß sich so wenig Konkretes über ihn erfahren ließ.
Monatelang tat Thomas nichts anderes als nachzudenken und sich auszuruhen.
«Mensch, aber irgend etwas müssen wir doch tun», sagte Bastian Fabre. «Ewig wird unser Geld nicht reichen. Woran denkst du?»
Darauf antwortete Thomas Lieven schlicht: «Ich denke an eine große Aktion mit Aktien. Es soll dabei aber niemand geschädigt werden ...» Die große Aktien-Aktion bereitete Thomas Lieven danach liebevoll durch viele Monate vor. Erst am 11. April 1957 startete er seinen neuen Coup durch die Einladung des fetten, mit Schmissen behafteten Herrn Direktor Schallenberg, der eine Papierfabrik besaß.
Thomas hatte herausgefunden, daß Schallenberg im Kriege unter dem Namen Mack Wehrwirtschaftsführer im sogenannten Warthegau gewesen war und noch immer auf einer Auslieferungsliste der polnischen Regierung stand. Herrn Direktor Schallenberg blieb solcherart nichts anderes übrig, als zähneknirschend zu tun, worum Thomas ihn bat: Er stellte ihm fünfzig Großbogen eines Spezial-Wasserzeichenpapiers zur Verfügung, wie es für die Herstellung von Aktien verwendet wurde.
Was Thomas Lieven mit diesem Papier tat und wie er in Zürich das große Geschäft mit den DESU-Aktien erledigte, ist bekannt. Wir haben es zu Beginn dieses Berichtes ausführlich erzählt. 717 850 Schweizer Franken waren sein Gewinn, als er mit der schönen, jungen Hélène de Couville, die er in Zürich kennengelernt hatte, an die Riviera fuhr.
In der Nacht, in welcher die süße Hélène im Luxushotel «Carlton» zu Cannes seine Geliebte wurde, erlebte Thomas – auch dies berichteten wir bereits – eine grauenvolle Überraschung. Mit erschreckender Wildheit schluchzte Hélène plötzlich los: «Ich habe dich angelogen! Ach, mein geliebter Thomas, ich muß es dir sagen, ich arbeite für den amerikanischen Geheimdienst ... Ich ... wurde auf dich angesetzt ... Der FBI will dich unter allen Umständen anheuern ... Und wenn du nicht für uns arbeitest, dann lassen sie dich hochgehen ...»
Thomas ließ die Verzweifelte allein. In seinem Schlafzimmer setzte er sich an das offene Fenster und sah empor zu den Sternen, die über dem Mittelmeer glänzten. Über sein wildes, wirres Leben sann Thomas Lieven nach, über dieses tolle Abenteuer, das sich nun vollends im Kreise gedreht hatte, seit jenem warmen Tag im Mai 1939, an dem alles begann ...

3. Kapitel

1

Schöne und charmante Leserin, kluger und geistreicher Leser! Was unserem Freund zwischen Mai 1939 und Mai 1957 widerfuhr, haben wir Ihnen auf den vergangenen Seiten erzählt.
Ein großer, ein riesengroßer Kreis, der viele Menschen, Länder und Abenteuer, einen Weltkrieg und die Zeit danach umspannt, hat sich soeben geschlossen. Die Geschichte unseres Freundes aber ist noch nicht zu Ende.
Durchaus nicht!
Und so berichten wir denn weiter, was sich noch begab ...

Erst beim Frühstück begegnete Thomas der schönen Hélène wieder. Sie war blaß und nervös. Tiefe Schatten lagen unter den schönen Augen. «Kannst du mir verzeihen?»
«Ich will es versuchen, mein Kind», sagte er mild.
«Und ... und ... und wirst du für uns arbeiten?»
«Auch das will ich versuchen.»
Sie stieß einen spitzen Freudenschrei aus. Als sie ihm um den Hals fiel, warf sie das Glas mit seinen weichen Eiern um. Er sagte: «Ich stelle natürlich meine Bedingungen. Ich will meinen Auftrag nicht von dir erhalten, und nicht von deinem Chef, diesem Colonel Herrick, sondern vom ersten Mann der FBI.»
Sie begann zu lachen: «Von Edgar Hoover? Komisch, der will sich nämlich auch unbedingt mit dir unterhalten! Wir hatten den Auftrag, dich unter allen Umständen nach Washington zu bringen ...»

Tja, wie es halt so geht im Leben!
Am 23. Mai 1957 saß Thomas Lieven im Restaurant des Rhein-Main-Flughafens. Er war reichlich unruhig. Seine Repetieruhr zeigte zwanzig Minuten nach sechs. Um dreiviertel sieben startete die Superconstellation, die ihn nach New York bringen sollte. Und dieser verdammte Agent namens Faber war immer noch nicht da! Diesen verdammten Agenten namens Faber hatte ihm Colonel Herrick beim Abschied in Zürich in Aussicht gestellt. – «Faber wird Sie zu Hoover geleiten.» – Und nun kam dieser Faber nicht! Wütend starrte Thomas zum Eingang des Flughafenrestaurants.
In diesem Augenblick trat eine junge Frau durch die Eingangstür. Thomas stieß ein leises Ächzen aus, eine heiße Woge brandete in ihm hoch, ein Prickeln zog über seinen ganzen Körper.

Die junge Frau kam direkt auf ihn zu. Sie trug einen roten Mantel, rote Schuhe und eine rote Kappe, unter der schwarzblaues Haar hervorquoll. Der Mund der jungen Frau war groß und rot, die Augen waren groß und schwarz. Die Haut des Gesichtes war sehr weiß. Indessen sein Herz rasend schlug, dachte Thomas: Nein, nein, nein! Barmherzigkeit! Das kann nicht sein, das gibt es nicht! Chantal kommt auf mich zu, meine gute, tote Chantal, die einzige Frau, die ich je geliebt habe. Da kommt sie und lächelt mich an. O Gott, aber sie ist doch tot, sie wurde doch erschossen in Marseille ...
Die junge Frau trat an seinen Tisch. Thomas fühlte, wie ihm der Schweiß über den Rücken rann, als er sich schwankend erhob. Da stand sie, zum Greifen nah. «Chantal ...» stöhnte er.
«Nun, Thomas Lieven», sagte die junge Frau mit heiserer, rauchiger Stimme. «Wie geht's?»
«Chantal ...» stammelte er noch einmal.
«Was sagen Sie?»
Er holte Atem. Nein, sie war es nicht. Natürlich war sie es nicht. Was für ein Unsinn. Sie war kleiner. Zierlicher. Jünger. Ein paar Jahre jünger. Aber die Ähnlichkeit, diese phantastische Ähnlichkeit ...
«Wer sind Sie?» fragte er mühsam.
«Ich heiße Pamela Faber. Ich fliege mit Ihnen. Entschuldigen Sie die Verspätung; mein Wagen hatte einen Defekt.»
«Sie ... Sie heißen *Faber?*» Um Thomas drehte sich noch immer alles. «Aber Colonel Herrick sprach von einem *Mann.*»
«Colonel Herrick kennt mich nicht. Man sagte ihm etwas von einem Agenten. Da dachte er natürlich an einen Mann.» Sie lächelte breit. «Kommen Sie, Herr Lieven. Unsere Maschine ist startbereit.»
Er starrte sie an wie eine Geistererscheinung. Und eine Geistererscheinung war Pamela Faber in der Tat. Eine süße, wehmütige Erinnerung, ein fernes Winken aus dem Reich der Toten ...
In 6000 Meter Höhe über dem Atlantik sprachen sie dann miteinander, leise, vertraut, beinahe die ganze Nacht.
Pamela machte Thomas sentimental. Warum bewegte diese Frau ihn so? Bloß weil sie Chantal ähnlich sah? Was war es, das ihm das Gefühl gab, diese Pamela Faber seit Jahren zu kennen, mit ihr seit Ewigkeiten verbunden zu sein?
Sie hätte deutsche Eltern, berichtete Pamela, aber sie wäre in Amerika zur Welt gekommen. Seit 1950 arbeitete sie für den amerikanischen Geheimdienst. Wie sie dazu gekommen war? Pa-

mela zuckte die Schultern. Sie antwortete ehrlich: «Hauptsächlich Abenteuerlust, glaube ich. Meine Eltern sind tot. Ich wollte reisen, fremde Länder sehen, etwas erleben ...»
Thomas dachte: Etwas erleben. Fremde Länder sehen. Die Eltern tot. So hätte Chantal geantwortet, wenn man sie gefragt hätte, warum sie zur Abenteuerin wurde. Chantal, ach Chantal! Schrecklich, warum mußte diese junge Frau ihr bloß so ähnlich sein?
«Aber jetzt habe ich genug, wissen Sie. Das ist kein Leben für mich, ich habe mich geirrt. Oder ich bin schon zu alt.»
«Wie alt sind Sie denn?» – «Zweiunddreißig.»
«Ach Gott», sagte er und dachte an seine achtundvierzig Jahre.
«Ich möchte aufhören. Heiraten. Kinder haben. Ein kleines Heim. Gut kochen für meine Familie.»
Heiser sagte Thomas: «Sie ... Sie kochen gerne?»
«Es ist meine Leidenschaft! Warum sehen Sie mich so an, Herr Lieven?»
«Hrm! Nichts ... nichts.»
«Aber Geheimdienste ziehen einen Teufelskreis, aus dem man nicht entlassen wird. Aufhören! Wer von uns kann aufhören? Können Sie es? Niemand kann es. Niemand darf es ...»

2

Die Verzauberung, die in jener Nacht von Thomas Lieven Besitz ergriff, ließ ihn nicht mehr los. Sie wurde größer und größer, und er versank in ihr wie in einem Meer der Süßigkeit, in einer Wolke betäubender Düfte.
Von New York flog er mit Pamela Faber weiter nach Washington. Er beobachtete sie jetzt genau, mit klinischem Interesse geradezu. Sie besaß Chantels Ehrlichkeit, Gutmütigkeit, Tapferkeit. Sie besaß das Katzenhafte Chantals, ihre Wildheit, ihre Kraft. Aber sie war besser erzogen, sie war klüger. Thomas dachte: Warum tut mir das Herz bloß immer so weh, wenn ich sie ansehe?

Edgar Hoover, der 62jährige Leiter des Amerikanischen Bundeskriminalamtes, empfing Thomas Lieven in seinem Amtssitz in Washington. Die erste Begegnung dauerte nur wenige Minuten. Nach einer herzlichen Begrüßung meinte der untersetzte Mann mit den klugen, immer ein wenig melancholischen Augen: «Hier können wir nicht in Ruhe miteinander sprechen. Wissen Sie was? Miß Faber, Sie und ich machen uns ein schickes Wochenende. Ich habe in der Nähe ein Landhaus.»

Edgar Hoovers Landhaus lag im Staate Maryland, auf sanften, bewaldeten Hügelketten. Hier gab es viele gemütliche Häuser dieser Art. Das Refugium des ersten Kriminalisten Amerikas war mit schönen antiken Möbeln eingerichtet.

Händereibend meinte der FBI-Boß am Samstagmorgen beim Frühstück: «Ich denke, wir machen uns heute einen feinen Truthahn. Ist noch ein bißchen früh für Truthahn, aber ich habe unten im Dorf wunderschöne junge Tiere gesehen. Ich hole sie nachher. Preiselbeeren bringe ich auch mit.»

«Preiselbeeren?» Thomas runzelte die Stirn. Pamela – sie trug an diesem Morgen ein Holzhackerhemd und Blue jeans und sah aufregender aus denn je – erklärte Thomas lächelnd: «Hier ißt man Truthahn so, Mr. Lieven.»

«Pfui Teufel! Also, *ich* habe Truthahn immer ...»

«... mit einer Füllung gemacht, nicht wahr?» Pamela nickte. «Meine Mutter auch. Die Füllung bestand aus durchgedrehter Truthahnleber und Gänseleber und ...»

«... Kalbfleisch und Schweinespeck und Eigelb», unterbrach Thomas sie aufgeregt. «Und dazu Trüffeln, die Schalen verrieben, die Trüffeln zerhackt, zwei Semmeln ...»

«... und das Schweinefleisch muß fett sein!» Sie schwiegen plötzlich beide, sahen sich an und wurden rot.

Edgar Hoover lachte: «Na so etwas! Sie ergänzen sich ja phantastisch! Was, Mr. Lieven?»

«Ja», sagte Thomas, «darüber denke ich schon die ganze Zeit nach ...»

Zwei Stunden später standen sie dann in der Küche. Pamela half Thomas den Vogel reinigen und ausnehmen, sie half ihm bei der Zubereitung der Füllung. Wenn er nach dem Pfeffer greifen wollte, dann hatte sie den Pfeffer schon in der Hand. Wenn er zu der Ansicht kam, daß die Füllung zu dünn geriet, drehte sie bereits eine eingeweichte Semmel durch den Wolf.

Ach Gott, dachte Thomas. Ach, lieber Gott im Himmel!

Pamela sagte: «Die Brust des Truthahns wickeln wir in Speck ein, das hat meine Mutter auch immer gemacht.»

«In frischen, fetten Speck hat Ihre Frau Mama die Brust gewickelt?» Thomas strahlte. «Meine auch! Und darangelassen bis eine halbe Stunde vor dem Fertigbraten!»

«Damit die Brust nicht trocken wird, natürlich.»

Thomas hielt das Hinterteil des Truthahns hoch, während Pamela flink und geschickt jene natürliche Öffnung zunähte, durch welche die Füllung in das Innere des Tieres geraten war.

Menu · Maryland, 25. Mai 1957

Fleischbrühe mit Toast
Truthahn mit Trüffelfarce
Lemon Sponge Cake

Thomas kocht für Amerika und beschließt, zu sterben ...

Truthahn mit Trüffelfarce: Man nehme 150 g mageres Schweinefleisch, 100 g Kalbfleisch, 200 g frisches Schweinefett, die Putenleber, 125 g rohe Gänseleber, drehe alles durch den Wolf, bereite davon mit zwei eingeweichten, verrührten Semmeln und zwei Eigelb eine Farce. – Man gebe dazu die feingehackten Schalen von zwei Trüffeln, die zerschnittenen Trüffeln selbst, 125 g geschnittene, in Butter angebratene Gänseleber, Salz, Pastetengewürz, einen Schuß Madeira. – Man fülle die Farce in den Truthahn, bestreue ihn mit Salz, umwickle die Brust mit nicht zu dünnen Scheiben frischem Speck, entferne sie 1/2 Stunde vor dem Fertigwerden, damit die Brusthaut bräunen kann. – Man gebe in eine Bratpfanne reichlich Butter und etwas kochendes Wasser, lege den Vogel auf der Seite liegend hinein, wende öfters von einer Seite auf die andere und begieße häufig, lege den Truthahn aber erst in der letzten halben Stunde auf den Rücken. Die Bratzeit richtet sich nach seiner Größe. – Man kann die Trüffelfarce auch nur in den Kropf füllen, für den Körper eine einfachere Farce verwenden, dabei statt der Gänseleber Kalbsleber nehmen. – Man reiche als Beilage kleinkörnigen gelben Büchsenmais, in Butter geschwenkt, eine Preiselbeersauce und einen Bratensalat. Man schneidet dazu rohe Äpfel, Apfelsinen und weichgekochten Sellerie in Würfel, vermischt sie mit Mayonnaise und geraspelter Kokosnuß.

Lemon Sponge Cake: Man nehme zwei Tassen Zucker, sechs Eier, eine halbe Tasse heißes Wasser, zwei Eßlöffel Zitronensaft, die abgeriebene Schale einer Zitrone und zwei Tassen Mehl. – Man rühre die Eigelb schaumig, füge Zucker, heißes Wasser, Zitronensaft und -schale und das Mehl hinzu, ziehe zuletzt den steifen Eierschnee darunter. Man gebe die Masse in eine Springform und backe sie bei mittlerer Hitze 45–50 Minuten. – Man kann den Kuchen, kalt oder warm, mit einem Fruchtsaft servieren.

Hoover, der zusah, sagte langsam: «Mr. Lieven, Sie können sich natürlich denken, daß wir Sie nicht nach Amerika gebracht haben, bloß weil Sie so gut kochen.»

«Sondern?» fragte Thomas und drehte den Truthahnpopo hin und her.

«Sondern weil Sie Frau Dunja Melanin kennen.»

Thomas ließ den Truthahn auf den Tisch fallen.

«Na!» meinte Pamela.

«Pardon!» Thomas hob das Tier wieder auf. «Wo ... wo ist die Dame?»

«In New York. Sie war doch Ihre Geliebte, nicht wahr?»

«Ja ... das heißt ...» Thomas fühlte Pamelas Blick auf sich ruhen;

er starrte krampfhaft den Truthahnhintern an. «Sie bildete sich ein, mich zu lieben ...»
Hoover stand auf. Er sprach jetzt sehr ernst: «Wir wissen, daß in New York seit langer Zeit ein mächtiger russischer Spionagering arbeitet. Wir wissen nicht, wie. Wir wissen nicht, wer ihm alles angehört. Vor drei Wochen aber hat sich ein Mitglied des Ringes bei unserer Pariser Botschaft gestellt. Ein gewisser Mr. Morris. Er war der letzte Geliebte von Frau Melanin ...»
Vorsichtig legte Thomas den Truthahn wieder auf den Tisch. «Sie müssen nicht weitersprechen, Mr. Hoover», sagte er freundlich. «Ich werde mein Bestes tun. Unter einer Bedingung.»
«Und die wäre?»
Thomas sah den melancholischen Kriminalisten an. Er sah den leckeren Truthahn an. Er sah Pamela an, die mit befleckten, nassen Händen dastand, erhitzt, wunderschön, begehrenswert. Freundlich sagte Thomas: «Die Bedingung wäre, daß ich nach Beendigung meiner Mission sterben darf.»

3

Am frühen Morgen des 21. November 1957 fanden spielende Kinder auf dem weißen Strand des Fischerdorfes Cascais vor Lissabon bunte Muscheln, Seesterne, halbtote Fische und einen toten Herrn. Er lag auf dem Rücken. Sein Gesicht trug einen erstaunten Ausdruck, sein Körper einen außerordentlich modischen, wenn auch schon arg aufgeweichten, grauen Kammgarnanzug. Schwarze Halbschuhe und Socken, ein weißes Hemd und eine schwarze Krawatte besaß der tote Herr. Nahe dem Herzen wies das Hemd ein kreisrundes Loch und einen riesigen Blutfleck auf. Auch das Jackett hatte einiges abbekommen. Offensichtlich war der Herr mit Hilfe einer Kugel – und keiner zu kleinen – aus dieser Welt in eine andere, angeblich bessere, befördert worden.
Kreischend entflohen die Kleinen, nachdem sie die Leiche entdeckt hatten. Fünf Minuten später kamen Fischer und Fischerinnen herbeigeeilt. Sie umringten den toten Herrn erregt.
Ein alter Mann sprach zu seinem Sohn: «Sieh nach, José, ob dieser Herr einen Paß bei sich trägt.» José kniete neben dem Toten nieder und sah nach. Dieser Herr trug vier Pässe bei sich.
Ein anderer alter Mann sagte: «Den Kerl kenne ich!» Im September 1940, vor siebzehn Jahren, erzählte er sodann, hätte er gegen gute Bezahlung bei der Entführung eines eleganten Herrn durch deutsche Agenten mitgewirkt. Der alte Mann war damals Steuer-

mann eines Fischkutters gewesen: «... sie haben den da irgendwo in der Stadt niedergeschlagen und bewußtlos hier runtergebracht, und dann haben wir ihn an Bord verstaut und sind aufs offene Meer rausgefahren. Vor der Dreimeilen-Zone, haben mir die Deutschen erzählt, würde ein deutsches U-Boot warten und den Herrn übernehmen. Es hat ihn nur nicht übernommen. Etwas ist dazwischengekommen.» Der alte Mann erzählte, was. Der geneigte Leser weiß es schon.
«Sie haben immer von ihm als einem ‹Kaufmann Jonas› gesprochen», erzählte der alte Steuermann.
Sprach der andere alte Mann: «Sieh nach, José, ob der tote Herr einen Paß auf den Namen Jonas bei sich trägt.»
José sah nach. Der tote Herr trug. Auf den Namen Emil Jonas, Kaufmann aus Rüdesheim.
«Wir müssen sofort die Polizei verständigen», sagte José.

4

«Schreiben Sie, Fräulein», sagte der Kommissar Manuel Vayda vom Morddezernat Lissabon zu seiner Sekretärin und diktierte: «Bei dem am Strand von Cascais aufgefundenen Toten handelt es sich um ein ausgesprochen männliches – hrm, streichen Sie ausgesprochen –, um ein männliches Wesen von 45 bis 50 Jahren. Der beiliegende polizeiärztliche Befund, hm, hm, erkennt auf Tod durch Erschießen mit einer amerikanischen 9-Millimeter-Armeepistole ... Absatz.
In den Kleidern des Toten – haben Sie, Fräulein? – wurden gefunden: 891 Dollar und 45 Cent, zwei Rechnungen aus New Yorker Lokalen, eine Rechnung des New-Yorker Hotels ‹Waldorf-Astoria›, ein deutscher Führerschein, ausgestellt auf den Namen Thomas Lieven, eine altmodische goldene Repetieruhr sowie vier Pässe: zwei deutsche auf die Namen Thomas Lieven und Emil Jonas sowie zwei französische auf die Namen Maurice Hausér und Jean Leblanc ... Absatz.
Fotografien von Jean Leblanc beziehungsweise Emil Jonas, die sich im Archiv der Kriminalpolizei befinden, stimmen miteinander überein. Sie entsprechen genau den Fotografien in den vier Pässen des Toten. Aus all dem kann wohl mit Recht der Schluß gezogen werden, daß es sich bei dem Ermordeten um den Agenten Thomas Lieven handelt, der in den letzten Jahren soviel von sich reden machte. Er ist ohne Zweifel einer Agentenrache zum Opfer gefallen. Die Aufklärung des Falles wird mit aller Energie vorangetrie-

ben ... So ein Quatsch. Als ob schon jemals ein Agentenmord aufgeklärt worden wäre! Der Mörder ist doch längst über alle Berge ... Sagen Sie mal, Fräulein, Sie sind wohl wahnsinnig geworden? Was ist Ihnen denn eingefallen, meine letzten Sätze mitzuschreiben?»

5

«Der Mensch, vom Weibe geboren, lebt kurz und ist voller Unruhe ...» sprach der Priester am offenen Grabe. Da war es 16 Uhr 30 am 24. November 1957. Es hatte ein bißchen lange gedauert, bis der Verblichene zur Beerdigung freigegeben worden war.
Am 24. November 1957 regnete es in Lissabon, und es war recht kühl. Die kleine Trauergemeinde fror. Es waren lauter Herren anwesend – und nur eine einzige junge Dame. Die Herren sahen aus wie das, was sie waren: Berufskollegen. Ex-Major Fritz Loos vom weiland Wehrbezirkskommando Köln senkte das Haupt. Der quittengelbe britische Agent Lovejoy neben ihm nieste. Der tschechische Spion Gregor Marek verharrte in gebeugter Haltung. Nachdenklich waren die Obersten des französischen Geheimdienstes Siméon und Débras. Und traurig waren der deutsche Oberst der Militärischen Abwehr Paris Erich Werthe und der kleine Major Brenner. Neben dem geistlichen Herrn stand die amerikanische Agentin Pamela Faber, die Thomas Lieven so sehr an seine tote Liebe, Chantal Tessier, erinnert hatte. «Die Erde möge dir leicht werden, Thomas Lieven. Amen», sprach der Geistliche.
«Amen», sprachen die seltsamen Trauergäste. Sie alle hatten Thomas Lieven gekannt. Sie alle hatte er hereingelegt. Nun waren sie von ihren Chefs losgeschickt worden, um festzustellen, ob der ver ... Hund auch wirklich tot sei. Gott sei gedankt, er war es, dachten die Herren.
Das Grab wurde geschlossen. Thomas Lievens Kollegen von einst warfen jeder ihr Schäufelchen Erde in die Tiefe. Dann wuchteten Arbeiter den schlichten Marmorstein heran, welcher das Grab zieren sollte.
Man ging auseinander. Brenner und Werthe marschierten nebeneinander. Sie kannten ihren Landsmann Fritz Loos nicht, und er kannte sie nicht. Denn Fritz Loos arbeitete für einen neu entstandenen deutschen Nachrichtendienst, und Werthe und Brenner arbeiteten für einen anderen neu erstandenen deutschen Nachrichtendienst. Es gab 1957 schon wieder ein paar davon im deutschen Vaterland!

Vor dem Friedhof kletterten die Agenten in Taxis. Sie hätten auch einen kleinen Omnibus mieten können, denn sie wohnten alle im selben Hotel, im feinsten, versteht sich. Die respektiven Vaterländer bezahlten die Spesen. Von ihren Zimmern im wunderschönen Luxushotel «Palacio do Estoril-Parque» aus meldeten sie sodann Telefongespräche an nach England, Frankreich, Deutschland, ja sogar hinter den Eisernen Vorhang.
Als die Verbindungen hergestellt waren, sprachen sie unsinnige Sätze, beispielsweise diesen: «Der gelbe Haifisch wurde heute nachmittag serviert.» Das hieß: «Ich habe den Toten im Leichenhaus gesehen. Es ist Lieven.»
Und so wurden denn in verschiedenen Geheimdienstzentralen am Nachmittag des 24. November 1957 mehr oder weniger dicke Akten geschlossen und abgelegt. Auf allen stand derselbe Name: THOMAS LIEVEN. Und nun stand dahinter ein Kreuz ...
Indessen ihre Agenten-Kollegen noch an den Telefonen hingen, saß Pamela Faber tatenlos in ihrem Hotelzimmer. Sie hatte Whisky, Eis und Soda bestellt. Sie hatte ihre hochhackigen Schuhe abgestreift und die schönen Beine auf einen Hocker gelegt. So saß sie entspannt in einem Lehnstuhl, rauchte und drehte ein großes Whiskyglas hin und her.
Ihre schwarzen Augen leuchteten wie Sterne, der große Mund schien unermüdlich bereit zu lachen über einen gewaltigen, geheimen Spaß. So saß Pamela Faber da, rauchte, trank und lachte, indessen die Dämmerung eines regnerischen Herbstabends auf Lissabon herabsank. Und plötzlich hob sie ihr Glas und sagte laut: «Prost, geliebter Thomas! Auf daß du noch lange lebst – für mich!»
Da hatte sie natürlich schon einen Schwips. Sonst hätte sie es nicht gesagt. Denn Thomas konnte sie nicht hören; er war nicht im Zimmer, er war nicht im Hotel, er war nicht in Lissabon, er war nicht in Portugal, er war nicht in Europa, er war ...
Na, wo war er denn? So fragen Sie mit Recht, verehrte Leser. Denn daß Thomas Lieven nicht an diesem Tag begraben wurde, das haben Sie längst dem fröhlichen Ton unserer Berichterstattung entnommen. Wenn er aber nicht tot war – wer wurde dann an seiner Stelle beerdigt? Wer wurde dann von internationalen Agenten als Thomas Lieven erkannt?
Geduld, verehrter Leser, wir wollen es sofort erzählen. Um uns ganz klar auszudrücken, ist es dabei allerdings notwendig, die Zeit zurückzudrehen und uns jenes Tages zu erinnern, an dem wir Thomas aus den Augen verloren haben: des 25. Mai 1957.

An diesem Tag war Thomas, wie wir berichtet haben, in einem Landhaus auf den sanften Hügelketten des Staates Maryland Gast der ersten Kriminalisten Amerikas. An diesem Tag äußerte er den überraschenden Wunsch, nach Beendigung seiner Mission zu sterben. «Aha», sagte Hoover ungerührt. «Und wie stellen Sie sich Ihr Ende vor?»
Thomas Lieven sagte ihm und Pamela, wie er sich sein Ende vorstellte. Er schloß mit den Worten: «Es ist einfach unerläßlich, daß ich sterbe, damit ich endlich ... *endlich!* ... in Frieden leben kann!»
Darüber, und über Thomas Lievens projektierten Tod, lachten Hoover und Pamela herzlich.
«Die Einzelheiten wollen wir später besprechen», sagte Thomas. «Jetzt können Sie mir vielleicht ein wenig mehr von meiner Dunja und diesem Mr. Morris berichten. Wo ist er denn?»
«In Paris», sagte Edgar Hoover.
«Nanu – ich dachte in New York?»
«Er war in New York. Bis vor wenigen Wochen. Dann fuhr er nach Europa. In Paris stieg er im ‹Crillon› ab. Da muß er dann die Nerven verloren haben. Denn am Nachmittag des 4. Mai verließ er sein Hotel und ging über den Place de la Concorde zur Amerikanischen Botschaft. Mr. Morris verlangte den Botschafter zu sprechen und sagte: ‹Ich bin ein sowjetischer Spion› ...»

6

«Ich bin ein sowjetischer Spion. Ich kann Ihnen Informationen über den größten sowjetischen Spionagering in den Vereinigten Staaten geben», sagte Victor Morris zu dem amerikanischen Botschafter in Paris.
Es war 17 Uhr 45 am 4. Mai 1957.
«Und warum wollen Sie das tun, Mr. Morris?» fragte der Botschafter.
«Weil ich Ihre Hilfe brauche», antwortete Morris, ein Mann mit breitem, aufgeschwemmtem Gesicht und einer starken, schwarzen Hornbrille. «Ich habe den Auftrag bekommen, Amerika zu verlassen und über Paris nach Moskau heimzukehren. Ich weiß, was das bedeutet. Sie wollen mich umlegen.»
«Und warum wollen die Sowjets Sie umlegen?»
«Ich ... hm, ich denke, ich habe versagt», antwortete Morris in akzentfreiem amerikanischem Englisch. «Weiber. Der Suff. Zuviel Gequatsche. Und dann auch noch Dunja ...»

«Wer ist Dunja?»
«Dunja Melanin. Ehemalige Frau eines sowjetischen Offiziers. In New York Sprechstundenhilfe bei einem Arzt. Hatte mich mit ihr angefreundet. Aber es gab dauernd Streit. Wir fielen auf. Mark sagte mir, ich müsse sofort verschwinden.»
«Wer ist Mark?»
«Seit zehn Jahren das Haupt des größten Spionageringes in Amerika.»
Victor Morris, das stellte sich bald heraus, war ein Mann mit vielen Namen. In Wahrheit hieß er Hayhanem und war Oberstleutnant im sowjetischen Geheimdienst. Von 1946 bis 1952 wurde dieser Mann in Rußland darauf vorbereitet, als Spion nach Amerika zu gehen und mit dem legendären, fabelhaften «Mr. Mark» zusammenzuarbeiten.
Sechs Jahre Ausbildung! Man soll sich einmal vorstellen, was das bedeutet: Hayhanem, alias Morris, mußte seine alte Persönlichkeit vollkommen vergessen und in eine neue hineinschlüpfen. Er mußte lesen, sprechen, essen, gehen, denken und debattieren lernen wie ein Mann aus der Umgebung von New York. Und Autofahren wie ein Amerikaner. Und tanzen und lesen und schreiben und rauchen und sich besaufen wie ein Amerikaner.
Oberstleutnant Hayhanem wurde ein neuer Mensch. Immerhin hatte ein anderer diese ungeheure Aufgabe schon vor ihm geschafft: «Mr. Mark», der beste Spion, den der Kreml jemals in Amerika hatte und dem man zehn Jahre nicht auf die Spur kam.
Hayhanem, alias Morris, bestand alle Prüfungen. Am 14. April 1952 meldete er sich, mit einem hervorragend gefälschten amerikanischen Paß versehen, auftragsgemäß bei Michael Svirin, dem Sekretär der sowjetischen UNO-Delegation in New York. Der traf ihn unter allen erdenklichen Vorsichtsmaßregeln, gab ihm Geld und erklärte ihm: «Sie nehmen Kontakt mit Mr. Mark auf. Wir werden uns nie wiedersehen. Für mich existieren Sie von dieser Stunde an ebensowenig, wie für mich offiziell Mr. Mark existiert. Sie können nicht damit rechnen, daß ich Ihnen jemals helfe. Ich bin Diplomat, ich darf mit Ihnen nichts zu tun haben.»
«Und wie soll ich Mark erkennen?»
«Er wird Sie anrufen. In Ihrem Hotel. Ich gebe Ihnen hier eine kleine, geschnitzte Pfeife. Die tragen Sie als Erkennungszeichen im Mund, wenn Mark Ihnen den Treffpunkt mitgeteilt hat.»
Diesen Treffpunkt gab Mark drei Tage später in einem Telefongespräch bekannt: «Seien Sie pünktlich um 17 Uhr 30 im Klosett des RKO-Kinos in Flushing.»

Das Klosett! Wohl kein Agentendienst der Welt könnte ohne diese Örtlichkeit auskommen! Pünktlich um halb sechs Uhr an diesem Tag suchte Morris die erwähnte Lokalität auf. Aus einer Kabine trat ein Mann von etwa 45 Jahren: groß, beinahe kahl, mit skeptischem, geistreichem Gesicht, großen Ohren, schmalen Lippen und einer randlosen Brille. Er trug einen Flanellanzug und ein blaues Künstlerhemd, keine Krawatte. Er sah Morris an. Er sah die kleine, seltsam geformte Pfeife an, die Morris im Mundwinkel hing. Er nickte kurz und sagte: «Auf die Minute, Morris ...»

7

«... Mark nickte kurz und sagte: ‹Auf die Minute, Morris›», erzählte FBI-Chef Edgar Hoover dem aufmerksam lauschenden Thomas Lieven. Ernst saß Pamela Faber neben ihm. Alle drei rauchten und tranken schwarzen Kaffee und französischen Kognak. Das große Truthahn-Essen war vorüber.
Hoover zündete eine dicke, lange Zigarre an und blies eine Wolke süßen Rauch aus. «Lassen Sie mich weiterberichten: Morris und Mark vertrugen sich überhaupt nicht. Sie waren einander vom ersten Moment an unsympathisch. Aber sie mußten miteinander auskommen ...»
Ja, auskommen miteinander mußten sie nun! Mark gab Morris an jenem Nachmittag im Waschraum des RKO-Kinos Geld, einen Codeschlüssel und besprach die Tarnung: Morris sollte ein Fotostudio eröffnen, damit die Behörden sich keine Gedanken darüber machten, wovon er lebte. Ferner gab Mark bekannt, wo und auf welche Weise Morris seine geheimen Nachrichten deponieren und abholen mußte.
Die Nachrichten – Mikrofilme, nicht größer als ein Stecknadelkopf – sollten in Geldstücken, alten Papiertaschentüchern oder Orangenschalen verborgen werden. Mit Hilfe kleiner magnetischer Plättchen konnte man sie unter Bänken, öffentlichen Telefonapparaten, Abfallkübeln oder Briefkästen befestigen.
«Die Arbeit funktionierte klaglos», berichtete Hoover. «Morris konnte, wie gesagt, Mark nicht leiden, aber er erfüllte seine Aufträge trotzdem erstklassig.»
«Was für Aufträge zum Beispiel?»
«Leider sehr wichtige», sagte Hoover seufzend. «Nach allem, was Morris in Paris erzählte, dürfen wir uns keine Illusionen machen. Die Sowjets verdanken der ‹Organisation Mark› ungeheure Kennt-

nisse! Zum Beispiel hat Morris, nach seiner eigenen Aussage, im Raketenzentrum New Hyde Park spioniert.»

«Und es gab niemals einen Zwischenfall, eine Panne?» fragte Thomas.

«Doch, einmal. Und diese Panne lieferte uns wenigstens den Beweis dafür, daß Morris mit dem, was er nun gestand, nicht lügt. Hier ist der Beweis.» Hoover legte ein abgegriffenes 5-Cent-Stück vor Thomas auf den Tisch. «Heben Sie es auf und lassen Sie es fallen.»

Thomas hob das Geldstück auf und ließ es fallen. Es sprang entzwei. Die Münze war innen ausgehöhlt. Auf dem Boden der einen Seite klebte ein winziges Stück Film.

«Dieses Stück Mikrofilm», sagte Hoover, «enthält eine Codemitteilung von Mark. Seit vier Jahren versuchen die besten Köpfe des FBI, diese Nachricht zu entschlüsseln – umsonst.»

«Wie kam diese Münze in Ihren Besitz?» fragte Thomas.

«Durch einen reinen Zufall», sagte Edgar Hoover. «Ein kleiner Zeitungsjunge namens James Bozart fand sie 1953 ...»

An einem heißen Abend im Sommer 1953 rannte ein kleiner, sommersprossiger Zeitungsjunge namens James Bozart, was haste, was kannste, durch das Treppenhaus einer Mietskaserne im New Yorker Stadtteil Brooklyn.

Wummmm!

Nun war er doch tatsächlich der Länge nach hingeschlagen. Das ganze Geld war ihm aus der Tasche geflogen. So ein Pech! Leise fluchend machte James sich daran, seine Habseligkeiten einzusammeln. Plötzlich bekam er dabei ein 5-Cent-Stück in die Finger, das sich komisch anfühlte – so komisch ...

James drehte es ein bißchen hin und her. Da zerfiel es in zwei Teile. Auf der Innenseite des einen Teils erblickte James einen dunklen Punkt. Na so was! Erst vor ein paar Tagen hatte James einen Spionagefilm gesehen. Da waren Mikrofilmbotschaften in Zigarettenetuis versteckt worden. War das hier vielleicht ein Mikrofilm?

James Bozart – die amerikanische Nation weiß ihm heute ewigen Dank dafür – trug seinen Fund zunächst zur nächsten Polizeiwache. Postenchef Milley lachte den Jungen aus, aber Sergeant Levon sagte: «Laß mal, Joe. Schicken wir das Ding dem FBI. Wer weiß, vielleicht kommen wir alle in die Zeitung!»

Keiner von ihnen kam in die Zeitung – damals. Aber zwei Agenten des «Federal Bureau of Investigation» besuchten den kleinen James daheim. Sie fragten ihn aus. Wo war er hingefallen?

In der Fulton Street 252. Das war eine Riesenmietskaserne. Die unteren Lokalitäten waren zu Geschäften ausgebaut worden. Im ersten und zweiten Stock hatten sich Firmen etabliert. Weiter oben wohnten Junggesellen, Künstler und kleine Angestellte. Außerdem unterhielt das FBI in diesem Mammuthaus ein Büro.
Die Agenten des FBI durchleuchteten jeden Bewohner des Hauses Fulton Street 252 nach Strich und Faden. Es kam nichts heraus dabei.
Jahre vergingen. Die Botschaft auf dem Mikrofilm blieb unentziffert, ihr Verfasser unentdeckt. Immer deutlicher bekamen es die Männer, die für die nationale Sicherheit Amerikas verantwortlich waren, in diesen Jahren zwischen 1953 und 1957 zu spüren: Ein unheimlicher Spionagering umschloß ihr Land, bedrohte es mehr und mehr.
«In diesen Jahren», berichtete Edgar Hoover in seinem stillen Landhaus Thomas Lieven, «muß Morris immer mehr verkommen sein. Nachdem er Dunja Melanin getroffen hatte, wurde es ganz schlimm mit ihm. Er prügelte sie, sie prügelte ihn. Mark muß einen Bericht nach Moskau geschickt haben, denn Morris wurde plötzlich abberufen. In Paris ging er zur Amerikanischen Botschaft, bat um Schutz und erzählte alles, was er wußte.»
«Es scheint mir, trotz allem, nicht sehr viel zu sein», sagte Thomas.
«Es ist nicht genug», sagte Hoover. «Aber es ist eine ganze Menge. Denn obwohl dieser geheimnisvolle Mark alles tat, um vor Morris geheimzuhalten, wo er wohnte, gelang es diesem doch einmal, ihn heimlich zu verfolgen. Und nach seiner Aussage wohnt Mr. Mark – wissen Sie wo?»
«Da Sie es so spannend machen, nehme ich an in der Fulton Street 252.»
«Richtig», sagte Edgar Hoover. «In dem Haus, in dem der kleine James Bozart vor vier Jahren hinfiel und die Münze fand ...»
Danach war es eine Weile still im Zimmer. Thomas stand auf und trat ans Fenster. Er sah hinaus auf die weite, liebliche Landschaft.
Edgar Hoover sagte: «Ein Stab meiner Beamten, darunter Miß Faber, hat in den letzten Wochen jeden Bewohner des Hauses noch einmal unter die Lupe genommen. Die Beschreibung, die Morris von Mark gab, paßt genau auf den beliebtestens Mieter. Er ist Maler. Lebt ganz oben, unter dem Dach. Und heißt Goldfuß. Emil Robert Goldfuß. Amerikanischer Bürger. Seit 1948 wohnhaft in der Fulton Street 252. Erzählen Sie weiter, Miß Faber.»

Pamela sagte: «Seit Wochen beschatten wir Goldfuß. Ein Dutzend FBI-Autos mit Radar-, Funk- und Fernsehgeräten ist eingesetzt. Keinen Schritt kann Goldfuß mehr machen, ohne daß ihm unsere Leute folgen. Ergebnis: null.»

«Das verstehe ich aber nicht», sagte Thomas. «Wenn er so dringend verdächtig ist, ein Spion zu sein, warum verhaften Sie ihn dann nicht?»

Pamela schüttelte den Kopf: «Wir sind nicht in Europa, Herr Lieven.»

«In den Staaten», erklärte Edgar Hoover, «darf ein Mann nur festgenommen werden, wenn er *ohne jeden Zweifel* eine ungesetzliche Handlung begangen hat. Erst dann wird ein Richter einen Haftbefehl ausschreiben. Wir haben den Verdacht, daß Goldfuß ein Spion ist. Aber beweisen? Nein, beweisen können wir es nicht. Und so lange wir das nicht unwiderlegbar können, wird uns kein einziger Richter dieses Landes gestatten, ihn festzunehmen.»

«Aber Morris? –»

«Morris hat uns alle Informationen vertraulich geliefert. Mit Rücksicht auf seine Familie in Rußland wird er unter gar keinen Umständen öffentlich gegen Goldfuß in den Zeugenstand treten.»

«Und eine heimliche Hausdurchsuchung?»

«Natürlich könnten wir, wenn Goldfuß einmal fort ist, in seine Wohnung eindringen und sie durchsuchen. Ich bin sicher, daß wir einen Kurzwellensender und viele andere Dinge finden würden, die beweisen, daß er ein Spion ist. Aber dann würde er niemals verurteilt werden können!»

«Wieso nicht?»

«Seine Verteidiger würden verlangen, daß unsere Beamten unter Eid aussagen, woher sie ihr Belastungsmaterial haben. Angenommen, sie hätten es sich durch eine ungesetzliche Hausdurchsuchung verschafft – der Richter würde anordnen, daß nichts von all diesem Material gegen Goldfuß verwendet werden darf.»

«Ja, aber wie ist denn dieser Mr. Goldfuß dann überhaupt zu fassen?»

Edgar Hoover lächelte sanft. «Das fragen wir *Sie*, Herr Lieven. Darum haben wir Sie kommen lassen – Sie, einen alten Freund von Dunja Melanin.»

8

«In Rußland machen sie Schaschlik mit Zwiebeln!» schrie der fette Boris Roganoff. «In Rußland machen sie Schaschlik nicht mit Zwiebeln!» schrie Thomas Lieven.

Sie standen sich wutbebend gegenüber. Ohrfeigen lagen greifbar nahe in der Luft. Man schrieb den 19. Juni 1957. Es war 13 Uhr 30 und entsetzlich schwül in New York. Der Schaschlik-Krach fand in der Küche eines russischen Feinschmeckerlokals in der 41. Straße statt. Der fette Herr Roganoff war der Besitzer dieses Lokals. Thomas verkehrte hier seit einigen Tagen, denn «Bei Roganoff» pflegte Dunja Melanin zu Mittag zu essen. Sie arbeitete in der Nähe, in der Ordination eines gewissen Dr. Mason.

Es war ein trauriges Wiedersehen gewesen. Dunja, immer noch leidenschaftlich und reizvoll, jammerte Victor Morris nach. Immer wieder brach sie in Tränen aus, wenn sie von ihm erzählte – und sie erzählte ununterbrochen von ihm, teils aus eigenem Antrieb, teils weil Thomas sie dauernd dazu animierte.

Heraus kam nichts dabei. Was Dunja auch erzählte, es half Thomas nicht weiter. Wenn er Dunja verließ, traf er Pamela, über die der Kontakt zu Hoover lief. Sie hatte eine kleine Wohnung in Manhattan. Thomas wohnte im Hotel «Waldorf-Astoria».

Tag und Tag verstrich. Nichts geschah. Goldfuß gab sich keine Blöße. Thomas fiel eine wachsende Gereiztheit an Pamela auf, die er sich nicht erklären konnte. Und immer wieder traf er Dunja, versuchte etwas, irgend etwas zu finden, das Goldfuß belastete, zu ihm hinführte. Aber Dunja schien Goldfuß nie im Leben gesehen zu haben. Sie weinte nur immer wieder ihrem Morris nach.

Schaschlik hatte sie sich gestern gewünscht. Prompt hatte Thomas Hammelfleischstücke in eine Beize gelegt und sie zwölf Stunden darin ziehen lassen. Jetzt war das Fleisch richtig. Thomas wollte es gerade, mit Speck untermischt, auf den Spieß bringen, da begann dieser fette Boris Roganoff doch wahrhaftig Zwiebeln in dicke Scheiben zu schneiden! Ein wilder Krach brach los. Dann versöhnten sich die Herren wieder. Aber der Ärger nahm an diesem Tag kein Ende.

Als Dunja – verspätet natürlich – endlich erschien und mit Thomas zu essen begann, legte auch sie eine gräßliche Gereiztheit an den Tag. Dauernd griff sie sich an den schmerzenden Kopf, dauernd mäkelte sie an Thomas herum. Dann faßte sie sich ein bißchen: «Entschuldige – diese wahnsinnige Arbeit, ich breche noch zusammen!»

Menu · New York, 19. Juni 1957

Frühlings-Salat
Schaschlik mit Risotto
Gebratene Bananen

Dieses Essen verhilft Thomas zum Fang des größten Sowjet-Spions

Frühlingssalat: Man nehme eine geschälte junge Gurke, zarte Radieschen, hartgekochte Eier, schneide sie in Scheiben, gebe sie in eine Schüssel. Man streue wenig Pfeffer und Salz und viel feingehackten Dill, Schnittlauch und Petersilie darüber, mische dann reichlich dicken sauren Rahm darunter. – Man serviere den Salat sofort, damit die Gurkenscheiben keine Zeit haben, Wasser zu ziehen.

Schaschlik: Man nehme Filets von einem Hammelrücken, schneide sie in zwei Zentimeter dicke Scheiben. Man mariniere sie mindestens 12 Stunden in Olivenöl, etwas Zitronensaft, Salz, gehackter Zwiebel, Petersilie, zerquetschten Wacholder- und Pfefferkörnern, einer zerdrückten Knoblauchzehe, einem Schuß Wein. – Man stecke das Fleisch abwechselnd mit Speckscheiben auf Grillspießchen, röste sie auf dem Grill oder im Bratofenrost, aber so, daß sie innen noch leicht rosa bleiben.

Risotto: Man lasse eine große, feingeschnittene Zwiebel in einer Kasserolle in Butter oder Olivenöl weich und hellgelb dünsten, schütte trockenen Reis dazu, lasse ihn unter ständigem Rühren etwa 10 Minuten leicht mitrösten, wobei er keinesfalls braun werden darf. – Man gieße dann die anderthalbfache Menge kochendes Wasser auf den Reis, salze ihn leicht und lasse ihn im fest verschlossenen Topf auf einer Asbestplatte über schwächster Flamme 30 Minuten ziehen.

Gebratene Bananen: Man nehme reife, aber nicht zu weiche, geschälte Bananen, brate sie rasch rundherum in brauner Butter, gebe etwas flüssig gemachten, mit einem Schuß Rum vorrührten Honig in die Pfanne, drehe die Bananen unter Begießen ein paarmal vorsichtig darin herum und serviere sie sofort auf vorgewärmten Tellern, mit geriebenen Mandeln oder Pistazien bestreut.

«Was ist denn los?»
«Ich glaube, die halbe Stadt läßt sich impfen.» – «Impfen?»
«Mit diesem neuen Serum gegen Kinderlähmung. Doktor Salk. Sicherlich hast du davon gehört. Das Impfen wäre ja noch nicht einmal das Schlimmste! Das Schlimmste ist die Schreiberei!»
«Was für eine Schreiberei?»
«Jeder Patient muß seinen Geburtsschein vorlegen. Nicht den Paß, nicht den Meldezettel, nein, den Geburtsschein!»
«Warum?»
«Das verlangt das Gesetz! Und ich muß die Nummer von jedem Geburtsschein aufschreiben. Und die ausstellende Behörde. Und

sie kommen zu Hunderten! Ich werde noch verrückt! Impfen! Impfen! Impfen!»

«Impfen, impfen», wiederholte er blödsinnig, indessen sich sein Herz zusammenkrampfte. Denn eine schöne junge Frau in einem gelben Sommerkleid hatte soeben das Lokal betreten. Er traute seinen Augen nicht. Wahnsinnig! Sie mußte wahnsinnig geworden sein! Streng verboten es die Gesetze des FBI, daß zwei Agenten, die miteinander arbeiteten, sich in der Öffentlichkeit trafen. Aber darauf schien Pamela Faber zu pfeifen. Direkt gegenüber von Thomas nahm sie Platz. Kreuzte die Beine. Lehnte sich zurück. Und starrte Dunja an ...

Das konnte derselben natürlich nicht lange verborgen bleiben.

«Wer ist das?»

«Bi-bitte?»

«Die Person da drüben. Sie starrt mich an. Kennst du sie?»

«Ich? Wen denn überhaupt?»

«Die geschminkte Gelbe. Tu doch nicht so!»

«Herrgott, ich habe die Frau nie im Leben gesehen!»

«Du lügst! Du kennst sie! Und wie du sie kennst!»

So fing das an, und so ging das weiter durch das ganze Essen. Beim schwarzen Kaffee hatte Thomas sein Hemd durchgeschwitzt. Und immer noch starrte Pamela Faber herüber ...

Und so ging das an diesem Tag lustig weiter!

Als Thomas Lieven ins «Waldorf-Astoria» zurückkam, wartete hier ein Herr namens Roger Ackroyd auf ihn. Mr. Ackroyd war im Hotel bekannt als Exportkaufmann, der oft mit europäischen Geschäftsleuten zusammenarbeitete.

Herr Peter Scheuner – so nannte sich Thomas derzeit – war im Hotel als einer dieser europäischen Geschäftsleute bekannt. Die beiden Kaufherren, die keine waren, setzten sich in die leere Bar. Mr. Ackroyd sagte leise: «Die Sache brennt uns mehr und mehr unter den Nägeln, Lieven. Sind Sie weitergekommen?»

«Keinen Schritt.»

«Mist», sagte Mr. Ackroyd. «Verschiedene Anzeichen sprechen dafür, daß Goldfuß unmittelbar vor der Flucht steht. Wir wissen nicht, wohin er abhauen wird. Australien. Asien. Afrika. Europa.»

«Die Grenzen bewachen. Flugplätze. Häfen. Und so weiter.»

«Wie wollen Sie das machen? So viele Beamte gibt es einfach nicht. Goldfuß wird selbstverständlich mit einem absolut echten falschen Paß reisen.» Ein «echter» falscher Paß, das wußte Thomas seit langem, war ein solcher, der auch einer Überprüfung in den Behördenregistern standhielt.

«Glauben Sie, daß er sich lauter echte falsche Papiere verschafft hat?»
«Das weiß ich nicht. In der Eile wohl kaum. Aber sicherlich einen Paß. Und der Paß genügt. Wenn nicht ein Wunder geschieht, geht uns der Mann durch die Lappen.»
Thomas seufzte tief. Und zu allem noch diese feine Mitarbeiterin Miß Faber, dachte er erbittert. Na, der werde ich aber was erzählen!

9

«Wissen Sie, was Sie verdienen? Prügel verdienen Sie!» schrie Thomas. Schwer atmend stand er an diesem Abend in Pamelas kleiner Wohnung vor der Besitzerin, die einen schwarzen Morgenrock und offenbar wenig darunter trug. «Was fällt Ihnen ein, zu ‹Roganoff› zu kommen?»
«Ich werde wohl noch das Recht haben, zu ‹Roganoff› zu gehen.»
«Aber nicht, wenn ich dort bin!»
«Das habe ich nicht gewußt!» schrie sie a tempo.
A tempo schrie er zurück: «Das haben Sie sehr wohl gewußt!»
«Also schön, ich hab's gewußt!»
«Und warum sind Sie dann gekommen?»
«Weil ich mal Ihre Dunja sehen wollte, dieses süße Täubchen!»
Ihm fiel der Kiefer herunter. «Und deshalb gefährden Sie alles – die ganze Aktion?»
«Schreien Sie mich nicht an! Sie müssen ja *fürchterlich* verliebt sein in die Dame!»
«Halten Sie den Mund, oder ich ziehe Ihnen die Hosen stramm!»
«Tun Sie's doch, wenn Sie's wagen!»
«Na warte», sagte er und stürzte sich auf sie. Mit einem geschickten Jiu-Jitsu-Griff legte die erfahrene Agentin ihn aufs Kreuz. Er krachte auf den Teppich. Sie lachte und rannte davon. Er kam auf die Beine und rannte ihr nach. Im Schlafzimmer erwischte er sie wieder. Ein kleiner Ringkampf folgte. Sie fielen beide auf das Bett.
Dann lag sie strampelnd und fauchend über seinem Knie. «Laß mich – laß mich – ich bringe dich um ...»
Der Morgenrock fiel auf. Pamela trug tatsächlich nur wenig darunter. Ungerührt versohlte sie Thomas. Sie kreischte, schlug um sich und biß.
Wie Chantal, dachte er benommen, während das Blut in seinen Schläfen zu rauschen begann, genau wie Chantal ist sie – o Gott!

Plötzlich fiel er über sie. Seine Lippen trafen die ihren. Sie biß. Dann öffneten sich ihre Lippen und wurden weich. Ihre Arme schlangen sich um ihn. Und beide versanken in der betäubenden Süße ihres ersten Kusses. Der Raum verschwamm vor Thomas Lievens Augen, die Zeit verlor ihren Sinn.
Als er wieder zu sich kam, sah er in zwei Augen voller Liebe. Pamela flüsterte: «Ich war so eifersüchtig – so fürchterlich eifersüchtig auf deine Russin ...»
Plötzlich fiel Thomas etwas an Pamelas Oberarm auf. Er sah die kreisrunden, hellen Stellen einer Impfung. Er wurde bleich. Und sagte lallend: «Impfen ...»
Pamela, im Begriff, ihn zu küssen, erstarrte. «Was ist los?»
«Impfen», wiederholte er blödsinnig. – «Bist du verrückt geworden?»
Er sah sie völlig abwesend an: «Goldfuß weiß, daß er in Gefahr ist. Er wird versuchen, Amerika zu verlassen und nach Rußland heimzukehren. Jeder Mensch, der nach Europa fährt, muß sich gegen verschiedene Krankheiten impfen lassen. Das verlangt das Gesetz. Und bei der Impfung muß er dem Arzt seinen Geburtsschein vorlegen, damit er die Nummer notiert ...» Thomas stotterte plötzlich vor Aufregung: «Den Geburtsschein, nicht den Paß ... Sein falscher Paß ist ein echter falscher Paß – aber ob sein falscher Geburtsschein auch echt falsch ist?»
Pamela wurde blaß: «Er ist verrückt geworden – ganz und gar verrückt.»
«Mitnichten! Wenn Goldfuß nämlich – geb's Gott – einen *falschen* falschen Geburtsschein vorgelegt hat, dann können wir ihm *endlich* eine strafbare Handlung vorwerfen – und ihn hochnehmen – und seine Wohnung durchsuchen ...»
«Thomas!»
«Stör mich jetzt nicht. Wie viele Ärzte gibt es in New York?»
«Herrgott, was weiß denn ich? Mindestens zehntausend!»
«Egal», sagte Thomas Lieven, während Pamela Faber ihn entgeistert anstarrte. Er schlug auf das Bett. «Und wenn alle Agenten des FBI eingesetzt werden müssen! Und wenn alle wirklich verrückt werden dabei! Wir müssen es versuchen!»

10

Am Abend des 19. Juni 1957 gab es im Stadtgebiet von New York Alarm für 277 Mitarbeiter des FBI. Sie erhielten den Auftrag, schnellstens die insgesamt 13 810 Ärzte aufzusuchen, die in der Zehnmillionenstadt arbeiteten.

Jeder der 277 Mitarbeiter führte die Fotografie eines Mannes von etwa 45 Jahren mit sich, der ein geistreiches, skeptisches Gesicht, große Ohren und schmale Lippen besaß und eine Brille trug.
Vom Abend des 19. Juni 1957 an stellten 277 Männer anhand von 277 Fotos ungezählte Male die gleichen Fragen: «Doktor, kennen Sie diesen Mann? Gehört er zu Ihren Patienten? Haben Sie ihn vielleicht in letzter Zeit geimpft?»
Auch den ganzen 20. Juni 1957 hindurch wurden diese Fragen gestellt.
Im Luxushotel «Waldorf-Astoria» saß derweilen ein gewisser Peter Scheuner, deutscher Exportkaufmann, wie auf Kohlen. Von Zeit zu Zeit klingelte das Telefon. Es waren Leute vom FBI, die Thomas verschlüsselt mitteilten, daß die Operation weiterhin erfolglos verlief. Seufzend legte Thomas jedesmal wieder den Hörer in die Gabel.
Dieser Zustand änderte sich schlagartig am 21. Juni um 16 Uhr 35. Wieder schrillte das Telefon. Eine tiefe Stimme sprach: «Zero.»
Elektrisiert fuhr Thomas hoch. Er sagte nur ein Wort: «Wo?»
Die Stimme antwortete: «3145 Riverside Drive. Doktor Willcox.»
Zwanzig Minuten später stand Thomas Lieven in dem kleinen Ordinationsraum von Dr. Ted Willcox, einem älteren Arzt, der seine Praxis im ärmsten Elendsviertel New Yorks aufgeschlagen hatte.
Dr. Willcox hielt eine Fotografie in der Hand. Er sagte: «Gewiß erinnere ich mich an diesen Mann. Vor allem deshalb, weil so selten gut angezogene Leute zu mir kommen.»
Da hast du also zuletzt doch noch einen Fehler gemacht, du sowjetischer Superagent, dachte Thomas. Möglichst weit von deiner Wohnung entfernt hast du dir einen Arzt ausgesucht. Ich verstehe, warum. Und doch war es verkehrt. Dr. Willcox sprach: «Dieser Herr suchte mich am Nachmittag des 16. Juni auf. Er ließ sich impfen. Ich stellte ihm einen sogenannten ‹Internationalen Seuchenpaß› aus, wie man ihn benötigt, wenn man beispielsweise nach Europa reisen will.» Der alte Arzt humpelte zu seiner Kartei und suchte unter dem Datum des 16. Juni. Dann zog er ein Blatt hervor. «Der Herr heißt Martin Collins. Nach dem Geburtsschein wurde er am 7. Juli 1910 als amerikanischer Bürger im Stadtteil Manhattan geboren. Geburtsscheinnummer: 32027/7/71897.»
Um 17 Uhr 15 zwangen Thomas Lieven und ein stämmiger FBI-Agent zwei Beamte, im Geburtenregisteramt von Manhattan Überstunden zu machen. Nach einer langen Weile kam einer der beiden angeschlurft, blies den Staub von einer vergilbten Register-

karte und knurrte: «Martin Collins ... Collins, Martin – was ist das für ein Quatsch? 32027, Strich, 7, Strich, 71897, sagen Sie?»
«Sage ich, ja», sagte Thomas.
Der Beamte sah auf: «Also hören Sie mal zu, mein Herr. Der Geburtsschein 32027, Strich, 7, Strich, 71897 wurde am 4. Januar 1898 für eine gewisse Emilie Woermann ausgestellt. Und die ist am 6. Januar 1902 im Alter von vier Jahren gestorben. An Lungenentzündung.» Thomas sah den FBI-Mann an. Er sagte leise: «Jetzt haben wir unsern Freund.»

11

An der Tür war eine Messingplatte festgeschraubt. Darauf stand:
EMIL ROBERT GOLDFUSS
Die Tür befand sich im obersten Stockwerk des gewaltigen Mietshausblocks Fulton Street 252. Zwei Männer standen am 21. Juni 1957 um 19 Uhr 06 vor dieser Tür. Der eine zog eine Pistole aus dem Schulterhalfter und entsicherte sie. Der andere zog eine altmodische, goldene Repetieruhr aus der Tasche. «Komisch», sagte Thomas Lieven. «Erst sieben, und ich bin derartig hungrig!» Dann klopfte der FBI-Mann an die Tür, trat zur Seite und hielt die Pistole vor ...
Die Tür ging auf. Ein hagerer Mann in blauem Malerkittel, eine Palette in der Hand, stand in ihrem Rahmen. Er lächelte gewinnend, strahlte Sympathie und Klugheit aus. Auf die Pistole des FBI-Agenten blickend, sagte er: «Was soll das, mein Herr? Ist das ein Scherz? Eine Reklame? Eine Präsent?»
«Mr. Goldfuß oder Mark oder Collins», sagte der FBI-Agent, «oder wie immer Sie sich nennen wollen – Sie sind verhaftet.»
«Verhaftet von wem?»
«Vom FBI.»
Der Maler sprach freundlich: «Sie können mich nicht verhaften, mein lieber Herr. Ich habe keine strafbare Handlung begangen, und Sie haben auch keinen Haftbefehl.»
«Doch, doch, Mr. Goldfuß, wir haben», sagte Thomas und trat näher. Auch er lächelte gewinnend.
«Wer sind Sie?»
«Ein Freund des Hauses», antwortete Thomas. «Des FBI-Hauses meine ich. Sehen Sie, Mr. Goldfuß, für Sie lag seit Tagen ein Haftbefehl vor. Wir mußten nur noch einen hübschen Verhaftungsgrund finden und ihn einsetzen. Gestern haben wir einen sehr hübschen gefunden, einen falschen Geburtsschein ...»

Aus dem Stockwerk unter dem Atelier kamen plötzlich zwei Männer herauf, weitere zwei Männer kamen vom Dachboden herab.

Thomas sagte: «Wir haben diese lieben Freunde mitgebracht, weil wir natürlich wissen, daß Sie nicht nur ein charmanter Geburtsscheinfälscher sind.»

«Sondern?»

«Sondern vermutlich der beste Agent, den die Sowjets jemals besaßen. Und ich mache nie übertriebene Komplimente», sagte Thomas Lieven lächelnd.

Mr. Goldfuß erwiderte dieses Lächeln. Die beiden Herren sahen einander schweigend an. Der Blick hielt ...

Die Atelierwohnung wurde sogleich durchsucht. Die Männer des FBI fanden den Geburtsschein auf den Namen Martin Collins, Papiere auf den Namen Goldfuß, 3545 Dollar in bar, eine Schiffspassage nach Europa auf den Namen Collins, gebucht für den 1. Juli 1957, und einen starken Kurzwellensender des Typs «Hallicrafter», der völlig offen zwischen zwei Gemälden stand.

Die Männer des FBI halfen Mr. Goldfuß beim Packen eines kleinen Koffers. Dabei beobachtete Thomas, daß Mr. Goldfuß ein paar offensichtlich benutzte Papiertaschentücher fortwarf. Thomas nahm die zusammengeknüllten Tücher wieder aus dem Papierkorb. Leichenblaß wurde plötzlich Mr. Goldfuß. Thomas Lieven öffnete die Taschentücher behutsam. Kleine dunkle Punkte, unscheinbar wie Fliegendreck, befanden sich darauf.

«Hm», machte Thomas. Zwanzig Jahre lang von Geheimdiensten der verschiedensten Länder sowohl ausgebildet wie am Leben bedroht, hatten ihn hellwach werden lassen. Das war kein Fliegendreck ...

Zwei Tage später hatte Amerika eine Sensation. Der gefährlichste russische Agent aller Zeiten war dingfest gemacht worden. Mikrofilme, die er in alten Papiertaschentüchern versteckt hatte, verrieten seinen komplizierten Codeschlüssel, seinen wahren Namen, seine wahre Geschichte.

Oberst im sowjetischen Geheimdienst war dieser Mann, der zehn Jahre lang ungestört und unbeargwöhnt in den Staaten hatte spionieren können. Und er hieß: Rudolf Iwanowitsch Abel.

Am Abend des 23. Juni 1957 tickten Fernschreiber die Meldung über seine Verhaftung und Bedeutung an Zeitungsredaktionen auf fünf Kontinenten und in alle Welt hinaus. Und auch in den folgenden Tagen und Wochen machten die Taten des Obersten

Rudolf Iwanowitsch Abel Schlagzeilen. Viel über ihn erfuhr die Welt, jedoch bei weitem nicht alles. Zum Beispiel erfuhr sie niemals etwas von jenem Mittagessen, zu welchem sich ein heiterer Herr und zwei ernste Herren niedersetzten. Das war am 17. August 1957 in einem gemütlichen Blockhaus auf den idyllischen, bewaldeten Hängen des Staates Maryland ...
«Meine Herren», sprach Thomas Lieven heiter, «warum sind Sie so ernst?» Er sah Edgar Hoover an, den Chef der amerikanischen Bundeskriminalpolizei. Er sah den braungebrannten, 40jährigen James B. Donovan an, dessen Haar bereits völlig weiß leuchtete. Donovan war Verteidiger des Meisterspions Abel in dem bevorstehenden Prozeß.
Thomas kam aus der Küche. Er trug ein Tablett mit einem großen Tiegel und allerlei Utensilien. Während er das Tablett abstellte und einen Spirituskocher in Gang setzte, der neben der gedeckten Tafel auf einem kleinen Tischchen stand, beantwortete er seine Frage selbst: «Nun wohl! Sie sind wahrscheinlich so ernst, weil Sie sich an jene Zeit im Kriege erinnern, da Sie sich als Chefs von zwei konkurrierenden Spionage-Unternehmen dauernd in die Wolle bekamen, wie?»
Er schien ins Schwarze getroffen zu haben. Hoover grunzte, Donovan räusperte sich ärgerlich. In der Tat war der Strafverteidiger im Krieg Offizier in Geheimer Mission des berühmten «OSS», des «Office for Strategie Services», gewesen. Bei verschiedenen Aktionen waren er und seine Leute mit Leuten von Hoovers FBI kollidiert.
Thomas setzte den Tiegel auf den Spirituskocher und blieb heiter. «Nehmen Sie Platz, meine Herren! In weiser Voraussicht Ihrer Gemütsverfassung habe ich mir erlaubt, ein Vorgericht zu erfinden und zuzubereiten, das die Nerven beruhigt, den Geist beschwingt, die Laune hebt.»
Thomas bewegte den Tiegel über der Flamme. Im Tiegel befanden sich kleine Kalbsnierenwürfel, leicht angebraten. «Möge uns diese Speise unserm Ziel näherbringen.»
«Was ist das für ein Ziel?» knurrte Donovan mißtrauisch.
Kognak über die Niere gießend, antwortete Thomas bedächtig: «Ihrem Mandanten und den Vereinigten Staaten von Amerika zu helfen.»
Hoover sah Donovan an. «Abel kommt auf den elektrischen Stuhl, das ist klar. Wir haben mehr als genug Beweismaterial gegen ihn.»
Donovan zuckte die Schultern. «Da bin ich aber gespannt, wie Sie beweisen wollen, daß mein Mandant ein Sowjetspion ist.»

Menu · Maryland, 17. August 1957

Kalbsnieren in Champagner
Gespickter Zander
Ananas-Speise

Lievens Champagner-Niere betäubt selbst «hohe Tiere» ...

Kalbsnieren in Champagner: Man nehme zwei von Fett und Haut befreite Kalbsnieren, schneide sie in Würfel, brate sie drei Minuten in sehr heißer Butter an, pfeffere und salze. – Man bringe die Kasserolle auf einem Spiritus-Rechaud zu Tisch, gieße ein Gläschen Kognak über die Nieren, zünde an, lösche mit Champagner ab. – Man füge 100 g geschnittene, in Butter gedünstete Champignons und einen Eßlöffel gehackte Petersille hinzu, lasse alles heiß werden, aber nicht kochen. – Man fülle Nieren und Sauce in Tortelettes aus ungesüßtem Mürbe- oder Blätterteig.

Gespickter Zander: Man reibe den gereinigten Fisch mit Pfeffer und Salz ein, beträufle ihn mit Zitronensaft und lasse ihn eine Stunde stehen. – Dann trockne man ihn gut ab, spicke ihn auf beiden Seiten mit feinen Streifchen von fettem Speck, lege ihn mit dem Rücken nach oben in eine feuerfeste Form, begieße ihn mit brauner Butter, schiebe ihn in den vorgeheizten Bratofen. – Ohne umzuwenden, brate man etwa eine halbe Stunde unter fleißigem Begießen, gebe allmählich sauren Rahm, mit einem halben Kaffeelöffel Maizena verrührt, dazu. – Man serviere den Zander in der Bratform.

Ananas-Speise: Man lege eine große, flache Glasschale dicht mit Löffelbiskuits aus, tränke diese mit Ananassaft, bedecke sie mit einer dicken Schicht schwachgesüßter Schlagsahne. – Man belege die Oberfläche mit einem dichten Muster von Ananasstückchen und eingemachten Sauerkirschen und serviere die Speise eisgekühlt.

Thomas schüttelte den Kopf. «Ein Elend. Eine solche Verschwendung von einmaligem Talent. Ein Jammer. Wirklich ein Jammer!»
«Was?»
«Zu denken, daß ein Mensch wie Abel auf dem Stuhl verschmoren soll.»
«Wenn Sie freundlicherweise vor dem Essen ein bißchen taktvoller sein wollten, Mr. Scheuner.»
«O pardon! Aber mir blutet wirklich das Herz. Abel ist nicht nur begabt, er ist ein *Genie!*»
«Nanana ...»
«Was heißt nanana? Darf ich Sie daran erinnern, Mr. Donovan, daß Sie als OSS-Agent während des Krieges in der Schweiz zu arbeiten versuchten? Schon nach sechs Monaten hatten die Schweizer das spitz und feuerten Sie hinaus. Und Abel? Zehn Jahre hat er in den Staaten gearbeitet, ohne entdeckt zu werden!»

«Halten Sie mal die Luft an.» Donovan sah von Thomas zu Hoover. «Ihr wollt doch was. Offiziell könnt ihr es mir offensichtlich nicht vorschlagen. Also kommt ihr hintenherum. Raus mit der Sprache, was ist es!»
«Und nun der Champagner», sagte Thomas Lieven und goß Sekt in den erhitzten Tiegel. Sofort begann sich ein außerordentlich prickelnder und vielversprechender Wohlgeruch zu verbreiten.
«Aaaahhh», machte Hoover und lehnte sich zurück. Sogar Donovans nervöses Gesicht entspannte sich, er lächelte kurz.
«Sehen Sie», sagte Thomas, «es wirkt schon.» Er arbeitete weiter und redete wie nebenbei: «Der FBI hält die schwerwiegendsten Beweisstücke gegen Abel zurück. Abel wird *nicht* zum Tode verurteilt.»
«Sondern?»
«Bitte?» Thomas hob tadelnd die Augenbrauen. «Mr. Donovan, ich muß mich über Sie wundern! Was heißt: sondern? Sie könnten Ihrem Mandanten ruhig das bißchen Leben gönnen.»
«Drehen Sie mir nicht die Worte im Munde um! Mr. Hoover war es, der sagte, daß Abel auf den elektrischen Stuhl kommen müsse!»
«Von Rechts wegen ja», dozierte Thomas, indessen er die delikate Vorspeise verteilte. «Aber wenn der FBI nun seine eigenen Pläne mit Ihrem Mandanten hätte ...»
«Was dann?»
«Dann gäbe es natürlich noch andere Urteilsmöglichkeiten. Lebenslänglich zum Beispiel. Dreißig Jahre Zuchthaus. Zwanzig. Zehn ...»
«Was ist mit dem Belastungsmaterial, von dem Mr. Hoover sprach?»
«Belastungsmaterial kann man zurückhalten. Wenigstens einen Teil davon. Den schlimmeren Teil. Essen Sie, Mr. Donovan, essen Sie um Himmels willen, Ihre Niere wird ja kalt.»
Der weißhaarige Verteidiger begann mechanisch zu essen. Er sah Thomas mit zusammengekniffenen Augen an. Kauend sprach Donovan: «Und was hätten Sie davon, wenn Sie ...» Er verschluckte sich und mußte husten. Thomas klopfte ihm hilfreich auf den Rücken.
«Sehen Sie, sehen Sie. Ich wollte es Ihnen gleich sagen, aber es fehlte mir der Mut. Ich dachte, es sei ungehörig, einen so großen Mann wie Sie darauf hinzuweisen.»
«Wo-worauf?» ächzte Donovan echauffiert und rang nach Luft.
«Daß man mit vollem Mund nicht sprechen soll», antwortete unser Freund schlicht. «Ich glaube, jetzt geht es wieder.»

James B. Donovan legte sein Besteck fort. Er hatte auf einmal keine Lippen mehr. Seine Stimme klang so, wie ein Eiszapfen klingen würde, wenn er sprechen könnte, was er nicht kann: «Lassen wir dieses Katz-und-Maus-Spiel. Ich frage: Was hätte der FBI davon, wenn er das schwerste Belastungsmaterial zurückhielte und damit das Leben Abels rettete?»
Thomas sah Hoover an. «Wollen *Sie* nicht die Frage beantworten, Sir?»
Hoover brummte etwas Unverständliches und neigte sich über seinen Teller.
«So ist es richtig», sagte Thomas. «Immer läßt man mich die peinlichsten Fragen beantworten, das habe ich gerne. Also schön, Mr. Donovan. Der FBI hätte davon mit großer Wahrscheinlichkeit die Chance, früher oder später das Leben eines amerikanischen Agenten zu retten.»
«Eines amerikanischen Agenten?»
«Mr. Donovan, es ist mir wirklich wahnsinnig unangenehm, derart in den Interna des amerikanischen Geheimdienstes herumzustochern – aber Sie selber waren doch einmal bei diesem Verein, nicht wahr? Und damals, gegen Ende des Krieges, haben Sie doch mitgeholfen, die Abwehr gegen die Sowjetunion auszubauen. Oder etwa nicht?»
James B. Donovan schwieg.
«Ich mache Ihnen keinen Vorwurf daraus», sagte Thomas mit einem Augenzwinkern. «Es war schließlich Ihre Aufgabe. Nun ja ... Wer könnte es da paradox finden, daß ausgerechnet Sie heute einen Sowjetspion verteidigen?»
«Als Pflichtverteidiger. Das Gericht möchte damit seine Objektivität beweisen.»
«Bitte, bitte, es sollte kein Vorwurf sein!» meinte Thomas nachsichtig.
«Ich nehme an, jedes Land hat seinen Nachrichtendienst», sagte Donovan leicht beleidigt.
«Man darf sich nur nie erwischen lassen», knurrte Hoover undeutlich, über seinen Teller gebeugt.
«Eben», sagte Thomas. «Allerdings sehe ich vor meinem geistigen Auge bereits – es ist dies eine reine Frage der Wahrscheinlichkeitsrechnung – den Tag voraus, an dem die Sowjets einen amerikanischen Agenten erwischen. Könnte doch schließlich vorkommen, oder? Nehmen Sie doch noch ein bißchen Niere, meine Herren.» Er servierte elegant. «Zum Beispiel ist mir zu Ohren gekommen, daß der Geheimdienst seit Jahren Spezialmaschinen zu Flügen

losschickt, die über einem Land nicht nur die Wolken fotografieren.»
«Das ist natürlich ein völlig unsinniges Gerücht», sagte Edgar Hoover, ohne den Kopf zu heben.
«Natürlich, natürlich», sagte Thomas sanft. Donovan hörte plötzlich sehr aufmerksam zu. «Die sowjetischen Proteste über Verletzungen russischen Luftraums entbehren natürlich auch jeder Grundlage.»
Hoover sah auf und blinzelte mit einem Auge. «Es handelte sich stets um Wettererkundigungsmaschinen, die zufällig von ihrem Kurs abgekommen waren.»
«Na klar. Aber was geschähe nun, wenn einer jener – hrm – Wetterpiloten zufällig abgeschossen würde?» erkundigte sich Thomas.
Donovan sagte langsam: «Diese Wettermaschinen kenne ich. Sie können von der Fliegerabwehr niemals abgeschossen werden, sie fliegen viel zu hoch.»
«Was nicht ist, kann noch werden. Außerdem gibt es, höre ich, seit einiger Zeit sehr präzise Raketen. Wenn eine solche Rakete nun einen solchen amerikanischen Wetterpiloten vom Sowjethimmel holt, und er überlebt dies und wird vor Gericht gestellt, und es handelt sich um einen Wetterpiloten, den Mr. Hoover gern wiedersehen würde ... wäre es da nicht ein Jammer, wenn Mr. Abel dann schon das Zeitliche gesegnet hätte? Mit einer Leiche kann man keinen Handel treiben, meine Herren!»
«Wirklich, Mr. Scheuner», sagte Edgar Hoover mit erstickter Stimme, «Ihr Zynismus geht zu weit.»
«Pardon, meine Herren. Ich sprach ja nur von einer Möglichkeit. Eine pure Hypothese ...»
Sehr langsam sagte der Anwalt: «Und wenn nun keiner unserer Wetterpiloten abgeschossen wird?»
«Sehen Sie», sagte Thomas freundlich, «jetzt verstehen wir uns endlich, Mr. Donovan. Ich könnte mir gut vorstellen, daß Mr. Abel sich dann aus purer Dankbarkeit entschließen würde, die Fronten zu wechseln und für den amerikanischen Geheimdienst zu arbeiten.»
James B. Donovan fixierte Edgar Hoover: «Ist das auch Ihre Ansicht?»
«Sie haben Mr. Scheuner gehört. Ich habe nichts hinzuzufügen.»
Das Gesicht des Anwalts lief tiefrot an. «Wofür halten Sie mich eigentlich, Mr. Scheuner? Wofür halten Sie meinen Mandanten? Soll das ein Wink mit dem Zaunpfahl sein?»

«Das», sagte Thomas bescheiden, «ist ein Gebilde meiner Phantasie, Mr. Donovan, und sonst gar nichts.»
«Auf so etwas wird mein Mandant *niemals* eingehen!» rief James B. Donovan.

12

Am 24. August 1957 erschien ein gewisser Peter Scheuner beim Direktor des New Yorker Untersuchungsgefängnisses. Er hatte von höchster Stelle die Erlaubnis, unter vier Augen mit Rudolf Iwanowitsch Abel zu sprechen. Der Direktor persönlich geleitete diese offenbar «Very Important Person» durch endlose Gänge zum Sprechzimmer. Dabei berichtete er, daß der Sowjetspion sich bereits der Sympathien des ganzen Hauses erfreue: «Die Roten werden sonst in Gefängnissen sehr schlecht von ihren Mithäftlingen behandelt. Aber nicht dieser Abel!» Der Direktor verdrehte die Augen. «Ich sage Ihnen: absoluter Liebling von jedermann! Er hat für die Häftlinge musiziert, ihnen Kabarett vorgespielt, er hat ein neues Verständigungssystem eingerichtet ...»
«Was hat er?»
Der Direktor lachte verlegen. «Na, Sie wissen doch, wie die Häftlinge miteinander verkehren, wenn sie in den Zellen sitzen.»
«Das gute, alte Klopfsystem», sagte Thomas, in sentimentale Erinnerung an eigene Zuchthauserlebnisse versinkend.
«Abel hat unseren Gefangenen ein neues, besseres System erklärt, das hundertmal so schnell funktioniert!»
«Und zwar wie?»
«Das will ich nicht unbedingt verraten. Ich sage nur: über die Lichtleitung!»
«Donnerwetter!» Thomas hob die Brauen. Er dachte: Die besten Geschäftspartner trifft man im Leben immer erst, wenn man mit ihnen absolut nichts mehr anfangen kann.
Sie hatten das Sprechzimmer erreicht. Thomas trat ein. Hinter einer feinmaschigen Drahtwand stand, in einem eleganten Zivilanzug, Rudolf Iwanowitsch Abel. Er sah seinem Besucher ernst entgegen. Der Direktor gab den Justizbeamten im Raum einen Wink. Sie zogen sich mit ihm zurück. Die schweren Eisentüren schlossen sich.
Durch eine Drahtwand getrennt, standen Thomas Lieven und der Sowjetspion Abel einander gegenüber. Lange blickten sie einander stumm an. Es war sehr still im Raum. Dann begann Thomas Lieven zu sprechen ...

Wir wissen nicht, was er sagte. Wir wissen nicht, was Abel antwortete. Abel hat darüber niemals gesprochen, und Thomas hat darüber niemals gesprochen. Die Unterredung dauerte 49 Minuten.

Am 26. September 1957 begann der Prozeß gegen Rudolf Iwanowitsch Abel. Den Vorsitz führte Seine Ehren Richter Mortimer Byers. Die Verhandlung war hauptsächlich öffentlich.

Mit einem Trick hatte Abel sich des Beistandes eines der besten Anwälte Amerikas versichert. Als man ihn aufforderte, einen Verteidiger zu wählen, erklärte er: «Ich habe kein Geld. Die 3545 Dollar, die bei mir gefunden wurden, gehören mir nicht. Ich kann auch nicht erwarten, daß man mich umsonst verteidigt. Ich bitte daher das Gericht, mir einen Anwalt zu stellen.»

In einem Rechtsstaat wie Amerika bedeutet das nun, daß die Behörden einen Anwalt bestellen mußten, der in keiner Weise kommunistischer Sympathien verdächtigt werden konnte und der ein As auf dem Gebiet der Strafverteidigung war – eben einen Mann wie James B. Donovan!

Der Prozeß entwickelte sich zu einem Unikum. Der Angeklagte durfte sich im Gerichtsgebäude frei bewegen, in der Kantine mit den Geschworenen essen und mit Reportern reden. Auf der andern Seite ordnete Richter Byers an: «Keiner der 38 Zeugen soll vor seiner Aussage den Verhandlungssaal betreten, um den ganzen Prozeß zu verfolgen.»

Das hatten die meisten dieser 38 Zeugen auch gar nicht nötig, denn vom Nachmittag des ersten Verhandlungstages an konnten sie minutiös in den Zeitungen lesen, was sich im Verhandlungssaal zugetragen hatte ...

Aus Sicherheitsgründen war angeordnet worden, daß FBI-Agenten und andere gefährdete Personen nur mit verdecktem Gesicht in den Zeugenstand treten durften. Sie trugen Kapuzen mit kleinen Löchern vor Mund und Augen und wirkten wie Ku-Klux-Klan-Delegierte.

Auch Thomas Lieven erschien mit einer derartigen Kopfbedekkung. Auf der Brust trug er, wie alle vermummten Zeugen, eine Nummer. Auszugsweise liest sich sein Verhör im stenographischen Protokoll so:

BYERS: Nummer 17, Sie waren anwesend, als Mr. Abel verhaftet wurde. Schildern Sie sein Verhalten.»

NUMMER 17: «Mr. Abel war sehr gelassen. Nur während der Hausdurchsuchung wurde er hysterisch.»

BYERS: «Weshalb?»

NUMMER 17: «Weil in der Wohnung nebenan ein Radio losplärrte. Elvis Presley sang. Mr. Abel preßte beide Fäuste gegen die Ohren. Er rief wörtlich: ‹Das ist das reinste Nervengift! Dieser Bursche ist der Hauptgrund dafür, warum ich nach Rußland zurückkehren will!›»

Gelächter.

BYERS: «Ich bitte mir absolute Ruhe aus! Nummer 17, Sie haben mit Hausbewohnern gesprochen. Welchen Eindruck hatten diese von Mr. Abel?»

NUMMER 17: «Den denkbar besten. Sie hielten ihn allesamt für eine Seele von einem Menschen. Viele von ihnen hatte er im Lauf der Zeit porträtiert – auch Beamte des FBI-Büros, das sich im Gebäude befand.»

Unruhe.

BYERS: «Er hat FBI-Beamte gemalt?»

NUMMER 17: «Ein halbes Dutzend. Und sehr begabt, Euer Ehren.»

BYERS: «Aus den Akten geht hervor, daß Abel den Kurzwellensender, den er benutzte, völlig offen im Atelier stehen ließ.»

NUMMER 17: «Das ist so, Euer Ehren.»

BYERS: «Fiel das den FBI-Agenten nicht auf?»

NUMMER 17: «Doch. Manche ließen sich das Gerät genau erklären. Sie hielten Abel für einen Amateurfunker. Einmal begann der Apparat sogar zu arbeiten, während Abel einen FBI-Agenten malte. Abel funkte kurz zurück. Der Apparat verstummte. Der FBI-Agent fragte: ‹Wer war denn das?› – Abel antwortete: ‹Was glauben Sie denn, wer das war? Moskau natürlich!›»

Lautes Gelächter.

BYERS: «Wenn sich eine solche Szene wiederholt, lasse ich den Saal räumen! Nummer 17, Sie waren es, der eine Reihe von alten Papiertaschentüchern sicherstellte, in denen Abel winzige Mikrofilme verborgen hatte. Einer dieser Filmpunkte enthielt den Dechiffrierschlüssel für einen komplizierten Code. Ist es Ihnen gelungen, die Nachricht zu entschlüsseln, die der Angeklagte unmittelbar vor seiner Verhaftung in Form vieler vierstelliger Zahlengruppen niedergeschrieben hatte?»

NUMMER 17: «Es ist mir gelungen, Euer Ehren.»

BYERS: «Was war das für eine Botschaft?»

NUMMER 17 (liest von einem Zettel ab): «Wir beglückwünschen Sie zu Ihren herrlichen Kaninchen. Vergessen Sie nicht, sich mit der Beethoven-Partitur zu beschäftigen. Rauchen Sie Ihre Pfeife, aber halten Sie das rote Buch in der rechten Hand.»

BYERS: «Das ist doch nicht der Klartext!»
NUMMER 17: «Natürlich nicht, Euer Ehren. Das ist der entschlüsselte Zifferncode. Abel scheint alle seine Botschaften zweimal verschlüsselt zu haben.»
BYERS: «Und der Schlüssel für den zweiten Code?»
NUMMER 17: «Wurde leider niemals entdeckt, Euer Ehren.»
Großes Gelächter. Unruhe. Richter Byers läßt den Saal räumen. Verhandlung unterbrochen um 11 Uhr 34 ...
Der Prozeß dauerte fast vier Wochen. Dann war die Reihe an den Geschworenen, ihren Schuldspruch zu fällen. Stundenlang berieten sie. Immer unruhiger wurden Zuschauer und Reporter. Was gab es da noch stundenlang zu beraten?
Erst um 19 Uhr 45 am 23. Oktober kehrten die Geschworenen in den Saal zurück. Totenstill wurde es. Alle Anwesenden hatten sich erhoben, als Richter Byers fragte: «Nun, Herr Obmann, haben Sie Ihren Wahrspruch gefällt?»
«Ja, Euer Ehren.»
«Wie lautet er?»
«Unser einstimmiger Wahrspruch lautet: Der Angeklagte ist schuldig im Sinne der Anklage.»
Nicht ein Muskel zuckte in Rudolf Iwanowitsch Abels Gesicht.
Am 15. November erging das Urteil: 30 Jahre Zuchthaus und 2000 Dollar Buße.
30 Jahre und 2000 Dollar Buße für den größten russischen Spion aller Zeiten? Wie war so etwas möglich? Ein ganzes Land stand Kopf – aber nur ein paar Tage lang. Dann geriet die Affäre Abel, wie alles im Leben, in Vergessenheit ...
Seltsames Spiel des Zufalls!
Zur Zeit, da diese Zeilen in Druck gehen – Sommer 1960 – hat die Weltgeschichte uns sozusagen eingeholt und die Prognosen unseres Freundes Thomas Lieven bereits Wirklichkeit werden lassen. Wir hoffen, daß der geneigte Leser einen kurzen Zeitsprung in die unmittelbare Gegenwart hinein verzeiht. Wir müssen ihn wagen, sonst wäre die Geschichte des Falles Abel unvollständig.
Am 1. Mai 1960 geriet nahe der sowjetischen Stadt Swerdlowsk ein amerikanisches Aufklärungsflugzeug vom Typ U-2 in die Hände der Sowjets. «Amerikanisches Flugzeug von russischer Rakete abgeschossen ...» stand in allen Zeitungen zu lesen. Der Pilot der Maschine hörte auf den Namen Francis G. Powers, war 30 Jahre alt, verheiratet, Bürger des amerikanischen Bundesstaates Virginia. Der Zwischenfall ereignete sich in einer Zeit politischer Hochspannung, unmittelbar vor Beginn der sogenannten «Pariser

Gipfelkonferenz», an welcher Eisenhower, Chruschtschow, Macmillan und de Gaulle über den Frieden der Welt beraten wollten. Er diente den Sowjets als Vorwand, die Konferenz noch vor ihrem Beginn auffliegen zu lassen.
Der Pilot wurde in Moskau vor ein Militärgericht gestellt. Die Sowjets inszenierten einen großen Propagandacoup. Der Generalstaatsanwalt Rudenko – einstmals sowjetischer Ankläger im Nürnberger Prozeß – erklärte in seinem Plädoyer: «Hier steht nicht allein der Flieger Powers vor Gericht, sondern auch die amerikanische Regierung, der wahre Inspirator und Organisator dieses ungeheuerlichen Verbrechens.»
Obgleich er das Verbrechen ungeheuerlich nannte, wurde der Staatsanwalt am Schluß seines Plädoyers von Milde ergriffen: «Ich stelle die Reue des Angeklagten in Rechnung und bestehe nicht auf der Todesstrafe.» Fünfzehn Jahre Freiheitsentzug forderte Rudenko. Das Gericht bemaß die Strafe noch milder: Der Pilot erhielt zehn Jahre Freiheitsentzug ...
Der zu dreißig Jahren Zuchthaus verurteilte Sowjetspion Abel ließ in der Sowjetunion eine Frau, eine verheiratete Tochter und einen kleinen Sohn zurück. Sie durften an dem Prozeß gegen ihn nicht teilnehmen. Die Frau des Piloten Powers hingegen, seine Eltern und seine Schwiegermutter erhielten von den Sowjets Einreisegenehmigungen und wohnten dem Prozeß gegen den abgeschossenen US-Flieger auf Logenplätzen des Moskauer Gerichtssaals bei.
Oliver Powers, der Vater des Angeklagten, ein biederer Schuhmacher, erklärte Journalisten: «Ich hoffe, daß Chruschtschow meinen armen Jungen begnadigen wird. Er hat schließlich selbst einen Sohn im Krieg gegen die Deutschen verloren, in dem unsere Soldaten Seite an Seite mit den Russen gekämpft haben. Und wenn er ihn schon nicht begnadigen kann, dann gibt es vielleicht die Möglichkeit, ihn gegen einen sowjetischen Spion auszutauschen, der in den Staaten gefangen wurde. Ich denke da an den Agenten Abel ...»
Und was wird nun geschehen?
Tja, was wohl?

13

Wir hoffen, wie gesagt, daß der geneigte Leser uns den kurzen Zeitsprung in die unmittelbare Gegenwart verzeihen wird. Aber kehren wir schleunigst zurück zum Herbst des Jahres 1957. Und da müssen wir uns gleich noch einmal entschuldigen. Wir hoffen, daß auch das «Federal Bureau of Investigation» uns verzeiht, wenn wir nunmehr von der «Harper Clinic» berichten, die – so weit wollen wir dem FBI entgegenkommen – natürlich nicht «Harper Clinic» heißt. Wir verraten auch nicht, wo sie sich befindet. Aber sie existiert, wir wissen wo, und wir wissen auch, unter welchem richtigen Namen.

Am 23. Oktober 1957 wurde Sowjetspion Abel schuldig gesprochen. Am 25. Oktober betraten zwei Besucher Edgar Hoovers Arbeitszimmer in seinem Amtssitz zu Washington: Thomas Lieven und Pamela Faber.

Die schöne junge Frau mit dem blauschwarzen Haar und dem großen, leuchtend roten Mund sah Thomas Lieven immer wieder verliebt von der Seite an.

Hoover war guter Laune; er begrüßte die beiden herzlich.

«Und was kann ich für Sie tun?» fragte er.

«Sie können Ihr Versprechen einlösen», sagte Thomas freundlich. «Sie erinnern sich, daß ich seinerzeit um die Vergünstigung bat, nach Beendigung meiner Mission sterben zu dürfen.»

«Ich erinnere mich», sagte Hoover langsam.

«Na also», rief Pamela fröhlich, «und jetzt ist es soweit! Wir wollen danach möglichst schnell heiraten.»

Hoover biß sich auf die Lippe. «Ich stehe ja zu meinem Wort», sagte er. «Aber Sie dürfen sich nicht vorstellen, daß das ein Honiglecken ist, Mr. Lieven. So etwas tut weh, verdammt weh.»

«Was tut man nicht alles für seinen Tod», meinte Thomas. «Außerdem haben Sie in der ‹Harper Clinic› doch erstklassige Spezialisten, wie ich höre.»

(Er sagte nicht Harper.)

«Also gut. Ich arrangiere die Sache mit der Klinik. Sterben Sie schön, und werden Sie glücklich, sehr glücklich mit Pamela. Allerdings: Es kann sein, daß es Wochen dauert, bis Sie tot sind! Wir müssen auf die Leiche warten! Eine Leiche, die Ihnen ähnlich sieht, findet man nicht alle Tage.»

«Mr. Hoover, ich bitte Sie, in einem so großen Land wie Amerika wird sich doch noch etwas Passendes auftreiben lassen», sagte Thomas Lieven.

Schöne Leserin, geistreicher Leser!

Es hilft nichts, wir sind soweit. Wir können auch nicht darum herumreden. Wir müssen es aussprechen. Es ist nicht fein, was wir auszusprechen haben, es ist nicht schön.

Eingedenk unseres Rufes, unserer vielen zartfühlenden Freunde

und des guten Geschmacks sagen wir zuvor wenigstens mit allem Ernst: *Nichts* liegt uns ferner, als mit dem bekannten Entsetzen den bekannten Spott zu treiben! *Gerne* würden wir verschweigen, was geschah, aber – es geschah! Es geschah wirklich und wahrhaftig, und wenn wir uns alle auf den Kopf stellen.
Am 27. Oktober traf Thomas Lieven in Begleitung von Pamela Faber in der «Harper Clinic» ein, die weltabgeschieden, von hohen Mauern umschlossen und Tag und Nacht von FBI-Agenten bewacht, irgendwo in den Vereinigten Staaten liegt.
Thomas erhielt ein komfortables Zimmer, dessen Fenster in einen großen Park hinausging. Pamela bekam das Zimmer daneben. Gleich nach der Ankunft besuchte sie ihn. Sie sagten sich zwei Stunden lang guten Tag ...
Zuletzt seufzte Pamela glücklich und müde: «Ach, ist das schön, endlich mit dir allein zu sein!»
«Wenn man uns läßt», meinte er und streichelte sie zärtlich. «Es ist ein komischer Zustand, also wirklich! Wenn ich bedenke: Ich bekomme ein neues Gesicht, neue Papiere, einen neuen Namen, eine neue Nationalität – alles neu. Wer hat schon so ein Glück mit 48 Jahren?» Er küßte sie. «Wie willst du mich denn haben, Süße?»
«Was meinst du?»
«Na ja, schau: Wenn sie jetzt anfangen, an meinem Gesicht herumzuschnipseln, dann kann ich vorher doch bestimmt gewisse Wünsche äußern. Bezüglich der Ohren. Oder der Nase.»
Pamela mußte lachen. «Weißt du, als Kind habe ich so für die Griechen geschwärmt. Ich habe gedacht: Der Mann, den ich einmal heirate, *muß* ein griechisches Profil haben! Glaubst du ... glaubst du ...» Pamela wurde rot. «Es ist ja zu dumm», sagte sie.
«Du meinst eine griechische Nase?» forschte er freundlich. «Wenn's weiter nichts ist! Und meine Ohren sind in Ordnung?»
«Ganz bestimmt, Liebling. Sonst ist überhaupt alles in Ordnung.»
«Bist du sicher? Noch ist Zeit! Es geht bei der Operation in einem Aufwaschen. Die Herren Ärzte hier können sicherlich alles an mir schöner machen – größer – kleiner – wie du es wünschst ...»
«Nein», rief sie hastig, «nein, sonst soll alles genauso bleiben, wie es ist!»

14

In den folgenden Tagen hatten drei Ärzte alle Hände voll mit Thomas Lieven zu tun. Sie fotografierten ihn, sie maßen seinen Schädel mit großen Zirkeln, sie untersuchten einfach alles an ihm. Dann durfte er nicht mehr rauchen. Dann durfte er nicht mehr trinken. Dann durfte Pamela – dann durfte Thomas überhaupt nichts mehr.

Am 7. November operierten sie ihn. Als er wieder zu sich kam, lag er in seinem Zimmer, und sein Kopf war eingebunden und schmerzte.

Am vierten Tag nach der Operation begann er, sich langsam besser zu fühlen. Die Ärzte wechselten die Verbände. Pamela saß den ganzen Tag an seinem Bett und unterhielt ihn, aber mit lauter ernsten Geschichten; denn wenn Thomas unter seinen Verbänden zu lachen versuchte, tat das immer noch weh.

Ein ungeduldig erwartetes Telegramm traf eines Tages für Mr. Grey – so nannte Thomas sich hier – in der Klinik ein. Der Text lautete:

tante vera glücklich gelandet stop alles liebe edgar

Pamela und Thomas lasen das Telegramm. Pamela stieß einen kleinen, glücklichen Schrei aus und drückte seine Hand: «Sie haben die Leiche gefunden, Liebling, sie haben die passende Leiche gefunden!»

«Jetzt kann nichts mehr schiefgehen», sagte Thomas zufrieden.

Aber da irrte er sich! Es ging etwas schief, leider. Am 13. November traf ein besorgter Herr mit schwermütigen Augen und einem Stockschnupfen in der Klinik ein. Er bat Mr. Grey um eine Unterredung unter vier Augen. Allein mit unserem Freund, stellte er sich als John Misaras, Agent des FBI, vor. Der erkältete Misaras brachte triste Nachrichten:

«Mit der Leiche ist etwas Ärgerliches passiert. Wir sind sehr unglücklich darüber, Mr. Grey, glauben Sie mir!» Er nieste donnernd.

«Was ist denn mit der Leiche geschehen?» forschte Thomas beklommen.

«Sie ist nicht mehr da.»

«Wo ist sie denn?»

«In Ankara.»

«Aha», machte Thomas verdutzt.

«Man hat sie begraben.»

«Aha», sagte Thomas zum zweitenmal.

«Sie müssen wissen, es gab an diesem Tag nämlich fünf Leichen. Und zwei davon wurden verwechselt. Die unsere und eine andere. Die andere Leiche haben wir noch. Ein türkischer Diplomat. Aber der sieht Ihnen leider nicht ähnlich. Es ist ein Jammer.»
«Aha», sagte Thomas zum drittenmal.
«Sie verstehen nicht?»
«Zum Wohlsein! – Kein Wort.»
«Wir fanden in Detroit einen Toten ohne Angehörige. Der Mann hätte Ihr Zwillingsbruder sein können! Herzschlag. Wir präparierten ihn entsprechend –»
«Sie präparierten ihn?»
«Ja. Und dann verpackten wir ihn in einem Spezialsarg, um ihn nach Europa zu fliegen. Mein Chef wollte auf sicher gehen. Um nicht die Aufmerksamkeit anderer Agenten zu erregen, ließ er unsere Leiche mit einer Maschine nach Europa fliegen, die noch vier andere Särge an Bord hatte. Eine Chartermaschine. Sie war von der Türkischen Botschaft gemietet worden. Sehen Sie, dieser türkische Diplomat kam mit seiner Familie bei einem Autounfall ums Leben. Mit Frau und zwei großen Kindern. Stand in allen Zeitungen. Auch daß man eine Maschine für die Särge gemietet hatte. So fiel es überhaupt nicht auf, daß wir einen Sarg mehr an Bord brachten. Kein Mensch kümmerte sich darum.»
«Ich verstehe.»
«Leider ist dann in Paris eine Panne passiert. Da sollte *unser* Sarg ausgeladen werden. Die andern vier Särge sollten nach Ankara weiterfliegen. Den Sarg mit unserer Leiche hatten wir natürlich gekennzeichnet. Es schlich sich aber ein Übermittlungsfehler in das Code-Telegramm ein, und unsere Leute in Paris holten daher einen *falschen* Sarg aus der Maschine.»
«O Gott.»
«Ja, es ist sehr peinlich. Der türkische Diplomat lag darin, wir haben es inzwischen festgestellt.»
«Und ... und ... und die Leiche, die mir ähnlich sah?»
«Wurde gestern in Ankara beigesetzt. In einem Familiengrab. Es tut mir wirklich leid, Mr. Grey, aber es ist nichts mehr zu machen. Wir müssen warten, bis wir wieder etwas für Sie finden ...»
Also warteten Thomas und Pamela. Am 19. November traf noch ein Telegramm für Mr. Grey ein:
onkel fred in sicherheit stop alles liebe edgar
«Sie haben wieder eine passende Leiche», flüsterte Pamela.
«Wollen wir bloß die Daumen halten, daß nicht noch einmal etwas schiefgeht», sagte Thomas. Diesmal ging nichts mehr schief.

Die zweite passende Leiche lag zur Zeit, da Thomas und Pamela die Daumen einwärts drehten und drückten, auf dem Operationstisch eines Vertrauensarztes des FBI in Chikago. Der Tote sah Thomas Lieven außerordentlich ähnlich. Nach Fotos von Thomas sorgte der Arzt mit Wasserstoffsuperoxyd, Paraffineinspritzungen und anderen schönen Dingen dafür, daß der Tote Thomas Lieven immer ähnlicher sah. Mitarbeiter des FBI hielten unterdessen Kleidungsstücke und Utensilien bereit, die Thomas gehört hatten, so die goldene Repetieruhr und vier Pässe auf vier verschiedene Namen.

Ein FBI-Agent verfolgte mit Interesse die Arbeit des kosmetischen Chirurgen, der, während er ein wenig flüssiges Paraffin in die Nase des Toten schoß, fragte: «Wer ist denn das?»

«Lucky Campanello», sagte der Agent. «Rauschgift, Erpressung und Mädchenhandel. Paar Kameraden von mir hatten vor zwei Stunden ein Feuergefecht mit ihm. Sie hatten Glück. Er hatte Pech.»

«Ja, das sehe ich», sagte der Arzt und betrachtete die Stelle, an welcher eine Pistolenkugel direkt über dem Herzen in die Brust von Lucky Campanello eingedrungen war.

Dieser Campanello hatte in seinem 47jährigen Erdenleben stets nur Böses getan und vom Bösen gelebt. Niemandem war er zur Freude gewesen, niemand hatte ihn geliebt, viele hatten ihn gehaßt. Er war ohne Verwandte. Und das setzte ihn in die Lage, nach seinem Tode doch noch eine große *positive* Rolle zu spielen – seine erste.

Nachdem der Arzt in Chikago mit ihm fertig war, wurde Lucky in einem Spezialbehälter nach Malta geflogen. Hier ankerte ein amerikanisches Schiff. Der Spezialbehälter wurde schnellstens vom Flugplatz aufs Schiff gebracht. Minuten später lief das Schiff aus.

Um Mitternacht des 20. November schlingerte das Schiff sanft auf der Höhe von Lissabon außerhalb der portugiesischen Hoheitsgewässer. Ein Beiboot wurde zu Wasser gelassen. Drei lebende Herren und ein toter Herr nahmen in ihm Platz. Das Boot drehte auf die Küste zu.

Am frühen Morgen des 21. November 1957 fanden dann spielende Kinder auf dem weißen Strand des Fischerdorfes Cascais vor Lissabon bunte Muscheln, Seesterne, halbtote Fische und einen toten Herrn ...

I

Ja, und wie ging die Geschichte weiter? Wie endet sie? Was ist aus Thomas Lieven und seiner Pamela geworden? Wer hat uns alle seine wüsten Abenteuer erzählt? Wie sind wir überhaupt in die Lage gekommen, über geheime und geheimste Begebenheiten unserer Zeit zu berichten?
Das sind viele Fragen. Wir können sie alle beantworten. Wenn es dazu auch leider nötig ist, daß ein Mann aus dem Schatten tritt, der von Berufs wegen in den Schatten gehört und immer im Schatten zu bleiben hat.
Dieser Mann bin *ich*. Ich, der Autor, der die Abenteuer und Rezepte des Geheimagenten Thomas Lieven für Sie aufgeschrieben hat.

Im Auftrag meines Verlages flog ich im August 1958 nach den USA. Ich sollte einen Monat drüben bleiben. Ich blieb vier. Ich sollte Material für einen Roman sammeln. Der Roman wurde nie geschrieben.
Aber die Geschichte, die Sie eben lesen, wurde geschrieben! Ich kam ihr drüben auf die Spur. Die Spur nahm ihren Ausgang – wie könnte es anders sein – bei einer hinreißend schönen Frau.
Aus guten Gründen kann ich den Namen der Stadt nicht nennen, in der ich diese Frau zum erstenmal sah. Es war milder Mittag im September. Ich hatte Hunger. Ein Reporter-Freund hatte mir ein Feinschmeckerlokal empfohlen. Dorthin wanderte ich nun. Dann sah ich sie ...
Sie ging vor mir. Auf hohen Absätzen. In einem engen, beigefarbenen Kostüm. Sie hatte blauschwarzes Haar. Eine herrliche Figur. Mit Kurven. Wie eine Rennjacht.
Ich ging schneller. Ich überholte die Dame. Sie hatte einen großen, roten Mund, große schwarze Augen, eine schöne Stirn.
Plötzlich war mein Hunger vergessen ...
Meine geliebte Lulu möge mir verzeihen: Sie kennt die Männer und weiß, daß sie alle gleich und nichts wert sind, wenn man sie allein auf Reisen gehen läßt.
Den nächsten Kilometer Boulevard trieb ich mein frevelhaftes Spiel. Mal ging ich vor ihr, mal ließ ich sie vor mir gehen. Je länger ich sie sah, um so besser gefiel mir die Dame. – Verzeih mir, süße Lulu, verzeih mir, du weißt, ich liebe nur dich!

Die Dame merkte natürlich, was mit mir los war. Sie lächelte einmal kurz. Sie war nicht böse. Nette Damen sind nie böse. Sie ging nur etwas schneller. Ich auch.
Dann tauchte das Lokal vor uns auf, das mein Freund mir empfohlen hatte. Und dann geschah etwas Unerwartetes. Die aufregende Dame ging an dem Lokal nicht vorbei. Im Gegenteil: Sie ging hinein.
Also dann nichts wie hinterher, dachte ich und folgte ihr. Und hatte keine Ahnung von dem, was mich jenseits der Restauranttür erwartete!
In der kleinen Garderobe holte ich die wunderschöne Dame ein. Sie stand vor dem Spiegel und ordnete ihr Haar.
«Hallo», sagte ich auf englisch.
Sie lächelte in den Spiegel hinein und sagte ebenfalls «Hallo!»
Ich verneigte mich und nannte meinen Namen. Dann sprach ich diese Worte: «Meine Dame, Sie müssen wissen, daß ich seit Geburt unter einer krankhaften Schüchternheit leide. Niemals zuvor habe ich auch nur im Traum daran gedacht, einen fremden Menschen anzusprechen.»
«In der Tat?» sagte sie und drehte sich um.
«In der Tat. Doch heute, als ich Sie erblickte, da war es denn stärker als ich! Madame, Sie haben mir geholfen, meinen Komplex zu besiegen! Ich danke Ihnen! Das ist ein Grund zum Feiern. Hier soll es eine hinreißend gute Fasanenbrust mit Beilagen geben.»
Sie sah mich ernst an. «Ja, die Fasanenbrust hier ist ausgezeichnet.»
«Also dann – darf ich vorangehen?» Ich ging schon. Sie folgte mir.
Das Lokal war nur mittelgroß, ungemein gemütlich mit antiken Möbeln eingerichtet und bumsvoll. Ein einziger Tisch in der Ecke war noch leer. Eine kleine Tafel stand darauf: RESERVIERT.
Dem herbeieilenden Kellner drückte ich fünf Dollar in die Hand und sagte: «Nett, daß Sie den Tisch so lang für uns zurückbehalten haben.»
Dann half ich der hinreißenden Dame beim Platznehmen. Die Dame sprach: «Wir nehmen zweimal die Fasanenbrust mit Beilagen, Henry. Vorher Krebsschwanz-Suppe. Aber zuerst einen Apéritif. Was halten Sie von einem trockenen Martini, Mr. Simmel?»
Zum Glück habe ich einen großzügigen Verleger, dachte ich. Kinder, Kinder, das wird wieder eine Spesenabrechnung werden! Ich sagte: «Von einem kleinen Whisky halte ich mehr, wenn's recht ist.»

«Ich auch. Also zwei Doppelte, Henry», sagte die Dame.
«In Ordnung, Chefin», sagte Kellner Henry und verschwand.
«Was war das?» fragte ich. «Hat er Chefin gesagt?»
«Er hat Chefin gesagt.»
«Aber warum?»
«Weil ich hier die Chefin bin.» Sie lachte. «Die fünf Dollar hätten Sie sich sparen können!»
«Ach, wissen Sie, das bezahlt alles mein Verleger.»
«Verleger? Sind Sie Schriftsteller?»
«Manche sagen ja, manche sagen nein, Miß ... äh ...»
«Thompson, Pamela Thompson», sagte sie. Plötzlich betrachtete sie mich mit echtem Interesse. Warum?
Ich sagte: «Plötzlich betrachten Sie mich mit echtem Interesse, Miß Thompson. Warum?»
«Weil Sie Schriftsteller sind, Mr. Simmel. Ich habe eine Vorliebe für Schriftsteller.»
«Wie wundervoll, Miß Thompson!»
Wir wollen's kurz machen, verehrte Damen und Herren: Die Krebsschwanz-Suppe war ausgezeichnet, die Fasanenbrust hinreißend. Ich redete ununterbrochen. Wahnsinnig geistreich, versteht sich. Beim Mokka hatte ich sie soweit. Sie war bereit, mit mir ins Kino zu gehen. «Okay, Mr. Simmel. Lassen Sie mich die Karten besorgen; ich kenne den Kinobesitzer. Die Vorstellung beginnt um halb neun. Wollen Sie mich abholen?»
«Liebend gerne, Miß Thompson.»
«Sagen wir um halb acht? Dann können wir bei mir noch einen Drink nehmen ...»
«Halb acht ist fein.»
Kinder, Kinder, ich mußte ja eine *unheimliche* Wirkung auf Frauen haben! Verflucht, warum ging ich eigentlich nicht zum Film?

2

Zum Friseur ging ich an diesem Nachmittag. Und dann kaufte ich zwei hübsche Orchideen. Und zog meinen feinsten Anzug an. Den dunkelblauen. Und pünktlich um halb acht Uhr läutete ich dann, einen Cellophankarton in der Hand, an einer Wohnungstür; daran war eine Messingtafel befestigt mit der Aufschrift:
THOMPSON
Ich mußte nicht lange warten. Die Tür öffnete sich. Ein Mann stand in ihrem Rahmen. Etwa fünfzig Jahre alt. Schlank, groß, schmales Gesicht, kluge Augen, hohe Stirn, angegraute Schläfen.

Edle griechische Nase. Kleiner Schnurrbart. Was die Damen so lieben ...
«Mr. Simmel, nehme ich an», sagte der Mann. «Treten Sie ein. Ich freue mich sehr, Sie kennenzulernen. Meine Frau hat mir schon von Ihnen erzählt!»
«Ihre ... hrm ... Ihre *Frau?*»
«Meine Frau, ja. Thompson mein Name, Roger Thompson.»
Hinter ihm entstand Bewegung. Pamela, meine süße Pamela, kam in die kleine Halle. Sie trug ein grünes Cocktailkleid mit goldenen Arabesken, sehr tief ausgeschnitten. Sie lächelte strahlend und unschuldsvoll. «Oh, da sind Sie ja! Mein Gott, die wundervollen Orchideen! Ist er nicht reizend, Roger? Übrigens, Sie haben doch hoffentlich nichts dagegen, daß mein Mann mit uns ins Kino geht?»
Meine süße Lulu, die mich genau kennt, hat sich später, als ich ihr die Geschichte erzählte, totgelacht und gesagt: «Bravo. Das gönne ich dir!»
Ich bemitleidete mich selber ungemein an jenem Abend im Kino. Dauernd stieß ich mit den Knien an der Logenwand an. Und mein Sitz war ungemütlich und hart. Und es war heiß. Und Kopfweh verspürte ich auch. Und als ich sah, daß Herr und Frau Thompson Händchen zu halten begannen, sobald die Wochenschau vorüber war, da sagte ich mir: Typischer Fall von versautem Abend.
Aber da täuschte ich mich dann wieder. Ganz enorm!
Denn dieser Abend entwickelte sich, nach dem Kino, zum nettesten, den ich in Amerika erlebte. Wir gingen essen – in das Lokal der Thompsons natürlich. Und *wie* wir aßen, du lieber Gott! Mr. Thompson stellte das Menü zusammen. Er ging selbst in die Küche. Da war ich eine Weile mit Pamela allein.
«Böse?» fragte sie.
«Ach nein.»
«Wissen Sie, ich fand Sie heute mittag so nett – so sympathisch ... Alles, was Sie sagten, gefiel mir ...»
«Was sagte ich denn?»
«Daß Sie gerne gut essen – daß Sie gerne mit schönen Frauen zusammen sind – daß Sie nie wieder eine Uniform anziehen möchten – daß Sie sich überall in der Welt zu Hause fühlen, wo Sie Freunde haben ...»
«Verehrte Dame, ich muß noch etwas sagen.»
«Ja, bitte?»
«Ich ... ich ... ich finde Ihren Mann auch sehr nett – auch sehr sympathisch ...»

Menu · Irgendwo in USA, 28. Oktober 1958

Steinbutt mit Austern und Holländischer Sauce mit Kaviar
Filet Wellington mit Madeira-Sauce
Salzburger Nockerln

Bei diesem Essen wurde dieses Buch geboren

Steinbutt: Man lege einen in Salzwasser nicht zu weich gedämpften Steinbutt mit der weißen Seite nach oben auf eine vorgewärmte Platte, umgebe ihn mit gebackenen Austern.

Gebackene Austern: Man lasse die Austernschalen vom Händler öffnen, stelle sie bis zur Verwendung auf Eis, entferne dann den Bart und löse die Auster los. – Man trockne sie mit einem Tuch, wende sie in Mehl, geschlagenem Ei, feinen Semmelbröseln, brate sie schnell in brauner Butter und richte sofort an.

Holländische Sauce mit Kaviar: Man schlage zwei Eigelb mit einem Spritzer Essig und einem Mittellöffel heißem Wasser in eine kleine Kasserolle, stelle sie im Wasserbad auf kleine Flamme, füge unter ständigem Schlagen 125 g Butter dazu, schlage, bis die Sauce dick wird, ohne zu kochen, würze mit Salz und Zitrone. – Im letzten Moment vor dem Anrichten rühre man 50 g Kaviar in die heiße Sauce.

Filet Wellington: Man nehme ein Mittelstück vom Rinderfilet, brate es leicht an, lege es abgekühlt auf Blätterteig über in Butter gedämpfte, gehackte Schalotten, Champignons, Petersilie und Estragon. – Man belege die Oberseite mit in Madeira gedünsteten Gänseleber- und Trüffelscheiben, klappe den Teig über, klebe ihn mit Eigelb gut zusammen und backe ihn im Ofen zu schöner brauner Farbe. – Man bereite aus dem Fond vom Anbraten und Dünsten eine Sauce, die man kräftig mit Madeira abschmeckt.

Salzburger Nockerln: Man schlage sechs Eiweiß in einer großen Schüssel zu festem Schnee, rühre dann sechs Eigelb, je zwei Eßlöffel Mehl und Zucker, 60 g zerlassene Butter und ¼ Tasse warme, vanillegesüßte Milch darunter. – Man lasse weitere 60 g Butter in einer tiefen Eisenpfanne heiß werden, gebe die Masse hinein, lasse sie zugedeckt so lange backen, bis sie unten Farbe bekommt. Man stecke mit der Schmarrenschaufel große Nockerln ab, wende sie und lasse sie wieder zugedeckt backen, bis sie sich unten bräunen, gieße ¼ Tasse der Vanillemilch daran und lasse die zugedeckte Pfanne kurze Zeit heiß stehen, damit die Milch einzieht und die Nockerln locker werden. – Man muß sie, mit Zucker überstreut, sofort servieren, damit sie nicht zusammenfallen.

Sie strahlte auf: «Nicht wahr, das ist er! Ach, Sie kennen ihn nicht. Sie wissen nicht, was ich mit ihm erlebt habe. Sie wissen nicht, wie er denkt. Bei mir ging die Liebe immer durch den Kopf. Männer, die ich nicht für das bewundern konnte, was sie sagten und dachten, konnte ich nie richtig lieben. Bei Roger war es eine Liebe vom ersten Augenblick an. Die große Liebe meines Lebens ...»

«Aber ... aber warum haben Sie *mich* dann eingeladen, Mrs. Thompson?»
«Pamela.»
«Warum haben Sie mich eingeladen, Pamela?»
«Weil Sie Schriftsteller sind. Sie werden es erst später verstehen – vielleicht, vielleicht auch nicht ... Es hängt alles von ihm ab.»
«Sie tun alles, was er sagt?»
«Ja ...» Sie strahlte mich an. «Und er tut, was ich sage! Immer. Er fragt mich immer um Rat. Manchmal geht er natürlich ein bißchen fremd wie alle Männer. Aber immer kommt er zu mir zurück. Ich weiß: Ich bin die einzige Frau, mit der er leben möchte. Das macht eine Frau sehr stark – nicht wahr?»
Das Leben ist komisch!
Was ich mir vorgestellt hatte, erfüllte sich nicht. Was ich von Pamela gewollt hatte, bekam ich nicht. Ich bekam etwas Besseres: Ihre Freundschaft und die Freundschaft ihres Mannes.
Wir waren in den folgenden drei Wochen beinahe täglich zusammen. Wir unterhielten uns herrlich! Es schien, als wären wir tatsächlich über alles einer Meinung!
Oft fiel mir auf, daß Thompson mich beobachtete, versunken und nachdenklich. Dann fiel mir auf, daß er mich ein bißchen viel ausfragte. Über meine Vergangenheit. Meine Ansichten. Meine Erfahrungen. Immer wieder über meine Ansichten. Er selbst erzählte überhaupt nichts von sich.
Ich sammelte, wie es mein Auftrag war, Material für den neuen Roman. Ein paarmal mußte ich deshalb die Stadt verlassen. Ich freute mich jedesmal auf das Zurückkommen, denn jedesmal holten die Thompsons mich ab, am Bahnhof, am Flughafen. Zuletzt meinte ich, genügend Material gesammelt zu haben. Ich buchte einen Transatlantikflug nach Frankfurt am Main. Meine Maschine sollte am 29. Oktober 1958 um 20 Uhr 45 starten.
Am 28. Oktober rief Roger Thompson in meinem Hotel an. Er sagte: «Ich höre, daß Sie uns verlassen wollen. Ich möchte gerne noch ein kleines Essen für Sie geben.»
«Das wäre wundervoll, Roger.»
«Sagen wir heute abend 19 Uhr 30?» – «19 Uhr 30 ist okay.»
«Oh, und noch etwas ... rufen Sie ihre Fluggesellschaft an. Heben Sie Ihre feste Reservation für morgen abend auf. Lassen Sie sich auf die Warteliste setzen.»
«Warum?»
«Nun, weil ich mir vorstellen könnte, daß Sie noch eine Weile hierbleiben.»

«Das verstehe ich nicht.»
Ich hörte ihn lachen. «Heute abend», sagte er, «werden Sie alles verstehen. Und bringen Sie um Himmels willen nicht wieder zwei Orchideen mit!»
Also brachte ich drei Orchideen mit, und Pamela war so hinreißend schön wie noch nie, und Roger war so charmant wie noch nie, und das Essen, das er selbst gekocht hatte, war so gut wie noch nie. Als Vorspeise gab es gekochten Steinbutt, umlegt mit gebackenen Austern und übergossen mit einer feinen Holländischen Sauce, in welche Kaviar gerührt war.
«So etwas habe ich noch nie gegessen», gab ich zu. «Das muß ich mir aufschreiben für meine Frau ...»
«Es gäbe noch viel mehr aufzuschreiben als meine Rezepte», sagte der Hausherr träumerisch.
Ich sah ihn an. Ich sah seine schöne Frau an. Beide lächelten. Voll Wohlwollen, voll Sympathie.
Roger Thompson sprach: «Mein Lieber, ich habe unbegrenztes Vertrauen zum Urteil Pamelas. Pamela fand Sie vom ersten Moment an vertrauenswürdig. Ich bin ein Mann, der sehr vorsichtig sein muß ...»
«Vorsichtig? Wieso?»
«Tja, wieso!» Thompson stocherte in seinem Fisch. Dann lächelte er. «Mario, ich habe nicht immer ein Feinschmecker-Restaurant gehabt. Ich habe nicht immer Roger Thompson geheißen. Ich habe ein sehr wildes Leben hinter mir. Noch ein wenig Kaviar?»
«Laß doch den Quatsch», sagte Pamela. Sie sah mich an. «Mein Mann hat wirklich viel erlebt. Komische Dinge. Traurige Dinge. Aufregende Dinge. Ich habe immer gesagt: Jemand müßte einmal alles aufschreiben! Viele Leute sollten wissen, was ihm passiert ist. Es könnte so nützlich sein!»
«Nützlich?»
«Mein Mann ist ein überzeugter Pazifist.»
«Die Frage ist nur», sagte der Mann, der sich Roger Thompson nannte, «können Sie mir versprechen, daß niemand meinen wahren Namen und meine wahre Adresse erfährt, wenn ich Ihnen meine Geschichte erzähle?»
«Ja», sagte ich. «Das kann ich versprechen.»

3

28 okt 1958 stop 2348 uhr stop an schweizer druck- und verlagshaus zürich stop habe rückflug abgesagt stop bin neuer story auf der spur stop luftposteilbrief mit details unterwegs stop bitte um schnellste stellungnahme und sofortige überweisung von us-dollars 1000 stop herzlichst simmel

4

1 nov 1958 0945 uhr stop schweizer druck- und verlagshaus beauftragt sie nach lektüre ihres informationsbriefes optionsvertrag auf erwerb der urheberrechte abzuschließen und entsprechende tonbandrecherchen durchzuführen stop bleiben sie solange erforderlich stop US-dollars 1000 angewiesen stop meyer schweizer druck- und verlagshaus

Ich blieb in Amerika bis zum 2. Januar 1959. Als ich abflog, hatte ich in meinem Gepäck sechzehn beiderseits besprochene Tonbänder. Als ich abflog, trug ich die Geschichte eines exemplarischen Lebens mit mir zurück nach Europa: Die Abenteuer und Rezepte des Geheimagenten Thomas Lieven.

Man wird nun verstehen und entschuldigen, wenn ich sage, daß der Mann, der mir sein Leben erzählte, natürlich weder Roger Thompson noch Thomas Lieven hieß. Man wird verstehen, wenn ich den Namen der Stadt verschweige, in welcher er heute mit seiner schönen Frau lebt und arbeitet. Sein Restaurant hat er im übrigen mit dem Geld gekauft, welches ihm die DESU-Aktien-Operation einbrachte, von der wir zu Beginn dieses Berichtes erzählten. Das Darlehen des Schweizer Maklers Pierre Muerrli hatte Thomas Glück gebracht. Mit erfolgreichen Spekulationen war er wohlhabend geworden. Bereits im Sommer 1958 flog Pamela in seinem Auftrag und von ihm bevollmächtigt nach Zürich, brachte Herrn Muerrli seine 750 000 Franken zurück, holte die gefälschten Aktien aus dem Nummern-Depot, zerriß sie und spülte sie im Badezimmer ihres Hotel-Appartements fort. Alle hatten nun verdient, keiner war geschädigt worden, ganz wie Thomas Lieven es voraussah. Mehr: niemand hatte gemerkt, was da für ein Ding gedreht worden war.

«Roger Thompson» und seine Frau standen auf dem Balkon des Flughafengebäudes, als meine Maschine schneller und schneller über die Startbahn jagte, fernen Horizonten, dem Atlantik und der Alten Welt entgegen. Mir war auf einmal sehr wehmütig ums

Herz. Leb wohl, Pamela, leb wohl, Roger, lebt beide wohl ...
Ich habe aufgeschrieben, was ihr mir erzählt habt. Hoffentlich seid ihr zufrieden mit mir. Die letzten Meter des letzten Tonbandes liegen auf dem Tonbandgerät. Thomas Lieven spricht auf ihnen, und ich schließe meine Geschichte mit seinen Worten:
«Ich habe mein Leben lang den großen Worten und den großen Helden mißtraut. Auch Nationalhymnen, Uniformen und die sogenannten starken Männer liebte ich nicht.
Mein alter Freund Bastian ist wieder in Marseille gelandet. Es geht ihm gut. Er arbeitet als Verlade-Chef im Hafen. Er hat mit vielen Menschen zu tun: mit Chinesen und Deutschen, mit Franzosen, Korsen und Arabern. Er hat sie alle gern, und sie haben ihn alle gern. Sie sagen ‹Ein prima Kerl. Mit dem kann man vernünftig reden.›
In meinem kleinen Restaurant habe ich auch mit vielen Menschen zu tun: mit Weißen, Gelben und Negern. Unter meinen Gästen sind manche jüdischen Glaubens, manche christlichen Glaubens. Ein paar Mohammedaner sind darunter und ein paar Buddhisten. Ich stelle mir gern vor, daß einmal eine Zeit kommen wird, in welcher alle Menschen auf dieser Erde so harmonisch zusammen leben werden wie Bastians Freunde und wie die Gäste meines kleinen Lokals. Warum soll bei zwei Milliarden nicht möglich sein, was bei ein paar hundert so großartig funktioniert?
‹Vernünftig› nennen die Arbeiter meinen Freund Bastian. Ich glaube, mit der Vernunft könnten wir alle es schaffen! Jeder von uns hat vom lieben Gott die Fähigkeit mitbekommen, zu denken. Lasset uns einmal ein Weilchen weniger glauben und mehr denken! Wunderbar werden die Folgen sein. Es wird dann nicht einmal mehr Kriege geben. Denn es sind doch nur Menschen, die den Krieg machen, also müssen Menschen ihn doch auch verhindern können.
Und so hebe ich denn mein Glas auf die menschliche Vernunft. Möge sie uns hinausgeleiten aus dem Schattental der Furcht und hinein in ein Paradies voll Frieden und Fröhlichkeit.»

Vorspeisen:

Suppen:

Hauptgerichte (mit Beilagen):

Nachspeisen: